国际儒学研究丛书

# 托尔斯泰和
# 中国古典文化思想

吴泽霖 著

三联书店

**图书在版编目（CIP）数据**

托尔斯泰和中国古典文化思想 / 吴泽霖著. —北京：生活 · 读书 · 新知三联书店，2017.6
（国际儒学研究丛书）
ISBN 978-7-108-05777-8

Ⅰ. ①托…　Ⅱ. ①吴…　Ⅲ. ①托尔斯泰 (Tolstoy, Leo Nikolayevich 1828-1910) –关系–中华文化–研究
Ⅳ. ① I512.064 ② K203

中国版本图书馆 CIP 数据核字（2016）第 191658 号

特约编辑　赵庆丰
责任编辑　朱利国
装帧设计　刘　洋
责任校对　龚黔兰
责任印制　张雅丽
出版发行　生活 · 讀書 · 新知 三联书店
（北京市东城区美术馆东街 22 号　100010）
网　　址　www.sdxjpc.com
经　　销　新华书店
印　　刷　北京铭传印刷有限公司
版　　次　2017 年 6 月北京第 1 版
2017 年 6 月北京第 1 次印刷
开　　本　635 毫米 × 965 毫米　1/16　印张 28.25
字　　数　377 千字
印　　数　0,001–3,000 册
定　　价　68.00 元
（印装查询：01064002715；邮购查询：01084010542）

# 再版赘言

20年前写这本小册子的心思情境有点难以捉摸了。记得在为一部部“舶来”的东西雀跃得有点数典忘祖的时候，看到一位世界文学和思想的巨人在自己的作品著述、书信日记中，对中国传统文化思想说过那么多动人的话语，看到他真诚地把中国思想“极大”的影响和自己思想体系成熟的年代联系在一起，看到他把后半生的多少精力倾注在和中国思想相关的思考、论述、宣说、翻译、编写、出版工作里，你总会觉得激动。不过写这本小册子的更大动力，大抵是我越发感到，在托尔斯泰对中国思想关系中，有着一些值得思考的东西，这就是还想在此赘言的几点。

首先，对于托尔斯泰和中国古典文化思想的广泛契合，中国学者喜欢这样来判断，比如说，“托尔斯泰非常欣赏老子的‘道’和‘无为’的思想，后来就把它发展成为‘不以暴力抵抗邪恶’的理论”（戈宝权《托尔斯泰和中国》）；比如认为，“托尔斯泰完全皈依了老子的‘无为’思想”（周均美《托尔斯泰和老子》），等等。似乎不愿意看到一个重要的事实：托尔斯泰与中国古典文化思想的诸多契合，是在他尚未着意地涉猎中国文化思想的情况下形成的。这本来无伤于中国思想，而恰恰证明它不是一盘需要精心保鲜而千里迢迢特意运给托尔斯泰的中国特色佳肴，而是具有历经宏大时空而栩栩如生的普世性。走着历史沧桑大道的人类，总会和这些思想中的真谛、精髓相邂逅、相汇通，成为人类的共识，而显示出其普世性的价值。只是在俄国，在正转向宗法农民立场的托尔斯泰，对这发育于东方农耕的宗法社会、统治着中国亿万宗法农民的思想，更情有独钟罢了。维谢洛夫斯基（1838—1906）著名的“迎汇的潮流”的概念就指出，在相似的社会历史条件下，意识形态的各种相同形式有其得以发展的必然性。所以托尔斯泰一旦着意接触中国诸子的思想，就如水到渠成、一拍即合、顺理成章，形成托尔斯泰独特的“中国热”。因为“真正的影响永远是一种潜力的释放”（卢卡契）。

其次，在托尔斯泰真诚的“中国热”中，我们注意到，托尔斯泰从来不是一个虚怀若谷的“皈依者”和悉心崇拜的狂热信徒，不是去为皈依“正宗”而努力泯灭自我、否弃自我的“自我灌输”。托尔斯泰是在自己的精神危机和激变的困境中，在广泛阅读东西方经典著作的精神探索之中，走近中国古典文化思想的。他绝无“游于圣门而无文”的小家子气，更没有“不敢有自己的观点”的奴才相。对诸子各家，托尔斯泰从不意在守持某派之说。他如蜂蝶之采蜜，兼收并蓄而取其精华、否弃其“不对”，绝不因崇仰而苟同、含糊。他对诸子的专门研究未必通透，但从中却能精准敏锐地抓住和自己的探索相关的精髓，而其思想根基就在托尔斯泰启蒙主义的民主思想中。

托尔斯泰是作为一个真诚的求知者，向中国思想学习求教、提问质疑。也正因此，他才会敏锐地抓住这种思想的真正深邃之处、抓住这种思想中最核心的、最有生命力的东西，把这些思想和他的自我精神完善、反对暴力的思想追求融为一体。而对于比如孔子的身份等级的观念、“礼”的思想、什么爱有差等、什么女子小人难养也等，他置之不顾，也不认孟子的“劳心者治人，劳力者治于人”的天下通义。即使在他极力赞许的墨子的“兼爱说”中，也发现有“他的不对之处”：因为墨子功利主义地把爱视为工具，“他想改造这种爱，向人们教习这种爱”。在托尔斯泰那里，中国思想有幸遇到了一位思想敏锐的真诚的求学者、切磋者和发扬者，而不是“真理的阿谀者”。因为真理是不需要阿谀的。

托尔斯泰回答俄国神圣宗教会议开除他教籍的裁判时，这样说：

我不认为，我的信仰是唯一的、永远不可置疑的真理，但是我还没有看到另一种能够更为简单明确、并能合于我理智和心灵要求的信仰。而一旦我认识到这种信仰，我会马上接受它，因为上帝除了真理什么也不需要。

没有永恒的皈依，唯真理而是从。中国思想需要这种真理追求者，需要对它的开辟扬弃、砥砺琢磨。中国思想从来不说“我是道路、我是真理”，不是一手经书，一手利剑。从来不自诩已登绝造极、不容置辩、是绝对真理的标榜。中国思想之道，其本质就是不断地探索真理之道，而不是封闭真理之道。儒家的大学问是切问近思、反身而诚，是如临深渊、如履薄冰的谨慎自谦，是如切如磋、如琢如磨，是完善自我的永远追求，是和而不同的宏大胸怀和视野。

所以，最后才要提到，托尔斯泰晚年最重要的一个思想和工作，就是把他自己所珍惜的中国思想，不是奉为不可商榷、不可逾越的“立极”的经典，而是汇入人类几千年精神探索的长河和宝库。托尔斯泰确认全人类有着历千百年而得来的共识性的思想和道路。而这些具有普遍意义的东西总是体现于各个文化的独特性之中。所谓一致而百虑、同归而殊途。或者说，各个文化，无论自身经历多少曲折坎坷，总是在用其具体而独特的脚步走着人类共同的路子。真正有价值的、有前景的文化独特性总是包含着人类文化的普适性。它的实质是放之四海而皆准，是天下归心的。而那些只在某种文化中才存在，和人类文化发展的大道格格不入的所谓特征是肯定没有前景的，在人类历史中只能是昙花一现的过眼云烟。

正是这种欲融全人类真知为一体的思想，使托尔斯泰把中国诸子思想纳入人类哲人之思的大河中，撞击砥砺，损益扬弃，愈见真灼。比如，在指出“老子学说的基础，也就是一切伟大的、真正的宗教教义的共同基础”的同时，托尔斯泰又对自己编著的老子做着大量删改工作。托尔斯泰晚年编写的一系列汇集世界哲人之思的语录体著作，使我们感到的，不是分辨百家的察异心态，而是一致天下的求同之忱。书中所引述的，从《新约》、孔子、孟子、老子、佛经、穆罕默德，到康德、叔本华、亨利·乔治……虽然都各有论述，侧重不同，甚至时有抵牾，但同时又都是在从不同的角度论证着、成就着同一个真理——生命之道。在这些被斥为“有意识的折中主义”（C. H.布尔加科夫）、被笑为“是托尔斯泰本人的沉默”（别雷）的汇集中，托尔斯泰实践着孔子的不言之教，实践着中国人的和而不同的宏大思想。

托尔斯泰对中国思想的探索，融汇在他终生的精神求索之中。他像孔子一样，一生都没有悟得过心安理得的清闲境界（不如我们当代的一些儒学新秀）。孔子誓为行其道而不惜“乘桴浮于海”；为践行自己的思想索求，托尔斯泰终于决绝地演出了那悲壮的冬夜出走的诀别。这种对自我精神价值和精神力量的自信和追求，也是一种共同的人类精神价值吧。

再版补入的几篇文章都是后来发表过的，属于本书主旨的一些延伸。而其中《托尔斯泰在中国现代文化演进中的命运》一篇，实际上是我认为十分有价值的一个重大课题，只是由于自己功力不够而没能展开研究，且附在上面，只盼抛砖引玉，得到大家们的深入研究。

吴泽霖

2016年2月

# 目录

引　言　对研究托尔斯泰和中国古典文化思想关系问题的思考 / 1

上　编　托尔斯泰精神探索的东方走向

第一章　托尔斯泰精神探索的民族文化思想基础和社会历史背景 / 3

第二章　青年托尔斯泰精神探索从西向东的转向 / 11

第三章　《战争与和平》——天道的显现 / 31

第四章　精神危机中的抉择——走入另一个“共同世界” / 47

第五章　托尔斯泰直接接触中国古典文化思想的开始 / 60

第六章　托尔斯泰的新生命观和他的“无为”说 / 78

一、新生命观的奠立和儒家思想的渗透 / 78

二、托尔斯泰的“无为”说——儒道思想的融合 / 90

第七章　托尔斯泰的晚年和中国古典文化思想 / 101

一、对中国古典文化的执着译介和宣说——托尔斯泰晚年的“中国热” / 102

二、从托尔斯泰译述《大学》和《中庸》看他对儒家思想的取舍臧否态度 / 116

三、寻求全人类共识的宗教思想——托尔斯泰接受中国古

典文化思想的最后形式 / 133

## 下 编 托尔斯泰思想和中国古典文化思想的比较

第一章 托尔斯泰的“上帝”和中国的“天” / 149
一、中国的“天” / 149
二、托尔斯泰的“上帝”的演化 / 154
三、托尔斯泰对上帝的祈祷和孔子的反省 / 164

第二章 托尔斯泰的“人”和中国的“人” / 173
一、中国的“人”和基督教的“人” / 174
二、从基督教的“人”走向中国的“人” / 178
三、对中国人的生命之福的认同 / 191
四、走中国人自力提升、“内在超越”的道路 / 205
五、托尔斯泰的人的“禁欲主义”和中国人的“淡泊明志”/ 227

第三章 托尔斯泰和中国儒家知论 / 239
一、托尔斯泰和中国儒家知论在认知目的和界限方面的共识 / 241
二、托尔斯泰对中国儒家知论的知之客体的认同——对“德性之知”和“闻见之知”的褒贬 / 245
三、托尔斯泰对中国儒家知论的知之主体的认同 / 252
四、托尔斯泰对中国儒家知论的认知方式的认同 / 259
五、对托尔斯泰认同中国儒家知论的评价 / 269

第四章 托尔斯泰与中国古典文艺观的对话和共识 / 273
一、托尔斯泰的文艺情感说和中国古典文艺思想 / 276
二、托尔斯泰的艺术境界和中国的意境说 / 289
三、托尔斯泰与中国儒家伦理化审美观的共识 / 301

结 语 托尔斯泰东方走向的精神探索的当代意义 / 311

## 附 录

一、中国文化视野和托尔斯泰经典的重读 / 320
二、从托尔斯泰的“艺术情感说”，说到托尔斯泰对音乐的酷爱 / 339
三、托尔斯泰进入20世纪中国所伴随的一场论争 / 353
四、托尔斯泰在中国现代文化演进中的命运 / 371
五、托尔斯泰的反暴力和托尔斯泰的暴力 / 398
六、教育家托尔斯泰和至圣先师孔子的邂逅 / 407

托尔斯泰译述中国所用名词术语的汉俄对照表 / 419

主要参考书目 / 421

# 引 言
# 对研究托尔斯泰和中国古典文化思想关系问题的思考

托尔斯泰和中国古典文化思想的关系，很早就成为人们关注的课题。这不仅是因为托尔斯泰在思想求索过程中执着地向东方古典文化思想，特别是向中国的孔子、孟子、老子、墨子等人的学说寻求生活真理，对他们的学说进行了积极的译介和研究，而且还由于在19—20世纪之交的世界动荡危机之中，他心系东方，瞩目中国，把人类社会的前途和希望寄寓其上。可以说，托尔斯泰是俄国古典文学家中和中国文化关系最为密切的一人。

早在托尔斯泰生前，人们就指出他是“东方因素的最充分的表达者”[1]，几位最早为托尔斯泰作传的人，如罗曼·罗兰、比留科夫，都指出他和东方特别是中国的文化思想的密切关系。列宁也多次谈到托尔斯泰和东方的问题。

那么，如何认识托尔斯泰和东方、和中国的关系问题呢？1925年，

[1] 倪蕊琴编选：《俄国作家批评家论列夫·托尔斯泰》，中国社会科学出版社，1982年，第159页。

俄人比留科夫的专著《托尔斯泰与东方》一书，收集了托尔斯泰有关中国的言论和交往资料，并在前言中论述了中国古典文化思想，可以说是这一专题研究的第一本重要专著；美国学者邦德1950年写了《托尔斯泰与中国》一书，更详细地从托尔斯泰的道德精神探索的角度记述了托尔斯泰与中国古典哲学思想的关系。他从托尔斯泰不同时期对中国先秦诸子思想的关注点不同出发，把中国古典文化思想对托尔斯泰的影响分为19世纪80年代、90年代和20世纪初三个时期。不过，作者还未从托尔斯泰的道德精神探索的历史背景上，结合托尔斯泰的艺术实践进行更深入的分析；苏联学者А. И. 希夫曼在1960年发表的《列夫·托尔斯泰与东方》一书，更在前人的基础上，以更加丰富的资料论述了托尔斯泰与中国先秦诸子学说，以及中国古代民间文化的关系，还记述托尔斯泰作品在中国传播的一些情况。可以称为是国外研究托尔斯泰与东方这一课题的较翔实重要的力作。作者还对托尔斯泰和印度、日本等亚非民族文化的关系进行了论述。但是这一著作对托尔斯泰和中国古典文化思想的关系的研究，仍还限于对托尔斯泰与诸子的关系进行逐一的、隔离的研究，未能把中国古典诸子的思想统一为一个整体。而且我们国人读起来，总有些“隔”的感觉。不过，正如希夫曼所说，该书并不奢望对托尔斯泰的社会政治和哲学观点进行深入的比较研究，而其主要目的是揭示托尔斯泰和亚非人民的广泛联系。[1]

实际上，对于中国古典文化思想的域外影响及认同关系问题，本应当成为我们中国人研究的重要课题。在我国，从20世纪30年代便有研究托尔斯泰与东方、与中国关系的著述出现，如《托尔斯泰与佛经》（胡怀琛著，上海佛学书局，1934年版）、《由托尔斯泰与墨子的宗教观念说及中山先生的仁爱》［有名（人名）著，载《钦县》1934年7月］、

[1] Шифман А. И. *Лев Толстой и восток.* Москва Восточ. лит. 1960. С. 6.

《托尔斯泰与东方》(愈之著，载《东方杂志》25卷19期)等。不过只是到了80年代以后，托尔斯泰和中国文化这一课题的研究才愈发得到重视。戈宝权先生的《托尔斯泰和中国》(1980)一文全面地概述了托尔斯泰和中国传统文化思想的关系，他对中国人民命运的关注，以及托尔斯泰的作品在中国译介的情况，成为新时期国内有关这一课题的发轫之作。继而十余年来，我国学者发表了一些各有见地的论文，讨论东方文化特别是先秦诸子对托尔斯泰的影响。如鲁效阳先生的《试论托尔斯泰的宗教思想》(上海师院学报1981年第1期)，周均美先生的《托尔斯泰和老子》(华东师大学报1982年第5期)，桂未柔的《爱的启示》(是研究托尔斯泰和墨子思想的，见华东师范大学出版社的《列夫·托尔斯泰比较研究》一书，1988年版)，刘文荣先生的《托尔斯泰与中国》(见华东师范大学出版社的《俄国文学与中国》一书，1991年版)，郑万鹏先生的《托尔斯泰与东方文化》(《中国文化研究》1995年冬卷)，王景生先生的《列夫·托尔斯泰研究中的比较问题》(《四川外院学报》1995年第3期)，李明滨先生的《托尔斯泰与儒道学说》(《北大学报》1997年第5期)，以及拙作《托尔斯泰和中国古典文化思想》(《苏联文学》1992年第4期)等。一些国外学者对这一问题的研究也有零星译介，如《国外文学》1991年第4期所载苏联人伊·李谢维奇的《托尔斯泰和老子》。

从这些研究著述中，可以看出我们国内对托尔斯泰与中国文化关系的研究是在逐步深入的：从对托尔斯泰与儒释道，或与孔子、老子、墨子的关系进行分离的、孤立的研究，走向把中国古典文化思想作为一个整体而进行综合性的研究；从对托尔斯泰和孔子、孟子、老子、墨子的言论思想进行单纯的类比研究，走向把托尔斯泰对中国古典文化思想的认同和借鉴，置于他的精神求索进程之中来研究；从只局限于“思想家托尔斯泰”的政论思想的研究，走向把“思想家托尔斯泰”和“艺术家托尔斯泰”相统一，联系其艺术实践、生平事迹，力求做到知人论事，进行全方位的研究。在研究中，人们也愈来愈注意到托尔斯泰所处的时代背景和俄国民族文化传统的因素。比如，在郑万鹏先生的《托尔斯泰与东方文化》一文就论及了俄国的一些东方文化传统和中国古典文化传统的相近关系。值得一提的是刘文荣先生在《托尔斯泰与中国》一文中，从现代比较文化学的观点出发，引入了一些研究者区分东西方文化的两种心态："wonder"（求知）心态和"concern"（关切）心态[1]，借以分析托尔斯泰接受中国古典文化思想的动因。这些都说明，对这一课题的研究已经开始从资料收集、事件列举、言论对比，逐渐进入系统性、规律性的整体研究。

笔者认为，在这方面，这一课题的研究还是大有可为的。

第一，目前诸多有关论著，还仅仅把托尔斯泰和中国古典文化思想的关系，单纯作为中国古代哲人思想对托尔斯泰的影响来研究。尤其是中国学者，往往过高地估计了我国传统思想对托尔斯泰的影响，比如认为，"托尔斯泰非常欣赏老子的'道'和'无为'的思想，后来就把它发展成为'不以暴力抵抗邪恶'的理论"（戈宝权《托尔斯泰和中国》）；又比如认为"托尔斯泰完全皈依了老子的'无为'思想"（周均美《托尔斯泰和老子》）。实际上，托尔斯泰即使是在精神激变的紧张求索中，也从未曾悉心地认同过任何一种哲学思想。托尔斯泰思想的东方色彩并非仅靠他晚年对东方文化的涉猎所能形成，他对东方哲人的思想，包括对中国古典文化思想的接纳，远非一种虚怀若谷的皈依。只有顾及托尔斯泰思想形成和发展的社会历史条件，以及托尔斯泰精神探索的整个历程，分析东西方文化思想的矛盾与交融的复杂关系，才能看到中国古典文化思想何以会受到托尔斯泰的青睐，它们又以某种方式融入托尔斯泰的思想，并在其中占据着怎样的地位。

因此，单纯的文化影响研究显然是不够的。对于这一课题，应该把

[1] 智量等著：《俄国文学与中国》，华东师范大学出版社，1991年，第167页。

文化的历史比较研究和影响联系研究相统一。既承认不同文化间的影响关系，又承认人类社会历史发展的共同过程具有一致性和规律性。不同民族文化思想，在没有直接相互影响的情况下，也可能出现历史类型学的相似和吻合，形成全人类的普适性的思想。

而对于影响的研究则应当从社会历史发展的进程之中探索接受影响的内在根据。任何影响的产生都不是偶然的，都不是单纯来自外部的机械性推动力的结果，而是有着社会制约的规律性的。它取决于民族、社会、文化发展的内在规律。为使影响成为可能，就必须存在着输入这种影响的社会内在要求。俄国历史比较文艺学的奠基人亚·尼·维谢洛夫斯基（1838—1906）早在19世纪就提出著名的“迎汇的潮流”的概念。他指出，对别国文学影响的“借用要求于接受者一方的不是空地，而是迎汇的潮流，是相似的思想方向和相近的幻想形式”。“迎汇的潮流”的理论依据是，在相似的社会历史条件下，意识形态的各种相同形式得以发展的必然性。而且这种影响的实现，也不可能是对原有文化现象的一成不变的模仿，而只能是为适应接受主体的文化框架而形成变形。实际上，接受影响的结果，最终总是形成民族文化的融合。

具有东正教文化传统和家长制村社基础的俄国，在社会文化诸方面有着与西方文明非常不同的东方文化色彩；而18世纪启蒙运动以来，中国文化在欧洲的传播对俄国文化潜移默化的影响，以及俄国固有的东方文化传统，自然都会成为托尔斯泰思想和中国文化思想形成暗合的原因，成为托尔斯泰接受中国古典文化思想的前提。而19世纪世界资本主义社会的社会危机和精神危机，乃至进入帝国主义阶段而在全世界穷兵黩武，深刻地影响着俄罗斯民族对于“路在何方”的思考。在俄罗斯思想之路上，斯拉夫派、西欧派、自由派、革命民主派、根基派、民粹派……对于这个问题的思索以及相互之间的思想斗争，俄国19世纪坎坷的现代化进程，乃至托尔斯泰本人的东方型精神气质，这些都构成东方的思想、中国古典文化思想对托尔斯泰产生影响的具体背景条件。据此，我们才可能比较客观地认识托尔斯泰与中国古典文化思想的关系。

此外，在不同文化间的影响关系上，不应该把“在社会发展中走在前面的民族的文化对社会关系比较落后的民族的文化发生影响”的一般规律绝对化。产生于过去时代的，或存在于落后的社会形态中的文化，也必然有着没有成为过去的、保持着永恒价值的东西，具有借鉴价值，因而也就具有深远的影响力。这正是在评价托尔斯泰接受中国古典文化思想的时候应当注意的。

第二，目前的研究中，往往局限于逐一地讨论托尔斯泰和先秦诸子间的思想关系。比如，希夫曼的《列夫·托尔斯泰和东方》一书中，就是以托尔斯泰分别与老子、孔子、孟子、墨子思想的关系为线索进行论述的；而我国学者就更喜欢对托尔斯泰与某个先秦哲人的思想关系进行单独的论述。然而这是远远不够的。因为托尔斯泰和中国先秦诸子思想的关系，绝非孤立地一一“媾和”，如简单地取老子的“无为”，孔子的“仁”，墨子的“兼爱”“非攻”等。实际上，即使在晚年，托尔斯泰对诸子思想的把握也未十分精当。比如，1906年托尔斯泰在给中国学者辜鸿铭的复信中谈到，如果中国人遵循自己的“三种宗教”，“那么他们现在所遭受的一切痛苦将会自行消失，也没有任何力量能够使他们屈服”。托尔斯泰指出，“这三种宗教的道义是相符合的，就是要从一切人的权力统治下解放出来（儒教）；做到己所不欲，勿施于人（道教）；实行自我牺牲，温顺，对一切的人和一切的生物都要慈爱（佛教）”。而我们知道，“从一切人的权力统治下解放出来”，并非儒家的社会理想，倒是道家的任自然、反礼法，对人类社会制度所持的疏离的、消极的态度，似乎更可以与这种思想相比附；而“己所不欲，勿施于人”恰恰不是道家的言论，而是儒家鼻祖孔子的箴言（见《论语·卫灵公》）。

看来，托尔斯泰并不是把东方文化思想作为派别分立的学说来分别加以接纳的，而是将其视为“道义相符合”的统一的东方思想体系来借鉴的。因此，研究托尔斯泰和中国古典文化思想的关系，绝不能斤斤于对诸子言论的字比句次的牵强比照，而应从整个中国古典文化思想体系的宏观角度进行综合性的研究。比如说，上述从所谓“wonder”心态和“concern”心态的角度，对托尔斯泰接受中国古典文化思想所进行的宏观性的研究，就促使人不能不进一步追问，为什么中国古典文化会倾向于“concern”心态，为什么托尔斯泰作为一个基督徒，会“舍弃了基督教的wonder成分，而强调其中的concern成分”，为什么这样一来，托尔斯泰就特别和中国的，而非印度、日本或其他亚洲的文化思想结下不解之缘。看来，从文化比较的宏观角度进行研究，还大有可为。

第三，目前这一课题的研究，一般还只是把注意力集中在托尔斯泰精神“激变”时期之后，即其着意研究介绍东方文化思想的时期。因此，这些研究常常使人得出结论：似乎托尔斯泰只是由于攻读东方哲人的著作才一下子悟得了人生的真谛，从而形成托尔斯泰主义的。事实上，托尔斯泰主义的形成是托尔斯泰一生艰苦曲折的精神探索的结果，因此，对于托尔斯泰和中国古典文化思想关系的研究，便应该贯穿到托尔斯泰一生的精神探索中，从而看到托尔斯泰整个精神探索历程的东方走向。无论是托尔斯泰早年已经形成的关注精神自我完善的东方型精神气质、对东方民俗文化的喜爱，还是对卢梭学说、对叔本华非理性的醉心；无论是他的高加索从戎，还是出游欧洲；无论是他的农村改革还是亚斯纳亚·博利亚纳的教育实践，乃至他的包括《战争与和平》《安娜·卡列尼娜》在内的一系列创作实践；这些都是托尔斯泰整个具有东方走向的精神探索的重要组成部分，成为他后期执着于中国古典文化思想的基础。

于是，就涉及在研究托尔斯泰和中国古典文化思想关系中的分期问题。如果把注意力仅仅放在托尔斯泰致力于研究中国古典文化思想的晚年时期，以至于过分看重托尔斯泰在不同时间对不同的东方哲人思想的涉猎而进行分期（如美国学者邦德和苏联学者希夫曼所作），那么就势必会忽略对托尔斯泰着意研究中国古典文化思想之前那几十年极有意义的早期精神探索时期的研究，形成对托尔斯泰和中国古典文化思想关系的局限性的、表面化的观念。

与此相联系的是托尔斯泰阶级立场的转变，即平民化或向宗法农民立场的转变和他东方走向的精神探索以及认同中国古典文化思想的关系。我认为，这是相互联系、影响的两个问题，既不能混为一谈，也不能断然割裂。我们将讨论托尔斯泰的精神激变（一般指他的世界观的转变）是在没有中国古典文化思想的直接影响下完成的。同时，把托尔斯泰走向宗法农民的立场作为他必然接受中国古典文化思想的根据也是不对的。然而对于托尔斯泰来说，接受东方思想和接受宗法农民的世界观又是一致的。既然已经否定了西方资本社会而把目光投向东方农耕社会，托尔斯泰为摆脱宗法贵族阶级立场的危机，就势必走向宗法农民的立场；而中国古典文化思想正是形成于中国这一古老的宗法社会，是千百年来游刃有余地统领着千百万宗法农民的统治思想。托尔斯泰对这种思想的认同是不必跨越千山万水的。

第四，对于这一课题的研究，也应该本着把艺术家托尔斯泰和思想家托尔斯泰统一起来的原则进行。事实上，尽管这一原则得到普遍的认可，但是这并不妨碍诸多研究者在赞美托尔斯泰“最清醒的现实主义”“极高超的心理分析艺术”的同时，“一分为二”地把托尔斯泰作品中试图阐发的宗教的、哲学的、伦理的观点作为某种否定的东西，作为“愚蠢”，加以“剔除”，以保证托尔斯泰艺术的“纯洁性”；以否定思想家托尔斯泰来维护艺术家托尔斯泰的声誉。比如，人们从各自不同的角度表达着同一种意思：十分崇敬托尔斯泰的罗曼·罗兰就说，“我深深地热爱托尔斯泰”，而“我爱托尔斯泰，只因为他和他的学说毫无相似之处。”[1]而对于托尔斯泰的反正教思想颇为不满的大主教沙霍夫斯科伊，也从另一个角度指责

[1] 陈燊编选：《欧美作家批评家论托尔斯泰》，中国社会科学出版社，1983年，第44、92页。

“作为思想家的托尔斯泰惊人的片面性”，甚至认为“其已趋于疲惫的艺术直觉所揭示的真实性也远多于他那趾高气扬的理智。”[1]革命家普列汉诺夫更一言以蔽之说：“我认为，他是一个天才的艺术家和极蹩脚的思想家。”实际上，早在19世纪80年代，托尔斯泰同时代人A·斯卡比切夫斯基在谈到托尔斯泰时就指出：“艺术家在藐视思想家，与之愤然对峙，走出自己的道路……”他说：“思想家在说一件事，而艺术家则向您表述着全然另一回事；思想家在要求艺术家如此这般地图解他的思想，而艺术家则在您面前，违抗思想家的意图，挥洒着艺术之笔。”[2]

本文不想详细讨论关于作家的世界观和创作方法关系的问题，这里仅想指出，这种把思想家托尔斯泰和艺术家托尔斯泰对立起来的看法是片面的，它也必然导致对艺术家托尔斯泰，对托尔斯泰艺术作品的狭隘片面的理解。单单所谓“现实主义的战胜”，是无法解释一个“极其蹩脚的思想家”何以能创做出如此伟大的文学作品的。任何一部好作品都不可能是作家摆脱了自己的世界观，处于无意识状态的扶乩之作。尽管思想家托尔斯泰和艺术家托尔斯泰有着不一致的地方，但是，如果注意到，艺术创作本身也是思想探索的过程，那么，世界观和创作方法的统一性、思想家和艺术家的统一性，应该是我们的基本研究方法。

值得注意的是，在这种普遍否定思想家托尔斯泰的研究氛围中，对于托尔斯泰和中国古典文化思想的研究，恰恰是在“思想家托尔斯泰”领域进行的。正是否定托尔斯泰学说的罗曼·罗兰指出：“托尔斯泰感到在思想上与他最接近的是中国。”[3]诸多这方面的研究论文都频频引述着托尔斯泰的政论、书信、日记，唯独极少涉及托尔斯泰的文学作品。

---

[1] Архиепископ иоанн. *Революция Толстого* Нью-Иорк, 1975. С. 151, 198 .

[2] Козлов Н. С. *Лев Толстой как мыслытель и гуманист.* М. Универс. 1985. С. 5.

[3] [俄]托尔斯泰娅等著，冯连驸等译：《同时代人回忆托尔斯泰》，上海译文出版社，1984年，第366页。

这就不由得使人想到，托尔斯泰，尤其是艺术家托尔斯泰，究竟是得益于中国古典文化思想，还是受害于中国古典文化思想呢？

的确，普希金说过，他自己也没想到，塔吉娅娜竟会嫁人；而托尔斯泰也说过："关于安娜·卡列尼娜，我也可以这样说。我的男女主人公有时会做出我不希望的事情来。"然而这只能说明，严肃的创作实践，也和任何社会实践活动一样，在不断地塑造着人的世界观，在不断修正着作家对世界的认识，却绝然做不出艺术家托尔斯泰反对思想家托尔斯泰的结论。当然，从读者学的角度，不同时间和地点的读者可以读出无尽的不同内容，但这已经是另一个话题。我们讨论这个论题，只能是以作为思想家和作为艺术家的托尔斯泰的主观与客观的统一为基础。尤其对于像托尔斯泰这样一位以"文以载道"为己任、主观意向十分强烈的作家，更必须将其文学作品和非文学著作，把艺术家托尔斯泰和思想家托尔斯泰统一起来研究。托尔斯泰所持的文艺情感说主张文学作品要表达作家的情感，而同时他又常常指出他的文学作品中所表达的情感和他想要阐述的思想有着紧密关系。例如，针对人们对《复活》最后一章中圣经说教的不以为然，他说："我写《复活》的目的正好是为了让人去读小说的最后一章（阐述登山宝训的）。"精神探索是托尔斯泰一生的根本事业，文学创作是这一根本事业的有机部分。许多文学作品中主人公的思想探索都被公认具有作者自传的性质，而且，一般来说，文学的假面恰恰是作者剖露心腹的最好手段，因而也是研究托尔斯泰真实思想的最好途径。只有把托尔斯泰的文学创作和他的一系列非文学性论著结合为一体，综合研究，并顾及其一生的各种实践活动，努力做到知人论事，才可能对托尔斯泰和中国古典文化思想的关系得出近乎真实的认识。

第五，在研究托尔斯泰对中国古典文化思想的接受时，不能不注意到所谓"误读"问题。我们常常发现，由于中国古汉语文字、语法在理解上的困难，以及中国古代哲学概念和范畴的模糊性，致使国外学者在研究中国学时难免产生误解和文化上有意或无意的误读。比如，希夫曼在《列夫·托尔斯泰与东方》一书中，谈到托尔斯泰没有理会孔子的"个别的反和平主义的言论"。而他所举出的孔子的"个别的反和平主义的言论"，就是根据对《论语》的错误的翻译。孔子说的是，"以不教民战，是谓弃之"(《论语·子路》)，而希夫曼所引的译文则是："如果你不教会自己的人民打仗，就会毁了他们（если ты не научишь свой народ воевать, ты погубишь его）"。[1]这一译文显然是误解。孔子还说过，"善人教民七年，亦可以即戎矣。"(《子路》)这些都表现了一个重要思想：要教民以仁德，才不会使人民在战争中丧失人的本性。孔子从根本上否定战争的立场是显而易见的。这类误读情况并不罕见。

而在托尔斯泰对中国古典文化思想的研究中，也往往会出现这种情况。比如，他从一本法译本《道德经》转译为俄文的这样一段话中，我们就发现了一个很有意义的错误。《道德经》第三章讲到："……不见可欲，使民心不乱。是以圣人之治，虚其心，实其腹，弱其志，强其骨。"

托尔斯泰的译文是：

Рассматрение предметов возбуждающих похоть, производит смуты в народе. И потому святой, чтобы управлять народом, освобождает свое сердце от желаний, уничтожает свою волю и укреплять свою силу тела.[2]

中文回译为：

贪看能激发淫欲的对象，会使民心骚乱。因此，圣者为了治理民众，就要排除自己内心的愿望，压制自己的意志，增强自己的体力。

[1] Шифман А. И. *Лев Толстой и восток*. Москва Восточ. лит, 1960. С. 84.
[2] Толстой Л. Н. *Полное собрание сочинений. (в90-тых томах)* М. Гослитиздат. С. 535.

托尔斯泰的这一段译文显然是错误的。而对于分析托尔斯泰的思想，却有意义。最有意义的是后一句译文。文中“不见”“虚”“实”“弱”“强”，皆为使动用法。受动者不是动作的发动者（即统治者），而是“民”，即被统治者。所以，第一条句的意思应是“不使人民看到激发欲望的对象，可使民心不乱”。而第二句的意思则是“因此，圣人为了治理民众，应该使他们（民）心智单纯，使他们（民）的肚子饱满，使他们（民）的意志虚弱，使他们（民）的体魄强健”。这样才能达到下面所说的“恒使民无知无欲也”。

我们很难判断，译文的错误是发生在托尔斯泰的转译上，还是早已发生在法文原译上。但是，无论是出于哪一种情况，托尔斯泰接受这种表现为明显的译文错误的“误读”，都是很有意义的：它都表明托尔斯泰这样一种一贯的原则立场，即不是要去“治人”，而是一心要去实行自我的精神完善。事实上，我们不能排除托尔斯泰有意误读的可能性，因为这是合于托尔斯泰接受中国文化思想的主观意愿的。其旁证就是他承认，他为说明自己的观点而有意地“修改”过《圣经》。但难得的是，托尔斯泰的误译、误读，又恰恰是合于老子的思想的。因为老子也说过：“我无为而民自化；我好静而民自正；我无事而民自富；我无欲而民自朴。”（《老子·五十七章》）

由于民族文化的差异，托尔斯泰对中国古典文化思想的接受往往带有误读的因素。而这正是托尔斯泰在其既有的接受视野上，取其所需、能动地接受中国古典文化思想的一种重要表现，是他发展自己的思想，建构他所设想的集人类思想精华为一体的思想体系的手段。

第六，在对托尔斯泰思想言论的研究中，经常会出现这样一个问题，即他所说的一句话，可以认为是中国古典文化思想的表现，也可以认为是俄国文化思想或基督教思想的反映。实际上，托尔斯泰所追求的是建立一种全人类的宗教，所探索的是全人类共同的人生真谛。他相信“所有的宗教在解决一些根本问题时都是一样的”，比如说：“不论佛教还是伊斯兰教，或者基督教，都认为杀人是恶。”[1]而人类各民族文化思想的这种统一性自然地使托尔斯泰思想和中国古典文化思想形成某种暗合。托尔斯泰正是根据这种“理一分殊”的道理，从历史上各种民族文化思想、宗教思想中摒弃那些具有民族或教派个性的、具体的东西，获得一般性的、具有普世价值的思想。

也正是在这一基础上，我们中国的研究者，就看到了托尔斯泰对中国古典文化思想的认同，比如对老子的“无为”、墨子的“兼爱”等观念中的一些思想的认同。但是一般来说，托尔斯泰主观上对中国古典文化思想的态度不是一种单纯的认知态度，更不是一种全盘接受的态度，而是一种带有极强的主观接受倾向的印证态度。对于中国古典文化思想中那些与他构建托尔斯泰主义不相符的观念，他是置若罔闻的，甚至是否定的。比如，他从未谈到过孔子的“爱有差等”的主张和“礼”的思想，因为不合于他的博爱主义，又因为他反感俄国宗教和政治的“礼”——虚伪的典章制度（尽管他未必了解孔子的“礼”的真实含义）；基于他的“平民化”思想，托尔斯泰也不承认孟子的“劳心者治人，劳力者治于人”的思想是“天下通义”。即使在他极力赞许的墨子的兼爱学说中，他也感到有“他的不对之处”：“他想改造这种爱，向人们教习这种爱。”而托尔斯泰始终认为，“爱是不可能强施于外界的，它只能适用于内在方面”[2]。可以说，托尔斯泰接受中国古代文化思想的主观基础始终是俄罗斯传统民族文化和基督教文化，是他早有蓝图的托尔斯泰主义。

那么，我们如何判别托尔斯泰和中国古典文化思想的关系呢？我以为，首先应该判定托尔斯泰对中国古典文化思想中一些最基本观念的态度，如果他在相当程度上认同了这些观念，那么，他实际上就犹如进入

[1]《同时代人回忆托尔斯泰》，1984年，第413页。

[2] Толстой Л. Н. *Полное собрание сочинений (В90-Tblx ToMax)* М. Гослитиздат. 1958. Т. 52 С. 106.

了中国古典文化思想的环境，而对他的言论思想与中国古典文化思想的联系进行分析就不再是一种牵强附会。我们可以从托尔斯泰思想对中国古典文化思想复杂的暗合、印证式的认同、颇有意义的误读、巧妙的回避和否定之中，探察在托尔斯泰思想中，中国古典文化思想和俄国文化思想、基督教思想，相互间发生着怎样的融通、损益，中国古典文化思想是以怎样的形式被融入在托尔斯泰的思想之中。这对于认识托尔斯泰这位和中国有着特殊联系的思想家、艺术家的全人，是一个极为重要的视角。

最后，值得指出的是，托尔斯泰要用中国古典文化思想，用他想象中的中国人的生活方式拯救世界的年代，正是中国人在西学东渐，乃至洋枪洋炮的威逼下，愈感自己的传统文化不足以保身，终于喊出“打倒孔家店”之时。这里包含着并不简单的历史悲剧性，绝非一哂可以了之的。所以，既要认识到“托尔斯泰主义的现实的历史内容，正是这种东方制度、亚洲制度的思想体系”，因而“就其内容来说是反动的（就反动一词的最正确最深刻的含义来说）”[1]，他所指出的回到农耕社会之路是空想的，又要理解我们经历了历史的酸甜苦辣才愈来愈认识到的自己民族传统文化的宝贵价值。而托尔斯泰把人类完美的社会理想和人的完美的道德境界紧紧联系在一起，当年，在人生意义的求索中把目光专注于中国古典文化思想，又是有着高渺的思想见地的。这种历史进步意义上的反动，使人不由得联想起中国两千年前的孔子，想起这位面对周王朝的礼崩乐坏，却要挺身担当起“克己复礼”这一“知其不可而为之”（《宪问》）的“天命”的“至圣先师”。他们所提出的思想只有放在更为宏大的人类历史的运行中来理解。正如列宁指出的，“拿世界历史的尺度来衡量实际政策问题，便是极为严重的理论错误”[2]。我们可以套用列

[1]《列宁全集》第17卷，第32—36页。
[2]《列宁选集》第4卷，第212页。

宁的话说：用形而上的思想来指挥人生的具体社会实践，只能使思想显得大而无当的迂远。当年，人们就曾或揶揄或赞赏地说过，托尔斯泰的言论是为遥远的后代而讲的。[1]而实际上，只要是作为一个历史具体的人，他的迂远和深邃、荒谬和真理就永远是融合在一体的。而当你一旦试作形而上的玄想时，你就能感到托尔斯泰一种永恒的美。“渺渺兮予怀，望美人兮天一方，”人类总是要有一种终极的追求作为精神支柱的。

在当今世界进入后现代化时代，在社会危机、精神危机、价值危机使现代社会不得宁日之时，人类愈来愈意识到，西方的科学主义不能解决精神价值、人生意义这些人类社会的根本问题，而把目光投向中国传统文化思想。于是，托尔斯泰的思想，同中国古典文化思想一样，重新又引起人们的特别关注。俄国的一些论著一再指出托尔斯泰的一些具有预言性的思想。而作为中国人，在当今我国的“传统文化热”和世界性的“中国文化热”中，由思考托尔斯泰对中国古典文化思想的借鉴、认同和共识关系，来探索中俄两大民族传统文化的历史联系，来理解作为艺术家和思想家统一的托尔斯泰的永恒魅力之所在，来总结人类文化交融中的文化相互借鉴的规律，来反观中国古典文化思想的利弊得失及其对当代世界的重大价值，是极有现实意义的。这也正是对托尔斯泰和中国古典文化思想关系进行反思研究的新的基点。

本书试图首先从纵向探讨托尔斯泰在其具有东方走向的精神探索的过程中，是如何接近和接纳中国古典文化思想的；在此基础上，进一步从横向对托尔斯泰思想和中国古典文化思想的一些基本点进行逐一的比较研究。

[1] 倪蕊琴编选：《俄国作家批评家论托尔斯泰》，中国社会科学出版社，1982年，第276页。

# 上　编

# 托尔斯泰精神探索的东方走向

正当古老东方文明与近代西方文明几经较量，败下阵来，东方民族正在走向西方文明的时候，托尔斯泰提出了要用东方文明拯救世界。他在《给一个中国人的信》（1906）中说："我想，中国、波斯、土耳其、印度、俄国，可能的话还有日本（如果它还没有完全落入欧洲文明的腐化罗网之中）等东方民族的使命是给各民族指明那条通向自由的真正道路……"而同时，他对于中国传统文明，对中华民族古老的生活方式，更予以格外的重视。他说："我认为，在我们的时代，在人类的生活中正发生着伟大的转变，在这个转变中，中国应该在领导东方民族中发挥伟大的作用。"

托尔斯泰精神探索的这种东方走向和诉诸中国古典文化思想的倾向，尽管看上去逆着历史"进步"的走向，但是却有其民族文化思想的、社会历史的必然性的根据。只有运用文化的历史比较研究和影响联系研究相统一的方法，既看到中国古典文化思想的借鉴、影响作用，又要考察托尔斯泰精神探索的这种走向和倾向的民族文化思想基础、社会历史背景和个人精神素质的条件，才能对托尔斯泰和中国古典文化思想关系的成因、本质和意义得出较为正确的认识。

第一章

# 托尔斯泰精神探索的民族文化思想基础和社会历史背景

千年的俄罗斯古国有着独特而丰厚的民族文化思想基础。这里仅就托尔斯泰精神探索的东方走向及和中国古典文化思想关系的问题，谈谈所涉及的俄罗斯民族文化思想的几个主要方面。

许多俄国思想家都指出俄罗斯民族文化思想的宗教性（религиозность）特点。如别尔嘉耶夫就指出，俄罗斯民族就其类型和精神结构而言，是一个信仰宗教的民族。甚至在他们脱离了东正教的时候也在继续寻找上帝和上帝的真理，探索生命的意义。[1]别尔嘉耶夫的这一观点未必能概括俄罗斯民族传统文化思想的主要特征，但是它有助于分析托尔斯泰的精神探索。实际上，托尔斯泰不论在其不信东正教的青年时代，还是在他全面否定了官方教会的晚年，对于“上帝的真理”和“生命的意义”的探索一直没有停止过。而且我们看到，俄罗斯民族文化思想的其他一些特征，都是和这一宗教性特点紧紧相联系的。

---

[1] 别尔嘉耶夫:《俄罗斯思想》，雷永生等译，生活·读书·新知三联书店，1995年，第246页。

首先，从世界观上看，许多俄国思想家都指出，俄罗斯思想是面向末日的末日论思想（эсхатологическая идея）。由此而产生了俄罗斯的极端主义（максимализм）。俄罗斯人总是有对另一种生活、另一个世界的渴望，总是有对现存的东西的不满情绪。所以，可以说，俄罗斯民族就其形而上的本性，就其所担负的世界使命来说，是一个终极民族（народ конца）。当然，我们从19世纪俄国尖锐残酷的社会矛盾以及俄国在世界资本主义营垒链条中是最为薄弱的一环的历史现实出发，也可以看到俄国民族走向与旧世界决裂的"极端主义"精神和世界革命的使命感的现实原因。别尔嘉耶夫特别指出朝圣这种很特殊的俄罗斯现象，认为俄罗斯文化最有创造性的代表者都是朝圣者。或许是对彼岸世界的向往和与俄罗斯广阔土地相联系的自发性这些民族心理，在驱赶他们寻求真理、追求天国、向着远方，而在人间，没有自己逗留的城市。托尔斯泰就是这样一位精神朝圣者。但是，值得注意的是，托尔斯泰正是以终极民族的这种极端主义情绪，义无反顾地走向了中国古典文化思想。而这种文化思想不知道历史的终结，却要在循环永恒的天道运行中建立现世的人间乐土。托尔斯泰就处于这两种文化思想的冲突之中，致使别尔嘉耶夫对于托尔斯泰有没有末日论思想，产生了判定上的犹豫。他既指出托尔斯泰追求终点的末日论倾向是不容置疑的，又说，可以认为托尔斯泰没有末日论。[1]正如他说的："在托尔斯泰主义的道德说教后面，隐藏着对于应当在这里、在人间，并且在现在实现天国的追求。"而按照他的说法，"现在应当开始的天国的理想是无止境的"[2]。在这里，我看到了两种迥异的文化思想的会通。这大抵是托尔斯泰认同中国古典文化思想的关键一环。

[1] 别尔嘉耶夫:《俄罗斯思想》，第197页。
[2] 别尔嘉耶夫:《俄罗斯思想》，第180页。

托尔斯泰的主人公们没有在朝圣的路上永远地奔向远方。在人间，他们终于找到了自己可以止步的上帝之城，找到了人生的根基。正如托尔斯泰译述《大学》中所说："鸟儿都知道应该停在那儿，人怎么能不知道这一点呢？"（诗云：缗蛮黄鸟，止于丘隅。子曰：于止，知其所止。可以人而不如鸟乎？）于是，谢尔盖神父最后停在西伯利亚给人家打工；聂赫留朵夫在鲁滨逊村社的背景下过着农村移民团的生活[1]；故事《两个老头》中的两个朝圣者，朝圣之后依然回归故里，或种田，或养蜂。他们都心有所止而止——既然天国在人的心中，那么就不必去做永恒的朝圣，只要止于心之所止，停在心安理得之处，就是和上帝同在了。于是，在托尔斯泰那里，朝圣就必然地向道德修身转换，而出现了两种文化的会通。

这样，就可以谈到俄罗斯文化思想中至重的宗教伦理观念。一方面是由基督教原罪意识而衍生的罪孽感和苦难意识、忏悔意识；一方面是对绝对的善和人类爱的追求，是对精神自我完善的追求，是对慈善、宽恕、忍让、等待、不指责、无怨怒、消极无为、自我牺牲的推崇。当然，在对邻人、对穷人的爱中，在"左手不应让右手知道"的布施中，所要体验的是人类之爱的情感，追求的是精神自我完善的需要，出发点是个人与上帝之间的个体联系，而不是为了社会的群体效益。所以正如B. B. 罗扎诺夫说的，在布施者和受施者之间，很难说谁比谁更多地得到了对方的恩惠。甚至，"从慈善事业的意义来说，在古罗斯，贫困对于人民来说，不视为经济的负担，社会秩序的症结，而视为民众道德教育的一种主要手段"[2]。托尔斯泰正是从这种指向精神自我完善的宗教伦理观念，去认同儒家指向修齐治平的道德思想的。把上帝之爱转换为人道

[1]《托尔斯泰文集》，人民文学出版社，1987年，第273页。
[2] Розанов М. М. *Религия и культура.* Париж Имка-пресс 1979. с.57.

之仁，从基督教的无怨无怒、消极无为、宽忍牺牲去认同老子的道的无为，把上帝的宗教变为道德化的宗教。然而就在这种思想会通上，分明地显现出两种文化思想的不同。儒家讲的修齐治平的统一、成己和成物的统一，被托尔斯泰作了“侧重”于精神自我完善的，而且依然是个体和群体分离的解释：“为了拯救世界，应该相信，为此需要我的完善。”在这种个体和群体分离里，可以看到天人分立、上帝与人分立的影子。而老子遵循天道规律的无为思想，在托尔斯泰那里则阐述为人在社会活动中的无所作为，透露出基督教只能靠救赎、靠因信称义得救的思想遗迹。

在谈到俄罗斯宗教思想时，A. C. 霍米亚科夫[1]提出了“共同性”(也可译为“会同性”)这个概念，他认为宗教的共同性是俄罗斯思想。别尔嘉耶夫指出，“共同性”（соборность）这个词很难翻译成外国语。[2]“共同性”的词根“собор”是指大教堂或宗教会议，“соборность”大抵就是指民众在对上帝的共同信仰基础上的聚合性。A. C. 霍米亚科夫说：“绝对正确性只处于被相互之爱联合起来的教会的普世性之中。”这就是“共同性”。别尔嘉耶夫指出：“教会的统一不是别的，正是许多个人自由地同心协力。”[3]俄国人的整体性和无政府主义思想都是与这种“共同性”相联系的。

弗洛罗夫斯基在《俄罗斯神学之路》中，引述K. 阿克萨科夫《俄罗斯心态》一文说：“俄罗斯人并不想国家化。对于自身来说，他们要的不是政治的，而是内在的共同生活，是自己的风俗习惯——是和平精神的生活。他们不寻求政治的自由，他们寻求的是精神的自由、灵魂的自由，是社会共同性的——人民内在生活的自由。”K. 阿克萨科夫指出，

[1] A. C.霍米亚科夫（1804—1860），俄国宗教哲学家。
[2] 别尔嘉耶夫：《俄罗斯思想》，第161页。
[3] 别尔嘉耶夫：《俄罗斯思想》，第162页。

俄罗斯人民鲜明地把“国土”（земля）和“国家”（государство）相区别。“国土”是和俄罗斯古老的村社（общена）相联系的。从斯拉夫派到民粹派，很多俄罗斯思想者都把古老的村社理想化而视为俄罗斯和谐存在和发展的基石。在村社里，充分表现着俄罗斯人的共同性的思想，或如B. B. 罗扎诺夫说的“融合性”（слиянность）——和周围生活的融一，和他人的利益得失休戚与共。[1]在这里，个人只有在集体中才有存在的意义。“村社中的自由就像合唱中的自由一样”，[2]K. 阿克萨科夫是这样描述村社的集体主义和个人自由的关系的。而这种古老的村社理想和相并存的无政府主义思想也是托尔斯泰主义所特有的。托尔斯泰正是从俄罗斯人的共同性、融合性和无政府主义思想出发，去迎合儒家“天地一体之仁”理想的。虽然这些思想都属于与西方天人分立、个人和群体分立的思想对立的东方思想，但是，由于俄罗斯人把国邦和国家相对立的无政府主义思想和中国人的国家社会一体化的思想完全背道而驰，所以托尔斯泰对儒家的国家观念不予借鉴。一旦对儒家本因缺乏政治设施而十分鄙陋的德治思想也略去不顾，托尔斯泰对儒家思想的借鉴，就依然没能填平他的自我完善和他所提出的社会目标之间的空想鸿沟。

最后，从思维方式上看，与重分析、重范畴分化的二重化、机械化、理性化的西方思维模式相比，俄罗斯人的思维更加注重整体化和有机性。他们不喜欢西方思维的抽象性和唯理性，而“要求人们不仅用理性进行认识，而且要用感觉、意志、信仰去认识”[3]，“用完整的精神去认识”，“在这种精神中，理性和意志、感觉结合在一起，而没有唯理论所做的割裂”。[4]基列耶夫斯基指出：“一分为二和整体，抽象理性和具体

[1] Розанов М. М. *Религия и культура.* Париж Имка-пресс 1979. С. 66.
[2] 别尔嘉耶夫：《俄罗斯思想》，第49页。
[3] 别尔嘉耶夫：《俄罗斯思想》，第42页。
[4] 别尔嘉耶夫：《俄罗斯思想》，第161页。

理性，这是西欧教育与古俄罗斯教育的最后表现”。[1]值得注意的是他所强调的所谓“内在意识”（внутреннее сознание）这一概念。他说：“内在意识对于所有的个别理性力量来说，是在灵魂深处中存在的活生生的总的聚集（живое общее сосредоточие），它是唯一堪为理解最高真理的。”基列耶夫斯基所说的这种“唯一堪为理解最高真理的内在意识”，虽然还不是中国人的知之主体的那颗充满了德性之知的心，但是它已经不是西方人的机械化的抽象理性，而具有“精神的内在完整性”。B. 叶夫多基莫夫也指出，东正教最少规范、远离概念演绎，认为“对奥秘加以思辨是不好的，最好是对其沉思默想，在不被理性化的情况下，奥秘才变得透亮。”[2]托尔斯泰正可以从俄罗斯人的这种“内在意识”走向中国古典认识论，去认同中国人的“知之主体”。当然，这需要使俄罗斯人的这种“内在意识”充分道德化，把追求真理的认知过程变为追求善的体认过程。而我们看到，托尔斯泰正是这样做的。

托尔斯泰进行着东方走向的精神探索的年代，正是俄罗斯为了现代化而迅速地走向西方的时代。

横亘欧亚大陆的俄罗斯从来是东方和西方文化发生撞击和融会的国度。18世纪初，彼得大帝向西方文明敞开俄罗斯的大门，开启了俄罗斯历史上的一个伟大的转折时代。这首先是古老的俄罗斯的东方文化和西方文化在俄罗斯人灵魂中斗争的历史，是崇欧和排外、传统和维新两个极端的斗争史。18世纪下半期开始的俄国启蒙运动把西方自由主义思想引入了俄国的社会意识，至19世纪初年，尤其是在打败了拿破仑的入侵，一举“解放了法国”之后，在法国亲眼看到了西方文明社会制度的“胜利的俄国人”，回到祖国，自顾俄国丑陋、落后的专制农奴制度，更

[1] 别尔嘉耶夫：《俄罗斯思想》，第41页。
[2] 叶夫多基莫夫：《俄罗斯思想中的基督》，杨德友译，学林出版社，1999年，第28页。

决心要用西方文明的思想学说，实现俄国社会政治的改革。从斯佩兰斯基的和平改革，到十二月党人的暴力革命，都是祭着相当纯正的西方自由主义的旗帜。但是，对斯佩兰斯基的改革“不论是宫廷还是在茅舍，到处都是怨声载道”，斯佩兰斯基的被贬黜，引起连暴君之死也不会出现的欢欣。[1]而十二月党人这群抱着天赋人权、民主自由、共和政体信念的西方自由主义信徒，也同样都失败于远离人民、昧于国情，不懂得西方文化的发展尽管先进了一步，却不可能生硬地移入俄罗斯的土地。

于是在19世纪30—40年代展开的一场斯拉夫派和西方派之间的争论，便带有文化反思的性质。这些关注着俄罗斯民族命运，探索着俄国变革道路的人，或者强调俄国文化的传统，主张走一条全然不同于西欧的发展道路（斯拉夫派）；或者强调世界历史发展的共同规律性，主张全盘西化，走西欧的发展道路（西欧派）。而40年代形成的革命民主主义思想则主张用暴力手段推翻沙皇制度，抱着空想社会主义的理想。

1848年的欧洲革命终于震动了整个俄国社会。俄国人向往的西方文明也正经历着多事之秋。理性王国一旦降临人间，竟令人如此失望。于是，包括理性这一原则在内的18世纪启蒙主义思想受到新世纪思想的重新审视。非理性主义思潮应运而生。西方近代文明面临着从经济基础到上层建筑的全面危机。而正在赶赴西欧几个世纪历程的俄国，也必然浓缩着近代化历程的种种矛盾冲突。面对俄国农奴制危机日愈加剧的社会现实，俄国各种政治力量、思想倾向之间在进行着激烈的斗争。

这便是托尔斯泰登上一生精神探索历程的时代背景。而这时的托尔斯泰正值弱冠之年。

列夫·尼古拉耶维奇·托尔斯泰（1828—1910）出生在一个二百多年间世袭着伯爵封号的贵族世家。家族的宗法传统自然是形成托尔斯泰

---

[1] 参见姚海：《俄罗斯文化之路》，浙江人民出版社，1992年，第111页。

具有东方色彩的俄罗斯思想的深厚基础。同时，在那个努力向西方学习的时代，托尔斯泰也像当年的许多贵族青年一样，在学校里受到系统的西方观念教育。可以认为，东方和西方，从一开始就在托尔斯泰的心底交战。在俄罗斯和整个世界的历史剧变中，这位世袭贵胄在精神上走向东方，正是那个特定时代的特定个性—— 一生精神探索的结果。必须综观托尔斯泰探索的一生，力求抓住构成这一东方走向的每一个关节点，以求得对托尔斯泰和中国古典文化思想的关系有一个比较清晰的认识。首先，我想讨论，托尔斯泰一生精神探索的东方走向是怎样形成的。

第二章

# 青年托尔斯泰精神探索从西向东的转向

（19世纪40年代末至60年代初）

我想把从托尔斯泰考入喀山大学东方语文系（1844年）到写出《哥萨克》（1863年），算作托尔斯泰具有东方走向的精神探索的第一个时期。

这一时期的特点是，托尔斯泰不仅已经基本上显现出注重内省和自我道德修养这一独特的东方型精神素质，同时我以为，还有三个与其东方走向的精神探索相联系的倾向是值得注意的。第一，托尔斯泰从崇尚西方理性主义宣扬的科学、文明、进步，转向否定西方理性主义“进步”的社会思想，目光开始转向“古老的”东方；第二，托尔斯泰人生探索的目光由向外、向着社会改革，转而如东方人的向内、向着对人的心灵和道德的关注，由瞩目他人转为反观自身；第三，他的思想倾向和交际范围由接近西欧派、否定斯拉夫派，转到疏离西欧派－自由派，倾向斯拉夫派（而众所周知，斯拉夫派是倾向于俄国传统的东方文化的），从而完成了其精神探索从向西拨转舟头而向东的过程，奠定了托尔斯泰进一步精神探索的基本走向。

应该指出，尽管没有托尔斯泰在这一时期直接接触中国古典文化思想的记载，托尔斯泰的这些精神探索的东方走向都是和具有东方色彩的俄国传统历史文化相联系的产物，它同时也就构成了托尔斯泰与中国古典文化思想暗合或者说契合的基础，并成为之后托尔斯泰接纳中国古典文化思想的基点。

车尔尼雪夫斯基在评价托尔斯泰最初的文学作品时，准确地抓住了“赋予托尔斯泰伯爵的作品以特殊面貌的两个特点”，即“心理生活隐秘变化的深刻知识和天真未凿的道德情感的纯洁性”。并认为“它们永远将是他的才华的基本特征”。[1]

而托尔斯泰这种文学才华的基本特征，我以为正是他内省型的精神素质及在此基础上形成的把社会问题诉诸个人道德问题倾向的表征。当然，这些都是和托尔斯泰主观上努力对俄国传统的东方气质的认同相联系的。

在托尔斯泰青年时期的日记里，想要“独处”“离群索居”的提法俯拾即是：

> 独处对于生活在人群中的人是有益的，人一旦脱离人群，进入自己的内心，理性立即会摘下他那副歪曲一切本来面目的有色眼镜，他对事物的看法也清楚了……[2]

> 人生来是要独处的——不是在实际上，而是在精神上。[3]

而从《童年·少年·青年》中自传性主人公伊尔杰尼耶夫的心灵成长史里，我们看到，在托尔斯泰自幼经历的“孤独的内向的精神生活”中，“一切有关人类使命、未来生活和灵魂不灭的抽象问题”，很早就“已经呈现在自己的面前”，而且，他还认定，“人类智慧”使“每一个人在知道哲学理论的存在之前，就已经或多或少地清楚地理解它们

[1]《俄罗斯作家批评家论托尔斯泰》，第35页。
[2]《托尔斯泰文集》17卷，人民文学出版社，1987年，第1版，第1页。
[3]《托尔斯泰文集》17卷，第19页。

了”。[1]而在这些人生意义、终极目的的抽象问题中，托尔斯泰最关心的是道德问题。终于，这位自传性主人公基于“对美德典范的热烈崇拜”，“相信人生的目的就是不断地自我完善”，而且，“在当时看起来，使全人类改邪归正，消灭人类的一切罪恶和不幸，好像是行得通的事情……”[2]

这种通过个人精神自我完善走向全人类完善、全人类幸福的思想的获得，被这位自传性主人公严肃地视为“是青年时代的开始”[3]。这种“时常想象自己是个为全人类幸福发现了新的真理的人”的念头，使托尔斯泰甚至也有一种类似孔子“天生德于予”的自白：“我身上有一种东西使我相信，我生来就不是要做个像一般人那样的人”，“种种热望仍然在折磨着我……不是渴求功名，……而是渴求对人们的幸福和利益产生重大影响。”[4]乃至他终于“产生了一个极其伟大的思想”，他在日记（1855年3月4日）里写道：

> 我自信能够以毕生的精力去实现这个思想，即创立一种与人类的发展相适应的新宗教，是剔除了盲目的信仰和神秘性的一种新的基督的宗教，是不应许来世幸福、却赐予现世幸福的实践的宗教。我明白，只有若干代人自觉地朝着这个目标去工作，才能使这个思想成为现实……[5]

尽管这种注重内省，试图通过完善道德来救济世道的思想，可以在中国古典文化思想中找到契合，而且也是托尔斯泰一生精神探索的思想源头，但是，距托尔斯泰真切地和中国古典文化思想的会合还有一段漫长的历程。

[1]《托尔斯泰文集》1卷，第183页。
[2]《托尔斯泰文集》1卷，第206页。
[3]《托尔斯泰文集》1卷，第209页。
[4]《托尔斯泰文集》17卷，第29页。
[5]《托尔斯泰文集》17卷，第63页。

而实际上，青年托尔斯泰的精神探索最初是面向西方的。许多人在谈到托尔斯泰和东方思想的关系时，首先提及托尔斯泰考入喀山大学东方语文系。然而在这方面，我认为东方语文系未必对托尔斯泰产生过多少影响。大学一年级期终考试失败之后，1845年8月，他转入了法律系。正如迈耶尔教授所说："他根本就不想好好学；真遗憾，他有这样一张动人的脸，这样一对聪慧的眼睛，我相信，只要他自觉努力，他会成为一个优秀的人。"的确，尽管托尔斯泰对大学灌输式的教育和种种陈规陋习十分反感，经常缺课，分数不佳，但是，他却热衷于思考各种哲学问题。如他后来说的，"哲学永远使我着迷"。[1]

如果同意著名的托尔斯泰研究家H. H.古谢夫的推断的话，三部曲的《青年》(1856)的第二部分第一章描述主人公尼考连卡索居冥想，正是1845年夏天托尔斯泰沉醉于哲学探索的写照："我感到思绪泉涌"，"在我面前，展现出无限的精神完善的前景，没有不幸，没有错误，带着青春激情的智慧在探寻着达到这完善的道路。""我的脑海中进行着紧张热烈的工作"，甚至常常整夜"在梦里看见和听见一些伟大的真理和法则。"[2]

在一本记述自己"新哲学"观念的笔记本里，托尔斯泰提出："人的心灵的本质是意志，而不是理智"，据此，他不同意笛卡尔的一个最基本的论点："我思故我在。"托尔斯泰论道，笛卡尔的"思是因为他有思的欲望；所以应当说'我欲故我在'"。[3]在另一处笔记里托尔斯泰写道："如果一个人没有成为人的意愿，也就不会成为人。"这样，对于托

[1] Гусев Н. Н. *Л. Н. Толстой Материалы к биографии (а) с1828 по1855* М. Акад. наук. СССР 1954, С. 217.

[2] Гусев Н. Н. *Л. Н. Толстой Материалы к биографии (а) с1828 по1855* М. Акад. наук. СССР 1954, С. 196.

[3] 1879年托尔斯泰在一篇宗教哲学作品中，这样改造笛卡尔的公式来阐述自己的观点："我思，我欲，故我在。"见Гусев Н. Н. *Л. Н. Толстой Материалы к биографии (а) с1828 по1855 М.* Акад. наук. СССР 1954 С.197.

尔斯泰来说，这种“没有局限的意志”作为人心理的最高本性，应该支配人的一生和事业，“应该永远地君临于各种需求之上”。[1]

当然，我们不能据此就断言托尔斯泰走上了反理性的道路，他对于叔本华的热衷还是20多年之后的事。但是从青年时代起，托尔斯泰便对理性的至高地位采取了怀疑态度，这是应该特别指出的。

也许，这也就是为什么托尔斯泰自青年时代就特别倾心于卢梭的缘故。因为在所有启蒙主义思想家中，唯有卢梭是在弘扬理性的时代，却“从人的情感来推断人类范围以外的事实这派思想体系的创始人”[2]。他后来回顾从14岁到20岁最受影响的著作时，谈到卢梭的影响是巨大的。他还回忆起在15岁的时候，曾贴身佩戴了一个卢梭画像的纪念章，来代替正教的十字架：

> 任何时候我也不会忘记卢梭的《忏悔录》使我产生的那种强烈而欢快的印象，以及对人间谎言的藐视，对真理的热爱。

在谈到卢梭的《论科学和艺术的复兴是否促进道德的净化》时，托尔斯泰说：“卢梭关于野蛮状态时的道德优于文明时代的议论也极合我心，我仿佛是在读着自己的思想，只是心中间或再作些补充。”[3]

不过，一般来说，大学生时代的托尔斯泰在思考问题的时候，高扬的毕竟是启蒙主义理性的旗帜。

在1846年夏天，他写的九段哲学方面的笔记（都没有写完）中，有一篇《关于卢梭言论的哲学笔记》。在这个笔记中，托尔斯泰却对卢梭的论点一一进行了辩争，而非小小的补充。针对卢梭否认科学与艺术的观点，他指出，这位“伟大的日内瓦公民”没有想到，如果说科学与艺

---

[1] Гусев Н. Н. *Л. Н. Толстой Материалы к биографии (а) с1828 по1855* М. Акад. наук. СССР 1954 С. 196.

[2] 罗素:《西方哲学史》下册，马元德译，商务印书馆，1996年，第225页。

[3] Гусев Н. Н. *Л. Н. Толстой Материалы к биографии (а) с1828 по1855* М. Акад. наук. СССР 1954 С. 197.

术的发展会带来危害，那只是在“人的心中的恶根占优势的时候”；科学与艺术发展的益处已经表现在它们“支持了专制政体”；尽管科学的确对于道德有着恶劣的影响，但是它们毕竟“使人类摆脱了更大的恶”；而卢梭所依据的史例也不足为据，因为“真正意义上的历史我们还知之甚少”，当今的“历史还没给我们揭示科学艺术和美德之间、善恶之间、宗教和国民性之间在何种时候会形成何种关系……”托尔斯泰还指出，卢梭把个人的福利和人类的福利相等同是错误的，并且认为科学造成奢侈的想法也是错误的。[1]

不过，如果说卢梭的反对近代文明、主张回归自然的思想后来强烈地影响过托尔斯泰的话，那么从当年大学时代的传记资料中，我们首先看到的是托尔斯泰对启蒙主义主张，对科学、文明、进步，对资产阶级法治国家的肯定。

值得注意的是托尔斯泰在日记中对于叶卡捷琳娜二世《手谕》的评论。这些笔记是为了讨论他的老师迈耶尔教授的题目：比较叶卡捷琳娜二世《手谕》和孟德斯鸠的《法意》一书。托尔斯泰并没有致力于二者的“比较”，而是以启蒙主义精神为武器，来审视叶卡捷琳娜二世《手谕》，讲述自己的启蒙主义国家信念。看来，作为一个大学生的托尔斯泰，还全然没有像后来那样举起反对国家、反对法制的旗帜，而是完全站在西方资产阶级法制立场上，批判俄国君主专制制度的弊端。他指出：“叶卡捷琳娜有许多思想非常奇特，她总想证明，君主虽然不受任何外界因素的限制，却受自己良心的限制。而如果一个君主不顾一切自然法则，认为自己是不受限制的，那么他已经就没有良心了，他是在用自己所没有的东西来限制自己。”[2]托尔斯泰写道，“德行可能被作为君主

[1] Гусев Н. Н. *Л .Н . Толстой Материалы к биографии (а) с1828 по1855* М. Акад. наук. СССР 1954 С. 219.

[2]《托尔斯泰文集》17卷，第4页。

制的基础，不过历史向我们证明，这还从来没有过”。而实际上，“君主可以随意地（甚至是屡见不鲜地违反正义原则）颁布法律，据以行事”，那么“在不仅是司法的判决，而且连法律都在听任独裁者任意专断地改变的国度，还能存在什么法律庇护下的国民安全吗？”[1]

这和托尔斯泰后期把社会问题转化为道德、良心问题的思路截然相反。

这里，托尔斯泰俨然是一位反对君主专制制度，主张共和思想的斗士：

专制制度靠什么维持呢？或者靠人民的不够开化，或者靠受压迫的那一部分人民力量不足。[2]

他进一步指出人民在君主专制国家里的地位，他们“既没有参加管理，也便不想成为对它有益的人，乃至为社会牺牲其个体”，继而托尔斯泰得出结论认为，在这样的国家里，国民没有义务服从君主一人制定的法律：“因为在专制制度下，没有这样一个（君主）一人借以获有权力，而国民得到的是义务的契约，相反，（君主）一人是凭恃力量来掌权的。因此我说，既然在专制制度下不存在这样的契约，那么国民方面也就不可能存在义务。”[3]由此，可以推导出最革命的结论。

他进一步揭露叶卡捷琳娜的《手谕》充满矛盾和虚伪：

《手谕》中随处可见两个对立的出发点，一个是革命精神，当时整个欧洲都在它的影响之下；一个是专制主义精神，女皇的虚荣心使她不能放弃后者。虽然她意识到前者的优势，而《手谕》中占

[1] Гусев Н. Н. *Л. Н. Толстой Материалы к биографии (а) с1828 по1855* М. Акад. наук. СССР 1954 С. 224.
[2]《托尔斯泰文集》17卷，第4页。
[3] Гусев Н. Н. *Л. Н. Толстой Материалы к биографии (а)* С. 224.

> 主导地位的却是后者。她多半是从孟德斯鸠那里拿来的共和思想当作专制主义辩护的工具，但是多半不成功。因此我们在她的手谕中常常碰到一些需要加以证明的思想。如果没有证明，这些与最专制的思想并存的共和思想，而且多为结论，完全不合逻辑。
>
> 总的说来，我们在这部作品中看到，浅薄多于切实，俏皮多于理性，虚荣心多于对真理的爱，爱自己胜于爱人民。最后这个倾向表现在整个《手谕》中，我们只看到公法，即国家关系（她本人作为国家代表的态度）的决定，而没有看到有关民法，即个别国民的关系的决定。最后我要说，这《手谕》给叶卡捷琳娜带来的荣誉多于给俄国带来的利益。[1]

从托尔斯泰的这些观点来看，西方法制社会对他是有吸引力的。不过，在任何时候，他都不会忘记道德的意义："积极的法律要成为完善的，就应该和道德律相等"。虽然他承认惩罚对于预防犯罪的作用，但是他认为更应该诉诸道德戒律："如果善根在人们心中占了优势，那么他们便不再想去犯罪，如果是恶根在人们心中占了优势，那么他们就要去追随它，因为它将成为他们所习有的本性。"[2]

同时作为一个世袭贵族的后裔，他不会忘记为贵族设想一个在社会变革中的作用。托尔斯泰提出了作为国家栋梁的贵族参与经商的意义：

> "为什么在俄国贵族不应该经商呢？……我们的世袭贵族阶级由于贫困正在消失，贫困之所以发生又是因为贵族耻于经商。愿上帝让当代的贵族明白自己的崇高使命只在于要使自己强大起来。"而且托尔斯泰指出："只要我国还存在奴隶制度，农业和商业就不会繁荣。"[3]

---

[1]《托尔斯泰文集》17卷，第4页。
[2] Гусев Н. Н. *Л. Н. Толстой Материалы к биографии (а) с1828 по 1855* М. Акад. наук. СССР 1954 С. 223.
[3]《托尔斯泰文集》17卷，第3—4页。

1847年春天，19岁的托尔斯泰辍学返乡，为要“改善自己”而决定进行他生平第一次重大的社会实践：改善自己庄园的管理，改善自己的农奴的处境。

《一个地主的早晨》（1852—1856）中，19岁的主人公聂赫留朵夫公爵几乎述说了托尔斯泰当年的全部心思：“我很想整顿一下。”他在给姑妈的信中说到农民的处境“太贫困可怜了”，“关心这七百人的幸福，难道不是我在上帝面前义不容辞的神圣责任吗？”[1]

在投入这一事业的第一个早晨，他满怀青春的憧憬走出家门，为自己的思想感动得眼眶里无缘无故地涌出泪水：爱和善就是真理和幸福。他制定管理章程，全部生活和工作都按钟点、日子和月份作了规定，接见来访、视察贫户，通过村公社给予帮助，而每礼拜日晚上村公社开会讨论决定如何给予帮助……

可是，一年过去了，聂赫留朵夫分明看到他所投入的事业是那样的毫无前景，困难重重，而且看到了托尔斯泰本人当年未必看清的——贵族阶级和农奴阶级间无法沟通的精神沟壑。（这大抵不是那个19岁的聂赫留朵夫，而是托尔斯泰1856年再次投入农村改革时更为成熟的体验。）

我的理想在哪里呢？……我白白糟蹋了一生最好的年华。

这次“整顿”实际是托尔斯泰受到西方自由主义思想影响，面对俄国农奴制危机所做的一次失败的改革尝试，它后来被托尔斯泰从道德上总结经验，认为这种悉心致力于外在的社会改革，是一种“为要改善自己，而却先去改善别人”的错误。

后来在《忏悔录》（1881）中，托尔斯泰把这些年的经历都视为一种迷途，认为是对个人精神完善的追求“被一般的完善所代替，即不是希望在自己或上帝面前，而是希望在别人面前表现得更好些，而且很快

[1] 1852年10月19日日记。

这种愿望又被想比别人强些的愿望所代替，即要比别人更有名，更重要，更富有。”[1]

从这一条面向外界、瞩目社会改革之路，转向面对内心、注重精神自我完善的道路，还有一段艰苦的路程。人生之路在何方？我们可以看到50年代托尔斯泰日记中开始的不断的内心反省：“我总在寻觅一种心境，一种看事物的观点，一种生活方式，可是既没有本事找到，也没有本事确定。”尽管他“开始祈祷上帝”，希冀上天给予的理性能帮助他摆脱“淫荡的生活”，可是在他时时反省，又时时犯罪的时候，他感到无力紧紧把握住上天所赐予的理性：

看到生活的无聊——罪恶一面真使我毛骨悚然。我不能理解，它怎么能吸引我。当我诚心诚意地祈求上帝接纳我的时候，我不能感到肉体的存在，我只是一个灵魂。可是肉体——生活的无聊的一面又占了上风，还不到一小时，我几乎是有意识地听到了罪恶、虚荣、生活的无聊的一面的呼声。……我挣扎，但还是依从了它。我幻想着荣誉，幻想着女人，睡去。不是我的错，我没有办法。

上天是理性之源，而理性要求了解……头脑在这些深奥的道理面前茫然无措，感情又害怕玷污了理性。我想祈祷，但是不会；想了解，又不敢，一切听凭你的旨意吧！[2]

尽管在这些年的日记里，也充满着道德自省的言辞，但是终未能降伏其心。而与此同时，却不乏参与社会政治改革的构想和对未来俄国社会制度的设想：

1852年3月3日……读《政治家篇》[3]，在我的长篇小说中我要讲一讲俄国政治的弊端，今后，我要拟一个贵族选举制与君主制相

[1]《托尔斯泰文集》15卷，第7页。
[2]《托尔斯泰文集》17卷，第18页。
[3] 系柏拉图之著作。

结合的治国计划，以现存选举制为基础。……[1]

1855年3月4日　这些天我曾经两次连续几个小时写我的军队改革方案[2]。进展不易，但我不放弃这个想法。……[3]

俄国人民有能力过共和制的生活。

俄罗斯的未来，是哥萨克人式的——自由，平等，并且每一个人有义务服兵役。[4]

这种参与社会政治改革的“向外下功夫”的倾向，是和西方自由主义思想的影响相联系的。50年代，托尔斯泰和西欧派有着较密切的关系。他称西欧派的三个代表人物博特金、安年科夫和德鲁日宁为“最宝贵的三巨头”，对另一位西欧派代表人物契切林，也在日记中说是“非常非常喜欢”。在和他们频繁的信函来往中，托尔斯泰对比道：

我同他们（指斯拉夫派）交往时，感到自己不自觉地变得迟钝、狭隘而又十分痴愚，……可是同你们在一起，情况就全然不同。……[5]

而同时，在这些年的日记和书信里，托尔斯泰多次对斯拉夫派进行过批判：

斯拉夫派不仅落后到了失去存在意义的地步，而且落后到了使他们的落后转化为欺诈的地步。……[6]

1856年5月8日晚上……同阿克萨科夫、基列耶夫斯基以及其他斯拉夫主义者闲坐。……他们的目光过于狭隘，击不中要害，……他们认为正教这个因素在人民生活中十分重要，可是在承认这个观

[1]《托尔斯泰文集》17卷，第36页。
[2] 这个方案尖锐地揭露了尼古拉一世时代俄军的弊病，分析了失败的原因。
[3]《托尔斯泰文集》17卷，第63页。
[4] Толстой Л. Н. *Полное собрание сочинений*（*в90-тых томах*）М. Гослитиздат. 1958. Т. 47 С. 212, 204.
[5]《托尔斯泰文集》16卷，第53页。
[6]《托尔斯泰文集》16卷，第56页。

点合理的同时，又不能不承认，倘站得高一点儿来看，正教的表现形式是荒诞的，在历史上是站不住脚的……[1]

当然，对斯拉夫派的某些观点，比如说对家庭生活的观点，托尔斯泰还是持同情态度的。有时他觉得，这些人比起西欧派毕竟多一些对“自己的”、俄罗斯的东西的爱。

然而，随着农奴制危机的加剧和农奴制改革迫在眉睫，托尔斯泰的宗法贵族立场就越发显露出来。他越来越不能容忍改革后的俄国的资本主义发展前景。这首先表现在他在社会政治问题的困境中，力图回避政治，逃避社会斗争。

于是，随着时间的推移，托尔斯泰和西欧派思想上的分歧便逐渐显露出来。比如，博特金在给托尔斯泰的一封信（1859年5月13日）中指出：“问题是，拯救俄国，不在于按人民的方式生活（您多少有点儿信奉人民的迷信），而在于智慧和文明。”[2]而托尔斯泰曾在给博特金的一封信（1858年1月4日）中，表露出对“政治生活突然包围了所有的人”感到反感：“现在人们说的和做的都变得可怕而卑俗……有西欧派，有斯拉夫派，但却没有一些能单凭善的力量把人们吸引到自己周围并使他们和睦相处的人……”[3]托尔斯泰不断地改变着对这两派力量的态度，在1860年3月12日给彼·科瓦列夫斯基的信中，他已经明确地表现出对西方文明和西欧派的怀疑和奚落的态度，在谈到“俄国人民最迫切的需要是国民教育”时他说：“俄国进步事业，我看，电报、道路、轮船、德式马枪、文学、剧院、美术学院等等尽管很有益处，……但其益处正如英国俱乐部的午餐一样，被管事人和厨师吃光。这些东西是全体七千万俄国人生产的，而享用的只是数千人。斯拉夫派连同他们的人民性、脱

[1]《托尔斯泰文集》17卷，第70页。
[2]《托尔斯泰文学书简》，湖南人民出版社，1984年，第268页。
[3]《托尔斯泰文学书简》，第251页。

离人民及全部空谈尽管十分可笑，但他们仅仅是不会据实称名而已，不料他们却是对的……”[1]

19世纪50年代末、60年代初，托尔斯泰很快疏远和断绝了与西欧派-自由派，以及与具有革命民主主义思想的人（如涅克拉索夫、赫尔岑等）的来往，而逐渐在斯拉夫派中找到了朋友。在托尔斯泰晚年，斯拉夫派霍米亚科夫被他称赞为“出色的”小册子，给他留下深刻的印象，他完全同意斯拉夫派关于俄国应该走自己的道路的说法。[2]

从这个角度来考察19世纪60年代初托尔斯泰向一度“非常非常喜欢的”契切林（俄国资产阶级自由派的最主要的理论家）提出断绝以往的“佯装的友谊”，[3]乃至和屠格涅夫闹到要决斗的地步（1861年），就可以看出，其中绝非仅仅由于个人的恩怨。

托尔斯泰向契切林提出“我们最好分道扬镳、各走各的路”，其理由是“彼此轻蔑对方的思维方式和信念”，“我们两人的这种基础完全不同”[4]；而和屠格涅夫的分歧则是反感他身上的西方自由主义的虚伪。在日记中，经常可以看到对屠格涅夫的批评：“他的全部生活都是伪装淳朴”，他的“虚荣心好比聪明人的一种习惯……”[5]

有一次，屠格涅夫讲起家庭女教师要他女儿给穷人补衣服，以示对穷人的善心。托尔斯泰不以为然道：“一位打扮得漂漂亮亮的姑娘，膝上放着又脏又臭的破衣裳，这是一种不真诚的表演。”[6]屠格涅夫大为恼火，两人几乎闹到要决斗的地步。应该看到，托尔斯泰的奚落不单单是指向屠格涅夫行为方法的虚华做作，而是针对自由派在俄国改革问题上

[1]《托尔斯泰文集》17卷，第77页。
[2] 亚·列·托尔斯泰娅：《父亲》（下），秦得儒等译，上海译文出版社，1985年，第317页。
[3]《托尔斯泰文集》16卷，第86页。
[4]《托尔斯泰文集》16卷，第85页。
[5]《托尔斯泰文集》17卷，第72、79页。
[6]《托尔斯泰文集》17卷，第97页。

立场虚华不实的抨击。

促使托尔斯泰拨转西向的船头的一个重要契机，是他的两次赴欧旅行（1857年和1860年）。

西方文明的最初印象令托尔斯泰十分兴奋，1857年4月5日，在给博特金的信中，托尔斯泰写道：

> 这一向我住在巴黎，快两个月了，还无法预料什么时候我对这个城市会失去兴趣，对这里的生活不再迷恋。……艺术享受、罗浮宫、凡尔赛、音乐学院、四重奏、剧院、法兰西学院和巴黎大学的讲课，而主要的是享受社会自由，对于这种社会的自由，我在俄国甚至一无所知……[1]

而就在第二天，托尔斯泰看到了断头台上的文明，那一夜“铡头机使我久久不能入睡，促我反思”。[2]在给博特金的信中，托尔斯泰写道：

> 今天这个场面给我留下的印象使我很久无法恢复理智。我在战场上，在高加索看到过很多恐怖场面，但是即使我亲眼看着一个人被撕成碎片，也不会像看到这部精巧的机器这样恶心，用这部机器一瞬间就把一个强壮、健康、充满活力的人杀死了……

使托尔斯泰反感的是西方文明的法律和整个国家机器：“人类的法律荒谬之极！的确，国家不仅仅是为了剥削，而主要是为了使公民道德败坏而缔结的阴谋。”托尔斯泰说：“我大概今后不仅不再去看（杀人），我将永远不再为任何地方的任何政府服务。”[3]

如果这次对巴黎的死刑的反思促使托尔斯泰否定了西方的乃至一切的国家制度，那么，三个月后在瑞士卢赛恩所看到的一个小小的场面，则使他对西方文明社会的道德方面无限失望。事情很小：在一家大饭店

[1]《托尔斯泰文集》16卷，第58页。
[2]《托尔斯泰文集》17卷，第81页。
[3]《托尔斯泰文集》16卷，第59页。

阳台下，人们欣赏了一个卖艺人的演奏，可是当他举起帽子来要赏钱的时候，竟没有一个人给他一个苏。托尔斯泰把这视同罪恶。“为什么在……任何一个乡村里不可能有的这个惨无人道的事实，在这儿，在这个文明的国家的最文明的旅行者云集的地方，会有可能呢？”

托尔斯泰处于“可怕的兴奋由于愤怒而在燃烧之中”，他即刻写就的小说《卢赛恩》对西方文明社会的法律、自由、道德进行了充满政论激情的抨击。

“我决定离开，”8月6日的日记反映出托尔斯泰回国前的矛盾心理，而同时又说，“俄罗斯令人厌恶。”

他刚刚回到故乡，说了句“你好，我的亚斯纳亚真美啊”，马上就又感到“我的心情既好又悲哀，不过俄罗斯令人厌恶，我觉得自己被这种粗野、虚伪的生活从四面八方团团围住……”[1]

对西方理性王国的失望并不能改变托尔斯泰对俄罗斯祖国现存制度的憎恶。可是，他既不认同西欧派的道路，也不想跟从斯拉夫派走，“恶狠狠，怒冲冲的”革命民主派的暴力革命路线更为托尔斯泰所不容。1859年，托尔斯泰和涅克拉索夫主持的《现代人》杂志的决裂就表现出他和革命民主派的深刻分歧。他在寻求一条自己的道路。可是，

> 我的上帝！我的上帝！我怎么办？要走向何方？而现在又在哪里呢？[2]

1857年11月1日在给博特金和屠格涅夫的信中，托尔斯泰写道：“我一生中不止一次碰到严峻的现实，不止一次进行选择，是顺着泥潭往前爬行，还是绕着走，我总是选择绕着走，而哲学、宗教，还有艺术，就是我最近一个时期绕行的道路。”他说自己在“不由自主地给自

[1]《托尔斯泰文集》17卷，第83—84页。
[2]《托尔斯泰文集》17卷，第82页。

己设想出一种远离现实的美好生活，结果实际的生活更令我痛苦了。”[1]这也是50年代末至60年代初托尔斯泰接受“纯艺术论”的一个背景。

有些人认为，在50 ~ 60年代俄国社会思潮和运动高涨的年代，托尔斯泰的作品总仿佛游离于社会关切的课题之外。

“同时代的冲突使得托尔斯泰产生了置身于时代的事变之外的愿望，并且使他脱离开时代的浪潮和激情”[2]，米·赫拉普钦科这样评道。而实际上，托尔斯泰总是在从自己的精神探索的立场出发，敏感地对几乎每一个重大社会问题做出自己的独特的思考和反应。只是他逃避现实社会斗争的立场使他找不到生活的真正基点，也找不到解决社会问题的答案。

晚年，他在给比留科夫的信（1906年2月）中说：“至于说到我当时对待整个社会的紧张状态的态度，那么应当说（我的这个特点，不知是好是坏，但终归是我过去所固有的），我总是不由自主地反抗外来的、流行性的影响，如果我当时也很激昂和高兴，那是由于自己特殊的、个人内在的原因”。[3]从《卢赛恩》（1857）到《阿尔贝特》（1858），托尔斯泰既分明看到文明社会与文学艺术格格不入，而很快又悟到试图遁入艺术的象牙之塔的虚幻性。

他也曾想过：“谁知道是不是所有这些人的心里，都像那个小小的人儿（指《卢赛恩》里的流浪艺人）的心里一样，也有那种毫无牵挂、柔和的生之喜悦和与世无争的胸怀呢？”

但是人毕竟是不能永久生活在梦幻世界里。阿尔贝特只能在丑恶的现实和纯洁的梦幻之间备受折磨。

在托尔斯泰一篇自称是“令人汗颜的、要不得的”小说《家庭幸

[1]《托尔斯泰文集》16卷，第64—66页。
[2] 米·赫拉普钦科：《艺术家托尔斯泰》，刘逢祺等译，上海译文出版社，1987年，第59页。
[3] Толстой Л. Н. *Полное собрание сочинений (в90-тых томах)* М. Гослитиздат. 1958. Т. 76 С. 100.

福》(1859)中，又反映出他的另一种思想倾向。在感到一切外在的社会改革全然走投无路的时候，他要"在四周根深蒂固的龌龊和谎言的包围中，建立一个自己的诚实的小天地"[1]。这个念头，的确萦绕过托尔斯泰的脑际。但是他很快就否定了这一倾向。在给A. A. 托尔斯泰娅的信(1857年10月)中，托尔斯泰述说了自己辗转反侧的内心斗争：

> 我曾想过，可以给自己安排一个幸福而清静的小天地，以便在这个小天地里安静地，没有过失、没有悔恨、也不乱糟糟地悄然过自己的日子……(可是，托尔斯泰又话头一转说)多么可笑！办不到，老太太……要真诚地生活，就应该去追求，有迷乱，要拼搏，会犯错，干起来又放弃，再干起来，重又放弃，永远在斗争，有失落。而平平静静不过是心灵的卑琐。[2]

托尔斯泰甚至不能容忍自己的这篇小说——不能容忍遁世苟生的念头："这是一篇坏透了的作品。……我现在不论是作为一个作家，还是作为一个人都被埋葬了！"[3]

托尔斯泰放弃了写作，为自己开创了新的教育事业。鲍·艾亨鲍姆认为托尔斯泰在家乡亚斯纳亚·博利亚纳办学，是他攘击群敌、清偿自己近年创作失利的一个机巧的战略。实际上，托尔斯泰创作上的困境不过是他整个精神探索处于转折激变之中的表现。既否定了西方资产阶级的社会改革之路，他投入教育事业就不仅是为了从哲学的、社会的、历史的高度审视教育的作用，而且也使他得以从这一高度思索自己精神探索的出路。

"我正在做一件事，"[4]托尔斯泰在给契切林的一封信(1860年3月)

---

[1] Толстой Л. Н. *Полное собрание сочинений (в90-тых томах)* М. Гослитиздат. 1958. Т. 60 С. 272.
[2] Толстой Л. Н. *Полное собрание сочинений (в90-тых томах)* М. Гослитиздат. 1958. Т. 60 С. 230.
[3]《托尔斯泰文学书简》，第259页。
[4] 指教育。

中庄严地说，“它对我来说，就像呼吸空气那样自然……老实说，我非常喜欢从它的高度，以一种不能容许的高傲看你们其他人。”[1]

高高站在亚斯纳亚·博利亚纳的“教育阵地”上，托尔斯泰审视、思考、评说着整个文明社会，也在这里构建着自己的乌托邦。但是这个乌托邦不是指向现代的，而是指向东方的古老生活：

我们的理想在背后，而不在前面。[2]

他在一封信中谈到，他想办一份历史哲学刊物，“这份刊物可以用名称标志其倾向，我幻想为它取名为《非现代人》”。[3]

我认为，小说《哥萨克》（1863年）正反映着这一思想倾向，同时也可以作为这一时期托尔斯泰精神探索的总结性作品。它标志着托尔斯泰的精神探索从西向东、从外向内、从实践社会改革向注重自我精神完善的转变，标志着托尔斯泰精神探索东方走向的基本奠立。

托尔斯泰虽然多次从社会体制的角度谈到哥萨克人，但是小说《哥萨克》讲的却不是社会体制的改良提案，而是人性回归的探索。它在向整个现代文明质疑，向一切社会改革实践质疑，提出一条逃避现实社会而回归大自然的道路。而可贵的是，小说的结尾托尔斯泰恰恰是否定了这条卢梭式的虚幻的返璞归真之路。

在小说的草稿中，托尔斯泰曾为主人公奥列宁的出现勾勒了这样的历史背景：“最后这个朝代的俄国青年奇怪地取悦着生活。在生活的外在活动中受到压抑的全部力量冲动，都转入另一个内在的活动领域，并在其间得到更为自由而有力的发展。”而同时，奥列宁又对整个文明社会进行了全盘否定：“我们的整个国民体制荒谬绝伦，宗教是疯狂，大学里讲的那种科学是一派胡言，这个世界上有势之人尽管有权在握，大

---

[1] Толстой Л. Н. *Полное собрание сочинений (в90-тых томах)* М. Гослитиздат. 1958. Т. 60 С. 328.
[2] Толстой Л. Н. *Полное собрание сочинений (в90-тых томах)* М. Гослитиздат. 1958. Т. 8 С. 323.
[3]《托尔斯泰文集》16卷，第117页。

都不是白痴，就是卑鄙小人。”[1]

这次，托尔斯泰让奥列宁做的，既不是逃入艺术的象牙之塔，也不是逃到自得其乐的“家庭幸福”的小天地，而是要逃离这个现代社会。要去找一种“纯粹的、自然的人”，同他们建立一种“纯粹的人的关系”。这是一次卢梭思想的实践，也是一次对卢梭思想的对话和批判。

卢梭把人类生活分为“自然状态”和“社会状态”，相应地，人也分为“自然人”和“人为的人”，即社会的人。生活在“人类黄金时代”——“自然状态”的“自然人”没有受到“文明社会”的污染，唯良心是从。他们“在内心深处发现为人之道，是‘自然’用不可涂抹的文字写下的”。[2]

在托尔斯泰的主人公中，奥列宁是唯一一个悉心向一种异己的社会关系认同，以其为尺度来衡量和改造自己的内心世界的人。他想和大自然融为一体：“他只是一个蚊子，一只野鸡，一只鹿，和此时生活在他周围的那些东西一模一样。”[3]然而他越是醉心于这个淳朴的世界，就越是发现他理想中的“纯粹的人”——与自然界融一的“自然人”和他这个承袭着多少世纪人类文明的“道德的人”之间不可逾越的鸿沟。哥萨克人淳朴的世界固然有其美好，但毕竟是过去的世界。“一种模模糊糊的意识在阻止他：他不能完全像耶罗施卡和鲁卡沙一样生活，因为他的幸福观和他们不一样——幸福在于自我牺牲这个观念在阻止他。”[4]在内心深处，他不能同意哥萨克人“谁幸福，谁就正确”的“自然人”的信念，他有的是“谁正确，谁就幸福”的“道德人”的信念。奥列宁像一颗沙砾，偶然地落入哥萨克人世界的磨盘，转了几遭，又被碾了出来。

---

[1] Толстой Л. Н. *Полное собрание сочинений (в90-тых томах)* М. Гослитиздат. 1958. Т. 6 С. 246–247.
[2] 参见卢梭：《爱弥尔》上册，第327页；下册，第234页。
[3] 列夫·托尔斯泰：《高加索的故事》，草婴译，人民文学出版社，1964年，第320页。
[4] 同上，第350页。

托尔斯泰在以他的主人公的痛苦的心向卢梭发问："在这纯洁美好的大自然的天底下，为什么竟容不下这颗求索淳朴生活的心呢？"

就在这发问之间，竟使托尔斯泰向中国文化的"天"跃然跨出了一大步！

对于自己崇拜的偶像的这种批判态度，托尔斯泰晚年作过解释。在1905年6月6日的日记里，他写道：

> 有人拿我和卢梭比较。我在许多方面要感谢卢梭，我喜欢他，不过我们两人有很大的不同。卢梭否定任何文明，而我否定的是伪基督教文明。人们称之为文明的东西是人类的成长。成长是必然的，不能说它好或者不好。成长是实实在在的，生命便寓于成长之中。就像树木的成长一样。然而一段树枝，或者在一段树枝里生长的生命力如果吸去全部生长力，那就不对了，有害了。我们的伪文明也是如此。

托尔斯泰反对资产阶级的历史进步说，但是他主张人类精神生命的进步说。他终于明白，他所需要的，不是卢梭的那种纯粹的"自然状态"，不是那种所谓自然之天。《哥萨克》表明，个人和自然之天之间是无法达到和谐的，我想，能够容纳托尔斯泰那颗探索人类幸福理想之心的，应该是一种类似中国人的命运—道德之天，只有在这个命运—道德之天的底下，天下人才能一起达到与天地万物间的完美和谐。

第三章

# 《战争与和平》——天道的显现

（19世纪60年代）

如果说《哥萨克》结束了托尔斯泰早期的精神探索，那么长篇小说《战争与和平》则标志着托尔斯泰东方走向精神探索的一个新阶段。1861年的农奴制改革，标志着正经历着礼崩乐坏的俄国农奴制社会，疾速地向西方资本主义文明迈进。

而1862年，托尔斯泰在自己的教育杂志《亚斯纳亚·博利亚纳》上，撰写了一篇表明自己重要思想的文章《进步和教育的定义》，对西方现代化的一个最根本的观念——进步，进行了彻底的否定。他说：

> 人类前进的一般规律是没有的，不好动的东方各民族向我们证明了这一点。正是仿佛处于进步过程中的欧洲人民的十分之九自觉地憎恨进步，想尽办法来对抗进步，而我们却把文明的进步当作无可置疑的幸福。
>
> 我可以总结说，进步对上流社会越是有利，对人民就越是不利。
>
> 拥有两亿人口的中国就推翻了我们的进步理论，而我们却一刻也不怀疑，进步是全人类的普遍法则，我们相信进步的人是正确的，而不相信进步的人是错误的。

他指出：

我不由得想起中国的战争[1]，在这场战争中三个强国十分虔诚，而且天真地用火药和炮弹把进步的信仰送进中国。

由此，我联想到随后写成的巨著《战争与和平》的创作主旨。环顾满目疮痍的俄国社会，能够拿什么来和这滔滔卷来的雄劲西风，同这建立在西方理性主义之上的“科学”“进步”相抗衡呢？经过19世纪50年代到60年代初的上下求索，托尔斯泰终于推出的是《战争与和平》。这是托尔斯泰整个早期精神探索的总结。

认为《战争与和平》仅仅是推出优秀的贵族阶级的形象来与西方文明的侵袭相抗衡，显然是不够的。《战争与和平》这一书名本身便具有深刻的内涵，而整部小说可以说就是对书名“战争与和平”的题解。

当拿破仑站在波克朗尼山上俯瞰他即将征服的莫斯科的时候，他决定“要从克里姆林宫的高处”宣告西方的文明：“我一定给他们公正的法律；我一定教给他们真正文明的意义！”[2]他说：“如果说欧洲的体系已经奠定基础，那么剩下的便只是使之建立起来。”因此他在一封信里写道，“这场俄国战争是一场明智的战争”，“完全是为了全人类的福利和繁荣”。[3]

如果说，托尔斯泰是把拿破仑的入侵战争作为滚滚东侵的西方文明的象征，那么面对这一“战争”，他推出的是充满古老东方文明精神的“和平”。“和平”（мир）这个字眼在托尔斯泰那里是有着深刻含义的。在晚年写作的《到底怎么办》（1906年）中，托尔斯泰指出，俄国人问好时所说的“вам мир（直译给您和平）”中的和平，“在他们看来，永远

---

[1] 指1856—1860年的第二次鸦片战争。

[2] 见《战争与和平》第3部11卷19章。1804年、1807年、1810年，拿破仑帝国连续颁布民法、商法和刑法典。

[3] 见《战争与和平》第3部10卷38章。

是最高的幸福”[1]。

现代俄语和平（мир）一词，还有一个相通的义项，十月革命前写作“мiр”，指的是广阔的宇宙时空中的物质和力量，也指人类大千世界，它还指俄国农民的古老社会组织——农民村社。现今保存的1867年托尔斯泰创作《战争与和平》时期唯一一处亲笔书写的书名《战争与和平》中，“和平”一词写作“мiр”。[2]而值得注意的是，早在19世纪50年代，托尔斯泰与Д. Н. 勃鲁多夫的通信之中，谈到解放农奴问题时，就有关于“从мiр到мир的回归”的提法。我认为，мiр在托尔斯泰的词语的含义里，是指人类社会从古老的村社发展至今的人世间，这是走向мир的出发点，而мир则是托尔斯泰所向往的人类的联合，和上帝的融一。“从мiр到мир的回归”，包含着托尔斯泰对人类的天命，对人的肉体生命和精神生命的发展进程的思索。这就是人类摆脱大千世界的迷误，走向天国、走向天人合一，或者用托尔斯泰的话说，走向与上帝的同一，实现人类生命的终极超越，——“最高的幸福（мир）”。这其中也透露着托尔斯泰的社会理想，就是人类通过战争和苦难，通过人世间的种种迷误，向和平安宁的农耕社会回归。

托尔斯泰正是以自己心目中理想的俄罗斯之路——从мiр到мир的回归，即和平，与西方文明——战争相对抗的。而在这部鸿篇史诗的运行中，“永远是最高的幸福”、人类终极的目标——“和平”（мир）终于战胜了“战争”。而“从мiр到мир的回归”的思想中，可以看到类似中国人的天道运行的思想；在这“和平”（мир）的终极目标中，可以找到与中国人天人合一相一致的终极追求。

人们常常援引托尔斯泰说的“在《战争与和平》中，我热爱由于

[1]《托尔斯泰文集》第15卷553页。

[2] 参见Галаган Г. Я. *Л. Толстой художественно-этические искания* Лен. Наука 1981. С. 93–94.

1812年战争而联想到的人民的思想”。评论一般认为，托尔斯泰在这里要表现的是人民战争，是人民推动历史的伟大作用。

史诗的主将库图佐夫，就被描写成感悟到人民意愿的人，“他能对当时的种种事态洞若观火，其根源就在于拥有纯洁而强烈的人民感情”。而也“正是由于承认他有这种感情，才使人民通过如此奇特的方式，违背沙皇的意志，选择了这位不得宠的老头子作为人民战争的代表”。“圣人常无心，以百姓心为心。”[1]库图佐夫“知道，决定战争命运的不是总司令的命令，不是军队所占的地形，不是大炮和杀人的数量，而是一种所谓士气的不可捉摸的力量”。

然而，当我们逼近来看就会发现，库图佐夫不仅仅是在聆听民心和“士气”，他是在听命于隐藏在这民心和“士气”背后的更为深刻而宏大的东西。

这种更为宏大而深刻的东西，通过世间万象的千变万化，通过民心世道的顺悖演变表现着自己。它贯穿“战争与和平”较量的漫长的历程之中，包罗天地，无形而有势。而它就是库图佐夫“不是靠了智力和科学，而是靠他作为一个俄罗斯人的整个生命，知道和感觉到”的那种“每个俄国士兵都感觉到的东西”，它也就是他那“不是偶然地也不是一时地，而是始终一贯地，一次也没有改变过”的目标所指向的东西[2]。它使俄罗斯人忍受了痛苦和牺牲，终于又轻易地赶走了法国人，它使不可一世的拿破仑的滚滚大军在占领了莫斯科之后，却又仓皇逃遁。它借人心之所归把库图佐夫这个臃肿倦怠的老人推上历史的舞台，又“在敌人已经消灭，俄国已经解放”，“库图佐夫演完了自己的角色”时，让他死去：因为“再没有什么可做的了。留给人民战争代表的只有一死。于

[1]《道德经》49章。
[2] 见《战争与和平》第4部15卷4章。

是他死了"[1]。它也就是在史诗的斑斓陆离的大千世界中隐隐闪现，左右着人们命运的东西。它使小说评论家安年科夫当年惊叹不已：

有一个情况最为奇怪，这里的人们好像是受着某种咒语的控制，……那就是永远也达不到自己的任何一种设想、计划和希望。他们好像被一种不可捉摸的怀有敌意的力量驱赶着，从他们为自己设置的目标旁边疾驰而过，即使达到什么，也往往不是向往中的目标。……我们会感到，这个环境之中的人们身边被专门安排了一个报应女神。……人们不禁要问，是哪一只无情的手为了惩罚何种过错才加于这整个环境之上？[2]

这种让托尔斯泰苦苦捉摸、着意刻画为带有近乎宿命论色彩的东西，正类似是我们中国人称之为"天道"或"天命"的东西。

在它面前，任何个别人的意志都那么微不足道，都似乎只能是无为而有待。拿破仑"自信他的行为动机是造福于人民，自信他能支配千百万人的命运"，而实际上，"天意注定他充当一名屠杀人民的、可悲的、不由自主的刽子手"。[3]而库图佐夫之所以无敌而伟大，正是由于他"领悟了上帝的旨意，使个人的意志服从上帝的意志"，因为他"对最高法则的大彻大悟"。[4]托尔斯泰指出：

我在描述1805年、1807年，尤其是1812年（命运的规律在这一年表现得最为突出）的历史事件时，自然不可能赋予那些人的作为以什么意义，他们觉得自己在支配着事件，其实与事件的其他参与者相比，他们在这些事件中能够做出的自由活动却最少。这些人的活动之所以使我感兴趣，只因为它是说明那个命运的规律的例

[1] 见《战争与和平》第4部15卷11章。
[2]《俄国作家批评家论托尔斯泰》，第75—76页。
[3] 见《战争与和平》第3部10卷38章。
[4] 见《战争与和平》第4部15卷5章。

证，我深信，是命运的规律支配着历史……[1]

每一个中国读者都会感到，在小说《战争与和平》这充满战争与和平的演替、斑斓陆离的人生，心灵求索的欢悲历程的大千世界的史诗般的运行中，的确有着一种冥冥之中“独立而不改，周行而不殆”的“命运的规律”，它正有如中国人的充满道德意蕴的“天”，俯视着莽莽人寰，演绎着人世沧桑。托尔斯泰想在这个“命运的规律”里体现的思想就是近似天道的思想。

而作为一种标志和象征，小说情节中的“奥斯特里茨的天空”就不再是小说《哥萨克》中的“自然之天”，而终于变为我们中国人十分亲切的“道德之天”“命运之天”了。

为了反对西方文明赖以存在的整个西方理性主义和虚假的“科学”、臆造的“进步”，托尔斯泰终于找到了东方的“天道”面前。在“和平”——“从мiр到мир的回归”里，托尔斯泰所要体现的正是这种“天道”的运行。在芸芸众生各自毫不相关的自发的追求中，相互的亲和与争斗中，在“不是按照人的意志，而是按照统治人类和世界的上帝意志而进行的可怕的事情（战争）”[2]中，这冥冥中的天道，不顾拿破仑战争所象征的所谓“历史的进步”，开辟着自己的道路，按托尔斯泰的思想，即是开辟着“道德进步”之路。

和对东方天道思想的探索相联系，这一时期托尔斯泰笔下的探索主人公必然地出现了一个重大改变，这就是对理性思维的深刻怀疑。一般认为，托尔斯泰的非理性倾向是他后期创作的一个特征。实际上，在《战争与和平》中，托尔斯泰已经举起了反对西方理性主义的旗帜。因

[1]《托尔斯泰文集》14卷，第24页。
[2] 见《战争与和平》第3部10卷39章。

为要把握天道这一东方的思想，只有突破西方理性主义的思维模式。而小说中的主人公正是在这条路上取得了长足的进步。

库图佐夫就是小说塑造的最精彩的一个东方类型英雄的形象。托尔斯泰着意指出，他不是“欧洲类型的英雄”。[1]在库图佐夫身上，凸显的是这位居于万军之上者的静观默察、伺时以动的无为，是对人类理智的、积极的活动的嘲笑：

同盟军的指挥维洛德一次次亲自去前哨侦察，去皇帝那儿报告，到司令部去部署，“忙得不能错过一点儿时候”；而库图佐夫却在战前会议上打起了鼻鼾：“诸位，……在一场战斗前，最要紧的是……睡一个好觉。”

他的全部努力是在时时感悟天道，或者叫“命运的规律”的运行，感悟着这其中形成的力量和动态。他“正是在注视着这种力量，尽他的权力所及指导这种力量”。这种“被称为士气的东西”，有如“一条不可捉摸的神秘的链条，它使全军同心同德，而构成战争的主要神经”。[2]“他没有任何个人的东西，他什么也不去发明，什么也不作，但是他倾听着一切，牢记住一切，一切听任自然，不妨碍任何有益的东西，也不容许任何有害的东西”，因为“他知道有某种东西比他的意志更坚强有力，更有意义，这就是事件的必然进程，他善于看到这些事件，善于理解其意义，并且善于放弃自己个人的意志”。[3]因此，他从来不说“站在金字塔上瞻望四十世纪”（拿破仑语），甚至也不举起手中的望远镜。“忍耐和时间”是他的座右铭，他表面上浑浑噩噩、昏昏沉沉，而实际上在凭着“老年人的智慧”静观默察，等待时机——

需要的不是强袭和进攻，而是忍耐和时间。

[1] 见《战争与和平》第4部15卷5章。
[2] 见《战争与和平》第3部10卷35章。
[3] 见《战争与和平》第3部10卷16章。

没有比忍耐和时间这两种东西更有力的了，它们可以完成一切。

库图佐夫的言行神态使人不由想起老子所形容的得道境界：

致虚极，守静笃，万物并作，吾以观复。(《道德经·十六章》)

库图佐夫的术略也不由得使人联想起老子的话：

道常无为而无不为，侯王若能守，万物将自化。(《道德经·三十七章》)

古之用兵有言，不敢为主而为客，不敢进寸而退尺。(《道德经·六十九章》)

知其雄，守其雌；知其荣，守其辱。(《道德经·二十八章》)

同时，在库图佐夫那里时时又显露出一种极似中国儒家天人合一思想中那种尽人事以待天命，与天地参的积极精神。

人者，其天地之德，阴阳之交，鬼神之会，五行之秀气也。

人者，天地之心，五行之端也。[1]

君子知命，知道自己在天地间的地位，从而自强不息。库图佐夫默察士气、暗待天时，使人感到一种对命、对时、对势的达观和悟解。

苹果还青的时候，不要去摘它。熟了的时候，它自然会掉下来。[2]

一团雪不可能一下子融化，存在着一定的时间限度，早于这个限度任何温暖的力量都不能把它融化。相反，气温越高，残雪就越坚固。[3]

于是，库图佐夫调动自己的“无敌勇士”——“忍耐和时间”，就是在等待着某种形成时机的东西——“适当其数，乘其势”。所谓见窍得

---

[1] 见《礼记·礼运》。
[2] 见《战争与和平》第4部13卷17章。
[3] 见《战争与和平》第4部13卷19章。

机，因势利导，以屈求伸，后发制人。一旦得胜，“胜而不美”（《道德经·三十一章》）：他在莫斯科州克拉斯诺耶战胜后的演讲中，对胜利的战士们宣谕的是宽仁：

> 现在我们甚至可以怜悯他们（法军）了。他们也是人哪。[1]

于是行“围寇必阙”“归师勿遏”“穷寇勿迫”之策（《孙子·军争》），在战略战术上颇合中国古典军事思想之道。甚至库图佐夫之死，也暗合了老子“功遂身退，天之道也”的思想。

卡拉塔耶夫是继库图佐夫之后，托尔斯泰试图为我们刻画的又一位可配天道的智者。托尔斯泰试图表明，只有他们东方式的智慧才能洞识天道。而对于普拉东·卡拉塔耶夫，托尔斯泰把他刻画成“整个身体给人一种柔软灵巧（гибкость）的、特别是坚实耐久的印象”。对他的刻画，突出了一个弱，一个“圆”。对于强调“弱者道之用”“柔弱胜刚强”“守柔曰强”“柔弱者生之徒”的老子来说，卡拉塔耶夫驯顺柔弱的外观的确是一种好的象征。而他的头、胸、背、肩、手、柔和的大眼睛，乃至他穿的外套和树皮鞋，都是圆圆的，托尔斯泰还力图描写他具有一种圆融无碍的东方智慧，仿佛是“一切俄罗斯的、善良的、圆的（круглый）东西的化身”，更是大有深意的特征。

中国古典文化思想对于“圆”，有着一种丰厚的理解：圆，是天和天道的象征。圆，天体也。《说文》注引《大戴礼》云：“参尝闻之夫子曰，天道曰圆。”因为，圆，环也。《吕氏春秋》解释说，因为精气一上一下，圆周复匝，故天道之圆，是指“精气循环，无始无终，非谓其形浑圆也”。中国人的天道之圆，是对天人合一的宇宙和谐、圆满、融通境界的描述。这是摆脱了偏颇畸变的圆满中正之象，是避免了困塞穷滞的周流圆通之象。

---

[1] 见《战争与和平》第4部15卷6章。

无论是普拉东·卡拉塔耶夫身上所体现的“一切善良的、圆的东西的化身”，还是库图佐夫诉诸“忍耐和时间”来以柔克刚、以曲求伸的将军策略，都是可配中国天道之圆的德性。库图佐夫很像在打中国的太极拳，屈伸得宜，将拿破仑直捣而来的拳头，拦而化为泄力的圆弧曲线，待到拿破仑成为强弩之末，他才轻轻拨倒千斤。托尔斯泰在《战争与和平》中，着意论证了战争运行的动因是一种合力，而合力当然是一条趋于圆形的曲线。而且，《战争与和平》（实际上后来的《安娜·卡列尼娜》和《复活》也是如此）的整体结构也反映了托尔斯泰对类如天道运行的圆周复匝、无始无终、因果相衍的体悟。小说开始就使人如走入早已进行之中的晚会，而小说的尾声则又敷衍着新的历史和家庭的故事。在漫长的史诗运行之中，人物命运、家族盛衰的变迁，事件和思想的更迭演绎，无论是从所谓结构的“开放性”，或者是从黑格尔的“绝对理念”的否定之否定的运行，都不能像中国的天道流行那样说明托尔斯泰在这里所表现出的充满道德意蕴的天人关系。

所以，无论从卡拉塔耶夫形象、气质之圆，还是从托尔斯泰关于大橡树一岁一枯荣的象征，从拿破仑盛极而衰、库图佐夫弱而变强，否极泰来，以及（《复活》中）从精神的人——动物的人——精神的人的精神复活过程，由мiр到мир的归复的思想等等，总之，从所有这些圆的实像和虚像，都使我们可以设想，托尔斯泰是在形成了一种暗合于中国的“天道曰圆”的道德化的人生观和宇宙观。

不过，与库图佐夫相比，托尔斯泰在普拉东·卡拉塔耶夫身上着意刻画的是居于逆境的底层人的随遇而安、泰然自得、无思无识、浑浑噩噩。他更加表现出人在命运面前全然逆来顺受而无能为力，不作任何抗争地顺从命运，完全的消极无为。他的柔弱无为是一种绝对的、完全消极的柔弱和无为，而老子的“天下之至柔”，是要“驰骋天下之至坚”的。他的柔弱是要“胜刚强”的，他的无为是“无不为”的。而卡拉塔耶夫虽然试图被描写为具有一种圆融无碍的东方智慧，但是他的形象却缺乏老子思想里那种柔弱无为中蕴含的转为刚强和有为的态势。可以说是对老子思想的恶性推演。他只甘认“命运自有道理”，听着他在痛苦的俘虏生活中倒头就睡的鼾声，望着他靠在树下静静等待枪毙时“满含眼泪的仁厚的圆眼睛”，我们感到，他的境界要比库图佐夫大大逊色了。在他的身上多的是在基督教的天——上帝面前的顺从和谦卑，少的是中国人在天面前的那种和谐通融（圆）的自觉感。而总的说，在库图佐夫，尤其是在卡拉塔耶夫身上，我们都能够看到托尔斯泰在西方的天人相分、对立的观念和东方的天人合一思想之间徘徊斗争的种种迹象。比如在天命面前绝对的消极无为，实际上就是西方天人对立观念的一种变相反映。

《战争与和平》中的另外两位重要的青年主人公——安德烈·包尔康斯基和皮埃尔·别祖霍夫的精神探索历程，也展现了托尔斯泰的思想追求的东方走向。这两个具有西方教育学识的青年，都是在经历了一系列精神危机之后认识到，西方理性的知识不能给他们解决人生的问题。

安德烈在人生之路上汲汲碌碌地奔忙。而他建功立业的虚荣进取心，在库图佐夫形象的映衬下，藐小而可笑。只是在奥斯特里茨战役中他重伤倒地、“仰望高不可测的奥斯特里茨天空”时，那“遥远的、崇高的永在的天空”才向安德烈启示了天道和人生真谛：

> 多么安静，多么悠闲，多么庄严，完全不像我那样在奔跑……

而在他临死前，终于“用尖利刺耳的声音绝叫着”：

> ……人是不可以品尝智慧之树上的果子的！[1]

而历经种种精神磨难的皮埃尔，苦苦思索“什么是好的？什么是坏的？我们应当爱什么，恨什么？我们为什么活着、我又是什么、什么是生、什么是死？”“这些问题没有一个得到解答”，“好像维系他的生活的主要螺丝钉的螺纹被磨光了，因此那个螺丝钉既不能进，也不能出，只在

[1] 见《战争与和平》10卷25章。

同一个地方无结果地转下去”。于是他对人的理性智慧得出结论：“我们所能知道的不过是我们什么也不知道。这乃是人类智慧的顶点。”

托尔斯泰自己也正是经历了这样的绝境。理智所能给予他的只是对生命的绝望和蔑视：“他只要一思考自己的处境，在他的脑子里就一遍遍地重复着同样那一整套东西，那千百遍重复过的可恶的思路，把他带向对生活绝望和蔑视的绝境……”[1]“如果设想人类生活可以用理性来支配，那么，生活的可能性就被消灭了”[2]。

这已是《战争与和平》的尾声中的结论。

而当时，是共济会的非理性的神秘主义给了皮埃尔启迪：

> 最高级的智慧不单单地建立在理性上，不建立在划分为物理、历史、化学这些诸如此类的尘世科学的理性知识上。最高的智慧是一个，它只是一种科学——整体的科学，就是解释全部创造物和人在其间的地位的科学。为要接受这种科学，必须清洗和更新我们内在的自我，所以在知道以前，必须首先去信仰，去自我完善。为了达到这个目的，在我们的灵魂中注入了上帝之光，这就是所谓良心。[3]

如果皮埃尔削弱这些思想中的信仰主义成分，而变为单纯地对人自我良心的自信和体认，那么，他就会走向中国人的认识论。

不过，真正使他获得人生真谛的是普拉东·卡拉塔耶夫。当他“看到那场由不愿意执行的人们进行的可怕的屠杀的时候”，他的理性再也无法支撑，“他觉得，恢复对人生意义的信仰，不是他的力量所能办到的了”。而就在这个时候，“他没有想到”，“先前他徒然寻求而得不到的

[1] Эйхенбаум Л. *Л. Толстой в70-Ных годах* Лен. сов. писатель1960. С. 109.
[2] 见《战争与和平》第4部尾声第1章。
[3] 见《战争与和平》第2部第5卷2章。

那种精神上的宁静和安乐”，“他曾经靠思想来寻求的那种心情”，竟在一个看上去浑浑噩噩、懵懵懂懂的农民普拉东·卡拉塔耶夫那里找到了。

自传性的探索主人公皮埃尔在卡拉塔耶夫那里得到的精神解放，标志着托尔斯泰走向东方的一个曲折的阶段——对西方理性主义的彻底否定，而把一切归诸命运：

> 先前使他苦恼的，他经常寻找的那件事情——人生的目的，现在对于他已经不存在了。……因为他现在有了信仰——不是信仰某种规章制度，或是某种言论、思想，而是信仰活生生的、经常可以感觉到的上帝。他在被俘期间……不是靠语言、推理，而是靠直感认识到保姆早就给他说的：上帝就在眼前，就在这儿，它无所不在。他自觉像一个用尽目力远望却在脚下找到了所要找的东西的人。……他已经学会从一切东西中看到伟大，永存，无限了。因此，为要看到它，他自然而然地抛弃那架他一直用来从人们头顶上看东西的望远镜……他看得越近，就变得越平静，越快活。那个曾摧毁了他的整个精神支柱的可怕的问题：“为什么？”对于他已经不存在了。他的心中经常备有一个简单的答案：“因为有上帝，没有他的意志，一根头发也不会从人的头上掉下来。”[1]

表面看，这好像合于老子说的“不出户，知天下；不窥牖，见天道。其出弥远，其知弥少”（《道德经·四十七章》）。但是老子的话是以对自我的内在的信心为基础的，而皮埃尔放下望远镜，则是由对理性的自我的失望，而一下子投入盲目的信仰主义之中。而最可怕的是，对于苦苦探索着人生意义的主人公来说，人生意义的问题竟“不存在了”！

卡拉塔耶夫最后的故事所表现出的基督教特有的人的罪孽感和忏悔精神（“我在为我和别人的罪过受罚，……在他（上帝）眼里，我们都是

[1] 见《战争与和平》第4部15卷12章。

罪人”），他讲故事时“照亮他的脸的如狂似醉的欢乐”，“填满了”皮埃尔的灵魂。[1]而这种基督教的罪孽感和忏悔精神一直死死纠缠着托尔斯泰的主人公们，形成托尔斯泰接受中国古典文化思想的一个最重要的文化背景。

值得注意的是，在《战争与和平》的尾声中，暗示皮埃尔将成为十二月党人，“一个那么重要，社会上那么需要的人”。他又否定了卡拉塔耶夫的消极无为，举起了“积极德行（деятельная добродетель）旗帜”。当人问道，卡拉塔耶夫“现在会赞成你吗？”他沉思地说：“他恐怕不会理解……不，他不会赞成的。”[2]这反映了托尔斯泰在走向东方思想、走近天道观念面前之时，所必然产生的对人生意义，对人应该和能够做些什么，对人和历史必然性的关系，总之，对天人关系的苦苦思考。看来，托尔斯泰的主人公们还没有能力解答这些问题。

而从这一角度看，在《战争与和平》的创作后期，托尔斯泰对叔本华发生极大兴趣，就不是偶然的了。在给费特的信（1869年8月30日）中，托尔斯泰兴奋地说：“读着叔本华的书，我兴奋不已，体验着从未有过的种种精神享受。他的著作我全做了摘记，读了又读。……我不知以后会不会改变看法，不过现在我相信，叔本华是人类最伟大的天才之一。……我在开始翻译他的著作……”[3]

在《战争与和平》的《尾声》中，我们可以清楚地看到托尔斯泰对叔本华自由意志论的思考。甚至《战争与和平》是以讨论意志自由和必然法则结尾的。

叔本华说：“每一个人的自我意识都在证明，他能够做他想做的事情。因为可以设想，他能够向往一些完全相反的行动，由此在任何情况

[1] 见《战争与和平》第4部14卷13章。
[2] 见《战争与和平》第4部尾声（一）16章。
[3] Толстой Л. Н. *Полное собрание сочинений (в90-тых томах)* М. Гослитиздат. 1958. Т. 61 С. 219.

下，都会出现这种情况，即如果他想，他也就能够作相反的事情。”即是说，“我能够做我想做的事情”。比如，“当我想做某一个活动，那么，只要我想要，我身体的运动器官就一定会去完成它”。因此，叔本华得出结论：“在假设意志自由的情况下，人的每一个行动都会是不可解释的奇迹——没有原因的行动。”为了摆脱这种“奇迹”，叔本华又指出“世界上任何原因都不会完全自发地，无缘无故地产生作用……一切行动都是由两种因素构成的，一种是内在的因素，另一种是外在的来自原发力量的因素”。

因此，叔本华虽然指出某种类似命定论的“必然性”，但是他并没有取消个人意志自由原则并因之而产生的道德责任问题。他既肯定“一切要完成的，无论巨细，都是必然要完成的”，同时又指出，不过，“任何人都清楚地看到，这种必然性有着主观性的条件，客观上，即在现存境况下，在决定这种主观条件的种种动因的作用下，仍然完全可能有一种迥然不同的甚至是完全对立的行动。只要他是另一个人……人总是只作他想做的事，但是他也必然要作这件事。这是因为他自己已经是那个他想成为的人：因此，他是个什么样的人，也就必然随之会产生他总要去做的一切”。

但是，托尔斯泰在《尾声》中，实际上并没有表现出在给费特的信中所说的那种对叔本华的崇拜，甚至在《尾声》中，托尔斯泰还像是和叔本华对话似的，细致地讨论了叔本华关于身体的运动器官受人的意志支配的问题。不过托尔斯泰得出的结论恰恰是辩论似的：“我举起胳膊，然后放下。我觉得我的行动是自由的”，但是，实际上“我”在时间和空间上都受着限制，而且还必然有着原因，尽管有时难以了解。因此，“要想象一个人完全自由，不服从必然性的法则，我们就得想象他是一个超空间、超时间，与任何原因无关的人”[1]。这当然是不可能的。所以，

[1] 见《战争与和平》第4部第二个总结3章。

《战争与和平》恰恰不是肯定自由意志，而是强调，自由意志不过是暂存于对必然性法则的未知之中的东西：

自由意志不过是对我们已知的人类生活法则中未知的剩余部分的一种说法。[1]

看来，在《战争与和平》的《尾声》中，托尔斯泰与叔本华所达成的共识，只在于用非理性来反对建立在西方理性主义基础上，建立在“进步”和“因果性”等基础上的“人为”的历史科学。既然托尔斯泰在《战争与和平》中与之针锋相对地推出的是没有任何力量可以阻挡的东方的“天道”观念，而在他没有找到一种恰当的天人关系之时，他必然地几乎抹杀了人的主体性地位，他对叔本华的“自由意志”说当然不能同意。托尔斯泰在与C. 乌鲁索夫的书信交往（1868—1869年）中是这样提出问题的：“如果存在一个自由的人为行动，那么就不存在任何一个历史规律和任何关于历史事件的概念。”因此，“必须否认我们所意识到的自由，而承认我们所不能感觉到的制约性”。

既然没有上帝的意志，连一根头发都不会从头上掉下来，人在历史必然性或“天道”面前只能无所作为，那么人生的探索，乃至人生还有什么意义呢？而没有了与天地参的人，生动的天道也就蜕变为僵死的宿命。托尔斯泰的精神探索面临了新的困境。这一时期托尔斯泰醉心于叔本华的自由意志，或许正是因为，他要为刚刚走到天道跟前，却竟迷失了自我的精神探索主体重新找到“自我”的地位。而这是办得到的吗？

[1] 见《战争与和平》第4部第二个总结11章。

# 第四章
# 精神危机中的抉择——走入另一个“共同世界”

（19世纪70年代）

在《战争与和平》中，天道的悟得和精神探索主人公对人生意义的失落所形成的新的危机，成为促成托尔斯泰精神激变的一个内在的契机。

谈到托尔斯泰的思想探索和激变，人们总会提到著名的阿尔扎马斯之夜。那是1869年9月，托尔斯泰去平扎省置买田产，夜宿在阿尔扎马斯这个小镇的旅馆里的事。

> 我突然产生了异乎寻常的念头，夜里两点钟，我痛苦，害怕，恐惧起来，这是我从未有过的感受……我坐起来，吩咐套车……

这段给妻子信中谈到的情节，后来被写入一篇没有完成的小说《狂人日记》里：

> 我曾试想，是什么东西占据了我的心灵：是买到的东西，还是妻子。没有什么值得快活的，这一切都是虚无。怕死盖住了一切。……刚一躺下，突然由于惊骇又坐了起来。苦恼，就像呕吐前常有的苦恼一样，不过只是精神上的苦恼。不得了，真可怕。看来，死是可怕的。如果你想起生，那么快要死的生是可怕的。不知

怎么，生和死溶为了一体。不知是什么把我的心要撕得粉碎，可又不能撕碎……

存在主义先驱俄国著名思想家列夫·舍斯托夫的重要著作《在约伯的天平上》中，分析了托尔斯泰的这一心理危象，他把它视为人们从平常生活的“共同世界”落入“个人世界”的例证。人们为了混迹在“共同世界”，不能也不敢看到一切有违这个“共同世界”的理性视为常识和公理的东西。但是，死亡却不顾忌这一点，它有自己的真理。它能够把人驱除出那个“共同世界”，使人在“个人世界”之中，用自己独特的非理性的眼光，面对先前不敢正视的一切，认识到生命的真正意义。当然，还有“特殊的人”，能“在精神极度兴奋的罕见时刻”，“会听见和理解神秘的死亡语言”。而托尔斯泰就“获得了这种机会”，这就是以“死亡的疯狂”，“把人们从生活的噩梦中唤醒”的阿尔扎马斯之夜。

舍斯托夫特别看重阿尔扎马斯之夜，他指出，描写这一夜的“《狂人日记》可以被看作托尔斯泰50岁以后所写的全部东西的总标题”。这“‘疯狂’就在于，从前以为是真实的东西，现在看来是虚幻的东西，从前以为是虚幻的东西，现在则以为是唯一真实的东西”。

这里，舍斯托夫指的是托尔斯泰的精神激变。在他看来，托尔斯泰的这一精神激变是非理性的产物。在这里，他再三强调这阿尔扎马斯之夜降临的突然性：托尔斯泰“没有任何明显的外在原因，突然被可怕的难忍的苦恼所惊扰”，“周围没有任何变化，没有发生任何事情，一切照旧”，而“托尔斯泰突然无缘无故地焦虑不安……”同时，舍斯托夫也指出“托尔斯泰一生在心灵中都觉察到那个把自己逐出‘共同世界’的东西”。他列举的是发生在托尔斯泰幼年时的一次次精神刺激和精神发作。不过，“娱乐，游玩，关心生活，一切充满人生的‘事情’，诱使托尔斯泰长期离开他的异常梦幻”，因为他“本能地害怕不在共同世界中而在个人世界中生活”。[1]

那么，阿尔扎马斯之夜为什么会突然地降临在斯时斯地？为什么它就决定了托尔斯泰后半生的创作主题和精神探索呢？

必须指出的是，舍斯托夫也许忽略了一点：阿尔扎马斯之夜发生在托尔斯泰40岁（1869年），距一般认为的托尔斯泰发生精神激变的时期［通常以托尔斯泰在50岁后写的《忏悔录》（1879—1881年）作为托尔斯泰思想发生激变的标志，以此来划分其创作时期］还有10年。如果说，阿尔扎马斯之夜标志着精神激变，那么，为什么在40岁至50岁之间，托尔斯泰还创作了显然属于精神激变前夕的巨著《安娜·卡列尼娜》；而按舍斯托夫的说法，托尔斯泰这时期还是那个“共同世界”的“高尚的欺骗的献身者”，他正一面“教导人们夸耀正面生活和扼杀真理”，一面“从傻瓜手里以极便宜的价格买到庄园，无情地欺负无地的农夫”。——而这一切都发生在那个阿尔扎马斯之夜之后。

如果非理性的解释毕竟不能告诉我们答案，那么我们只有诉诸理性的解答。

实际上，阿尔扎马斯之夜在托尔斯泰的精神探索中很难视为一个动因性的事件，它只是托尔斯泰精神危机的一个表征。我们在考察托尔斯泰精神探索的东方走向的时候提及它，只是想说明，托尔斯泰将自己逐出那个越来越认识到“全是虚伪，全是谎言，全是欺骗，全是罪恶”的“共同世界”，不是“突然”的，不是非理性的顿悟，而是他长期精神探索的结果，如果把阿尔扎马斯之夜视为获得觉悟之机，那么它只是长期求索而偶然得之的。

更重要的是，托尔斯泰把自己逐出那个“共同世界”，不是为了像

[1] 以上引文均见列夫·舍斯托夫《在约伯的天平上》，董友等译，生活·读书·新知三联书店，1989年，第99—107页。

安娜·卡列尼娜那样，要“摆脱所有的人和我自己”，执意走入舍斯托夫所谓的“个人世界”，而是重新找到了一个新的“共同世界”。可以说，这正是托尔斯泰精神探索的东方走向的重要特征。

阿尔扎马斯之夜的象征性意义在于，人从“共同世界”恍惚间抽身出来，借着生和死的观照，对生命意义的追问。实际上，阿尔扎马斯之夜对于托尔斯泰来说，既不是第一个，也不是最后一个。《战争与和平》中安德烈与皮埃尔不止一次地经历过这种精神的危机和震颤。一心功名的安德烈在奥斯特里茨的崇高的天空的观照下，就看到了拿破仑是个“十分藐小的动物”，不过，时过境迁，安德烈重又“无法理解他怎么会怀疑积极参加人生的必要性”，又为重赴彼得堡从戎想出“入情入理的理由”。[1]

要把自己逐出这个看上去是唯一的现实的“共同世界”，是多么不容易，从《哥萨克》到《阿尔贝特》，实际上都隐藏着托尔斯泰想要摆脱这个“共同世界”的梦。但是同时，托尔斯泰又在这个“共同世界”上卖劲儿地活着：就是在他创作《战争与和平》和《安娜·卡列尼娜》时期，“他管理产业十分忙碌，对牛羊的饲养繁殖大有兴趣，照顾他的财产，总之什么都干”。当年托尔斯泰家的仆人和管事这样回忆道：

> 伯爵（指托尔斯泰）是自己看管一切的，要求牛棚、猪圈和羊栏十分干净。他特别爱猪，一共有300只，一对一对地分别关在猪栏里，猪栏里决不许有一点脏。每天我和我的帮手们洗净猪栏的地板和墙壁；于是伯爵在清早经过这一群猪猡的时候，就非常高兴，还要说，“管得多好，管得多好”。可是给他发现了一点脏，上帝慈悲，他立刻大发脾气，又喊又骂……伯爵的收入很多，除了猪猡和小猪仔，他还有80头牛、300只肥羊、很多的家禽。我们时常做出

[1] 见《战争与和平》第2部6卷3章。

顶好的黄油来，在莫斯科卖到60个戈比一磅。[1]

1871年，即在那次由于阿尔扎马斯之夜而出名的失败的购地之行后两年，托尔斯泰又到萨马拉购买了2000俄亩土地。他畜养精良的牛马，管理庞大的果园，还栽了大量有经济价值的树木。

正如托尔斯泰后来在《忏悔录》(1879)里说的，这不过是在“全力以赴，把它作为改善自己的物质条件和抹杀内心存在的关于自己的和一般意义上的生活目的的任何问题的手段”。不过我们起码可以由此看到，托尔斯泰的思想是面向现世生活的，而同时，他也从未停止对人生意义的追问。他1876年4月28日在给费特的信中抄引了贝朗瑞的四句诗：

死神自己会来，

何用我们关怀。

好好生活——这个课题

却须就地解开。[2]

我们可以从70年代托尔斯泰的书信中听到他孤独、怀疑、消沉的怨言，看到他的精神处于极度苦闷之中，他几乎把自己完全闭锁起来。从交往和通信中，我们看出他对俄国内外的一切时事兴味索然，[3]从大量笔记来看，他醉心于阅读一系列西方哲学著作：从柏拉图、笛卡尔、斯宾诺莎、康德、费希特、谢林，到黑格尔，当然，看来最有感触的大抵还是叔本华。[4]

在《战争与和平》的创作后期，托尔斯泰醉心于叔本华，他认真地讨论“自由意志和必然性的法则”，实际上就是在探索天道这一新的背

---

[1] 莫德：《托尔斯泰传》，宋蜀碧等译，十月文艺出版社，1984年，第320页。
[2]《托尔斯泰文学书简》，第488页。
[3] Эйхенбаум Л. *Л.Толстой в70-тых годах* Лен. сов. писатель1960. С. 207–208.
[4] Гусев Н. Н. *Л. Н. Толстой Материалы к биографии (В)* 1963 С. 18.

景下，苦苦地求索“天人关系”，求索人生的意义。阿尔扎马斯之夜发生的前五天，即托尔斯泰赴平扎省买地的头一天，他给费特写去了那封狂热推崇叔本华的信。[1]因为在《战争与和平》中，天道的大势粉碎了一切人为臆造的“进步”和“历史科学”，粉碎了一切西方理性和科学的高傲，它甚至使普拉东·卡拉塔耶夫感到一种完全不可抗拒的宿命力量，连探索主人公皮埃尔也相信没有上帝的意志，一根头发都不会从头上掉下来。那么，人生的探索，乃至人类生存本身，还有什么意义呢？或许果真像叔本华断言的，生命毫无意义？托尔斯泰的精神探索面临了新的危机。这大抵就是阿尔扎马斯之夜的心境，也是这一时期精神孤独中哲学思考的心境。

> 我在人类知识之林中，在数学和试验科学的光照下，在思辨科学的昏暗中彷徨……出路是没有的，也不可能有。

因为，看来“严格合乎理性的认识——像笛卡尔所做的那样，从怀疑开始，抛弃任何一种让人相信的认识，并把一切重新建立在理性和经验规律之上”，只能“提供一个肯定的答案，叔本华的答案，即生命没有意义，它是恶”。托尔斯泰分明看到，理性不能给生命以答案。

> 我有些迷惑不解，生命停顿了，似乎我不知道我该怎么活着，该做些什么，我惶惶不安，心情抑郁。但是这种时候一过去，我还像原来一样活着。后来，迷惑不解的时刻越来越频繁……[2]

这种周期性的精神抑郁，实质上就是一次次大大小小的阿尔扎马斯之夜，一次次将自己逐出“共同世界”，在“个人世界”里进行着一次次向死的追问：

> “那么好吧，你在萨马拉省拥有6000俄亩土地，300匹马，那

---

[1] 见前一章。
[2]《托尔斯泰文集》15卷，第41页。

又怎么样呢？”

“好吧，你的声誉比果戈理、普希金、莎士比亚、莫里哀，比世界上所有的作家都高，那又怎么样呢？”

“我似乎是在经历了漫长的生活道路之后，走到了深渊的边缘，并且清楚地看到，前面除了死亡以外，什么也没有。”[1]

“生活中除了死，前面再没有什么了……”1876年2月他给哥哥的信也这样写道。

面对日愈加剧的社会危机，宗法贵族阶级的那个“共同世界”中的理性再也不能够为托尔斯泰的精神探索指明出路了！

在这一个个阿尔扎马斯之夜的面死而生中，在托尔斯泰面前或许也闪现过舍斯托夫引以为证的陀思妥耶夫斯基的路。舍斯托夫说：“陀思妥耶夫斯基，如同拯救自己灵魂的圣者一样，一向听到一种神秘的声音：要敢想敢干，要走向沙漠，走向孤独生活。”“‘一般’是陀思妥耶夫斯基的主要敌人”，因为“灵魂越分离越孤独，它就越能找到和碰到自己的创造者和上帝”。[2]

这种以个人为本位的西方思维模式认为，人只有在被逐出“共同世界”之后，成为一个否定了“共同世界”之理性的个人，才能清晰地、“本真”地“发现自我”。

而令舍斯托夫不满的正是，托尔斯泰违背了他所认定的真理之路，即走出人们的“共同世界”、走入“个人世界”而觉悟人生的真谛。托尔斯泰的谢尔盖神父最终不是走入“个人世界”去觉悟人生，而竟是走入另一个“共同世界”：走向人间，去向一个村妇帕申卡寻求真理，“在菜园子里做工，教孩子们读书，还照料病人”。这些舍斯托夫称之

[1]《托尔斯泰文集》15卷，第14—16页。

[2] 列夫·舍斯托夫《在约伯的天平上》，第35页。

为“对古典主义的赏光”的描写，让舍斯托夫大加揶揄。[1]然而正是在这条令这位西方哲人大惑不解的道路上，托尔斯泰走近了中国古典文化思想。

在中国儒家文化思想中，个人只有在上配天道、下张人伦的整个社会伦理系统的“共同世界”中，有了自己的定位，才能理解自己的真实存在。人的本质是仁。仁者人也。仁,《说文》注云读如人相偶之人。人偶，犹言尔我亲密之词。中国的个人是生活在家族、国家之中的，只有把个人的修身和齐家、治国、平天下紧紧联系在一起，才能发现自我的存在和价值；而且中国人认为自己和天地万物为一体，自我完成——“成己”是和成物——使天地万物达到完善，和天地万物融为一体相统一的。

的确，在阿尔扎马斯之夜的死的观照下，托尔斯泰的面前摆着两条路，或是像安娜·卡列尼娜那样，借着那支理性的烛光，“浏览过充满了苦难、虚伪、悲哀和罪恶的书籍”，在死的观照下，看透并决心摆脱那个“全是虚伪，全是谎话，全是欺骗，全是罪恶”的“共同世界”，“摆脱所有的人和自己”[2]；或是像列文那样，抛弃这个“共同世界”公认的理性答案，而全身心地投入另一个“共同世界”，去向“挖出了铁、传授了伐木、驯养了牛马、传授了播种、传授了如何共同生活、安排好了我们的生活”[3]的人们的那个“共同世界”，寻求关于生命意义的信仰和知识。

在《安娜·卡列尼娜》里，在《忏悔录》里，托尔斯泰反复叙述了自己的精神求索过程。我们看到，就是在这个世界观的转变之中，托尔斯泰也完成了和中国古典文化思想“接轨”的过程。

也许，在一次次阿尔扎马斯之夜的向死的追问下，托尔斯泰也曾产

[1]《在约伯的天平上》，第123页。
[2]《安娜·卡列尼娜》第7部第31章。
[3]《托尔斯泰文集》15卷，第37页。

生过“摆脱所有人和自己”的念头：列文这个“幸福的、有了家庭的、身强力壮的人”正是“好几次濒于自杀的境地”。但是，或许是人应该走向联合这一俄罗斯传统文化思想（共同性、融合性）的一贯信念使托尔斯泰扭转了方向。在将自己逐出那个使生命成为罪恶的“共同世界”之后，他却转向了另一个“共同世界”。因为他从根本上就不相信有这样一个独立的“个人世界”存在，自然也就不相信这个“个人的世界”可能有到达真理的力量。

1870年7月21日，托尔斯泰在笔记上谈到从笛卡尔以来的哲学家的缺点，认为即在于他们仅承认“个体（即所谓主体）的自我意识”，他认为，人既可以意识其自身是“一个人，一个个体”，但也可以“非个体性地”意识到自身是整个世界。他写道，“一个人或多或少地意识到是‘一切’，还是‘我’，依年龄不同而使然”。托尔斯泰认为，人之出生，便是一种个体化，即“获得个体性地看待一切的能力”。他认为，这出生是“从总的生命转向个体性的迷误”。而在生命的过程中，人不断地“涤除自己的个体性，渐渐地不再作为单一的人，而是和整体相融合”。而死，有时是缓慢的（表现为衰老的）死，就是停止个体性的生存，摆脱“以个体性的眼光看待一切的迷误”。当然，人到中年，当他感到自己“正值生命旺盛之时”，他“也能够看到自己个体性的迷误，而意识到总体生命的真理”。[1]

既然不承认脱离总体生命的个体性，那么，托尔斯泰也就自然不承认个体性的认识能力：“无数的人和其他生物大概构成着一个完整的生命，这个生命是我们不能理解的，就像一个细胞不能理解整个机体的生命一样。”1876年4月14日，托尔斯泰在给A. A. 托尔斯泰娅的信

[1] Толстой Л. Н. *Полное собрание сочинений*（в90-тых томах）М. Гослитиздат. 1958. Т. 48 С. 126–128.

中写道。[1]

我是什么？是永恒的一部分。[2]

只有把自己融于人群，走入“共同世界”，生命才有意义，也才能理解生命的意义：

人们只有在整个人类的心中见到自己，才能把握自己的生命。[3]

而对于个人的修养和完善，也是如此：

独自一个人或是一些人是无法达到洁净的。要洁净就得大家一起洁净。把自己隔离开来不染污泥，这是最严重的不净。[4]

这些都是托尔斯泰从19世纪70年代以后日愈坚定的观点。相反，从“个人世界”，托尔斯泰没有看到生命的真实意义：

“我的生命是什么？”——“是罪恶”。——完全正确。错误仅仅在于，我以只适用于我个人的答案去看待一切生命。是的，谁也不会妨碍我们和叔本华一起去否定生命。[5]

可是——

可是农民们是怎么死去的？[6]

托尔斯泰这一直到临死还在追问的话，竟把他带向越来越远的东方。他正是在农耕的、古老东方的“共同世界”找到了生命的意义的。

这样，托尔斯泰就不但和舍斯托夫，和陀思妥耶夫斯基分道扬镳，而且也和整个西方的思维方式背道而驰了。面对西方理性主义的危机，托尔斯泰没有走向现代西方的非理性主义之路，而是回首瞩目东方，特别是将向中国的古典文化思想投以挚诚的目光。

---

[1] Толстой Л. Н. *Полное собрание сочинений(в90-тых томах)* М. Гослитиздат. 1958. Т. 62 С. 266.
[2]《托尔斯泰文集》15卷44页。
[3] Толстой Л. Н. *Путь жизни* М. Высш. шк. 1993. Глав. 3.
[4]《托尔斯泰文集》17卷，第144页。
[5]《托尔斯泰文集》15卷，第49页。
[6] 亚·列·托尔斯泰娅：《父亲》(下)，第455页。

在《忏悔录》和《安娜·卡列尼娜》里，托尔斯泰详细地叙述了自己在抛弃了西方理性思维之后，探索认识生活真谛的历程。

首先是宗教的非理性救托尔斯泰于理性宣判的一死（像皮埃尔一样，解救其理性危机的是共济会的信仰）："合乎理性的认识否定生命的意义，而大众，整个人类以不合理性的认识承认这种意义。这种不合理性的认识就是宗教"，"我之所以接受宗教信仰是因为除了宗教信仰之外，大概别无出路，只有死亡。"

于是，他必须先承认"世界的生存是依据某个人（自然是指上帝）的意志进行的。为了理解这种意志的意义，首先要服从它，做要求我们做的一切。"这里，托尔斯泰所行的不是中国人的知行合一，而是基督教的信行合一。不过，"理解这种意志"的探索一步步在破坏这种合一的信行：

> 但是我从承认上帝的存在又转向对他的关系的探索，我又想起那个上帝，我们那位派来了圣子，即救主的三位一体的造物主。于是，这个与世隔绝，与我无关的上帝就像冰块一样在我眼前溶化了……我陷入绝望中……

然而这种对于虚妄的绝望，正促使托尔斯泰走向新的认知的微明。那个"三位一体的造物主"的化解终于给托尔斯泰带来一个类似中国人的"德性之天"的，活在人心中的上帝。

如果说，在《战争与和平》中，恢宏的天道还是完全外在于人，只是偶或间给无可作为的人们以一线宿命般的天启——人在上帝面前是卑微的；那么在《安娜·卡列尼娜》中，已经开始了从"天在外"向"天在内"的转变。对于不是执迷于理性的人，天的启示便显现在人的心中。

> 推究把他引入疑惑，但是当他不用思想，只就这么活着的时候，他就时时感觉到他的心灵中有一个毫无错失的审判官……
>
> "是的，神力的明确无疑的表现，就是借着启示（откровение）

而向人们显示的善的法则，而我感觉到它就存在于我的心中……”

不能不注意到，在彻底否定过去的那个“共同世界”的理性的时候，托尔斯泰受着叔本华非理性思想的影响，继续走着心脑对立、理性与非理性对立的西方思维的路子。当列文不再像《战争与和平》中的主人公们无为以待天命，而重新开始人生价值的探索的时候，托尔斯泰特别强调非理性的“一点即透”的灵感和生而知之的本能：

为了上帝而活着，他略一暗示我我就领悟了……

他们对我说的是已经在我心灵中存在的东西……

思想却不给予我的问题一个回答——这种知识我用什么方法也得不到，但是却赐给了我……

我什么也没有发现，我不过是发现了我所知道的东西。[1]

这虽然表面上颇似中国传统的体悟认识，实际上它还只是一种强调非理性的直觉顿悟，而与中国传统的被称为实践理性认识论的心脑合一、理性与非理性合一、知行合一、主客体合一的中国古典的认识论还处于貌合神离的形似关系。走向非理性，这是许多人对托尔斯泰后期思想的判定。然而，我认为，托尔斯泰没有走向非理性，而这是和他后期直接接触中国古典文化思想紧密相连的。

因为，既然托尔斯泰已经领悟到“天”，领悟到人是天的一部分，并且从“天在外”走向“天在内”，那么，便有了领悟中国人天人合一的世界观和主客体合一的认识方式的可能性。托尔斯泰把这个“天”——上帝视为“人体及其智慧之源”，它“和生命是一回事”。因此，对这个上帝的信仰便转化为对人自身的信心，（而不是基督教式的人在上帝面前的罪孽感）成为“对精神完善，对表现了生命意义的传说的信仰”——应当“成为更好一些的人，即生活得和这种意志更相一致

[1]《安娜·卡列尼娜》第8部19章。

些”[1]，即所谓以德配天。

这样，认识上帝——认识天和认识生命——认识人自身，便有可能终于统一起来。至此，托尔斯泰东方走向的精神探索便和中国古典文化思想初步接轨了。

托尔斯泰的精神激变是在社会矛盾斗争的推动和自我精神探索的内外作用下终于在19世纪70年代末实现的。一般来说，托尔斯泰的精神激变是指他从宗法贵族立场向宗法农民立场的转变。而从研究托尔斯泰东方走向的精神探索的角度看，这种阶级立场的转变，既受到他的东方走向的精神探索（对东方农耕社会的向往）的推动，又反过来促进着这一精神探索。因为东方农耕社会的真正主人是农民。中国古典文化思想正是在这个东方农耕的宗法社会中发育，而千百年来统治着中国亿万宗法农民的思想。

不过应该提及的是，综观托尔斯泰的作品、活动、笔记、信函……时至70年代末，他的精神探索，涉猎了包括印度佛教在内的大量东西方哲学、文化，但是恰恰几乎没有谈到过对中国古典文化思想的接触。可以设想，托尔斯泰走近中国古典文化思想，基本上是在尚未对其直接涉猎的情况下完成的。

[1] 以上引文见《托尔斯泰文集》15卷，第50—61页。

## 第五章

# 托尔斯泰直接接触中国古典文化思想的开始

（19世纪80年代上）

讨论托尔斯泰对中国古典文化思想的接受，首先要涉及一下他对基督教教义的批判。这不仅是由于在托尔斯泰精神探索过程上，二者间有时间上的接踵关系，更由于它们之间有着内在的思想逻辑。托尔斯泰正是在对基督教教义进行全面批判的基础上，在对固有的基督教思想产生动摇，而力图建立一种新的道德化的基督教的精神探索中，走到了中国古典文化思想面前；正是从对基督教进行批判和改造的目标出发，托尔斯泰对中国思想进行了认真的研究、借鉴，将两种思想相互对照、比较，使之相互损益、融通，而形成自己的新的基督教思想体系。

从标志着托尔斯泰精神激变的《忏悔录》中，可以看到，托尔斯泰与西方理性主义彻底决裂时，精神陷入非理性的困境。他不能不依托于"人民的宗教信仰"，同时他又不能不看到，"在人民的宗教信仰中，谬误是和真理混杂在一起的"。必须辨明俄罗斯正教教会教条的正误真伪，必须寻找或创立一种新的思想体系。而这第一步，就是80年代初托尔斯泰在宗教方面的修经校史的一系列著述。他研究《圣经》，研究基督教史和教会史，早在1879年10月30日的笔记中，他就写道：

一部教会史，就是暴力、罪恶、仇恨和骄傲的历史。[1]

在《教条神学之研究》（1880年）中，托尔斯泰认定，俄罗斯东正教的教义和全部神学都是荒谬的。在这篇著述的结尾，托尔斯泰写道：

对于我的问题：在这个世界上，我的生命有什么意义，（神学的）回答是这样的：有这么一个奇异怪诞的、半人半怪的上帝，一时任性而随心所欲地创造了这么个世界，也这样随心所欲地创造了这么个人（指亚当）；一切都做得很好。但是，结果一切却都很不妙。人和他的全部后代都遭到诅咒；……而在他（上帝）想出拯救他们的方法之后，情况依然如故。更坏的是，倘若我生为犹太教徒、佛教徒而偶然未能沐浴于东正教会的圣泽之中，那么大抵我只能永世遭受魔鬼的折磨；而且，即便我在幸运者之列，……同样也是毁灭的下场……因为按照这个学说，我的生命没有一丝一毫的意义……[2]

这篇著述的特点在于，它对于神学教条的全面批判完全基于对《新约》的精确引证，从而证明三位一体的教义、原罪、基督诞生和复活的奇迹、赎罪和拯救的计划，以及包括领圣体等在内的教会的神秘教条、圣事礼仪都是毫无根据的。而基督教的这些基本教条一旦被托尔斯泰全面否定，基督教将会成为什么样子呢？

有破有立。托尔斯泰甚至逐字逐句从希腊文研读四福音书，编撰了《四福音书的汇编和翻译》《福音书简述》等一系列宗教著述，之后又在《论生命》等论著、文学作品以及编撰的大量民间故事、箴言语录中着力塑造自己的新的上帝和自己的新基督教思想体系——托尔斯泰主义，这成为托尔斯泰生命后三十年奋斗的根本。而也就是在这一奋斗中，托

[1] Гусев Н. Н. *Л. Н. Толстой Материалы к биографии*（В）С. 603.
[2] Толстой Л. Н. *Полное собрание сочинений (в90-тых томах)* Т. 23 С. 294.

尔斯泰把中国古典文化思想融入了自己的体系。

在对基督教义的思考中，有两点值得指出：一是对上帝的重新定义，一是对人生意义的新的思索。而这两点都是使托尔斯泰得以和中国古典文化思想得到会通的根本之点。

在《四福音书的汇编和翻译》中，托尔斯泰指出：

> "上帝"这个词不应当也不能够理解为某种看得见摸得着的，确定的东西。……上帝，这是给予人以生命的非肉体的根源。……为了表达这一非肉体性，耶稣使用了"魂灵（дух）"这个词。……理智之源就是上帝……他并不操纵人们。……耶稣讲，上帝，作为创造者，立法者，审判者的那个无论怎样的上帝，过去和现在谁都不知道，而有的只是人心中的魂灵，它来自无尽头的源泉，它是魂灵之子，理智之光，而生命就在其中。……人心中的这个魂灵来自无尽头的源泉的那个魂灵，和那个魂灵的关系就像是子之于父，这个在人心中的无尽头的源泉，就是那个应该加以神圣珍爱的，应该用以取代臆想出的上帝的真正的唯一上帝。……形形色色的对上帝的外在的崇拜都是有害的。……所有这一切名称：上帝、魂灵、神子、人子、光（свет）、理智（разумение）都有着同一的意义，根据与所谈及对象的关系的不同而相应地使用不同的说法。[1]

在1884年3月29日的日记里，托尔斯泰谈到切尔特科夫因为他"用理智（разумение）取代上帝而生气"，他激动地说："而我懊丧地想，他哪里知道，这是我全部劳动，紧张，绝望和兴奋之所得。"

这一新的非人格化的，与人的心灵和智慧息息相通的上帝的认定，对于托尔斯泰和托尔斯泰主义是一个至关重要的问题，也是托尔斯泰走向中

---

[1] Толстой Л. Н. *Полное собрание сочинений (в90-тых томах)* Т. 24, С. 27; 193; 162; 325; 118; 174; 171; 109; 168.

国古典文化思想的至关重要的一步。他在给费特的信（1880年10月）中说：

过去和将来都绝不会有人认识上帝，只有理智显现上帝。……一切的本原是理智，而理智即是上帝……我们没有权利谈论任何别的上帝。谈论活在天地间的上帝，坐在天庭创造万物的上帝，以及叔本华的意志，斯宾诺沙的实体，黑格尔的精神，同样都是毫无根据的武断之词。我知道自己的存在，以及我们所知道的一切，都是因为在我心中有着理智，于是我就把它称作上帝，对于我，它就是万物之源。对那个创造了现实世界的本原，我一无所知，也无从知道。理智是我借以看见事物的一束光，为了不至于迷途，我从不逾越它。因此，对我来说，爱上帝就意味着爱理智之光；为上帝服务就意味着为理智服务；靠上帝生活就意味着在理智之光的照耀下生活。

于是，托尔斯泰得出结论说：

什么是幸福？绝对的幸福在外在世界里是没有的，唯一真正的幸福是理智之光，有了它，一个人才能做出最正确的选择。[1]

在这封信中，托尔斯泰又提出了他的另一个重要的论点：

福音书宣扬的是人生的幸福。

在《四福音书的汇编和翻译》中，托尔斯泰也强调指出：

耶稣任何时候没有说过任何关于死后的生命的事；恰恰相反，他直截了当地否认这种生命，他说："让死人埋葬死人吧；上帝是活人的上帝，而不是死人的上帝。"他只是说过，生命有一个临时的本原，这就是肉体，而另一个永恒的本原是魂灵，是上帝之子。

每一个人都有可能成为上帝之子而不知道死亡。

客观的恶是没有的。有的是主观的恶，即是远离理智；它就

[1]《托尔斯泰文学书简》，第672—673页。

是死。

生命在多大程度上成为理智的，生命也就在多大程度上成为真正的生命。[1]

通过对《新约》的这种解释，托尔斯泰进一步把基督教变成一种关于精神–道德的学说：

我们生命的源泉是爱。

耶稣的学说就在于使人生的每一步都朝向对人行善的事业。

神灵的意志就是善。而为履行这个“善”，有一个法则。（这个法则）就是人们的永恒的道德法则。履行这个法则使生命成为真正的生命。[2]

当时在亚斯纳亚·博利亚纳工作的家庭教师И. M. 伊万金回忆说：

从一开始我就觉出，在动手研究《新约》的时候，托尔斯泰就已经有了一定的观点……《新约》里那些故事性的，奇迹的和传说性的东西，众所周知，他都一概删去了，认为既不重要，也不需要。……他说，他（指基督）的复活与我有什么相干？复活，就让他复活去吧！对我来说，重要的问题是，我应该做什么，我应该怎么活着？……他关注的只是道德伦理方面……[3]

而二十年后，托尔斯泰在给比留科夫的信中，谈到对维鲁斯教授的《四福音书之比较研究》一书的看法时说：

这本书里很精彩地论证了基督从来就没有存在过。接受这个假定或可能性，就等于把最后一个暴露于敌人攻击下的外围阵地摧毁，而使堡垒（善的道德学说）得以坚守。[4]

[1] Толстой Л. Н. *Полное собрание сочинений (в90-тых томах)* Т.24. С. 172; 175; 184; 325.
[2] Толстой Л. Н. *Полное собрание сочинений (в90-тых томах)* Т. 24. С110; 285; 242; 279; 285.
[3] Гусев Н. Н. *Л. Н. Толстой Материалы к биографии (В)* С. 643.
[4] 莫德：《托尔斯泰传》，第506页。

看来，托尔斯泰显然认为，《福音书》中一贯认为是最基本的内容——关于耶稣的事迹，竟是不堪一击的。

人们注意到，托尔斯泰对《福音书》的“编译”，常常改变书中的章节顺序，删节和省略他不能同意之处，对基督的种种奇迹传说做了详细的考察和合理化的解释、讲述。[1]这自然引起非议。托尔斯泰1887年8月写给M. A. 诺沃谢洛夫的信可以算是一种答辩：

> 一般说，我的翻译中我想不会有太大的错误，我和语言学家、行家、精细的批评家都探讨过。不过，可能有很多这样的地方，……意思牵强生硬，语言矫揉造作。这是由于我想尽可能地给教会解释所用的不适其用的极端化的用语去掉其极端性，就像给磁石去磁。这种修正，将是有益的事。[2]

在此我们无意考察托尔斯泰编译的福音的可靠性，而只是想探明，托尔斯泰所要塑造的新的基督教义，或者说，托尔斯泰所要创造的新的宗教，他的托尔斯泰主义是要基于怎样一种思想之上的。

我们可以看到，托尔斯泰想要建立的，是许诺现世幸福，重视人生意义，不排斥其他“异教”的全世界统一的宗教；是否定了人格化的上帝的，道德化、精神化的宗教；是把理智化身的上帝引入人们心中，从而把上帝和人紧紧地联系在一起的宗教。显然，这个宗教是服务于他的通过自我精神完善来拯救社会的治世方策的。而要完成这样一个和基督教传统教条大相径庭的工程，仅仅靠重新发明原来的基督教义还是远远不够的。而我们将看到，中国古典文化思想在这方面恰恰是非常契合托尔斯泰主义的要求的。

俄国从19世纪60年代开始的农奴制改革以及随后进行的一系列社

[1] 参见Гусев Н. Н. *Л. Н. Толстой Материалы к биографии (В)* С. 665–667.
[2] Толстой Л. Н. *Полное собрание сочинений (в90-тых томах)* Т. 64 С. 62–63.

会结构和政治结构的变革（如地方自治机关改革、司法改革等），使沙俄传统社会礼崩乐坏，迅速走向西方资本主义的道路。托尔斯泰既已否定了西方的道路，面对俄国的丑恶现实和社会动荡，他更加自觉地把苦苦求索的目光转向东方——西方人心目中永远宁静的东方。从70年代后期，托尔斯泰进入了急剧的思想转变时期。他不仅认定，西方哲人的思想无法解答他对人生意义的求索，而且，即使他为了与广大人民相认同而努力去皈依的基督教教条也无法满足他的思想求索。精神探索的东方走向终于使他感到需要直接研究包括中国在内的东方文化思想。

根据他的《忏悔录》，可以认为，在东方古典文化思想中，托尔斯泰最先着力接触的是佛教。在《忏悔录》（1880年）中已经提到印度的哲理和释迦牟尼。但是，当他看到，释迦牟尼“认定生命是最大的恶”，“在生活中找不到安慰”，只有“从根本上彻底地消灭生命”[1]的时候，他只得摇头了。因为这些思想是绝然不符合托尔斯泰探索生命意义的目标的。

在1884年托尔斯泰广泛研读东方诸家的学说时，他又一次在日记里谈道：

> 读佛学。好极了。……错误仅在于逃避生活，彻底逃避。[2]

而后在1908年，在和秘书H. H. 古谢夫谈到佛教时，他又说：

> 这是一种多么奇异的学说！而它又被怎样地歪曲了！这么一个抽象的学说，涅槃，而突然那里也出现了造神弄鬼，偶像崇拜，天堂地狱……完全是像基督教里的那一套迷信……[3]

看来，否定现世生活，宣扬出世涅槃的印度佛教学说尽管宣扬“众生平等”“戒杀爱人”，否定超自然的、具有个性的、神秘的、全能之

---

[1]《托尔斯泰文集》15卷32页。
[2]《托尔斯泰文集》17卷132页。
[3] H. H. 古谢夫《和托尔斯泰的两年》，莫斯科，1912，130页。

神，尽管托尔斯泰也力图把“涅槃”视同自己主张的“个人自我完善”，但是托尔斯泰深深感到，佛教逃离现实生活，捏造天堂地狱，进行偶像崇拜，是和自己的主义格格不入的。精神探索把托尔斯泰引到中国古典文化思想的跟前。肯定现世生活、主张天人合一、淡化神灵崇拜、崇尚道德修养的中国古典文化思想，看来正是托尔斯泰应该加以借鉴的。后来（1891年10月25日）在给彼得堡著名书商M. M. 列捷尔列的信中，托尔斯泰开列过一份对自己生活各时期影响最大的书目。其中50岁至当时的63岁（1878—1891年），他认为影响“很大”的有孔子、孟子，影响“极大”的有老子。

1877年，托尔斯泰曾请求H. H. 斯特拉霍夫从彼得堡为自己设法收集一切能搞到的有关中国哲人思想的译作。斯特拉霍夫完成了托尔斯泰的委托，并在给托尔斯泰的信（1878年1月20日）中，提到了斯·朱利恩（St. Julien）的《老子道德经》（巴黎，1841）。[1]从托尔斯泰给斯特拉霍夫的信（1882年6月8日）中，可以得知，1882年夏天，托尔斯泰已经得到了关于孔子的书。[2]不过，托尔斯泰研究中国古典哲人思想的最初记载是在1884年。

值得注意的是，在1884年日记的开篇，托尔斯泰就抄录下几十则“中国谚语”，其中包括老子、孔子的语录。

根据托尔斯泰的日记，从1884年2至3月，托尔斯泰开始专注地研究老子、孔子和孟子。例如：

> 3月6日　我在翻译老子。（根据1841年巴黎版斯·朱利恩的《老子道德经》）结果不如我意。
>
> 3月9日　读了一点关于中国的东西……读老子。翻译过来是

[1] Шифман А. И. *Лев Толстой и восток* Москва Восточ. лит. 1960. С. 56.
[2] Толстой Л. Н. *Полное собрание сочинений (в90-тых томах)* Т. 63 С. 98.

可以的，但是缺乏完整性……

3月11日　孔子的中庸之道妙极了，同老子一样——履行自然的法则，这就是智慧，就是力量，就是生命。而履行这个法则，会是无声无息的。这个法则只有行于自然、毫无勉强做作之中，才是最强有力的。我不知道我做这些会有什么结果，不过它已经使我受益匪浅。[1]

在接着几天的日记中，托尔斯泰都谈到研读孔子和老子，似乎如获至宝：

3月15日　我的良好的精神状态也要归功于阅读孔子，而主要是老子。应当为自己编排一个阅读范围，……人们在谈论癫僧，而我认为老子就是癫僧的哲学。

3月18日　孔子是对的。关键不是在于权力的力量，而是信念——艺术——教会的力量，是生活的仪式，是娱乐，是一定的道德，它们会轻易地被他们所服从。

3月21日　读勒格译的孔子英文本至深夜。几乎所有的话都是重要而且深刻。

在3月29日的日记里，托尔斯泰把老子和孔子抬高到基督教经典之上的地位：

读孔子。越来越深刻，越来越好。没有他和老子，《福音书》就不全了。而没有《福音书》，他却过得去。

3月31日　读孔子，睡下很晚。

4月9日，托尔斯泰又在日记中写道：

我开始阅读孟子的书，它十分重要和杰出。孟子教导人怎样恢复和找回失却的心。妙极了。

[1] Толстой Л. Н. *Полное собрание сочинений (в90-тых томах)* Т. 49 С. 66.

凭着一种认同的直觉，托尔斯泰一下子就抓住了孟子最主要的思想："求放心。"

也是在这一年，托尔斯泰还结识了墨子的学说。[1]

对于中国诸子思想的如此热爱和高度评价，恐怕连托尔斯泰自己也始料不及。他接连给切尔特科夫写信，激动地述说中国诸子给他的印象：

> 我重感冒发烧在家，已经是第二天在读孔子。难以想象这是怎样崇高非凡的精神境界。（2月底）[2]

> 我汲取了很多对我来说十分有益而令人快乐的好东西。我真想和别人谈谈。（3月4日）[3]

> 我正在研读中国人的极高妙的智慧思想，我非常想把这些书使我精神上的受益告诉您和所有人。（3月11日）[4]

果然，托尔斯泰一连译写了三篇文章：《孔子的著作》《大学》《中国先哲老子所著道德经》。这三篇均系未完成的手稿，收在托尔斯泰全集（纪念版）第25卷上。

值得指出的是，在《孔子的著作》的开篇，托尔斯泰谈到了他对中国民族的看法和热心研究中国的初衷与思路。

首先，他指出了中国人的四个"最"："中国人是世界上最古老的民族。中国人是世界上最大的民族。中国人是世界上最爱好和平的民族"，而第四个"最"最使托尔斯泰关注：

> 世界上没有任何一个民族在劳动中比得过中国人：吃得那么少，干得那么多。而且世界上没有任何一个民族比得过中国人那么善于耕种土地，并靠土地养活自己。

---

[1] Шифман А. И. *Лев Толстой и восток* Москва Восточ. лит. 1960. С. 98.
[2] Толстой Л. Н. *Полное собрание сочинений (в90-тых томах)* Т. 85 С. 30.
[3] Толстой Л. Н. *Полное собрание сочинений (в90-тых томах)* Т. 85 С. 33.
[4] Толстой Л. Н. *Полное собрание сочинений (в90-тых томах)* Т. 85 С. 35.

托尔斯泰把这一点看得很重：正是由于“中国人是庄稼汉，他们的皇帝自己也种地（托尔斯泰对中国皇帝每年仪式性的耕田信以为真）。因此，中国人是世界上最爱好和平的民族。”他坚定地认为，农耕的生活方式是和和平的生活方式紧紧联系在一起的。

接着，托尔斯泰用使他赞服的中国人的生活方式来否定欧洲人的现代文明：

> 中国人按照他们自己的生活方式生活。不像我们欧洲人。他们知道我们如何生活，但是不仿照我们的生活。他们认为自己的生活方式更好些。

20年后，在20世纪初的世界帝国主义对东方各国的经济掠夺和军事侵略的动乱年代，托尔斯泰宣说的救世良策就是让世人实践中国人农耕的和平的生活方式。

而最后，托尔斯泰指出，既然他们“果真是好，那就该知道他们的信仰是什么”。于是，他便开始讲述“他们的先师孔丘”的学说。（实际上是对《四书集注》中《大学》一文的朱子序的前一部分和《大学》本文第一章的译介。关于托尔斯泰对《大学》的译介将在上编7章2节述及。）

托尔斯泰最初对先秦诸子的研究，已经表现出这样一些特点：一、把先秦诸子的思想作为一种统一的思想来研究，力求其同，而不欲察其异；二、特别注重先秦诸子思想中能够启发关于自我道德修养方面的论述，而对于中国古典文化思想中关于天、道、天人合一等更深层次的思想尚未予足够的重视；三、赞同中国文化思想中肯定现世生活的基调。

比如在《孔子的著作》一文中，托尔斯泰这样介绍道：

> 他们的先师孔丘是这样说的：所有的人都是天父生的，因此，没有一个人心中不是蕴藏着爱、善、美、礼仪和智慧。但是……不是所有的人都能在自己身上发现这种善并加以培育。只有具备巨大的理性、聪明和天赋的智者才能培养起心灵的善，他们是人群中的杰出者。于是天父委命他们当领路人、为人师表，为此一代代委命

他们管理并教导人们，为使所有的人返回到自己固有的淳朴中去。[1]

因此托尔斯泰非常注意孔子有关如何从道德修养出发，达到治国的思想。他在日记里抄录了孔子的话："治理就是矫正。如果你带领人民正确，谁敢生活得不正确呢？（政者正也。子帅以正，孰敢不正？《论语·颜渊》）"[2]

在另一篇日记（3月19日）里，托尔斯泰记下这样的思考：

> 读孔子，并且作了笔记。对权力所做的宗教性的，即合理的解释，以及关于这个问题的中国的学说，于我是一个新发现。如果上帝有意，我一定为了他人的福利去作这件事。……当权力被视为在道德和理智上的至高的东西，它就可以不是一种暴力了。只是在我们把按我们的心灵和理智的要求来说不是至高的东西认作至高的东西的时候，权力才会成为暴力。……真正的权力既不能基于传习，也不能基于暴力，它只能建立在对至高的东西的一致崇尚之上。[3]

在孔子这里，托尔斯泰找到了基于精神自我完善、以德治国，反对以力治国的理论武器。

值得注意的是，就在1884年的日记开篇，他译录了《论语·颜渊》中这样一句话：

> 有人问，为了善良人们的幸福，杀死那些不善的人，好吗？孔子说，为什么要杀死呢？倘使你们的愿望是善良的，那么所有的人都会变得善良。一切高处的就犹如风，低处的就像是草，风一吹，草就会俯顺。（季康子问政于孔子曰，如杀无道以就有道，何如？孔子对曰，子为政，焉用杀？子欲善而民善矣。君子之德风，小人之德草，草上之风，必偃。）

---

[1]《托尔斯泰文集》15卷，第72页。

[2] Толстой Л. Н. *Полное собрание сочинений (в90-тых томах)* Т. 49 С. 63.

[3] Толстой Л. Н. *Полное собрание сочинений (в90-тых томах)* Т. 49 С. 70–71.

然后，托尔斯泰论道："要知道，问题在于应该把什么东西，什么人视为高的，应该拔举、尊重善的东西而视为居高的，而毫不姑息地放逐、蔑视恶的东西而视为低下的。"这里表现出托尔斯泰对孔子思想的民主性的解释。

于是，在儒家书中，他选译的《大学》一段，讲的就是与他的个人自我完善的想法最为接近的修身为本，所以齐家、治国、平天下的道理。他特别注意最后一句：

> 舍去主要的、根本的、最好的，而去关心不重要的、次要的——任何时候也不要这样做。[1]（其本乱而末治者否矣。其所厚者薄，而其所薄者厚，未之有也。）

这里说的，恰恰是合于托尔斯泰所一直论述的：现时人们崇末（科学、技术）而忘本（究明人生真谛，完善自我道德）。"万事之道我看不在于知道应该做什么，而在于知道先做什么后做什么。"[2]（知所先后，则近道矣。）即知道人生求索中的先后、轻重、本末。我们将看到，在这方面是托尔斯泰和中国古典文化思想有着最为契合之处。

另一方面，托尔斯泰特别注重孔子对待天与神、生与死这些他自己十分关注的问题。在1884年年初的日记里他写道："孔子不提'上帝'（шань—ти）——不提个性的神（личный бог）而总是只谈'自然之天'（небо）。"[3]

在1884年2月的一处日记里，他转述孔子论及神鬼和生死的那段话："人们问他，怎么侍奉死去的魂灵。他说，当你不能侍奉活人的时候，你怎么去侍奉死人呢？人家问死，他说，当你不知道生命的时候，你还问死亡做什么呢？人问，死去的人知道我们侍奉他们吗？他说，如

---

[1]《托尔斯泰文集》15卷，第73页。
[2]《托尔斯泰文集》16卷，第77页。
[3] Толстой Л. Н. *Полное собрание сочинений (в90-тых томах)* Т. 49 С. 63.

果我说他们知道，我怕活人会为侍奉死人而坑害了自己的生命，如果我说他们不知道，我又怕人们忘记了死者。你们不必知道死者的事。没有这方面的必要……”

由此，托尔斯泰引述道：“什么是智慧？真诚地侍奉活着的人们，远远地离开所谓魂灵的世界——这就是智慧。”[1]

看来，在否定基督教崇尚人格神的上帝和种种神秘主义的精神探索中，托尔斯泰找到了孔子这位执着于现世生活，反对神秘主义的儒学“先师”。

在老子的思想中，托尔斯泰特别喜欢老子柔弱胜刚强的论述。1884年2、3月间，托尔斯泰两次在日记里转述老子的这一思想：

> 录自老子。人生下来是柔而弱的；当他колян（原文如此）而强硬时，他就要死了。当树刚长出来时，它们是娇柔的，当它们干硬了，它们就要死了。刚强和力量是死的旅伴，柔弱是生的旅伴。所以，那强的不会胜利。一棵树强壮了就给人砍去了。大而有力的是微不足道的；而柔弱的，则是重要的。（参见《道德经》76章）[2]

在3月10日的日记里，他说：

> 如老子所说，就是应该像水一样。没有障碍，它流淌，遇到堤坝它止住。堤坝破了，它还流。在方形的器皿里，它是方的；在圆形的器皿里，它是圆的。正是因此，它比一切东西都重要，都有力量。[3]

老子和托尔斯泰都喜欢水的比喻，上善若水，水的至柔能够胜于至坚。但是老子的种种比喻和描绘，只有放在中国文化思想的背景中，才能较容易地把握其中体现的“道”的整体思想。托尔斯泰常常不满意自

[1] Толстой Л. Н. *Полное собрание сочинений (в90-тых томах)* Т. 49 С. 63.
[2] Толстой Л. Н. *Полное собрание сочинений (в90-тых томах)* Т. 49 С. 62.
[3] Толстой Л. Н. *Полное собрание сочинений (в90-тых томах)* Т. 49 С. 65.

己对中国诸子的翻译，恐怕正是感觉到这种文化之“隔”。这里他所引述的老子的话，主要意在提出以自我道德的内在修炼为基础的以柔克刚的“不抵抗主义”。这是托尔斯泰后期的一个重要思想。而对于老子的“道”的思想要旨，托尔斯泰当时大抵注意尚少。道德的问题，充斥着托尔斯泰的视野：

老子的表述多么明确有力，天生万物，因为它永远真诚。[1]

实际上，“诚者，天之道也”，是儒家之论，见《孟子·离娄上》。另外，在托尔斯泰的《中国先哲老子所著道德经》的那段“译文”中，虽然错误百出，但是可以看出，托尔斯泰在老子八十一章中所选译的，大多是为了表现他自己所“希望”老子讲的严于律己、修身以治国的道理。值得注意的是，这些错译都是极明显地合于托尔斯泰本人所一再宣扬的观点的“误读”。比如《道德经》第三章“不尚贤，使民不争。不贵难得之货，使民不为盗。不见可欲，使民心不乱。是以圣人之治，虚其心，实其腹，弱其志，强其骨”一段（本书引言部分已加译述评论）。

在引言中已经指出，托尔斯泰把老子这几句话中的使动动词译为自动动词，于是，对老百姓的调教变为统治者对自身的修养。而这一误解恰恰合于托尔斯泰的这样一种原则立场，即不是要去“治人”，而是一心要去实行自我的精神完善。

再如道德经第一章中“故常无欲以观其妙常有欲以观其徼”一句。有两种句读法，一是“故常无欲，以观其妙，常有欲，以观其徼”（如晋人王弼注的《老子道德经》）；一是“故常无，欲以观其妙，常有，欲以观其徼。”（如王安石等人注的《道德经》）我是认同后一种断句的。这里是在原道，讲什么是道，即从常无和常有观察道之奥妙端倪。而托尔斯泰则认同前一种断句，引申而译为：

---

[1] Толстой Л. Н. *Полное собрание сочинений (в90-тых томах)* Т. 49 С. 66.

“只有没有欲望的人，才能看清神的本质。为欲望所驱使的人，不能完全看清神。”[1]完全成为道德的教训，而却与托尔斯泰主张的禁欲主义相合。

文化的交融是相互迎合的。试图建立一种以个人自我完善为基础的道德性宗教的托尔斯泰，终于找到了最富于道德伦理性的中国古典文化思想跟前；而中国古典文化思想也正是首先将其丰富的道德修养方面展现给了托尔斯泰。

1884年7月，他在阅读托马斯–泰洛尔·米多乌斯的《关于中国政府和人民的笔记》(1847年，伦敦）和《中国人及其起义》(1856年，伦敦）时，他在日记里就表现出对中国社会生活所循的教化原则的欣赏态度。他写道：

> 中国有三亿六千万居民。这些有着古老传统的、最富有的、幸福、和平的人民按某种原则生活着。我们嘲笑这些原则，而且我们以为，我们这样就支配了中国。

次日，托尔斯泰又在日记里写道：

> 读米多乌斯。很好。中国的教育，如他所说，虽然在数量上少于我们，而在质量上则高于我们。那里的教育主要是教以伦理；而我们这儿根本没有伦理教育。[2]

这一时期，托尔斯泰还表现出对中国古代格言、谚语、传说的极大兴趣，也是基于道德修养方面的探索。在1884年年初，他就在日记里记下了一组谚语，比如：

> 甜言蜜语是毒药，忠言逆耳是良药。
>
> 什么都无所失的人是富有的。

---

[1] Толстой Л. Н. *Полное собрание сочинений (в90-тых томах)* Т. 25 С. 534.

[2] Толстой Л. Н. Полное собрание сочинений (в90-тых томах) Т. 49 С. 111, 112.

幸福使智者乐，使愚者忧。……[1]

中国人达观的、乐生的人生经验和道德智慧强烈地吸引着托尔斯泰。

值得指出的是，托尔斯泰能够把从中国古典文化思想中得到的启发，马上用于对社会人生的分析中。当时，托尔斯泰刚刚完成世界观的转变，尤其是通过参加为期三天的莫斯科人口调查（1882年1月），他选择了"最最贫穷和堕落的窝"，城市贫民窟的惨景令他震惊，他看到，"一些人不停地过节日"是由于有"另一些人却必须总是挨饿和干活"。虽然托尔斯泰并没有引证，但是却在《那么我们应该怎么办？》（1882—1886）中，反复用触目惊心的实例论证了老子的"民之饥，以其上食税之多，是以饥"的道理。"最后得出下面这个简单的结论：为了不造成痛苦和罪恶，我应该尽可能少消耗别人的工作，而尽可能自己多做工作。"他说，"我花了很长时间才得出一千年前中国人在他们的谚语中提出的不可避免的结论：'一个人游手好闲，另一个人就得饿死。'"[2]此时，他怀着一颗誓欲摆脱贵族地位的忏悔反省的心，在对中国古典文化思想的研究中，首先注重的是社会问题和个人道德修养的关系。虽然托尔斯泰没有直接提及儒家关于"民为贵""民为本"的民本思想，但是，他的平民化思想探索是和中国古典文化思想中的民主性成分息息相通的。这表现在对老子主张统治者要虚心寡欲、无为无争，与民休息以及弱胜强、小胜大的言论的译述和肯定；也表现在对儒家思想中为统治阶级辩护的关于君子小人之辨、劳心劳力之论等不闻不述的态度；表现在对充满民主色彩的墨子思想的赞扬。[3]

不过，在托尔斯泰研究中国古典文化思想的最初阶段，修身问题是托尔斯泰关注的重点，因为这是契合于托尔斯泰力求自我道德修养以完

---

[1] Толстой Л. Н. *Полное собрание сочинений (в90-тых томах)* Т. 49 С. 61—62.
[2] 莫德：《托尔斯泰传》，第658页。
[3] 见下一章。

善现世生命、现世生活的思想的；而对于中国古典文化思想中关于天、道、天人合一等更深层次的思想则未予足够的重视。而随着对先秦诸子学说的深入研究和对人生问题的深入思考，中国古典文化思想中更深层次的观念逐渐被托尔斯泰注意和借鉴，以非常复杂的形式融入托尔斯泰主义之中。

# 第六章

# 托尔斯泰的新生命观和他的“无为”说

（19世纪80年代后期至90年代上）

## 一、新生命观的奠立和儒家思想的渗透

应该指出，托尔斯泰对中国诸子思想的初期研究还没有着重指向，也没有解决一直困扰着他的问题，这就是人生的意义，生命的意义。当年在《忏悔录》中，托尔斯泰以承认“理智的局限”作为一种镇静剂，从而“使任何一种无法解释的原理在我的想象中是一种理智的必然性而不是一种一定要相信的义务”，为的是暂时能躺稳“人民的宗教信仰”的悬空之床而不坠入死的深渊。[1]但是，不解决生命意义的问题，托尔斯泰的精神求索就再也无法前进，托尔斯泰主义，他的新的基督教思想体系，他的救世新说就无从建立。经过了精神激变、从贵族阶级转变到宗法农民阶级立场的托尔斯泰需要从理性上解决这一世界观的根本问题，动荡激变的社会现实也在向他逼问这一问题。因此，从80年代后期

[1]《托尔斯泰文集》15卷，第67—70页。

至90年代前期，托尔斯泰的精神探索的主要方向，就是对人生意义、生命的意义、对人性深层问题的深邃的逼问。

而这一思想探索，集中体现在《论生命》（1886—1888）和《天国在你们心中》（1890—1893）等一系列文学著作中。它是托尔斯泰多少年对人生意义这一重大问题的辗转反侧的苦苦求索和思想总结，也成为建立托尔斯泰主义的重大基础。

同时，这一时期又是托尔斯泰研究中国古典文化思想的一个重要时期。托尔斯泰从80年代起，不断地研读东方哲人、特别是中国先秦诸子及介绍中国文化思想的著述。在这个背景上，我们可以设想，托尔斯泰的这些重要思想的形成是有着中国古典文化思想影响之功的。比如，在《论生命》的思考和写作时期，托尔斯泰的日记里，就记下了和一位新俄罗斯大学（敖德萨）的年轻教授，后为莫斯科心理学会主席H. 格罗特的讨论，格罗特指责托尔斯泰“不知道亚里士多德”，托尔斯泰则生气地说他“就没看看孔子”。[1]

我们当然不能认为，托尔斯泰关于生命意义的论著中阐述的一些决定着托尔斯泰后期精神求索的重大思想，都是由阅读中国诸子的什么书而成，但是，我们却可以发觉，托尔斯泰的一些重要思想及其观点变化的走向，恰恰是与中国古典文化思想，而非别的东方思想（比如印度佛教思想）十分契合。在某种程度上可以说，托尔斯泰的新生命观的奠立过程，是和他吸收借鉴中国古典文化思想的过程相一致的。因为托尔斯泰的新生命观中，有一些重要观点，我以为是可以或必须从中国古典文化的影响的角度来对比研究。比如托尔斯泰对理性、对生命、对人生、对人与上帝（天）的关系的新观点。这些问题将在下编作较多的讨论，这里只想先从托尔斯泰思想发展的走向上，对中国文化思想的认同的角

[1] Опульская Л. Д. *Л. Н. Толстой Материалы к биографии с 1886 по 1892 год* М. Наука1979. С. 91.

度，简单谈谈托尔斯泰的新生命观在两方面和中国古典文化思想的“共识”，一是肯定生命的现世幸福，二是对幸福的本源——爱的认定。

首先，托尔斯泰对生命意义的新思考的特点，是对70年代一度陷入其间的悲观主义人生观的否定。而上述托尔斯泰对中国人积极乐生的精神的肯定，必然影响着他对生命观的新的思索。不过，还应该先谈到托尔斯泰一直十分有兴趣的佛教。在回顾自己生活的各个阶段影响最大的书目时，托尔斯泰把法国人写的《论佛》与有关中国的老子、孔子、孟子的书都算作50—63岁间对他最有影响的著作。1886年10月19日托尔斯泰曾写信给斯特拉霍夫，请他代购法人费·埃·福科从藏语转译的讲述佛陀生活的梵文书*Lalita vistara*。佛陀抛弃自己的特权地位，为了寻求真理而忍受一切痛苦的身世，恐怕会特别触动同样背弃了贵族地位的托尔斯泰。1886年一年之中托尔斯泰都在准备写一部介绍佛陀及其思想的书。他在给切尔特科夫的信中诉说着：“真想求上帝帮忙能编出这本书。”[1]5月6日，他告诉妻子说：“从今天，我开始写佛陀。他很吸引我。”[2]

虽然佛陀的书终于没有写出，但是，从《论生命》和《天国在你心中》等许多作品中，可以看出佛教思想的影响。比如“尘世的无法解释的痛苦”“肉身的痛苦”的思想，个体生命没有意义的思想，这些思想由于和基督教的某些思想的相通，使托尔斯泰很容易加以借鉴。但是，只要托尔斯泰坚持对现世、对人生的积极态度，他就不能不否定佛陀“认定生命是最大的恶”的思想，就不能不否认佛教视现世为虚空的出世态度。即在1884年时，托尔斯泰就已经对佛教思想有所取舍。在9

---

[1] Толстой Л. Н. *Полное собрание сочинений (в90-тых томах)* Т. 85 С. 308.
[2] Толстой Л. Н. *Полное собрание сочинений (в90-тых томах)* Т. 83 С. 571.

月12日的日记里，他就指出："读佛学，好极了。错误仅在于逃避生活，彻底逃避。佛并不是要自救，而是要救人。……如果无人可救，那也就没有生活了……"[1]

而佛教讲四大皆空。即使讲要解放众生——"所有一切众生之类，我皆令入无余涅槃而灭度之，如是灭度无量无数无边众生"，但是终归"实无一众生得灭度者"。何以故？因为"若菩萨有我相、人相、众生相、寿者相，即非菩萨"。[2]既然众生皆由妄想而成，于是也就如托尔斯泰所说的"无人可救"，"那也就没有生活了"。这种化世界为虚无的态度的确是托尔斯泰不能同意的。

即使《论生命》中托尔斯泰谈道"我的苦难都是对我的罪过、对别的无论什么人的罪过的免除和赎补"，[3]但是，这绝不是佛教思想中那类所谓"若为人轻贱，是人先世罪业，应坠恶道，以今世人轻贱故，先世罪业，则为消灭"[4]的道理。而是对历史和现实中人们行为的种种因果关系（尽管往往难于看尽）的唯物的分析的结论。

19世纪80年代后期，托尔斯泰从对叔本华的崇拜中最后解脱出来。1889年2月22日在给瑞士小说家爱德华·罗德的信中，他明确地批判了叔本华的悲观主义世界观：

> 悲观主义，特别是叔本华的悲观主义，我总觉得不仅是诡辩，而且是愚蠢，甚至是一极端的愚蠢。悲观主义者阐发自己对世界的看法，并对那些在生活中自我感觉良好的人宣扬自己的学说，好比一个人出现在彬彬有礼的社交界却举止失当不通人情，声言自己感到乏味使别人扫兴……我时刻想对悲观主义者说："如果世界不合

---

[1]《托尔斯泰文集》17卷，第132页。
[2]《金刚般若波罗蜜经》。
[3] 列夫·托尔斯泰《天国在你们心中》，李正荣译，上海三联书店，1988年，第189页。
[4]《金刚般若波罗蜜经》。

你的意，不要显露你的不满，你可以走开，不要妨碍别人。”[1]

在《论生命》中，托尔斯泰也指出：

我们这个时代的否定性哲学家们（叔本华、哈特曼），那些否定生命，却依然滞留了生命，从不打算抛弃生命的哲人，正是这样不诚实地解释生命问题的。[2]

人的生命就是对幸福的追求。[3]

人生不是儿戏，我们无权随心所欲地抛弃生命。[4]

人生是一个伟大的事业。

这是托尔斯泰始终不渝的信念。正是抱着这种信念，托尔斯泰越来越走近对现世人生充满积极态度的中国文化思想。

可以说，促进这一走向的是托尔斯泰在《忏悔录》中所说的思路：

“如果我想活下去并理解生命的意义，我就不应该向那些已经丧失生命意义并想自杀的人，而是向亿万前人和今人，构成生活并把自己的与我们的生活担在肩上的人那儿去寻找生命的意义。”[5]

80年代是托尔斯泰按照自己的新世界观改造自己整个生活的时期，即所谓“平民化”的过程，也就是他知行合一地思考人生意义的时期。1882年托尔斯泰放弃伯爵的称号；1885年他成为素食主义者，放弃打猎和吸烟；他从事体力劳动，学做靴子；他由于决定放弃财产，不再过“老爷的生活”而要出走，与妻子陷于痛苦的冲突之中……

与此同时，托尔斯泰一直关注研究中国的古典文化思想和社会生活。1887年11月，他在读完法国驻华大使西蒙的《中土之国》后，写信给П. И. 比留科夫（当时是媒介出版社的编辑）说：

---

[1]《托尔斯泰文集》16卷，第227页。
[2] 列夫·托尔斯泰：《天国在你们心中》，第110页。
[3] 列夫·托尔斯泰：《天国在你们心中》，第198页。
[4] 托尔斯泰1910年临终给妻子的信。《托尔斯泰文集》16卷，第359页。
[5]《托尔斯泰文集》15卷，第39页。

诺沃谢洛夫给我带来西蒙的关于中国的书（俄译本），您一定要拿去读读。我读了很兴奋，而对于您，正是对于您，读这部书将非常愉快而有益。因为书里写的是农耕和中国人的整个生活。这部书一定要给媒介出版社讲一讲。

在托尔斯泰积极推荐下，1889年这部书以《中国人如何生活》之名在媒介出版社出版。

80年代中期，托尔斯泰还热心收集、研究和改编各种民间故事、寓言传说，从中寻求人民对生活意义的理解。其中值得一提的是1886年写的一个题为《苏拉特的咖啡馆》（*Суратская кофейкая*）的故事[1]。因为这篇故事的重要意义在于，托尔斯泰让中国儒家文化思想，让“孔子的学生”（儒生）的言论驳倒其他所有民族的教派的狭隘信仰，而赫然显示为超乎一切学说之上的真理。

在咖啡馆里参加这场“谁的上帝最好”之争的，有“想得太多、读得太多、写得太多，终于把自己搞糊涂了”的“博学的波斯神学家”，有把小木片作为偶像崇拜的非洲奴隶，有婆罗门教徒、犹太教徒，还有信奉罗马教的意大利人和信奉穆罕默德的教义的土耳其人。只有坐在角落里的一个“中国儒生（直译‘孔子的学生’）”一言不发。待到众说纷纭、莫衷一是之时，经大家求教，他才侃侃而谈，一时四座折服。他最后的结语，可以说，表明了托尔斯泰对中国文化思想的理解和赞同：

每一个民族都想把那非世界所能容纳的上帝关在自己的庙宇里。又有哪一座庙宇可与上帝为了把全人类团结在一个信仰和一个宗教之中而建立起来的那个庙宇相比呢？……

哪一座庙宇能有海洋那样的圣水盘，苍穹那样的拱顶，日月星辰那样的神灯？又有什么雕像能与懂得爱和互助的活泼泼的人相

[1] Толстой Л. Н. *Полное собрание сочинений (в90-тых томах)* Т.29 С.47.

媲美？又有什么神庥能像上帝为了人类的幸福而普降给众生的恩惠那样明白易懂呢？对于每一个人来说，又有哪一本经书能像写在他心中的那本经书那样清楚明了？哪一种牺牲抵得上懂得爱的男女相互之间所做的那样自我克制？又有哪一个祭坛能与善良的心相比？上帝就是从这心上接受他贡献的牺牲的。

我们甚至可以说，试图建立一种全世界性宗教的托尔斯泰，正是在宗教思想极不发展的中国古典文化思想之中，找到了不是关在庙宇之中，而是奉在人的心灵之上，充满“懂得爱和互助的活泼泼的人”的现实世界之中的上帝。这对于托尔斯泰最终走出悲观主义的生命学说实在是太有意义了。可以试想，托尔斯泰正是在中国人心目中的上帝（天）之光下，来对生命进行新的观照的。

我们看到，托尔斯泰对“理性”的看法在80年代发生了一个巨大的转变，即从否认理性转为重建对理性的信仰。如果说，在《安娜·卡列尼娜》和《忏悔录》中，托尔斯泰痛苦地描述了“在人类知识之林中，在数学和实验科学的光照间，在思辨科学的昏暗中彷徨徘徊”，几陷死地，终于“意识到理性认识的错误”而走近宗教的非理性[1]；那么，在《论生命》中，托尔斯泰则宣布“理性意识超越虚伪学说的时刻正在到来”[2]，并且把真正的生命和理性紧紧联系起来。

是的，当人们的理性意识“清醒过来”，“像是从自己的墓穴中复活了”，当它“提出了人的动物生命无法满足的要求之后”，它必然地陷入困境：因为伪学说“妨碍它承认错误”，“它不能抛弃把生命当作动物性存在的观念”，它“仍把自己的生命理解为只是他个人的生命”[3]。当它宣布人一生都在希冀的自身幸福“根本不可能”，“个体生命没有意义”的

[1]《托尔斯泰文集》15卷，第26、51页。
[2] 列夫·托尔斯泰：《天国在你们心中》，第44页。
[3] 列夫·托尔斯泰：《天国在你们心中》，第45、48、52页。

时候，它的确是在和整个浑浑噩噩的世界宣战，它的确会“意识到自己在世界上是孤独一个”，“让理性的我去独自反对整个世界吧”！[1]这便走向了那个被舍斯托夫称为“个人世界”的面死之地，这便是托尔斯泰所否定了的西方理性主义所必然遭遇的困境。

然而前文已经说明，托尔斯泰在这一死地面前，扭转了求索的方向，而没有去探寻现代非理性的人论。而今，他也不必再依托于非理性的宗教信仰，而是试图把人生意义的求索重新建立在一种新的理性之上。这种理性不再是那种“不是自为地存在”，“没有任何对生命的热望”，而仅以“批判的眼光只是审视着动物性的‘我所有的虚假的乐观和欲望’，并否定这一切”[2]的心肠冷漠的“科学理性”。它是在否定个人的、肉体的、生命的、幸福的可能性的同时，向人们揭示出更加美好的、永恒的、生命的理性。真正的生命就建立在这种理性意识之上。

那么，“这个理性意识又是什么呢？”托尔斯泰自问自答道，“《约翰福音》就是从这个问题入手的：太初有道（道即理智、智慧、言语），万物是借着他造的；……因为理智，它决定着一切别的东西……”[3]

首先，这种理性是自开天辟地以来亘古长存的，或者说是超时空的存在：

> 人意识到自己的理性的产生完全不像他看见肉体诞生的那个样子，当他反问自己的理性意识的起源时，……他会意识到自己不是作为（某某人的）一个儿子，而是与所有在时间、地点上与他迥异的，生在几千年前的、活动在世界另一端的理性生物的意识融为一体。人在自己的理性意识中甚至看不见自己的任何起源，而是意识

[1] 列夫·托尔斯泰：《天国在你们心中》，第45—46页。
[2] 列夫·托尔斯泰：《天国在你们心中》，第109—110页。
[3] 列夫·托尔斯泰：《天国在你们心中》，第56页。

到自己与其他人的理性意识超越时空的融合。[1]

同时，这理性是世界一切法则、世界的统一性的本原：

我们一开始就知道理智是第一可靠的，因此，我们之所以知道我们在世界上所知道的一切，正是因为这些为我们所知道的东西同已被我们确切知晓了的理智规律相一致。

遵行这个规律，为了获得幸福，让动物性的肉体服从理智的规律，这就是我们的生命。[2]

理性意识说："我只知道，从前在我看来，我的生命和世界的生命是毫无意义的恶，而现在则是统一的理性的整体，并通过服从我在自身中知道的同一个理性规律来追求同一个幸福。"[3]

世界统一于同一个理性。在这里，托尔斯泰和西方人的"人人都有自己的理智"的观念划清了界限。"真正的生命在于最大限度地接近每一个人在内心中发现并意识到的天国的完美，在于越来越接近自己的意志同上帝的意志的融合"。[4]在这个"同一个理性"的指引下，人们应该成为"生命之源，天父的参与者；在这个世界上，把自己的生命和天父的生命熔铸在一起"。[5]

我们看到，托尔斯泰关于理性生命的描述，颇近乎中国天人合一的文化思想。托尔斯泰这里所说的理性，有点儿像和中国人的心性相通的儒家的"天""天理"，有时又像是道家的"道"。实际上，托尔斯泰就是用理性（разум）一词来译老子的"道"的。[6]既然人和天地万物都是天-道-理性之一体，人由于和天地万物同一而一理，所以只要走孟

[1] 列夫·托尔斯泰：《天国在你们心中》，第50页。
[2] 列夫·托尔斯泰：《天国在你们心中》，第57—58页。
[3] 列夫·托尔斯泰：《天国在你们心中》，第97页。
[4] 列夫·托尔斯泰：《天国在你们心中》，第245页。
[5] 列夫·托尔斯泰：《天国在你们心中》，第242页。
[6] 参见Толстой Л. Н. *Полное собрание сочинений (в90-тых томах)* М. Гослитиздат. 1958. Т. 40 С. 87, С. 143.

子的“尽心-知性-知天”的路子，通过知己而知天，由于知天而配天，从而到达主动地“赞天地之化育”，或者用托尔斯泰的话说，“成为生命之源天父的参与者”，追求“与天地参”的和谐幸福的境界。这正是中国儒家的理性精神。

在这里，托尔斯泰既否定了佛教的出世论，也告别了基督教的末世论，而把人的努力、人的追求、人的幸福、人生的意义完全诉诸切切实实的今生今世：

> 人无论怎样努力使自己相信，……说生命在死后才可能是幸福的、理智的，人还是不能相信这一点。活着为了来世的生活吗？如果这个生命，即我现在的生命，必须是毫无意义的，那么这不仅不能使我相信另一世的合理的生命的可能性，相反，这会使我相信：生命实际上就是毫无意义的，除了毫无意义的生命之外，不可能有别样的生命。[1]

托尔斯泰指出，他许诺的幸福“不是那种推理的产物，不是要在某地寻找的东西，不是在某时某地才具有实现希望的幸福”，“而是在现在，在当地就获得永久的幸福，它是人们不可剥夺的、现实的幸福，是他们永远都能到达的幸福”[2]：

“为什么幸福不能立刻找到？”托尔斯泰在日记（1887年2月3日）里写道，“这又是理智的错误。幸福就是创造自己的幸福的过程，别无其他”。[3]

这里，托尔斯泰在努力走近以儒家为代表的中国文化思想对现世生命意义的积极认识：始终把现实世界视为唯一可以获得终极幸福的世界。幸福不在于超越世界，不待于来生，不乞乎神灵，完全是靠人自己

[1] 列夫·托尔斯泰：《天国在你们心中》，第43页。
[2] 列夫·托尔斯泰：《天国在你们心中》，第111—112页。
[3] 列夫·托尔斯泰：《托尔斯泰文集》17卷，第137页。

的努力而实现于现世的。因为这种幸福，不是一种要到某时某地寻找的东西，而是成就自己人生意义的过程本身。

那么，这个幸福到底是什么呢？托尔斯泰指出，这就是爱的感情，它是“最好的生命之福”，而且托尔斯泰还指出，“爱是人类唯一的理性活动”。[1]

而托尔斯泰所说的爱，不是那种“为了解救个性而不断扩展爱的范围”，从而把“个体的爱”“在淡化中”“扩展到”对家庭，对国家，甚至对全人类的爱。托尔斯泰指出：“这个爱的对象，基督教不是从自我之外寻找的，也不是在众多个人的集合体中寻找的，即不是在家庭、种族、国家，在整个外部世界中寻找，而是在自我之中、在自己的个性之中、在上帝的个性之中来寻找。”这种爱，“仅仅是人的心灵的一种本质的天性。人去实施爱，不是因为他爱某一东西、某一人的时候得到了益处，而是因为爱是他的心灵的本质，因为他不能不爱。”[2] 这不正是儒家所说的人的心性固有的“仁”吗？

早在《战争与和平》中，皮埃尔就悟得了这种爱。在爱一个人之前，他不再是“期待着从他们身上发现所谓的好的个人品质；他的心这时充满了爱，由于他毫无缘由地爱这些人，所以他发现了爱他们的不可争辩的理由”。[3]

在爱的问题上，托尔斯泰似乎在与中国的诸子进行着对话。托尔斯泰所说的爱，很像中国儒家的“仁”，同时他也很欣赏墨子的“兼爱”说。但是，看来他不能同意孔子的“爱有差等”或孟子的“老吾老以及人之老”地由近及远地“扩展”爱；也不同意墨子讲兼爱但不求诸本

[1] Толстой Л. Н. *Полное собрание сочинений (в22-тых томах)* М. Сытин 1913. Т. 18 С. 310.
[2] 列夫・托尔斯泰：《天国在你们心中》，第257—259页。
[3]《战争与和平》15卷19章。

性，却诉诸教习而劝以利害（投桃报李）。

他在给切尔特科夫的信（1890年3月15日）里，建议“把英文版的中国书中墨子的关于爱的学说翻译出来”，他指出，“孟子和孔子的学说（尤其是孟子的）是反对这一观点的。因此，必须翻译墨子的全部学说，编辑成一部书，其中指出爱的学说是最好的（实用的）学说，且能在那么早的时代就在中国人那里提出来了。虽然它遭到猛烈的批评，但仍具有很强大的力量”。[1]

在他的语录体著作《阅读园地》中介绍墨子时，托尔斯泰转述墨子的话说，“教育人们看重财富和荣誉，人们就会看重财富和荣誉；而你教以喜爱‘爱’，人们也就会喜爱‘爱’”。[2]虽然托尔斯泰不满意孟子对墨子兼爱学说的否定以致墨学的衰微[3]，不过，他也指出，“墨子（中国人）正确之处在于：爱是战无不胜的。但是他不对之处在于：他想改造这种爱，向世人教习这种爱。而爱是不能加以外在地利用的，它只能用于内在的方式，就是说，认识了它的人，应该以爱为生。这才是唯一的使爱得到扩展的方法。”[4]所以托尔斯泰指出：“爱是一种感情，它可以有，却不可能宣传。”

而且，墨子想“以兼相爱交相利之法”，“兴天下之利，除去天下之害”。这种“投我以桃，报之以李”的“劝爱”说[5]的功利性，自然也是托尔斯泰不能接受的。

为了以基督教义的名义论证自己的爱的观点，托尔斯泰从基督教灵肉对立思想出发，提出“真正的爱只有在抛弃了动物性躯体的幸福时，

---

[1] Толстой Л. Н. *Полное собрание сочинений (в90-тых томах)* Т. 87 С. 17.

[2] Толстой Л. Н. *Полное собрание сочинений (в90-тых томах)* Т. 42 С. 351.

[3] 托尔斯泰极力推崇墨子的“现世的学说”，说“孔子的学生孟子不同意他，竭力反驳他，而墨子的学说没能占上风”。见 Толстой Л. Н. *Полное собрание сочинений (в90-тых томах)* Т. 42 С. 351.

[4] Толстой Л. Н. *Полное собрание сочинений (в90-тых томах)* Т. 52 С. 106.

[5]《墨子间诂·兼爱》。

才成为可能”。[1]并且，这种真正的爱，“首先是要去爱万物之源——上帝”[2]然后才有对人的爱。托尔斯泰在《论生命》一开始，还引证了《约翰福音》13章34节的一段话：“我赐给你们一条新命令，乃是叫你们彼此相爱。我怎样爱你们，你们也要怎样相爱。”但是，这句话必须经过托尔斯泰的重新发明，才能符合他对爱的思想。因为实际上，这句话恰恰说明爱不是人心中所固有，而是由“命令”（不论是神的命令还是人的教育、命令）“外铄”而成的。倒是孔孟的人固有先天之仁的思想，与托尔斯泰把爱视为“心灵的一种本质的天性”的观点颇有契合之处（《孟子·告子下》中说，仁是天爵，是“天之所予我者”）。而其次，既然托尔斯泰把上帝请到了人的心中，那么，首先爱上帝就和首先对自我心性的自信自爱，和求放心统一起来了。于是，仁成为人的本质的表现，所以“仁者爱人”，是不待教习而成。只要把握“能近取譬”这一“仁之方”（《论语·雍也》）就行，所以孔子说，“我欲仁，斯仁至矣”（《论语·述而》）。实际上，这才是托尔斯泰所说的那种存于个性之中不假外求，不待对象的爱。“爱-仁”的确是“最好的生命之福”，是中国人的人道的核心，生命的根本。儒家就是把仁（及其表现——爱）视为生命的本质和人生幸福之源。在这一点上，托尔斯泰也和中国古典文化思想取得了共识。

## 二、托尔斯泰的“无为”说——儒道思想的融合

19世纪90年代，托尔斯泰对老子“无为”思想的借鉴和推崇，实际上是他多年来所坚持的否定社会改革、否定人的“外在”的活

[1] 列夫·托尔斯泰：《天国在你们心中》，第123页。
[2] 列夫·托尔斯泰：《天国在你们心中》，第259页。

动——“为”的思想的发展。不仅马克思主义的暴力革命学说、俄国民意党人的恐怖活动（如刺杀亚历山大二世）他反对，而且资产阶级自由主义的社会改良运动他也认为徒劳无益。对自己当时（90年代初）参加救济饥民活动的反思和论证，也成为他思考老子无为思想的一个重要原因。

如果说80年代初参加莫斯科人口调查时，托尔斯泰最关注的是贫富的对立和自己阶级生活的罪恶与不合理；那么现在，他进一步思考的是：这种救济贫困民众的活动毫无意义。

托尔斯泰在日记（1889年9月1日）里，分析了在当时的时代，外在的事业（应该也包括他所参加的救济活动）“只剩下一条路：继续促进由多数人屈从于少数人而产生的共同劳动，同时对分配得少的人隐瞒他们同幸运的人之间存在不平等的事实，阻止他们发动进攻，帮助和赈济受压迫者。现在的人们就是这样做的”。[1]

正因此，托尔斯泰陷入十分矛盾的心态。一边参加救济饥民的工作，一边又感到这种工作“真是使我厌恶透了”。（1892年4月3日日记）[2]这不但是因为面对人民，他时时感到那种一直存在的“来自内心的一种自觉惭愧的感情”，而且还在于他越来越“并不认为在这些事情上，我们对农民有什么真正的用处”。他研究了各种社会学说，都不以为然，面对俄国社会的苦难现实，他找不到出路。这使托尔斯泰更加坚定地继续走向企图靠个人精神完善解救人类的道路。而对于“外在的事业”，他则主张“无为”。

我们应该看到，在关于现世人生意义的问题上，基督教把生命的终极目标超越于现世人生的思想，仍然困扰着托尔斯泰走向中国人积极的

[1]《托尔斯泰文集》17卷，第151页。
[2] 莫德：《托尔斯泰传》，第781页。

现世主义。尽管托尔斯泰竭力高扬现世人生的意义，始终关注着社会人生，但是他总是力图把社会问题归结为个人内心的道德修养问题，来求得“在这个世界上，把自己的生命和天父的生命熔铸在一起”。他认为，这就是人们今生今世可以追求的目标，就是人生在世的意义。这一追求怎样“操作”，正是托尔斯泰这一时期苦苦思索的。所以在思考生命意义的这一时期，托尔斯泰研究中国古典文化思想的一个值得注意的特点就是，在研究借鉴儒家精神完善、修身事天思想的同时，老子的思想，尤其是他的“无为”的思想，又成为他加以发明和宣扬的重点。二者并行不悖。

看来，托尔斯泰并不关注儒家的修齐治平的人生大业。他甚至像是在与儒家对话一样，在日记里[1]，也在《天国在你们心中》里[2]，提出一个人（或整个人类）要经历的三个阶段（或三种生命观念），一是只为自己的肉体的或动物的阶段；二是世间的社会的或多神教的阶段；三是全世界性的，或说是上帝的阶段。他不但否定了第一个阶段，而且也否定了第二个阶段。因为：

> 请想一下吧，肉体上的个体生命，今天出现，明天就会消亡，……任何外部措施，任何组织结构都不能使生命牢固和理智。……你的生命不是真正的生命，家庭的生命、社团的生命、国家的生命都不能拯救你免遭毁灭。

托尔斯泰认定，我们现在经历的正是从国家的生活观念向天国的生活观念的转变史。既然“人的生命既不在于个体，也不在于个体的集合体和连续体（托尔斯泰指‘部落、家庭、种族、国家’），而在于生命之源，生命之始——在于上帝”[3]，那么人的努力自然应该向着认识上帝，向着认识自己的心性——心中的上帝，而不是汲汲于解决表面性的社会

---

[1] 1889年11月7日，《托尔斯泰文集》17卷，第155—156页。
[2] 列夫·托尔斯泰：《天国在你们心中》，第4章。
[3] 列夫·托尔斯泰：《天国在你们心中》，第234页。

问题。所以，老子在社会问题上的清静无为的思想，自然是最合意于托尔斯泰的。因此在19世纪90年代前期，老子的无为思想成为他最注重研究的对象。

1893年，托尔斯泰和E. 波波夫一起，根据斯·朱利恩的《老子》法译本和B. 施特劳斯的《老子》德译本，着手把《老子》译成俄文。

“我在和他（指波波夫）反复阅读和校正最深刻的思想家老子的译文。”在给妻子的信（1893年9月21日）中说，“而且，每一次我在根据法译本和很好的德译本思考想象，努力推究和转达之时，都感到一种紧张而愉悦的心情。更不必说那些最为抽象而绝妙之处了。”

在1893年10月5日的日记里，托尔斯泰写道：“波波夫在这儿。我们一起从施特劳斯的德文译本翻译老子。多么好啊！应该根据他编一本书。”[1]

从1894年的书信和日记里，也能得到托尔斯泰从事老子研究的信息。

5月14日他给波波夫的信中写道：“昨天……我在研究老子。根据新的译文校对了两章。”

次日的日记也写道：“开始校对老子。”

在翻译老子的过程中，托尔斯泰曾与在彼得堡公共图书馆工作的著名批评家和文艺学家B. 斯塔索夫通信，请求他向专家咨询。斯塔索夫不仅给托尔斯泰寄来了他所需的书籍和资料，而且还对资料的可靠性进行了认真的判定。从通信中，我们可以看到托尔斯泰对老子的深入而多方面的研究、十分在行的见解。施特劳斯把老子的大量名言译成短小精悍的诗体格言的形式。许多著名的汉学家对他的译本有所指摘。托尔斯泰对此也做了精心的辨析。在1893年10月30日给斯塔索夫的信中，托尔斯泰谈道：“人们对他（指施特劳斯）所指摘的诸点，我自己已加辨析；

[1] Толстой Л. Н. *Полное собрание сочинений (в90-тых томах)* Т. 52 С. 100.

很多是同意的，有些意见则不敢苟同。”[1]在另一封信中，托尔斯泰又提出许多新问题，向斯塔索夫探讨施特劳斯对于古汉语的研究及其对老子一系列专门用语和概念的解释的可信度。

值得注意的是，在给自己的同志切尔特科夫的信（1893年9月21日）中，托尔斯泰所转述的老子的话：

为了成就伟大的事情，人应该去做小的事情；而应该相信，这小事不仅能够救他自己，而且能够拯救整个世界。就让人只去在上帝面前自己努力完善自我吧，而同时要相信，他的这种完善是全世界所需要的；所以他是在完成着一件伟大的事情——他在拯救世界。(这是对《老子道德经》六十三章中“天下难事，必作于易；天下大事，必作于细。是以圣人终不为大，故能成其大”的引申式的转述。)[2]

这一段所引自的《道德经》六十三章，主旨是讲“为无为，事无事，味无味”的圣人无为之说。而这段话经托尔斯泰的转述，已经完全和儒家的修身养性以治国平天下之说相融通。从这段转述，我们可以清楚地理解托尔斯泰主张老子无为思想的着眼点之所在：把无为于外变为有为于内——从个人的小事（“完善自我”）做起，来“拯救世界”。就此，托尔斯泰写道：

那里说得极好。而令我惊叹的是，为了拯救世界，应该相信，为此需要我的完善。而（这对于自我完善和拯救自我是更为需要的）需要相信这种自我拯救也是在拯救整个世界。需要相信这一事业是宏大的。

托尔斯泰从这一时期起，特别注重老子的无为的思想。不过，不是

[1] Толстой Л. Н. *Полное собрание сочинений (в90-тых томах)* Т. 66 С. 412.
[2] Толстой Л. Н. *Полное собрание сочинений (в90-тых томах)* Т. 87 С. 223..

从宇宙观的角度，而是从社会观的角度。如果说老子的无为之论，是在从讨论社会问题而引发对天道的思考，旨在谈“道常无为而无不为”而应顺乎天道自然；那么，托尔斯泰讲无为则重在指出，要无为于外在的徒劳无益之事（社会性的行为），而有为于内在的自我完善。不过，最终仍又落实到老子的“无不为”的大目标上——“拯救世界”：当然，不是通过老子的无为之道，而是通过儒家的道德修养来“修己以安人”的路径。这正是托尔斯泰在儒家思想中反复引证之处。足见托尔斯泰对先秦诸子思想的兼收并蓄、“熔为一炉”、为己所用的态度。比如，在上面提到的1893年9月21日托尔斯泰给妻子的信中，在讲到老子时说：

> 不必说那些最为抽象而绝妙之处了。比如，昨天翻译了这么一处：“善人乃是不善之人的教导者；不善之人乃是善人的宝物。如果不善之人不尊重自己的教导者，善人不爱自己的宝物，那么这些人无论多有学问，他们仍是陷在巨大的谬误之中了。”等等，不是非常高妙吗？还有：行善要像夜里的小偷，不让任何人看见你。而当你对之做了善事的人不知道是谁做的善事的时候，你将得到益处，你不会感到别人忘恩负义，而他和所有人，受到恩惠的人，将会爱所有的人，他会在想到每一个人时，都认为是这个人对自己行的善。[1]

可以看出，他对老子思想的兴趣是和对主张心性修养、行善为仁这些儒家思想的注重紧紧联系在一起的，试图把老子的思想用儒家思想来诠释。

1893年5月15日，在给Д. А. 希尔科夫的信中，托尔斯泰又一次谈论“无为”：

> 对于真正的生命的运动，外在事业的碌碌奔忙不仅无用，反

[1] Толстой Л. Н. *Полное собрание сочинений (в90-тых томах)* Т. 84 С. 196.

而有害……您读过老子吗？他有一个绝妙的思想，就是他所提出的最高德行，就是“无为”（原文是法文）。他，我是说老子，直截了当地得出结论认为，世界上的一切恶来自“为”（原文是法文），来自对自己的和他人的臆想出来的福利的关注。而这一思想不论怎样奇怪，却不能不同意它：我们的饥饿是由于我们太关注吃食——于是人人开垦；我们的疾病是由于我们太关心健康——所以我们变得软弱无力了；我们生活的危机和没有保障是由于我们太关心安全了——于是有了我们的政府、警察和军队；我们的奴役制是由于我们太关心自由——于是我们参与治理的责任；我们的野蛮是由于我们太关心教育——于是就有了我们的教会的谎言和迷信的宣说。

托尔斯泰在此提出的无为，就是要统治阶级不要为恶。他在给希尔科夫的信中还写道：

我已经得到了基督的启示，所以我并不以老子真谛的启示自满。但是我不能不看到，这一被我们忘却了的真理的一切深邃真确之处。而且不能忘记我们过于经常地忘却的一点，就是，倘不停止为恶，停止做直接和善相对峙的恶事，就不能开始行善。……[1]

托尔斯泰的“无为”说及其与之相联系的“勿以暴力抗恶”说，否定社会变革的可能性，反对暴力革命，把社会人生理想境界的追求仅仅诉诸个人自身的修养。而值得注意的是，托尔斯泰在认同老子无为说的同时，保持着中国古典文化思想所缺乏的西方批判现实主义作家对社会现实的清醒严肃的批判态度。所以，托尔斯泰的“无为”说又有着比老子的无为说更鲜明的社会批判性，其矛头直指沙俄社会统治阶级的“为”。这就使他的作品具有撕毁一切假面具的深刻的社会批判性。

托尔斯泰借用老子无为思想对俄国社会生活矛盾的评说，有着片面

[1] Толстой Л. Н. *Полное собрание сочинений (в90-тых томах)* Т. 66 С. 326.

性的误读的成分，不过他毕竟抓住了老子思想的某些特征，比如，否定外在的社会改革意义的无为主义。从而完成着他把解救人类的希望引向人的内心，引向人的自我完善的托尔斯泰主义。

在这里，讲一下托尔斯泰对左拉和小仲马之间的一次争论的反应是颇有意义的。

1893年5月，左拉在巴黎的一次大学生联盟举行的宴会上，发言号召青年们抛弃过时的旧信仰，主张崇信“科学和劳动”的理想。而小仲马就此讲话给一家杂志写信，认为左拉关于劳动的号召是庸俗的事务主义，只能使体力和脑力满足，而不能使心灵得到满足。他认为，更有益的号召应该是：“相爱吧，不要管这是谁说的，是上帝还是人。”

在这场争论中，托尔斯泰自然站在了小仲马一边。他认为，左拉的基本立足点是科学，而为了“科学”和“进步”的劳动正是托尔斯泰所极力反对的“无益的外在活动”。他马上撰写了题为《无为》(1893年)[1]的文章。其中论道：

> 人们的一切灾难，按照老子的学说，与其说是因为他们没有做需要做的事情，不如说是因为做了不需要去做的事情。因此，人们如果能遵循无为之道，就能够摆脱一切个人的，尤其是社会的灾难，(这位中国哲人主要是指的这种社会的灾难)……而我想，他是完全正确的。

接着托尔斯泰列举了一系列“有害的劳动”：发行报纸，组建军队，建造埃菲尔铁塔，筹办芝加哥博览会，开凿巴拿马运河……他论道：

> 人们只是靠用这些徒劳的，多半是有害的劳动，来掩盖他们生活于其中的矛盾，人们只是靠了这个，才能够像现在这样生活。

托尔斯泰论点中的弱点是显而易见的。而同时应该指出的是，他批

[1] Толстой Л. Н. *Полное собрание сочинений (в90-тых томах)* Т. 29 С. 173.

判的目标却是鲜明地指向当时统治阶级、特别是高举“科学与进步”大旗的资产阶级，指向他们对人民的无所不为的暴力，指向他们强迫人民用血泪和汗水建造自己的天堂的“为”和“劳动”。同时，托尔斯泰又把这种尘世中无益而有害的“为”——碌碌奔忙，仅视为一种利令智昏的无明：

> 所有的人都奔忙无暇，没有时间猛醒、反思，没有时间看看自己，看看世界，并且扪心自问：我在做什么？为的是什么？[1]

这样，托尔斯泰便又把社会问题化为宗教和道德问题。他认为，这才是解决问题的根本，是“唯此为大”的大事。因而把注意力从遵循老子而“无为于外”引导到遵循孔子而“有为于内”。先秦诸子中对立的两家被托尔斯泰融通地用如一家。

就在翻译老子的紧张工作中，托尔斯泰写信给切尔特科夫（1893年11月12日）：

> ……我想做这项工作，而现在我明白，这项工作应该由您来做，而且这工作您能做得自如而漂亮。这个工作便是翻译J·勒格的两本书[2]：孔子、孟子，和他对他们及其同时代的、周围的哲人智者的所有研究论述。（我不记得关于孔子的书了，不过在关于孟子的书中，谈到了这些哲学家，其中包括墨子，他不仅极其令人感兴趣，而且也极其重要。）孟子本人也非常让人感兴趣。倘若您能再为这本书（应该编一本书，叫《中国哲人》）写个前言，那就更好了。即使没有，仅是把J. 勒格翻译过来，（只是要剔除他书中的一些过于教条的基督教的议论）也算是媒介出版社为知识人出的一本最好的书。因为第一，对于大多数读者来说，这一切都是崭新的；第二，其中讲的都是世上最重要的事情，而且讲得很严肃；第

---

[1] Толстой Л. Н. *Полное собрание сочинений (в90-тых томах)* Т. 29 С. 185、187、199.
[2] 英国著名汉学家，牛津大学教授J. 勒格（1815—1897）著有三卷集《中国古典作家》。

三，绝好地道出了很多道德高尚的东西。[1]

可见托尔斯泰不把诸子对立起来，而同时向每一位哲人吸取和借鉴。

虽然托尔斯泰的设想没有实现，切尔特科夫没有接受托尔斯泰的建议，托尔斯泰和波波夫翻译的《老子》直到他临终才成书，但是对中国古典文化思想的崇爱，使他向俄人译介中国哲人思想的念头一直耿耿于怀。1895年11月，当他听说一位自己认识的日本人，东京大学教授小西在把《道德经》从中文译成俄文时，便通过H. 格罗特延请小西前来，他说："为了俄国能有一个最好的译本，我愿意帮助您检查译文的准确性。"

后来，小西在译著的前言中说：

> 我当然太高兴了。我接受了托尔斯泰的这一美意，带着《道德经》的译文到他那儿住了四个月。其间列夫·尼古拉耶维奇把我的译文和英文、法文、德文的译文进行比较，并确定译文的章次。这样，我的译文完成了，并首次发表在《哲学和心理学问题》杂志上。[2]

在借助于老子的无为之说走上孔子注重自我修养、自我完成的内在超越之路之时，托尔斯泰遇到的新的困难就是，如何解决修身和治国、个人完成和解放人类这一"内"和"外"的关系的问题。

一方面，托尔斯泰认定，"生命的意义只有一个：自我完善，即改善自己的灵魂"[3]。另一方面，这位《天国在你们心中》的作者又感到自己陷入了矛盾。在笔记本（1893年）上托尔斯泰写道：

> 矛盾：（1）天国就在你们心中，而同时，（2）寻找天国和它的

---

[1] Толстой Л. Н. *Полное собрание сочинений (в90-тых томах)* Т. 87 С. 239.

[2] 见该杂志第23期（1909年）。而后，由托尔斯泰编辑的这本名为《老子〈道德经〉，或称〈论道德的书〉》的书，1913年在莫斯科发表单行本。

[3] Толстой Л. Н. *Полное собрание сочинений (в90-тых томах)* Т. 53 С. 179.

真理，其余的你们就能迎刃而解。[1]

而托尔斯泰对基督教义提出的这一质疑，正是可以通过对中国古典文化思想的研究来解答的：找回心中的天国和建立世间的天国的统一，正是儒家的天人合一的思想。而这也正是托尔斯泰探索的方向。

[1] Толстой Л. Н. *Полное собрание сочинений (в90-тых томах)* Т. 52 С. 228.

第七章

# 托尔斯泰的晚年和中国古典文化思想

（20世纪初十年）

托尔斯泰生命的最后十年，即20世纪最初10年，是他研究译介中国古典文化思想的第三个重要时期。也是托尔斯泰对中华民族的思想文化表现出更高热忱的时期。

19世纪末至20世纪初，资本主义发展到帝国主义阶段。西方资本主义社会从政治经济到思想文化各方面危机重重；他们向全世界，特别是向东方国家伸出侵略的魔掌。同时，随着马克思主义在俄国和全世界的迅速传播，俄国和全世界都充满了革命危机的暴风雨来临前的气息。托尔斯泰虽然力主个人精神完善和社会活动方面的无为，但是却不能不紧张而严肃地关注着天下大势，思考着俄国和全人类的前途和命运。

美国学者邦德认为托尔斯泰这一时期对中国古典文化思想的兴趣，特别是1900年对孔子思想的兴趣大抵“是由这一年在中国发生的与义和拳起义有关的事件所引起的”。[1]不过，这显然是一种表面化的看法。托

[1] 转自王景生《托尔斯泰研究中的比较问题》，见《四川外语学院学报》1995年第3期。

尔斯泰晚年对中国古典文化思想的执着探索，或者说，托尔斯泰晚年的“中国热”，是他长期东方走向的精神探索的更加坚定、更加明确的完成阶段。在对世界危机的思考中，他更加深信，光从东方来，人类解救的希望在东方，就是说，在中国。

这一时期托尔斯泰研究中国古典文化思想的特点，一是把研究译介孔子修身以配天的思想、老子无为而无不为的思想，紧密地和审视时代、思考人生，声讨当时列强侵略中华，强凌东方，荼毒生灵的罪行直接联系在一起。面对世界动荡激变的危机，托尔斯泰在紧张地探讨人类前途命运之时，对中华民族传统的文化思想和生活方式给予极高的评价，寄予无限的期望；另一特点就是，托尔斯泰更加努力地把译介中国古典文化思想、诸子的学说，作为寻找具有全世界普遍意义的思想、寻求一种能为全人类所共识的宗教思想的重要组成部分。

## 一、对中国古典文化的执着译介和宣说——托尔斯泰晚年的“中国热”

这一时期，是从1900年托尔斯泰重点研究孔子（主要是译述《大学》和《中庸》）开始的。其研究方向正是指向解决修身和治国、内和外的关系这些一直困扰着他的问题，从而达到了他对中国古典文化思想的更深一层的理解。

1900年10月5日，托尔斯泰在日记里写道：

> 我正在读中国经典作家的作品。非常重要。[1]

1900年11月12日的日记又写道：

> 什么也没有写，在研究孔子，而且非常好。吸取了精神力量。

[1] 指英国东方学家詹姆士·勒格所著《中国经典作家》（三卷本）。

想记下我现在对《大学》和《中庸》的理解。……[1]

就在这一天的长篇日记里，托尔斯泰译述了《大学》和《中庸》（后面专节讨论）：

1900年11月14日的日记：读孔子，而其他一切事情都显得微不足道。[2]

1900年11月23日的日记：孔子——慎独的学说至今还在结出果实……

在这篇日记里谈到孔子"慎独"思想之时，托尔斯泰又一次检讨"我们，富人阶级"的罪恶生活。他说：

我们，富人阶级，使工人破产，把他们置于一刻不息的粗笨的劳动之中，而自己获得闲暇和奢侈。我们不给这些被压在劳动之中的人创造精神之花和生命之果的可能：无论是诗歌、科学还是宗教。我们在给予他们这一切，我们给予虚伪的诗歌……还有科学——法学、达尔文主义、哲学、沙皇的历史，还有宗教——教会的信仰。多么可怕的罪恶。倘若我们不去吸干他们的血汗，他们也会创造出诗歌，科学和生活的学说。[3]

在1900年11月12日的那篇研读孔子的长篇日记里，托尔斯泰曾提到"想写三篇文章"：

一是致中国人书；二是谈一切都是建立在屠杀之上的；三是讲，我们这些准基督教徒（quasi-христиан）没有任何宗教。

我们知道，萦绕托尔斯泰脑际的正是对当年八国联军攻进北京，烧杀抢掠无恶不作的罪行的谴责。

就在研读孔子的同时期，托尔斯泰写作了严厉斥责八国联军屠戮

[1] Толстой Л. Н. *Полное собрание сочинений (в90-тых томах)* Т. 54 С. 55–61.
[2] Толстой Л. Н. *Полное собрание сочинений (в90-тых томах)* Т. 54 С. 62.
[3] Толстой Л. Н. *Полное собрание сочинений (в90-тых томах)* Т. 54 С. 63.

中国人民的罪行的论文《不许杀人》(1900)，以及论文《出路何在？》(1900)和《难道应该这样吗？》(1900)。

在这一时期，中国事件成为托尔斯泰每议时事必当提及的最关心的问题。甚至可以说，这一时期托尔斯泰对中国古典文化思想的研究的热情正是和这一事件紧密相关的。在他了解到八国联军对中国人民的罪行时，这位年逾七十高龄的老人的心里，油然生起要和中国人民剖心而谈的渴望。虽然他从来没有机会和中国人（来自他多年崇仰的中国文化的故乡的人）直接接触。在1900年9月29日给切尔特科夫的信中，他激动地说：

> 现在，我在读一则关于打着基督教的旗号惩治中国人的消息，非常非常想给中国人民写一封信。

他要让中国人知道：

> 他们所见到的、正在折磨他们的那些人，不是真正的欧洲人民……[1]

他愤怒地指责那些打着国际法的旗号屠戮中国人民的行径。在笔记中他写道：

> 在中国，他们简直就是一群掠夺者。他们镇压起义，就像一群掐住被击败的牺牲者的脖子的强盗。[2]

从10月至次年2月，托尔斯泰四次写作致中国人民书。写下了他对八国联军暴行的义愤：

> 那些现在在你们那儿犯下滔天罪行的明火执仗的人们，他们自称是基督教徒。不要相信他们。他们不是基督教徒。这是一帮毫无廉耻、十恶不赦的匪徒……

---

[1] Толстой Л. Н. *Полное собрание сочинений (в90-тых томах)* Т. 88 С. 205.
[2] Толстой Л. Н. *Полное собрание сочинений (в90-тых томах)* Т. 54 С. 247.

托尔斯泰相信，只要保持古老中国传统的精神，依靠孔子、老子的“善的宗教”，就能战胜帝国主义的侵略。

但是，致中国人民书终于没有完成。有猜想认为，原因是托尔斯泰自度其向中国人民提出的抵御外辱的方法过于无力。[1]这显然是缺乏根据的。因为后来，在1906年托尔斯泰致中国学者辜鸿铭的信中，托尔斯泰满怀信心地论证的，依然是这一思想。我想，或者是1901年2月发生的东正教最高会议开除托尔斯泰教籍的事件把他的注意力引向了新的斗争。

1901年2月22日，神圣宗教会议发布了开除托尔斯泰教籍的文告：

> 他在因智力而自负的诱惑下，傲慢地反对上帝和他的基督……（他）在人民当中散布与基督和教会不一致的学说，破坏人们心中的天然信仰正教的信仰……

面对官方教会历数的种种罪状，在《对东正教最高会议的裁判的回答》[2]中，托尔斯泰讲述了他信仰什么，不信仰什么。最后，他指出：

> 我必须自己度过我自己的一生，我必须自己独自死去（这已经很快了），因为在准备回到派我来到人世的上帝那里去的时候，我只能相信我所能相信的。……我再也不能回到我经历了那样的痛苦才逃脱的那种信仰，正如一只鸟儿不能重新回到它所由出来的蛋壳里去。

几乎就在同时，托尔斯泰还写了《致沙皇及其主要大臣们的呼吁书》，其中列举人民“并不过分而容易实现”的正义要求，并预言：

> 即使目前的骚乱被镇压下去，它也不会熄灭，而将在暗中越燃越烈，迟早将会不可避免地以更大的力量爆发出来……

不论对别尔嘉耶夫的褒贬如何评价，别尔嘉耶夫的确说出了一个事实：“托尔斯泰对于俄国革命的意义，确然不小于卢梭之于法国革命的

[1] 参见Шифман А. И. *Лев Толстой и восток* Москва Восточ. лит. 1960. С. 116.
[2] Толстой Л. Н. *Полное собрание сочинений (в90-тых томах)* Т. 34 С. 245.

意义。”他又指出，“托尔斯泰在精神上使大俄罗斯不能再存在。他做了很多摧毁俄罗斯的事情。而在这种自杀事业中，他是一个俄国人，他身上表现出宿命的不幸的俄罗斯人的特征。”[1]

值得注意的是，托尔斯泰的这种“革命倾向”是和他研究中国古典文化思想，和他对欧洲强盗在中国犯下的暴行的抗议是紧紧联系在一起的。或者说，中国古典文化思想已经成为托尔斯泰反对俄国沙皇农奴专制的黑暗统治、揭露西方资本主义制度的丑恶现实、抨击世界列强的横行霸道、特别是对东方民族的罪行的武器。

诚如罗曼·罗兰所说：

> 托尔斯泰对亚洲历史上的作用，看来大于对欧洲的作用。（他是连接从欧洲大陆到亚洲各民族的精神之路。）[2]

这大抵正是因为，托尔斯泰首先不是作为一个伟大作家，而是作为一个具有强烈东方思想色彩的伟大思想家而走向东方民族的。东方热情地迎接了他。托尔斯泰作品的第一个中译单行本，是1907年由德国牧师叶道胜和中国人麦梅生合译的《托氏宗教小说》，其中所选的多是充满符合中国传统文化思想训诫色彩的作品。

1905年12月，托尔斯泰头一次收到一个中国人的来信和随寄来的一本书《李鸿章，或中国近40年政治史》。书页上题有：谨以最虔诚的敬意，致俄土之上的伟大作家。1905年12月1日，彼得堡。

时至20世纪50年代初，由戈宝权先生反复研究，调查档案史料，才搞清这个中国人系1899年由北京同文馆派至彼得堡政法大学留学的张庆桐[3]。值得注意的是，张庆桐在信中讲述了中国近年社会思想方面所发生的巨大变化，并言及民众对西方科学及各种知识日益神往而求索的精

---

[1] Бердяев Н. *Духи русской революции.*
[2] 转引自Шифман А. И. *Лев Толстой и восток* Москва Восточ. лит. 1960. С. 4.
[3] 张庆桐，上海人，民国时任驻恰克图都护副使。

神倾向，而同时，对于亘古不变的儒学教条产生了怀疑心理。

张庆桐的信，对于夙想和中国人民直接对话的托尔斯泰，自然是一件很为之动心的事情。他旋即复信（1905年12月4日），表达自己对中国文化的倾慕，对天下时事的观点。实际上，也是对张庆桐力欲学彼得大帝“强力变政，勃兴国事”走西方之路思想的驳论。他在信中写道：

在我整个漫长的一生中，我几次见过日本人，可一次也没有见过中国人，也没有机会和任何一个中国人有过来往。为此我总是十分遗憾的。因为从很久以前，我就相当好地（虽然大概还很不完整，这在一个欧洲人是很自然的）知道了中国的宗教学说和哲学；更不必说孔子、孟子、老子的学说及其对他们的注疏（对孟子所批驳的墨子学说，我更为叹服）。我一直怀有的对中国人民的深深敬意，由于日俄战争的种种事件而在极大的程度上加深了。

在这封信中，托尔斯泰对中国的倾慕之情，落实到力劝中国人坚守自己的传统文明，以抵御从西方强劲袭来的现代化之风。他再次阐述自己的一贯观点：

在生长、发展、完善的意义上的变革，是不能不予以同情的。但是那些照猫画虎的变革，把在欧美已被明眼人识破、完全站不住脚的形式照搬到中国来，那就是致命的大错了。变革应该是自然而然地出自自己民族的特性，是不同于其他民族的形式的，崭新的。

对比走上军国主义道路的日本，托尔斯泰说：

求上帝别让中国走上日本的道路吧！中国人民，也像所有的人们一样，应该发展自己的精神力量，而不是完善技术。如果精神力量被扭曲了，技术的完善只会带来毁灭性的后果。

至今看来，在珍重自己民族的历史文化、认识物质文明和精神文明的关系方面，这一观点仍是颇可借鉴的。但是如果把民族历史文化的独特性和世界历史进程的共同性对立起来，把科技进步、物质文明和精神文明对立起来，实际上，就突出了在历史的现代化进程中，中国古典文化思想中保守的一面。

在信中，托尔斯泰紧紧握住这个中国学生伸出的友谊之手，他说：

> 我完全同意您的看法，在俄国和中国这两个伟大民族之间，有着一种内在的、心灵上的联系，他们应该手挽手走在一起，但不是以种种外交联盟的形式或一般政府结盟的形式。

或者，托尔斯泰正是在研究中国古典文化思想的基础上，看到了俄中两国人民的“内在的、心灵上的联系”。而由此，他给这两国人民提出了共同的奋斗目标：

> 他们，特别是农耕的居民，应该创造出不依赖于政府的、崭新的社会生活形式，创造出不是分门别类的种种自由：良心的自由、言论的自由、代议制的自由等等诸如此类的自由，而是一个真正的真实的自由……[1]

这个自由就是托尔斯泰所主张的人的心灵的自由，就是只遵从心里的上帝的律法，或中国的天理良心的自由或自觉。次年10月，在给中国学者辜鸿铭的复信中，他明确地指出这种自由即是“坚持（中国的）‘道’的自由”，因为遵循“道”是“自然而然”的。

1906年3月，托尔斯泰又收到俄国驻上海总领事Л·博罗江斯基转来的中国学者辜鸿铭用英文写的《尊王篇》和《当今，皇帝们，请深思！论俄日战争道义上的原因》两部书。

此时，托尔斯泰正忙于撰写《论俄国革命的意义》一文。我们没有在日记和书信中找到他对这位中国学者的著作的看法。只是根据托尔斯泰在这两部书上的批注，根据他在半年之后，三易其稿而写成的、洋洋万言的回信，根据信中对中国人民历史命运的从古至今、由今而后的分析思考和对自己观点的辩论性的论述，根据他请求当时正在伦敦的切尔

---

[1] Толстой Л. Н. *Полное собрание сочинений (в90-тых томах)* T. 76 C. 62–64.

特科夫把信译成各种外文，并在欧洲报刊上发表，[1]我们可以断言，托尔斯泰极为重视这件事情，他在就此对自己借鉴中国古典文化思想，审视天下大势，进行一番严肃认真的思考和验证。

这位中国学者在书中深刻地指出，列强之侵凌中国，意义不单在掠取，而且是两种生活方式、两种文化——腐朽的西方资产阶级文化和基于道德基础上的独立生成的东方文化的冲突。在指责欧洲列强的东方政策的同时，辜鸿铭看到中国政治、经济的落后而主张从政治、经济、社会生活各方面进行根本变革：建成独立自主的国家工业，使落后的农业现代化，利用新的科学技术成果，在君主立宪制下的国家体制的资产阶级化改革……

这些设想，自然是托尔斯泰万难同意的。1906年9月13日，托尔斯泰动手给辜鸿铭写回信。1906年9月15日的日记也记下了这件事。第二稿完成于18日，而信最后发出的日期是10月3日。

在信中，托尔斯泰还是首先谈到自己对中国文明的倾慕：

> 我也曾尽力去了解我所能了解的中国生活中的东西，尤其是中国的宗教智慧——孔子、孟子、老子的著作及其注疏……
>
> 中国人民虽遭受到欧洲民族这样多不道德的、极端自私的、贪得无厌的暴行，而直到最近都是用宽宏和明智的平静、宁可忍耐也不用暴力斗争的精神来回答加之于他们头上的一切暴行。

中国人这种“犯而不校”的儒家精神当然是使托尔斯泰五体投地的；然而可惜人心不古，使托尔斯泰十分着急的是：

> 我现在怀着恐惧和忧虑的心情听到并从您的书中看到中国表现出的战斗精神，用武力抗击欧洲民族所施加的暴行的愿望。

因为在托尔斯泰看来，“重要的是中国人民不要失去忍耐，不要

[1] 信首先在德文报纸上，随后在法文报纸上发表，而又由法文回译为俄文刊在《新时代》报上。一时引起世界关注。

改变对暴力的态度”，因为“不以恶报恶和不参与恶，不但是得救，而且也是战胜恶者的最为妥善的手段。”而“如果中国人民真是失去了忍耐，……那么这就可怕了。”到那时，“中国不再是真正的、切合实际的、人民的智慧的支柱，这智慧的内容是过和平的、农耕的生活”。而这一生活的样板，正是托尔斯泰拳拳期望于中国人民的。可以说，他正是把对人类前途的无限希望寄托在中国人民身上：

我认为，在我们的时代，在人类的生活中正发生着伟大的转变，在这个转变中，中国应该在领导东方民族中发挥伟大的作用。

我想，中国、波斯、土耳其、印度、俄国，可能的话还有日本（如果它还没有完全落入欧洲文明的腐化罗网之中）等东方民族的使命是给各民族指明那条通往自由的真正道路，如您在您的书中所写的，在汉语中用来说明它没有别的词，只有“道”，即道路，也就是符合人类生活永恒基本规律的活动。

在这里，托尔斯泰对中国古典文化思想中最重要的概念“道”，进行了非常智慧的解释。当然，托尔斯泰也看到了世界正处在激变之中：

各民族无论如何都要改变自己和政权的关系。……所有这些民族都熬到了他们已经不能再处于以前与统治者的关系上的时候了。俄罗斯作家赫尔岑说得多么正确啊，不可能有一个拥有电报和电动机的成吉思汗。

托尔斯泰的引述是多么地恰当而深刻啊！然而，“根据我知道的中国的一切”，他又自信地认为：“中国的轻率的人们”，“所谓的改良派”主张“摒弃自己的过去，摒弃明智的、爱好和平的、农耕的生活，摒弃‘道’的生活”，是“完全不符合聪明的中国人民的本性”的。他确信：“只要你们坚持遵循合理的生活道路，即‘道’的自由”，“只要中国人继续过以前所过的和平的、勤劳的、农耕的生活，遵循自己的三大宗教教义。这三种宗教的教义是相符合的，就是要从一切的人的权力统治下解放出来（儒教）；做到己所不欲，勿施于人（道教）；实行自我牺牲，温顺，对一切的人和一切的生物都要慈爱（佛教）。这样，他们现在所遭受的一切灾难便会自行消亡，任何力量都不能战胜他们。”（此中托尔斯泰对儒、道教义理解的错误，引言中已述及。）

在他看来，中国人只要无动于衷地继续耕种他们的田地，只服从神的律令，欧洲就会在这四万万英雄的“无抵抗”的前面降服！这就是托尔斯泰为中国人民指出的出路。尽管看上去，的确正是合乎儒家所主张的以其人之道还治其人之身的精神，以中国人之道还治中国人之身。但是他没有顾及，当时的中国却正是“人欲远道”——正是国人要摆脱几千年“封建枷锁”的革命时代。孔孟老庄这些“国粹”，国人自己犹弃之恨晚，而托尔斯泰竟要祭为平天下的大纛，确近乎可悲可笑。但这只是“近乎”，而其间真正的悲剧和喜剧的意义，却是作为托尔斯泰后人的我们，才渐渐有所体味的。

值得指出的是，托尔斯泰在这一时期所写的一些作品，都多少显露出致中国人的信中那种遵循中国古典文化思想教诲的精神。如《到底怎么办？》（1906年10月）一文的开篇，托尔斯泰就津津乐道地引出老子《道德经》19章中“绝圣弃智，民利百倍。绝仁弃义，民复孝慈。绝巧弃利，盗贼无有……”一段。而拥有四亿人口的中国文明，成为托尔斯泰用以驳斥西方文明的强大武库。

可以说，愈到老年，托尔斯泰对中国文化思想的情感愈为深笃，信心愈为坚定。

1908年1月4日，一位神父造访亚斯纳亚·博利亚纳，谈话中，托尔斯泰说起不同意这位神父的基督教“真理”。他说：

> 您坚信您知道的无可置疑的真理，这使您和我，也和中国人分道扬镳了……而我是和他们（中国人）联合在一起的。[1]

[1] Архиепископ иоанн *Революция Толстого* Нью-Иорк 1975. С. 176.

这年4月28日托尔斯泰在致一俄工程师Я. И. 潘菲洛夫信中说：

……我从知道了中国人之时起，一直对他们愈来愈想了解，并且为在我们这个地球的生活中建立秩序的方面，我在他们身上寄予着很多期望。而且他们人口众多，更主要的是，虽然他们不承认基督教，但是这个民族的基督教精神却总是令我感动，令我神往。[1]

在他生命的最后岁月里，他把自己的精力更多地投入研究中国文化之中。1909年自春至冬，他都在研究中国的哲学、文学和民俗学，并决心把它们介绍到俄国来。这不单是因为他“在俄国和中国这两个伟大民族之间”，分明看到“有着一种内在的、心灵上的联系”，而且也因为他在中国古典文化思想中看到具有普遍意义的真理。在他的日记里，常常谈到中国的文化：

1909年3月20日：……我们决定出版……五、中国概况和三教；六、佛教；七、儒教；八、道教……

4月8日：……昨天还研究了孔子。看来可以写。……今天什么也没有写，只是重读孔子。

4月11日：今天想研究中国人，研究孔子。……

5月5日：为伊万·伊万诺维奇编写孔子和老子。不很清楚。……读老子对我意义重大。甚至和老子完全对立的卑劣感情，即骄傲、想当老子的愿望，也很值得注意。他说得多好：最高的精神境界总是和完完全全的谦卑连在一起的。

这种合于中国古典认识论的自省式、体悟式的研究，自然是托尔斯泰把握中国古典文化思想的最恰当的方法。

8月18日：读孟子[2]和收到的信件。

---

[1] Толстой Л. Н. *Полное собрание сочинений (в90-тых томах)* Т. 78 С. 126.

[2] 指詹姆斯·勒格的《中国经典作家》第二卷中《孟子生平和创作》。

8月24日：晚上读孔子[1]……

之后8月25日、9月9日、9月30日……都有研读先秦诸子的记录。

在亚斯纳亚·博利亚纳的图书馆里，收藏着很多托尔斯泰作过笔记和标记的有关中国文化和社会生活的书籍、报刊。它们证明着这位八旬老人直到生命的最后一年仍在关注着中国。[2]关于中国人民勤劳、诚实、待人善良的论述，使他对中国心神向往。在饭桌上，他向大家讲述从报刊上读到的有关中国的情况，说要是他还年轻，那他会去中国的：

中国人让我神往，四亿人口，而现在人们要给他们嫁接欧洲文明。[3]

1909年，当他得知一位俄国著名的人种学院士B. 拉曼斯基在自己的讲授中，对中国人表现出轻慢态度时，他写信对他说：

我总是觉得，欧洲人更应该，也确有东西向中国人学，而非相反。我对中国人民的本性及其生活方式总是怀有极大的尊敬。[4]

1910年2月20日，亚斯纳亚·博利亚纳来了一位挪威《莫根勃拉特》报记者——M. 列文。他在谈话之间啧啧赞美起挪威首都的美好生活，据说是警察在克尽职守地维护着居民的财产和安宁。托尔斯泰说，对这“靠最高一级的暴力——警察来支撑”的文明，他实在“不太感兴趣”，他说：

瞧您夸的，样样都好。而在上海，那里的居民大概比你们全国

[1] 指詹姆斯·勒格的《中国经典作家》第一卷中《孔子生平和创作》。

[2] 亚斯纳亚·博利亚纳图书馆保存的托尔斯泰在生命的最后几年看过的关于中国的书有，A. Верещагин *Воспоминания и рассказы* СПб. 1903; *Lectures of Col. R. Q. Ingersoll. Including his letters on the Chinese God* Chicago, 1897（书上有托尔斯泰的笔记）; H.Taylor, *Pastor Hsi (of North China). One of China's christians, London, 1905; U.Gohier, La Guerre de Chine. Assasinat, incendies, viols et pillages, commis et racontes ar les officiers, les soldats Francais aux ordres des missionnaires*（S.i.）（S.a.）

[3] В. Булкаков *Л. Н. Толстой в последний год его жизни* М. 1957. С. 185.

[4] Толстой Л. Н. *Полное собрание сочинений (в90-тых томах)* Т. 80 С. 90.

人口都多，而中国人生活的那半个城[1]根本没有警察，也生活得很好。[2]

4月17日，B. 布尔加科夫在自己的日记里，记下托尔斯泰的愿望和遗憾：

今天在邮件里收到一本中国进步青年团体用英文出版的刊物。列夫·托尔斯泰对它很感兴趣。他甚至这样说，假如我还年轻的话，那么我一定要到中国去。

1910年8月31日，托尔斯泰还饶有兴味地聆听了一位刚从中国归来的加拿大政治经济学教授詹姆斯·马沃尔讲他对中国的印象。对中国的经济状况，特别是中国的农村、农民的劳动、农业，托尔斯泰十分感兴趣。

在自己生命的最后一些日子里，托尔斯泰和撰写关于中国哲学著作的作者布兰热谈论过中国。这一次，他谈到不同于给辜鸿铭的信里的观点。他看到中国发展资本主义的不可避免性。他谈到，无论普通的中国人是在怎样对抗着金钱的胜利和西方文明的影响，但是他们却没有力量抵御住它。因为在他们的四周都架起了大炮。

而结论是什么呢？看来，只要不愿意做亡国奴，剩下的只有进行严酷的暴力斗争。而这对于托尔斯泰的无为和不抵抗主义，的确是一个“新的问题”。托尔斯泰用从中国文化思想中衍生而得的理论，已经无法解决中国自身的问题了。

然而，托尔斯泰对中国古典文化思想所包含的真理是坚信不疑的。在托尔斯泰执着的参与和支持下，中国三位伟大思想家孔子、老子、墨子的专著单行本，终于在他临终前问世了。

我们可以在托尔斯泰的档案材料里，看到他对自己和波波夫合译的

[1] 当指上海非租借地中国人居住的部分。
[2] В. Булкаков *Л. Н. Толстой в последний год его жизни* М, 1957. С. 112.

老子道德经的三次校样的大量修改。《道德经》81章，除了第68和69章，全部译出，译文记录在两个笔记本上，还附有《托尔斯泰对老子道德经的解释》。从1909年7月到9月的三次校对里，托尔斯泰又对译文做了大量删改。仅举一校为例，第一页原有69行，托尔斯泰竟删去了52行，在剩下的17行中，只有6行没有改动，而另11行，重新改为言简意赅的新译文，仅占了4行。第二页70行，被删去56行，其余14行中，只有8行未有改动。整个校样的修改之大，由此可见一斑。最后托尔斯泰还写了一个简短的前言《老子的学说》(后面再讨论)。这样，整个校样从19页压缩到7页。如此一校、二校，最后在9月8日托尔斯泰又在三校上修改了前言。这种文字上的压缩和简易化，托尔斯泰完全为的是使这位深奥的中国哲人的思想能在俄国人民中普及。由此可见这位80余岁的老人，为俄国人民译介中国文化思想的良苦之心。而日记里，则仅露出一句：

坐下校《老子》，改得不错。[1]

经过这种删改，老子的道德经渗透了托尔斯泰的思想，成为建构他的思想体系的有机部分。1910年，托尔斯泰去世前几个月，书以《托尔斯泰选译中国哲人老子名言集》之名，由媒介出版社出版。

也是在托尔斯泰逝世前不久，由托尔斯泰积极操持和编辑，《媒介》社出版了布兰热选编的《孔子——他的生平和学说》。托尔斯泰还写了题为《中国学说的述评》的序言。

也就在这个时候，由托尔斯泰主编的布兰热撰写的小册子《墨子——中国的哲学家》也由媒介出版社出版。了却了托尔斯泰多年来希望研究译介墨子的愿望。这本书反映了托尔斯泰对这位中国哲人的看法，旨在推崇墨子“兼爱”的思想。他收到这本书时，感慨地说：

[1] Толстой Л. Н. *Полное собрание сочинений (в90-тых томах)* Т. 57 С. 133.

在我们这个时代，当你谈到兄弟之谊，谈到应该建立兄弟般的友好关系的时候，听上去是那么奇怪。在我们的生活里，这对我们是那么的生疏而格格不入。[1]

可以说，托尔斯泰是在他对中国古典文化思想的执着探索中，离开人世的。

## 二、从托尔斯泰译述《大学》和《中庸》看他对儒家思想的取舍臧否态度

值得注意的是，虽然托尔斯泰常常谈到孔子的言论和思想，但是却没有提及过《论语》一书。从他先后译述的《大学》和《中庸》来看，他所接触的中国儒学，基本上属于宋明理学和心学，他大抵是通过宋明儒学了解孔子的。欧洲人对中国古典文化思想著作的译介，就是从16—17世纪西方来华传教士寻求基督教和宋明儒学的会通而开始的。最先有1662年耶稣会会士殷铎泽神父在华刊印的郭纳爵神父的《大学》译本，1673年殷铎泽神父又在华刊印了自己的《中庸》译本并附有孔子传。[2]这些，便成为后来欧人研究中国学的圭臬之作。[3]

在托尔斯泰晚年研究译介中国古典文化思想时期，对儒家学说的研究成为至重之点，所以从他译介《大学》和《中庸》来探讨他对儒家思想的取舍、臧否态度自然是很有意义的。

从托尔斯泰当年言论和1900年译述《大学》和《中庸》时的日记可见，他当时直接研究的儒学专著大抵只有从朱熹编注的《大学》和《中庸》翻译的英译本。1900年10月5日，托尔斯泰在日记里写道："我正

[1] 见Маковицкий Д. П. *Яснополянские записки* М. Загруга 1922，1910年5月23日笔记。
[2] 殷铎泽等人合译有《西文四书直译》。由此来看，他们的翻译所本的当是朱子的《四书集注》。
[3] 利奇温：《十八世纪中国与欧洲文化的接触》，朱杰勤译，商务出版社，1991年，第17页。

在读中国经典作家的作品。非常重要。”当时托尔斯泰正在读英国东方学家詹姆士·勒格所著《中国经典作家》(三卷本)。1900年11月12日的日记又写道:

> 什么也没有写,在研究孔子,而且非常好。吸取了精神力量。想记下我现在对《大学》和《中庸》的理解。……[1]

我认为,认真研究托尔斯泰对《大学》《中庸》译述的意义正在于,这不是翻译,而是“理解”,是托尔斯泰在日记中,通过最自由而又尽意的、最随便而又执着的取舍、删录、译述,讲述自己的学习心得。由此,最有利于探寻他对中国古典文化思想的最直接的态度。[2]

《大学》和《中庸》原是《小戴礼记》书中的两章。《大学》被“二程”指为“孔氏之遗书”,朱熹说它是“为学纲目”,“修身治人之规模”。而《中庸》,“二程”奉为“孔门传授心法”,朱子则更以伪古文尚书中“人心惟危,道心惟微,惟精惟一,允执厥中”十六字诀发明这“传授心法”,并将《大学》《中庸》和《论语》《孟子》相提并论,合编为《四书》。视为儒家最重要的经典。

托尔斯泰在1884年和1900年两次译述《大学》,可以看出他对其中思想的重视和认同态度。

1884年的译述,中国已有回译[3],故不再赘录。1900年,托尔斯泰又在日记中执着地再加译述,这虽少为人所提及,而其心思却颇可思量。

如果说,1884年托尔斯泰比较完整地译述了《大学》第一章,即传为曾子所述的孔子之言(即“经”),那么,在1900年11月12日的这篇很长的日记里,托尔斯泰要译述的“中国的这个学说的实质”,实际上

[1] Толстой Л. Н. *Полное собрание сочинений (в90-тых томах)* Т. 54С. 55–61 .

[2] 托尔斯泰对《大学》《中庸》的译述见Толстой Л. Н. *Полное собрание сочинений (в90-тых томах)* Т. 54С. 55–61.

[3] 见《托尔斯泰文集》15卷,第71页。

包括《大学》第一章讲的把治平归为先要修身一段，加上传为曾子门人所记的曾子对孔子的经的十章解释（即“传”）的其中几句。以下是我对《大学》俄文译述的中文回译：

> 真正的（伟大的）学说（指《大学》）将教人以至善（大学之道，在明明德），将使人焕然一新并使之保持在这种拥有至善的状态（在亲民，在止于至善）。这就需要：使所有人民中形成整顿完善的状态；（古之欲明明德于天下者，先治其国——托尔斯泰不提治国，而讲“使人民”“整顿完善”，有意无意地无视儒家的国家学说，因为托尔斯泰认为人民可以在无政府状态下达到“整顿完善”状态。）而为此就需要，使家庭（《大学》中“家”所指的是宗法制家族）得到整顿完善的状态（欲治其国者先齐其家）；而为使家庭得到整顿完善，就需要，使自己本身得到整顿完善（欲齐其家者先修其身）；而为使自己得到整顿完善，需要，使心得到纠正（欲修其身者先正其心），“因为你的宝库，也就是你的心”（此句系托尔斯泰所加），而为要纠正自己的心，则需要，有思想的觉悟（欲正其心者先诚其意）；而要有思想觉悟，就就要，有高度的知识（欲诚其意者先致其知）；为要有知识，就需要研究自我本身（致知在格物）。[1]

如果考虑到，托尔斯泰在1884年撰文中已经译述过《大学》中的这一段，那么我们就更加看出，他十分看重孔学的这一论述。因为这一论述，非常符合托尔斯泰把治理天下的社会问题转化为自我修养的道德问题的思想。而最值得注意的是，这一段的最后一句：“致知在格物。”在1884年的译文中，相当含糊地译为：“使自己对善与恶的审辨臻于完善的目的，在于洞察行为动机的原因。”而在1900年的译文中，却又片面

---

[1] Толстой Л. Н. *Полное собрание сочинений (в90-тых томах)* Т. 54 С. 55–56.

地译为："为要有知识，就需要研究自我本身（нужно изучение самого себя）"。而且还注上是"一位注者这样解释"的。这不仅足见托尔斯泰对这关键的一句十分重视，也能看出，托尔斯泰非常乐于接受这种解释，即把人的注意力引向自身反省——虽然这种解释显然是片面的。格物——穷究物理，按朱熹的"即物而穷其理"（《大学章句》）的解释，是讲心与物间的关系，而非一味"研究自我本身"。不过，一般说，这一段的译述，大体上是符合原文精神的。只是为了强调无为于外而潜心于内的人生探索路线，实际上，托尔斯泰已经从朱熹的格物致知走向王守仁的"致良知"了。这自然不可能是托尔斯泰从读朱子所编注的《大学》"学而知之"的，[1]而是在精神求索中，与王守仁相邂逅会通。王守仁主张"心外无理""心外无物"，所以他说的"格物致知"便只能是"致吾心之良知天理于事事物物也"，只要涤除私欲，恢复心之本体，良知自然呈现。这就和托尔斯泰在心中寻找天国的思想不谋而合了。

另一个值得注意的问题是，托尔斯泰只译出了从"欲明明德于天下"到"格物致知"，即由人到己、由外到内、由社会到个人的过程，而接下去由格物致知到治国平天下，这一相反的过程托尔斯泰没有译出，这恐怕绝不仅仅出于省略或忽略。因为托尔斯泰只想通过修身"促进"社会改良，而不主张去能动地"齐家、治国、平天下"。所以这一由内而外的过程，恰恰是他注重不够而且缺乏研究的。

而接下去，托尔斯泰译出的仍是关于个人的修养：

> 万物有根有末；一切事情也有始有终。知道什么是最重要的，第一位的，什么是次要的，这就是真理的学说所教导的（物有本末，事有终始，知所先后，则近道矣。）人的完善是一切之始。（注

[1] 从托尔斯泰1884年译述《大学》之前写的《孔子的著作》一段，引有朱熹对《大学》的序，可推知他得到的英译本译自朱子的《四书集注》。

意，这一句是托尔斯泰自己加上去的！）倘若忽视了根基，那么由它所生出的东西也不会好（其本乱而末治者否矣）。

为得到福善，人应当研究上天的法则（它的意志）；为了自我更新，应该天天不断地纠正自己；承认自己的错误并努力不再犯错；为使自己保持在福善的状态，应该有真诚专一不二的思想。鸟儿都知道应该停在哪儿，人怎么能不知道这一点呢？（《康诰》曰：克明德。《大甲》曰：顾是天之明命。《帝典》曰：克明峻德。皆自明也。汤之《盘铭》曰：苟日新，日日新，又日新。……《诗》云：缗蛮黄鸟，止于丘隅。子曰：于止，知其所止。可以人而不如鸟乎？）

最后一段是曾子的传的开头。讲的也是修身。后面曾子的传托尔斯泰就都略去了。我想，原因恐怕还不仅仅是因为一日所记不可能太长，所以中断了。因为这些日子托尔斯泰一直在研究孔子。就在标着同一日期（1900年11月12日）的日记上，他接下去又长篇地译述了《中庸》。所以看来这里大抵还有对以下曾子所论齐家、治国、平天下不感兴趣的因素。

《大学》讲的是治学的目的和途径。目的是明明德、亲民、止于至善的“三纲领”；途径是格物、致知、诚意、正心、修身、齐家、治国、平天下的“八条目”。“三纲领”和“八条目”是一个整体，但是看来，托尔斯泰仅盯住了一个“修身”，以至于竟没有注意到，后面曾子在谈及治国、平天下的传文中，有大段关于“君子有絜矩之道”的论述：“所恶于上；毋使于下，所恶于前毋以先后；所恶于后毋以从前”云云。实在是太可惜了。因为这正是托尔斯泰最为赞同而一再论及的“己所不欲，勿施于人”的思想。

1900年11月12日的日记上，托尔斯泰几乎全文译述了《中庸》。

托尔斯泰对《中庸》的关注不是偶然的。《中庸》具有极强的哲学性。它阐发了中庸之道的认识论和方法论，而且论述了道德化的儒家天道观。它把“诚”加以本体化，认为诚是宇宙万物之本原，从而把天道和人道统一为一体，把“诚者”和“诚之者”相统一，把道德修养和天人合一的追求相统一。这不能不对正在追求和上帝相同一，又把上帝置于人的心中，并力图把精神自我完善视为与上帝的统一的托尔斯泰产生极大的吸引力。

在这篇日记中，托尔斯泰对《中庸》里的一段话的摘译，很可以看出托尔斯泰理解和借鉴《中庸》的倾向性。虽然经过很不确切的转译和摘句，颇难和原文比照，但是为了探索托尔斯泰的思想消息，做这样烦琐而困难的比照，还是很值得的。

托尔斯泰的“翻译”从《中庸》开篇一章开始：

> 天把它特有的天性放在人的心里。遵循自己的天性，乃是人的真正的道路（我是生命、道路、真理。——托尔斯泰直接把耶稣的教诲引用在这里，见约翰福音14.6）。这条道路的指示由教理所给予。（天命之谓性，率性之谓道，修道之谓教。）遵循自己天性的道路是这样的，任何的背离都会贻害生命，（错译。原文是：道也者，不可须臾离也，可离非道也。）所以智者努力在观看事物之前，首先要认清道路，在聆听事理之前，先为不要迷失道路而担心害怕。（是故君子戒慎乎其所不睹，恐惧乎其所不闻。）因为没有什么比那些看不见、难觉察的东西更重要的了。（莫见乎隐，莫显乎微。“故君子慎其独也”此半句没译。）
>
> 只有当人不在情欲和观感（впечатление）的影响之下时，他才能认识自己。当人不受满足、沮丧、痛苦、欢乐的影响之时，他便处于平和的心态，而在这种心态下，他才能认识自己（自己的天性和自己的道路）。而当他认识了自己之后，他心里就会生出这样的情绪，这些情绪就会表现在应有的界限内，从而达到一种和谐的心态。（喜怒哀乐之未发，谓之中；发而皆中节，谓之和。）内心的平

和（равновесие，“中”）是人类一切善行的根；而和谐（согласие，“和”）是全人类行为的普遍法则。（中也者，天下之大本也；和也者，天下之达道也。）只要在人们心中存在着平和、和谐的心态，世界上就会主宰着幸福的秩序，万物就会繁荣昌盛。（致中和，天地位焉，万物育焉。）

这一段里，我们可以看出托尔斯泰在非中国语言文化氛围中，把握天人合一观的困难。这里讲的不仅是人道，同样也讲的是天道。“中和”不仅是一种平和和谐的“心态”“善行的根”，“全人类行为的普遍法则”。说“中”是天下之大本，即是说它是天命之性。在天曰命，在人曰性，本是一体。“致中和”就是要循性达命，使人心与天道相合，从而参天地、助化育。朱熹注云：“天地万物，本吾一体。吾之心正则天地之心亦正矣；吾之气顺，则天地之气亦顺矣。”托尔斯泰很难译述这其中的天人、内外一体的内在关系。

另外，“喜怒哀乐之未发，谓之中；发而皆中节，谓之和”一句的错译，又明显地反映出托尔斯泰的基督教禁欲主义倾向。中国古典文化思想并不否定人天性中的情和欲。食、色，性也。喜怒哀乐，情也。关键在于要得其宜、中其节，使之得到正确的引导和控制。如果照托尔斯泰的说法，摈除了“情欲和观感的影响”，就已损失了天性之本然，还怎么去尽心知性以知天呢？

还有，在这一章中托尔斯泰没有译出他在日记中提到而非常重视的讲慎独的一句（“故君子慎其独也”）。而在略去没有直接讲修身的2—10章之后，这一句被加到了接下去译出的11章中：

所以，智者在一个人独处的时候，很注重自己的行为（故君子慎其独也），并总能守持平和、和谐。虽然世人不知道他，不尊重他，他并不以此为憾。（……君子依乎中庸，遁世不见知而不悔，唯圣人能之。）

可惜托尔斯泰没能译入这一章的头一句：“子曰：素（索）隐行怪，

后世有述焉，吾弗为之矣。”深求隐僻之理，过为诡异之行，虽能欺世盗名而后世有称，但是知之过而不择其善，行之过而不用其中，所谓不当强而强之，所以圣人不为。实际上，当年谢尔盖神父正有犯此之嫌。在我们看来，他虽主观上未必要欺世盗名，但是他的虚荣心总在作怪，所以每每虽似行深教道，而总不得中庸，一旦有所考验，心性顿时无从把持。所以《中庸》接下去（12章）讲：

> 君子之道，费而隐。（朱熹注云，费，用之广也。隐，体之微也。）所以，夫妇之愚，可以与知焉；及其至也，虽圣人亦有所不知焉。

又讲（13章）：

> 子曰：道不远人。人之为道而远人，不可以为道。诗云：伐柯伐柯，其则不远。执柯以伐柯，睨而视之，犹以为远。故君子以人治人，改而止。忠恕违道不远。施诸己而不愿，亦勿施于人。

托尔斯泰这两章的译文都不很达意（虽然这两章实际上是极其符合他的思想的）：

> 他（接上文11章指君子）所行之事（指道）完成得很隐秘（тайно），但是能达到极远的地方。在和人们的关系上，它（指道）的行状（поступки）很朴实，而其后果、影响则不可限量。
>
> 要知道怎样达到这种完善，人总是能够在砍削斧柄这件事上得到启发，实现完善是一样的道理：人总是可以在自己身上找到完善的榜样，并按照这个榜样去塑造自己。（这一点完全符合托尔斯泰的思想，所以他加上一句解释）你们是神，神之子。倘若人根据自己的天性明白，不应该对别人做那些不想让别人对你做的事，那么，他就接近真理了。

托尔斯泰误译“隐”为“隐秘”，实际上应该是“隐微”。所谓费而隐，因为一方面，君子之道，“造端乎夫妇”，所以，即使夫妇之愚，可以与知、能行焉；而另一方面，“及其至也，察乎天地”，所以，虽圣人亦有所不知、不能焉。虽然托尔斯泰没有译出原文的含义，但是原文的思想他是应该了解的。仍拿《谢尔盖神父》为例，那个被人们认作很不幸的“乏味、渺小、可怜”的女人帕申卡，可以算是个没有多少高深智力的平常之人，但是她不仅可以与知、能行，而且可以教导谢尔盖神父入“道”。

所以说，“道不远人”，它虽远而至于圣人、天地所不能尽，所谓其大无外，但是同时又其小无内，而且近在夫妇居室之间，所谓担水砍柴，无非妙道。谢尔盖神父几十年闭门苦修之所不得，竟被帕申卡一番平平常常的家常话点悟了出来。这里正显现出托尔斯泰和他孜孜以求的中国古典文化思想中共同的民主性和人道主义精神：道不远人。因为，“道者，率性而已。固众人之所能知、能行者也”。（朱子注）

我们的先哲没有把我们芸芸众生排斥于天道的光辉之外，而是把这光辉投入我们的心中。所以，遵循天道不仅不是违背我们天性的苦事，不是难知难能的难事，而且恰恰是最合于我们本性的乐事：循性达道，反身而诚，乐莫大焉！（托尔斯泰把基督教的复活变为我们的“复性”——恢复天性）只要率性——遵循着自己的天性而行，就能得道，就能幸福。这正是托尔斯泰反复发挥的思想。不必索隐行怪，不必行谢尔盖神父几十年所行的高远难行之事，不必再冥思苦守那些玄奥的教理、教规，不必期待救世主的救赎，只要反身听凭心中的理性（上帝）之声，生活就会幸福。

天道和人道的一致，天理和人性的一致。从而，以人的天性、人道作为尺度来责求人。由此而推演出中国古典文化思想中非常可贵的人道主义思想：以其人之道还治其人之身。

可惜13章中的举例托尔斯泰没有译懂：手执斧柄，砍木作斧柄，边砍边看，还觉得样板太远。所以君子以此为训，就以更切近可行的标准来要求人：以人治人。这就是我们先哲所主张的，以其人之道还治其人之身的人道主义精神。也正由于天理和人性的一致性，也就是托尔斯泰反复主张的人们心中理性的一致性，所谓人同此心，心同此理，所以才有了“忠恕违道不远。施诸己而不愿，亦勿施于人”这一托尔斯泰在各种场合屡表赞同的思想。

其下第14章，托尔斯泰略去了“君子素其位而行，不愿乎其外”一节。或者是由于认为这种立场有违于他的平民化主张，虽然《谢尔盖神父》中的帕申卡的形象证明他同意“素贫贱，行乎贫贱”，但是，怎样“素富贵，行乎富贵”呢？因为托尔斯泰认为居于富贵所应该行的，是根本上不“素富贵”，而是要平民化。所以，他没能去理会我们国人一直推崇的“君子无入而不自得焉”的贫贱不移、富贵不淫的君子之风。而所译出的接下去的一段话，便只能是一种抽象的自我修养的大道理，当然，却是很合托尔斯泰的口味的——反身自省而不责求于人：

> 有德者改正自己而不去对别人有任何要求，所以对于他来说，就不可能有任何不愉快的事情。他不埋怨人，也不指摘天。(……正己而不求于人，则无怨。上不怨天，下不尤人。) 所以有德者平和安静，等待天的命令；而小人则行于虚假之途却总心惊胆战地等待着侥幸的偶然。(故君子居易以俟命，小人行险以徼幸。) 人要成为有德者，应该像箭射靶一样，如果它没有射中，那么不能从靶上，而应该从自己身上找失误的原因。(子曰：射有似乎君子，失之正鹄，反求诸其身。)

第15章，托尔斯泰只译了和他固有思想一致的前一段：

> 修德者像一个行路人，他总要首先走过最近的距离，登山要从低处起步。(君子之道，辟如行远，必自迩；辟如登高，必自卑)

而后一段，“诗曰：‘妻子好合，如鼓瑟琴。兄弟既翕，和乐且耽。宜尔室家，乐尔妻帑。’子曰：‘父母其顺矣乎！’”表现出其对中国和乐融融的天伦之乐关系的憧憬，其中包含了中国传统文化中至关重要的社会学说。这和乐有序的“家”，绝非私事，而是社会安定因素，是治国平天下的不可分割的一部分。修身者正是要把这小小的家作为治国平天下的战场，所谓君子不出家而成教于国。

托尔斯泰不同意作为统一体的修齐治平的思想，而设想直接通过自我完善拯救世界。当然，他也有过作为理想社会基础的和睦稳定的传统家族的憧憬。这早已表现在《战争与和平》对保尔康斯基家族和罗斯托夫家族的描写中。然而，时值19—20世纪之交的现代化进程中的俄罗斯，无论是俄国古老的宗法贵族家庭的理想，还是中国封建家长制、三纲五常式的齐家治国思想，都是不济实用的。从实践上看，托尔斯泰在从修身跨入齐家的头一步就遭到巨大的困难，因为这不能不首先触及家族的利益，从而更坚定了他走独善其身的道路。从托尔斯泰的作品、书信和日记，到他的现实的家庭困境，直至决然出走，都可以使我们相信，基督教关于“人的仇敌就是自己家里的人”[1]的观念对托尔斯泰的影响。而且，在日记（1900年8月21日）中，托尔斯泰也引用《圣经》中的话说：“大凡先知，除了本地本家之外，没有不被人尊敬的。”所以在译介中国古典文化思想时，托尔斯泰回避了齐家的思想。

之下讲“子曰：神鬼之为德，其盛矣乎”的15章，讲“子曰：舜其大孝也与”的17章，讲“子曰：武王、周公，其达孝矣乎”的18、19章托尔斯泰统统略去。因为神鬼之德是他不承认的，而“明乎郊社之礼，禘尝之义，治国其如示诸掌乎”的以孝治国、以礼治国的几微也是托尔斯泰未尝领悟的。他读孔子，一次也没有提到过孔子极重要的思想：“礼”。或者，对俄国社会的虚伪丑恶的礼（приличие）的深恶痛绝（可参见他对卡列宁及其各色讲“体面”——приличие的人的态度），妨碍了他对孔子“礼”的思想的理解。因为孔子的“礼”被译为“приличие”之后，便很难涵盖原来的丰厚含义了。

---

[1]《马太福音》10章36节。

20章托尔斯泰照例仍是略去前边讲治国的九经（即修身、尊贤、亲亲、敬大臣、体群臣、子庶民、来百工、柔远人、怀诸侯）一段。可能是因为这里过多地谈了托尔斯泰所否定的“政治”和“外在行为”，故而不屑一译。实际上，这一段中不仅讲了修身为本，而且还讲了托尔斯泰始终力主的“为政在人”的“人治”思想：虽然“文武之政，布在方策”，不过，“其人存，则其政举；其人亡，则其政息”。比如，在思考社会主义制度时，托尔斯泰首先想到的是人和人的本性：“……在社会主义制度下，指挥者是自不可少的。而这样的人，即不滥用暴力来建成社会主义制度的人，从哪儿来呢？”“如果政府组织劳动，那是很好的，但是为此，政府应该是无私的、圣洁的。而他们，这些圣徒又在哪儿呢？”“你们凭什么能够认为，那些组成新政府的人，那些将管理工厂、土地的人，不会恰恰和现在一样，找出种种办法来掠取最大最好的一份，而只给无知而温顺的人们留下不能再少的一份……”

于是，20章里“译出的”仍是关乎自我修养的内容：

> 上天真诚自觉地行动着。而人应当努力达到这种自觉性。拥有了自觉性的人，不用费力气也能知道什么是公正的，不用去思考也能明白一切，轻易地踏上真理之路。达到了自觉的人能够选择好的东西，而且坚定地守持自己选择的东西。为要达到自觉，必须要学习为善，注意考察和思索它，明确地分辨它和严肃地履行它。（诚者，天之道也。诚之者，人之道也。诚者，不勉而中，不思而得，从容中道，圣人也。诚之者，择善而固执之者也。）

这一段中，把“诚”译为“сознательность”（觉悟、自觉），不准确。诚，实也，真实无妄之谓，天理之本然，是天之道。同时，它也是人本性中体认真实、表现真实的力量。人就是在追求“诚”，实现真实之中，使自己的心性和天道达到统一。其次，由于托尔斯泰根本不承认有所谓圣人和常人的区分，所以，一概把圣人和尚未至于圣的人混一而论。不去理会原文中对圣人和未至于圣的人的区分，以及生而知之、学而知之和困而知之间的区分。其目的只在于要人人都去走"博学、慎思、明辨、笃行"的修身之路。因为，"人只要这样做，如果他是愚蠢之人，他就能变得聪明，如果他软弱，他就能变得有力。（果能此道矣，虽愚必明，虽柔必强）"。这才是托尔斯泰所极力宣传的。

21章几句托尔斯泰全译出了：

> 如果人有来自觉悟的智慧，这应归为天性所成；如果他有来自智慧的觉悟，那么这应该归为学习所成。有了觉悟也就会有智慧，而有了智慧也就会有觉悟。（自诚明，谓之性。自明诚，谓之教。诚则明矣，明则诚矣。）

德智一体，既是中国古典文化思想的特征，也是托尔斯泰所坚持的主张。

以下两章也和托尔斯泰的思想完全相通，他也全部译出了：

> 只有达到最高觉悟的人，才能够使自己的天性得到全面的发展（唯天下之至诚为能尽其性）。而只要他能够使自己的天性得到全面的发展，他也就能够使其他人，使动物，乃至使一切生存的东西的天性得到全面的发展。（能尽其性，则能尽人之性。能尽人之性，则能尽物之性。）当他达到了这一点，他就能够成为上天的助手。（能尽物之性，则可以赞天地之化育。可以赞天地之化育，则可以与天地参矣。）（22章）
>
> 与这种人相近的人，能够发展自身的善根，故而能够得到觉悟。（其次致曲，曲能有诚）他心中的觉悟会显现出来，而成为显著的，从而光焰四射，影响他人。（诚则形，形则著，著则明，明则动，动则变，变则化）所以，只有这种拥有了觉悟的人，能够使人们得到新生。（唯天下至诚为能化）（23章）

对《中庸》这两章的译述，可以看出托尔斯泰对儒家思想中以德配天，所以赞天地之化育而与天地参（"成为上天的助手"）的理解和赞同。从完善自我出发，先求其本性，从而以及他人、他物。因为天理是一个，他人他物之性，也就是我之性。通过认识自我、改造自我，同时就能够认识、改造他人他物。这正是儒学和托尔斯泰的共识。这种态度，使人不仅能居于社会之中，行“外在”的治标之举，而是能高临于人类社会之上，来视察人类的天性，引导人类社会，达到“修己以安人”。这正是托尔斯泰所探求的人类社会前进的大道。

而接下去的24章没有译出，讲的是“至诚之道，可以前知。国家将兴，必有祯祥；国家将亡，必有妖孽”。这些天人感应的说法托尔斯泰自然不能苟同。

而以下两章的译文，也很有代表性地反映了托尔斯泰对中国文化思想隔而不透之处：

> 拥有了觉悟的人，不仅能够充实自己，而且也能够充实别人。他充实自己以道德，充实他人以知识。（诚者，非自成己而已也，所以成物也。成己，仁也；成物，知也。）道德和知识是人的天性的本质。而这样一来，就完成了内外的合一。（性之德也，合外内之道也。故时措之宜也。）（25章后半部分）

这一章谈人之道。讲人倘若体现了天道之诚，那么他就不仅成就了自己之为人（仁），实现了自我，而同时也成就了天下万物（知），实现了主体和客体的统一，自我完善和参天地之化育的统一，天人的合一。这里所说的“知”不是指一般的知识，而是“谓知善恶吉凶之所终始也”[1]。这是一种德性之知的智慧。这“仁”和“知（智）”都源于诚的“性之德”，虽有体用之分，却无内外之殊。既诚于中（曰仁），则必及于物、现于事（曰知），由此达到内外的合一，所以说是“合外内之道也”。托尔斯泰把“知”译作“知识”（знание）而没有说明白这里讲的

---

[1]《礼记·大学》，郑玄注。

成己和成物之间的同一性关系，这段话被误解为是分别德性和知识的教养问题。

而接下去的一段错误译文更有意义：

> 因之，觉悟具有无限性的性质（故至诚无息）。传给别人（сообщаясь другим），而它自己并不中止，因为不中止，它就能够达到最远的极限。达到最远的极限，它就成为真正存在的和无限的。所以，拥有它的人，也就能具有无限性，而成为真正存在的了。（不息则久，久则征，征则悠远，悠远则博厚，博厚则高明。博厚所以载物也，高明所以覆物也，悠久所以成物也。博厚配地，高明配天，悠久无疆。）觉悟，按其天性是这样的，它不去表现自己而已经显现出来，它不动作而在产生变化，它不去努力而会达到自己的目的。（如此者，不见而章，不动而变，无为而成。）（26章前一部分）

这一部分的翻译也不尽意。其原因从根本上讲仍是囿于文化之隔，很难把握中国文化思想中，那种天道和人道一致、圣人与天地一体的思维方式，很难体会中国人天人合一思想的博大气象。托尔斯泰已经理解了人应该以自己的理智（разум）去和上帝（另一种理智разумение——托尔斯泰的这个说法，当年还使切尔特科夫很生气[1]）结合或者叫取得一致（единение），甚至把中国文化思想中的“道”也译为：разум。但是，他还是没能深切地体悟到，人是天的有机的一部分，圣人至诚而德配天地。天道通过人道反映出来。所谓“博厚所以载物也，高明所以覆物也，悠久所以成物也”，是既讲人，也讲天，“兼内外而言之”。天人一体，毫无间隔。所以，这段话朱子注说，此言圣人与天地同体、同用。而托尔斯泰的译文则显然没有表达出这一意义。

---

[1] 见托尔斯泰1884年3月29日日记。

以下在26章中选译出的一段，看来是迎合了托尔斯泰关于“理性的一致性”这个一贯主张的。

> 天地之道，可以用一句话来表达：它们内部没有双重性，所以它们能不可思议地生产种种东西。（天地之道，可一言而尽也，其为物不二，则其生物不测。）
>
> 就让愚野之人去指责他们并不了解的事情吧，就让骄傲的人去认为自己有权用自己的判断来解决问题吧，就让生活在现今的人回到对过去时代的信仰中去吧，所有这样做的人同样都会失去生命。（子曰：愚而好自用，贱而好自专，生乎今之世，反古之道。如此者，灾及其身者也。）（27章前一部分）

在东方正急遽摆脱古老传统的20世纪初年，托尔斯泰力主以古老的东方文明拯救世界，他看了这关于“生乎今之世，反古之道”的一句，不知做何感想，托尔斯泰没有评说。（这里托尔斯泰是依从朱子对“反”字的解释：反，复也。译作“возвращаться”。但也可以认同另一种意见：反即违反。因为下面引证了孔子“吾从周”和“祖述尧舜，宪章文武”。）

最后两段的译文托尔斯泰仍是紧紧扣住修身不放，虽然译得很不忠实：

> 有德者不放过自己天性中的任何最微小不著的表现，使其在各方面臻于尽善。他珍惜自己旧有的知识，又经常地获取新的知识。（这一段应是27章前一段的释意：大哉圣人之道！洋洋乎发育万物，峻极于天。……苟不至德，至道不凝焉。故君子尊德性而道问学，致广大而尽精微，极高明而道中庸，温故而知新……）
>
> 小人努力获取尽可能大的知名度，而却日益走向灭亡。有德者自己的德性越显著，却越乐于掩盖之。他所关心的只有一件事：**审视自己的心，不使它里面有任何不好的东西**。（此句的重点号原有。应为33章前几句译述：故君子之道，暗然而日章；小人之道，的然而日亡。……故君子内省不疚，无恶于志。）任何人都不能和有德

者相比的是那种别人不能看见的东西。（君子之所不可及者，其唯人之所不见乎？）上天的行为无光、无声、无臭，有德者之行也是如此。（似33章后一部分误解的简释：诗云：于怀明德，不大声以色。子曰：声色之于以化民，末也。……上天之载，无声无臭。）

这一段译述的错误在于，托尔斯泰过分关心的，是有德者的自我的为人，而所以对于原文中讲君子“不大声以色”，而唯恭行天道来化民这一治国思想，竟没有涉及。所以，这一章中诸如“诗曰：不显惟德，百辟其刑之。是故君子笃恭而天下平”等这些十分契合于托尔斯泰思想的论述也都没有译入。

从总的方面看，托尔斯泰注意到了《中庸》中提出的天道和人道的统一，修身和参天地化育的统一，成己和成物的统一这些重要思想，表现出他对中国古典文化思想中关于天、人、天人关系等方面的思想的认同。（待专章讨论）但是，对于《大学》和《中庸》中的思想，托尔斯泰最感兴趣的是其中的修身之道。而对于《大学》《中庸》中修身所以治人的完整思想体系，很少关注。所删略去的部分有的属于语言文化相隔太远而难于翻译的，如诗和历史典故。而有些则是由于思想的不同，如凡谈及社会、人伦，以及神鬼、天人感应等处，他都一概不顾。对于如何从修身到齐家、治国、平天下的内在逻辑关系，他也没去探讨。而这里正包含了建构中国传统文明的社会学理论基础。比如，上面已经谈及托尔斯泰不去注意中国文化思想对于“家”的意义的至重态度。《大学》讲“君子不出家而成教于国”。因为，“孝者，所以事君也；弟者，所以事长也；所以使众也”。虽然托尔斯泰大抵同意《大学》中所谓“一人贪戾，一国作乱”这种“一人定国”之说，但是，却未必懂得在国人看来也十分正确的“一家仁，一国兴仁；一家让，一国兴让”的道理。这是没有中华传统伦理文化观念的托尔斯泰，对中国古典文化思想认识的文化局限。而对这两部书中关于种种建于中国伦理文明之上的君臣、父子等人际关系及其治国方策，他也同样弃而不顾。而一旦砍断了中国文化中作为建立太平盛世、现世天国的根本方策的“修齐治平”的完整环节，托尔斯泰所唯一推崇的修身之法，对于实现他的联合一切人走向幸福的社会理想，就变得如空中楼阁般，没有社会实践的“可操作性”了。

正如新儒家徐复观先生所言：“将一人之道德，客观化于社会，使其成为政治设施，其间尚有一大曲折。而中国的德治思想，却把这不可少的曲折略去。”[1]

而托尔斯泰又把中国儒学中这已经非常忽略的“曲折”，更加忽略去。实际上，托尔斯泰的自我完善和他所提出的社会目标之间也横着一道不可逾越的鸿沟。不过，也不能否认，这一时期，中国古典文化思想中，合内外、参天地的观念有助于他思考如何积极地影响社会，如何以个人的自我完善促进社会的完善。尽管其结论基本上是乌托邦性质的。

## 三、寻求全人类共识的宗教思想——托尔斯泰接受中国古典文化思想的最后形式

托尔斯泰晚年译介中国古典文化思想的高度热忱，在于他要从诸子学说中，寻找到具有全世界普遍意义的思想。这是他长时期广泛涉猎东西方各种文化思想，以求形成一种能为全人类所共识的宗教思想的努力的重要组成部分。因为他坚信：“存在着为一切有理性的人们所公认的普遍的法则，它由传说，由各民族的宗教，由真正的科学，由每一个人的良心所证实。”[2]

而作为一个基督教徒，托尔斯泰就从根本上违背了关于基督教是唯

[1] 徐复观：《学术与政治之间》，学生书局，1985年，第51页。转自启良：《新儒学批判》，生活·读书·新知三联书店，1995年，第338页。

[2]《托尔斯泰文集》15卷，第537页。

一真理的信念。实际上，他只是把基督教作为他寻求真理道路上的一个里程碑。在《对东正教最高会议的裁判的回答》(1901)中，托尔斯泰曾果敢地宣布自己唯真理是从的信念：

我不认为，我的信仰是唯一的、永远不可置疑的真理，但是我还没有看到另一种能够更为简单明确、并能合于我的理智和心灵的要求的信仰。而一旦我认识到这种信仰，我会马上接受它，因为上帝除了真理什么也不需要。

他这样述说自己宗教思想的求索历程：

我走的是一条回返之道。开始我爱自己的东正教的信仰胜于自己的宁静，后来我爱基督教胜于爱其教会，现在，我爱真理胜于世界上的一切。而至今为止，对我来说，真理是和我所理解的基督教相符合的。于是我就信奉这基督教。[1]

但是，诚如С. Н. 布尔加科夫[2]所说：

托尔斯泰自己的宗教世界观，我不是咬文嚼字地说，也很难称为是基督教的。他顽强地执意否认的，不仅仅是基督教的基本信仰——基督是上帝的儿子，而且还有基督教的全部宗教形而上学，否认关于上帝，关于灵魂，关于救赎，这使托尔斯泰与基督教格格不入，而愈到晚年，他就愈和基督教分道扬镳了。

不过值得指出的是，布尔加科夫还指出了重要的一点：

只有在伦理方面，他和基督教相接近。当然也是在其独特而极简化的解释之中……[3]

这里，提一下И. Ф. 纳日温[4]的关于托尔斯泰的传记性著作《烧不

---

[1] Архиепископ иоанн, *Революция Толстого,* Нью-Иорк 1975. С. 139.

[2] С. Н.布尔加科夫（1871—1944）俄国经济学家、宗教哲学家、神学家。

[3] Булгаков С. Н. О Религии Льва Толстого, Т.10.

[4] И. Ф.纳日温（И. Ф. Наживин，1874—1940）俄国作家。

毁的荆棘》中的一个情节是不无意义的：

> 托尔斯泰晚年常说，我对福音书失望了，失望了。我不想再做基督徒了，我想信儒教、佛教、道教……有时他又说，我又爱上福音书了，之后又走到自己也不清楚的什么方向去了……[1]

他在寻求什么呢？他在寻求自己一生心灵所系的道德理想——还在50年代，他就在日记里记下了他的道德理想：

> 我自信能够以毕生的精力去实现这个思想，即创立一种和人类的发展相适应的新宗教，是剔除了盲目信仰和神秘性的新的基督的宗教，是不应许来世幸福、却赐予现世幸福的实践的宗教。我明白，只有若干代人自觉地朝着这个目标去工作，才能使这个思想成为现实。

在长期的精神求索中，托尔斯泰愈来愈认识到，一切伟大的宗教的本质是一致的。只是由于自身迷信的增长而彼此分离。[2]

还在1881年，托尔斯泰和一个姓马尔科夫的人的谈话中，马尔科夫说，宗教是五花八门的，一个人认为是善，另一个人则不这样认为。托尔斯泰马上驳斥说：

> 不对，我不同意这一点。所有的宗教在解决一些根本问题时都是一样的：不论佛教还是伊斯兰教，或是基督教，都同样认为杀人是恶。[3]

这一信念，托尔斯泰终生不渝。托尔斯泰的最小的女儿亚·列·托尔斯泰娅在回忆录《父亲》中，记下了1909年2月托尔斯泰在同一位来访的伊斯兰教徒瓦伊索夫谈话时说的一段话：

> 实际上，当你醒悟过来的时候，你常常会吃惊，怎么头脑里没有想到这么简单的一个道理：就是世界上存在着正教徒、天主教徒

---

[1] И. Ф. Наживин, *Неопалимая купина.* 1936с. 390.
[2] 莫德：《托尔斯泰传》，第508页。
[3]《同时代人回忆托尔斯泰》，413页。

和佛教徒，人们相信这种宗教，认为它是真理。可是一旦越过一定的界限，人们就认为这是谎言，那是真理。这种情况怎么就没有促使人们怀疑，怎么没有去寻找那种为所有的人都信仰的共同的宗教。[1]

实际上，在19世纪80年代写的以高扬中国儒家思想为意旨的《苏拉特的咖啡馆》里，托尔斯泰就早已谈到：

每一个民族都想把那非世界所能容纳的上帝关在自己的庙宇里。又有哪一座庙宇可与上帝为了把全人类团结在一个信仰和一个宗教之中而建立起来的那个庙宇相比呢？……

因而，在致萧伯纳的信（1909年）中，他郑重地提出了由宗教的统一达到全人类团结进步的道路：

只有当人们使真正的宗教，包括基督教，摆脱了一切损害它们的附生物，当所有人由建立于全部宗教基础上的人生理解的一致性而团结起来，认识到他们和世界的永恒起源的合理关系，并从中接受对生命的指导，这时，人类的改进才能发生。[2]

从托尔斯泰晚年的写作编撰活动中，书信、日记、言谈中，我们都可以看到，他在将包括中国古典文化思想在内的，全人类具有永恒真理价值的思想熔为一炉，构建着他从青年时代就梦寐以求的全人类的共同的宗教。这就是为什么愈到晚年，他愈倾心于编撰世界各国哲人智者的箴言警句。实际上，他是在实行着孔子“述而不作”的成教思想。

还在1886年，托尔斯泰就编撰出第一部哲人名言集《1887年名谚年历》，由媒介出版社出版；1902年12月重病期间，托尔斯泰又开始构思编撰《哲人之思，每日必读》，在1903年8月由媒介出版社出版；1906年托尔斯泰又编撰了《阅读园地》，在之后的一年里，托尔斯泰编

[1] 亚·列·托尔斯泰娅：《父亲》（下），秦得儒等译，上海译文出版社，1985年，第370页。
[2] 转自莫德：《托尔斯泰传》，第938页。

撰了8个《阅读园地》的版本。比如，其中有为不信教的人编写的。他甚至还曾想为孩子们编写一个版本。这正合于儒家的思想，道不远人。只要因人施教，便能合万民于一道。1908年年底，托尔斯泰又编撰完另一部集天下之精思的《每日必读》。这些由语录和小故事组成的书籍中，大量录入了中国诸子的语录和中国谚语。

而托尔斯泰一生所萃集编撰的这些箴言警语，实际上又成为最后编写其遗嘱性语录体著作《生之道》的准备。只是在他临终的一年，1910年1月，托尔斯泰才全面地展开《生之道》的编撰工作。至4月初，已经完成了24个部分。Д. П. 马科维茨基记道：

> 列夫·尼古拉耶维奇忙于新的《阅读园地》(托尔斯泰始称《生之道》为第三种《阅读园地》，在其中要进行更简扼的讲述。[1]) 他还没能找到合适的名称，起初称它为《生命的学说》，后又觉不谦逊，别列基提议叫《生命的思想》，他喜欢。后来干脆叫《天天读》(Днями)。最后由格尔布诺夫提议叫《生之道》[2]而定论。[3]

至5月，全书初步完成，整个夏天托尔斯泰都在修改校样。直到10月15日，距托尔斯泰辞世不到一个月的时候，这部书才完成。而对校样的修改一直进行到10月28日从亚斯纳亚·博利亚纳出走之前。为了"使这部书能让尽可能多的读者都能读懂"[4]，他删去精确的引文，用自己的语言把原来的思想表达得更为简明易懂，并准备一直修改到出版。媒介出版社的负责人格尔布诺夫请托尔斯泰不要不好意思修改校样，他说，要知道，这是永恒的东西啊。而托尔斯泰则"坚请"不要再把已经修改过的成集之册拿来，他说：

---

[1] Толстой Л. Н. *Полное собрание сочинений (в90-тых томах)* М. Гослитиздат. 1958. Т. 45 С. 546.

[2] *Путь жизни* 一书一般译为《生活的道路》。我以为托尔斯泰在书中思索的不是"生活"的历程，而是生命的法则。故宜译为《生之道》。

[3] Д. Маковицкий *Яснополянские записки* 23. 2. 1905. с. 221.

[4] Толстой Л. Н. *Полное собрание сочинений (в90-тых томах)* М. Гослитиздат. 1958. Т. 42 С. 473.

> 就像在泻肚子时，我请求不要把酸奶摆上桌子，因为我一定会忍不住去拿它，所以我也请求您在书出版前别再拿来，否则我一定还要去改，还想改得更好些。[1]

确如格尔布诺夫说的，这部书是“永恒的东西”，它是托尔斯泰为我们留下的精神遗嘱。在那个由于这位伟大的思想家逝世于兹而永垂史册的铁路小站阿斯塔波沃，在托尔斯泰临终前三天，他最后一次关注了这部《生之道》。媒介出版社的负责人格尔布诺夫回忆道：

> 我最后一次把这部书的两部分校样带给列夫·尼古拉耶维奇时，是11月初，他病危躺在铁路小站阿斯塔波沃。我们最后的见面是在11月4日，当时他还有一点力气，凝神倾听了我简述筹划出版30集《生之道》的进程。后来我对他讲，要把刚刚打出的《放弃私利》和《宽恕》两部分的三校校样带给他，以备修改。他用奄奄一息的声音对我说：“我不行了……这由您自己来做吧。”从他的声音里，我感到他在为现在不能再投入这一工作而伤心。[2]

《生之道》的特点在于，和以前编撰的《每日必读》《阅读园地》相比，书中萃集的天下哲人思想更加被系统化地熔为一炉。托尔斯泰在前言中写道：

> 萃集于此的思想，属于极为各种各样的作者，自婆罗门、儒家、佛教文献到福音书，及从古至今众多思想家。这些思想经过翻译和改写，改变甚多，我觉得已经不宜再署上这些作者的名字了。而这些没有署名的思想中的卓越见地不属于我，而属于全世界的那些最伟大的哲人。

这里表现出的思想，首先不是谦逊，而是一种融天下真知灼见为一

---

[1] 瓦·布尔加科夫：《托尔斯泰的最后一年》，萨石等译，新华出版社，1987年，第310页。
[2] Толстой Л. Н. *Путь жизни* М. Высш. шк. 1993. С. 17.

体的宏大构想。还在《每日必读》的一种前言草稿中，托尔斯泰就写道：

我从其他思想家那里采用的那些思想论述，都署了他们的名字。不过其中很多思想我都按照自己的理解加以缩写和删改。[1]

可以说，在从《1887年名谚年历》《每日必读》《阅读园地》到《生之道》的这些语录体著作中，人类思想精华是经过托尔斯泰思想框架的“格式化”了的；同样也可以说，是托尔斯泰把自己的思想融合在人类思想的结晶之中了。而从我们研究的角度说，这可以视为是托尔斯泰和中国古典文化思想关系的最后的，也是最高的发展阶段，即将中国古典文化思想与他自己的整个思想体系融为一体。在书中诸多署有老子、孔子等中国哲人名字的语录，很多都失去了原貌，而在许多“别家”的言论中，又往往能看到中国人十分熟悉的思想。仅以署名“老子”的语录为例，在这些著作中，可以看到这样的老子名言：

圣人关注内在的东西而不是外在的东西；他轻视外在的东西而选择内在的东西。[2]

没有比情欲更深重的罪恶；没有比不知足更大的灾难；没有比贪婪更重大的罪行；这就是为什么从情欲中解放出来的人永远满足。[3]

为达到至圣没有比节欲更重要的了。节欲应该成为早先的习惯。如果它是早先的习惯，那么它就确定为一种德性……

看来，老子的这些言论已经被孔子化，基督教化了。总之，这些语录体著作使我们感到的，不是分辨百家的察异心态，而是一致天下的求同之忧。书中所引述的，从新约、孔子、孟子、老子、佛经、穆罕默德，到康德、叔本华、亨利·乔治……虽然都各有论述，侧重不同，甚至时有抵牾，但同时又都是在从不同的角度论证着同一个真理。

[1] Толстой Л. Н. *Полное собрание сочинений (в90-тых томах)* Т. 42 С. 473.
[2] Толстой Л. Н. *Полное собрание сочинений (в90-тых томах)* Т. 40 С. 97.
[3] Толстой Л. Н. *Полное собрание сочинений (в90-тых томах)* Т. 40 С. 109.

C. H. 布尔加科夫指出，在托尔斯泰的后期语录体著作（如《阅读园地》和《生之道》）有着“有意识的折中主义的性质”。他说：

由此产生了他的将不同的思想家的言论加以贯穿的方法。这种方法看上去像是折中主义，而实际上却完全符合他的这种基本的宗教信念。由此也产生了抛弃包括基督教在内的历史上各种宗教的一切个性和具体性的手法，而把共同性的，因而也是抽象性的东西突出出来。[1]

托尔斯泰大抵不知道孔子“和而不同”的论述，但是，在使天下思想融为一体的《生之道》等著作中，他实践了这一思想。与中国人的“天下同归而殊途，一致而百虑”（《易·系辞传下》）的思想取得了共识。

托尔斯泰追求的理想是人类的联合。一些论者早就指出他反个性主义的倾向。比如，别尔嘉耶夫就指出“他把个性、个人意识看成是实现完美的生命，实行与神的结合的最大障碍”，并认为“托尔斯泰的反人格论在最大的程度上把他和基督教区分开来”[2]。在研究托尔斯泰和中国古典文化思想的关系之时，我们看到，他在个人和他人、和集体的关系的问题上，与中国古典文化思想也是极为接近的。托尔斯泰无意强调纯个人的东西：

我们每一个人都应该在自己的信仰中寻找大家共有的东西。[3]

是他晚年的一个最重要的思想。

对于这一系列语录体的著作，自然评价不一。比如A. 别雷[4]就认为《阅读园地》这类语录体的书表明托尔斯泰晚年的危机。别雷认为：

这一危机在于托尔斯泰不能不看到自己作为一个说教者的错

---

[1] Булгаков С. Н. *О Религии Льва Толстого,* Париж УМСА-press, 1978. С. 11.
[2] 别尔嘉耶夫：《俄罗斯思想》，第181页。
[3] И. Ф. Наживин *Непалимая купина* Тяньцзин 1936. С. 390.
[4] A. 别雷（1880—1934）俄国象征派作家。

误，而为修正这一错误，说教者托尔斯泰在《阅读园地》的压抑下，沉默不语了。

《阅读园地》是托尔斯泰本人的沉默。

他这样描写道：

在这种（对别人的）援引中，托尔斯泰最终也融于其中。“列夫·尼古拉耶维奇，这个问题您是怎么想的？”从五大洲传来呼声。而从亚斯纳亚·博利亚纳则传出千篇一律的回答：佛是怎么说的，孔子是怎么说的，叔本华是怎么说的，甚至亨利·乔治是怎么说的！乃至一个小学校的孩子是怎么说的，有这么个农夫是怎么说的。托尔斯泰的训导往往归结为对某个世上无名的天才农夫的思想的解释。托尔斯泰的这许许多多张“嘴”出现在一本本厚厚薄薄的杂志上。这样，说教者托尔斯泰就变成成十成百个地地道道托尔斯泰式的农夫、忏悔的知识分子、大学生和教派分子。《阅读园地》于是便扩展成了这些言说者的园地。……最终，这些言说者开始建造移民新村，（而托尔斯泰则）继续解释着自己和别人的思想。[1]

显然，别雷绝非意在褒扬托尔斯泰这一述而不作之举。但是，在此不厌其详地引述别雷，是因为别雷恰恰道出了托尔斯泰此举的社会意义，这也正是托尔斯泰所希求的。他正是要回归于人民之中，使自己“融于其中”，使自己的思想和整个人类的真知融为一体。在真知——对于上帝、对于生之道的知上，托尔斯泰并不认为自己比一个农夫或一个小学生知道得更多。“含德之厚比于赤子”（老子），“君子者不失其赤子之心者也”（孟子），所以“凡自己谦卑像这小孩子的，他在天国里就是最大的。”（马太福音18章）看来，确如托尔斯泰所认为的，至真之理是有天下通义的。那么，何必非有托尔斯泰去赘言呢。所以：“予欲无言”

[1] Булгаков С. Н. *О Религии Льва Толстого* С. 151—152.

（孔子语）。托尔斯泰竟用别雷的所谓“《阅读园地》式的沉默”，实现了孔子述而不作式的“无言”之教。（老子也说，圣人处无为之事，行不言之教。2章）

在这样一个欲融全人类真知为一体的思想背景下，我们就更能够理解托尔斯泰晚年对诸子学说的编撰译述的苦心。可以说，托尔斯泰对中国诸子学说，也像当年对基督教学说一样，不仅做了苦心孤诣的“校订”，而且做了独特的发明和解释。

亚·列·托尔斯泰娅在回忆录中还记述了这么一个很有意义的情节。1895年托尔斯泰曾为日本人小西校订他译的《老子道德经》。一天晚上，托尔斯泰看完译文，说道：“这不正确，这是错误的。老子是不会说这种话的。”接着他念道：“谁为仁爱而战，则必定克敌制胜，谁为人民而守，则必定坚不可摧。（似自《老子》67章：‘夫慈，以战则胜，以守则固。’）”

小西怯声反驳道：“可原文是这样写的。”

托尔斯泰坚决地说：“请您删掉！”

“我不能……”

托尔斯泰激动万分：“请您删掉，我跟你讲，老子是不会有这种看法的，他是反对战争的。”

小西作为一个学者，终于没有删改。[1]他是对的。

而托尔斯泰也是对的：尽管《老子》常常被人读如兵书，如唐人王真就说过，五千言的《老子》，“未尝有一章不属意于兵也”；明人王夫之也说《老子》尤为“言兵者师之”；章太炎认为《老子》是“约《金版》《六韬》之旨”，等等，但是不容忽略的是，必须看到贯穿全书的反对战争的大道。托尔斯泰所以能高于一些国人，就在于他从坚信反对战

[1] 亚·列·托尔斯泰娅：《父亲》（下），第126页。

争是人类的至高真理的高度，从处处言兵的《老子》里，看到了老子反对战争的思想。

愈到晚年，托尔斯泰愈感到对于古今智者的思想，不可斤斤于咬文嚼字，而应该综观其宏旨，应该进行去伪存真的扬弃。

1907年10月2日，托尔斯泰在和一位老同志M. B. 布雷金谈到自己在《阅读园地》里，不必一字不差地引用那些名人的警语时说：

> 起先我不敢更改基督、孔子、佛说的话，而现在我想：我正是应该来更改他们，因为他们是生活在三五千年前的人啊！[1]

在1909年8月25日的日记里，他写道：

> 非常重要。虽然这样做很不谦虚，我还是不能不写下下面这段话。我恳求那些收集我的便条和信件、记录我的谈话的朋友们，不要认为我有意不付印的那些东西有什么意义。我读孔子、老子、佛（对福音书也可以这样说），发现除了形成一个学说的深刻、连贯的思想以外，还有些最怪诞的，有时是自相矛盾的思想和言论，正是学说所揭露的人所需要的。不要坚持这些。任何一个人都有软弱的时候，都会说十足的蠢话，可是人们却将这些话记录下来，之后时时引用，视为最重要的权威。

正是因此，托尔斯泰和对待一切哲人思想一样，对中国诸子的思想也是既兼收并蓄，又分析扬弃，有所损益发挥（比如，完整的《道德经》81章，托尔斯泰唯独没有译出第68章，善为士者云云，和69章，用兵有言云云）。原因是否是因为这两章是言兵的，而托尔斯泰反对兵戎相见，反对暴力，以追求天下至真之理。这大抵就是他删改各家箴言的一个出发点。

---

[1] Архиепископ иоанн *Революция Толстого* С. 175.

前面谈到他在生命的最后一年，对《老子》的大量删改，就是这一融全人类真知为一体的思想工程之一部分。而在1910年为老子一书写的前言《老子的学说》中，我们更看出托尔斯泰对老子思想所做的欲意融通百家的独到发明。他不仅再三强调老子思想和基督教思想的一致性，而且更指明老子思想的"普遍意义"（这正是托尔斯泰高于明清之际许多来华的传教士之处——他们只在基督教和中国文化思想二者之间求同上做文章，而没有贯通天下真知为一体的气魄）：

> 老子的学说的基础，也就是一切伟大的、真正的宗教教义的共同基础。

愈到晚年，托尔斯泰就愈经常谈到，人类有着同一的理性，有着共同的天理人心。这是他实现一天下、和万民的夙愿的基础：

> 佛教学说，斯多噶派学说，一些犹太先知的学说，还有中国的孔子、老子和鲜为人知的墨子的学说，这一切都几乎是在同一个时期出现的，即在基督降生前约6个世纪。所有这些学说都一致承认人的心灵天性是人的本质，而这是他们的最伟大的功绩。[1]

作为基督教徒，托尔斯泰当然首先寻找到"老子学说的精髓也就是基督教教义的精髓"。他认为老子的"道"，"就是对于肉体所需要的，什么也不要去做，或尽量少做。不要去压抑灵魂的需求"。"根据老子的学说，人与上帝借以沟通的唯一途径就是'道'，而'道'通过弃绝一切个人肉体的东西才能获得"。

托尔斯泰依然从基督教灵与肉相对立的立场，用禁欲主义来"同化"老子。实际上，老子清心寡欲、抱朴守真之道，恰恰是为了中国人的灵肉合一的生命得以持久，即所谓"长生久视"之道。而绝无如托尔斯泰所说的要"摒弃一切个人肉体的东西"的意思。

---

[1] Толстой Л. Н. *Полное собрание сочинений (в90-тых томах)* Т. 74 С. 261.

托尔斯泰又认为：

> 这两个学说的实质都在于：人既可以自认为个体的，也可以自认为集体的；既可以是肉体的，也可以是精神的；既可以是短暂的，也可以是永恒的；既可以是兽性的，也可以是神圣的。要想达到使人意识到自己是精神的和神圣的，只有一条道，他（老子）称之为“道”，其中包括最高美德的概念。这种意识是依靠人人清楚的本性而获得的。[1]

我们看到，托尔斯泰的确在把老子、儒家和基督教的思想杂糅到一起，其中既有所谓老子的“个体和集体”的道的关系，也有儒家反身而诚的道德追求，还有基督教精神肉体、神性兽性的斗争。在这里，我们不必去批驳托尔斯泰使各派学说都融入了“异说”，而只关注托尔斯泰为人类寻找的建立人间天国的共同理性基础。这也正是人类永恒理想之所系。

值得一提的是，1908年8月28日（俄历），托尔斯泰80岁生日之际，很多中国文人聚会上海，决定致电托尔斯泰，（由辜鸿铭执笔）庆贺他80华诞。这一贺电，正表明在东方，也有对托尔斯泰欲建立全世界统一的宗教，以拯救人类的思想的应和。它简直可谓是托尔斯泰的“大同思想”的回声。

贺电一方面谈及“盖自伪学乱真刍狗天下，致使天下之人汩没本真，无以率性而见道”。而泰西各国宗教也已传衍失真，以致“非特无以为教，且足以阻遏人心向善之机”。看天下，“今天所崇尚者势利耳，不知道之所在”，又“各国专以势利相倾竞争无已，匪独戕贼民生其竟也，必至互相残杀民无噍类”。面对这种现实，贺电提出：“欲使天下反本归真复其原性，必先开民智以祛其旧染之痼习。”于是把希望寄托在

[1] Толстой Л. Н. *Полное собрание сочинений (в90-тых томах)* Т. 40 С. 351.

托尔斯泰身上：

维先生学有心得直溯真源，祛痼习而正人心，非所谓人能宏道非道宏人者与！……故欲救今日之乱，舍先生之学之道其谁与归？

最值得注意的是，贺电指出：

今之所谓宗教如耶如儒如释如道，靡不有真理存乎其中。维是瑕瑜互见，……如能采其菁华去其芜杂，统一天下之宗教，然后会极归极天下一家，此真千载一时之会也！

这正道出托尔斯泰“一片丹忱维持世道人心，欲使天下同归于正道”的拳拳之心。[1]也正反映了托尔斯泰主义在人们心中是“统一天下之宗教”的印象。

正是托尔斯泰的这种欲融全人类真知为一体的思想，使每一个民族都可能在他的学说中，找到本民族文化思想的影子。而我们的论题则是要证明，为什么说，托尔斯泰的思想倾向恰恰是和中国古典文化思想有着最为密切的关系。也正是由于中国人在托尔斯泰思想中找到了和自己思想的共同性，托尔斯泰才可能在现代中国文化中产生了颇为可观的影响。而这已经是另一个论题了。

[1] Шифман А. И. *Лев Толстой и восток* С. 148.

# 下　编
# 托尔斯泰思想和中国古典文化思想的比较

在上编中，从托尔斯泰精神探索的东方走向，从他走向中国古典文化思想的主客观基础及其进程的角度，谈到了托尔斯泰和中国古典文化思想的共识、邂逅、思考和借鉴。在下编里，试对托尔斯泰在宇宙观、人生观、认识论、文艺观等主要方面与中国古典文化思想的异同关系进行进一步的讨论。

对托尔斯泰与中国古典文化思想的异同关系的讨论，仅囿于将托尔斯泰和中国诸子进行言论上字比句次的比附是不够的。而应当从世界观、方法论的层次进行更深入的探讨。首先应该判定托尔斯泰对中国古典文化思想的一些最基本观念的态度，如果他在相当的程度上认同了这些观念，那么，他实际上就犹如进入了一种中国古典文化思想的环境，在这样的基础上，对他的言论思想与中国古典文化思想的联系进行分析就会减少牵强附会。

因此，首先讨论一下托尔斯泰对他心目中的终极实在——“上帝”的认识和态度，与中国古典文化思想对其终极实在“天”的认识和态度的异同是必要的。我们将看到，中国人的天和俄国人的上帝，在托尔斯泰那里相互间发生着怎样的融通、损益，中国古典文化思想是以怎样的形式被结构在托尔斯泰的思想之中。

第一章

# 托尔斯泰的“上帝”和中国的“天”

“天”可以说是中国古典文化思想中一个根本性的观念。孔子说“唯天为大”（《论语·泰伯》）。《说文》训天为颠（人之顶），表示“至高无上。从一大。”中国人的终极追求就是与这至高至上、至大元一的“天”的合一。因此天人关系也就成为中国古典文化思想体系的一个重大问题。与中国古典文化思想的认同和对话都必然首先要涉及对中国人的天和天人关系的态度。尽管托尔斯泰直到临终口口声声讲的仍是“上帝”，而我认为，确认他对中国古典文化思想的紧密联系，正可以从讨论托尔斯泰的“上帝”如何演变为类似中国人的“天”开始。

## 一、中国的“天”

16世纪末，利玛窦先生[1]为将基督教文化引入中国，顽强而巧妙地

[1] 利玛窦（1552—1610），意大利人，天主教耶稣会在华传教士。

把中国人的“天”和早闲置在中国古籍里的“上帝”与他们《圣经》中的上帝（God）附会捏合在一起，以致我们终于认可把我们的“上帝”一词渡让给了西人。说其“顽强”，因为他是在把两种完全不同的文化思想体系的核心词竭力比附捏合，这是两种不同文化开始译介交融时往往不得不然的；说其巧妙，是因为他恰恰在中国文化中找到了这种相似物。

中国人在“天”之前，的确崇拜过一位人格神的“上帝”。从殷周文献上看，他也像《圣经》中的那位上帝一样，时而震怒，时而慈爱，化育万物、主宰天地，具有无上权威。不仅“帝其令风”，“帝其令雨”（《殷墟文字乙编》3292片、6951片），而且一应人事，也都要看他的意思：“王封邑，帝若（诺）”，“伐舌方，帝受我又（佑）”（《卜辞通纂》374、373、369片）。[1]“上帝将复我高祖之德”（《书·盘庚下》）。

如果说殷人的上帝还在一任个人好恶随意行事，难于摸透他所循的规律和原则，因此除了去占卜那莫测的天意，天人之间实难打通一条交际可循之道；那么周人的上帝便渐渐开始明朗了自己的意志和原则，同时也便渐渐地淡化了其人格化的形象，而变得抽象化了。在语言上则表现为“帝”字渐被“天”字所替。虽然“天命靡常”，他仍是一种在冥冥中决定着人的命运的难于把握的力量，但是这天终归自然得多了，而同时又理性得多了。他并不再事必躬亲，只在冥冥之中“监观四方”（《诗·大雅·皇矣》）：“天何言哉？四时行焉，百物生焉。”（《论语·阳货》），而对于人间的事情，人们只应记住“皇天无亲，惟德是辅”。这个“天”既是一种不可抗拒的自然力，又表现为一种至高无上的神力。孔子就是在这个“天”底下发展出他的“尽人事而待天命”的天人之际的观点。

[1] 转自牙含章：《中国无神论史》，中国社会科学出版社，1992年，第74页。

既然天命是不可抗拒的必然，而不是偶然，所以孔子提出“死生有命，富贵在天”（《论语·颜渊》），要“畏天命”（《论语·季氏》）；同时又提出要“知天命”：“不知命无以为君子。”（《论语·尧曰》）这“知”是要靠一生的学习和实践，通过人事，力求去了解、去沟通在冥冥中支配着人的命运的至上力量，从而去积极地顺应它，而不是消极地听天由命。所以有“唯天为大，唯尧则之”（《论语·泰伯》）之说。去“则之”，去效法天，这一思想，在儒家“以德配天”的天人关系观念中是十分重要的。

孟子沿着把“天”伦理化路线，进一步沟通了天人的关系。一方面他对天的定义肯定了天命的至上性和必然性：“莫之为而为者，天也；莫之致而至者，命也”（《孟子·万章上》），“顺天者存，逆天者亡”（《孟子·离娄上》），所以要知命顺命；另一方面，他又指出尽人事与顺天命的关系：“莫非命也”，但是要“顺受其正”。比如说，“知命者不立乎岩墙之下。尽其道而死者，正命也；桎梏死者，非正命也”。（《孟子·尽心上》）

更重要的是，孟子提出了“尽其心者知其性，知其性则知天矣”（《孟子·尽心上》）的观点。天从高高在上的主宰，终于进入人的心里，成为人的天性，从而使天和人、天道和人性相同一。这样，以人心体天心，以人道证天道，构成儒家天人合一的天道观的核心。于是，人对天道的终极追求，对至善的道德理想境界的追求，就和对自我心性的返求，和自我道德修养相同一了。这正是托尔斯泰和儒家思想的一个关键的契合点。

而老子更是从无神论的立场提出天道自然的无为论。他提出“道”是至高无上的：“有物混成，先天地生。寂兮寥兮，独立而不改，周行而不殆。可以为天下母。”而且提出“故道大，天大，地大，人亦大。域中有四大，而人居其一焉。人法地，地法天，天法道，道法自然。”（《老子》25章）

可见，这“道”不是高居于天上的有意志的人格神，而是一种物质性的运动及其法则。这个“道”的根本法则就是“自然”。而天下万物要法这个“道”，归根结底就是要法“自然”，要依循自然规律。任事物自然而然的这种“天道自然而无为”的观点，也是托尔斯泰与中国古典文化思想的一个契合点。

中国人的“天”，是一个十分模糊而又包罗万象的复杂的观念。人们可以从不同方面分析它是自然之天、主宰之天、命运之天、义理之天，等等，只有在这各个方面的“天”的相互联系中，去探索这个中国人的“天”。

首先，这自然之天是中国人所生活于其中、思考于其中的唯一的天地。天外之天即使有，也和我们无关，所以“六合之外圣人存而不论”（《庄子·天地》）；同时，也不承认在天之外、天之上，还有一个决定世界命运的人格神——上帝。这便看出中国古典文化思想和基督教文化思想的一个基本的不同之点。在这里，既没有六天创世的上帝，也没有救赎人类的神人耶稣，更没有超越人世的天堂。这充满悲欢离合、幸福和苦难的天下人间，是我们能够在其中生活、超越、得救或毁灭的唯一的家园。

随着殷周时的上帝的远去，主宰之天已经渐渐泯没于命运之天的深处了。要将西人的上帝（God）译成“天”已经难为国人认可，必须加一个“主”字——天主。但是中国人的天之上是无主的，而且中国人已经很不习惯“侍奉”一个活生生的“主”了。中国人宁愿是“命运之天”向他们隐藏着一种不可抗拒而又难于猜透的法则或规律。五百年必有王者兴。为什么，不知道，而且也不必知道。知道这是天命，顺而从之就行了。托尔斯泰认为孔子应该在“知之为知之，不知为不知”的后面，再加上“什么应该知道，什么可以不知道”[1]，大抵也正是居于这命

[1]《托尔斯泰文集》17卷，第256页。

运之天底下。然而在这命运之天的底下，也就必然潜藏着对天道、对宇宙法则的猜寻和求索。

不过中国古典文化思想中，这种猜寻和求索总体上没有向着对客观世界的对象化的认知去发展，而是愈发不把自己和“天”，和所谓客观世界相分离。从而，认识自己和认识客观世界便融为一体。儒家从孟子走上尽心知性，即知天的路子。于是，一方面力求人道契合于天道，能够以德配天；同时，天道也就被重重地染上了社会人伦的色彩。天意人心合为一体，相互发明，从而形成中国古典文化思想中独特的义理之天。

基督教文化的“上帝之天”也有义理昭示其间，不过，那是上帝外在地定给人的戒律：

> 我赐给你们一条新命令，乃是叫你们彼此相爱。(《约翰福音》13章34节)

执行这些命令和戒律，未必合于人意，而且上帝也并不顾惜人意。因为人是有原罪的，人心是邪恶的，只有等待救赎。所以，人只有悉听上帝的道德戒律，才能知道善恶，懂得该做什么，不该做什么：

> 爱神的，也当爱弟兄，这是我们从神所受的命令。(《约翰壹书》1章21节)

> 亲爱的弟兄啊，我们应当彼此相爱。因为爱是从神来的。凡有爱心的，都是由神而生并且认识神。(《约翰壹书》1章7节)

而中国人的心是自足的，孝悌仁爱，“我固有之”(《孟子》)，不劳别人从外部灌输训诫。因为天道已经和人性完全融合为一体，而不外在于人。义理之天即是伦理之性，万物皆备于我，只要率性修身，“反身而诚”，就能以德配天。所以，人皆可以为尧舜。而这正是托尔斯泰所追求的。

看来，尽管托尔斯泰对于中国人的天颇有期冀，但是他开始立足的基督教的上帝之天和我们的天之间，实在是横着一条深深的鸿沟。而我们所要讨论的，就是他毕竟在相当大的程度上跨越了这一鸿沟。

## 二、托尔斯泰的“上帝”的演化

正如托尔斯泰在《忏悔录》里说的，他很小就脱离了宗教。“我从16岁开始不作祷告，自己主动不上教堂，不作斋戒祈祷。”当时挂在他颈上的不是耶稣的十字架，而是卢梭的塑像。他信仰的是科学和进步。

> 我无法向自己证明上帝的存在，找不到任何有道理的证据。我发现，这个概念并不是不可或缺的。（1853年7月8日日记）

不过，托尔斯泰将这一时期视为年轻人命运中的人生迷误。只是在他否定了人生求索的西方走向之后，对于上帝的思考才成为他寻找人生意义的主题。从而开始了“上帝”向中国的“天”转化的过程。在《哥萨克》中，托尔斯泰分明看到奥列宁不能在那朗朗的“自然之天”下找到人生的位置（上编第二章），于是终于在《战争与和平》的大千世界中，出现了一种类似中国的具有伦理意味的命运之天。安年科夫当年早就注意到小说中出现的一种隐隐左右着人们命运的东西。它使人们分明感到，在这种不可抗拒的力量面前，人们的一切主观努力都徒劳无益，他们好像是受着某种咒语的控制，身边被专门安排了一个报应女神，而被一种不可捉摸的怀有敌意的力量驱赶着，永远也达不到自己的任何一种设想、计划和希望。[1]

这种让托尔斯泰苦苦捉摸、着意刻画为带有近乎宿命论色彩的东西，它冒着上帝的名，又被托尔斯泰称为“命运的规律”[2]而运行始终的，正类似是我们中国人称之为“天道”或“天命”的东西。它也像是在老子的道的氛围之中，运行着自然律的天道，“独立而不改，周行而不殆”，远远外在于人，而在冥冥中推动着一种天命般的宏大运作。虽

[1]《俄国作家批评家论托尔斯泰》，第75—76页。
[2]《托尔斯泰文集》第14卷，第24页。

似扑朔迷离，但又一丝不爽。它以天地万物自身的天道运行向人显示着真理：

> 道之为物，惟恍惟惚。惚兮恍兮，其中有象；恍兮惚兮、其中有物；窈兮冥兮，其中有精，其精有真，其中有信。(《老子》21章)

的确，无论是战争与和平的演进，还是奥斯特里茨那宁静而崇高的天空，岁岁枯荣的老橡树，……都仿佛在启示着天道的运行。

然而，在这天道运行中间，人显然如沧海之一粟。或帅者如库图佐夫，静观默察、因势利导、行无为之事而俟万物自化；或智者如普拉东·卡拉塔耶夫，致虚极、守静笃，无为无争，无思无识。看上去，真有点像老子形容的：

> 沌沌兮、如婴儿之未孩；累累兮、若无所归。众人皆有余，而我独若遗。我愚人之心也哉！俗人昭昭，我独昏昏。俗人察察，我独闷闷。(《老子》20章)

但是在这里，奥斯特里茨的天过于高远，天与人的关系绝不像在中国人的天人之间那么融通；而如普拉东·卡拉塔耶夫则过于消极无为，也未必能融入“万物并作，吾以观复”的体道境界。

托尔斯泰在这里表现的类似于老子的“道常无为而无不为”的天，显然是针对西方“文明进步”的“人为”，所以这时托尔斯泰有意让“天”和天意疏远了人间。

70年代，在托尔斯泰求索人生的精神危机和俄国现实的社会危机的交迫之中，反映在小说《安娜·卡列尼娜》中的天人之间的局面更加紧张了。不再有像皮埃尔靠信奉普拉东·卡拉塔耶夫的无为之道而取消问题的可能性。人生面临着选择：或是像过着“都市生活”（走入现代资产社会虚伪丑恶的生活迷津）的人们一样，违反天道而一步步陷入绝望的困境；或是像回到“农村生活”[如托尔斯泰所说的“过和平的、农耕的生活”，即“坚持遵循合理的生活道路，即‘道’（指中国的‘道’）

的自由"[1]的人们一样，终于把上帝引入自己的心灵——使人和天融一。

为了讨论托尔斯泰的上帝向中国的天的演化，应该谈谈《安娜·卡列尼娜》书前的题词"申冤在我，我必报应"。由于它对理解小说是至关重要的，所以也成为许多评论者的话题。比如苏联文艺学家米·赫拉普钦科所代表的一种意见，或许是为了给安娜·卡列尼娜伸张正义，反对把题词和安娜的形象联系起来，他认为：

"这个题词是在小说写作的初期阶段出现的。当故事围绕着三个人物的相互关系展开，而遭到毁灭的女主人公又是一切不幸的罪魁祸首时，这个题词无疑首先是针对她的"。而后来"小说的内容发生了根本改变"，"这个题词已不能'安到'"安娜身上了。因为"一个简单的原因就是：对安娜的描写，整个来说，是与题词的谴责性思想完全抵触的"。对于"这个题词在小说的最后完稿里保留下来"，他只轻描淡写地认为仅"需要把它看作是作家创作中的一个事实"。[2]

而我认为，首先，这句题词恰恰不是"谴责性"的。这不仅是因为"不要论断（не судить也有不要评判、指责、谴责的意思）人"，这一《圣经》中的教条[3]是托尔斯泰一贯的思想[4]。托尔斯泰曾经说过，在小说里，"我不评判（谴责）人们。我要描写的只是肉体和良心之间的斗争"。[5]而且这句题词的出处："亲爱的兄弟，不要自己申冤，宁可让步，听凭主怒，因为经上记着：主说，申冤在我，我必报应"（罗马书12章19节），本身也正包含着"不要谴责"的含义。当然，我们可以在作品中读出一系列的谴责和抨击，但是不能说明是作者的本意。

我们甚至从原稿的改写中，安娜变得更具有震撼力的高贵美好，更

---

[1]《托尔斯泰文集》，第15卷第526—527页。

[2] 米·赫拉普钦科：《艺术家托尔斯泰》，刘逢祺译，上海译文出版社，1987年，第203页。

[3] 见如《路加福音》6章37节："你们不要论断人，……你们不要定人的罪。"

[4] 见如《复活》卷三24、26、27章。

[5] Толстой Л. Н. *Полное собрание сочинений (в90-тых томах)* Т.17 С. 229.

富有极丰富的内心世界的描写，可以看出作者不仅没有谴责安娜，而且对她满怀了怜惜之情。

实际上，不是用米·赫拉普钦科所说的“谴责”，而只能用托尔斯泰在题词中使用的“报应”一词，才能圆满地解释题词和这部小说构思的关系；而这也就能自然地引入中国的“天”的观念，从而表明托尔斯泰的上帝向中国的“天”的演化。

应该指出，在托尔斯泰那里，上帝的报应、惩罚，绝不再是基督教义中的末日审判、秋后算账。对于《圣经》中的地狱、火坑，对于“讲到他们必须进入永生，讲到把人丢在地狱的火里作为对他们的惩罚”[1]，托尔斯泰是大不以为然的。在《复活》中托尔斯泰也充分表明了自己对此的反感态度。[2]那么这“报应”是指什么呢？实际上，托尔斯泰自有说明。引用《圣经》上“申冤在我，我必报应”的格言，恰恰不是创作过程的一种不敢恭维的遗迹，而是作家自己颇为得意的点睛之笔。因为他寓于其中以新的思想。托尔斯泰之婿M. C. 苏霍金在致B. 魏列萨也夫的一封信（1907年5月23日）中转述了托尔斯泰谈到这段题词时说的话：

> 是啊，这很机智，很俏皮。不过我应该再说一下，我选用这个题词（指“申冤在我，我必报应”），用意很简单，我已经解释过，是为了表达这样一种思想：一个人做出了坏事，这个坏事总要有自己的后果的，这就是种种苦果。这苦果不是来自人们，而是来自上帝。而安娜·卡列尼娜就是尝到了这苦果。是的，我记得，我正是想表达这个意思。[3]

人们常常从安娜不能容于原来的上流社会，而她又没有勇气真正

[1] 参见《马太福音》18章。
[2]《复活》卷三28章。
[3] Эйхенбаум Л. *Л. Толстой в70-тых годах* С. 197.

摆脱这个上流社会，以及沃伦斯基不能理解安娜的爱情等等这些“来自人们”的“惩罚”，寻找安娜毁灭的原因，而托尔斯泰则不赞成。他引导人们看到，安娜的惩罚来自上帝。这上帝不是别的，就是托尔斯泰心目中一种类似天道的冥冥之中永存的法规。人们一旦背离，就会误入迷津，走投无路。这惩罚不是来自最后审判的地狱火坑，而是每一个违背这永恒法规的事情本身，就孕育成为苦难的地狱。安娜就是在这冥冥之中的天道运行中，一步步走向灭亡，卷入天道运行的轮下。我想，并无神秘观点的托尔斯泰两次利用在铁轨上干活的矮小农民的神秘形象，不是要增加安娜命运的神秘色彩，而是在暗示那种天道力量的真实不虚的存在。

安娜的悲剧是人与天相悖离的都市文明的悲剧。而这种悲剧是受到西方文明感染、充满社会危机的“都市文明”所不可避免的：在都市文明的背景下不可能有真纯的生活；在不能摆脱都市生活的条件下，一切努力都是违反天道的，因此也是徒然的。

所以托尔斯泰并不想谴责人，而是在思索人与天的关系，思索人生的意义（人道）和宇宙的永恒法则（天道）的关系。托尔斯泰没有去“谴责”安娜，也没有想为安娜指引应该“怎么办”，因为她无论何去何从——无论是“坚守”自己的爱情追求，还是回到自己原来的丈夫家去，都是走投无路的悲剧。安娜是都市文明毫无出路的表征。而描写安娜的美好个性，只是在更悲烈地表明这一悲剧。既然这种都市生活本身就违背了宇宙的永恒法则（天道），在这种都市生活中根本不可能追求到幸福的生活。

而在那愈来愈绝望于西方理性主义的精神危机时期，托尔斯泰只有靠非理性的信仰主义，才摆脱了西方理性主义，而将上帝塞入处于精神危机的列文心里，从而开始了从“天在外”向“天在内”的转化。而这正是和中国人的天相融通的关键一步：

> 推究把他引入疑惑，但是当他不用思想，只就这么活着的时候，他就时时感觉到他的心灵中有一个毫无错失的审判官……

而19世纪80年代开始的对中国古典文化思想的研究借鉴，使托尔斯泰从非理性直觉所得出的结论，逐渐形成为一套可以和中国古典文化思想相会通的“上帝在我们心中”的天理—心性学说。

在19世纪70年代后期的精神危机中，托尔斯泰倾心于东正教所礼拜的上帝之日，也正是他要全面背叛东正教义，开始塑造自己新的上帝之时。80年代之初，托尔斯泰从《教条神学的研究》《四福音书的汇编和翻译》的写作开始，全面批判俄国东正教会的教义。他首先攻击的是三位一体的根本教条，而把耶稣从神人（богочеловек），变成了一个人神（человекобог）。不是道成肉身的神，而是肉身成道的有神性的人，也就是我们中国人说的圣人。

实际上，还在《安娜·卡列尼娜》（5章11节）里，已经反映出托尔斯泰的这一思索。当别人批评画家米哈洛夫“把基督画成一个人神，而不是神人”时，他阴郁地答道：

> 我不能画一个不是我心中的基督。

米哈洛夫被指责为“把基督降到一个历史人物的地位”，而这正是托尔斯泰不久之后所要做的。正如C. H. 布尔加科夫指出的，托尔斯泰“似乎完全缺乏对基督在其唯一性中的个体性（重点号原有）的领悟；从而否定了他的神人性”。[1]托尔斯泰把耶稣和孔子、老子、佛相并提，使他成为一位指引人类走向真理的圣人。

而在《四福音书的汇编和翻译》中，托尔斯泰对那位高高在上的上帝也进行了非个性化的再创造。（参见上编5章）

我们看到，托尔斯泰在使上帝非人格化的过程中，非肉体性（个体性）和非物质性是合一的。80年代接触中国古典文化思想之后，正是这个上帝达到了与中国人的天的融合。

---

[1] Розанов М. М. *Религия и культура* Париж Имка-пресс 1979. С. 7.

在对中国人的“天”的认同上，故事《苏拉特的咖啡馆》[1]表现出很深刻的意义。托尔斯泰让中国的“孔子的学生”（儒生）在对各个民族上帝的评议会上，力排众议，用自己心目中的“上帝”（“天”）折服了众神：他没有各种宗教中神祇的狭隘的排他性，他以大海为圣水盘，以苍穹为拱顶，以日月星辰为神灯；他的法则写在每一个人的心中，而不是擎着末日审判的剑，对人们立约立则；他博大宽仁，他的神恩天意是“为了人类的幸福”而“明白易懂”的；而在人努力去认识上帝，去“仿效他的美德，他的仁慈和爱心的时候，他离上帝也就越近了”。这不正是托尔斯泰当年在《中庸》中所能看到的中国人的“天”和人的关系吗？

> 天地之道，博也，厚也，高也，明也，悠也，久也。今夫天，斯昭昭之多；及其无穷也，日月星辰系焉，万物覆焉。今夫地，一撮土之多；及其广厚，载华岳而不重，振河海而不泄，万物载焉。今夫山，一卷石之多；及其广大，草木生之，禽兽居之，宝藏兴焉。今夫水，一勺之多；及其不测，鼋鼍蛟龙鱼鳖生焉，货财殖焉。《诗》云：维天之命，于穆不已。盖曰天之所以为天也。(《中庸》26章）

中国人就生活在这天覆地载、宏大仁厚而“于穆不已”的天道流行之中；而为了德配天道，“君子尊德性而道问学，致广大而尽精微，极高明而道中庸……”达到“洋洋乎发育万物，峻极于天”的至高境界。真是所谓“大哉圣人之道！”这天道人道相配融一的境界，是和托尔斯泰所追求的在人间实现上帝的国和义的理想十分投合的。

就在《谢尔盖神父》（1893年）中的主人公反复提到“没有上帝”的同时，托尔斯泰提出了上帝在我们心中（《天国在你们心中》，1893年）

[1] Толстой Л. Н. *Полное собрание сочинений (в90-тых томах)* Т. 29 С. 47

这一重要思想。这里所否定的上帝，是那个外在于人，并把人的幸福藏到另一个世界的上帝，而取而代之的，是能昭示人以今生今世的幸福，能够和人的心灵融通的上帝——和中国人的“天”息息相通的上帝。在一篇日记里，托尔斯泰这样解释上帝在我们心中——天在人内的思想：

> 上帝通过意识表现在我们心里。还没有意识的时候，就没有上帝。有了意识才可能有善、克制、服务、自我牺牲、一切取决于意识的指引。[1]

在这方面，托尔斯泰在1903年写作的一篇小故事《劳动、死亡和疾病》很有意义：上帝为了把人们从吵架、争斗的不幸生活之中解救出来，先后把劳动、死亡和疾病带给人类，为的让人们觉悟。但当上帝看到人们依然不能觉悟的时候，“上帝撇下人们不管了”——上帝死了！上帝不存在了！而“人们被撇下以后过了很久，这才明白，他们是应当而且也是可以过得幸福的”。他们开始懂得了“唯一合乎理性的事就是在团结和友爱中度过我们有生之年的每分每秒”。

这里与其说是在指责上帝外在惩戒的无能，不如说是在指出，人心不与天道沟通，上帝就是不存在的。外在的惩罚和戒律都是无济于事的。而故事的结局又正说明，人是能够自救的：因为上帝的心思——天理本来就在人的心中。

值得注意的是，就在托尔斯泰走近中国人的天和天人合一的和谐天道观的时候，恰恰是他从俄国社会感到天人关系处于剧烈冲突而情势险恶的时代：

> 尽管好几十万人麇集在不大的一块地方，千方百计把他们聚居的那块土地毁坏得面目全非，尽管他们把石头砸进地里去，不让任何植物在地上长出来，尽管出土的小草一概清除干净，尽管煤炭和

[1]《托尔斯泰文集》第17卷，第231页。

> 石油燃烧得烟雾弥漫，尽管树木伐光，鸟兽赶尽，可是甚至在这样的城市里，春天也仍然是春天。太阳照暖大地，青草在一切没有锄尽的地方死而复生，不但在林荫路的草地上，甚至在石板的夹缝里长出来，绿油油的。……植物也罢，鸟雀也罢，昆虫也罢，儿童也罢，一律兴高采烈。唯独人，成年的大人，却无休无止地欺骗自己，而且欺骗别人，折磨自己而且折磨别人。人们认为神圣而重要的不是这春天的早晨，也不是上帝为造福众生而赐下的这世界的美丽，那种使人趋于和平、协调、亲爱的美丽；人们认为神圣而重要的却是他们臆想出来借以统治别人的种种办法。

任何论证都不及托尔斯泰在《复活》开篇的这一段描写，更清晰、更雄辩地阐明天人关系的可怕的冲突、天道人道间荒谬的背离。托尔斯泰从生态危机背后看到的是人性的危机。正是透过西方文明对生态环境的蹂躏，托尔斯泰揭示了它对人类心性的扭曲，揭示了人类社会的危机，天人关系破裂的危机。托尔斯泰自然不是从社会阶级矛盾、斗争的观点考察俄国社会的现实，我们看到的他对俄国社会诸方面的“撕掉一切假面具”的批判，都是和这段描写所蕴含的思想一致的：人们所走的道路根本违背了天道，是一条死路。

那么，靠什么得救呢？上帝已经死了。卡秋莎早就不相信上帝了：“所有关于上帝和关于善的那些话，全是欺人之谈。”[1]而聂赫留朵夫走遍这黑沉沉的俄罗斯大地，也没有找到那个能够拯救人类的上帝。但是，他却在自己的心里找到了他。

在这题为基督教的《复活》之名的故事中，缺乏的恰恰是基督教文化的情节内涵：讲述的不是基督教式的通过罪与罚的炼狱，得到神恩和救赎而复活，而是中国人非常能够理解的良心发现和弃恶从善。基督教

[1]《复活》卷一第37章。

的复活变成了中国人的“复性”，动物的人变回为精神的人的比喻，也就是孟子的所谓“求放心”。如果问聂赫留朵夫这漫长的奔波寻求的是什么呢？我们说，他寻求的不是外在的上帝、救世主。他寻求的是心中的上帝。或者说，他就是在“求放心”，在寻求每一个人天生固有，而他不幸丢失了的善良之心，而他也正找到了那颗失落的心。通过这位自传性主人公的经历，托尔斯泰几乎是现身说法地为人类社会开出了救济之方。这是一种天人合一式的“复活”，人道与天道恢复和谐关系的“复活”，人求索回了被他放失了的心的“复活”。

与陀思妥耶夫斯基的作品相对照，这一非基督教文化情节框架的特征就格外明显。虽然也是在这黑沉沉的俄罗斯大地上，但是没有陀思妥耶夫斯基作品中的魔鬼的暗喻，当然也没有救世主的暗喻，没有深重的罪孽感和苦难意识，没有灵与肉惊心动魄的搏斗，也用不着神恩和救赎；有的只是误入迷途而变坏了的人，迷失了本性而虚伪可恶的人，也有终于找回了良心、恢复了本性的人。这是一个人的世界，同时又是一个充满了神意的世界。只要人们愿意，他们就能在自己的心中找到“他（指上帝）的国和他的义”（聂赫留朵夫最后所引的《圣经》语），就能在这个世界上得到天人合一的终极幸福。托尔斯泰在自己最后的著作《生之道》中说：

> 不要到神殿里去寻找上帝。他就生活在你的心中……
>
> 只能在自己心中认识上帝。在你没有从自己心中找到他之前，你在哪儿也找不到他。[1]

人们批评《复活》以《圣经》说教结尾的无力，原因之一正是在于，这位上帝的谆谆告诫，没有而且也无法投入到整个复活过程的运作之中，所以显得那么游离而无力。因为在这一复活的过程中，运行的不是基督教上帝的惩戒—救赎—复活之道，而是人心天意相求相融的中国

---

[1] Толстой Л. Н. *Путь жизни* С. 70.

式的天道。

当然，也可以看到，托尔斯泰为他的主人公从东方找到精神复活之道之时，恰恰也正是东方文明面临危机的时代，而且俄国乃至世界的危机已到非革命不能解救的境地，犹如贾宝玉的醒悟已无救于贾府的忽喇喇似大厦倾。这正是聂赫留朵夫或托尔斯泰的精神悲剧。

## 三、托尔斯泰对上帝的祈祷和孔子的反省

俗语说，进什么庙念什么经。有什么样的天人关系或神人关系，就有什么样的沟通形式。祈祷作为与神明沟通的一种主要形式，借以最能考察这个“天”或上帝的特征，以及特定的天人或神人关系的特征。

托尔斯泰常常谈到自己的祈祷，又常常抨击教会的祈祷，同时，教会也激烈地指责托尔斯泰的祈祷。我们正可以从这一独特的天人关系角度，认证托尔斯泰的上帝和中国人的“天”的类同。

祈祷应该是以认为存在这样一种有情有信的神明为前提的。从托尔斯泰的书信、政论文章以及诸多文学作品上看，我们都会发现很多把上帝人格化的表述。

在日记里，托尔斯泰更爱谈论上帝，时时发出“主啊，帮助我吧！”[1]的呼声。在托尔斯泰第90卷集中，还保存着他晚年的一篇篇祷文。但是我们不能由此认为托尔斯泰相信一个人格神的上帝，而毋宁视为是因着传统习惯的基督教语言形式，而注入了新的思想。

在逝世前几个月时，托尔斯泰在向莫德谈到上帝的指引时说：

> 我谈到一个个性的上帝，是为了便于表达，其实我并不承认有

[1]《托尔斯泰文集》17卷，第376、378等页。

这样的上帝。[1]

而在垂暮之年，托尔斯泰在日记里也记下这样一段关于上帝的思考：

> 我常说常写的那位自在的上帝是否存在？真的可以说，如果你相信这位上帝，他就存在。我也一直是这样想的。……我们认识上帝只是凭着我们在爱这一点。至于说上帝是自在的，这只是一种推论，常常是多余的，甚至有害。如果别人问：有没有自在的上帝？我应该说，而且也会说：大概有，但是我对这位自在的上帝一点也不了解。作为爱的上帝就不一样了。这位上帝我确实知道。对我来说，他是一切，他说明我为什么活着，他是我的生活目的。（1909年12月23日）

怎样解释这似有又无的“暧昧”态度呢？这使人不由得联想起孔子对待神明的类似态度。

孔子是不语怪、力、乱、神的。子路问他如何侍奉神鬼，孔子答说：“未能事人焉能事鬼。”（《论语·先进》）由此或谓孔子是无神论，或谓他是在回避敷衍。而托尔斯泰则认为孔子这种“敬鬼神而远之”的态度是一种智慧：“真诚地侍奉活着的人们，远远地离开所谓魂灵的世界——这就是智慧。”

不过，孔子在涉及神鬼问题的态度上究竟如何呢？

托尔斯泰没有谈到过孔子所说的“祭如在，祭神如神在”的思想（《论语·八佾》）；译《中庸》时，也没有译出其中“子曰：鬼神之为德其盛矣乎！”一段，足见对孔子之于神鬼的态度未必十分悟解。虽然《中庸》是儒家的后作，但确是孔子真意的反映。这一段讲到鬼神“视之而弗见，听之而弗闻，体物而不可遗。使天下之人，齐明盛服，以承祭祀，洋洋乎如在其上，如在其左右”正是对孔子“祭如在”的阐释。

[1] 莫德：《托尔斯泰传》，宋蜀碧等译，十月文艺出版社，1984年，第942页。

孔子所谓“务民之义，敬鬼神而远之，可谓知矣。”（《论语·雍也》）实际上，这种敬鬼神的“远之”，是一种使神鬼抽象化、非实体化的态度。敬的是弗见弗闻，而“体物不遗”的非实体的精神。而通过祭礼这一礼乐形式，使人处于精神集中收敛，情感振发流畅的灵感激发状态，[1]虔诚感动、如临神境，从而人的精神与这无所不在的精神力量，与神明和天意相融通，达到体悟天道的至诚境界。这种专致力于人道之所宜，来求得融通天意，德配天道的态度，确如孔子所说，是一种德性之知，“可谓智矣”。孔子对待神鬼的“祭如在”的态度，正是要通过祭和祷，使自己的生命精神和贯通天地古今的精神实在相同在，相同一。

作为佐证，还可以引述《论语》中孔子有病，“子路请祷”一段。孔子遂问子路请祷有什么根据。子路说有，《诔》文上有“为你向天地神明祈祷”这样的话。而孔子则劝其作罢，说，那我很久以来就在祈祷了。（子疾病，子路请祷。子曰：有诸？子路曰：有之。诔曰：祷尔于上下神祇。子曰：丘之祷久矣。《论语·述而》）有不少人认为这段是表明孔子怀疑神鬼存在的敷衍态度。[2]我认为，孔子在这里否定的是一个事无巨细都要过问的随意性的人格神，而并不否定冥冥之中表达着具有法则性的天意、天命的“天”的存在。对于这个天命的表达者的天，孔子一生都在求知求合。他一日三省，就是要时时事事反躬自省言行是否合于仁，即是否合于神明、天意在心中的体现，而求以德配天。这不就是“祷”吗？祷者，悔过迁善以祈神明之佑也。所以孔子说，祷是他久为之事。而且孔子认定，“天之历数在尔躬”（《论语·尧曰》），关键在于时时事事注意修身以配天。如果违反了天地的法则，“获罪于天，无所祷也”！有了灾病，临时抱佛脚地弄神捣鬼，自然是没有意义的。这

---

[1] 参见《梁漱溟文选》，中国文联出版社，1996年，第520—522页。
[2] 见牙含章：《中国无神论史》卷一，第68页。

样，孔子就把祭和祷终于变成自省，变成一种自我精神和情感的体验和道德反省。

而我认为，托尔斯泰对于他的上帝的态度，也可以此类比。

莫德曾回想起托尔斯泰对他说过“有两个上帝”，然后解释道：

> 有一个人们普遍信奉的上帝——一个必须侍奉他们的上帝。这个上帝是不存在的。但是人们忘记了的上帝——我们大家都必须侍奉的上帝，的确是存在的，并且是我们自己和我们所看见的万物存在的基本原因。[1]

所谓侍奉人们的上帝，在托尔斯泰看来，只能是人们为了自己“肉体生活的需要”而虚伪礼拜祈福的、想象出来供人欲驱使的人格化的神鬼；而我们大家都必须侍奉的上帝，则是一种非人格化的宇宙的本源和法则，是“万物存在的基本原因”。

托尔斯泰在日记中说过：“我说，六天之内创造了世界并将他的儿子送到世上来的上帝，及其这儿子本身都不是上帝，上帝是独一无二的存在，……是一切的发端。”[2]

那么，抛弃了人格神的托尔斯泰，又为什么要维持，并如何维持住和这个非人格化的上帝的联系呢?

如果一个有人格的上帝，是为了便于表达，那么，那个托尔斯泰的上帝则是为了解决对生活思考的需要。在1904年12月的一则日记里，托尔斯泰写下这样一段颇有意味的话：

> 上帝乃是一个×；虽然×的意义并不清楚，但是我们没有×就不仅不能解题，而且也不能组成任何一个方程式。而生活就是解决一个方程式。[3]

---

[1] 莫德：《托尔斯泰传》，第942页。
[2]《托尔斯泰文集》17卷，第229页。
[3] Архиепископ иоанн, *Революция Толстого*, С. 175.

但是，倘若这个上帝果真只是理性的抽象推理的需要，那么，托尔斯泰大抵还只能踟蹰于西方理性主义的思辨之中，如在《忏悔录》中描写的寻求生命意义时一样，得出西人当时能够得出的结论：上帝死了！而很难进入中国人的“天”底下。可以说，托尔斯泰为了生活的方程式的平衡，所用的不是西人的思辨，而是中国式的德性智慧，是体悟。在1906年9月2日的日记里，他写道：

> 有一种人，他们不懂得同生命的主宰的那种形而上的、纯粹精神上的关系，他们需要粗俗的形式。但是在这种形式后面也同样有精神上的东西，有了这种精神上的东西就好，虽然形式是粗俗的。[1]

托尔斯泰非常反感东正教的“礼”，就在于这种礼的后面缺乏“精神上的东西”。他指责东正教的神职人员是在“念咒（заклинание）”。[2]

大概也正因此，托尔斯泰只字不提孔子最重要的思想之一——礼的思想，竟没有去理解其中正有与他心心相印之处。礼者，“所用事神致福也”（见《说文》)。托尔斯泰反对形式化、教条化而丧失了真实思想感情的虚伪之礼，但是他要维持和他的上帝的“那种抽象的、纯粹精神上的关系”，却非常需要一种类似孔子所说的礼，以达到一种“祭如在”式的与上帝至诚融一的境界。

早在青年时期，托尔斯泰就希望把祈祷和“寻觅一种心境，一种看事物的观点，一种生活方式”联系起来。他说：“如果给祈祷下的定义是祈求和感恩，那么，我就不是在祈祷”，因为“我不能把信仰、希望、爱这些感情中的任何一种从总的情感中分离开去，……这总的情感……就是对上帝的爱。”[3]

即使在还未把上帝纳入心中之时，托尔斯泰已经不是仅仅是对外在

---

[1] Толстой Л. Н. *Полное собрание сочинений (в90-тых томах)* Т. 55 С. 243.
[2] Архиепископ иоанн, *Революция Толстого*, С. 137.
[3]《托尔斯泰文集》17卷，第18页。

的上帝作被动的祈求和感恩，而是使祈祷成为对自我心灵美好情感、对自我内心生活的一种审视和体悟。

而在全面批判了东正教的教义之后，在《基督教的学说》（1897年）这篇论文中专门讲祈祷的一章里，托尔斯泰开宗明义就提出："为了不陷入谎言，不应该相信任何人，任何事，而只应该相信理性。"而这里讲的祈祷对象，不是基督，不是人格化的上帝，而是人自己心中的上帝，实际上是自己的理性，而这理性也不是西方的思辨理性，而有着中国人的充满伦理情感的道德理性的色彩。

他把祈祷分为两种必要的形式，一种是"一时性的（временная）祈祷"，通过这种祈祷，"人能认识自我，认识自己身上的神性，而同时也感到束缚他的神性的界限，从而努力打碎它，扩展它"；另一种是"随时性的（ежечасная）祈祷"。而"随时性的祈祷就是经常地意识到上帝的临在"。他要求的祈祷是要人"用自己的语言表达自己和上帝的关系"，表达"自己所体验到的心灵境界（духовное состояние）"[1]。

在晚年（1906年8月24日）的日记里，他写道：

> 有时候我祈祷，我随时用最平常的方式说：上帝，请饶恕我！我用手画十字，**不是用思想祈祷，而只是凭意识到上帝是自己的主宰这种感情祈祷的**。（着重号是引者加的。）[2]

我想，正是靠了这种意识和感情融一的"祭如在"的至诚的精神境界，如他常常提到的，努力与上帝融为一体，托尔斯泰才得以直至临终都保持着对这个只是"法则"、只是"爱"的抽象的上帝的一种亲临其境的领悟和同在感。由此，就能理解他所说的："真的可以说，如果你相信这位上帝，他就存在"；也就可以答复教会内外人士对托尔斯泰的

---

[1] Толстой Л. Н. *Полное собрание сочинений (в 22-тых томах)* М. Сытин 1913 Т. 18 С. 358–361.
[2] Толстой Л. Н. *Полное собрание сочинений (в 90-тых томах)* Т. 55 С. 238.

上帝的责求了。

当年比留科夫在同托尔斯泰探讨祈祷问题时，定义“祈祷是恢复与上帝之间被毁坏了的联系”。

托尔斯泰则说：

> 是这样，我想。祈祷是需要的。开始我想表示同意您，而自问内心深处，却看出不能够。因为对于我，祈祷的功用不是这样。祈祷不仅仅只在抚平自己与上帝间的裂痕，祈祷对于我来说，一方面是在感知我和上帝的关系，而另一方面，则是在增强我的心灵力量，就像在燃足蒸汽，积蓄力量。这蒸汽将投入工作，带动车轮（我这里说的只是我的一种经验）。我经常祈祷，就是说，一天两三次……我试图编排自己的祷词。最近时期我编排的祷词，是在表达我的这样一个感想：我是上帝的一个工具和器官，我所希望的只有一点：诚敬地、毫不勉强地履行自己的使命，经常地感知到，上帝的力量在通过我发生着作用……[1]

在这样的“自身和神融为一体”的祈祷之中，我想，托尔斯泰也会体验到孔子所体验的那种“洋洋乎如在其上，如在其左右”的与上帝、与神同在的境界，从而把对外在的上帝的祈求、忏悔，变为了内在的道德反省——自我内心的“体仁”。

托尔斯泰在和妻子的一次谈话中，提出一个关于祈祷或忏悔的极出色的思想——忏悔，“那就是和自己讨论”。[2]

托尔斯泰的这种祈祷观当然被约翰大主教沙霍夫斯科伊认为是“与真正的（正教的）祈祷格格不入的”，沙霍夫斯科伊指出：“对于他来说，祈祷不过是‘一种道德精神的演练’，是对自我意识的一种练习，

---

[1] Архиепископ иоанн *Революция Толстого* С. 89.

[2]《托尔斯泰文集》17卷，第233页。

是对自己的宗教堂室（我认为这是指托尔斯泰的心灵——笔者）的一种思想上的扫除。”而这恰恰正描绘出托尔斯泰的祈祷所具有的中国式的内省的特点。而沙霍夫斯科伊则认为：

> 祈祷的意义是和活的上帝达到一致。而这种一致是从我们一方（重点号原有）不断地遭到破坏的。即使不是由于堕落，也是由于忘记了上帝，心神散漫，迷醉于种种没有真正价值的东西和种种自私自利。……即使是那些最伟大的圣人也需要不断地祈祷，经常地恢复自己和上帝的关系。[1]

在这种基督教的文化思想之中，托尔斯泰的那种祈祷自然是具有反叛性的。因为其中没有在人格神——“活的上帝”面前时时感到的对自身的罪孽感，没有祈求神恩的启迪、拯救的那种被造物的依赖感，实际上，是没有与上帝的对立感，天人的对立感。既然托尔斯泰认定天国就在人的心中，认定“人心中的这个魂灵来自无尽头的源泉的那个魂灵（上帝）”，认定“上帝是无限的一切，人只是他的有限的表现”[2]，那么，就必然会肯定人和上帝不是对立，而是一体，从而肯定自我的能动性，自足性。在这里，祈祷就必然成为一种类如中国人在修身自省之中那种与冥冥之天融为一体的“如在”境界。而那个“活的上帝”也就必然变而具有了中国人的天的形象。

托尔斯泰在给C. 谢苗诺夫[3]的信中有一段对祈祷的论述几乎可以作为托尔斯泰关于祈祷的思想的总结。他说：

> 我知道，艰难困苦是经常发生的。可是，能够帮助任何艰难困苦的不是外在的东西，而是内心的行动——即所谓的祈祷。我之所

---

[1] Архиепископ иоанн *Революция Толстого* С.90.
[2] 亚·列·托尔斯泰娅：《父亲》（下），第451页。
[3] C. 谢苗诺夫（1868—1922）贫农出身的俄国作家，托尔斯泰对他很重视，看过他的几乎所有创作，并大力扶助其出版。他们之间通信20余年。

以说‘所谓的祈祷’，是因为人们通常把祈祷解释为将自己的事情向上帝祈求。而我说的不是这种祷告，而是另一种祷告。在这种祷告中，一个人将从生活的琐事中摆脱出来，转而意识到自己的生和死的真正含义以及自己在地球上面对着赐予我生命的上帝所承担的义务的真正含义。这种祷告就是我们的在天之父。如果你理解它的话，那么就仿佛是重温了全部福音书。而当你身上恢复了福音精神的时候，那么一切都会轻松、一切都会顺利的。

这段话充分体现了托尔斯泰关于“上帝在你心中”的思想。而“这种祷告就是我们的在天之父”，就是意味着：把对外在的“活的上帝”的祈求变为对自我内心的“天意”的内省，从而觉悟到自己和天意、人和天的一致性。

祈祷的“礼”同，源于所敬的“神”似。托尔斯泰的祈祷如果正如沙霍夫斯科伊指出的，“与真正的祈祷格格不入的”，而不能和上帝同在，那么却能够和中国的“天”同在，这是和托尔斯泰的上帝向中国的“天”的演化相一致的。而这正成为托尔斯泰和中国古典文化思想对话的基础。

## 第二章
# 托尔斯泰的“人”和中国的“人”

托尔斯泰虽然直至临终都在思考着上帝，但是，他所真正关注、思考的是人本身，是人的生命的意义，是人生的道路。而我以为，托尔斯泰所思考的人，正是从修正基督教的人出发，构成与中国的人的认同和对话。这里说的“中国人”“基督教人”是指以儒道思想为核心的中国古典文化思想或基督教文化思想统治下的人。尽管千百年来儒道思想、基督教思想都发生过很大变化，但这里涉及的都是一些基本上保持着稳定性的核心思想，它们也就决定着中国人或基督教人的基本特征。

而要讨论托尔斯泰的人和中国的人的对话，首先要谈谈中国的人和基督教的人。对于这个过于宏大的题目，本文只能就托尔斯泰在人的问题上与中国古典文化思想的对话所涉及的方面，简单地谈谈中国的人和基督教的人的两点基本分歧：一是天人关系和终极追求或超越的问题；一是实现这一终极目标的途径和能力的问题。

## 一、中国的“人”和基督教的“人”

首先，中国古典文化思想的一个根本特征，就是它的人文主义。与其他文化相比，中国的“人”具有至高的定位。人，“天地之性最贵者也”。(《说文》) 老子说：“域中有四大，而人居其一焉。”即所谓“道大，天大，地大，人亦大。人法地，地法天，天法道，道法自然”。(《老子》25章) 而儒家经典《易经·文言传》更指出：“夫‘大人’者，与天地合其德，与日月合其明，与四时合其序，与神鬼合其吉凶。”

所以，中国的“人”与“天”这一至高的观念不是处于对立状态，地位并不卑微。在这“域中”，在这宇宙之间，人与天地万物是和谐融一的一体。中国“人”的这一至高定位，也决定了中国“人”的价值的实现，人生的目标，人生的终极关怀，不在域外，不在向彼岸世界的超越，而就在这“域中”，就在于成为一个“人”，一个“大人”、圣人，也就是德配天地从而赞天地之化育的人。所以儒家有“求仁”“成人”之说[1]。

孟子继承孔子重视人生价值的思想，并将人性和天命进一步联系在一起。经过《易经》和《中庸》的发明，人道终于和天道相统一。天道即人性，人性即天道。通过发扬自己的天性来行天道，来赞天地之化育，达到自我的完成。这的确是中国的人顶天立地的理想形象，圣人的形象。而这一形象在人世间的实现，又体现为“内圣外王”，就是要走从修身到齐家、治国、平天下的人生之路。

而基督教的人在他的“天”——上帝面前，地位是低下的。这不仅是因为他是受造物，缺乏一种独立性，而且他已经先对造物主犯有原

[1] 见《孟子》：“强恕而行，求仁莫近焉。”(《尽心上》) 朱熹说：“学者须是求仁”，“圣人亦教人求仁”；(《朱子语类》· 六)《论语·宪问》：“子路问成人。子曰：若臧武仲之知，公绰之不欲，卞庄子之勇，冉求之艺，文之以礼乐，亦可以为成人矣。”曰：“今之成人者何必然？见利思义，见危授命，久要不忘平生之言，亦可以为成人矣。”

罪，从而失去乐园，罚入世间。利玛窦初传基督教时，首先就是让国人相信：

> 现世者，非人世也，禽兽之本处所也。……人之在世不过暂次寄居也。[1]

所以人生的终极追求不在人间，而在超越于另一个世界。这就决定了基督教的人是在以自己的苦修等待末日的审判和天国的到来：回到上帝身旁，恢复破裂的神人关系，从而对人间的国度抱着批判的态度。而这正是中国古典文化思想所缺乏的。

其次，中国人对自我定位和自我实现的自信，源于对自我的本质、自我实现能力的信心。孔子认为人的本质是仁：仁者，人也（《中庸》引）。而仁者爱人，是他对仁的内涵的集中概括。（“樊迟问仁。子曰：‘爱人。’”《论语·颜渊》）当然，孔子和孟子不同，他并不认为作为人的本质的仁是先天的“性”，实际上，他是在将其理想化的社会伦理文化内化为人的本质。而人要获得自己的本质，就需要修身以求。也就是说，要成为一个人，一个真正的人。人生的理想追求，是造就自己的事业。同时，孔子又肯定人有达到这一理想境界的能力，子曰：“为仁由己”，“仁远乎哉？我欲仁，斯仁至矣。”（《论语·述而》）

中国的人与天从根本上是和谐的，孔子所说的“求仁”“成人”的人道是应该与天道和谐相配，是必然能够成就“与天地合其德，与日月合其明，与四时合其序，与神鬼合其吉凶”的“大人”的理想的。不过，这一人道在人性上的内在根据是什么，这一人道与天道相配的根据是什么？

夫子之言性与天道，不可得而闻也（《论语·公冶长》）。孔子没有明确地进一步从人的本性和天人之际的关系上探讨人的自我超越、自我

---

[1] 语出《天国实义》，转自谢和耐：《中国文化与基督教的冲击》，于硕等译，辽宁人民出版社，1989年，第204页。

完成的根据问题。而孟子的性善论则正是从这一方面，进一步把人的自我完成、自我超越的内在根据，明确而坚定地落实到人的自身之上。他从每一个人的普通的生理的情感、认知之“心”上，开出一个伟大的道德之心。而这心又与天地宇宙相沟通，是天的摄入。由此，人的自我完成已经完全建立在不假外求、自足自力的基础上。

孟子坚定地认为，人的本性是善的。当时告子和他辩论，认为“人性之无分于善不善也，犹水之无分于东西也”。理由是，你“决诸东方则东流，决诸西方则西流”。而孟子不以为然，他指出：“人性之善也，犹水之就下也。人无有不善，水无有不下。”这“人无有不善”的惊人之语，可以说是孟子性善论的宣言。

在孟子那里，“仁”已经不是需要外求而后天摄入的，他将其发源直指人心：“仁，人心也”（《孟子・告子上》）；直指人心的最微妙、最本然也最普遍的心理发用。按孟子的话说，即所谓“人皆有不忍人之心”。孟子论道：“今人乍见孺子将入于井，皆有怵惕恻隐之心——非所以内交于孺子之父母也，非所以要誉于乡党朋友也，非恶其声而然也。由是观之，无恻隐之心，非人也；无羞恶之心，非人也；无辞让之心，非人也；无是非之心，非人也。”从而孟子指出：“恻隐之心，仁之端也；羞恶之心，义之端也；辞让之心，礼之端也；是非之心，智之端也。人之有四端也，犹其有四体也。”（《孟子・公孙丑上》）所以孟子说“仁义礼智，非由外铄我也，我固有之也”（《告子上》）。孟子把“仁”视为人的本性，而又把人的本性诉诸人人皆有的心，所以“尽其心者知其性也，知其性则知天矣”（《尽心上》）。从而，自我完成的根据完全是性中自有、自足的。所以孟子说，“万物皆备于我”，所需要的只是“反身而诚”（《尽心上》）。

值得注意的是，孟子的所谓性善，只是就人心性的本然的可能性而言，并非说道德之善已经完成。犹水之就下，是可能性，使其流下，则需外在条件。

而基督教的人在求得拯救或得到终极的超越上，是自力不足的。这首先是因为他自身有罪，光靠自我道德修养是不足称义的：

就如经上说的，没有义人，连一个也没有。(《罗马书》3.10)

……凡有血气的，没有一个因行律法能在神面前称义；因为律法本是叫人知罪。(《新约·罗马书》3.20)

所谓行律法就是指人的道德活动。因为基督教的道德不是溯源于人心，而是以上帝给人的立法的形式外加于人的。如果人能够靠着行律法、靠着自我道德修养而得救，那么就从根本上否定了基督救世、人的无能而因信称义的基本教条：

因为不知道神的义……想要立自己的义，就不服神的义了。(《新约·罗马书》10.3)

律法的总结就是基督，使凡信他的，都得着义。(《新约·罗马书》10.4)

《罗马书》(5.2) 又说：

我们既因信称义，就借着我们的主基督耶稣，得与神相和。我们借着他，因信而得进入现在所站的这恩典里，并欢欢喜喜盼望神的荣耀。

其次，人的内在本质不足以自救，因为人性是恶的：

从人里面出来的，那才能污秽人。因为从里面，就是从人心里，发出恶念、苟合、偷盗、凶杀、奸淫、贪婪、邪恶、诡诈、淫荡、嫉妒、谤讟、骄傲、狂妄。这一切的恶，都是从里面出来，且能污秽人。(《马可福音》7.20)

所以，基督教的人需要的不是求放心，不是发扬本性之善，而是自我否定，要改悔，要改恶从善。与我们的率性之谓道相反，基督教主张的当是“克性之谓道”。

由于自性不足，自我提升和拯救是人力所不及的，所以就要靠基督的中保而得救赎。而孔子却说：“人能弘道，非道弘人。”(《论语·卫灵公》) 一个靠道成肉身，一个是肉身成道。这是两条判然对立的道路。

而我们所要讨论的，正是在这两个基本点上，托尔斯泰的人是如何从基督教的人走向中国的人。

## 二、从基督教的“人”走向中国的“人”

### 托尔斯泰的“人”和基督教的“人”

在中国的人和基督教的人对比基础上，我们可以考察托尔斯泰的人的特征。一般说，托尔斯泰的人是从基督教人的特征起步而走向中国的人的。初看去，他们有着一些基督教人的基本气质。他们或怀着对肉体的轻蔑和否定的态度，或带着深深的罪孽感，行着禁欲主义，或想着忏悔和饶恕，眼光时时转向人世外的终极。

人生的意义是托尔斯泰一直在思考的最关心的问题：

> 人生不是儿戏。[1]

但是托尔斯泰对于生命意义的肯定是落实到对人世之外的超时空的生命的追求上的。他认为，“世俗的生命”，“看得见的生命，是生命无限运动的一部分”，[2]“这个生命不是从出生开始，而是永远存在着的”，一旦“这个生命的幸福在这里（指人世间）生长、增加，直到容纳不下”，它就会“转入另一种存在里”。[3]所以托尔斯泰指出：“人类的真正生命是在空间和时间之外发生的。”[4]

于是，就确定了托尔斯泰对灵与肉、“真正的生命”和“肉体的生命”的关系：“动物性的躯体是生命的工具”，“躯体只是生命存在的阶梯”。[5]而在托尔斯泰看来，这肉体的生命并不是一个驯服的工具，他

---

[1] 1910年10月30日给妻子的信。
[2] 列夫·托尔斯泰：《天国在你们心中》，第173页。
[3] 列夫·托尔斯泰：《天国在你们心中》，第180页。
[4] 列夫·托尔斯泰：《天国在你们心中》，第180页。
[5] 列夫·托尔斯泰：《天国在你们心中》，第85、83页。

把它比为一匹虽然戴上了笼头，但是仍在挣扎和跌倒的马。托尔斯泰不仅谆谆指出肉体的生命不可能有幸福，而且指出肉体生命的欲望恰恰是与真正的生命相违背的。肉体欲望如魔鬼般的罪恶，灵与肉的对立和斗争，表现在一系列作品的情节之中。克莱采奏鸣曲如孔子所斥的“郑声”一样，以魔鬼般的力量勾起淫荡的情欲，毁坏了一个好端端的家庭（《克莱采奏鸣曲》）；前程似锦的伊尔杰涅夫为了抵御淫欲的魔鬼而只能开枪打死自己或是情人（《魔鬼》）；谢尔盖神父即使砍掉了自己的手指也终没能逃过魔鬼的诱惑（《谢尔盖神父》）；聂赫留朵夫身上的“动物的人”战胜“精神的人”而使他陷入罪恶（《复活》）。

> 肉体妨碍着真正的善。[1]

托尔斯泰的这一结论完全是基督教式的。

而和这种对肉体及其欲望的否定态度相联系的是托尔斯泰的人的罪孽感。从终于投入命运惩罚的轮下的安娜·卡列尼娜，到把子弹射入太阳穴的伊尔杰涅夫，从为肉欲之罪而对自己绝望的谢尔盖神父，到聂赫留朵夫遍游俄罗斯黑暗的大地，他们都感到自己是陷在自己和所有人的罪的泥潭中：

> 全是虚伪，全是谎话，全是欺骗，全是罪恶。

这大抵是他们共同的结论。

而托尔斯泰也试图证明苦难的必要性——人们正是经过对罪孽的忏悔和忍受苦难来获得真正的生命的提升：

> 苦难，无论是什么样的苦难，人永远把它作为自己的罪过的结果来意识；而对自己的任何罪过的忏悔，都是苦难的免除和幸福的获得。
>
> 苦难所唤起的正是那样的活动，它构成了真正的生命的运

[1] 1882年12月22日日记。

动——即对罪过的意识，从迷误中的解放。

肉体痛苦是人的生命和幸福的必要条件。[1]

如果托尔斯泰的主人公们始终能怀着对苦难的崇拜，对自己肉身的憎恶和罪孽感，行着禁欲主义（谢尔盖神父甚至不敢津津有味地吃饭，他“一边吃饭一边感到厌恶和自己有罪”[2]）；时时“感到自己意志的薄弱，每一分钟都可能毁灭，而不停地祷告”（谢尔盖神父）；悉心仰望主的救赎和天国；那么，他们才可能会成为一些完整的基督教人的形象。

然而，托尔斯泰对基督教条的两点背叛，一下子打乱了他们的人生路径，而使他们不能不走近中国人的人生之道。因为这两点背叛正涉及中国的人和基督教的人的两点原则分歧：一是在关于天人（上帝和人）关系和终极追求或超越的问题上，托尔斯泰从否定个体生命的不死而走向对现世人生事业的肯定；一是在实现这一终极目标的途径和能力的问题，他从否定耶稣救赎，而走向对人有内在能力实现自我提升和达到终极目标的肯定。

**从永生的追求到现世的事业**

尽管托尔斯泰反复谈到“人的生命是对幸福的追求”，但是这种幸福却和中国人所讲的现世幸福有所不同。现世人生的事业——“我们在尘世的建树”，在托尔斯泰看来是如镜花水月一般的：

须知，……在生活中我们大家总是面临着两个不可避免地使生活失去意义的结局：一是死亡时刻可能降临到我们每一个人的身上；二是我们的一切业绩都难保存，很快便将化作乌有。无论我们从事什么，建立国家，营造宫殿和纪念碑，创造长诗和歌曲——所

---

[1] 列夫·托尔斯泰：《天国在你们心中》，第190、192页。

[2] 见托尔斯泰《谢尔盖神父》第7章。

有这些都不会长久，全都消亡有日，不会留下痕迹。[1]

那么，托尔斯泰在《天国在你们心中》里向我们宣布的“对于生活的崭新的理解”是什么呢？这就是“人生的唯一意义在于时刻去做差我们到世上来的力量要我们做的事，……即效命天国，即促使全体生灵在真理的基础上求得最大限度的联合”。托尔斯泰把这视为追求永生。

不过，托尔斯泰虽然承认生命的“永生”，但是，却否定个体生命的不死：

基督任何时候，一个字也没有说过个体的复活和死后个体的永生。

相信来世的个体生命乃是一切野蛮民族所有的低劣而粗野的观念。

于是，托尔斯泰对复活作了自己的新的解释：

从死者复生的不是肉体，不是个体……从死者复生而与上帝结合的，不再是个体。……我的个体的生命要灭亡，而全世界的生命按照上帝的意志不灭亡。只有和它融为一体，才给我得救的可能性，这一点我已经不能怀疑。[2]

这样，托尔斯泰把基督教关于个人不死的信条变为人类的永生，肉体的不死变为精神的永生。人们应该靠着理性之光寻找和回归到这理性的生命。这个理性的、永生的大“我”，不仅不应该为个体的“我”服务，而且它是非个性化的，它在所有人的身上是同一的，它和上帝是统一的。所以，“人在自己的个体躯体中可以意识到上帝的精神的和不可分离的存在”。[3]

1910年10月31日，托尔斯泰在垂危中郑重地向自己最信赖的小女儿亚·列·托尔斯泰娅口授了自己对上帝和人的最后的思考：

---

[1]《托尔斯泰文集》15卷，第389页。

[2] 见《我的信仰是什么》。转自 Булгаков С. Н. *О Религии Льва Толстого* С. 33—35.

[3] 见《托尔斯泰文集》15卷《论生命》。

> 上帝是无限的一切，人是它的有限的表现。上帝是那无限的一切，人认识到自己是那无限中的有限的一部分——真正存在的只有上帝，人是它在物质、时间和空间上的表现。上帝在人身上的表现（生命）是和它在其他生物上的表现（生命）相结合的，因而它的存在也就越普遍。这种自己的生命和其他的生命的结合是用爱来完成的。[1]

这一思考，根本上否定了个体生命的"我"的永生。而个体生命的永生，正是基督教道德借以奠立的基督教人的终极理想。正如俄国宗教哲学家B. B. 津科夫斯基（Зеньковский1881—1962）所说：

> 根据救世主的确定的话语和福音上的事实，所有基督教会都相信个体的不死，相信整个人在未来的复生，相信肉体的复活。这一妙不可言的发现，解决了我们的情感和心智中的一切令人痛苦惶惑的寻求，使人成为对其生命具有责任感的人，赋予他个体存在的意义，召唤他进入爱与和平的宗教精神交往。在这发现之中，寄予着我们的主要的希望，在这里有我们的真实的得救；它是道德和宗教感受的无尽的源泉……[2]

托尔斯泰否定个体不死的必然结果，就是使指望着得救和天堂的基督教人大失所望而魂亡所寄：既然一个个个体的"我"，无论如何最终都要回归于上帝——就是回归于那个没有个性的"无限的一切"，那个"唯一真实的存在"，那么，我们一个个"我"在这世间的痛苦熬煎、祈祷行善，又有什么意义呢？一旦失去了对个人和世界永恒得救这一历史末日和人类生活目的的基督教憧憬，那个不以个性肉体的死为转移的永恒生命，无论被托尔斯泰怎样从各个角度加以论证其真实不虚，也失去了宗教的魅力。

[1] 托尔斯泰娅：《父亲》（下），第451页。

[2] Булгаков С. Н. *О Религии Льва Толстого* С. 33.

这样，托尔斯泰实际上就否定了那个可供活生生的现实的人得到不死的超越世界，从而必然地把目光转向现实世界，去创建他早年许诺的那种“剔除了盲目的信仰和神秘性的新的基督的宗教，是不应许来世幸福、却赐予现世幸福的实践的宗教”。[1]

而这从根本上违背基督教义的思想，托尔斯泰却能在中国古典文化思想中，为其找到充分的根据，从而托尔斯泰的基督教人就不能不融入了中国人的种种心态。

尽管托尔斯泰认为生命永恒，但是，当一个个个体生命像雨点般融入上帝——那个“无限的一切”之后，这些灵魂将怎样融入一体，生命将怎样继续进行，他认为，这些不是我们能够和应当知道的。他断言，企图在肉体阶段研究精神世界，是基于思想的混乱。所以托尔斯泰赞赏孔子说的“未知生，焉知死”“未能事人，焉能事鬼”(《论语·先进》)，“敬神鬼而远之”(《论语·雍也》)，把人们的目光明智地引向对现世生活的求索的态度。托尔斯泰所赞许的“真诚地侍奉活着的人们，远远地离开所谓魂灵的世界”[2]，正是中国的先哲们对超验的“另一个世界”的一般态度。就是庄子所谓的“六合之外圣人存而不论”。

80年代，他在宗教信仰的转折时期说过：

> “我们只知道现世的生活，因为对我们来说，只有在现世，生活才可能有意义”。[3]

所以，我们现在能够做到的，就是在人间促进建立上帝的天国，来为未来生命的事业作准备：

> 人生的意义仅仅在于以建立天国的行动服务尘世。[4]

---

[1]《托尔斯泰文集》17卷，第63页。

[2] Толстой Л. Н. *Полное собрание сочинений (в90-тых томах)* Т. 49 С. 63.

[3]《欧美作家论托尔斯泰》，第280页。

[4]《托尔斯泰文集》15卷，第396页。

也正基于这种对现世的态度，托尔斯泰否定了对现实物质世界的虚无主义态度。他在给斯特拉霍夫的信中指出：

> 我觉得，印度人、叔本华、神秘论者和您都犯了一个无论如何也无法辩解的错误，你们认为外部世界和自然界是没有作用的幻影……物质世界不是幻影，不是微不足道的东西，也不是恶，而是我们对它们进行工作的材料和使用的工具。打个比方说，我不会，也不愿意刨木头，结果伤了手，于是大骂起木板和刨子来；如果我把物质世界称作微不足道的东西和恶，那么这就和刚才讲的情况一样。[1]

实际上，托尔斯泰正是把自己的包括艺术实践在内的实践活动紧紧地和"服务尘世"，和"加工改造"这个物质世界联系在一起。在1894年6月14日的日记里，托尔斯泰写道：

> 是的，这个世界不是一个玩笑，不仅仅是尘世生活的考验和进入永恒的美好世界的过渡，这是永恒的世界之一，它是美好的，欢乐的，我们不仅能够，而且应该把它变得更加美好和欢乐，为了和我们一起生活的人们，也为了那些在我们之后将要生活在这个世界上的人们。[2]

这段充满积极入世精神的论述，绝非一时冲动之语，在他的遗嘱性著作《生之道》中，我们再一次找到了这段论述（31章1节3段）。而且，不论是他对莫斯科贫民的调查，对各种"托尔斯泰主义的垦殖队"（如斯恰维耶夫斯基垦殖队、特维尔垦殖队、哈尔科夫垦殖队）、移民活动（如杜霍鲍尔派教徒）的支持，对灾民的救济，对社会生活的各种积极干预，还是从文学创作到论文、书信、日记中，表现出的对俄国乃

---

[1] Толстой Л. Н. *Полное собрание сочинений (в90-тых томах)* Т. 63 С. 313–314.
[2] Толстой Л. Н. *Полное собрание сочинений (в90-тых томах)* Т. 55 С. 120–121.

至世界上种种重大事件、对人类社会发展前景的紧张的关注和思考，都可以看出托尔斯泰积极的入世态度。即使在满目不如意的世界进程之中，他依然不灰用世之心，晚年苦心编著就是明证（《生之道》一书修改至临终）。

托尔斯泰对这个现实世界的执着，不由得让人联想到孔子决心“道不行，乘桴浮于海”（《论语·公冶长》）也要推行大道的执着。

**基督教苦难的化解**

既然托尔斯泰实际上把现世生活的意义还给了现世，那么他就应该证明，不是像基督教义所说的，现世生活是受苦，是为了过渡到另一个世界去的“暂次寄居”之所，而是——享福！托尔斯泰说：

> 人生就是追求幸福。[1]
>
> 我们活着只是为了享受生活的福。[2]

要证明这一点，首先就要重新说明生活中的苦的意义。在《论生命》中，托尔斯泰说过：

> 尘世生活的苦难无法解释这一点最有说服力地向人们证明，人的生命并不是始于生、终于死的人身的生命。（34章）

由此而引出基督教的原罪和惩罚以致现实生活没有意义的议论，显然不合于托尔斯泰要建立的“不应许来世幸福、却赐予现世幸福的实践的宗教”的初衷。于是我们看到，托尔斯泰的思路并没有朝向把苦难和罪与罚联系在一起的基督教的方向开展，而是将其“脱钩”，把苦难导向人的现世的精神提升、自我修养的需要：“我们所谓的苦难，正是生命的必要条件。”因为“苦难在人身上唤起精神的生活”，“苦难教给人

---

[1]《托尔斯泰文集》15卷，第304页。
[2]《托尔斯泰文集》17卷，第281页。

在生活中的理智态度”。他举出人人难免的一种苦难——疾病为例：“疾病不是阻碍，而是促进真正的生命。”

1901年春夏，托尔斯泰生了一场大病，他在6月6日的日记中写道：

生病完全是一个精神上的节日，既有兴奋的思想活动，也有接近死亡时的宁静，又有来自各方面的爱的表露。

次年2月2日，他又让女儿为他在日记上记下这样的思想：

火既能破坏，也能给人温暖。病也是这样。当一个健康的人力求好好生活，摆脱种种恶习和诱惑时，他这样做是要花很大力气的，……生病的时候就能把这些鱼鳞片似的脏物一下子摆脱掉，从而马上变得轻松了……[1]

尽管托尔斯泰的苦难依然流露着基督教的“痛苦的净化”的色彩，但是，在苦难对于现世的积极意义，特别是对锤炼人的心志、自我精神修养的意义上，托尔斯泰终归与中国人取得了共识；而与陀思妥耶夫斯基对苦难狂热地歌颂相比，与拉斯科尔尼科夫跪倒在索尼娅脚下，向人类的一切苦难膜拜相比，托尔斯泰的苦难毕竟冲淡了浓重的宗教色彩。

中国人也谈“须知极乐神仙境，修炼多从苦中来”（清·袁枚《遣兴》）；孟子更指出“生于忧患，死于安乐”的道理，而且积极地看待苦：

天将降大任于斯人也，必先苦其心志，劳其筋骨，饿其体肤，空乏其身，行拂乱其所为。所以动心忍性，曾益其所不能。（《孟子·告子下》）

但是，中国人的忧患意识，不同于基督教的苦难意识。其中没有对神明的负罪感，没有人间注定是苦海，希冀着最终的解脱的意识。中国

[1] 托尔斯泰娅：《父亲》（下），第270、284页。

人“不知罪”，罕言苦难，而常说忧患，是为现世人生而忧患，而这忧患又促进了人生——“生于忧患”。而托尔斯泰认为苦难“促进真正的生命”的思想，他对现实社会中的种种恶所抱的忧患、愤懑之情，正是将基督教式的苦难意识向中国的忧患意识演化。托尔斯泰的作品，愈到后来，就愈少基督教视为命运的苦难，没有陀思妥耶夫斯基从苦难中品味到的美，而有的是苦苦求索如何用善战胜人间的恶的忧患意识。

**基督教的罪的化解**

在基督教思想中，人生的苦难是和罪相联系的，是对罪的惩罚。由于托尔斯泰否定原罪的思想，所以在把苦难和基督教式的罪与罚“脱钩”的努力中，托尔斯泰的人对苦难和罪与罚的认识也必然地有了变化。

首先，托尔斯泰把苦难和罪与罚的问题放在现世，而不诉诸原罪、末日的审判和天堂地狱，不成为为了得到救赎而必经的世间的炼狱。他指出：

> 人们不是因罪而受罚，而是罪本身即是罚。而且这是最沉重最公正的惩罚。有时，一个骗子，一个欺侮人的人，活了一辈子，在富贵显赫中死去，这并不说明，他没有为自己的罪受罚。这惩罚不在那个过去和将来谁也不在的某个地方，这惩罚就在这里。就在这里，这个人已经受到这样的惩罚：他每犯一个罪，他就愈来愈远离真正的福——爱，而愈来愈少欢乐。就像一个醉汉，无论他是否将因醉酒受人处罚，他总是已经确确实实地受了罚，除了头痛和眩晕之外，他越是酗酒，他的身体和灵魂就越坏。[1]

在解释《安娜·卡列尼娜》的题词“申冤在我，我必报应”时，托尔斯泰也阐述了这一思想：

> 一个人做出了坏事，这个坏事总要有自己的后果的，这就是种

[1] Толстой Л. Н. *Путь жизни* С. 101.

种苦果。这苦果不是来自人们，而是来自上帝。而安娜·卡列尼娜就是尝到了这苦果。

而谢尔盖神父的充满罪孽感和苦难意识的苦修，最终没能得到正果。这成为托尔斯泰向基督教的苦难和罪与罚的意义的公然宣战。

那么，怎样去解释人间的苦难呢？这没有罪恶而只应享福的生命为什么在罹受如此痛苦的人生呢？那么，究竟是谁之罪呢？世上有没有罪恶呢？这罪和苦难的关系究竟是怎样的呢？

有罪恶，托尔斯泰把造成人生苦难的罪恶的根源指向人间，在一系列作品中，写出了世间的罪恶和罪人。《安娜·卡列尼娜》中丑恶的上流社会；《复活》中，包括带着深深的罪孽感的聂赫留朵夫在内的整个罪恶的上层社会；《舞会之后》中的戴着白手套的将军和他的执行夹棍刑的军队；《哈吉·穆拉特》中，像蹂躏鲜活的牛蒡花一样，蹂躏着鲜活正直的生命的俄国统治者……正是在现实社会之中，托尔斯泰找到了罪的根源，苦难的根源。这正是我们所指出的他的批判现实主义成就之所在。

正像人们所称的，托尔斯泰作为一个“忏悔的贵族”，他时时意识到自己的罪。在人们的回忆和记述里，经常出现这样一些“极其平凡的小事”，这里仅举一个，来透视一下托尔斯泰的罪孽感心态。一位同时代人列·叶·奥波连斯基（1845—1906）在自己的回忆录中讲起托尔斯泰向他流着泪讲述的“一件极其平凡的小事”：

有一次他带着家人去村子的草地上采紫罗兰。看见一个要饭的农家孩子肩背一条空口袋走过。托尔斯泰说：“我记不得过了多少时间，大概时间不短。我们又看到了那个小孩。他在往回走，矮小，瘦弱，疲惫不堪。沿村乞讨得来的一块块面包装满了口袋。他被口袋压得弯下了身子，勉强拖着两条腿！而我们整个这段时间却一直在采紫罗兰！”一边说着，大滴的泪珠顺着他的面颊滚落下来。[1]

这生活中的无数残酷的对照，对于发生了世界观激变的托尔斯泰来说，激起的已不是单纯的怜悯，而是为自己、为自己原来阶级深深的歉疚感和罪孽感：

昨天读诺维科夫的文章（指描写农民困苦生活的《一个农民的声音》）使我记起忘掉的事：人民的生活——贫困、屈辱和我们的过错。（1900年11月28日日记）

我们这些富裕阶级让雇工破产，迫使他们从事无休止的笨重劳动，而自己却过着悠闲奢侈的生活。他们被劳动压垮，没有可能开放精神之花，结出生命之果，产生诗歌、科学、宗教。……多么可怕的罪过啊！只要我们不把他们榨干，他们会拿出诗歌、科学和生活学说来的。（1900年11月23日日记）

这正是他研读和翻译孔子的时候所写的日记。在23日这段话前面，他还写道：“孔子——慎独的学说至今还在结出果实。”或者，这正是孔子学说结出的果实：在几十年间，托尔斯泰正是独处中严格而痛苦地进行着反省，而且应该指出的是，反省的是自己阶级对人民的罪，而不是自己对上帝的罪。

于是，我们就能够理解托尔斯泰说的：

我对上帝的负疚不如对人们的负疚深。[2]

托尔斯泰在把基督教式的对上帝的罪愆意识化作现实中的贵族阶级理应对劳动阶级的歉疚感和罪孽感。也正是这种歉疚感和罪孽感充斥在《复活》这样的后期“批判现实”的作品中。这种歉疚感和罪孽感已经减少了基督教色彩，而且它只集中在忏悔的贵族，如聂赫留朵夫的身

---

[1]《同时代人回忆托尔斯泰》上册，第520页。

[2] 1900年10月9日日记，以上日记均见《托尔斯泰文集》17卷，第247—249。

上。那些过着劳动人民生活的人（如《谢尔盖神父》中的帕申卡，《主与仆》中的仆人），那些被侮辱和被损害的人（如《复活》中的卡秋莎），是没有这种歉疚感和罪孽感的。而对罪的饶恕也不是仅仅建立在基督教的人人有罪的苦难意识之上：聂赫留朵夫的心理可以混杂着由于自疚而发的饶恕（"究竟是先从内心怜悯她呢，还是先想起了自己、自己的罪恶、自己的卑鄙行径，而如今他竟责备她做了同样的事。总之，他忽然感到自己有罪，同时也就怜悯她了。"[1]）但是劳动民众的饶恕却不是发自罪的意识。卡秋莎的饶恕只是由于人的善良的本性。

中国人是"不知罪（原罪）"的。中国人虽然也有"罪"的概念。孔子说过："获罪于天，无所祷也。"（《论语·八佾》）不过，由于没有原罪的观念和负罪感，实际上多讲的是人世间的罪过或过失，讲改过，而不讲赎罪。"人非圣贤，孰能无过"，只要不惮改就好。而托尔斯泰正是把基督教的负罪感变成为统治阶级的负罪感，只要改悔就好。这就使托尔斯泰的人的罪的观念和中国人的"过"的观念十分接近了。

对基督教的苦难和罪的消解最后归结于对人性、人的本质的认识。晚年，托尔斯泰写的一篇小说，篇名就叫《世上无罪人》（1908—1910年），鲜明地和"世上一切人都是罪人"这一上帝的启示相对抗。

小说中的人物相互间都受到了伤害，他们都可以称为罪人，但是那不是出于他们的本性，他们的内心本无残酷和恶毒，而是不合理的现实生活造成了他们之间的不幸。

基督教义向人们宣布：这个世界是有罪的，人是有罪的。

而托尔斯泰说，世上无罪人！

这并不是说，世界上没有人犯罪，而是说，人的本性是善的，人没有原罪。造成现世苦难和罪恶的原因应该在现世生活中去寻找：

---

[1]《复活》卷二，第29章。

我清楚地想象一部中篇小说或是一部戏剧，其中没有恶人、坏人，所有人物都真诚善良，都无罪。这多好，人们的善良和无罪多么清楚地显示出生活安排的不善和罪过啊。（1909年5月9日日记）

这样，托尔斯泰的人身上的基督教的罪孽感和苦难意识就明显地化解了。于是，在现世人生中，托尔斯泰的人就和中国人有可能产生相通的人性和相通的人生见解了。

## 三、对中国人的生命之福的认同

基督教的原罪和苦难的消解，人性向善的认定，这就使托尔斯泰的人能够认同中国人对人生的现实的积极的看法：人世间不仅值得活着，而且人生就是幸福。但是，实际上，无论是一个个自传性主人公的痛苦的精神求索的历程，还是安娜看到的“都是罪恶”的上流社会，都没有证明“人生的幸福”。只是在对东方的农耕生活的憧憬中，在平民化的历程中，特别是在直接接触了中国古典文化思想的晚年，托尔斯泰才越来越频繁地指出自己这一绝非偶然闪念的坚定思想：

生活是人所能得到的最高的福。

生活，无论是怎样的，都是不能再高的福。如果我们说，生活是恶，那么我们只能是对比另一种想象中的更好的生活而言，但是要知道，我们不知道，也不可能知道任何另一种更好的生活，所以，生活，无论它是什么样的，都是我们能够得到的最高的福。[1]

真正的福是在现世的生命中，而不在“死后”的生命中。[2]

---

[1] Толстой Л. Н. *Путь жизни* С. 459.

[2] Толстой Л. Н. *Полное собрание сочинений (в90-тых томах)* Т. 45 С. 336.

“根据虚伪的学说，在这个世间的生命是恶，福只有在未来的生命中才能得到。而根据真正的基督教的学说，生命的目的就是福，而这福在这个世间就能得到。真正的福永远是在我们的手中。它如同影子追随着善的生命。”[1]

“人生就是追求幸福。”[2]

“我们活着只是为了享受生活的福。”[3]

正如别尔嘉耶夫说的：

在托尔斯泰主义的道德说教后面，隐藏着对于应当在这里、在人间，并且在现在实现天国的追求。但是，按照他的说法，现在应当开始的天国的理想是无止境的。[4]

这就与基督教的末日论思想背道而驰了。因此别尔嘉耶夫指出：“可以认为，托尔斯泰是没有末日论的。”[5]

托尔斯泰的主人公们正是从不同的地方走向追求现世真正的、幸福的人生之路。列文否弃了城市的罪恶的生活，在农民的劳动生活中找到了人生的意义；谢尔盖神父抛弃了几十年的苦修，从帕申卡身上看到了真正的得救之路，他走向人群，最终在西伯利亚，给人家在菜园子里做工，还兼教孩子们读书和照顾病人；聂赫留朵夫从动物的人中苏醒，毅然走向新的人生：“我要生活，我要家庭和儿女，我要过人的生活！”[6]托尔斯泰要写的“《复活》的续篇”正是“聂赫留朵夫的农民生活。大自然深深地感动着我，草场、森林、庄稼、耕地……”[7]

正如别尔嘉耶夫说的，托尔斯泰“是一个热情的人，对土地有强

[1] Толстой Л. Н. *Путь жизни* С. 460.
[2]《托尔斯泰文集》15卷，第304页。
[3]《托尔斯泰文集》17卷，第281页。
[4] 别尔嘉耶夫：《俄罗斯思想》，第180页。
[5] 别尔嘉耶夫：《俄罗斯思想》，第197页。
[6]《复活》卷3，第25章。
[7]《托尔斯泰文集》17卷，第245页。

烈的自发的爱，他本能地眷恋尘世生活……”[1]他的亲人和朋友都回忆起托尔斯泰对生活的热爱。他喜欢扶犁耕地，挥镰割草，锯木劈柴，缝靴子、上鞋帮，他喜欢和孩子们玩，喜欢和亲人们跳舞唱歌、骑马、打猎、游泳……尤其是音乐，对他拥有一种特殊的魔力。我想，如果托尔斯泰读过孔子师生“暮春者，春服既成，冠者五六人，童子六七人，浴乎沂，风乎舞雩，咏而归”（《论语·先进》）的畅想，一定极有共鸣，或者会想起当年办学校的激情，想起和自己的学生们的一段段类似生活。托尔斯泰在日记中这样写道：

> 除了幸福、欢乐以外，生活不可能有别的目的。只有欢乐这个目的完全值得为之度过一生。[2]

正是在这条追求现世人生的道路上，托尔斯泰不仅走近了中国人的现世幸福的追求，而且也获得一种相近的福乐观念。

### 儒家的“乐”和托尔斯泰的“福”

中国的“福”和俄语的“福（благо）”[3]相当对等，一是指顺遂、吉善。《说文》讲：福，备也。这种解释是依《礼记·祭统》所谓：“贤者之祭也，必受其福，非世所谓福也。福，备也。备者，百顺之名也。无所不顺者之谓备。”《礼记》的孔颖达疏说：“世人谓福为寿考吉祥佑助于身。”而这也就是“福”的另一个义向：指对人生需求，包括物质需求的满足。可见，这里就有了“贤者”和“世人”的两种福。贤者的福，实际上讲的就是生命之福，生命之乐。

中国正统的文化思想虽然不否弃“寿考吉祥佑助于身”的所谓“世人”之福，但是总把真正的福视为心灵之乐。而从道家福祸相依的观点

[1] 别尔嘉耶夫：《俄罗斯思想》，第121页。
[2]《托尔斯泰文集》17卷，第172页。
[3] 托尔斯泰谈到幸福时，一般使用的就是“благо”，而不是“счастье”。

出发，更把穷通视如“寒暑风雨之序”，所以庄子讲：“古之得道者，穷亦乐，通亦乐，所乐非穷通也。”（《庄子·让王》）

而儒家相信“莫非命也”，“谋事在人，成事在天”，所以主张“夭寿不贰，修身以俟之”。于是把自己的关切指向人的心性修养，力求尽心达命。这里也表现了一种达观的态度：既然客观上的穷通祸福非人力所能左右，所谓“求之有道，得之有命”。人唯一能够做到的，就是把自己修炼好。而且更重要的是一种自信：既然“万物皆备于我”，只要反身而诚，理顺天人之道的关系，自然“无所不顺”，这不就是“备”和“福”吗。所以“乐莫大焉”。这便是所谓“贤者”之福。不过，贤者的这种福——“乐”是主观的，自身的，无待于外的；而所谓世人的寿考吉祥佑助之“福”是客观的，有待于外。穷通祸福犹如“寒暑风雨之序”，谁能保证自己永远无祸无穷呢。唯有乐是发自人的内心的，无待于外。所以儒家少讲福，而多谈乐。

乐是生命本身，生命是乐之本源 。外在穷通荣辱是条件，不是源头。所以儒家讲君子“素其位而行，不愿乎其外”，即所谓“素富贵行乎富贵；素贫贱行乎贫贱；素夷狄行乎夷狄；素患难行乎患难。君子无入而不自得焉”（《中庸》14章）。所以，孔子赞颜回“一箪食，一瓢饮，在陋巷，人不堪其忧，回也不改其乐”。

孔子又说：

> 默而识之，学而不厌，诲人不倦，何有于我哉。饭疏食饮水，曲肱而枕之，乐亦在其中矣。不义而富且贵，于我如浮云。（《论语·述而》）

这里都没有直接说什么是乐，也不是说箪食瓢饮就是乐，而只是说“不改乐”，“乐在其中”。因为乐就在生命本身之中。乐，不是因一事一物而偶尔得之，而是一种经常的心态。那么，生命中的乐到底是什么呢？

从孔子、孟子的大量谈及乐的话中，我体会，他们所说的乐就是生命本身，就是对生命真谛的追求，就是儒家所讲的做人之道、成人之道。也就是修己求仁之道。“仁者不忧”(《论语·宪问》)，不忧，也就是和乐的心态。孔子一语道破仁和乐的关系。人的生命如果能够保持在它的本质状态，即“仁”的状态和天道自然和谐的状态，那么，这个生命就会流畅自如，生机盎然，就处在乐中；而一旦生命的追求违背了自己的本质，一旦“违仁”“不仁”，生命之流就会滞塞不畅，即所谓麻木不仁。生命就失去了本真的乐趣。

由此对比看来，托尔斯泰的“福”是合于中国人的“贤者”之福，或者说，近于儒家的“乐”。基督教的禁欲主义使托尔斯泰否定人的物质的和肉体的幸福的意义，从而托尔斯泰把现世生命的福完全建立在精神的基础上。

> “代替人们为动物性肉体目的所追求的虚假幸福，人们可以不是在某时某地，而是在此时此地就获得永久的幸福，它是人们不可剥夺的、现实的幸福，是他们永远都能得到的幸福。……它是人们最熟知的幸福，是每一个没有腐化的灵魂都在直接向往的幸福。”[1]

托尔斯泰并没有指明这种幸福是什么。其实，我以为，其中极近于中国人对生命的本真之乐的思想只是没有点破罢了。在他最后的著作《生之道》中，幸福的定义是这样的：“人的生命和他的福在于灵魂和所被分开者的愈来愈大的融合。这一灵魂是由于肉体而与他人的灵魂、与上帝相分开的。‘所以，’这一融合是通过灵魂表现着爱，而不断地从肉体解放出来进行的”。[2]

我们暂时放下这里的基督教的灵肉问题，而注意托尔斯泰提出的爱。他认为，“这种感情”，“解决了人类生命所有矛盾”，“并给人以最大的幸福”，他认为，人“在这条（幸福的）路上的活动就是爱”。在

[1] 列夫·托尔斯泰：《天国在你们心中》，第112页。
[2] Толстой Л. Н. *Путь жизни* С. 459.

《伊万·伊里奇之死》中，主人公一直在憎恨中痛苦地等待死亡。只是在他忽然间感到了心灵中的爱——对妻子、亲人的怜悯之情的时候，他才“突然明白了”，摆脱了痛苦和死亡的恐怖：

取代死的是一片光明……他突然说出来：“多么快乐啊！”

由此，托尔斯泰把福和爱紧紧联系起来。

而托尔斯泰又指出：“爱是人类唯一的理性活动。”[1]这样，他也就把福和生命的本质紧紧联系在一起：“福只可能存在于生命之中”[2]，只有在生命中才有“永久的、不可剥夺的、现实的、永远都能得到的幸福”。在《生之道》中，还引入了署名孔子的一句话：“智者一切寻诸己，愚者一切寻诸人。”[3]托尔斯泰在和儒家向生命内部寻找福乐的观点取得共识的基础上，也和儒家同样认为福是和生命的本质，和生命真正的追求相一致的。如果说，儒家是从人的本质——仁，从“为仁由己”上，开出福乐之路，那么托尔斯泰则是从基督教的爱出发，把原本是源于上帝教诲指令的爱赐予人的本性，于是也就可能从人的本性——爱上，开出福乐之路。而“仁者爱人”，一语贯通了他们的思路。中国人在求仁的道路上，达到至诚尽性，赞天地之化育、与天地参的天人合一境界——中国人的福乐境界；而托尔斯泰的人则也是“通过爱达到与别人的灵魂融合”、与上帝融合——“人生的意义和幸福就在于通过爱和自己的宗教意识日益与别人的灵魂和上帝融合”。[4]

基督教义并不认为爱是人心中所固有的。它是以神的戒律的形式赐予人的。所以基督教人是由爱上帝始，而推及爱人。而托尔斯泰既已把上帝接纳到心里，又把爱作为认识上帝、实现幸福的路，所以爱就成为

[1] 列夫·托尔斯泰：《天国在你们心中》，第112页。
[2]《托尔斯泰文集》17卷，第260页。
[3] Толстой Л. Н. *Путь жизни* С. 462.
[4]《托尔斯泰文集》15卷，第609页。

和中国人的“仁”一样贯通天人，上帝和人的道：

> 上帝不是爱，但是爱愈多，人就愈多地显示上帝，那么上帝的真正的存在也就愈普遍。[1]

儒家这种向生命内部寻找福乐的思想，特别表现在引导人在困厄之时的达观和信念，君子素其位而行，不愿乎其外。但是并不否定修身和齐家治国平天下是统一的一体。所以并不排斥社会活动中的有为的人生，内圣和外王是统一的。虽然常讲自得其乐，但同时也主张“先天下之忧而忧，后天下之乐而乐”。孟子甚至提出“岂能独乐”（《孟子·梁惠王上》）这种以天下为己任的思想。

而在这一点上，托尔斯泰的人和中国的人进行着对话。他们把福乐的内求和主张社会活动上的无为论、和人只能有为于自身的完善连在一起。这大抵是基督教的个人和上帝之间只能进行一对一的沟通和解救，而个人没有救世的能力和使命的遗迹吧。因此托尔斯泰常常讲，人们可以做到的只能是改造自己：

> 不要说，为了你能好好生活，应该所有人都好好生活，按上帝所说的生活。这不对。你要按上帝所说的生活，自己努力，大概你自己会好，而其他人也就由此大概不会更坏，而会更好。[2]

> 只有在一个人本身上，在自己的灵魂里建立起天堂……（才能建立起）任何人的灵魂所期待的那个外部的天堂。[3]

> 只有通过个人在宗教道德上的完善，才能达到真正的社会改善。[4]

所以聂赫留朵夫历览了黑暗俄国的种种丑恶，不是去改造这个社会，而是去反观自己，改造自己。（“他这才忽然明白过来，原来他在最

[1] 托尔斯泰娅：《父亲》（下），第452页。
[2] Толстой Л. Н. *Путь жизни* С. 461.
[3] Толстой Л. Н. *Полное собрание сочинений (в90-тых томах)* Т. 36 С. 134.
[4] Толстой Л. Н. *Полное собрание сочинений (в90-тых томах)* Т. 36 С. 156.

近这段时期对人们所发的憎恶，……其实就是对自己的憎恶。"《复活》卷一28章）而且，托尔斯泰把儒家无待于外的乐和禁欲主义相结合，在他看来，人的内心的福乐不但不以外界条件为转移，甚至认为，外部的、物质上的改善，反而有害于自身的完善，也就是有害于福乐。在这方面，托尔斯泰又只好从儒家那里走开，跑到老子那里找到知音了。

有一次托尔斯泰的小儿子谢尔盖和他争执说："好的生活方式下，人们会更好。"而托尔斯泰反驳道："恰恰相反，那时人们就会被这些生活方式诱惑而拒绝内心的工作……"[1]

在《第六病室》中，契诃夫讽刺托尔斯泰的"内在和谐"和社会改造上的无为主义。他让宣说"人的恬静和满足并不在人的外部，而在人的内心"的安德烈·叶菲梅奇·拉京医生饱受铁窗之苦。契诃夫甚至揶揄说："在电力和蒸汽里，比在贞节和素食中有更多的人类爱。"[2]看来，一方面，契诃夫站在科学进步的立场上，不能认同托尔斯泰对中国古典文化思想中生命本身的福乐和内心的自然和谐的追求，另一方面，也正指出了托尔斯泰把中国的这一思想引向极端的偏颇。

这也和托尔斯泰的"无为"思想相联系。托尔斯泰的思路是这样的：

"起初我认为世上有恶是因为有恶人存在，后来认为是恶劣的社会制度造成，再往后认为是支持这恶劣的制度的暴力造成，……最后我确信，一切应归根于宗教教育。因此，为了纠正恶，必须做的事不是换人，不是改变制度，不是阻止暴力，不是劝人别参与施行暴力，甚至也不是批驳伪宗教，陈述真正的宗教，而只是用宗教去教育孩子。"[3]——即去做人的内心的工作。

---

[1] Маковицкий Д. П. *Яснополянские записки* С. 47.
[2] 转自布罗茨基主编《俄国文学史》，作家出版社，下册第1164页。
[3]《托尔斯泰文集》17卷，第256页。

但是实际上，托尔斯泰又以其自己行动（救灾，劝谏沙皇，参与过问俄国乃至世界上的重大事件，他对土地制度、政治制度、法律制度、经济制度不仅研究、批判，而且提出了自己的改革方案），以自己对全人类的关切，否定了自己的“只要管好自己就行”，在社会改造上的无为的思想，实行着中国人的“乐以天下、忧以天下”（《孟子·梁惠王下》）的思想，实现着完成自己和改造社会的统一。托尔斯泰正是从中体味着他所说的人生之福——或儒家的乐：

> ……工作是我的义务。既然喇叭已经交到我的手里，我就有义务掌握它，使用它。[1]
>
> 在把我现在特别清楚地感觉到的东西写出来以前，真不想死去。……全部生活的安排，都要从能够爱所有的人出发。[2]

**活在当下**

与托尔斯泰和儒家在福乐观上的共识相联系的，是他们对生命本质的认识的某些共同点：生命是永恒和瞬间的统一。

值得一提的是，1886年，托尔斯泰曾编写过关于孔子站在川上慨叹“逝者如斯夫”的故事。这是托尔斯泰少有的一气呵成而未作修改的故事：

> 孔子的学生们看见孔子凝神看河水奔流，十分奇怪。孔子说：“河水过去、今后总是这样奔流，任何人都明白。但是不是每一个人都懂得，这水流也如同学问一样。我望着河水就想到这点。河水永不停息地奔流，不分昼夜，直至全部流入大海。我们的父辈、祖辈们，他们的真正的学问也是这样的，它来自世界的端头，无休无止地流向我们。我们也要同样去做，使真正的学问继续流传下去。

[1]《托尔斯泰文集》17卷，第328页。
[2]《托尔斯泰文集》17卷，第308页。

> 我们要这样去做，把学问传给后人，让他们也学我们的榜样，再传给自己的子孙。这样一直传到底。”[1]

托尔斯泰选取孔子这一段对人生、宇宙的极有哲理意味的思考写成故事，要表述的也正是他对人生、对生命的本质的哲理思考。这就是故事中说的“真正的学问”。这里包含着托尔斯泰对每一个个体生命和他所理解的整体生命的永恒的、向着完善的流淌的信念，使他和中国的这位先师有着心灵上的共鸣。

孔子当年站在川上，看着不舍昼夜奔流不息的江水，体悟到宇宙和生命在变动不居中的永恒。生命既是永恒的存在，又是只存在于即时的瞬间。就像这川水之流，一瞬间前的生命已经消失，一瞬间后的生命尚未存在。所以中国人一方面讲“与天地精神往来”，和永恒的天道相合一，一方面又把生命直指当下。倘使生命之流依其瞬间本然之势，依生命之理流淌，也就是王守仁说的，“心体上著不得一念留滞”（《传习录下》），那么这样的生命就充满生机，畅达洋溢，乐就在其中。所谓“君子思不出其位”（《论语·宪问》），思无邪（《为政》），都是在讲，心性时时不违仁，不违真正生命的本性，这也就得到了生命本身的乐。

梁漱溟先生对儒家的这个重要问题有极其精到的说法，这就是要“活在当下”或叫“看当下”。[2]他说：

> 孔子之所谓己，是说我们当下的心意，当下的情，当下的直觉之所觉。我们在为己的行事，是为当下心情之兴奋而活动，即行其心情之所安是也。

所以他又说：

> 所谓当下即心；看当下，就是心在心那个地方。……因为人本

---

[1] Толстой Л. Н. *Полное собрание сочинений (в90-тых томах)* Т. 26 С. 119.

[2] 参见《孔孟的人生哲理》，见《梁漱溟文选》，中国文联出版公司，1996年。

来时刻只有现前当下，任他自然流行，所谓一任天理是也。

生命的福和乐，就是要在生命的永恒和瞬间的统一之中，在生命的每一个瞬间、在生命的变动不居的永恒流淌中，去"守仁"，守住一颗永恒的真诚之心，守住人之为人、生命之为生命的根本。

托尔斯泰说生命本身就是福，也正是要在生命的永恒和瞬间的统一之中来实现的。他同样一方面认为"人类的真正的生命是在空间和时间之外发生的"[1]，把生命和永恒的宇宙合为一体；一方面也认识到：

> 人们总感觉，他们的生命是在从过去到将来的时间中进行的。但这只是感觉而已：人类真正的生命不是在时间里通过的，而永远是在一个超时间的点上存在，在这个点上，过去和将来相汇，而我们错误地称为现时。在这个超时间的现时的点上，而且也只在这一点上，人是自由的。所以在现时，也只有在现时，才有人的真正的生命。[2]

托尔斯泰强调要活在当下，其理由是和中国人相一致的。因为正是在这当下，天道表现为人的心性的自然发动。所以，活在心性的自然发动处、活在生命的自然流淌处，就是梁漱溟先生所谓的一任天理流行，或托尔斯泰所说的，获得与上帝同在的状态。托尔斯泰反复指出，正是这一个个瞬间的生命和永恒的上帝融为一体：

> 现时的生命，这是一种上帝活在我们心中的状态。所以现时的瞬间是生命中最宝贵的。[3]

> 只有在现时中，才表现出生命的自由的神力，因此现时的活动应该有着神意的性质，即应该是智与善的。[4]

---

[1] 列夫·托尔斯泰：《天国在你们心中》，第81页。
[2] Толстой Л. Н. *Путь жизни* С. 321.
[3] Толстой Л. Н. *Полное собрание сочинений (в90-тых томах)* Т. 45 С. 337.
[4] Толстой Л. Н. *Полное собрание сочинений (в90-тых томах)* Т. 45 С. 335.

瞬间只是瞬间。人觉得瞬间是那么无关紧要，他会常常放过它。可是他的整个生命就只是在这里。只是在这现时的瞬间之中，他能够做出努力，来把握在我们心中和身外的天国。[1]

极大地接近上帝，这就是极大地集中于现时，相反，越是争执于过去和未来，越是远离上帝。[2]

而福乐和报应也就在这永恒和瞬间的统一之中，托尔斯泰在日记里这样写道：

这回报确实有，在永生永世，也在眼前，在超时间的瞬息间。[3]

比如，他就是这样处置安娜·卡列尼娜所得的报应的。这种“活在当下”的思想充分反映在托尔斯泰的作品中。1903年他写了一个小故事《三个问题》。一个国王总想找到最重要的时间，最重要的人，最重要的事。经过一段经历，一位隐士告诉他：记住吧，只有一个时间最重要，那就是现在！它所以重要，就是因为它是我们唯一有所作为的时间。最重要的人是和你在一起的人，最重要的事则是对他做好事。因为人生在世原就只为了这个目的！

这个故事在说，人应该活在心性和生命际遇的每一个瞬间本然地发动、流淌处。

在1906年4月2日的日记里，托尔斯泰记下自己想写的两个故事：一个人梦见死后受审，别人把他做过的事情放在天平上称。但是，他为民众做过的慈善事业，他的科学著作，他在家里做的好事“在天平上没有一点儿分量。有的还起相反的作用，使天平的一端抬起来，那便是为虚荣而做的事”。而“忽然，别人拿来他已经忘却的东西：……给小女孩拾起玩具……（还得好好想想）——这都是人们不知道、不重视的事”。另一个故

[1] Толстой Л. Н. *Полное собрание сочинений (в90-тых томах)* Т. 45 С. 333.
[2] Толстой Л. Н. *Путь жизни* С. 330.
[3]《托尔斯泰文集》17卷，第314页。

事是把两个癫僧对比。一个是“公认的”“职业的”癫僧，而另一个癫僧的行为是不由自主的，谁也不知道的。上帝不喜欢前者而只喜欢这后者。[1]

这两个设想的故事中，引起我们注意的是，其中讲的自己忘记了的小事（好事）和不由自主的癫僧，都是在表明他们的行为出自生命当下的流向，心性本然的当下发动，没有做作，没有虚伪。这就是托尔斯泰心目中的活在当下的、纯真的生命。

和中国文化思想的这种共识，实际上，早年的作品就已有基础。托尔斯泰一直在赞美这种鲜活的生命。哥萨克人的质朴的人生不因野性而减色，娜达莎的纯真不因私奔而变丑，安娜的魅力，都在于那种我行我素、活在当下的心灵发动处的生机。而安娜的受罚也正在于生命被纠缠在罪恶的城市生活中、上层阶级的观念和地位中不能自拔，或者说，就是失落了心的本位，即失落了活在当下的活跃生机。

魏列萨耶夫说得对：

> 对托尔斯泰来说，活跃的生命是不会犯错误的。[2]

而那些老谋深算、虚伪做作的生命（《战争与和平》中的华西里·库拉金王爵），瞻前顾后、蝇营狗苟的生命（《伊万·伊里奇之死》中的伊万·伊里奇），或是良知失落而成为官僚机器的生命（《安娜·卡列尼娜》中的卡列宁），所以丑陋乏味，正是因为它失落了当下，所以也就失落了真正的生机。一旦“不由自主”而忘记了使用心机，按其当下的心意自然行事，人就立即会体会到生命畅达洋溢之乐，而且，也就成为生机勃勃的强有力的人，真正的人。

惯于在虚伪中游泳的卡列宁，在妻子病危之际，带着恶意的提防而来，但是，他一旦看到安娜，一时间只凭当下心之所在而行，忘记了

[1]《托尔斯泰文集》17卷，第297页。
[2]《俄国作家批评家论托尔斯泰》，第237页。

他来时的恶意，忘记了时时注重的“别人的看法”，甚至他都“没有想到他一生竭力想要遵守的，教他爱和饶恕他的敌人的基督教的教理；但是一种爱和饶恕敌人的欢喜的感情充满了他的心”。“我渴望她死。可是……我看见她，就饶恕了”。[1]当时，安娜说卡列宁是“圣人”。卡列宁就是凭这颗当下之心，成了当时在场者中最强的人。

列文的经历也是明证：“推究把他引入疑惑，但是当他不用思想，只就这么活着的时候，他就时时感觉到他的心灵中有一个毫无错失的审判官……”

托尔斯泰1885年写的《两个老人》的故事中，一个老人，在去朝圣的路上，救危救急，停走去留，唯凭当下自己良心安否行事，虽没达到耶路撒冷，却见到了上帝，也表达了托尔斯泰的这一思想。

实际上，正如梁漱溟先生所说，儿童和老人就是最典型的活在当下的人，最无瞻前顾后的忧扰。托尔斯泰也十分同意这种说法。所以他翻译了老子“含德之厚，比于赤子”（《老子》55章）、“专气致柔，能婴儿乎”（《老子》10章）的意思。托尔斯泰不仅从《童年》开始便讲述儿童的赤子真知纯德，而且在晚年还常常指出，人生走的实际上是一种归复人性之路：老人又回到童年的境界：

> 过真正的生活的，首先是孩子，他们刚踏入生活，还不知道时间……随着年龄的增长，他们愈来愈受时间的幻觉的支配。到了老年，这幻觉渐渐减弱，最后，渐渐进入无时间的生活。所以孩子和老人在最大程度上过着真正的生活。[2]

托尔斯泰这里说的所谓“不知道时间”和“无时间的生活”，实际上就是“活在当下”的生活。

---

[1]《安娜·卡列尼娜》4章17节。
[2]《托尔斯泰文集》17卷，第309页。

托尔斯泰还十分喜欢老子关于水的议论（《道德经》8、43章），而屡次在语录体著作中引用。

早在1884年3月10日的日记里，他就说过：

> 如老子所说，就是应该像水一样。没有障碍，它流淌，遇到堤坝它止住。堤坝破了，它还流。在方形的器皿里，它是方的；在圆形的器皿里，它是圆的。正是因此，它比一切东西都重要，都有力量。[1]

这种谦然顺应当下之势而自然畅达，所谓随遇而应，过而不留，行乎所当行，止乎所宜止，正是生命所应效法的。托尔斯泰与中国人在这种极为微妙的人生哲理上的相通，真是难得。

## 四、走中国人自力提升、“内在超越”的道路

### “救世主”的否定

托尔斯泰的人不仅是在于对现世生命的态度上走近中国的人，另一个重要方面就是：托尔斯泰否定了耶稣救赎而肯定了人实现自我提升和达到终极目标的内在能力，从而在现世实现人生的终极目标的途径和能力上和中国人的认同。

上文已经说过，中国人对自我定位和自我实现的自信，源于对自我的本质、自我实现的能力的信心；而基督教人由于认为自性不足，自我提升和拯救是人力所不及的，所以就要靠基督的中保而得救赎。而托尔斯泰从根本上否认耶稣在三位一体中的神格地位，否定人类无力自救，只有走因信称义的道路，靠着耶稣的中保而得到救赎的基本教义。从而，在开出人类自力拯救而实现终极追求的道路上，走近了中国人。

托尔斯泰不是把耶稣视为神，而是视为人类自救的榜样。在1890年

[1] Толстой Л. Н. *Полное собрание сочинений (в90-тых томах)* Т. 49. С. 65.

3月9日的日记里，托尔斯泰写道：

> 教会把基督变成具有拯救力的神，应该对其信仰和祈祷。显然，他的榜样成为不需要的。而真正的基督的工作正在于废除这种神性。如果他是一个人，那么他之重要，就在于其榜样性，他拯救人，只能是像他拯救自己那样，就是说，如果我也像他那样做的话，就能得救。[1]所以他说："把基督这个人理解为神，向他祈祷，我认为是极大的亵渎。"[2]

布尔加科夫论道：

> 托尔斯泰的高傲在于，为了执行神的意志，他不需要神恩的帮助。
>
> 其根源在于他不需要救赎，因为他不知道罪，没有看到在自然的途径中恶的不可战胜。他不需要救赎者和救世主，没有什么人像他这样，与救赎和拯救格格不入。[3]

布尔加科夫说出了基督教义在这一问题上的基本思想："恶不是用意识、理性所能战胜的，它极其深地埋藏在人性之中。人的理性是堕落的理性。为要战胜恶，需要救赎的神秘奇迹。"[4]在上帝面前，人是有罪和软弱的，神恩、天启和救赎对人的得救是必不可少的。

而托尔斯泰正是对此做了全面否定。他不承认人的原罪，不承认非理性的神秘无底的恶的渊薮，而只把恶视为理性的未启和失落。他相信，一旦获得了理性，人就能战胜恶。因为人的天性不是堕落的、有罪的，而是善的。理性就是向善。而善就是上帝。这就是托尔斯泰的基本观点。这一点上，托尔斯泰和陀思妥耶夫斯基有着根本性的分歧，从而决定着两人精神探索的不同走向。

---

[1] Архиепископ иоанн *Революция Толстого* С. 92.
[2] Архиепископ иоанн *Революция Толстого* С. 138.
[3] Булгаков С. Н. *О Религии Льва Толстого* С. 190.
[4] Булгаков С. Н. *О Религии Льва Толстого* С. 181.

也许，Н. 别尔嘉耶夫真是错怪了托尔斯泰，他认为托尔斯泰“没有看到个性的悲剧——恶（зло）与罪（грех）的悲剧”。实际上，托尔斯泰正是在这个问题上，对基督教思想进行着严肃的思考和对话。

托尔斯泰并不是没有看到人性中的弱点，他也看到了恶与罪的悲剧。但是，他对恶与罪及其拯救的看法是和基督教的观点背道而驰的。

他在80年代后期至90年代前期的一系列的小说中，表露了他对战胜人性中恶的一面——肉体的欲望的困惑和精神的搏斗。

《魔鬼》（1889—1890）中，前程似锦的伊尔杰涅夫为了战胜肉欲的“魔鬼”，最后只有开枪自杀；当然托尔斯泰也写了“另一种结局”——开枪打死情人：“根本就没有上帝。只有魔鬼。这魔鬼就是她！”而在《克莱采奏鸣曲》（1887—1889）中，是丈夫杀死妻子，诱惑竟起因于一首奏鸣曲。在《谢尔盖神父》（1890—1891）中，历经几十年苦修的神父终于敌不住矮小姑娘的一时诱惑而身败名裂。

怎样对付肉体的欲望呢？《魔鬼》中伊尔杰涅夫的枪声起码表明，人能够拒绝诱惑，不去作恶。“根本就没有上帝。只有魔鬼。”在人意识到上帝已经死了的时候，托尔斯泰没有拜倒在非理性的人伦之前，更没有屈从于非理性的恶。他反而高扬起理性——“理性的上帝”的旗帜。不仅在他的一系列政论—宗教著作中，而且在他的文学作品中都表现出这一点。只是这种理性不再是西方的或基督教的理性，而是契合于东方的，充满了情感和智慧的理性，特别是中国古典文化思想的理性。

这里，想以诸多论者每每谈及的《谢尔盖神父》为例，讨论一下托尔斯泰对走向上帝的道路的思索。

大主教沙霍夫斯科依一眼看出，托尔斯泰的“《谢尔盖神父》的故事的轻率”，“首先在于，其整个内在情节缺乏的恰恰应该是最主要的东西：基督”。他指出，甚至最后谢尔盖神父也是向一个普通的农妇悔过，“而在基督面前的忏悔则只字未提”，“复活是在没有基督的情况下发生的，整个生活也是在没有基督的情况下进行的”。[1]

谢尔盖神父的经历引起了很多人的注意。托尔斯泰在日记里（1890年6月2日）指出：《谢尔盖神父》的“全部意义在于他所经历的各个心理阶段”。[2]那么，我们就看看他“所经历的各个心理阶段”。

这位公爵，很快就要提升为皇帝的侍从副官，有着“灿烂前程”的美男子，突然呈请退职，断离未婚妻，进了修道院。他走向上帝的决心不可谓不大；在几十年的苦修中，他经受了一次次的考验，甚至为了抵御诱惑而砍断手指……他的笃行不可谓不坚。那时，上帝赐给了他纯洁、谦卑和爱；而一旦他被推上德高望重的角色，“他的内在的生活被破坏了，被一种外在的生活所代替”。“我做的事在多大程度上是为了上帝，在多大程度上是为了人？”因为当他所谓“为了人”的时候，想到的只是虚荣。

> 他爱什么人吗？他爱索菲娅·伊万诺夫娜吗？爱谢拉皮翁神父吗？对今天到过他这里的所有的人他是不是都怀着博爱之心呢？……他关心的只是卖弄自己的聪明，显示自己的学问并不落后。他们爱他，他感到高兴，他需要他们的爱，但是他却不觉得自己爱他们。他现在既没有爱，没有谦卑，也没有纯洁。

正是在这种情况下，“魔鬼”诱惑了他：这位德高望重的长老奸污了一个姑娘。

谢尔盖神父的失败看上去像是因一时软弱而功亏一篑，实际上是表明，这条蛰居斗室，仰求天启，俯禁情欲的道路，终不能达到上帝。看看谢尔盖神父年复一年的苦修，守身自持，克制情欲，祈祷膜拜，但是“不是凭自己的意志，而是凭长老的意志在生活”。为了降伏自己的心，

[1] Архиепископ иоанн *Революция Толстого* С. 89.
[2]《托尔斯泰文集》17卷，第163页。

谢尔盖神父又隐修于山洞，其间也充满了惊心动魄的灵肉搏战。他呼唤着："我的上帝！我的上帝！你为什么不赐给我信仰？"为了压抑情欲，他念着经、划着十字、鞠躬行礼，"他收起涌上心头的一切怀疑，就像人们安放一个不易平衡的物体一样，把自己的信仰重又安放在那条摇晃不定的细腿上"……他一遍遍祈祷："我信，但我信不足，求主帮助。"

然而，谢尔盖神父的修炼终于破产了，他的信仰崩溃了。

"应该结束了。没有上帝。向谁祈祷呀。"谢尔盖神父绝望地惊呼。谢尔盖神父的一生已经证明，他那条路是走不通的！

这也许响应了当代人"上帝已死"的思想。于是存在主义的先驱舍斯托夫希望谢尔盖神父在"他所指望的那些力量——他的理性和他的善事——对他都失去效用"之后，会走出"共同世界"，而走入现代西方的非理性之路——直面所谓本真自我的"个人世界"。所以他不满意托尔斯泰给谢尔盖神父安排的"很看重古典主义"的"收场"。[1]

然而，托尔斯泰正是要谢尔盖神父走另一条自救之路——走进另一个"共同世界"。而这的确是一条"很看重古典主义"的东方之路。托尔斯泰正是在这条路上，接近了中国人的思想。这就是抱着自我完成的自信，走近中国式的"共同世界"，实现和天地万物的融合，实现"万物一体之仁"。

### "万物皆备于我"和"天国在你们心中"

托尔斯泰说过：

> "主啊，宽恕我这个罪人吧！"这种祷词我现在不很喜欢，因为这是利己主义的祈祷，是个性软弱的祈祷，所以是无益的。[2]

[1] 列夫·舍斯托夫：《在约伯的天平上》，第123页。
[2] Булгаков С. Н. *О Религии Льва Толстого* С. 187.

而一般来说，托尔斯泰是反对那种不自然的，强制性的修炼的。托尔斯泰在给M. A.索波茨科的信中写道：

> 我说说您执迷于教会信仰的愿望。这是很可怕的，因为这种执迷会使人丧失自己身上最可宝贵的东西——他的理性。

而托尔斯泰所说的上帝所赐予我们的“一切”，就是指的这种理性：“理性是上天为了指导我们而赐给的。”托尔斯泰坚信，理性的努力，这是认识真理的唯一手段，而且，只要凭借理性，人就能够走向上帝。正如H. 别尔嘉耶夫指出的“托尔斯泰觉得凭借自力就能轻易地执行天父的法则”[1]。托尔斯泰坚决否定不相信人靠自己的力量能够自我完善，能够走向上帝的观点。他说：

> 没有比认为人不可能凭靠自己的力量实现自我完善的学说更不道德，更有害的了。[2]

进而，托尔斯泰坚决否定作为人格神的上帝：

> 把上帝描写成人类的性质……把上帝理解为一个个性的人，而他的法则全写在一本什么书里的这种想法，对于我来说是完全不能接受的。[3]

1887年9月，托尔斯泰的姑母亚·安·托尔斯泰娅在给托尔斯泰的信中，郑重地讨论了自己，一个基督徒，和托尔斯泰在对基督看法上的分歧，典型地表现出一个基督教人对托尔斯泰剥夺他们唯一的精神依托——救世主而感到的惶惑：

> 基督对我说：“你信，你就会得救”；而您却说：“人被赋予理智是为了推理的，要服从它。”福音上说：“不停地祈祷吧，感恩吧，叩门吧，天国的门会向你打开。”而你说：“祈祷是耽误时间，

[1] Булгаков С. Н. *О Религии Льва Толстого* С. 181.
[2] Булгаков С. Н. *О Религии Льва Толстого* С. 188.
[3] Булгаков С. Н. *О Религии Льва Толстого* С. 188.

行善吧，分发自己的财产吧，为了邻人而弃绝一切吧。”

接着，亚力山德拉·安德烈耶夫娜恳切地说：

> 而圣徒保罗意识到：“我所愿意的善我反不做。我所不愿意的恶，我倒去做。”（《新约·罗马书》7章19节）所有有理智的人，心里也会这样说的：是啊，我想行善，但是我这罪人的本性在我生活的每一步上，都反对这个愿望。除了由基督吩咐所唤来的，并由他许诺赐予所有执着热烈的祈求者的圣灵的神恩，谁还能帮助我战胜这种动摇性呢！没有这种帮助，我无疑会陷入全然无力的处境之中。而您却认为，能够仅仅靠着自己的意志力量来实现基督的教义。

她说：

> 您从人们那里剥夺了神的帮助，您将创造的是无食无水的饥饿的行者。他们有没有力量把压在他们肩上的重荷扛到底呢？要知道，自我献身和善行绝不是轻而易举的，也根本不是人类的天性。[1]

不厌其烦地援引亚·安·托尔斯泰娅给托尔斯泰的信，是因为这里正指出了托尔斯泰否认基督神人地位和救赎的教义的意义所在：人能不能靠自己的力量得到拯救，或者说，人能不能靠自己的力量建立人间的天国？托尔斯泰必须为人的自我拯救、提升和实现终极的追求提出明确坚实的答案。

否认基督的救赎而把生命提升、超越的指望完全转向自身，这些从根本上违背基督教义的思想，却可以在中国古典文化思想中，找到充分的根据，从而托尔斯泰的人就不能不融入中国人的种种心态。

那么，托尔斯泰是从什么地方来寻找人的自救的力量呢？他和中国先哲们一样，是从人自身的心性中来寻找的。

---

[1] 转自 Архиепископ иоанн *Революция Толстого* С. 94—96 .

在《复活》1卷59章开篇，有一段著名的讲述人性如河水的话：

有一种迷信流传很广，认为每一个人都有固定的天性：有的善良，有的凶恶；有的聪明，有的愚笨；有的热情，有的冷漠；等等。其实人并不是这样的。我们可以说，有些人善良的时候多于凶恶的时候，聪明的时候多于愚笨的时候，热情的时候多于冷漠的时候，或者正好相反。但要是我们说一个人善良或者聪明，说另一个人凶恶或者愚笨，那就不对了。可我们往往是这样区分人的。这是不符合实际情况的。人好像河流、河水都一样，到处相同，但每一条河都是有的地方河身狭窄，水流湍急；有的地方河身宽阔，水流缓慢；有的地方河水清澈；有的地方河水浑浊；有的地方河水冰凉；有的地方河水温暖。人也是这样。每一个人都具有各种人性的胚胎，有时表现这一种人性，有时表现那一种人性。他常常变得面目全非，但其实还是他本人。

在日记中，托尔斯泰也反复阐述过《复活》中关于人如河的思想：

最常见的一种谬误是把人分为善良的，凶恶的，愚蠢的，聪明的。人是流动的，他身上有各种各样的可能性……（1898年2月3日）

同一个人时而是恶人，时而是天使；时而是智者，时而是白痴；时而是大力士，时而是最软弱的人。（1988年3月21日）

这些话使人联想到基督教关于天堂和魔鬼都在人的心里的思想。而托尔斯泰从来不认为人的本性是恶的。与陀思妥耶夫斯基相比，更可以看出托尔斯泰不同于基督教的对人性的看法。比如，陀思妥耶夫斯基从基督教的原罪思想出发，在谈到《安娜·卡列尼娜》时认为：

显而易见，恶深深地隐藏在人类中，……无论在什么样的社会结构中也无法避免恶；人的灵魂总是那样，罪恶来自它自身。[1]

---

[1]《陀思妥耶夫斯基全集》21卷，第238页。

而托尔斯泰恰恰正是要表明，无论是“有罪”的安娜，还是虚伪的官僚机器卡列宁，他们都有一颗不可泯没的善心，只是由于物欲的迷惑而失落了。这就是为什么卡列宁也能够反乎其“理性”，而在蓦然间表现出窒息于内心深处的善性，而安娜的痛苦也恰恰由于她那颗善良的心在受着报应之罚。

人之所以有时会变得凶恶、愚蠢，人心之流之所以有时会变得狭窄、浑浊，只是由于如托尔斯泰所说的“生活安排的不善和罪过”。看来，托尔斯泰在其语录体著作《阅读园地》中引入的唯一一段孟子的语录——关于“牛山之木”的论述绝非偶然。他所译述的恰恰是孟子思想中极为重要，而又极为符合托尔斯泰思想体系的“性善论”的一段：[1]

“所有的人都有仁慈、廉耻和憎恨恶习的情感。”这里说的大抵就是指孟子性善论的所谓“四端”：恻隐之心，羞恶之心，恭敬之心，是非之心。这四端人皆有之，所以仁义礼智“非由外铄我也。我固有之也”。而这正是托尔斯泰所主张的。他译述道：

> 每一个人都可以通过自我教育，培植这些情感，或使其枯萎。（求则得之，舍则失之）这些情感就像身体的器官一样是人自身的组成部分。这些情感也像人体器官（的功能）一样，也是可以培养的。（人之有四端也，犹其有四体也）（《公孙丑上》）

接下去托尔斯泰引出孟子有名的牛山之木的例子：

> 牛山之木尝美矣。……斧斤伐之，可以为美乎。是其日夜之所息，雨露之所润，非无萌蘖之生焉。牛羊又从而牧之。是以若彼濯濯也。人见其濯濯也，以为未尝有材焉。此岂山之性也哉！……虽存乎人者，岂无仁义之心哉。其所以放其良心者，亦犹斧斤之于木

[1] 以下引文均见《孟子·告子上》。

也。旦旦而伐之，可以为美乎？……故苟得其养，无物不长；苟失其养，无物不消。孔子曰，操则存，舍则亡。(《孟子·告子上》)

这一段意思，托尔斯泰是这样译述的：

尼空山（音译，当为孟子所谓牛山之讹译）上长着美丽的树木，即使砍去枝干，新芽还会不断长出来。而若在山上放牲口，那么山就会变成秃山。而山的光秃不是它的本性，就如灵魂的堕落也不是灵魂的本性一样。如果我们放纵下流的情欲来噬食我们心中的仁慈、廉耻和憎恨恶习的情感萌芽，难道我们能由此而说，在人的心里本没有这些情感吗？认识天道（закон неба），这就是发展我们天性之中最高的本性。[1]

虽然托尔斯泰把基督教的关于放纵情欲、灵魂堕落的说法加了进去，但是并没有改变孟子人性本善论的基点。而且“认识天道，这就是发展我们天性之中最高的本性”一句，虽非孟子所说，却正是托尔斯泰对中国儒家思想的确切把握，也表明托尔斯泰对这一思想的认同。

托尔斯泰也和孟子一样认识到孔子说的“操则存，舍则亡”的道理：人之为恶，成为“动物的人”，是因为有外界因素对人的善性的“旦旦而伐之”，有内在因素使自己的善性窒息、精神沉睡。于是如孟子所说的，“夜气不足以存”，故而“其违禽兽不远矣”。(《孟子·告子上》8章)

托尔斯泰正是这样解释《复活》中聂赫留朵夫从“精神的人”变为“动物的人”的原因的。而聂赫留朵夫的精神求索，向“精神的人”的回归，实际上就是去寻求他那颗一度失落了的良心，也就是孟子说的“求放心”。就是在这种精神求索中，生命之流向着完善前行，这就是托尔斯泰理解的生命之道。

[1] Толстой Л. Н. *Полное собрание сочинений (в90-тых томах)* Т. 42 С. 288.

所以，托尔斯泰的人如河的比喻，绝非说人性亦好亦坏，而是在说明生命在不断地克胜恶德，向着完善流淌、前行 。在这一思想前提下，托尔斯泰说的“一个活着的人不可能没有罪过，因为，人的整个生命就是从罪过中解放出来，也只有在这一解放之中才有真正的生命之福”[1]，已经不再是基督教的罪孽感，而有了中国式的“人非圣贤，孰能无过”的意味，而把人的一生，视为自我完善的过程。

对人性本善的论断，托尔斯泰有一句名言：“天国在你们心中。”这句话虽然出自《圣经》，但是我认为，却已经被托尔斯泰赋予了新意，而成为托尔斯泰的格言。《圣经》中“天国在你们心中”的话（“法利赛人问神的国几时到来。耶稣回答说，神的国到来，不是眼所能见的。人也不得说，看哪，在这里。看哪，在那里。因为神的国就在你们心里。”《路加福音》18章20—21），讲的是寻求天国和获得天国的途径，而非指人人心中固有一个现成的天国，甚至也不是说人固有得到天国的能力。这不符合基督教的根本思想。天国永远是神恩的结果。人的得救是靠外力——神的力量。实际上，福音中，倒是不止一次提到人的心性之恶，“人心中的污秽”（见如《马太福音》15.18，《马可福音》7.19），而指明人的根性不足而不能自力得救。实际上，托尔斯泰所宣扬的“自我完善（самосовершенствование）”一词，本身就是和基督救赎的教义相违背的。达里辞典没有收入这个词，而有意味的是，解释“完善（совершенство）”一词的唯一例句是：“世间没有完善，世间一切皆有缺陷。”可见，托尔斯泰利用“天国在你们心中”这句话所要表明的，是一个和基督教义迥然对立的思想：人的心性本然之善！人的心性之善和天国的完美的一致性！人有能力自救，而且人只有靠自力得救。

托尔斯泰得到这一和中国古典文化思想相当契合的结论，是经过了

[1] Толстой Л. Н. *Путь жизни* С. 101.

如谢尔盖神父一样的几十年痛苦的精神探索的。只是在否定了个人和上帝分立式的孤身索居的对话、外向的祈祷之后，在向往东方农耕生活的平民化追求中，在和中国古典文化思想的密切接触中，他才得以确立起这一思想。

托尔斯泰认定：

> 为了自我内在的完善，是不能够祈祷的。因为我们已被赋予了我们完善自我所需的一切，为此，什么也不需要再添增，什么也不可能再添增。……我们所需的一切皆在我们手边，……在我们的精神世界里，我们需要的一切都被给予了，我们需要的只是自己去做。[1]

这和孟子说的“万物皆备于我”，要的只是“反身而诚”完全是一个意思。

托尔斯泰指出：

> 一个虚妄而荒谬的看法是，人的理智凭靠自己的力量不能接近真理，由这一可怕的迷信而来的，是认为没有外力的帮助，人不可能去执行上帝的意志。这一迷信的实质就是完整的真理似乎只是上帝亲自揭示的……这一迷信太可怕了……人不再相信认识真理的唯一的工具——自己的理智的努力。
>
> 如果自己不帮助自己，那么谁也不会帮助的。而自己也没有什么可帮助的。只是不要等待无论是天上还是地上的任何什么东西，不要自己再坑害自己。[2]

这样，托尔斯泰在否定基督教因信称义，否定神恩救赎之后，把人的得救的能动力完全指向人的自身。

托尔斯泰反复地告诉人们：

---

[1] Булгаков С. Н. *О Религии Льва Толстого* С. 188.
[2] Булгаков С. Н. *О Религии Льва Толстого* С. 185、188–189.

> 只能在你自己身上认识上帝。当你没有在自己身上找到上帝之时，你在哪里也找不到它。
>
> 不要在庙堂里寻找上帝，他就在你跟前，在你心中。[1]
>
> 上帝无论在什么地方也不会立即把自己的意志、自己的法规启示给一个人或一群人。……上帝的启示就在每一个人的心中。任何人在自己的心中体会到了上帝，那就是体会到了生命的本质……[2]

这样，托尔斯泰的"天国在你们心中"——向自己的内心寻求对上帝的认识的这一思想，便和儒家尽心知性就可以知天的思想获得了相当的一致性。

晚年（1908年5月25日），托尔斯泰又谈道：

> 如果人知道他是什么样的，他知道在他的身上有着神性的根苗，他还需要什么样的支撑呢？[3]

是啊，万物皆备于我，自我的完成还需要什么外在的恩赐吗？儒家正是要通过对自我心性的修养和内省以达天命，获得人道和天道的和谐，天人的合一。实现着中国人自我完成的终极理想。而托尔斯泰的人既跻身于六合之内，也就必然会走进这一理想。当然，首先他们需要时时清算自己身上的基督教的根性——对外力的仰靠。要对自身善性力量抱有坚定的自信。

> 如果整个人是他的周围条件和在他以前存在的原因的产物，那么就既没有善，也没有恶；既没有道德，也没有不道德，……随波逐流就行了。如果我接受的是坏东西，碰到的是坏环境——那我将成为一个凶恶的人；如果我碰到的好环境——我将成为一个善良的人。我认为不是这样。我认为，每一个人都具有自由的、创造性

[1] Толстой Л. Н. *Путь жизни* С. 70.
[2]《托尔斯泰文集》15卷，第514页。
[3] Архиепископ иоанн *Революция Толстого* С. 179.

的、神奇的力量。[1]

托尔斯泰在19世纪90年代的一封信中这样写道。尽管这其中自有对革命民主派强调存在决定意识、环境决定人的思想性格的唯物主义思想的攻击，但是在当时那黑暗的俄罗斯，托尔斯泰频频告诫人们要相信自己，相信人的善性能够克胜“环境”，还是有着积极意义的：

> 千百万人为之受苦的巨大灾难还不在于人们过着不道德的生活，而在于人们不是根据信念，自己的信念，去生活。[2]

托尔斯泰指出，聂赫留朵夫（《复活》）从精神的人变为兽性的人，根本上，就是因为失去了对自我的信任：

> 他所以会发生这种种可怕的变化，只是因为他已经不再相信自己而开始相信别人……（而）他所以会不相信自己而开始相信别人，那是因为如果相信自己，生活下去就会过于困难；相信自己，就得亲自解决一切问题，而那种解决总是不利于他那追求轻松的快乐的兽性的我，几乎总是和它抵触……[3]

因为正如列文早就意识到的，每一个人的心里本来自有一个“毫无过失的审判官”，它就类如孟子所说的人心的“四端”。聂赫留朵夫不敢相信自己，就是怕这个“毫无过失的审判官”，所以自暴自弃地放失了人皆有之的“四端”。而一旦他意识到，“执行那铭刻在我良心上的主的意志，我却能办到，这是我毫无疑问地知道的”[4]。聂赫留朵夫就幡然醒悟了。

值得一提的是，托尔斯泰在对卡列宁（《安娜·卡列尼娜》）的描写中，特别突出他时时事事都生活在别人的态度、眼光和看法里。他深

---

[1] 转自米·赫拉普钦科：《艺术家托尔斯泰》，第243页。
[2]《托尔斯泰文集》17卷，第138页。
[3]《复活》1卷13章。
[4]《复活》2卷8章。

思熟虑的头脑能够时时事事准确地猜测出别人对他的看法。这就使他忘记了自己，失落了良知。而一旦他一不小心没有思考别人的态度，只凭心之所到去做，就顿时体验到一种真正的“精神上的快乐”。但是“另外一种……野蛮的力量”——别人的意见——又转瞬间毁灭了他的快乐——他的真正的生命：

> 他感到大家都带着询问般的惊异神情望着他，他不被理解，而且对于他，别人还期待着什么东西。[1]

于是他重又不是凭着自己的良知，而是看着别人的态度行事。

托尔斯泰让帕申卡成为谢尔盖神父精神导师的情节也是很有意义的。这个穷困的老太太正是以自己最平凡普通的生活，谦卑而善良的人生态度，现身说法地给谢尔盖神父启示了真正的人生之路。

她，面对穷愁潦倒的命运，不怨天，不尤人，努力尽自己的力量养活女儿、病病歪歪的女婿和五个外孙子、外孙女。她为自己一时没舍得多给行乞的香客些钱，“那么小气”而暗自“突然红了脸”。她顾不上去教堂，自认祈祷“没有真正的感情，只知道自己糟透了”。

而谢尔盖神父正是从这个真正“为上帝活着”的人身上，看到了自己的罪过，看到了怎样才能拯救自己，看到应该怎样去寻找上帝：帕申卡完全是生活在自己的上帝里，或者说，上帝就在她的心里。按我们中国人的话说，就是她只听凭自己的良心，只对自己的良心负责。

“上帝在你们心中”，相信自己，也只有依靠自己才能得救，同时也一定能得救，能实现自我的完成。这就是托尔斯泰的结论，也是和中国人的共识——“万物皆备于我”，“人皆可以为尧舜”。

---

[1]《安娜·卡列尼娜》4卷19章。

**“万物一体之仁”和“你就是我”**

中国人的终极追求是天人合一。老子讲归根复命，庄子讲心斋坐忘，要达到“独与天地精神往来”（《庄子·天下》）、“天地与我并生而万物与我为一”的“万物皆一也”（《庄子·德充符》）的境界。而儒家修身也是为了真正达到心性合一，使人心能够完全体现天道之诚。这样，人就达到了参赞天地化育的圣人境界，天人合一的境界。

而托尔斯泰与儒家思想相似，为人在这世间所提出的目标同样是和上帝的融一：

> 真正的生命在于最大限度地接近每一个人在内心中发现并意识到的天国的完美，在于愈来愈接近自己的意志同上帝的意志的融合……[1]

而达到这一境界的基础，儒家的理论就是人性和天道的一致性、统一性。虽然心长在每一个人的身上，但是“人同此心，心同此理”，这个理就是良知，就是天理。它贯通于天地万物之中。到了宋明心学，更提出“宇宙便是吾心，吾心即是宇宙”（陆九渊）。王守仁把人比为天地之心，是天地间唯一的神明，天地鬼神的主宰。他认为：“可知充天塞地中间只有这个神明。人只为形体自间隔了。”（《传习录》下）他从其良知之说，进而提出“万物一体之仁”的思想：

> 大人者，以天地万物为一体者也，其视天下犹一家，中国犹一人焉。若夫间形骸而分尔我者，小人矣。（《大学问》）

所以，他指出：

> 岂但禽兽草木，虽天地也与我同体的，鬼神也与我同体的。（《传习录》下）

托尔斯泰也把与上帝融一这一终极目标的基础建立在每一个人的

[1] 托尔斯泰：《天国在你们心中》，第245页。

身上共有着一个同一的灵魂（дух）上，而这一灵魂又是和上帝同一的。尽管托尔斯泰不曾读过王守仁的书，却几乎是用王守仁的语言说着同样的道理：

> 一切生命用自己的形体互相分离开来，但是，那给予他们生命的东西，在所有生命中都是同一的。[1]

> 不仅在所有人的身上，而且在所有的生物的身上都生活着同一个精神的根源。

甚至：

> 我们心里感到，我们以其为生命而被我们称为自己的真正的“我”的那个东西，也同样不仅存在于每一个人身上，也存在于狗、马、老鼠、鸡、麻雀、蜜蜂甚至植物身上。[2]

有时，托尔斯泰也把这一同一的基础称作理性（разум）：

> 如果我们能够持守理性对我们所说的，我们一切人就会结合起来，因为在一切人那里理性是一个。[3]

在《复活》中，托尔斯泰借那个头发蓬松的流浪老人宣说着自己的真理：

> 信仰有许多种，灵魂（дух）却只有一个。你也有，我也有，他也有。那么各人只要相信各人的灵魂，大家就会联合起来了。人人保持住自己的原来的面目，大家就合成一个人了。[4]

看来，这“自己的原来的面目”并不是舍斯托夫说的“自己各自的面目”。托尔斯泰认为，各人心中的那个“我”，那个理性、那个上帝，原来是同一的：

---

[1] Толстой Л. Н. *Путь жизни* С. 59.
[2] Толстой Л. Н. *Путь жизни* С. 61.
[3] Булгаков С. Н. *О Религии Льва Толстого* С. 188 .
[4]《复活》3卷21章。

> 如果我们遵循理性对我们所讲的，那么我们所有人就会联合起来。因为所有人的理性是一个。只有理性能够把人们联合起来……[1]

而托尔斯泰又特别指出：

> 独自一个人或者一些人是无法达到洁净的。要洁净就得大家一起洁净。把自己隔离起来不染污泥，这是最严重的不净。[2]

这也就是托尔斯泰最后给谢尔盖神父指出的生之道，就是循着帕申卡现身说法所指出的道路，即寻找着新的上帝——心中的上帝，或者说，就是用自己心中的上帝，用爱，去把自己和一切人联合起来。“在西伯利亚，他……住了下来，……在东家的菜园里做工，兼教孩子们读书和照顾病人。”

基督教将人视为罪人，将人间视为罪恶的渊薮，将神和人，灵与肉，天国和人间对立起来。而托尔斯泰把上帝和人的理性相统一，把上帝请入了人心，基督教的一整套依靠神恩、天启、求助于原罪的救赎的教条就被否定了。代之以对“万物皆备于我，反身而诚”的自信和自觉。“人能弘道，非道弘人”（《论语·卫灵公》），人能够，也只有靠自力得救。这条寻找上帝的道路，不靠蛰居祈祷和基督救赎，没有强制和压抑；靠的是对心中上帝——理性的自觉，平凡生活成为完善自我的修所。正是所谓“担水砍柴，无非妙道”。托尔斯泰在基督教的人生修炼的氛围中，走到了最近中国古典文化思想的距离。这就是不脱离世间的所谓“内在的超越”。这条道路虽然也充满艰苦，但是比起祈求上帝，否定现世人生的“外在超越的道路”，的确是自然而轻易的“轭”。托尔斯泰反复援引《马太福音》说，“因为我的轭是容易的，我的担子是轻

---

[1] Булгаков С. Н. *О Религии Льва Толстого* С. 188.
[2]《托尔斯泰文集》17卷，第144页。

省的”(11章),我想就是要说这个道理。

托尔斯泰得到这一和中国古典文化思想相当契合的结论,是经过了如谢尔盖神父一样的几十年痛苦的精神探索的。只是在否定了个人和上帝分立式的孤身索居的对话、外向的祈祷之后,只是在向往东方农耕生活的平民化追求中,在和中国古典文化思想的密切接触中,他和那种弃绝现实生活,闭门祈望神启的道路相对,指出在自然的生活中自我完善的入世道路。他认定在这条道路上,人的心灵能够和万物、上帝融为一体。

他在日记中写到这样的思想:我们周围有四堵墙:一是过去,二是将来,第三堵是对“我不在之处发生的事一无所知”,第四堵是“对别人心灵中的活动一无所知”。对前三堵墙,托尔斯泰说,“我们愈少往这三堵墙外看愈好。”接着托尔斯泰论道:

> 但是第四堵墙,对别人心灵中的活动一无所知的墙,我们要努力打破,努力和别人的心灵融合在一起。我们愈少往前三堵墙外张望,我们愈能同别人在这方面亲近。[1]

在人与万物融合、天人合一这一终极问题上,托尔斯泰也和中国人一样,都提出了突破个体形骸的界限而与天地或上帝合一的途径。

中国人的办法是把心,把自己的精神的自我,超越出个体的形骸而以“关心”——关爱之心来连接万物,即以仁的精神贯通万物。程颢早就谈到“仁者以天地万物为一体,莫非己也”(程颢《遗书》卷2上)。

王守仁谈到“万物一体之仁”的思想时说:

> 世之君子唯务致其良知(也就是不往前三堵墙外看),则自能公是非,同好恶,视人犹己,视国犹家,而以天地万物为一体,求天下无治不可得矣。古之人所以能见善不啻若己出,见恶不啻若己入,视民之饥溺犹己之饥溺,而一夫不获若己推而纳诸沟中者,非

[1]《托尔斯泰文集》17卷,第214页。

故为是而以蕲天下之信己也，务致其良知求自慊而已矣。(《传习录（中）·答聂文蔚》)

而托尔斯泰也认为人应该从个人的形骸中、个性中解放出来，“合成一个人”。在小说《主与仆》（1895）中，托尔斯泰描写了布列胡诺夫用自己的体温救活了自己的仆人，而在临死时终于悟出人生真谛：

他明白，这是死亡，却一点儿也不因此难过。他想起，尼基塔躺在他的下面，已经暖和过来，还活着。于是他觉得他就是尼基塔，而尼基塔就是他。他觉得他的生命不在自己的身体里，而在尼基塔的身体里面。……“尼基塔活着，这就是说，我也活着。”他庄严地对自己说。[1]

1903年，托尔斯泰还写过一篇题为《这是你》的对话。一个暴君问一个智者，怎么更好地向仇人复仇。而智者说：

“你看一看周围的一切生物，然后对自己说：‘这一切就是我。’所有的人都是兄弟，也就是说，所有的人就其实质而论，都是同一个人……如果你动手打你的仇敌，那么你就是在打你自己，因为欺侮人的人和被欺侮的人实质上是同一的。”

暴君听了说：

“我不想作‘我’，我不想要任何暂时的东西，我想同你一样，也成为一个不走运的、无个性的人。”[2]

可以看出，在这人与天地万物合一的终极追求上，托尔斯泰的“我融于万物”和儒家的天人合一又有所区别，而更接近于道家。

儒家从孟子就讲“大人”“小人”，“大体”“小体”，(《孟子·告子上》14—15章）都是要人超越个体的“我”，超越“小体”的口腹、耳

[1]《托尔斯泰文集》4卷，第321页。

[2] Толстой Л. Н. *Полное собрание сочинений (в90-тых томах)* Т. 34 С. 139-140.

目之欲，把心连及广宇。可以说，儒家是将个性的“我”扩大，使人顶天立地，伸展而包容天地万物。儒家的自我完成是要“化物”“成物”的，是要“赞天地之化育”的：“唯天下至诚为能化”；“成者非自成而已也，所以成物也”。(《中庸》) 所以张载提出“大其心”以“体天下之物”，而达到“视天下无一物非我”。这其中包含了积极改造世界的思想。而托尔斯泰则是要将个性的“我”否弃，认识个人的“局限性”，使之融于万物。所以说，不是“化物”，而是化于物，像布列胡诺夫那样通过牺牲和否弃个体的我，从而达到和他人的融一，达到与上帝（即一切）融一。这倒合于老庄。

老子说：“吾所以有大患者，为吾有身。及吾无身，吾有何患？”(《老子》13章）因此他主张无我，把个性的我最大限度地削弱，损之又损，以至于无为。而庄子齐物，不分物我彼此，认为本是一体。他也认为人的不自由在于“有已”，他指出，“至人无已”，主张坐忘无已，使“我”弥漫于天地之间，就能与天地精神常往来了。实际上，《战争与和平》中的普拉东·卡拉塔耶夫已经体现着无为无我，欲化于万物这一思想倾向。

既然天下万物“莫非已也”，所以儒家认为世上一切事物也都关乎个人的最终完成。由此既可引发必欲将我之心意强加于世的专制态度，也可导致缺乏个性意识的态度，实际上二者成为相辅相成的一体。

人们特别意识到，儒家思想对个性、个性的特殊性重视不够。这和它强调人的心性的一般性、普遍性而抹杀个性的相对独立性是相联系的。而托尔斯泰虽然认为人在自我完成——“合成一个人”，和上帝融一追求中，自性是满足的，也承认“天在内”，“万物皆备于我”，但是他同时又缺乏中国人那种对自身的小宇宙和整个大宇宙完全同一、同构的自信，总认为个人心中的上帝和那个作为无限和一切的上帝终有局部和整体之分，个别和一般之分。这大抵是西方天人之间、群体个体之间分立的影子。他说：

人身上的这种生命的本质受到他的肉体的制约，因此它只是整体的一部分。但是，从这一部分中，人能够知道整体，这个整体就是上帝。[1]

所以他又说：

个性是一个局限。上帝是我们自认为是其一部分的那个全部。所以，个性的理解无论如何不能应用于上帝。[2]

正如布尔加科夫尖锐地指出：

托尔斯泰是和个性的意识格格不入的。……他感觉不到各个人的唯一性和不可重复性，及他的命运的永恒的秘密。对他来说，存在的只有一个世界灵魂，而没有个别的个性。[3]

别尔嘉耶夫也指出：

他（托尔斯泰）把个性、个人意识看成是实现完美的生命、实行与神的结合的最大障碍。……托尔斯泰的反人格论在最大的程度上把他和基督教区分开来。[4]

托尔斯泰早在《战争与和平》中，就特别看重那位"圣人无常心，以百姓心为心"（《道德经》49）的库图佐夫的无个性的特征：安德烈就"发现这个老人身上没有任何个性的东西"[5]。

而在晚年，托尔斯泰更加把肉体的我（小我），和精神的我（大我）分立开来：

我只知道，我和我的肉体不是一回事。[6]

在日记里，他写道：

---

[1]《托尔斯泰文集》15卷，第514页。

[2] Маковицкий Д. П. *Яснополянские записки* С. 100.

[3] Булгаков С. Н. О *Религии Льва Толстого* С. 177.

[4] 别尔嘉耶夫：《俄罗斯思想》，第181页。

[5]《战争与和平》10卷16章。

[6]《托尔斯泰文集》15卷，第509页。

> 无论什么愿望，在意识到它出现了的时候，问一问自己，这是谁的愿望，是托尔斯泰的，还是我的……想到托尔斯泰不是我，问题就彻底解决了。[1]

他在日记（1897年11月17日）中，曾记述自己个性意识的消亡过程：

> 我的生命——我对自我存在的意识渐渐减弱，还将继续弱下去，最后衰颓，完全不再有自我存在的意识。与自我的消亡完全同时、完全一致的是，我的生命的产物，我的思想和感情的结果开始生存，而且越来越有力地生存在别人身上，甚至在动物和没有生命的物质身上。我想说，这就是我身后的生命。

看来，托尔斯泰的这种反个性、反人格论的物我融一中，不仅有东方天人合一思想的成分，而且也包含有基督教否定“肉体的人”的禁欲主义态度的影响。但是，托尔斯泰毕竟走到了中国人依靠自力追求终极实在的“万物一体之仁”的路上。

## 五、托尔斯泰的人的“禁欲主义”和中国人的“淡泊明志”

基督教禁欲主义是和中国人的现世生活观念格格不入的。而禁欲主义一般被视为托尔斯泰主义的重要特征。所以，看来这方面也就最难构成与中国传统文化思想的对话。但是，由于托尔斯泰在极大的程度上，消解了基督教的罪孽感和对肉体的憎恶，以及和耶稣基督共同受难的意识，所以托尔斯泰的人身上就大大削弱了基督教禁欲主义所特有的色彩。

德·梅列日科夫斯基曾对托尔斯泰有一个精彩的勾勒：

> 托尔斯泰既非肉，也非灵，而是介乎两者之间的人，即所谓“灵魂的人”的最伟大的阐释者，他描写肉的向着灵的一面，灵的

---

[1]《托尔斯泰文集》17卷，第336页。

向着肉的一面，那是一个神秘的领域，兽与神就在其中交战。请注意，这就是他本人生活中的斗争和他的悲剧：他自己首先是一个灵魂的人，既非彻底的异教徒，又不是彻底的基督徒，他是一个经常在重生的人，经常被引导改变信仰，然而却不能完成重生，改宗基督教；他是半个异教徒，半个基督徒。[1]

而就在这灵与肉的交战中，托尔斯泰的人的禁欲主义和中国人的淡泊明志构成了极有意思的对话。

从80年代托尔斯泰“平民化”的过程开始，他成为素食主义者，放弃打猎和吸烟；他从事体力劳动，学做靴子；他决定放弃财产，不再过“老爷的生活”。禁欲主义，对自己“身体”的欲求的严格克制，他终生身体力行。在他后期的作品和论著中，常常谈及人欲对“真正的生命”、对灵魂的危害。托尔斯泰不仅谆谆指出肉体的生命不可能有幸福，而且指出肉体生命的欲望恰恰是与真正的生命相违背的。肉体欲望如魔鬼般的罪恶，灵与肉的对立和惊心动魄的斗争，表现在一系列作品（如《克莱采奏鸣曲》《魔鬼》《谢尔盖神父》《复活》等）的情节之中。

不过，托尔斯泰的禁欲主义由于形成于他批判基督教义而努力接触中国古典文化思想的时期，所以这种禁欲主义被中国文化思想大大地化解而赋予了新的色彩。而托尔斯泰对现世生活的肯定，也不能不使托尔斯泰背离基督教全面否弃现世生命观点，从而对灵与肉的关系进行重新调整，而这就必然地和中国人对现世生活的态度、对灵与肉关系的态度产生了一定的通融。

首先，托尔斯泰的人身上的禁欲主义大大削弱了基督教所特有的色彩；取而代之的是对剥削阶级骄奢淫逸生活的憎恶和对劳苦大众贫困生活的愧罪。托尔斯泰把禁欲主义的矛头首先指向要“自己阶级”戒除

---

[1]《欧美作家论托尔斯泰》，第398页。

穷奢极欲。在《论俄国革命的意义》一文中，他分析了“精心制造各种妇女的时装、豪华的宫殿、糖果、玩具、汽车、烟草、醇酒、美食、药物……”和人民的痛苦生活的关系，和社会压迫，乃至和列强侵犯掠取东方民族人民的关系。[1]

托尔斯泰说：

> 我不喜欢也不可能喜欢贫穷，尤其是别人的贫穷，然而我更不喜欢、更憎恨、也不可能不憎恨的是财富的来源，诸如土地私有权、银行、利息。[2]

在题为《到底怎么办？》（1906年10月）一文的开篇，托尔斯泰就引出老子《道德经》19章中“绝圣弃智，民利百倍。绝仁弃义，民复孝慈。绝巧弃利，盗贼无有”一段[3]，结论当然是非常同意老子接下去提出的，首先要求统治阶级应行“见素抱朴，少私寡欲”的思想。

当然，托尔斯泰的禁欲主义的主要着眼点不在解决民生问题，改善劳苦人民的物质生活，而意在拯救所有人的灵魂。

因为灵与肉的不可调和的对立这一基督教的基本思想是托尔斯泰始终坚持的。为了拯救灵魂，为了真正的生命，人不应该“体贴肉体”，但是他也反对彻底否定肉体，“抛弃个性的肉体”，而是要把动物性的躯体作为“生命的手段”[4]：

> 不抛弃个人的躯体，而是抛弃个人躯体的幸福。[5]

这样，一方面托尔斯泰主张“人的生命是对幸福的追求”[6]，一方面又主张要抛弃个人躯体的幸福。因为个人的肉体不是真正的生命，而且

---

[1]《托尔斯泰文集》15卷，第539页。
[2]《托尔斯泰文集》17卷，第272页。
[3]《托尔斯泰文集》15卷，第530页。
[4] 见《托尔斯泰文集》15卷《论生命》16章。
[5] 见《托尔斯泰文集》15卷《论生命》21章。
[6] 托尔斯泰：《天国在你们心中》，第198页。

它妨碍真正的生命的幸福。从安娜因听任情欲而殒身到兽性的人使聂赫留朵夫深陷罪恶，以及《克莱采奏鸣曲》《谢尔盖神父》《魔鬼》中肉体的情欲所造成的悲剧都是明证。

而许多人都指出托尔斯泰对现世生活的爱和禁欲主义之间的矛盾。别尔嘉耶夫说：

> 他身上充满一种气质，这就是对生活的激情和爱，同时又有禁欲主义倾向。[1]

普列汉诺夫说：

> 对他来说，基督教义的关于灵魂不死的思想不可能有任何慰藉：他需要肉体的不朽。

这一判断虽然不合于托尔斯泰主义，但是未必没道出托尔斯泰心底的梗结：

> 他需要的是那种永生，那里无数昆虫嗡嗡叫着打转，小牛匍匐而行，周围到处是鸟儿在嘹亮而婉转地歌唱。[2]

的确，托尔斯泰即使在晚年，也对生活充满了热爱，在日记中他写道，生活中有“多少高尚的乐趣啊”：“比如在大自然的天地里劳动，和劳动中的伙伴交往，享受休息，补充体力消耗的食物，和动物打交道，意识到自己的劳动有成果……”

他一生爱好很多，充满对生活的情趣，直到他生命的最后的日子，只要一听到舞曲，还总不能安静下来。甚至闻着严冬傍晚的空气中的烟味，他都会无限欣慰地感叹：“多么好啊！”

比如，B. 布尔加科夫在1910年（托尔斯泰的最后一年）2月22日的日记里记道：

---

[1] 别尔嘉耶夫：《俄罗斯思想》，第138页。
[2]《俄国作家批评家论托尔斯泰》，第254页。

> "……放了留声机。……真想跳舞啊！"列夫·尼古拉耶维奇听着特罗杨诺夫斯基演奏的果拍克舞曲感叹道。[1]

对于托尔斯泰来说，人生在世绝不是苦行，而是充满我们中国人现世人生的情趣。

"为了基督应该不是去作一个殉道者，基督没有这样教导。"托尔斯泰在《我的信仰是什么》中这样说，"他是在教导不要再为尘世的虚伪的理论去折磨自己……"为了幸福，托尔斯泰指出，遵循基督的教导，"首先需要的是人和自然的联系，即在光天化日之下，在清新的空气之中生活，需要与大地、植物、动物的交往，"二是需要"自己热爱的、自由的劳动，包括给予我们好胃口和甜美好梦的体力劳动"；三是需要"一个家庭"；四是"和世界上所有各种各样的人们自由而友好地交往"；还有，五是"健康而无病的死"。[2]

我们看到，这里，托尔斯泰不是在讲为了宗教幸福而必经人间磨难的基督教禁欲主义教义，而是在解说通过他宣扬的"平民化"生活来建立的人间乐土。

而同时，他又宣传和身体力行着"节制和自制"。在《第一步》一文中，他写道：

> 如果一个人对美好生活的向往是真诚的，那么必须遵循一定的制度。在执行这一制度的过程中，人首先应该培养的品德是节制和自制。……而第一件事就是节制饮食。[3]

果然，我们在托尔斯泰的日记里可以看到他直到晚年都在和自己的"人生第一欲"——食欲进行着斗争。

> 1908年3月10日日记：喝咖啡，总克制不住——喝多了。

---

[1] 瓦·布尔加科夫：《托尔斯泰的最后一年》，第132页。
[2] 见Булгаков С. Н. *О Религии Льва Толстого* С. 120.
[3] 谢尔盖延科 A.：《托尔斯泰晚年生活纪实》，刘光淮、黄苏华译，重庆出版社，1987年，第95页。

1909年5月4日日记：吃多了——惭愧。

但是，应当指出，既然托尔斯泰的人完全失掉了“另一世界”个人复活的目标，所以托尔斯泰的禁欲主义，他对肉体的戒心和对情欲的反感，主要是由于它们妨碍了人的精神的修炼、提升和在这个世界上的生命的真正的——精神的幸福。这是他论述节制和克制的着眼点。比如，在论述《克莱采奏鸣曲》中悲剧的成因时，他说：

> 禁止生育应该作为中心。她不生孩子最后难免堕落。……他培养了她的肉欲。医生们禁止生育。她营养充足，穿着讲究，还有种种艺术的诱惑。她怎能不堕落啊！[1]

进而他认为：

> 压抑、贫困、痛苦能促进道德的完善，而自由、富足、外部的幸福则是有害的。……人的幸福只是精神的，为肉体的、物质的幸福操心最能毁坏这幸福。[2]

这样，托尔斯泰的禁欲主义，他的“节制和克制”就和中国人的清心寡欲、淡泊明志的修身思想相接轨了。

中国人的自我完成也是在于精神的提升。而目标完全是现世生命的完成。中国人的心性修炼的终极目标是成为圣人，而这圣人又是凡人，有七情六欲，过现世的人的生活，不离世间的超越。既然在这个世间，人的精神是要寄予肉体的，所以中国人对自己的身体，一般说，不是一种恶狠狠的态度。当然，灵与肉的关系也是中国人自我修炼中的一个主要问题。在这方面，中国的人也和托尔斯泰的人一样遇到了麻烦。老子说过：“吾所以有大患者，为吾有身。”（《道德经》13章）

怎样处理这个身与心、灵与肉的矛盾？

---

[1]《托尔斯泰文集》17卷，第148页。
[2]《托尔斯泰文集》17卷，第311页。

老子是禁欲主义的，和托尔斯泰一样，也认为物质世界勾引人的欲求而乱人心性。他指出：

> 五色令人目盲；五音令人耳聋；五味令人口爽；驰骋畋猎，令人心发狂；难得之货，令人行妨。(《道德经》12章)

于是提出类似托尔斯泰的主张："是以圣人为腹不为目"，即止于温饱安宁，不纵奢华享受。不过老子的禁欲为的是"长生、久视"(《老子》59章)，是"贵生"(《老子》75章)的，按庄子的话，为的是"保身""全生""尽年"(《庄子·养生主》)。这种"体贴肉体"的态度则和托尔斯泰对肉体生命的根本态度不同。所以，托尔斯泰旨在精神提升的禁欲主义倒是该和为精神提升而主张淡泊明志的儒家进行本质性的对话。

儒家从孔子开始，就主张淡泊物质上的欲求，而目的在于追求精神上的提升。这就和托尔斯泰把目标确定在现世人生的生命提升的禁欲主义有了对话的基础。孔子也认为人欲妨害心性的修炼，批评弟子申枨："枨也欲，焉得刚？"(《论语·公冶长》)所以孔子讲："士志于道而耻恶衣恶食者，未足与议也。"(《论语·里仁》)要求君子要"谋道不谋食"，要"食无求饱，居无求安"，要"敬其事而后其食"(《论语·卫灵公》)。遂有义利之辨，要人"见利思义"。他赞扬颜渊箪食瓢饮，不改其乐的志于道的精神；而自诩"饭疏食饮水，曲肱而枕之，乐亦在其中"(《论语·述而》)，以致提出"无求生以害仁，有杀身以成仁"(《论语·卫灵公》)，即托尔斯泰认为的，肉体生命要为精神生命服务的思想。

不过，孔子绝无禁欲主义思想，"声色"二字在孔子并非大逆不道的。《论语》不仅两次记他以好色比好德("吾未见好德如好色者也"一句见《子罕》，又见《论语·卫灵公》)，而且看来，他也和托尔斯泰一样，对音乐具有极强的感受力[子在齐闻《韶》，三月不知肉味，曰：不图为乐之至于斯也。(《述而》)]。更重要的是，他把"乐"视为推行教化的有力工具[兴于诗，立于礼，成于乐。(《泰伯》)]。

而托尔斯泰在声色上，充分表现出他的健全的人性和禁欲主义之间的痛苦冲突。一方面，他了解美、欣赏美（这从可爱的娜达莎和美丽的安娜的形象上完全可以看出来），一方面他又害怕美、攻击美（他不敢让自己的"完善"的正面形象有惊人的美貌，而美常常起着勾引人欲引导邪恶的作用，善和美常常处于对立的状态。这在论述审美观时再讲）。而且，他常常为自己难于摆脱音乐的魔力而自责（《克莱采奏鸣曲》反映了托尔斯泰对音乐的魔力的恐惧），难怪小说的主人公赞成中国人由国家管理音乐。最终，托尔斯泰走到了为了心性的修养，为了"纯洁"而否定性爱的地步。

而孟子比孔子也更加注意人欲对心性修炼的妨害，提出了"养心莫善于寡欲"（《尽心》下），并开始了灵与肉的分别，指出人有大体（即指心）、小体（即指耳目）之分，"从其大体为大人，从其小体为小人。"（《孟子·告子上》15章）这就和托尔斯泰的灵与肉的区分接近起来。不过孟子并不一概否定养身，否定耳目之欲，但应区分轻重：虽然"人之于身也兼所爱"，但是应懂得"体有贵贱，有大小；无以小害大，无以贱害贵。养其小者为小人，养其大者为大人"。所以，"饮食之人，则人贱之矣，为其养小以失大也；饮食之人无有失也，则口腹岂适（啻）为尺寸之肤哉？"（《孟子·告子上》14章）于是，孟子就有了鱼和熊掌的比喻，得出"生，我所欲也；义，我所欲也。二者不可得兼，舍生而取义者也"的结论（《孟子·告子上》10章）。

不过，先秦儒家并未把灵与肉绝对地对立起来，而只是认为人的物质生活，肉体生命，应服从精神生活，为追求人生的理想服务。只是到了宋代理学那里，灵与肉的关系才变得格外紧张起来。二程认为："大抵人有身，便有自私之理，宜其与道难一。"（《遗书》卷3）又说："人心，私欲，故危殆；道心，天理，故精微。灭私欲，则天理明矣。"（《遗书》卷24）朱子也有所谓人心、道心之辨，认为，人虽"只有这一个心，"但是，"知觉从耳目之欲上去，便是人心；知觉从义理上去，便是道心"（《语类》卷78）。遂在"人心惟危，道心惟微"上大做文章，天理人欲终于变得不可两立，“人之一心，天理存则人欲亡，人欲胜则天理灭，未有天理人欲夹杂者”（《语类》卷13），从而提出“存天理，灭人欲”，走向禁欲主义上去。

然而，既然实际上人是身心的统一体，如何区分身与心、灵与肉，或按托尔斯泰的话说，如何区分“人的与神的”，这始终是个大问题。

朱子的学生问起“饮食之间，孰为天理，孰为人欲”，他答道：“饮食者，天理也。要求美味，人欲也。”（《语类》卷13）这和先师孔子的“食不厌精，脍不厌细”不同。

但是，时地遥遥，竟通灵犀：托尔斯泰也在《阅读园地》里写有“上帝给人们送来食品，而魔鬼给人们送来了厨师”之说。甚至一个莫斯科的厨师代表团找上门来，要求他去掉这句话。托尔斯泰友好接见了他们，但是那句话到底没肯去掉。[1]

看来这句话绝非随便说说而已，正是托尔斯泰的灵肉判断之规。在这方面，托尔斯泰不仅和朱子的意见，实质上也和中国的传统思想不谋而合。这就是，肯定人的基本的肉体需求，但是不要追求物质上的奢美，而希望在淡泊、俭朴中，把精神寄托在心性的修炼上。

不过，中国人并不把“人心”作为恶而否定掉，因为人心就是人在现世生活中的自然欲求：“人心便是饥而思食，寒而思衣的心。”（《朱子语类》78）但是人心惟危，这种自然之心已经有潜在的危险，因为它的自然欲求（“目则欲色，耳则欲声，鼻则欲香，口则欲味，体则欲安”《粹言》卷2《心性》）有无限度发展的趋势，所谓“峻宇雕墙，本于宫室；酒池肉林，本于饮食”。所以程氏以释损卦的方式提出要“损人欲而复天理”（《程氏易传·损卦》）；要“窒欲”：“何以窒其欲，曰，思而已矣。”（《粹言》卷2《心性》）朱熹也说，当思量：“饥而思食，后思量

---

[1] 谢尔盖延科A.：《托尔斯泰晚年生活纪实》，第97页。

当食与不当食；寒而思衣，后思量当着与不当着。这便是道心。”（《朱子语类》78）所以，并不是要求消灭“人心”，而是要用“道心”辖制“人心”，克制人欲。

同样，托尔斯泰也把自制和克制的力量诉诸理智：“不要求绝对弃绝人身，而要求使人身服从理性意识。”[1]

1991年12月20日巴黎出版的《俄罗斯思想报》发表了一封新公开的托尔斯泰的短信。这是1892年3月2日托尔斯泰给一位彼得堡大学的学生列·布留恩的回信。这封信有助于理解托尔斯泰的这一思想：

> 这位大学生来信说：“我18岁了。我生活中已经有了两种最诱人的欢娱，一种是对人们的爱、那种基督所体现的爱，对我来说这无疑是高尚的情感，甚至是高于一切的；另一种是女人的美、音乐之美、自然之美所引起的欢娱。我认为这两种爱之间存在根本矛盾。”他问托尔斯泰，“是否应该压抑享乐的天性？压抑这种天性会在自己身上唤起什么——是对人们的爱的发展，还是冷酷和内心空虚？”

收到这封年轻人的信，托尔斯泰旋即回信：

> 在爱上帝（善）的道德情感（由这种情感又产生了对近旁人的爱）和享受艺术、自然或女人之美之间不存在矛盾，就像在由思想活动而得到的欢娱和享受饮食之间不存在矛盾一样。只有当意识中不十分清楚两种情感之中哪一种应该成为主要的，哪一种不应该成为主要的时，矛盾才会产生。要是人产生出吃东西会妨碍思考的看法，那也就会产生出审美情感会妨害道德情感的看法。为了思考应该合理地适度地吃，为了爱上帝和近旁的人，应该适度而有道德地去爱美。因此，应该做的不是压抑自己的审美情感，而是使之服从

[1]《托尔斯泰文集》15卷，第306页。

于道德情感。我希望你这样去过自己的生活。[1]

这种对人的自然欲求的“适度”的、“合理”的通融态度便很接近中国人对灵肉关系的态度了。但是，由于基督教的灵肉对立始终是托尔斯泰思想的基础，所以如何实现这种“通融”，并不是一件简单的事情。

如果说，中国的人不认为自然欲求如此危险，而且始终坚信，人的理性、善的本性能够战胜一切自身上的恶，“仁之胜不仁也，犹水胜火”（《告子上》18章），那么和中国人对灵肉的态度相比，在托尔斯泰那里，人的自然欲求，或就叫作“肉”，具有更大的危险性和威慑性，而精神的人要战胜兽性的人，理性战胜人欲，需要更为惊心动魄的，有时是悲剧性的斗争，只要想想为战胜心中的魔鬼而开枪自杀的伊尔杰涅夫，砍掉手指而终究不能战胜淫欲的谢尔盖神父，就可以明白。这与其说是由于托尔斯泰对理性力量的怀疑，不如说是托尔斯泰的人身上存在的基督教禁欲主义对肉体的恐惧和憎恶的表现。

所以，尽管托尔斯泰说“不要求绝对弃绝人身”，但是托尔斯泰的禁欲主义的人生修炼不仅要求灵要战胜肉，精神要战胜肉体，而且它的最终目标只有在肉体的人完全变为精神的人，或者说，在肉体消灭之时才算最终完成。因为只有这时才可能铲除一切人欲。（这里有基督教弃绝肉体的坚决性，却没有基督教人个性复活的希望，这太可怕了。）这是不同于中国人对灵与肉所取的中庸态度的。当然，中国人的这一心态的负面，就是会陷入苟安保守、盲目自满，而缺乏托尔斯泰的人所存留的基督教人的批判的、警醒、进取的精神。相对而言，托尔斯泰的人缺乏中国人生的自足完满感，而总有一种未完成感，一种不满和愧疚：

我不可能总靠精神的我活着。而只要不靠精神的我活着，我的

---

[1] 转自《苏联文学》杂志1992年4期94页。

一切行为都会触犯别人。只有一点是好的：我对自己不满，惭愧。[1]

托尔斯泰晚年日记上的这段话，充分表现出托尔斯泰的人的禁欲主义的矛盾心态。而另一方面，托尔斯泰始终进行着灵与肉的苦斗。他说：

> 终于找到了一个最简单的比喻：天平的臂。肉体这一端，包括健康情况和在人世间的名望（这也是属于肉体的）愈往下坠，愈坏，精神那一端便升得愈高，人在精神上的感觉也愈好。人的肉体状况愈坏，精神状况就愈好。[2]

托尔斯泰的晚年，经常提到人的生命应该也正是不断从肉体生活转向精神生活：

> 我的生活重心已经从肉体生活转移到精神生活。我感到对肉体的一切完全淡漠了，而对自己的精神生活，却一刻不停地关注着。（1908年9月14日日记）

> 毫无疑问，随着年岁的增长，我的生命愈来愈精神化，所有的人大约都是这样。全人类的生命也是一样。全部生命、任何生命的实质和意义就在这里，……你在做你分内的事：你本身精神化并以你的生命多多少少促进普遍的精神化，即完善……（1910年4月3日日记）

这样一来，托尔斯泰设想的脱离了肉体的精神的人最终“完成”，只有求助于死亡。这便使托尔斯泰的人过不安稳中国人的人生了。

[1]《托尔斯泰文集》17卷，第318页。
[2]《托尔斯泰文集》17卷，第284页。

第三章

# 托尔斯泰和中国儒家知论

托尔斯泰对以西方科学主义为基础的认识论及其知识、科学、进步等观念的反感态度，令许多人叹息不解。而从中国古典“知论”的角度加以考察，我们就会发现托尔斯泰在认识论方面和中国古典知论有许多相通之处和共有的强、弱之点。而其中看去保守迂远之处，却能够发现对当今时代颇有借鉴意义的深刻之点。当然，托尔斯泰对中国古典知论的认同不仅与他晚年研究借鉴中国古典文化思想相关，也是他一生东方走向的精神探索的结果，是他对俄国传统的东方思想、对宗法农民世界观的归依的结果。这正证明了托尔斯泰东方走向的精神探索，以及对中国古典知论的认同所具有的普遍意义。

作为中国古典文化思想的重要部分，中国的古典知论最突出地表现出它的文化特色。而托尔斯泰对中国知论（包括认知的目的、认知的主体、客体、认知的方式等）的认同，也就成为他和中国古典文化思想的共识中一个最值得注意的部分。

中国的“知”是指认识（作动词时）和知识（作名词时），中国的知论就是中国古典认识论中最重要的一种认识论。它和西方以科学主义为基础的认识论在认识的目的、方法、认识的主体、客体及其关系等方面有着根本的差异。

东西方认识论的不同是和东西方文化、思维方式的差异紧紧联系的。张岱年先生在谈到中西文化、思维方式之根本不同时指出，中国哲学特别注重统一，注重和谐，而西方则讲对立面的斗争是最重要的；季羡林先生也指出东方的文化和思维方式的特点是综合，合二而一，而西方的文化和思维方式的特点是分析，是一分为二。[1]从另一个角度也可以说，中国的文化是一种伦理文化，而西方文化是一种科学文化。这反映在认识论上，就是西方（特别是科学主义的）认识论，和中国知论比较，其特点是认识主体和认识客体是二元分立的。认识主体力求把自身和认识客体截然分开，力求在认识过程中避免主观色彩，以求得认识客观世界之“真”，它追求的是“是什么”，而不是“应该是什么”；其认知意识和对认知客体的占有、改造的活动紧紧相联系，要在征服自然、改天换地的斗争中实现主体的认知价值；它主要采用逻辑的思维方式，通过分析和综合的方法把握世界。

而中国古典知论是以天人合一思想为基础，所以认识主体和认识客体不是分立的，而是融一的。认知的目的是为求得对现存世界中善的把握，它关心的不是“是什么”，而是在求得一个“应有的”世界而使人生达到至善。所以，中国的知论追求的是对认知主体自身（人）和整个世界（天）的和谐关系（善）的体认。它的特点在于认识主体和客体的互渗和融一，以及认识主体、认识客体和整个认识活动的伦理化倾向。它基本上是采用身心体认的直觉综观方式把握世界。而我们将看到，托尔斯泰在极大的程度上，恰恰正是和中国知论的这些特征取得了共识。

[1] 谢龙编《中西哲学与文化比较新论》，人民出版社，1995年，第5、19页。

中国知论是以儒家和道家的认识论为基础的。他们虽然各执一说，但从深层本质上，又是相通的。在《战争与和平》中，托尔斯泰曾构想过一种类似老子的“绝圣弃知”的“认识”路线，但是，这一路线在托尔斯泰直接接触中国古典文化思想之后，并未得到发展。托尔斯泰的认识论和中国知论构成的对话关系，主要表现在对儒家知论的认同，虽然偶或也可以觉出某些道家认识论的意味。

## 一、托尔斯泰和中国儒家知论在认知目的和界限方面的共识

在认知问题上，托尔斯泰对认知目的的看法是极为引人注目的。他非常喜欢孔子“知之为知之”这句话，并加以补充来表达自己对于认识目的的看法：

> 中国人说，知之为知之，不知为不知，是知也。我要加上一句：知道什么应该知道，什么可以不知道，什么应该早知道，什么应该晚知道，是更大的知。[1]

而他加上的这一句，恰恰是《大学》说的，“知所先后，则近道矣”的意思。

托尔斯泰的补充，恰恰点出了中国知论和西方认识论在认知目的上的不同。和西人对天下万事万物无限的求知心态相对，中国知论从不把无限度的求知作为认知的目标。也绝不认为知之愈多愈好。

认知的对象取决于认知的目的和价值取向。道家的知论是要得道，所以它在认识论上分别出两种方法：“为学”和“为道”。老子指出二者的对立：为学日益，为道日损（《道德经》48章）。老子既然要为道，所以主张要“损”。他的知论实际上是反知论：不要知识。要人“塞其兑、

[1]《托尔斯泰文集》17卷，第256页。

闭其门”，最终达到“沌沌兮如婴儿之未孩”（《老子》20章）这一无知无识、无求无欲的得道境界。

儒家的知论是要知天。而天理又是和人的心性相通的。所以继孔子提出“体仁”“践仁”的思想之后，孟子明确提出了通过尽心、知性以知天的认识路线（“尽其心者知其性也，知其性则知天”《尽心》上）。目的都是要“成人”，成为圣人。就是《大学》开篇所讲的，大学之道在明明德，在止于至善，要从格物致知、修齐治平而达到与天地合德、赞天地之化育，和天地万物和谐一致的关系。可知中国知论的认知对象，是对天人关系的伦理化的认知。

由于托尔斯泰否定了西方建立在科学理性主义基础上的认识、改造社会的道路，而把目光转向自身的精神自我完善，以求得“和上帝的意旨的一致”，“真诚地侍奉活着的人”，这就使他在否定西方科学主义认识论之后，有可能走向中国古典知论的立场。首先，在认知目的上，托尔斯泰和中国知论的求知心态十分接近。他也认为：

> 对人类来说只有一件事是重要的，人类也只在做一件事，即自己阐明自己生存的道德规律。……阐明道德规律不但是全人类的主要的事，而且还是唯一的事。[1]

这道德规律就是托尔斯泰一生思索的，怎样达到和上帝结合这样一个和中国人天人合一之道相近似的求知目的。

托尔斯泰十分赞赏孔子关于“未知生，焉知死”的现实主义的“智慧”，他在日记里译述道：

> 什么是智慧？真诚地侍奉活着的人们，远远地离开所谓魂灵的世界——这就是智慧。[2]

[1]《托尔斯泰文集》15卷，第125页。
[2] Толстой Л. Н. *Полное собрание сочинений (в90-тых томах)* Т. 49 С. 63.

这里表现了托尔斯泰和中国知论在认知目的上的共识：人的认知应当是有限度的，一是可能性的限度，不能知；一是必要性的限度，不必知。而这二者又是统一的：人应该和可能知的是和他生命的意义有关的事情。而中国人和托尔斯泰都认为，这就是人和天的具有伦理性的关系。超出这一界限的事，或不可知，或不必知。中国人既把人生的终极追求置于现实世界之中，所以对超出这一范围的事物不感兴趣，“六合之外圣人存而不论”(《庄子·齐物》)。庄子集释注说，六合之外“虽有理存焉，而非性分之内，则未尝以感圣人也，故圣人未尝论之。”而孟子讲要“知天”，并不是要进行天的实体方面（质量、体积、成分……）的研究，而是要认知涉及人生终极追求的天人关系方面，因而也就是必然能够感于圣人，能够通过尽心、知性达到的知。所以，孟子说的“知天”和荀子讲的“唯圣人为不求知天”(《天论》)并不矛盾，因为荀子意在但修人事而“不与天争职”，都是把认知的对象限于探索天人之间具有伦理性关系的这一“性分之内”的认识范围内。孔子讲“非礼勿视，非礼勿听，非礼勿言，非礼勿动”，也是在道德伦理上为认知对象所划的界限。一旦杞人有忧天地崩坠，身亡所寄而废寝食者(《列子·天端》)，后来竟演为杞人忧天的笑柄。（实际上这是个真问题。）这原因大抵在于，杞人虽仍出于对人世之忧，还远非西人那种对自然知识的纯粹的求知意向，但已脱出了中国人对天人关系的伦理性的求知范围。

而托尔斯泰也对和这一终极追求无关的知识同样报以类似对杞人忧天之举的揶揄。他在谈及“科学的骗局”时说：

> 而他（老百姓）所期望于科学的，是科学能够解决他的和一般老百姓的福利所依赖的问题。他期望科学能够教他怎样去生活、怎样对待家庭、怎样对待亲友、怎样对待外国人、怎样和自己的情欲做斗争、应该信仰什么、不应该信仰什么……

基于托尔斯泰为人规定的这样的认知目的，他自然对科学的广泛的求知意向不以为然，因为这些知识不能解决人生观这一唯此为大的大事。他揶揄道：

然而，我们的科学……却兴高采烈地对他解释：太阳离地球有几多百万英里，光线以什么速度掠过空间，就光来说每秒钟有几多百万次以太的振动，就声来说有几多次空气的振动；科学又谈到天河的化学构造，谈及新的元素——氦，谈及微生物和它的排泄物，谈及电能所集中的两极点，谈及x光，如此等等。……[1]

同时，托尔斯泰认为人类在揭示世界的终极原因上是无能为力的：

智慧发展得愈高，最终目的的不可理解也就愈明显。[2]

用托尔斯泰的宗教语言说就是：

上帝是我们不能知道的。关于他我们唯一知道的是他的法则，他的意志。[3]

这也类似于我们的"天道"。我们不求知天，只求知天意/天道。于是托尔斯泰也就把了解上帝的法则——天道作为认知的目标，所以，托尔斯泰也有自己的"六合之外圣人存而不论"：

认为并且宣称世界是进化产生的，和认为并且宣称上帝用六天创造了世界一样愚蠢。前者更愚蠢些。只有说，我不知道，无法知道，而且无须知道，才是聪明的。[4]

所以托尔斯泰也和中国知论一样不主张无限的求知意向，而主张知识的有益性、合理性和系统性、完整性：

谈到知识，重要的不是知识的多寡，甚至也不是它们的准确性如何，而是它们的合理的内在联系，即知识应该能够从一切方面阐明世界。

---

[1]《现代科学》的序文。转自高尔基《俄国文学史》，缪灵珠译，上海译文出版社，1979年，第484页。
[2] 刘宁主编：《托尔斯泰散文集》，中国广电出版社，1997年，第21页。
[3] Толстой Л. Н. *Путь жизни* С. 75.
[4]《托尔斯泰文集》17卷，第364页。

这也就是合于托尔斯泰的追求和上帝合一的认知目的上，达到“什么应该知道，什么可以不知道，什么应该早知道，什么应该晚知道”的合理性。托尔斯泰把学者现有的知识比作“没有屋顶、窗户的宫殿”（华而不实，没有合理性和完整性），而把目不识丁的农夫的知识比作“能够遮风避雨的茅舍”（虽似鄙陋而完整有益）。所以他提出，“扩大知识，要均衡地进行”。[1]这就引导出托尔斯泰在对知识分类的态度上和中国知论的认同。

## 二、托尔斯泰对中国儒家知论的知之客体的认同——对“德性之知”和“闻见之知”的褒贬

中国古典知论基于自身的认知目的，把知识分为两类。至宋朝张载（1020—1077）明确地提出“闻见之知”和“德性所知”的概念。

“闻见之知”就是指凭耳目“物交而知”。“天之明莫大于日，故有目接之，不知其几万里之高也。天之声莫大于雷霆，故有耳属之，莫知其几万里之远也。天之不御莫大于太虚，故心知廓之，莫究其极也。”（《大心》）可见，闻见之知的认识终是有限的。他问道：“今盈天地之间者皆物也。如只据己之闻见，所接几何？安能尽天下之物？”（《语录》）而且“尽天下之物”也不是中国知论的认知目的。所以，张载转而让人们追求“德性之知”，这样才能达到中国知论的认知天人关系的目的。

实际上，这种“德性之知”并不是对客体的认知，而是对认知主体先天固有的“良知”在生活实践中的体认。张载指出，“德性所知，不萌于见闻”（《大心》）；王守仁也说，“德性之良知，非由闻见耳”（《传习录中》）；程颢说得更明白，“人心莫不有知”（《二程遗书》卷11）。这

[1]《托尔斯泰文集》17卷，第317页。

种不假外索的德性之知是至高的知，同时它又是人性中所固有的。在讨论知之主体时再细述。

闻见之知和德性之知不但有高下之分，而且“闻见小知”还往往对“德性大知”起着蒙蔽、误导的作用。张载说，“人病其以耳目见闻累其心，而不务尽其心”，所以他提出要获得德性之知，需走孟子尽心的认知之路：

> 世人之心，止于闻见之狭；圣人尽性，不以闻见梏其心，其视天下无一物非我。孟子谓尽心则知性知天，以此。（《大心》）

实际上，对闻见之知的贬斥和对德性之知的推崇，早为先秦儒道思想家提出。老子认为“五色令人目盲；五音令人耳聋；五味令人口爽”（《老子》12章），所以主张“塞其兑，闭其门”（《老子》56章），闭目塞听，杜绝了闻见之知，方能达到“不出户，知天下；不窥牖，见天道”，因为“其出弥远，其知弥少。是以圣人不行而知，不见而明”（《老子》47章）。

儒家虽然没有老子绝学弃智的主张，并不否定多闻多见，但是也不认为知识越多越好，而主张不以闻见之知乱其心性，应该追求的是德性之知。孔子认为，“生而知之者，上也”（《论语·季氏》），而“多闻，……多见……知之次也”（《论语·述而》）。虽然时人说他“博于诗书，察于礼乐，详于万物”（《墨子·公孟》），但是他追求的是德性之知，要知命、知礼、知言（《尧曰》），而对闻见之知不惭于言无（五谷不分）。子曰：“吾有知乎哉？无知也。有鄙夫问于我，空空如也。”（《论语·子罕》）一次他问子贡：“女以予为多学而识之者与？”又自白道：“非也，予一以贯之。”（《论语·卫灵公》）孔子正是以其主张的德性之知，获得一贯之道，以此“闻一以知十”（《论语·公冶长》），追求着“成人”的目标。

当然，中国的知论也并不绝对地反对闻见之知，虽然孟子指出“耳目之官不思而蔽于物”（《孟子·告子上》），但是摆正了闻见之知和德性之知的位置，使闻见之知为启发引导德性之知服务，就可以使耳目之用为心性的发展提升服务。所以张载又说：

耳目虽为性累，然合内外之德，知其为启之要也。(《大心》)

托尔斯泰在这些方面和中国知论的观点颇合。

他在晚年（1903年11月24日）的一篇日记里对知识进行了分类。这种分类也是以它们对追求生命意义的伦理价值为基准的。根据他的主义，他把有关科学、技术、历史，"通过外部观察"来认识"肉体生命"的知识，称为唯物主义的知识，作为一类，这相当于我们的闻见之知；而把有关道德、宗教、关于人生意义求索的知识，是"通过内在的意识"认识"精神生命"的知识（他称为形而上的知识），作为一类。后一类知识，作为人生的指南，人生的法则（怎样生活，为什么活着？）当然是更重要的知识。[1]这类"通过内在的意识"，"不萌于见闻"而得的知识，显然相当于我们的德性之知。

他写道：

这两种知识，即唯物主义的知识和形而上的知识，都有重大意义，只要你不想从这种或那种知识做出不适当的结论。

说"这两种知识，……都有重大意义"，前提是在它们各自的领域里、地位上。两种知识不能越俎代庖，否则就要"做出不适当的结论"。而闻见之知的领域和地位，托尔斯泰和中国知论一样看得很低，所以在"唯物主义的"闻见之知中的"重大意义"便自然大打折扣，不能和形而上的德性之知同日而语。只有德性之知对自我的认知和悟解才是至高无上的：

通过感觉（我听到、看到、摸到）获得的知识，这是表面的知识。……我了解我自己，由于我是我，这是最高级的知识，或者更

[1]《托尔斯泰文集》17卷，第265页。

准确地说，是最深刻的知识。[1]

值得一提的是，托尔斯泰把《大学》中的“格物”一词译为“洞识行为的原因”，甚至译为“研究自我本身”；而把“致知”译为“对善恶的审辨臻于完善”[2]。这说明他对中国人的“知”的理解的道德化倾向的认同：德性之知才是求知的目标所在。

同时，托尔斯泰从他的认知目的出发，也和中国知论轻视闻见之知，甚至视耳目为“性累”一样，经常指出“外部的”知识的无用，甚至有害。这充分地反映在他对科学知识的嘲笑和攻击上。他指出，科学以为“把高级的问题归结为低级的问题就可以解决高级的问题。但是，这种解释是永远得不到的，而且只能造成这样的后果：科学在其研究方面每况愈下，从最重要的问题降落到不很重要的问题，终于陷入完全为人所陌生的、人所难得接触到的领域，并且把注意力只停留在这一领域里，留下对人最重要的问题依然是并没有解决”[3]，而上述他对科学研究的问题的揶揄性的列举，说明他认为它们对认识人生意义的终极追求无足轻重。

在他编写的《识字课本》的一个注解中，托尔斯泰写道：

请躲开那些关于科学的异乎寻常的结果的最为可爱的信息吧，什么地球有多重，太阳有多重；太阳是由什么物质组成的；树和人都是由细胞构成的，人们又想出什么样的不寻常的机器……[4]

托尔斯泰首先认定科学不能解决生命意义的根本问题，不能“研究生命总和的课题”，但是它却“企图从自己的角度去抓住全部的生命现象，于是陷入混乱”，而“把人类的思维活动引向错误和空洞的道路”。

---

[1]《托尔斯泰文集》17卷，第269页。

[2] 见上编，第7章第2节。

[3]《现代科学》的序文。转自高尔基《俄国文学史》，第482页

[4] Толстой Л. Н. *Полное собрание сочинений (в90-тых томах)* Т. 22 С. 192.

总之，他否定“用外部的手段来研究人的需求”来试图“解决关于生命的主要的唯一的问题”。[1]

既然科学知识是不济生命的大事业，所以，它再有创建，也只能属于闻见小知，而托尔斯泰也就是向科学要求这些闻见小知。

“我不否定科学”，托尔斯泰说，科学应当向人民讲解“用什么样的斧子更好砍东西；什么样的锯子最顺手；用什么样的面粉，怎样和面才能做成好面包，怎样生炉子，怎样砌炉台，什么样的吃食用什么样的食皿，什么样的蘑菇能吃，怎样做更好”。[2]

更进一步说，托尔斯泰既然认为人生的头等大事是通过精神自我完善走向和上帝的融一，是“生命的精神化”，是精神生命对肉体生命的不断否定，人生的事业就是“以你的生命多多少少促进普遍的精神化，即完善”[3]，而科学的知识却只带来“外部条件”的改善，按照基督教的语言来说，只是在“体贴肉体”，所以对科学这种闻见小知，托尔斯泰也就不能不采取极为怀疑的保守态度了。

有这样一件颇有意味的小事。在1902年那场重病后，托尔斯泰对医生幽默地说：

> 好啦，先生们，我一向是说医生的坏话的，可现在我对你们更加了解了，你们确实是非常好的人，你们的科学教给你们的东西你们全都知道，唯一可惜的是，科学什么也不知道。[4]

他也曾揶揄医生说：

> 你们把一块肉切开，你们就以为了解了本质，也了解了整个世界。真是过于扬扬得意：好像一个拆毁玩具的小孩！你们就是些盲

[1]《托尔斯泰散文集》，第81—84页。
[2] Алданов М. А. *Загадка Толстого* Берлин изд-во И. П. Ладыжникова 1923. С. 13.
[3]《托尔斯泰文集》17卷，第355页。
[4] 莫德：《托尔斯泰传》，第904页。

人，盲人！你们还不如盲人！[1]

托尔斯泰所指的是，医学的分析不能理解生命意义的真知。所以，在1906年的一篇日记里，他谈到科学不是智慧，而仅仅算是聪明，任何反对死亡的斗争，如医学等，都是不愉快的，不好的。[2]

也正是从这一立场出发，托尔斯泰把科学技术的进步也归于闻见之知而采取了极保守的态度。

他在给中国留俄学者张庆桐的回信（1905年12月4日）[3]中，曾真诚地说：

> 求上帝别让中国走上日本的道路吧！中国人民，也像所有的人们一样，应该发展自己的精神力量，而不是完善技术。如果精神力量被扭曲了，技术的完善只会带来毁灭性的后果。

一位法籍家庭教师安娜·舍隆曾记下这样一件令她奇怪的事：

> 一天，我看见一个老妇人用棍子掘马铃薯，我劝她用锹来掘。她说，"我们全村只有三把锹。"我对伯爵（指托尔斯泰）说起这件事。他说，这样很好：彼此借用一把锹，可以训练农民们有基督徒的友爱！[4]

安娜·舍隆夫人的大惑不解是因为不理解托尔斯泰的一个基本立场：一切为了精神的完善。而"训练农民们有基督徒的友爱"在托尔斯泰看来才是最重要的德性之知。这使我们不禁想起《庄子·天地》里的那段故事。一次子贡路过汉阴，见一农夫在抱着坛子下到井里打水浇园子，用力甚多而见功寡，于是向他推荐"用力甚少而见功多"的桔槔。而这农夫却忿然作色而笑曰：

> 有机械者必有机事，有机事者必有机心，机心存于胸中，则纯

---

[1]《同时代人回忆托尔斯泰》上册，第621页。
[2] Толстой Л. Н. *Полное собрание сочинений (в90-тых томах)* Т. 55 С. 577.
[3]《托尔斯泰文集》16卷，第326页。
[4] 莫德：《托尔斯泰传》，第600页。

白不备，纯白不备则神生不定，神生不定者道之所不载也。吾非不知，羞而不为也。

这正和老子提出的“使有什佰之器而不用”（《道德经》80章）是一个道理，就是要杜绝有了闻见之知的“功利机巧”，而“必忘夫人之心”（《庄子·天地》）的恶果。为的是使自己备有一颗纯白的“人之心”，以载德性之知，以载人生的大道。

正是在这种思想的指导下，他不止一次地表示了对作为传播“闻见小知”的报纸的“憎恶”：

“我憎恶报纸和杂志，”因为它们“是白白耗费智力土壤甚至艺术土壤的肥力的设施”[1]，他认为报纸起着最能腐蚀人的作用。[2]使人“蔽于物”而忘却德性真知。

也正是在这种思想的指导下，他攻击当时的教育。

我认为学校里灌输的知识和分类法是儿童游戏，不能满足我对真理的热爱。[3]

他甚至说：

不应该嘲笑识字有益还是无益的争论。这是非常严肃而又令人沮丧的争论，我会毫不犹豫地站在否定的立场上。识字，也就是读和写，是有害的。

他认为当时的教育在“对智力造成巨大的荒芜和对学生精神气质造成破坏”。[4]

他认为学校的任务在于给学生奠立一个正确的生活基础，使他们有可能培养出对人对己的有觉悟的态度，从而坚定地走上自我完善的道

[1]《托尔斯泰文集》16卷，第124页。
[2]《同时代人回忆托尔斯泰》上册，第396页。
[3]《托尔斯泰文集》16卷，第84页。
[4]《托尔斯泰文集》16卷，第78页。

路，促进和人们的心灵的接近。[1]这正是中国知论所求的所谓德性之知。托尔斯泰的亚斯纳亚·博利亚纳的办学的教育实践正是在于培养孩子们自我体认（самопознание）的能力。这就是他在有关教育的论著中每每谈及培养不可扼杀个性的真正含义。我们已经谈过托尔斯泰反个性论的思想特征，他的教育实践表明，他在教育论著中注重个性自我体认的提法，实际上指的是对每一个人心中所固有的，同时也是超个性的普遍性天理的心知、德性之知的注重。

## 三、托尔斯泰对中国儒家知论的知之主体的认同

中国古典知论的德性之知是来自知之主体对自身固有的道德理性的自我体认。和托尔斯泰对中国知论的目的及知之客体——德性之知的认同相联系的，是他对中国知论主体的认同。

中国古典知论的主体是一颗心。不过，这颗心是一颗中国人的心。一方面，它是一颗具有理性认知能力，能够思考、理解的主观之心："心之官则思"。但是，它和西方理性认知之心不同，这颗心又具有先天的道德本质。这就是孟子所说的恻隐之心、羞恶之心、辞让之心、是非之心。这些固有的道德本质被认为是先天之知，所以中国人一向认为"知者吾之所固有"（程颢《二程遗书》卷17）；"知是心之本体，心自然会知，见父自然知孝，见兄自然知弟，见孺子入井自然知恻隐，此便是良知，不假外求"（王守仁《传习录》上）。这样，就使心之思无不带上道德认知的色彩。它或使客体道德化为道德客体，或使客体不再成为道德认知主体的客体。而同时，在这道德主体面前又呈现出新的道德认知

[1] 参见Бурсов Б. *Лев Толстой Идейные искания и творческий метод*（1847—1862）М. Гослитиздат. 1960. С. 322.

客体。这颗道德认知之心也正是凭着它所固有的道德认知结构——这种被孔子称为“仁”的至高的道德意识，把宇宙加以伦理化而包容了。所以，另一方面，中国人的这颗心又是和天地一体的，通过尽心、知性、知天，不断“大其心”而成为道德之天的本体。陆九渊说：“宇宙便是吾心，吾心即是宇宙。”这颗心其大无外，囊括万物。所以王守仁也说，“心外无物”，因此“视天下无一物非我”。这样，知之主体就通过仁智合一的理性把自己和天融为一体，达到了“天下一体之仁”这一既是认知的，也是中国古典文化的终极追求的至高境界。

托尔斯泰对中国知论的认知主体，对中国人的这颗心的认同颇经历了一番艰苦的历程。首先，托尔斯泰深深失望于西方的理性主义，甚至达到了宁肯对理性认知闭目塞听的地步。安德烈（《战争与和平》）的过人的智慧只是使他在战场和官场上狼狈奔突而找不到生命的意义。托尔斯泰让他两次重伤，受到最残酷的精神和肉体的折磨，好使他哪怕在过早的殒命之前，在那可憎的理性思维的间断之中，偶或悟出一点人生的真谛：

> 难道人生的真理启示给我，就是为了要我知道我错误地度过了一生吗？[1]

托尔斯泰让他“用尖利刺耳的声音绝叫着：‘……人是不可以品尝智慧之树上的果子的！’”[2]

这或许正是托尔斯泰所想的。拜伦说得不错：“知识之树不是生命之树”[3]。因为西方理性所缺少的正是中国理性的那种对生命的关注和体贴。

而托尔斯泰所思考和关注的正是生命。

于是，皮埃尔“抛弃了那架他一直用来从人们头顶上看东西的望远

---

[1]《战争与和平》12卷16章。
[2]《战争与和平》10卷25章。
[3] 拜伦长诗《曼弗雷德》。

镜”[1]；于是百思不得其解的列文（《安娜·卡列尼娜》）停止了理性的思考。因为他分明感到：

> 我在人类知识之林中，在数学和试验科学的光照下，在思辨科学的昏暗中彷徨……出路是没有的，也不可能有。

因为这些闻见小知不是真知。而“当他不用思想，只就这么活着的时候，他就时时感觉到他的心灵中有一个毫无错失的审判官……”[2]这就是人心固有的道德认知结构。

当然，“心灵中这个毫无错失的审判官”还缺乏中国认知之心完备的运作体系而发用艰难。托尔斯泰的主人公们只能借助信仰、直觉或“什么也不想”，不问“为什么”或“只应当向面前看，不必用尽目力”[3]等方法来获得生命的自我完善所需要的德性之知。只是在19世纪70年代—80年代直接接触中国文化之后，托尔斯泰的知之主体才逐渐具有了中国知论的知之主体的心的完备性。

在《论生命》（1886—1887年）中，托尔斯泰重又高扬起理性的旗帜。但是，这是有别于过去已经否认了的理性，而是和真正的、永恒的生命紧紧联系起来的理性：“理性意识超越虚伪学说的时刻正在到来”[4]。这一理性是世界一切法则、世界的统一性的本原：

> 我们一开始就知道理智是第一可靠的，因此，我们之所以知道我们在世界上所知道的一切，正是因为这些为我们所知道的东西同与已被我们确切知晓了的理性规律相一致。……而人们从自我之中知晓的规律，作为人的生命的规律，同世界上所有外在事物按之运动的规律完全一样，它们之间只有一点差别：我们在自我之中知晓

[1]《战争与和平》15卷12章。
[2]《安娜·卡列尼娜》8卷10章。
[3]《战争与和平》15卷12章。
[4] 托尔斯泰：《天国在你们心中》，第44页。

的规律，是我们自身应当去实行的东西，而外在现象中只有不受我们影响的、按规律自然实现的东西。

遵行这个规律，为了获得幸福，让动物性的肉体服从理智的规律，这就是我们的生命。[1]

实际上，托尔斯泰这里讲的认知主体的人对于理性规律的把握，是极合孟子尽心、知性、知天的认识论的。中国知论认知主体之所以能够用自己的道德理性把握知之客体，就是基于这种天人一律、万物一理的思想。

不过，托尔斯泰对中国知论的知之主体的心的认同，关键就在于他赋予了他所高扬的理性以中国心性的特点，而一步步走向了中国人的心。

值得注意的是，1895年9月8日托尔斯泰给M. O. 梅什科夫的信中，对才智（ум）和理性（разум）的区分：

才智（ум）和理性（разум）有着两种完全不同的特性。才智（ум）是对生活的世俗环境进行了解想象的能力；理性（разум）则是灵魂的一种神力，借以发现灵魂和世界、上帝的关系。[2]

但是，这里的才智（ум）和理性（разум）还不能和中国知论主体获得闻见之知或德性之知的能力相类比。因为托尔斯泰仍然感到，这个智慧、理性（разум）要达到他所追求的对上帝的认知的目标，还很不足："理性的人是不能认识上帝的"，"理性不能认识上帝"，"一切人都能够感觉到上帝，但是谁也不能认识他"。[3]

实际上，即使在后期的作品中，有理智的人也是被托尔斯泰讽刺的对象。比如《教育的果实》中博学而醉心于招魂术的教授；比如《伊

---

[1] 托尔斯泰：《天国在你们心中》，第57—58页。
[2] Толстой Л. Н. *Полное собрание сочинений (в90-тых томах)* Т. 68 С. 119.
[3] Толстой Л. Н. *Путь жизни* С. 73, 77.

凡·伊里奇之死》中，医生始终没能说明病人得的是什么病，更不知道什么是死……

就在托尔斯泰重扬理性之帜之时，他已经感到这理性（实际是指西方科学理性）过于冷漠、生硬而缺乏对生命的关切：

> 理性的我似乎只是在观照着生命，而并不自为地生活，对生命也毫无热情，理性的我并不感到对生命的渴望。[1]

那么，这理性（разум）缺点是什么呢？我想，它缺乏的就是中国的知之主体心中那种鲜活生动的道德本质——仁。中国人正是通过这"仁"达到天人合一的一体之仁的境界的。而值得惊叹的是，托尔斯泰也终于找到这样一种相似的精神力量，托尔斯泰有时称之为情感，有时称为心、心灵的意向、灵魂，最终指出"这种情感就是爱"。

> 有一个活在我们身体里的灵魂，它通过身体，就像通过分光镜，分析为我们称为理性、情感、信仰等等的东西。[2]

所以，为了认识上帝，人不应该仅仅靠着理性。因为：

> 比理性和历史更为有力、更令人信服的，是人的心灵的意向，完全像是从另一个本源上，为他显示出的也正是这一点（指人生的意义——笔者）。这心灵的意向引导他去追求理性向他指出的那个事业，那个切切实实的幸福，而那幸福和事业在他心中就表现为爱。[3]
>
> 完全清楚，最好是合力来做一切……是这样做的，理性虽然看到了，但是不能达到，这就要求心来帮助。[4]

托尔斯泰反复描述，"爱就是生命本身"，"爱就是生命愉快活动的

[1] 见《托尔斯泰文集》15卷《论生命》22章。
[2] Толстой Л. Н. *Полное собрание сочинений (в90-тых томах)* Т. 53 С. 36.
[3] 见《托尔斯泰文集》15卷《论生命》19章。
[4] Толстой Л. Н. *Полное собрание сочинений (в90-тых томах)* Т. 53 С. 354.

本身”，[1]“人的心灵本质就是爱”。[2]

托尔斯泰感到，要让理性求助于心，要给理性补充以爱，这样，经过对理性加以情感化和道德化（托尔斯泰的“信仰”实际上是一种道德化的信仰），托尔斯泰的认知主体的理性便成为情感化、道德化的理性。早在1867年6月28日给费特的信中，托尔斯泰就谈道：

> 我们彼此珍爱，正是因为如您所称的，我们同是用心灵的智慧看问题。（……头脑的智慧和心灵的智慧的说法使我大开眼界）。[3]

这头脑的智慧和心灵的智慧的区别，我认为，就在于前者接近于西方理性主义的冷静客观的分析思考，而后者则接近于经过了情感化和道德化处理的中国人的道德理性。

在托尔斯泰指出“理性的东西和道德的东西永远是相符合的”[4]的时候，这种理性已经接近中国知论主体所特有的道德化、情感化的本质了。

为了证实这种对理性的情感化和道德化处理是向中国文化思想的认同，我们可以分析一下托尔斯泰对爱的论述：

> 真正的爱，在成为一种积极的情感之前，应当是一种虔敬诚善的心态（состояние）。爱的源头，爱的根基，不是像人们平常想象的那样，是一种冲昏理智的情感冲动，而是最理性的、明朗的、因而也是最平和愉悦的心态，是孩子们和有理性的人所特有的心态。这是孩子们所固有的对所有人的一种虔敬的（благоговение）心态。而成年人只有在抛弃个人幸福之时这种心态才能发生，只有随着抛弃个人幸福的程度而加强。经常能够听到这样的话：“对我来

[1] 见《托尔斯泰文集》15卷《论生命》25章。
[2] 托尔斯泰：《天国在你们心中》，第4章。
[3]《托尔斯泰文集》16卷，第114页。
[4] 转自 Розанов М. М. *Религия и культура* Париж Имка-пресс 1979. С. 189.

说，一切都一样，我什么都不需要”，而在说这话的同时，又可以看到对人们的不友好的态度。但是就让任何一个人哪怕试上一次，在对人不友好的时刻，真诚地，发自内心地对自己说一句：‘对我来说，一切都一样，我什么都不需要’，只是哪怕是暂时地什么也不为自己着想，那么，任何一个人都能在这个简单的内心体验中认识到，就在当时，按照他抛弃个人幸福的真诚的程度，他对人的种种恶意就会从心头消退，至今压抑在心底的对一切人的诚善（благовеление）之情就会如一股清泉汩汩涌出。[1]

从托尔斯泰的这段描绘中我们可以注意到：一是，托尔斯泰看到，爱并不是一种本体性的东西，它只是一种更为本源的东西的发用，他把这种本源称为一种虔敬诚善的“心态”；二是，这种本源、心态，是人天生所固有的，它的特征是真诚，而这种真诚来自自身充实自足的实在。在抛弃了个人私欲之后，照托尔斯泰的思想，“我”已经就是一切，就是上帝，万物皆备于我，所以，“对我来说，一切都一样，我什么都不需要”。无欲、无求、无私、无碍，这自然是一种“最理性、明朗而最平和愉悦的心态”。

我们可以感到，托尔斯泰努力描绘的正是类似中国儒家的“诚”“仁”的境界。至诚无息、为物不二的博大境界，之于主体是仁，及于客体是知（智）：

诚者，非自成己而已也，所以成物也。成己，仁也；成物，知也。(《中庸》)

中国人就是在追求“诚”的境界，在用这颗仁心去认知、去充满天地，去达到天人合一的境界。这就是仁智合一的中国理性精神。

俄国没有“诚”“仁”这些概念，但是托尔斯泰也是力图追求“诚”这种充实自足的本真实在的境界（天道曰诚，诚者，自成也），用

[1] 见《托尔斯泰文集》15卷《论生命》19章。

"仁"的最主要的发用——爱（仁者爱人）来发挥仁的功用。托尔斯泰说："人的心灵本质就是爱。"[1]然而他又认识到这爱是一种更为本质的"心态"的发用。这种虔敬诚善的"心态"实际上就相当于儒家的"仁"了。有了仁的态度，或说心态，便自然会有爱的发用。"心底的对一切人的诚善之情（爱）就会如一股清泉汩汩涌出。"《战争与和平》中，皮埃尔就体验了这种"仁"的心态：他爱每一个人，在每一个人身上看出值得爱的东西。因为"这时他是在他内心照耀的情感的亮光中来看每一个人"[2]的。而这种情感（心态）与其说叫爱，不如说叫仁，因为它是爱之源。值得指出的是，后来证明皮埃尔这时的认识是正确的。这表明托尔斯泰对处于仁爱心态的认识主体的认知可靠性的肯定。

这样，托尔斯泰的认知主体的理性就获得了道德化和情感化，从而形成了一颗类似中国人的认知之心。

托尔斯泰就是在试图用这爱心——仁去认识上帝，去和上帝同一。在他临终之时，口授的日记中写道：

> 上帝不是爱，但是爱越多，人就越多地显示上帝……

这样，中国知论主体所具有的至高道德意识——仁以及知（智，理性）的发用就都体现在托尔斯泰的认知主体中了。

## 四、托尔斯泰对中国儒家知论的认知方式的认同

托尔斯泰对中国知论认知目的、认知主体、客体的认同，也就导致了他对中国知论认知方式的认同。中国知论的认知方式主要是以儒家和

---

[1] 托尔斯泰：《天国在你们心中》，第4章，第259页。
[2]《战争与和平》15卷19章。

道家哲学为基础。而托尔斯泰主要是对儒家知论认知方式的认同。

孟子讲的“尽心、知性、知天”，已经确立了中国知论所主张的认知路线，即通过彻底的内省本心，认识自己的本性并认为自己本性和天道相通，从而求得对天的认知。到宋代理学心学讲“以物观物”（邵雍），讲“大其心”来“体天下之物”（张载），讲“即物穷理”“格物致知”，以求“脱然贯通”（朱熹）；讲“心即理”，“万物森然方寸之间”，从而主张“反而思之”（陆九渊），以及王守仁讲“心外无物”，要人们去“致良知”。这些认知方法虽然众说纷纭，但是其共同特征就是主张用道德理性对道德化了的认知对象进行内省直觉。这和西方认识论的理性思辨所采用的推理、逻辑分析方法形成鲜明的对照。同时，也不同于西方认识论所说的直觉方式。它具有以道德和情感为基础的道德直觉和物我合一的自心体认的特征。

这种认知方式对知之主体的主观条件的要求是要使主体的认知之心澄明清静，无私无碍。老子说的“专气致柔”，“涤除玄览”，“致虚极、守静笃”，都是要使主体的心达到虚静无欲的状态；儒家也同样讲虚心寡欲。孔子说的“毋意、毋必、毋固、毋我”（《论语・子罕》），孟子说的“养心莫善于寡欲”（《孟子・尽心下》），从认识论上讲，都是指出要涤除心中的成见、杂念。这样，知之主体之心才能以清新的道德感而担当起心之官的职责。所以和道家相比，儒家所主张的虚心并不排除心性中固有的道德根性。

在认知的方法上，道家主张无心的“玄览”“观”（“万物并作，吾以观复”“以身观身”）。而托尔斯泰是倾向于儒家的用道德之心来认知。

儒家的认知方法常常提到一个“体”字，一个“悟”字。体仁、体道、体物、体察、体味、体认、体会、体验、体证……这些“体……”，都含有“全身心地投入、包容”，从而达到了解的意味；而觉悟、感悟、领悟、省悟、神悟、顿悟、体悟……都是凭着认知主体具有的道德理性和身心经验去直觉地认知、印证和不断充实自己。这种直觉体认（或体悟）的方法就是不假逻辑性的分析、推理，通过一种内省式的，中国人的充满情感的思，使主体的道德理性和道德化的客体相贯通，从而达到对认知对象整体性、综合性、直接性的把握。所以，这种认知又是一种情理交融的认知。

孔子的教育方法就是启发学生通过身心体认来求仁："体仁"。一次宰我对孔子提出"三年之丧，期已久矣"。孔子并不对他论说"仁孝"之义，也不责备他的不仁，而是问他，"食夫稻，衣夫锦，于女安乎？"宰我答说安。孔子就说，"女安则为之。夫君子之居丧，食旨不甘，闻乐不乐，居处不安，故不为也。今女安，则为之。"(《论语·阳货》)

孔子启发的正是通过道德理性对作为道德认知对象的居丧之期进行内省之思，从而体悟人心中固有的仁：从心的不安处（情理交融的不安处）体悟到仁。

中国知论的这种直觉体悟又往往表现为一种顿悟。这种当下的豁然开朗、脱然贯通又是和即时性的情境、时机紧紧相契合，失去了当下的情境，也就失去了这种直觉体悟的可能性。中国古时著述的语录体特点，文论、诗论的评点、批注式特点也体现了中国知论的直觉顿悟的认知特征。往往缘一事一题，随机应对，即时而思，引发直觉顿悟。

比如《论语》中，这种认知方式的例子比比皆是。樊迟问仁，孔子曰："仁者先难而后获，可谓仁矣。"(《雍也》) 而又有一次樊迟还问仁，孔子则曰："爱人。"(《颜渊》)

同一个人，问同一件事，情境不同，孔子的回答也不同。而这表面上不一致的应对，正是缘不同的情境、人事而发，都有切实具体的针对性，也有即时的准确的真理性。错过了那个场合，也就失去了引发那个直觉体悟的契机，也失去了那种真理性。孔子常常只在弟子的心性处于感悟的临界点上，才缘一事机，一点即悟。所以有所谓"不愤不启，不悱不发"(《述而》) 之说。这种因人施教、缘事点悟的教育思想就和这种直觉顿悟的认知方式相联系。后人执着成理，不体味孔子缘境而论的苦衷，往往将其化为教条，正违背了中国知论直觉顿悟的随机性的特征。

那么，如何抓住这些闪见在一个个随机性的直觉顿悟中的“知”呢？

孔子提出“吾道一以贯之”的思想。一个个具体的直觉之知，是缘时缘事而得的。但是，道是一个，心是一个，理是一个。中国人就是通过对一个个具体、个别的直觉之知，非逻辑地、非推理地体悟出那个一贯之道，那个中心思想。在西人困惑于中国哲学缺乏概念的明确性的地方，中国人却从中得到对事理的整体性、综合性、模糊而又准确的认知。

而托尔斯泰所力图发展的认知方式，首先恰恰是和中国知论注重直觉体悟以求一贯之道的认知方式非常相近的。

和中国知论一样，他也不认为他所追求的人生意义的终极问题可以诉诸西方理性的分析、综合，进行逻辑推理、思辨。所以他揶揄医生把一块肉切开，就以为能了解本质，了解整个世界真还不如盲人！

所以托尔斯泰反复论证过理性不可能认识上帝，不可能认识人生的意义。那些具有严密思辨能力的人，不是变成官僚“机器”，（如《安娜·卡列尼娜》中的卡列宁），就是如“有学问的”赛尔吉·伊万诺维奇（列文的异父哥哥）那样，把旺盛的精力徒然耗费在毫无结果的思辨和议论中。

而对生命意义的真知却是从截然相反的另一种认知途径得到的。在《论在我们所知道和了解的生命之外的灵魂及其生命》（1875）[1]中，托尔斯泰指出：

> 生命对于生命的关系，我们不能靠理智理解，而能从内省直接地充分认识它，认识生命自身。

[1] Толстой Л. Н. *Полное собрание сочинений (в90-тых томах)* Т. 17 С. 340.

这种试图对生命进行内省直观的体认的见解，就使托尔斯泰走近了中国知论的道德直觉。

重伤的安德烈躺在战场上，仰望奥斯特里茨那高不可测的天空所引发的道德直觉就是一个例子。

我们不应该认为奥斯特里茨的天空给予安德烈的是非理性的神秘主义的“天启”，而应该认为是在那个特定的场合，在安德烈经历了一系列生活体验之后，奥斯特里茨的天空这一契机使他产生的一种直觉顿悟。安德烈似乎并没有去回顾、去分析半生的经验，也没有去对照、判断和推理自然界的运行和自己人生的同一性。但是，当他那从来自视甚高而追逐着荣誉的小小的身躯，躺在宁静肃穆的奥斯特里茨的天底下时，在他的所有经验、体验的背景上，就呈现出这样一个契机，他心中的道德理性会顿然使他悟到一个人生真谛。之后，大橡树的枯荣给安德烈的启示也是同样的例子。

这种对人生真谛的体悟是整体而宏大的，模糊而难以名状的，非逻辑性的，是一种充满人生感悟的情理交融的体悟境界。安德烈会说，这个人生真谛仿佛早就存于他的心中，只是被那汲汲碌碌的人生中的理性所遮蔽，而奥斯特里茨的天空不过是把这固有的心知豁然揭示出来罢了。

如果说，这种直觉、顿悟对于这些具有理性思索的探索主人公还仅仅是一种偶然性的“心理意外”，那么，对于那些不依赖这种理性思索的人，直觉顿悟便成为他们通常的认知心态。

《战争与和平》中，库图佐夫对战局的把握，并不是靠着“以目接物”的调查、分析、推断，而是凭着“以心接物”的直觉，体悟着士气、民心和整个时局的演变。在奥斯特里茨之战的前夜，盟军指挥维洛德的“热情和活跃”和“昏昏欲睡的库图佐夫形成显明的对照”。维洛德“两次去敌军前哨线上亲自侦察，两次去俄奥两国皇帝那儿报告和解释”，忙得“精疲力竭”，而库图佐夫在战前会议上睡着了：“在一场战斗前，最要紧的是睡一个好觉。”[1]

在普拉东·卡拉塔耶夫身上，特别能体现出托尔斯泰所追求的那种随感而应、得意忘言的直觉体悟的认知心态。

普拉东·卡拉塔耶夫满嘴的俗语，“不看上下文，似乎没有什么意义，但是用得得当的时候，就突然取得深邃的智慧的意义”。

> 有时皮埃尔被他话里的意思感动了，请他再说一遍，但是普拉东从来记不起他刚才说过的话，……他心爱的歌里的一些词儿：“故乡”，“赤杨树”，“我心烦”，这些词儿在歌里出现，但是在不唱而说的时候，从中得不到一点意思。离开上下文，他不懂，也不能懂那些词儿的意思。他的每一句话和每一个动作都是他不知道的一种活动的表现，那就是他的生命。但是他的生命，照他看来，作为一种孤立的东西，就没有意义。只有作为他经常觉出的整体的一部分，他的生命才有意义。他的话和动作从它里边流出来，平匀，不得不然，自然而然，好像芬芳从花里发出来一般。他不能了解任何孤立的词句或行为的价值和意义。[2]

我们看到，普拉东处于一种中国人所谓的与天地万物浑然一体的境界。从认知的角度分析这段描述，他对世界的认知始终是处于随机性的直觉体悟状态。他这种思的情境化、随机化，使得一旦事过境迁，当时的所思所言随即失去了真理性。这就是为什么普拉东总是“得意忘言”；而同时，正是在这种情境化、随机化的思中有着一贯的天道，也就是如托尔斯泰所说的贯穿《战争与和平》中的“命运规律”。

可以设想，孔子也会忘记自己在不同场合关于仁所说的不同言论，但是他不会忘记“一以贯之”的道。这正是中国直觉体悟的认知方式的

[1]《战争与和平》3卷12章。
[2]《战争与和平》12卷13章。

反模式化、教条化、呆滞化的特征。而托尔斯泰对西方理性思维的攻击（虽然带有片面性）正是指向这一点。

我想，托尔斯泰遗嘱性的著作《生之道》采用语录体，从某种意义上说，正是试图利用各时代、各民族、各种情境中的具体的“真知”的汇集，使读者摆脱概念、逻辑体系的固滞和遮蔽的作用，通过这些各有侧重的真知的互相呼应，互相损益，互相比照，互文见义，让人直觉地体悟出永恒的，超时代、超民族的人生真谛——一贯之道，这种对真理的整体性、综合性、既模糊而又准确的认知，往往是靠概念的演绎、逻辑的推理所难于把握的。

而且，托尔斯泰的这种试图把一个个的“思想”统一于一体，也是和孔子的一贯之道的思想相通的。

这种把一个个在具体情境中形成的思想贯穿起来，绝不是简单的从感性到理性的认知运动。实际上，每一个具体的直觉体认都是感性认识和理性认识的统一。这“一贯”恰恰不是要泯灭每一个具体性的真知，而正是要通过，也只有通过一个个的具体性的真知来显现统一性——一贯之道。托尔斯泰在给斯特拉霍夫的信中指出，他的全部写作过程，就是要把互相联结的思想集中表达出来，而每一种思想一从它所处的整个联结体中单独抽出来，它就失去了意义。[1]这正是中国知论的整体性的体悟认知特点。

值得注意的是在《战争与和平》中，通过皮埃尔在梦觉之间的顿悟，托尔斯泰也提出把所有思想“联系起来”（сопрягать）的思想。这一思想获得的途径也恰恰不是通过逻辑思辨，而是一种非逻辑的直觉和顿悟。正如皮埃尔说的，他所得到的这些思想，“虽然是由那一天的印象引起的，但是他觉得他绝对不可能在清醒的时候像那样思想，像那样

[1]《托尔斯泰文集》16卷，第151页。

表达思想。”

皮埃尔在睡梦中想着，“最难的事就是能在你的灵魂中把一切事物的意义结合（соединять）起来。结合一切？……不，不是结合。思想不能结合，我们需要的只是把所有的这些思想套（сопрягать）在一起！是的，我们应该套起它们来……”

“是的，我们应该套起来了，是套车的时候了。……”[1]

原来，是现实中人们要套车的话语启发了梦中的皮埃尔的顿悟。（俄语中сопрягать有套车的“套”的意思和“联系”“贯通”的意思）。сопрягать既不是融合式的结合（соединять）而有思想一统专制之虞，也不是机械性连接（сцеплять）而藏貌合神离之隙，而是具体真知的生动联系，达到百虑而一致、殊途而同归的“一贯之道”。这也反映了孔子的“和而不同”的思想。

中国知论的认知方式中，另一个被托尔斯泰相认同的特征，是主客合一和知行合一。实际上，这是和天人合一世界观相一致的。

中国知论的认知目标是伦理化的天，而这伦理化的天又是和人性相同一的。孟子讲万物皆备于我，既是说人的道德认知能力的完备，也是说心是天地万物的本源。天在人的心中，天和心同体。通过自性的反省，人把自心的感受性伸向并渗入天地万物之中，在其中实现自我而成为天地万物之大我。这样，认知主体和客体就相同一了。张载把这种认识过程称作“合内外之德”。

所以，人对天地万物进行的不是西方理性认识论所进行的对象化的认知，而是一种“主我”对“客我”的体认。要了解天地万物，就是要以人的道德之心去合天地万物之理。我的精神贯注于天地万物，天地万物化为我的精神。这是一个追求天道的“诚之者”的认知过程，是成己

[1]《战争与和平》11卷9章。

和成物的统一，是仁与知（智）的统一。

由于托尔斯泰也和中国人一样把认知和追求的对象——上帝放入了人的心中，并且坚信所有的灵魂都是同一的。所以，他也就必然地把认知主体和客体相同一，使认知成为主体的自我反省和自我体认。

托尔斯泰想让“基督的学说使人转回到最初对自己的意识上”，这个自我，“是上帝的自我”，“是作为上帝的儿子的自我，同样是一个上帝，像天父一样”。而且托尔斯泰指出，就要在这个“自我之中、在自己的个性之中、在上帝的个性之中来寻找”爱（即类似中国的“仁”）。[1]所以，对上帝的体认就变为对自身的体认：

如果一个人不认识自身，那么就不能劝他努力去认识上帝。在认识上帝之前，人应该认识自己。[2]

所以对自身的认识就成为对宇宙本源的认识。而且托尔斯泰指出：

不仅在所有人的身上，而且在所有的生物的身上都生活着同一个精神的根源。

甚至：

我们心里感到，我们以其为生命而被我们称为自己的真正的“我”的那个东西，也同样不仅存在于每一个人身上，也存在于狗、马、老鼠、鸡、麻雀、蜜蜂甚至植物身上。[3]

因此，认识了自己，就能由己知人，甚至由己知马：

屠格涅夫看了托尔斯泰描写一匹马的经历的小说《霍尔斯托梅尔》，惊叹托尔斯泰前世一定是匹马。实际上，托尔斯泰正是从天地万物具有“同一个精神的根源”的信念，如中国知论的认知方式所讲的，“置心于物中”，把自己的心放在马身上，设身处地地用自己心之喜怒哀乐去体

[1] 托尔斯泰：《天国在你们心中》，第258页。
[2] Толстой Л. Н. *Путь жизни* С. 51.
[3] Толстой Л. Н. *Путь жизни* С. 61.

验和体悟这匹马的喜怒哀乐，从而真正达到了“仁者以天地万物为一体，莫非己也”（程颢《遗书》卷二）的境界。

天人合一的境界，既是中国知论的认知目标，也是中国人修炼提升的终极追求。所以主客合一的认知过程又成为修身养性的过程。表现在认知方式上，就是知行的合一。

如果说，西方认识论是“我要认知和占有真理”，那么中国的知论则是“我要成为真理”，要与之融一。因此相形之下，中国知论突出的是知和行的统一。

对知行关系有种种论述，如朱子讲知先行后，但又说，“论先后当以致知为先，论轻重，当以力行为重。”“致知力行，用功不可偏，偏过一边，则一边受害。”（《语类》卷九）而王守仁主知行合一，讲“知是行的主意，行是知的功夫；知是行之始，行是知之成”（《传习录》上）；“我今说个知行合一，正要人晓得一念发动处便即是行了。发动处有不善，就将这不善的念克倒了……此是我立言宗旨。”（《传习录》下）

尽管各有说法，但是知论中对“行”的概念的注重，确实是中国知论认知方式的特色。由此，中国知论的求知又是和人生的自我修炼紧紧结合在一起的。

而在俄国古典作家中，恐怕没有一个人像托尔斯泰那样把自己的精神探索（知）和自己的艺术实践、特别是自我完善的修身实践（行）如此紧紧地结合为一体了。精神探索（知）与实践（行）的密切结合是由他的道德认知特征所决定的。因为托尔斯泰坚信，“只有在努力履行他（上帝）的意志的时候，你才能越来越生动地在自己心中感到他的存在。”[1]

托尔斯泰的所有的“革命”行动，他的平民化、禁欲主义、拒绝财产、家庭的纷争和悲剧，直至最后这位80岁高龄老人的决然出走，都是

[1] Толстой Л. Н. *Путь жизни* С. 77.

他的精神探索、他对人生真谛的认知的必然的组成部分——“行”。因为他求索的道德认知的目标倘无“行”——实践的认定，就无法达到。甚至可以说，托尔斯泰晚年的痛苦不是知的痛苦，而是行的痛苦，是实践自己精神探索所得到的思想的苦斗。

从这个角度看，聂赫留朵夫（《复活》）的形象，无论我们怎样指摘，毕竟是托尔斯泰的一个“完成”的形象。他不再有皮埃尔、列文们求索中的迷惘和彷徨，他走的是一条托尔斯泰为自己选定的自我完善的认知（上帝）和自修（心性）相同一的道路。他走遍黑暗的俄罗斯，体悟和找到的是自己原来所固有而一度失落的良知。对聂赫留朵夫来说，对外界的一切考察，最后都归结为对自己内心的反省，成为一种身体力行的体验、体认和对自己的信念的体证。

> 他这才忽然明白过来，原来他在这段时期对人们所发生的憎恶，……其实就是对他自己的憎恶。于是，他开始进行“灵魂的扫除”。[1]

人们对聂赫留朵夫的“行”的批评，在于其社会意义方面。而实际上，他的行恰恰不是为了直接性的社会性目的，而是为了自我完善的目的。由此可以说，聂赫留朵夫在知行合一的认知道路上，是完成了的，他的认知路线是非常合于中国人把认知过程和自我完善、道德修炼过程相统一的思想的。

## 五、对托尔斯泰认同中国儒家知论的评价

对托尔斯泰认同中国知论的评价，首先取决于对中国知论本身的评价。作为中国古典文化思想的重要部分，中国知论最突出地表现出它的

---

[1]《复活》1卷28章。

人文文化特色。中国古典文化是一种充满人文精神的伦理文化，它所特有的知论是一种道德认识论，它所追求的是人生的道德价值；它的可贵之处在于其求知意向紧紧执着于对人的自身、对人的生命、对现世人生的关切，它否认离开人的存在、离开人生价值的知识。而它的弱点在于缺乏西方科学主义认识论所具有的对客观世界的执着的求知欲和征服、改造客观世界的能动精神。虽然也有人认为以儒家为代表的中国文化思想并未遏制中国古代科学技术的发展，[1]但是一般都仍认为中国传统文化的认识论难于开出对科学技术的积极认知，这也正是古老中国迟于现代化进程的一个重要原因。

为了走出落后挨打、内外交困的社会穷途，近代国人越来越感到必须走现代化的道路。而现代化之风从西方来，于是国人纷纷西向，遂有从中体西用到洋为中用的探索，甚至有人主张全盘西化。

然而正在古老中华竭力摆脱自己千百年传统思想的羁绊，努力向西方求索现代化之途的时候，西方社会正越来越感到自身社会陷入“现代化的危机”而把求得拯救的目光越来越多地投向东方，投向中国。

在认识论方面，西方科学主义认识论分裂主体和客体的认识方法已经越来越显露出它的弱点，已经成为西方现代化社会人本身存在价值失落的认识论根源，人们所认知和“征服”的物质世界在反转来剥夺人本身存在的意义。西方科学主义认识论没能解决认识人生意义的根本问题，而且，科学的认识一旦失去了对人生的关切，不仅丧失了它的存在的意义，而且也不可能把握人类世界的真。

托尔斯泰对西方理性主义认识论的否定，正是由于看到了它不能解决认识人生意义的根本问题。而他所认同的中国古典认知论，正是通过主客体的交融互渗，把浓厚的人文因素、道德因素融入了认识过程，把

[1] 见刘英民：《儒家不是束缚而是促进了中国古代科技的发展》，《北方论丛》1991年第2期。

认知目的牢牢地指向人生意义的价值取向，力图达到真和善的统一，从而建立一个真正为人所存在的美好世界（或如托尔斯泰所说建立地上的天国）。

同时，托尔斯泰也认同了中国古典知论所固有的一些弱点，比如对认知目的和界限上的保守性，对“闻见之知”，对关乎现实民生的科技知识的贬低态度，在认知方式上对理性主义的分析、思辨，逻辑思维的片面否定而一味追求直觉体悟等缺乏现代科学精神的意识，这些在古老的中国文化中可以因时代历史的局限而被理解的弱点，对于生活在世纪之交、受过现代文明教育的托尔斯泰来说，本应予以扬弃。而这落伍于时代的解释，只能是托尔斯泰在民族和人类命运前途的抉择中，在拒绝西方道路而走向东方、认同中国古典文化思想的执着中出现的另一倾向的偏颇。

而克服这一偏颇的出路，也正是西方科学主义认识论和中国古典认识论克服自身弱点的出路，这就是中西认识论的互补和融合。这一点已经逐渐为东方人和西方人所共识。西方人在试图给自己的“冷心肠的”科学主义的认识论找到人性论的基础。美国心理学家马斯洛指出：

> 科学是人类的创造，而不是自主的、非人类的，或是具有自身固有规律的纯粹“事物”。科学产生于人类的动机，它的目标是人类的目标。科学是人类创造、更新和发展的。它的规律、结构以及表达，不仅取决于所发现的现实的性质，而且还取决于完成这些发现的人类本性的性质。[1]

而中国人在接受西方科学主义认识论的同时，也意识到它忽视主体意识的弱点而提出了高扬主体性的能动反映论。

谢龙先生在阐释“主体认识论”的开拓时指出：

---

[1] 马斯洛：《人格与动机》，北京：华夏出版社，1987年，第1页。

仅仅坚持一般的反映论的原则并不能解决认识和实践、主观和客观的具体的历史的统一问题，反而常常导致认识和实践脱节、主观和客观分离，形成同“反映”的反差，其要害在于忽视了认识过程中的主体与主体性或主体的能动作用。正是由于不懂得认识是主体和客体的辩证的统一，或者把认识只当作主体在思维中对客体的反映，而否认了认识同时也是主体对客体的“创造”或“建构”“重构”。在人们的认识过程中，主体的反映和思维中的“创造”是统一的，主体思维的“创造”以反映为基础，主体的反映通过思维的“创造”而实现。作为认识准备的主体认识结构，主要是主体的认识方式、思维方式，对于认识及其结果是举足轻重的。[1]

这种认识是可以从中国古典知论的思想找到源头的。

所以，从当代认识论的发展趋向来看，在当年西方理性主义正显露危象之时，托尔斯泰摒弃西方理性主义思维而向中国古典知论认同，其意义正在于它恰恰可以视为当代认识—思维领域革命的一种先声。[2]

[1] 谢龙编《中西哲学与文化比较新论》，人民出版社，1995年，第29页。
[2] 当今量子力学的研究已经证明，客观实在产生于意识参与的测量。或可为我的论点佐证。

第四章

# 托尔斯泰与中国古典文艺观的对话和共识

至今很少有人讨论，托尔斯泰这样一位站在欧洲现实主义顶峰、常被称为时代的一面镜子的“批判现实主义”作家，他的文艺思想与尚表现、重抒情的中国古典文艺观是否有相通之处。

而我们在讨论了托尔斯泰一生精神求索的东方走向及其在世界观、人生观、认识论等方面和中国古典文化思想的沟通之后，可以进一步认定，托尔斯泰的文艺思想和中国古典文艺观也有着许多能够构成对话和共识的方面。

中国古典文化最突出的特点就是它的伦理道德的精神内核。中国人天人合一的终极追求实际上是一种道德的理想境界。而中国人视文学艺术为实现终极实在的手段，因而必然地将其和道德追求紧密相关，形成中国古典文化的轴心。新儒学家唐君毅先生就论述过中国文化之以道德精神和艺术精神为主宰。[1]如果说，西方人视伦理道德为上帝所赐命的

[1] 郁龙余编《中西文化异同论》，生活·读书·新知三联书店，1989年，第37—47页。

外在的律法，那么，中国人则把道德的根源直指人的心性，所以中国人特别注重心性感情。与此相联系，西方文艺思想以主体和客体二元分立为基础，以认知主体对客观世界的认知、模拟、反映和再现为特征，它所追求的核心是真，是真实性；而中国古典文艺观则是以主体和客体融一为基础，以道德主体对天人合一的道德理想的追求，对心性情感的体悟、表现、抒发和共鸣为特征，它所追求的核心是善。

托尔斯泰与中国古典文艺观的认同和共识，不简单是托尔斯泰晚年研究和译介中国古典文化思想的结果，也有俄国传统文化思想中相通的因素，更有托尔斯泰思想发展的自身原因。托尔斯泰充满道德理想追求的艺术探索使他有可能与注重陶冶道德情感的中国古典文艺观走到一起。在托尔斯泰否定了西方理性主义思想，而把精神探索的目光转向东方、转向中国的伦理文化之时；在他试图把基督教转化为一种道德化的宗教，而把人生的终极追求从一种宗教境界变为道德境界之时；在他必然地把文艺作为实现其道德理想手段的探索中，他的文艺观就和中国古典文艺观产生了共识。而我认为，这种共识的契机就是托尔斯泰所持的文艺情感说。

托尔斯泰把艺术定义为：

> 一个人有意识地利用某些外在的符号把自己体验过的感情传达给别人，而别人为这些感情所感染，也体验到这些感情。[1]

其一，他坚信文艺作用于人的道德情感的强大功能，把它视为联合人们的心灵、取代政治暴力而实现地上天国的手段，这就和中国古典文艺思想注重文艺陶冶性情、合和民声、经世致用的社会功能相接近；其二，由于托尔斯泰和中国天人合一思想、注重情感体悟的中国古典认识

[1]《托尔斯泰文集》14卷，第174页。

论思想的共识，[1]在他的创作中就产生了类似中国古典文艺思想所特有的意境境界：人和自然、主观和客观、作者读者和作品情节人物之间融为一体，而同时进入一种“意与境浑”的终极审美境界。其三，托尔斯泰所注重的情感是一种道德情感。他对艺术的审美追求实际上归结为对实现这种道德情感的追求。所以，在审美思想上，他和崇尚以善至上而形成真善美统一的中国古典审美观不谋而合；而这种真善美的统一正体现着托尔斯泰和中国人所共同追求的道德境界和审美境界相融一的终极实在。

应该指出的是，托尔斯泰对西方文艺思想，特别是晚年对现代西方文艺思潮的批判态度，也是和他对中国古典文艺思想的认同相联系的。因为站在注重文艺陶冶性情、合和民声、经世致用立场上，就不能不反对西方为艺术而艺术的思想；而对道德完善的人生理想的追求和审美伦理化，使托尔斯泰不能不对（他认为）没有道德理想的自然主义文艺观，对“丧失了审美羞耻感”[2]的颓废派，对“象征派的、印象派的和新印象派的”作品“感到困惑”，“感到愤怒”[3]。他指出“这个运动是病态的”，“在他们的艺术中只剩下一个东西——形式”[4]，而我们将看到，和中国古典文艺观一样，在托尔斯泰那里也是没有所谓纯形式美的地位的。当然，托尔斯泰对现代派的批判不仅有和中国古典文艺观认同的成分，而且还有着现代民主思想的因素。他正是站在他的“平民化”的立场上，批判“上层阶级的艺术”“因为脱离了全民的艺术而变得内容贫乏、形式鄙陋”，“越来越不可理解”[5]。总之，托尔斯泰没有跟随西方文艺思潮在否定西方理性主义之后，进而走向非理性主义，而是在东方

[1] 见前两章。
[2] 戴启篁译《列夫·托尔斯泰论创作》，漓江出版社，1982年，第117页。
[3] 戴启篁译《列夫·托尔斯泰论创作》，第112页。
[4] 戴启篁译《列夫·托尔斯泰论创作》，第102—103页。
[5] 戴启篁译《列夫·托尔斯泰论创作》，第114页。

的，主要是中国古典文艺思想中找到了共识。

## 一、托尔斯泰的文艺情感说和中国古典文艺思想

1. 经世道

首先，从最表象上看，在注重文艺陶冶情操、经世致用的社会功能这一基本方面，是可以构成托尔斯泰的文艺情感说和中国古典文艺观的共识或对话关系的。

在中国正统文化思想中，“为艺术而艺术”的思想从来没有获得过持久的统治地位。文艺从来不是个人的私事，而是关乎社稷民生的大事。以儒家为代表的文艺观从一开始就把文艺的社会功能极强地凸显出来，成为儒家德政思想的重要部分。孔子“为政以德”(《论语·为政》) 的思想，托尔斯泰极为欣赏。孔子“政者正也。子帅以正，孰敢不正？”和“子为政，焉用杀？子欲善而民善矣”(《论语·颜渊》) 两段语录，托尔斯泰在接触中国古典文化思想之始（1884年年初），就译写在自己笔记本上了。[1]为什么不用杀呢？因为“道之以政，齐之以刑，民免而无耻”(《为政》)。然而不用杀用什么呢？孔子提出应该“道之以德，齐之以礼”，这样人民才能“有耻且格”，把社会的治理归于人的道德修养和情操的陶冶，把治国归于修身。在这方面文艺起着不可替代的作用。这是孔子和托尔斯泰的基本共识。

孔子鲜明地把礼乐并举。他不仅把文艺纳于他的政治方略之中［子路问他“为政，子将奚先？”他说“必也正名”，因为“名不正则言不顺，言不顺则事不成，事不成则礼乐不兴，礼乐不兴则刑罚不中，刑罚不中则民无所措手足”(《论语·子路》]，而且把文艺和治国、齐家、修

[1] *Толстой Л. Н. Полное собрание сочинений (в90-тых томах)* Т. 49 С. 63.

身紧紧联系在一起。他讲："兴于诗，立于礼，成于乐。"(《论语·泰伯》)从学诗起始，到学习乐而成人，成为一个真正的人。所以，孔子力主要学诗，"小子何莫学夫诗？诗可以兴，可以观，可以群，可以怨；迩之事父，远之事君"(《论语·阳货》)。可见他从文艺中看到绝不仅仅是吟咏、弹唱、歌舞，"乐云乐云，钟鼓云乎哉！"(《论语·阳货》)。他还要从文艺来见世道、察民情。后来有所谓"治世之音安以乐，其政和。乱世之音怨以怒，其政乖。亡国之音哀以思，其民困。声音之道，与政通矣"(《乐记》)的说法。所以，孔子见季氏八佾舞于庭，坏了周的礼数，声称"是可忍也，孰不可忍也！"(《论语·八佾》)；又坚决要求取缔郑声("放郑声")(《论语·卫灵公》)，因为"恶郑声之乱雅乐也"(《论语·阳货》)。这些都表现了儒家对文艺的社会功能的注重：文艺一定要为"经国家、定社稷、序人民、利后嗣"的礼教政治服务。

值得注意的是，和儒家礼乐并举相对，由于托尔斯泰否定政治斗争，怀疑社会改良，因此，从不想让艺术和政治联手为社会服务。在他对中国文化思想的研究和译介中，从不言及孔子的礼。他有一个大胆的思想，就是欲以"道德—艺术"取代政治的功能。也正因此，他一贯格外注重艺术陶冶和感染的社会功用。从年轻时他就把自己的文学事业和他对社会理想的追求紧紧联系在一起：他要"自己能用自己的作品去行善"，他要求的"文学声誉"要"建立在对祖国有利的基础上"。[1]他认为，"任何一部作品的宗旨应该是效益——道德。"[2]

而他在晚年写的《什么是艺术？》中更指出艺术的不可替代的社会功能：他要艺术担当起取消暴力的作用：

艺术的任务是重大的。艺术，真正的艺术，在宗教的指导和科

[1]《托尔斯泰文集》18卷，第17、67页。
[2] 托尔斯泰1853年12月的笔记。引自《古典文艺理论译丛》卷一，第197页。

学的协助下，应该用人的自由而愉快的活动来求得人们和平共居的关系。而这种和平共居的关系现在是用法院、警察局、慈善机构、作品检查所等外部的措施维持的。艺术应该取消暴力。

而且，托尔斯泰着重指出：

只有艺术才能够做到这一点。凡是现在不顾暴力和惩罚之可怕而仍然使人们可能共同生活的一切，都是艺术使然。如果艺术能够传达风俗习惯，例如怎样处理宗教事务，怎样对待双亲、儿女、妻子、亲戚、陌生人、异邦人，怎样对待长者、上司，怎样对待受苦人，怎样对待敌人、动物，这些不但毫无强制性地为世世代代的千百万人所遵循，而且除了使用艺术以外不可能使用任何事物动摇它们，那么，使用艺术同样也能产生其他更切合当代宗教意识的风俗习惯。

接着，托尔斯泰指出文艺在引导人们产生虔敬之感，羞耻之心上的功能。[1]

由此可以看出托尔斯泰和儒家社会功利主义的文艺观的异同。他们都认为，文艺的社会功用的发挥，是建立在对人的道德情操的修养和陶冶之上的。而不同的是，中国儒家的“经夫妇、成孝敬、厚人伦、美教化、移风俗”的审美教化，是和用典章制度（礼）的治理并举协行，不可或缺的；而托尔斯泰由于反对政治斗争，则更进一步倾向于用文艺的道德教化取代用典章制度（礼）的治理，以至把二者对立起来。这一点上，可以看出托尔斯泰对解决社会问题的空想性。

不过，在文艺的道德教化作用、对人的道德情操的修养和陶冶的作用上，托尔斯泰的观点又是颇可和中国古典文艺观点相比较的。

[1]《托尔斯泰文集》18卷，第322、323页。

2. 重于情

把社会问题诉诸伦理道德问题，而又把伦理教化问题诉诸人的道德情感，这就使托尔斯泰的文艺情感说和中国古典艺术观注重情感作用的特点出现了相通的关系。

托尔斯泰提出注重情感作用、注重文艺对情感的引导功能的文艺情感说，是非常独到的艺术见解。

托尔斯泰的情感说的艺术定义使一些人迷惑不解。比如苏联学者M.奥夫相尼科夫就指出：

> 托尔斯泰的定义也有明显的不足之处，在他的定义里，艺术被限制在了人们的感情领域。

为了替这位“思想的艺术家”辩护，他列举托尔斯泰论及要“艺术地表达思想”，要表达“人民的思想”“《安娜·卡列尼娜》所要表现的家庭的思想”等，以证明：

> 如果以为这位“思想的艺术家”会把艺术的作用归结为仅仅传达感情，那就太天真了。[1]

普列汉诺夫也指出过托尔斯泰关于艺术的定义的“不对”，认为艺术既表现人们的感情，也表现人们的思想，但是“是用生动的形象来表现”[2]。

实际上，他们都没有顾及感情和思想在托尔斯泰那里的关系，而把感情和思想分离开来，没有理解托尔斯泰是把情感视为比思想更为根本，更为深刻的东西。思想只有转化为情感才能沟通人、联合人。而这才是艺术的独特功能和本质。

也有人试图用弗洛伊德认为艺术是无意识中被压抑的性欲本能的宣泄升华，来解释托尔斯泰的艺术的情感说。而我不敢苟同，其原因在

[1] 奥夫相尼科夫：《俄罗斯美学思想史》，张凡琪译，中国人民大学出版社，1990年，第432、433页。
[2]《俄国作家批评家论托尔斯泰》，第248页。

于，弗洛伊德的力比多理论不仅不合于托尔斯泰的禁欲主义思想，而且不能使托尔斯泰的艺术情感说和他的人生追求，和他的整个世界观、认识论向中国古典文化思想相认同的倾向取得统一。

实际上，如果从中国古典文化思想出发，托尔斯泰的崇仰者们便大可不必为托尔斯泰的情感说苦心注疏了。

人们常常提到，中国人十分注重人的情感（“中国人格外多情”[1]）。中国人将情理相并，事情虽达理而不通情，也是作不成的。我想，这是中国人思考社会人生问题所持的一种特色的人道主义。原因何在？因为中国古人认为“情”，正是人的心理、思想品性的最本真、最深切的表现。喜怒哀乐，情也；而其未发之时，谓之中，也就是性。孔子说它是“天下之大本也”（见《中庸》）。正如朱熹说的，天下之理皆由此出，是“道之体也”。因此，情和性是表和里的一致关系。中国人一直将性情相并，“性情者何谓也？性者阳之施；情者阴之化也”[2]，或谓“性之与情，犹波之与水，静时是水，动时是波，静时是性，动时是情”[3]。通过陶冶情感，使之发而中节，而能循性达命，达到“致中和，天地位焉，万物育焉”。这正是中国人人生追求的与天地万物和谐一体的终极境界。由于中国人深刻认识到，情感与生命是息息相关的。情感活动在生命运动中有着强大的作用，因此而把陶情和冶性、修身紧紧联系在一起。

而托尔斯泰之注重情感，正在于他和中国人一样，把情感和生命紧紧联系在一起，认为它是人的心性的最真实而深刻的表现。既然托尔斯泰把对生命意义的求索视为自己一生的事业，他也就把情感，这一生命的最真切的表现，作为关注的对象。

我们已经谈到，托尔斯泰对西方思辨理性一贯持有怀疑态度，更不

---

[1] 赵光远主编《民族与文化》，广西人民出版社，1991年，第448页。
[2]《白虎通义·情性》。
[3] 孔颖达《礼记正义》。

要说他对盲从他人思想或对口是心非的“观点”“理论”的憎恶了。

在1867年6月28日给费特的一封信中，他赞赏把智慧分为“心的智慧”和“脑的智慧”，而当然地站在“心的智慧”的立场上。[1]对于心与脑、情和智，他在日记里是这样分析的：

> 无法强迫脑去辨明心不想接受的东西……人向往的是他的心所希望的东西。只有在他的心希望得到真理的时候，他才去思索真理。[2]
>
> 我愈发坚信，在生活中，在所有人际关系中，一切都基于情感的遭际和波动。而推论和思索不仅不能左右情感和事情，而且还要去模仿情感。甚至客观条件也不能左右情感，而是情感在左右客观条件，即从千百个客观事实中进行选择……[3]

他又说：

> 生活使我越来越明确地相信，脑的智的论据不能改变生活。它只有在生活受到触动之时才能改变生活。情感、愿望、利益和对幸福的向往在唤起思想的活动。[4]

这种对“心”、对情感的注重和对“脑”、对理智的怀疑或轻视态度在托尔斯泰晚年的一篇日记（1904年4月29日）里得到了清晰的总结。

托尔斯泰把人的知识分为三种。第一种是“我对我自己的认识”：“我了解我自己，由于我是我。这是最高级的知识。或者更确切地说，是最深刻的知识。”而“下一种知识，是通过感觉（我听到，看到，摸到）所获得的知识。这是外表的知识。……但是了解它已经不像了解自己那样了。我不知道它的自我感觉和意识。第三种知识更浅些，那便是通过理性获得的知识，即从自己的感觉推论出的知识或别人用语言传达

[1] 可参见上章3节。
[2] Толстой Л. Н. *Полное собрание сочинений (в90-тых томах)* Т. 53 С. 77–79.
[3] Толстой Л. Н. *Полное собрание сочинений (в90-тых томах)* Т. 48 С. 51.
[4] Толстой Л. Н. *Полное собрание сочинений (в90-тых томах)* Т. 51 С. 96.

的知识——论断、预言、结论、学问”。

然后，托尔斯泰对这三种知识加以举例：

> 第一（种知识），我忧伤，疼痛，寂寞，高兴。这是没有问题的。（即情感——引者）
>
> 第二（种知识），我闻到紫罗兰的香味，看见光和影，等等。这里面可能有错误。（即感觉——引者）
>
> 第三（种知识），我知道地球是圆的并且在旋转，知道有日本和马达加斯加，等等。这些都是可疑的。（即理性知识——引者）
>
> 我想，生命在于将第二、第三种知识变成第一种知识，在于人自己感受一切。[1]

这里，我们清楚地看到，托尔斯泰对知识的重要性和可靠性的评价，是以其获得的方式依赖情感、感觉、理性的程度依次为序的。情感方式至上，而理性方式最为浅薄可疑。这首先在于托尔斯泰对“情感”有着不同于现代认识论而认同于中国古典知论的理解。而且，只有按照中国知论的思想，这第一类的喜怒哀乐（“忧伤，疼痛，寂寞，高兴”）之情才算得是最根本的“知”：它是天生的，性中固有的真知，而且是和所谓德性之知相联系的、最真切可靠的知识。实际上，中国人说的这种情感，是包含在德性之知中的。有人把托尔斯泰的情感说和非理性主义联系起来，大抵出于对他所说的情感的内涵的不解。他把“将第二、第三种知识（基于感觉或理性的知识）变成第一种知识（情感知识）”视为生命意义之所在，也就是认为，只有把一切知识都化为“情感”性的东西，这才是最真实可靠的知识。只有通过真情实感才能去认识自己的心性，认识自己心中的上帝，达到和上帝的同一。

由于中国人也认为人的情感是其心性最本真的反映，它比思想、理

[1]《托尔斯泰文集》17卷，第269—270页。

性更本质、更真实、更有力，所以中国古典的文艺观正是把文艺的功能的发用，全力地诉诸人的情感，力图通过陶冶性情、沟通情感，来达到精神自我完善、达到使人联合在一起，以至与天地参这一修己安人和天人合一的社会人生目标。这样，艺术就成为进行生命的追求、实现终极实在的一种手段。孔子讲“兴于诗，成于乐”（《论语·泰伯》），就表现了对情感、对直接作用于情感的文艺（特别是音乐）的推重。可以说，重视文艺对情感的不可替代的能动作用，成为中国古典文艺思想的一个重要特征。

从陆机的《文赋》到刘勰的《文心雕龙》，都强调了情感在文学中的功能。《文心雕龙》50篇，涉及“情”的，竟有30余篇。重情之风延及后世，《金瓶梅》“此一篇百回长文，亦只是情、理二字”[1]；“满纸荒唐言，一把辛酸泪”的《红楼梦》，曹雪芹说，“其中大旨谈情”。即使在当代，中国作家也是把情感的表现作为文艺的主要功能。老舍先生就说过：“小说，我们要记住了，是感情的记录，不是事实的重述。”[2]而中国古典文艺学中，和“情”相连用的概念可谓俯拾即是：情志、情思、情致、情调、情理、情境、情景、情意、缘情、移情……而对情感的论述更不可胜数。

中国不同于西方反映再现理论，而以表现抒情为特色的艺术方法，实际上是和注重情感相联系的。中国的意境说和直觉体悟的创作、欣赏理论也是和对情感的推重紧紧相连的。这一点下面再专节讨论。

托尔斯泰的文艺情感说，也正是基于看到艺术直接诉诸人的情感（“推动他们的情感”[3]）这一独特功能，从而把艺术和对生命意义的终极追求紧紧联系在一起。这一点上，托尔斯泰和中国人的思路是相当一致的。

值得一提的是，孔子和托尔斯泰虽隔万里千载之遥，却都对音乐有着极强的感受力和入魔的爱好。孔子在齐闻《韶》，三月不知肉味，曰：

---

[1] 张竹坡《批评第一奇书金瓶梅读法》。
[2]《老舍谈创作》，上海文艺出版社，1991年。
[3]《托尔斯泰文集》17卷，第162页。

不图为乐之至于斯也（《述而》）。他重视音乐，议论音乐，把乐作为推行道德教化的有力工具。《孝经》也载孔子说："移风易俗，莫善于乐。"而从托尔斯泰的日记和种种传记中，可以发现他常常为自己难于摆脱音乐的魔力而自责。《克莱采奏鸣曲》也反映了托尔斯泰对音乐的魔力的恐惧。其中的主人公则赞成中国人由国家管理音乐。这其中原因何在呢？我想，就因为他们都意识到，在所有文艺手段之中，音乐是最直接诉诸人的情感而融入生命的一种力量。按苏珊·朗格的看法，音乐是按照非逻辑的方式认识情感的性质，即通过直觉去把握情感的形式。是非语言的"情感生活的音调摹写"。[1]托尔斯泰给音乐下的定义，一是说"音乐乃是通过声音唤起或传达一种情感的手段"；一是说"音乐乃是情感的速记"。[2]所以，他们注重音乐是注重文艺"推动情感"作用的突出体现。

托尔斯泰在日记（1889年11月7日）中，曾谈到有人"说科学能够指出道德法则"时，他则提出文艺优于科学、理论之处，就在于它不仅能够"指出道德原则"，而且能够"抓住人的心"：

> 的确，不可能向人们证明什么，就是说，不可能驳倒人们的谬见，每一个走上歧途的人都有自己特殊的谬见。当你想驳倒这些谬见的时候，你就要把一切归纳为一个典型的谬见，可是每一个人都有自己的特殊的谬见，……他就认为你没有驳倒他。他认为你说的是另一回事。的确，怎么可能盯住所有的人呢！因此，永远不要反驳、争论。

那怎么办呢？托尔斯泰指出：

> 只有用艺术手段才能影响那些步入歧途的人，做到你想通过争

[1] 参见苏珊·朗格的《情感与形式》，北京：中国社会科学出版社，1986年，第36页；奥尔德里奇《艺术问题》，北京：中国社会科学出版社，1986年，第99页。

[2] Гусев Н. Гольденвейзер А. *Л. Толстой и музыка* М. Музгиз1953. С. 5–6.

论去做的事。通过艺术你能抓住步入歧途者的全身心，把他引上应走的道路。通过逻辑推论阐述一个思想的新结论是可以的，但是不要争论、驳斥，而要引导。[1]

在这里，托尔斯泰对比了科学的方法、逻辑推论的方法和艺术的方法。明确地道出了自己为什么要诉诸文学的重要原因：这就是，艺术不是去以理服人，而是将理化为情而以情感人。它直接作用于人的心灵，引导人的心性。所以说，传情而感人才是艺术的不可替代的功用，也是艺术与科学之区别所在。托尔斯泰对艺术定义的这一思想，大抵是普列汉诺夫和M.奥夫相尼科夫所未虑及的。

在许多不同的场合，托尔斯泰都谈过艺术的这一能动作用。比如，在谈到“《克莱采奏鸣曲》的跋没有必要写”时，托尔斯泰说：

原因在于，不能依靠议论使那些和我见解不同的人信服。应该首先推动他们的情感，……这不是议论办得到的，而是和感情有关的。[2]

托尔斯泰对契诃夫和果戈理的褒誉和批评，也是在论证艺术的感染力在于传达情感，而非论说思想。

契诃夫的小说《宝贝儿》本来“显然是想嘲笑凭他（指契诃夫——笔者）的推理（而不是他的感情）认为是个可怜虫的‘宝贝儿”，然而“因为是无意中写出来的”，也就是说，契诃夫对这一问题的本然情感（即人的良知）“不允许”他嘲笑，所以竟像圣经中巴兰的诅咒一样，一开口却成了赞许。[3]结果小说“如此出色”地描写了宝贝儿的可爱。

而果戈理“当他听命于自己的心灵和宗教感情时”，他就表现了“扣人心弦、常常是深刻而富有教益的思想”，而一旦他想以道德和宗教

[1]《托尔斯泰文集》17卷，第157页。
[2]《托尔斯泰文集》17卷，第162页。
[3] 见《民数记》,《托尔斯泰文集》14卷，第399页。

思想的教诲说话时，“就出现了很恶劣很讨厌的胡言乱语”。[1]

因此，他把“艺术的使命”定为，“是把人类的幸福在于互相团结这一真理，从理性的范畴转移到感性的范畴，并且把目前的暴力的统治代之以上帝的统治，换言之，代之以爱的统治”这一“人类生活的最崇高的目的”。

3.“和民声”

儒家将礼乐并举，非常注重音乐的作用，正是意识到“礼非乐不履”的道理，所以，先王制礼乐，为的一是“礼以道其志”，一是“乐以和其声”。因为“乐由中出，礼自外作”，“凡音者，生于人心者也。乐者，通伦理者也”。只有通过文艺对情感的作用，才能触及人的心性的根本，从而达到“乐和同”“和民声”，达到“同民心而立治道”的目的。[2]可以说，对于乐的态度，集中体现了儒家的文艺思想。

和中国古典文艺观的见解一样，托尔斯泰也十分看重艺术使人通过情感的交流而联合起来的社会功能。孔子讲《诗》可以兴观群怨。这个“群”，即所谓“群居相切蹉”（孔国安注），来和合人心。后世总把和、乐相并，《乐记》讲“乐者，天地之和也”，“乐者异文，合爱者也”，足见对艺术疏导民情、和合民声的功用，即团结联合民众作用的注重。

托尔斯泰也认为：“使人的心灵和另一个人的心灵融合在一起，这种感情就是艺术的本质。”而艺术的感染力就在于“这种心情把他和另一个人结合在一起，也和其他和他同样领会这一艺术作品的人们结合在一起”。[3]也就是说，“艺术活动就是建立在人们能够受到别人感情感染

[1]《托尔斯泰文集》14卷，第407页。
[2] 该段引文见《乐记》。
[3]《托尔斯泰文集》14卷，第271页。

这一基础之上”[1]。而通过艺术而使人的思想情感联成一体，这正是托尔斯泰所追求的社会理想。

那么，艺术为什么能够传达情感或感染人呢？为什么能使所有人的思想感情联成一体？在这方面，“上帝在我们心中”的思想使托尔斯泰和中国人又一次取得了共识：人的心性是同一的，也正是通过对它的体认，循性达命，体悟天道，达到天人合一的终点。这就保障了中国人百虑而一致，殊途而同归的心的联合。所谓人同此心，心同此理。只不过是诗人能够察人所未能察，言人所不能言罢了。

而托尔斯泰借《复活》中那位游方的老人之口，也正准确地表述了类似中国人的思想：

> 灵魂只有一种！各人只要相信各人的灵魂，大家就会联合起来了。[2]

在不同场合，托尔斯泰多次宣扬这种思想，把它作为人类联合的基础：因为每一个人的灵魂同时又是上帝这一统一的世界精神的体现。所以，托尔斯泰和中国人一样，把人的心性（灵魂）的同一性作为人的联合的基点，并不看重个性化的情感，而推重普遍性的情感。从而把人的灵魂的联合这一人生的终极追求，诉诸文艺联合人心的情感传染作用：

> 艺术作品是一种感染人，把所有的人引向一种心境的东西。

值得注意的是，托尔斯泰接着指出：

> 在使所有的人处于同一种心境这一点上，没有什么是可以和关系到生命的事，说到底是和整个人生相比的了。

托尔斯泰把艺术、情感、生命紧紧联系，表明他和中国人一样，都是将艺术视为追求生命意义的终极目的的手段：

[1]《托尔斯泰文集》14卷，第172页。
[2]《复活》卷三21章。

> 生命就是一部艺术作品。[1]

还可以看出，托尔斯泰对中国古典文艺观注重文艺“和民声”，融通情感的功用的认同，也表现在他不仅反对思想的灌输，并且还认为情感也是不可以“灌输”、教授的。所以他对墨子的“劝爱说”提出了批评。（见上编六章一节）他认为文艺的作用不在于把艺术家自己“特有”的情感灌输给感受者，而在于“在一个人心里唤起感情”，启发他心灵中固有的爱。在托尔斯泰看来，艺术就是使艺术家和感受者二者之间心灵上产生情感的共鸣和融合。在他早年为自己的《童年》写的《致读者》中，对读者的唯一希望，就是“只要您多情善感”“您得是个知音”[2]。

在《战争与和平》中，库图佐夫向着战胜的士兵们讲话，就是一个理解托尔斯泰情感说的例子。他谈到俄国士兵们的艰苦、忍耐和胜利，也谈到法国人，他骂“这些畜生”，而又谈到怜悯……

> 库图佐夫的话是部队不易了解的。大概谁也不能再复述一遍这位元帅开头扬扬得意，而最后变成老人平和之语的讲话的内容。但是，不仅那一番出自内心的真诚的话的含义士兵们是明白的，而且和对敌人的怜悯，对自己的正义性的自觉结合在一起的辉煌的胜利的感情，……也是明白的。因为正是这种感情也存在于每一个士兵心中，并以长久不息的欢快的呼声表现出来。[3]

这就是托尔斯泰所寻求的那种感情的传达、沟通、启迪和共鸣。库图佐夫和士兵们这时的关系，正表现为一种艺术家和感受者之间的情感交流的关系。

---

[1]《托尔斯泰文集》14卷，第177页。
[2]《托尔斯泰文集》14卷，第5页。
[3]《战争与和平》15卷第6章。

托尔斯泰指出：“艺术作品里主要的是作者的心灵。”[1]而在文艺沟通心灵的过程中，“感受者和艺术家那样融洽地结合在一起，以至感受者觉得那个艺术作品不是其他什么人创造的，而是他自己创造的，而且觉得这个作品所表达的一切正是他早已想表达的。”所以，“真正的艺术品做到了在感受者的意识中消除他和艺术家之间的界限，……而且也是他和所有领会同一艺术作品的人之间的界限”，“使个人和其他人融合在一起”[2]。这正是对儒家的“和民声”的思想的认同。

托尔斯泰在1909年的一篇日记里，也说过这样的意思：艺术作品使“感受者这时体验到一种类似回忆的感情——‘啊！正是这个！以前我发生过多次了，我早就知道它，可硬是吐不出来，看！现在，别人向我说出了我自己’”[3]。

而恰恰王国维在《人间词话》里也讲过：

> 夫境界之呈于吾心而见于外物者，皆须臾之物。唯诗人能以此须臾之物镌诸不朽之文字，使读者自得之。遂觉诗人之言，字字为我心中所欲言，而又非我之所能自言，此大诗人之秘妙也。

可见不同时代、民族的艺术家之间思想的沟通。而值得注意的是，这两位艺术家都是在谈到艺术家和感受者同处于一种独特的身心处境或境界时，论及这种心灵的沟通的。这就是中国人所谓的意境。

## 二、托尔斯泰的艺术境界和中国的意境说

把中国的意境说和一向以再现现实、塑造典型形象的以批判现实主义大师著称的托尔斯泰联系在一起，或许会使人感到十分牵强。而且不

[1]《托尔斯泰文集》17卷，第206页。
[2]《托尔斯泰文集》14卷，第273页。
[3] 戴启篁译《托尔斯泰论创作》，第28页。

少人认为，在现代文学艺术以巨大的思想和艺术容量占据今日的中国文坛时，以往审美判断的主要价值标准——意境的范畴便无法适应了，现在的文坛正“最后完成从传统的意境审美中心向近现代的典型审美中心的过渡”[1]。而我想证明的却是，由于从《战争与和平》开始，托尔斯泰就力图考察天道运行和人世演进、人心求索的联系，从而逐渐走向对中国“天人合一”的思想认同。这就使他有可能对天人关系达到一种对类如中国人的“意境”的悟解和表现。虽然托尔斯泰的创作具有逼真的典型刻画和惟妙惟肖的心理描摹等西方文艺思想的特征，但是由于托尔斯泰的注重文学的道德教化作用和表现主观情感的文艺情感说与中国注重道德情感表现的艺术思想相契合，也就有可能导向托尔斯泰的言情写意和中国意境说的相通。比如从具体实践说，运用意境说，恰恰可能使我们在许多方面，更加理解托尔斯泰的艺术思想。

我以为，中国文艺之尚意境而重表现，是和中国文艺思想注重传情言志相联系的。这与西方文艺思想从摹拟说发展到典型说正相对照。中国的意境说有一个悠久的发展过程，直到清人王国维才对意境说作了较完整的论述。但是从先秦儒家的学说，到魏晋的玄学和佛教的境界说，都对意境说的形成很有影响。虽然对意境这一概念的解释众说纷纭，但是，都强调情境交融，物我浑一是意境的基本特征。而在“情”和“境”的关系上，情当然是第一位的。一方面，以情领境，以境写情。王国维讲，“一切景语皆情语也”即是；而另一方面，又是意寓于境，情生于景，有所谓“诗情缘境发”（唐·皎然《秋日遥和卢使君》），“触境而生情”（明·顾起云《竹浪斋诗序》）之说。

对于意境中的这个“意”，一般认为即是指人的思想情感；而这个“境”究竟是指什么呢？通常认为是指和思想情感相融一的外界的物

[1] 见《中西比较诗学体系》，黄药眠、童庆炳主编，人民文学出版社，1991年，第240—241页。

境，所谓心物感应，触景生情；又有认为是指心境。如佛学说“境由心造”，所谓“境非心外”。所以有“心即是境”，即境“存乎方寸之间”（元·方回《心境记》）之说。今人陈洪先生也认为意境是一种难于明晰表述的心理感受，而和哲理感悟时的心态相类似。[1]

不过，意境不可能是一种单纯性的“心理感受”或“心态”，它总是一种缘事而生、寓意于境、情境交融的心理境界。意境之不同于哲理思辨，大抵就在于这种情、境的浑一和心、物的契合。这种对社会人生的感悟并非落实于明晰的概念，而是蕴含于特定的情境、心态、景物之中，与之难于分离。一旦想诉诸语言，而欲使之清晰化、概念化之时，反而更感到意境的那种“此中有真意，欲辩已忘言”的不可言状之微妙。而陈洪先生也认为意境问题，有一个所谓“取境”的问题，即寻求一个和心理状态相协调的物象组合，使其在意味、形式、结构上都足以含蓄地寄托作者的心理感受。

王国维讲，“境非独谓景物也。喜怒哀乐亦人心中之一境界。故能写真景物、真感情者，谓之有境界，否则，谓之无境界”[2]；“今夫人积年月之研究，而一旦豁然悟宇宙人生之真理，或以胸中惝恍不可捉摸之意境一旦表诸文字、绘画、雕刻之上，此固彼天赋之能力之发展，而此时之快乐，绝非南面王之所能易者也”[3]。可见这意境使人能瞬时入于陶然极乐的真如的终极境界。

所以，王国维一方面认定，意境之本在心、在情，同时，又认为意境又是寓于情景的表现之中。他明确指出，“境界”是“呈于吾心而见于外物者”。[4]

---

[1] 见《意境纵横探》，南开大学中文系古典文学教研室编，南开大学出版社，1986年，第30页。
[2] 王国维《人间词话》卷上。
[3] 王国维《静安文集·论哲学家与美术家之天职》。
[4] 王国维《人间词话》附录16。

提到意境，一般总是和诗词联系到一起；谈论小说、戏剧，则多是用形象的典型性、戏剧冲突等来分析。而实际上，也不妨用中国传统的意境说加以赏析。如梁启超就从意境的角度谈论小说。在《论小说和群治之关系》一文中，他就多处谈到“所能触受之境界”“小说者，常导人于他境界”等等；林纾在其大量翻译的小说的序、跋之间，也每每提及境界之词；而王国维则更将意境说用于讨论叙事言情的作品。比如他指出：

> 元剧最佳之处，不在其思想结构，而在其文章。其文章之妙，亦一言以蔽之，曰：有意境而已矣。何以谓之有意境？曰：写情则沁人心脾，写景则在人耳目，述事则如其口出是也。[1]

实际上，这也就是他主张的在“意与境浑”处，见得一个真字。

而要创造和感受这一最能体现中国艺术观综合性、直观性、经验性特征的意境，也必须采用和这种意境相协和的审美认知和表现方式。所以，和中国知论相通的是，中国人对艺术的创作和欣赏不是讲究对形象的白描和对客观意义的分析、剖解和系统性的思考，而是惯于对形成意境的整个情思、境界、氛围，进行整体性、综合性的直觉体悟，随机性、灵感性的玩味、捕捉。

意境，正如王国维讲的“皆须臾之物”，都是稍纵即逝的。而作者或欣赏者一旦捕捉到而进入“意与境浑”的意境，实际上就是从审美活动而达到天人合一、万物一致的终极境界（即使是短暂的）。

传说一次皇帝正在欣赏吴道子的山水画，吴道子遂指着画中的一个山口，请皇帝进到画中仔细把玩，说着自己先走进画去，而皇帝走到画边，害怕而止步。这时，山口便合闭了。

看来，皇帝终于没有“入境”，仍然处于物我分离的审美状态，而

[1] 王国维《元剧之文章》。

没有达到吴道子所体悟的“意与境浑”的真如意境，即天人合一的审美的终极境界。而用意境贯通艺术家和欣赏者，共同进入审美的终极境界，正是儒家“乐和同”“和民声”的文艺思想所追求的。

### 1. 言情

要谈托尔斯泰和意境的缘分，我认为，还需从他的艺术情感说入手。世人多把托尔斯泰的作品看作面镜子，是从反映论、再现说的角度进行分析；实际上，托尔斯泰是一个非常强调主观表现的作家。他早年在致赫尔岑的信中就说过：

> 您说我不了解俄国。不，我拿自己的棱镜观察俄国，我了解我主观的俄国。[1]

在日记中，他也说过：

> 艺术是一种塑造应有的事物，塑造一切人都应该追求的、给人以最大幸福的东西的本领。[2]

并不应该反对用再现说对托尔斯泰进行分析研究，只是在涉及托尔斯泰和中国古典文艺观的联系时，更应该指出托尔斯泰艺术思想和实践中表现性的成分。从托尔斯泰的创作动机来说，与其说托尔斯泰的艺术是要再现现实，毋宁说他是在表达自己对人生苦苦求索的思想情感。所以虽然不敢说托尔斯泰也如曹雪芹一样，写的是“一把辛酸泪”。但其中对社会黑暗的切齿憎恶之情、对自己本来阶级罪恶的痛苦忏悔之情，对全人类的博大挚深的爱情，的确是越来越强烈地溢于言表。从他的创作思想来说，也可谓是“其中大旨言情”的。

早在1865年给波波雷金的一封信中，托尔斯泰就说：

---

[1]《托尔斯泰文集》16卷，第82页。
[2]《托尔斯泰文集》17卷，第179页。

艺术家的目的不在于无可争辩地解决问题，而在于使人们在永无穷尽的、无限多样的表现形式中热爱生活。如果有人对我说，我可以写一部小说，在其中我将无可争辩地奠定我对一切社会问题的看来都无不正确的观点，那么，我不会花两个小时的劳动来写这部小说。但是，如果有人对我说，现在的小孩20年后将读我写的作品，并且为之痛哭和欢笑，并从而热爱生活，那么，我甘愿为这部小说献出自己的整个生命和毕生精力。[1]

人们对托尔斯泰笔下的人物形象早有精辟的分析和赞美，但是，对于以形象体系所连贯的整体结构，则往往有一些不解之词。比如，《战争与和平》尾声中的议论是否繁赘，以及皈依了普拉东·卡拉塔耶夫的无为思想的皮埃尔，如何又举起了他的精神导师所绝不会赞成的“积极德性的旗帜”；又如《安娜·卡列尼娜》的非人物、情节所连贯的结构，而这正是托尔斯泰“为自己的建筑艺术感到自豪”之处；《复活》中最后“不了了之”地以聂赫留朵夫读圣经结尾，而托尔斯泰则说，正是要人们去读这最后的一章……

如果我们更多地注意到托尔斯泰的小说不是意在状物叙事，而不仅仅去分析所谓典型形象，而是看到他是在表情写意，是在传达情感，那么，我们就察觉到一些外在形式上的不解之处，有着情感表现说上的解释。

托尔斯泰说过：

每一个历史事实必须人性地加以解释[2]。

那种使一部作品凝聚成一个整体、从而产生反映生活的幻象的凝聚物，并不是人物和环境的统一，而是作者对事物的独特的道德

[1] 戴启篁译《托尔斯泰论创作》，第4页。
[2] 戴启篁译《托尔斯泰论创作》，第75页。

态度的统一。[1]

艺术作品中主要的东西是作者的灵魂。[2]

艺术的主要目的就在于表现和揭示人的灵魂的真实。揭露用平凡的语言所不能说出的人心的秘密。[3]

车尔尼雪夫斯基就首先从托尔斯泰最初的作品童年三部曲中发现了他的“艺术才华的基本特征”——“心理生活隐秘变化的深刻知识和天真未凿的道德情感的纯洁性”。而这正基于托尔斯泰锲而不舍的自我观照和反省，贯注着他对生命意义的求索和体悟。这大抵正是通向他的情感说的发端。

### 2. 心境

而值得注意的是，正是在揭示人的灵魂的问题上，托尔斯泰不同于传统的性格说，提出了人的心灵流动说。性格一般是固定的，而心灵却在“流动”，是变幻不居的。托尔斯泰认为，这才是人的灵魂的真实之所在，人的真实之所在：

最好写出一部艺术作品来清楚地表现人的流动性，就是说，同一个人，时而是恶人，时而是天使；时而是智者，时而是白痴；时而是大力士，时而是最软弱的人。[4]

“人的流动性”的思想，也在《复活》中用“人如同河”的比喻详尽地表述出来。[5]

而在描写人的真实、在表现人的这种心灵的“流动性”、捕捉人物的心灵变幻时，托尔斯泰引入了“心境”的范畴，而从“心境”步入了

[1]《托尔斯泰文集》14卷，第83页。
[2]《托尔斯泰论创作》，第12页。
[3]《托尔斯泰论创作》，第11页。
[4]《托尔斯泰文集》17卷，第226页。
[5] 见《复活》卷一第59章。

"意境"的领域。

我们应注意到，托尔斯泰非常爱用心态、心境（состояние）这一概念。比如，说娜达莎"她处于回忆的心境之中"[1]；说拿破仑"他处在一种清晨的清新明快的心境中"[2]；说安德烈"他处于和他在奥斯特里茨战场和在罗斯托夫家时一样的那种观察力极为明快的心境之中"[3]……

对于心境（состояние）这一概念托尔斯泰有过这样一段论述：

> 没有完全弄清楚的是，经常（也可能总是这样），生活使我们满意、不满意，或是我们对一些事件的印象，都不是出于事件本身，而是出于我们的精神状态（душевное состояние或译心态）。而这些非常复杂而确定的精神状态是多种多样的。比如有羞耻的心境，谴责的心境，感动的心境，回忆的心境，忧愁的心境，欢乐的心境，艰难的心境，轻松的心境。这些心境是怎样产生的？我不知道。但是我知道，我在羞耻的心境中，那么一切都使我感到羞耻，如果没有什么能让人羞耻的，那么就有一种毫无对象的羞耻感。谴责的心境，感动的心境，回忆的心境，也都是这样。不论这是多么奇怪。你总在回忆，可没有什么可回忆的，于是你就回忆现在的东西，以及早就回忆过的东西……应该确定并思考这些心境是何以产生的。[4]

虽然托尔斯泰没有对这种"心境"做出完整的论述，但是，他笔下人物的种种心境却为我们描述出"心境"的来龙去脉。它正是基于人的生理、心理因素，由内外情境而激发的人的思想、情感、性格的融一性的体现。如果说人物自己不能解释这种心境生成的原因，那只

[1] Толстой Л. Н. *Полное собрание сочинений (в90-тых томах)* Т. 10 С. 274.
[2] Толстой Л. Н. *Полное собрание сочинений (в90-тых томах)* Т. 14 С. 15.
[3] Толстой Л. Н. *Полное собрание сочинений (в90-тых томах)* Т. 13 С. 87
[4] Толстой Л. Н. *Полное собрание сочинений (в90-тых томах)* Т. 54 С. 160.

是由于构成这一心境的内外因素过于复杂或隐秘罢了。而托尔斯泰所描写的在这种心境下人物的感受却是我们极为熟悉的。他们的所闻所见和周围的一切，无不染上其主观心境的色彩。这也就是刘勰说的“物以情观”（《文心雕龙·诠赋》）或王国维说的“以我观物，故物皆着我之色彩”。于是“登山则情满于山，观海则意溢于海”（《文心雕龙·神思》）。

当然，这从再现现实来说，恐怕大有失真之嫌，而从表现人物内心的真实来说，却可达到情真意切的逼真境界。而这正是托尔斯泰的艺术标准的定义中所追求的“真诚”。

比如，在皮埃尔接受了普拉东·卡拉塔耶夫的精神洗礼，又处于和娜达莎的爱恋之中：

> 这时候，他是在他内心照耀的感情的光亮中来看每一个人，而立即毫不费力地从他所遇到的每一个人的身上看出了一切好的、值得爱的东西来。

甚至对他一贯反感的华西里王爵，他也觉得“是一个可怜的和气的老头子，很值得同情”。

更应该注意的是，托尔斯泰写道：

> 皮埃尔过后常常回忆起这一幸福的疯狂的时期，而对他来说，这一时期他对人和事所形成的意见，是永远可靠的。

这是因为，“皮埃尔的疯狂在于，……他的心这时充满了爱，”过去“在他爱一些人之前，要等着他们身上发现他所谓的‘好品质’的个性的原因”，而现在，“他无缘无故地爱这些人，他发现了应该爱他们的无可置疑的原因”[1]。

也就是说，托尔斯泰认为，当人所处的是一种真诚的、充满爱心的

---

[1]《战争与和平》15卷19章。

心境时，这种主观的真实（“真诚”）就能和客观的真实达到统一。这一点，是完全合于中国儒家思想的。儒家正是要通过“反身而诚”，达到主客观的统一，达到天人合一的至诚境界。

3. 意境

但是托尔斯泰的高妙之处在于，他不是止于描写心境或心态，而是把人的心境的演化、心灵的流变和情境的转换完美地融为一体，从中生出一个个寓意无尽的意境。这就是王国维所说的“意与境浑”的完美境界。这样，他所要表现的人物的心灵的历程，就不只是见诸一个个主观心境的演化，而表现为一个个“意与境浑”的意境的连串。实际上，我们谈到托尔斯泰的人物形象时，首先想到的往往并非单纯的形象，映入眼帘的多是那些人物完全化于其中，而给人以无限感悟和回味的意境。这正是托尔斯泰的小说中出现的（虽然不多）中国式的意境美。

比如,《战争与和平》中安德烈心灵的激变和演化就有一个个意境的连串展现。可以从常常提及的奥斯特里茨的战场谈起。托尔斯泰在这里不是要表现典型性格，而是要表现一种意境。我们觉得自己是在和重伤的安德烈一起躺在战场上，仰望奥斯特里茨那高不可测的天空，也和他一起像是头一次看到这样的“遥远的、崇高的、永恒的天空”：

我怎么先前没有看见那个崇高的天空呢?

多么安静，多么悠闲，多么庄严，完全不像我那样在奔跑……

我们也和他一起，忽然间洞悟了人生，看出拿破仑，以及和他一样的那些汲汲碌碌、不可一世之徒，比起……崇高的、无限的天空中的变化来，不过是一个非常渺小的不足道的生物。

除了那个无限的天空之外，一切都是空的，一切都是假的……[1]

---

[1]《战争与和平》3卷19章。

而同时，我们又会觉得自己的心思，自己的灵魂，也游荡在奥斯特里茨战场的天地之间，甚至感到自己就是奥斯特里茨的冥冥苍天，是我们在俯瞰着安德烈，俯瞰着奔碌的人间。我们会觉得，安德烈的心境和所想，正是斯时斯地我们的心境和所想，不仅如此，也正是那时的奥斯特里茨天空的无言的深意。安德烈和奥斯特里茨的天空以及我们，都已融为一体。这正是一种“意与境浑”的意境。其中万千的人生体悟、感慨，绝非哲理二字所能概括。这种欲辩难言的深邃意境，大抵最好靠中国式的体悟去把握吧。

而接下去皮埃尔和安德烈在渡船上的谈话，也是极具意境的场景。

经过一场倾心的辩论，他们沉默了。正是夕阳西下时分，太阳已半落到地平线下，晚霜正在渡口边的水洼子里散漫开去……安德烈靠着筏子栏杆站着，眼睛盯住照耀在蓝色水面上的红色的太阳反光。万籁俱寂。只有流水的波浪在下边轻轻拍打着筏子，波浪声像是在重复着皮埃尔的话声：

> 那是真的，相信吧……

这是一个让皮埃尔、安德烈和我们都难忘的情境（《战争与和平》的一些版本还有这一场景的插图）。这一场景构成的意境的特点在于动静在强烈反差中的和谐融一。是皮埃尔的话语，同时又是万籁俱寂的安谧和舟中晚照的意蕴，使安德烈的心灵得到心与境谐的升华：

> “我们不仅今天活在这片土地上，我们过去、将来也永远活在那里，活在那个整体（就是托尔斯泰说的上帝）里面。”皮埃尔说着，指指天空。

这不但是皮埃尔的想法，也是托尔斯泰的思考，而我们感觉，这也是那夕阳，那晚霜，那轻轻拍打筏子的流水在诉说，是那意境中本来固有无限意蕴。而我们也融入了这一意蕴。正是在此意境之中，安德烈才“自从奥斯特里茨以来，又第一次看见他在战场上看过的那崇高的永在的天空；于是，睡了很久的一种东西，他心中最好的一种东西，突然在他的灵魂中醒来，欢喜而且年轻……”[1]这是心境和物境达到了完美融一的意境。

而在这之后，托尔斯泰又为安德烈心灵的变幻铺设了一个个富有感染力的情境。翌年春上安德烈乘坐马车路经一株大橡树时，就构成了一个生动的情境。这橡树“像一个古老、严厉、傲慢的怪物，站在含笑的桦树中间。不肯对春天的魔力屈服，既不注意春天，也不注意阳光”。它“板着脸，僵硬。丑陋，冷酷”：

春天，爱情，幸福！你们不厌倦那种愚蠢无谓、翻来覆去的欺骗吗？……我不相信你们的希望和你们的谎话。

而这实际上，正是安德烈所想的，“一整串绝望而又愉快得可悲的新思想，随着那棵树在他灵魂中腾起”：

是的，橡树是不错的，一千倍的不错。

看上去，这也是一种情景交融，但是这其中多是一种心境描写，是对心境的借景抒情。而只是在安德烈无意间欣赏了娜达莎月夜凭窗悄自咏唱、私语和凌空欲飞的幻想之后，在返乡的途中再一次看见那株大橡树时，才真正构成了又一个美好而深邃的意境。

那是六月初的日子。刚刚“一小片云轻轻撒了些雨滴”，树“在阳光下闪亮，潮湿而光泽，微风轻拂，一切都欣欣向荣。夜莺在远远近近鸣啭”。

“和我意见相投的那株橡树可在哪里啊？”安德烈看见的，却是它“完全变了样子，展开一个暗绿色的华盖，如狂似醉地站在那儿，……满是结节的枝丫，多年的疤痕，旧时的疑惑和忧郁，一切都不见了”。

这时的安德烈“陡然生起一种欢喜和更新的不可理解的春天感”。这仅仅是橡树的威力吗？不，就在他偷听娜达莎的窃窃私语之时，“他

---

[1]《战争与和平》5卷12章。

的灵魂里”就已“突然掀起这样一种和他的全部生活情调相反的青春的思潮和希望的意外骚动”[1]，而只是在大橡树这一契机的驱动下，

> 他一生中最好的时刻突然都记起来了。奥斯特里茨和那崇高的天空，渡口上和皮埃尔的谈话，被月夜的美所撩动了的少女，……这一切都忽然涌上心头：
>
> “不，生命在三十一岁上并没有完结！”[2]

这又是一个“意与境浑”的典型意境。人完全投入了情境，情境又完全融入了心灵的情思之中。托尔斯泰着意让被理性的智慧封闭了生命之泉的安德烈一次次感悟人生、化入意境，真是用心良苦。而作者对人生的思索也完全蕴含在这境界之中了。这笔法可以说得上是，“不着一字尽得风流”。而最可贵的是托尔斯泰使读者也融于意境之中，而没有像吴道子那样“独领风骚”而把皇帝关在山门之外。

托尔斯泰构造意境的功力，可以说是他的情感说自然发展的结果，是他对宇宙人生、对人和整个宇宙一致性体悟的结果，正是在对意境的追求中，托尔斯泰走进了中国天人合一的终极艺术境界。

## 三、托尔斯泰与中国儒家伦理化审美观的共识

托尔斯泰的审美观和中国儒家的审美思想的相通，主要表现在对于真善美的关系上，都倾向于使真和美伦理化而向善融通。这既是托尔斯泰“精神自我完善”的人生追求、反科学主义的伦理化认识论在审美观上的反映，也是与托尔斯泰的文艺情感说和注重情感教化的中国古典艺术观的一致性相联系的。因为他们所说的“善”，都是一种道

---

[1]《战争与和平》6卷2章。
[2]《战争与和平》6卷3章。

德情思。

在审美观上，托尔斯泰的最令人注目的言论之一，就是对真善美的“三位一体”论的抨击。

在表明自己艺术观的主要著作《什么是艺术？》中，托尔斯泰对“真善美被放在同一高度上”，提出非议。他指出：只有“善是我们生活中永久的、最高的目的”；“善是任何人所不能判断的，但是善能判断其他一切”。而“美和真的概念不但不是和善等同的概念，不但并不和善构成一个实体，而且甚至和善不相符合”。[1]

而正是在这打破真善美的“三位一体”和重建三者关系的思考中，托尔斯泰和中国古典审美思想走到了一起。这主要就表现为对审美观的伦理化。

和西方建立在主客观分立的哲学认识论基础上的审美观念不同，中国古典审美思想不强调认知性和科学性，强调审美的伦理性。可以说，审美的伦理化既是中国古典审美观的，也是托尔斯泰审美观的最大的特点。这集中表现在对真善美的关系的认识上：善是中心，是核心。而美和真都依附而融入善之中。

**1．美向善的融一**

首先，托尔斯泰的审美思想和中国儒家的审美思想，都有一种把美伦理化而融于善的倾向。儒家的美学思想注重善和美的统一。而且，在善和美的关系上，虽然要求二者的统一，但是，这种要求的前提，不仅是美要无条件地从属于善，而且，美受到伦理化的侵染而转化为善。

对艺术的批评以思想道德标准至上，从孔子对《诗》的评价上，就已清楚地表现出来：

---

[1]《托尔斯泰文集》14卷，第190页。

《诗》三百,一言以蔽之，曰：思无邪。(《论语·为政》)

孔子在齐闻《韶》乐，三月不知肉味。说，“不图为乐之于斯也”(《论语·述而》)。为什么呢?因为《韶》符合了他的审美标准。子谓《韶》:“尽美矣，又尽善也。”对于《武》乐，则认为“尽美矣，未尽善也”(《八佾》)。这是不符合他的标准的。而对“乱雅乐”(《阳货》)的郑声，则要求“放郑声”，而且把“放郑声”和“远佞人”相提并论，因为“郑声淫，佞人殆”。足见孔子的审美观和扬善去恶的伦理教化的统一性，美学批评和道德批评的统一性。孟子讲，“充实之谓美”，也是把人的心性美德（“养吾浩然之气”）视为美。美成为善的一种表现。托尔斯泰也指出：

所谓精神的美和道德的美，意思无非就是指善。[1]

在内容和形式的问题上，在对文与质的关系上，孔子虽然说“质胜文则野，文胜质则史”(《论语·雍也》)。认为“言之无文，行而不远”(《左传·襄公25年》)，而主张“文质彬彬，然后君子”(《论语·雍也》)，但是，实质上是尚质的，是看重内容、质的完美的。子夏问《诗》中“巧笑倩兮，美目盼兮，素以为绚兮”是什么意思。孔子答说：“绘事后素。”（有了洁白的底子，再在上边画画）子夏问：礼后乎？（指礼在仁之后）孔子大为赞许。(《八佾》)

孔子说的“绘事后素”就是讲，要先有好的质地（素），再去形式上的雕琢，也就是子夏领悟了的，先有了仁（内质的善），才可再讲礼（这里的礼是仁的形式）。这也是一个形式和内容、表和里的关系问题。可见，孔子的审美观和他的整个社会伦理思想是一致的。以儒家思想为基准的审美观，美的独立性是十分有限的，美对于善是一种服从和附丽的地位。和善对立的美是不应存在的。

[1]《托尔斯泰文集》14卷，第190页。

在审美的伦理化方面，托尔斯泰的思想和孔子的思想是相当一致的。首先，托尔斯泰认为："艺术的正确的定义至今还没有规定出来，其原因就在于艺术的概念是以美的概念为基础的。"[1]

而托尔斯泰正是要高扬起善，作为艺术的旗帜：

> 艺术是区别善恶的手段之一，也就是认识善的手段之一。[2]

所以与此相联系，他就认为：

> 美学是伦理学的表现。……如果感情美好高尚，艺术也美好高尚，反之亦然。[3]

把艺术首先不是和美，而是和善联系在一起，是托尔斯泰审美的中心思想："艺术要受到尊重，它就应该产生善。……善是真正艺术的标志。"[4]而托尔斯泰正是要"用自己的作品去行善"的。[5]所以，善同样是托尔斯泰对自己，也是对从事艺术的人的要求。正如孔子所说，"人而不仁，如乐何？"（《论语·八佾》）

更进一步，托尔斯泰还说过："美的概念不但和善的概念不相符合，而且毋宁说是相反，因为善往往和对癖好的克制相符合，而美则是我们的一切癖好的基础。"[6]

在日记里，他也说过：

> 美和道德是一根杠杆的两臂，一边延长多少，轻多少，另一边就缩短多少，重多少。一个人一失去道德的目标，他就对美特别敏感。

在这里，我们已经可以闻到禁欲主义的味道了。但是，如何看待托

---

[1]《托尔斯泰文集》14卷，第170页。
[2]《托尔斯泰文集》17卷，第164页。
[3]《托尔斯泰文集》17卷，第210页。
[4]《托尔斯泰文集》17卷，第145页。
[5]《托尔斯泰文集》17卷，第67页。
[6]《托尔斯泰文集》14卷，第190页。

尔斯泰把善和美对立起来的说法呢？

托尔斯泰作为一个艺术家比任何人都清楚，艺术不能没有美。而实际上，在他给艺术做出的一种种审美标准中，美始终不能不是一个不可缺少的因素。为了不走向善和美势不两立的极端，托尔斯泰总是努力把美紧紧地和善结合在一起。托尔斯泰把善与美相对立的提法，和中国人一样，都在于不给作为形式的美以独立地位。指出一旦美不附丽于善，它就会和恶结盟。这样，在托尔斯泰所主张的善和美的统一中，也发生着儒家式的美向善的归顺和统一：

> 与善无关的美和欢乐是可恶的。……而没有美的善令人痛苦。只有把二者结合起来，也不是结合，而是以美作为善的圆满结果。[1]

这里也有孔子“绘事后素”的思想：以美使善更加完美。

值得注意的是，在把美伦理化的过程中，托尔斯泰把美和爱紧紧联系在一起：

> 什么是美？美是我们爱的东西。不是因为美而可爱，而是由于可爱而美。问题在于为什么可爱，我们为什么爱。[2]

而爱，我们已经讨论过，这在托尔斯泰是一种伦理性的情感。在“为什么爱”“怎样爱”这个问题上，托尔斯泰发展了一种类似孔子的“仁”的思想。所以，没有真正的爱，也就是说，没有仁、善，也就没有真正的美。

托尔斯泰笔下的女性美，都是和托尔斯泰对她们的道德心性的评价相联系的。托尔斯泰欣赏和俄国农村生活相联系的古老的宗法家族中淳朴可爱的娜达莎的美，也赞赏她婚后一变而现出的“宁静、柔和、从容的神情”和“健壮的母亲型”之美，托尔斯泰还特意提到“她婚后就

---

[1]《托尔斯泰文集》17卷，第173页。
[2]《托尔斯泰文集》17卷，第203页。

完全放弃了唱歌”；托尔斯泰也赞赏《安娜·卡列尼娜》中的道丽那种端庄贤惠、大度宽容之美。而《战争与和平》中“既聪明又可爱的艳妇人”爱伦的那种“动物的”美令托尔斯泰憎恶；安娜·卡列尼娜那非自然力所能创造的摄人神魄的美，那种使人联想到夜间的火灾的红光的美，又使托尔斯泰感到恐惧。看来，儒家的充满伦理色彩的中和之美、温柔敦厚之美才是符合托尔斯泰的审美理想的。

### 2. 真向善的融一

托尔斯泰的和中国古典审美观的另一个相似之处，是在真和善的关系上，真向善的融一。

一些人指出，中国古典审美观对真的认识和西方追求认识世界的客观真实性不同，而是追求“审美主体的真情实感”[1]，或所谓“主要指伦理的和情感的真”[2]。

的确，从先秦诸子开始，中国古典艺术理论谈得最多的是审美主体的抒情写意中的情真意切，追求的是神似而非形肖。《庄子·渔父》就讲：

> 真者，精诚之至也。不精不诚，不能动人。故强哭者虽悲不哀；强怒者，虽严不威；强亲者虽笑不和。真悲无声而哭，真怒未发而威，真亲未笑而和。真在内者，神动于外，是所以贵真也。

这里所讲的“贵真”是贵真意、真情，贵真诚的道德态度，而非贵客观的真实性。

《论语》中的一个故事也可以表明中国古典文化思想中，真实性向主观的道德的真理性的归化。一次有人向孔子赞称他们乡里有个正直的

---

[1] 参见《东西方哲学比较研究》王淼洋等编，上海教育出版社，1994年，第594页。
[2] 参见周来祥《论中国古典美学》，齐鲁书社，1987年，234页。

人，其父偷了羊，做儿子的亲自去告发。而孔子不以为然，说“吾党之直者异于是：父为子隐，子为父隐”，而且认为，这才是“直在其中矣”。(《论语·子路》)

什么是“直”。《荀子·修身》说，“是谓是，非谓非，曰直。”许慎的《说文》说，“直，正见也”。所以，这直本应该是对真实性的追求。直是真的反映。但是，孔子对于是非、正见的标准，完全是出于他的伦理思想的。孔子的“吾党之直者之异”，就在于他追求的“直”和“真”是他所主张的伦理的直和真，是他认为的一个人所应有的道德之真诚、正直。这里不去评价孔子的道德之直，只是指出孔子所主张的真实性、真理性的主观性、伦理性的特点。也就是说，“真”被伦理化而融为“善”(伦理化的直)了。

然而，如果我们进一步想到中国人的心性是和天道相同一的。所以，真诚、真情实感也就和所谓客观的真实性是同一的。因为在中国古典哲学思想中，主客体本来是一致的，不是分立的。中国人追求的就是达到主客观融一的至善至真，即“天地一体之仁”的至善至真。这是中国人生命追求的终极境界之真。《说文》说，“真”是指“仙人变形而登天也”，大抵正是对“真”所指向的主客合一、天人合一的至诚、至真、至高的终极境界描写。这样，“真”就和“善”——终极境界的追求融为一体了。

而在这一点上，托尔斯泰和中国古典审美观达到了最大限度的一致。托尔斯泰是主张艺术之真的。不过他所说的是艺术家在创造中的情感的真诚，这甚至是他提出的评价艺术作品的三项标准之一。他对自己作品的要求，首先是自己的真诚。“我了解我主观的俄国。”[1]他这样自信地说过。他甚至认为，真实的东西是我们不知道的，而要写应该有的东西。

---

[1]《托尔斯泰文集》16卷，第82页。

艺术是一种塑造应有的事物，塑造一切人都应该追求的、给人以最大幸福的东西的本领。[1]

这样，托尔斯泰也就把“真”伦理化而转化为“善”。在这方面，他的《劝善故事集》序[2]可以作为“真就是善”的宣言书。

正如中国古典文化思想认为，天道就是最大的“真”、最大的真实一样，托尔斯泰在序里也指出，“真就是道。基督说：‘我就是道路、真理、生命。’”所以，“了解真实的人，不是只了解过去有过什么，现在有什么，经常有什么，而是了解按照上帝的意志应该有什么。”而“写真实，不是只写有过什么，以及这个人这么做了、另一个人那么做了，而是指出人们做了什么好事，即符合上帝意志的事；人们做了什么坏事，即违反上帝意志的事。”“一切文学作品之所以需要和成为好的，不在于它们写了过去有过什么，而在于它们指出应该有什么；不在于它们叙述人们做了什么，而在于它们对好与坏做出评价，向人们指出上帝要人们走的引向永生的窄路。”

而由于“世界处于罪恶和诱惑之中”——现实正处于虚伪不真之中，所以就“不能只写世上常有的事”：

为了使得你所写的作品里有真实，就得不写现有的，而写应有的，不是描写现有事物的真实，而是描写临近我们，却尚未到来的天国的真实。

托尔斯泰所说的这种真实，就是指向他所追求的生命的终极目标的真理，也是一种和上帝相融一的主客观同一的境界。这也是他对善的至高定义。和中国人一样，在人生追求的终极之处，真与善达到了同一。

托尔斯泰的《两个老头》的故事[3]，也可以说明托尔斯泰对“真”的

[1]《托尔斯泰文集》17卷，第179页。
[2]《托尔斯泰文集》14卷，第58页。
[3]《托尔斯泰文集》12卷，第291页。

看法。叶菲姆和叶利赛两个老人相约去耶路撒冷朝圣。叶利赛由于路上独自停下来帮助人，救急救难，最后没有了盘缠，就先返回家了。叶菲姆一人到了耶路撒冷，竟远远地亲眼看到叶利赛也在这儿的神殿里，只是在人群里最终没能找到他。当叶菲姆回到家，知道叶利赛早就中途而返的时候，他才悟出，主接纳的不是自己，而是叶利赛：

> “我的脚到了那里，可是心呢？”他自问，“是我到了，还是另外一个人到了……”

这里，托尔斯泰指出了两种真实：脚的真实和心的真实。托尔斯泰相信的是心的真实。所以才有叶菲姆在耶路撒冷竟亲眼看见了并没有到达那儿的叶利赛这一象征着“真正的真实”的幻象。从得到主的接纳——和上帝融一这一终极境界、至高的真善来说，对于用脚切切实实走到了耶路撒冷的叶菲姆来说，他到达耶路撒冷是不真的，是假的。“一生要以爱和善行还愿”，这是叶菲姆对真的觉悟，也是托尔斯泰对真向善的融一的哲理思考。

正因此，托尔斯泰对这种现实中所没有的“真”充满信心。在谈到故事集中的种种奇异的故事时，托尔斯泰坚定地说：

> 这样的故事难以令人置信，因为所叙述的事从来未曾发生过，而且也不可能发生。但是它却是真理，因为其中所阐明的是永远应该有的，……不管描写的事是怎样的不可思议，不管野兽是怎样地像人一样说话，不管魔毯是怎样地载人飞行，——传奇、比喻和童话，如果其中有天国的真理，那就是真实的。[1]

这里，也表现托尔斯泰把客观的真实性和他所谓的真理性（即托尔斯泰的道德理想）相同一的思想。这虽然是在谈论“传奇、比喻和童话”这些非再现性的作品时说的，但是，实际上，托尔斯泰同样把这一

[1]《托尔斯泰文集》14卷，第190页。

思想运用于他的所有被比如镜子一样的“批判现实主义”小说之中。他对有人批评他在《战争与和平》中，无视当时俄国黑暗面所做的答复，就证明他对怎样“再现”现实，再现哪些现实，是有着极强的主观见地的，即充满对他心目中的真理——真实性的真诚。

这样，托尔斯泰的审美观和中国儒家审美观一样，在审美伦理化的过程中，追求一种特定的真善美的统一。而这种真善美的统一，正是托尔斯泰和儒家美学思想共同追求的终极审美境界和终极道德境界的统一，是人生理想追求的终极实在。

# 结　语
# 托尔斯泰东方走向的精神探索的当代意义

在人们疾呼人文精神衰微的当今世界，从探讨社会历史进入现代化转型时期人文精神演进的角度看，托尔斯泰晚年执着地向东方古典文化思想寻求生活真理，积极地译介和研究孔子、老子、孟子、墨子等人的学说，在19—20世纪之交的世界动荡危机之中，心系东方，瞩目中国，把人类社会的前途和希望寄寓其上，就有着特殊的意义。

面对工业化、后工业化社会的社会危机、精神危机，西方文学在揭示人和人的世界变为非人和非人的世界之时，实际上标示出的正是充满人文主义精神的人和人的世界的尺度；在对人性的扭曲，世界的荒诞，人与社会、人与人、人与自然、人与自我的冲突和脱节，乃至人完全地零散化而失落的揭示之中，西方人文精神在愤怒地呐喊、绝望地冷笑。

而对照中国传统文化思想，我们不能不看到，当代西方人文主义的“人”的一个弱点。这就是这个“人”与社会人群相分离，与大自然、与“天”相分离的倾向。实际上，西方人文主义精神几百年来所张扬的“人的发现”，“个性的自由”，都在把个人从宇宙万物之中独立出来，乃至对立起来。而当代西方人文主义进一步发展了这一倾向。在社会人群之中，“人”成为一个孤零零的个体，他试图在与社会、与所谓“共同的世界”的对立、对抗之中突现其主体性；虽然从一贯的“征服自然”变为当今的“保护自然”，但是当代西方人文主义并没有走出天人对立的思路。当今人们谈到环境保护、生态平衡，实际上还是自以为是高居于自然之上的主宰者。面对着自然，犹如面对一个等待宰割或暂且饶过的被征服者，而不明白，人是在面对自己。这就使人和世界难于找到一个结合点。而失去了这个结合点的“人”又怎能不是一个现实世界的“零余者”呢？从陷入“自我”到丧失“自我”，我以为，这就是西方现代化的人文之路所隐含的危机。

我想，人的价值，人生的意义只能从现实世界中，从天人和谐的关系中来寻找。中国古典文化思想所体现的人文主义精神，恰恰把人的终极关怀建立在天人和谐的关系中，建立在现世人生意义的追求上。儒家讲天道、人道的统一，修齐治平的统一，“成己”和“成物”的统一，都是要到达“天地一体之仁”的境界；道家讲“法自然”，讲“天地与我共生，而万物与我为一”，所以能够“与天地精神往来而不傲倪万物”。中国人的这种天人合一的思想，的确有助于对当代西方人文精神危机的针砭。或者正是因此，当今西方人文精神的探索，重又瞩目东方，特别是中国文化思想。而当代西方人文精神在这一方向的求索上，我以为，托尔斯泰成了第一人。

托尔斯泰不是作为一个文学家，而是作为一个思想探索者走近中国古典文化思想的。面对世界现代化进程中的种种矛盾，托尔斯泰一生执着关注的，正是人生意义这一构成当代人文世界危机的根本之点。不解决人生意义这一根本问题，现代化的世界只能是一个行尸走肉的悲惨世界。从托尔斯泰的言论中我们看到，托尔斯泰走近中国古典文化思想正是因为看中了它对现世人生的关切。托尔斯泰正是在与中国古典文化诸子学说的人文思想的会通借鉴中构建着“抵御”西方唯理论、唯科学论的现代化思想体系。

在追求人生意义的精神危机中，托尔斯泰也曾走到西方人文主义的路口，但又断然转向了东方。

以个人为本位的西方思维模式认为，只有被逐出“共同世界”的个人，才能清晰地、“本真”地“发现自我”。而令存在主义先驱舍斯托夫遗憾的正是，托尔斯泰的谢尔盖神父最终不是走入“个人世界”去觉悟人生，而是走入另一个“共同世界”：走向人间，去向一个村妇帕申卡寻求到真理，“在菜园子里做工，教孩子们读书，还照料病人”。对此，存在主义的先驱者舍斯托夫大加揶揄，认为是“对古典主义的赏光”。然而正是在这条令这位哲人大惑不解的道路上，托尔斯泰走近了中国古典文化思想。

在中国古典文化思想中，个人只有在上配天道、下张人伦的整个社会伦理系统之中，有了自己的定位，才能理解自己的真实存在。中国的个人不仅是生活在家族、国家之中的，只有把个人的修身和齐家、治国、平天下紧紧联系在一起，才能发现自我的存在和价值，而且中国人还认为自己和天地万物为一体，自我完成——“成己”是和成物——使天地万物达到完善，和天地万物融为一体——相统一的。

和中国古典文化思想相吻合，托尔斯泰追求的理想是人类的联合，与上帝的合一。他无意强调纯个人的东西，“我们每一个人都应该在自己的信仰中寻找大家共有的东西。”[1]这是他晚年的一个最重要的思想。一些人一再指出托尔斯泰缺乏个性论的思想。C. H. 布尔加科夫就说过：“托尔斯泰是和个性的意识格格不入的。……他感觉不到各个人的唯一性和不可重复性，及他的命运的永恒的秘密。对他来说，存在的只有一个世界灵魂，而没有个别的个性。”[2]这当然是和西方人本主义思想格格

[1] И. Ф. 纳日文《烧不毁的荆棘》，天津出版社，1936年，第390页。
[2] Булгаков С. Н. *О Религии Льва Толстого* С. 177.

不入的，而这正恰恰表明托尔斯泰认同的是儒家的人性与天道合一的思想，是中国人所谓的“人同此心、心同此理”。

> 信仰有许多种，灵魂（дух）却只有一个。你也有，我也有，他也有。那么各人只要相信各人的灵魂，大家就会联合起来了。人人保持住自己的原来的面目，大家就合成一个人了。[1]

这就是托尔斯泰所理解的个人和人群，和天下万物间的关系。所以他认为：

> 如果我们遵循理性对我们所讲的，那么我们所有人就会联合起来。因为所有人的理性是一个。只有理性能够把人们联合起来……[2]

因此他坚信存在人所共识的人生意义的真谛，而因着中国古典文化思想，把这天下通义名之为“道”（путь）。他在遗嘱性著作《生之道》中，汇集古今天下哲人论述，“和而不同”地融天下思想为一体，实践着中国人的“天下同归而殊途，一致而百虑”（《易·系辞传下》）的思想。

在与中国古典文化思想的认同中，托尔斯泰对中国古典哲人的思想并不是等量齐观的。他也多次赞及墨子，指出墨子的思想“是一种现世的、功利主义的学说，没有关于上帝，而主要是没有关于生命，即关于永生的概念”[3]。他晚年平民化的实践与墨子的小生产者的思想有所沟通。但是，实际上，墨子的思想却很难融入托尔斯泰的思想体系之中。这不但是由于墨家具有实证科学主义发展趋向的逻辑思想和认识论不为托尔斯泰所认同，更是因为墨子过于现世的、功利的思想，把托尔斯泰最为欣赏的兼爱观点（即合于他的“群体之爱”的思想）变为了所谓“兼相

---

[1]《复活》3卷21章。

[2] Булгаков С. Н. *О Религии Льва Толстого* С. 188.

[3] Толстой Л. Н. *Полное собрание сочинений (в90-тых томах)* Т. 87 С.17.

爱交相利之法”，而用以“兴天下之利，除去天下之害”。这种“投我以桃，报之以李”的“劝爱说”[1]的功利性，和他宣传的作为人的本性的爱、无所为的爱，当然是大相径庭的。

托尔斯泰认同的是儒家的作为人性之根、天道之源的仁爱。当托尔斯泰把目光从社会问题转向对人生问题之时，儒家人性本于天道的思想，修身成人的思想就势必得到他的关注。“天国在你们心中”的思想就是托尔斯泰认同这一思想的基础。他推崇孔子的慎独之说，指出至今还在结出果实（托尔斯泰1900年11月23日日记）；他唯一译录的孟子的语录，就是讲述修养心性的牛山之木一段；他推崇孟子的四端之说，认同孟子的“万物皆备于我”的思想，所以只要走尽心、知性以知天的路子，就能实现参天地之化育的人生价值。按照托尔斯泰的话说，就是成为“生命之源——天父的参与者；在这个世界上，把自己的生命和天父的生命熔铸在一起。”[2]

然而，托尔斯泰一方面认同儒家的陶冶自己与天道合一的善性的思想，一方面又抛弃了儒家有为于世的社会学说。而一旦割裂了儒家的内圣外王之道，砍断了中国文化中作为建立现世天国的根本方策的“修齐治平”的完整环节，那么，托尔斯泰又如何实现他所讲的，以个人的自我完善促进社会的完善，联合一切人走向幸福的社会理想呢？

对于社会的“外在”的改良，托尔斯泰似乎推崇的是老子的无为之道。托尔斯泰和老子的共识在于，他们的无为于世的本质是“无为而无不为”，是去掉人为（伪）的反天道的做作，以“法自然”来实现与自然一律，与天道和谐，和上帝融一的宏大目标。他引述老子《道德经》63章中“天下大事，必做于细。是以圣人终不为大，故能成其大”一

[1]《墨子间诂·兼爱》。
[2] 托尔斯泰：《天国在你们心中》，第242页。

段，把“小事”引申为“完善自我”，“大事”引申为“拯救世界”，让人相信并惊赞老子提出了“为了拯救世界，应该相信，为此需要我的完善”的思想，实际上是把老子无为的思想融通、落实到儒家的修己安人的思想，而道家依循天地的法则，以求灵肉合一地长生久视之道，竟被他演化为“弃绝一切个人肉体的东西”“为灵魂活着”的“基督教义的精髓”[1]。实际上，托尔斯泰是努力在与上帝（天）同一的人生追求中，把儒、道、基督教有机地融于自己的主义之中。

愈到晚年，他愈加关注的是建立具有人文精神的世界，而不仅仅是摩天大楼和柏油马路。当年他在《无为》一文中所反对的“无益的外在活动”，实际上都是针对资本社会为“科学”“进步”而失落了人文精神关切的活动。

正是基于对这种中国的人文精神的追求，托尔斯泰在认识论上，走近了中国古典知论。他对“德性之知”和“闻见之知”的一褒一贬，对中国知论的知之主体的道德情感基础的共识，对主客合一、知行合一、直觉体悟的认识方式的认同，都是和他反对西方唯科学主义认知路线否弃对人文世界的关切相联系的。正是由此，他才奚落医生是不解生命的盲人，以为把一块皮切开就能了解本质，了解整个世界。他对医生们说的“科学什么也不知道”[2]，并非危言耸听。因为他一贯认为，科学的闻见小知是不济悟解人生意义的大事的，而不解悟人生意义这一唯此为大的“知”，任何其他的知识、发现、发明又何益之有呢？当然，托尔斯泰与中国知论的契合也同样陷入了其中保守落后的窠臼。不过，当西方人在试图给自己的“冷心肠的”科学主义的认识论找到人文精神的基础，在对主客分立、知行相分的反映论进行反省之时，托尔斯泰对中国

[1] Толстой Л. Н. *Полное собрание сочинений (в90-тых томах)* Т. 40 С. 350

[2]《同时代人回忆托尔斯泰》上册，第621页。

古典知论的认同的人文精神基础还是非常值得思考的。

尽管托尔斯泰当年认同了中国人建造现世乐土的思想，而不是把现世和彼岸的天国相对立，但是，他保持了俄罗斯人终极追求所固有的特点，对现实世界始终持有一种批判态度。这是中国古典文化思想，特别是儒家思想所缺乏的。正如人们指出的，儒家哲学的超越性是由天道内贯于人性上见，可开出道德性的自强不息和建立成圣的可能根据。但是在对历史的未来眼界上发展批判力，到目前止，仍未建立理论，故盼望在与基督信仰的对话中，可展开批判社会的理论。[1]在这一点上，托尔斯泰正是这样做的，他没有“借鉴”儒家，特别是儒家为国家统治者服务的观念，他是一概不论的。他面对现实世界始终抱着冷峻的批判态度，对于国家的批判性思考也不容忽视。这是我们在当今的中国传统文化热中值得反思的。

托尔斯泰是从“天国在你们心中”的思想走向中国的天人合一观念的。他临终向女儿口授遗言，认识到人是上帝（天）的一部分。[2]他反复指出：“一切生命用自己的形体互相分离开来，但是，那给予他们生命的东西，在所有生命中都是同一的。”[3]

> 不仅在所有人的身上，而且在所有的生物的身上都生活着同一个精神的根源。

托尔斯泰所认同的中国人的这种与天地万物是一个和谐的整体的天人合一的宇宙观，对于现代人重新认识人与自然的真实关系，具有深刻的意义。人的所谓异化，是和人我关系的对立、天人关系的对立——与大自然的脱离和对立相联系的。回到“人我关系—天人关系”的“本位”，达到“天地一体之仁”的境界，这正是托尔斯泰当年“迂腐地”反对现

[1] 见《道与言》，刘小枫主编，上海三联出版社，1992年，737页。
[2] 见托尔斯泰娅《父亲》（下），第451页。
[3] Толстой Л. Н. *Путь жизни* С. 59.

代化而诉诸中国古典文化思想的一个初衷。

在托尔斯泰对中国古典文化思想的认同上，一方面，要批判性地理解托尔斯泰的“无为”说、否定社会变革的可能性，批判他在认识论方面缺乏现代科学精神、否定认识客观现实的必要性和可能性的保守态度，一般地说，要批判地认识他对“科学”“进步”的保守态度，把人类社会的前景诉诸“古老的东方”的“往回看”的思想；另一方面，也应该从更高的、更长远的历史视角，反思这种认同中的更深刻的思想意义。

在呼吁人文精神回归的今天，我们可以从托尔斯泰东方走向的精神求索的“迂阔”中发现一些深邃的东西：中国古典文化思想中对人自身生命价值、对现世人生意义、对人文世界的关注，对天人关系、对个人与人群间关系的独特而智慧的理解，对“天地一体之仁”境界的追求，的确可以作为当今人文精神危机的一种反拨，来针砭人生意义的失落、道德价值的沦丧所导致的一系列“现代社会病症”，来纠正人与大自然间愈演愈烈的对立和危机，保持生态平衡，使人类社会走上一条可持续发展的道路；而中国传统文化思想缺乏西方个性意识、民主意识、科学精神和对客观世界执着的求知、征服、改造的能动精神、批判精神，形成消极保守、因循守旧的民族心理，又是使中国长期裹足不前的原因之一。反思托尔斯泰东方走向的精神求索的成败利钝，批判继承中国古典文化思想，对于使当今中国现代化建设不重蹈人文精神失落的覆辙，对于在全世界范围内人文精神危机的拯救，都有着现实的意义。

# 附 录

# 一、中国文化视野和托尔斯泰经典的重读

“不识庐山真面目，只缘身在此山中。”在各自文化圈子里研究自己的文学，自有它清楚明白的一面，却也有它自视不见的一面。按巴赫金的话说，它的许多“含义潜能”在自己当时的文化视野中是被遮蔽着的。“只有在他人的文化的眼中才能较为充分和深刻地揭示自己”，所以，揭蔽不仅需要“历史－时间”的外位性视角，也需要空间的、不同民族文化的外位性视角。

巴赫金一再强调，“在文化领域中，外位性是理解的强大动力”；“外位性对于理解是了不起的事”。我们的外国文学研究正是要珍惜这一“外位性”的优越位势。本文试从中国文化视野这一外位性视角重新阐释托尔斯泰经典，同时也来考察巴赫金外位性的思想。

多年来，我国对托尔斯泰著作的理解主要基于俄国和欧美文化立场的阐释。而这些阐释的不足之点，我以为，就在于对托尔斯泰一生东方走向的精神探索，对托尔斯泰与东方、特别是与中国文化思想的认同和共识关系缺乏重视。而与中国文化思想的特殊联系，恰恰正构成托尔斯泰一生精神探索和创作的重要特征。再有，对托尔斯泰和东方关系的研

究也往往局限于他的政论、编著、书信、日记等非文学创作的范围。而实际上，这一研究恰恰应该深入到他最主要的文学经典著作中。本文试图从中国文化立场，对托尔斯泰三部最主要的文学著作进行阐释，提出一些新的看法。正如巴赫金在阐述外位性思想时说的：

> 我们给别人的文化提出他们自己提不出的新问题，我们在别人的文化中寻求对我们这些问题的答案，于是别人的文化给我们以答案，在我们面前展现出自己新的层面，新的深层含义。倘若不提出自己的问题，便不能创造性地理解任何他人和任何他人的东西。

## 关于《战争与和平》

### 1．写作动因、主题和书名含义

我国教科书和专著一般都认同俄国惯用的说法，仅仅把《战争与和平》的写作动因、主题和俄国19世纪60年代“紧张的阶级斗争”，以及托尔斯泰对贵族阶级的历史作用的思考相联系。[1]实际上这种仅从社会宏观的外在动因进行的说明，缺乏对托尔斯泰进行“具体历史性”思考，特别是没有顾及托尔斯泰自身长期精神探索历程的走向东方的这一特征；没有顾及在19世纪60年代初；长期的精神探索使他终于完成了从向西转而面向东方的巨大的转折；也没有顾及在这一时期他的创作实践、教育实践，他的书信、日记中所表现出的思考主题——这就是在他否弃了西方的“进步”观念之后，试图在俄国民族文化传统中寻求一种可以对抗滚滚而来的西方文明的力量。《战争与和平》这一书名本身便具有深刻的内涵。这一书名未必像通常教科书上所说的，是对全书结构的概括：战争、和平生活交替的两组画面，构成俄罗斯当年社会百科全景。

[1] 参见布罗茨基《俄国文学史》下卷，蒋路等译，作家出版社，1962年，1065—1066页。

《战争与和平》中有一个画面是意味深长的，拿破仑站在波克朗尼山上俯瞰他即将征服的莫斯科，他决定“要从克里姆林宫的高处”宣告西方的文明：“我一定给他们公正的法律；我一定教给他们真正文明的意义！”[1]他说：“如果说欧洲的体系已经奠定基础，那么剩下的便只是使之建立起来。”因此他在一封信里写道：“这场俄国战争是一场明智的战争”，“完全是为了全人类的福利和繁荣”。[2]

在这里，托尔斯泰是把拿破仑的入侵战争作为滚滚东侵的西方文明的象征。

小说写作同时，托尔斯泰写了一篇重要的文章《进步和教育的定义》，在论及西方入侵中国时也表达了同样的思想：

> 拥有两亿人口的中国就推翻了我们的进步理论，……我们就带着大炮和枪支去向中国人灌输进步观……我不由得想起中国的战争，在这场战争中三个强国十分虔诚，而且天真地要用火药和炮弹把进步的信仰送进中国。[3]

那么，如何抵抗和战胜这一象征着西方文明的“战争”呢？托尔斯泰推出的是充满古老东方文明精神的“和平”。“和平”这个字眼在托尔斯泰那里是有着深刻含义的。在其晚年写作的《到底怎么办》（1906）一文中，托尔斯泰指出，俄国人问好时所说的“вам мир（直译给您和平）”中的和平，“在他们看来，永远是最高的幸福”。托尔斯泰说：

> 在他们看来，永远是最高的幸福的和平，现已在西方民族中完全消失了，并且岂止是消失，人们还努力借助科学来使自己相信，人的最高使命不是在于和平，而是在于所有人的彼此斗争[4]。

[1] 见《战争与和平》人民文学出版社，1958年，第3部11卷19章。
[2] 见《战争与和平》第3部10卷38章。
[3] Л. Н. Толстой *Полное собрание сочинений (в90-тых томах)* М. 1958. т. 8, стр. 325.
[4]《托尔斯泰文集》，人民文学出版社，第15卷553页。

现代俄语和平（мир）一词，还有一个相通的义项，十月革命前写作міp。指广阔的宇宙时空中的物质和力量，也指人类大千世界，它还指俄国农民的古老社会组织——农民村社。值得注意的是，现今保存的1867年托尔斯泰创作这部小说时期，唯一一处亲笔书写的书名《战争与和平》中，和平一词写作міp。[1]当年托尔斯泰与Д. Н. 勃鲁多夫的通信之中，在谈到解放农奴问题时，他就阐述过“从міp到мир的回归”的提法；міp在托尔斯泰的词语的含义里，是人类现今生活的世间，是走向мир的出发点，而мир则是托尔斯泰所向往的人类的联合。在这与“战争”相对的“和平”（міp ~ мир）里，透露着托尔斯泰对于人类通过战争和苦难，通过人世间的种种迷误，向举世和谐融一的和平安宁的农耕社会回归，向上帝的天国回归的理想。托尔斯泰正是以自己心目中理想的东方文明的精神——和平（从міp到мир的回归）与西方文明精神——战争相对抗的。而在这部史诗的运行中，作为“永远是最高的幸福”、人类终极目标的“和平”终于战胜了“战争”。

因此我认为，书名《战争与和平》，决不仅仅是对情节结构的描述，它要表达的正是两种文明斗争这一深刻主题词。

那么，怎样保证和平最终战胜战争呢？按托尔斯泰的说法，靠的是“命运的规律”：

> 我在描述1805年、1807年，尤其是1812年（命运的规律在这一年表现得最为突出）的历史事件时，自然不可能赋予那些人的作为什么意义，他们觉得自己在支配着事件，其实与事件的其他参与者相比，他们在这些事件中能够做出的自由活动却最少。这些人的活动之所以使我感兴趣，只因为它是说明那个命运的规律的例证，

---

[1] Г. Я. Галаган *Л. Толстой художственно-этические искания* Лен. 1981, стр. 93–94.

我深信，是命运的规律支配着历史……[1]

在这史诗的运行中，总有一种隐隐闪现的左右着人们命运的东西，安年科夫当年就惊叹不已：

有一个情况最为奇怪，这里的人们好像是受着某种咒语的控制，……那就是永远也达不到自己的任何一种设想、计划和希望。他们好像被一种不可捉摸的怀有敌意的力量驱赶着，从他们为自己设置的目标旁边疾驰而过，即使达到什么，也往往不是向往中的目标。……我们会感到，这个环境之中的人们身边被专门安排了一个报应女神。……人们不禁要问，是哪一只无情的手为了惩罚何种过错才加于这整个环境之上？[2]

这种让托尔斯泰苦苦捉摸、着意刻画为带有近乎宿命论色彩的东西，正类似我们中国人称之为“天道”或“天命”的东西。它“独立而不改，周行而不殆”；或者按托尔斯泰的说法，叫作“命运的规律”。在它面前，任何个别人的意志都那么微不足道，都似乎只能无为而有待。整个史诗的结构和运行，就是在显现这一在“不是按照人的意志，而是按照统治人类和世界的上帝意志而进行的可怕的事情（战争）”[3]中，天道不顾拿破仑战争所象征的所谓“历史的进步”，开辟着自己的道路，按托尔斯泰的思想，即是“道德进步”之路。

### 2. 人物的布局的重新解读

在从“东方－中国”文化视角确定了写作动因、主题之后，对人物的布局、情节场景、人物的作用及其命运的意义就都有了新的理解。

首先，一直被各种教科书所边缘化的库图佐夫，乃至普拉东·卡拉

---

[1]《托尔斯泰文集》，人民文学出版社，14卷24页。
[2]《俄国作家批评家论托尔斯泰》，中国社科出版社，1982年，75—76页。
[3] 见《战争与和平》第3部第10卷39章。

塔耶夫的作用凸显出来。

显然，俄军统帅库图佐夫正是托尔斯泰为其“命运规律”——天道运行所精心创造的意味深长的独特形象，是一个可配天道者，而不是那个历史上宜将剩勇追穷寇，最终死于远征德国途中的库图佐夫（为此托尔斯泰让他早死了一年）。[1]托尔斯泰特别指出，他不是一个“欧洲类型的英雄”[2]。他的出山被描写成一种意志之使然：“他能对当时的种种事态洞若观火，其根源就在于拥有纯洁而强烈的人民感情。”而也“正是由于承认他有这种感情，才使人民通过如此奇特的方式，违背沙皇的意志，选择了这位不得宠的老头子作为人民战争的代表”。库图佐夫“知道，决定战争命运的不是总司令的命令，不是军队所占的地形，不是大炮和杀人的数量，而是一种所谓士气的不可捉摸的力量”。所以他的全部努力“正是在注视着这种力量，尽他的权力所及指导这种力量”。

这种“被称为士气的东西”，有如“一条不可捉摸的神秘的链条，它使全军同心同德，而构成战争的主要神经”。[3]苏联的教科书特别强调托尔斯泰对士气的重视。我们更是称许托尔斯泰对人民战争的歌颂。

实际上，库图佐夫听命的是隐藏在这民心和“士气”背后的更为深刻而宏大的东西。这种更为宏大而深刻的东西通过世间万象的千变万化，通过民心世道的顺背演变（包括士气）表现着自己。它贯穿“战争与和平”较量的漫长历程之中，包罗天地，无形而有势。这就是托尔斯泰称为“命运规律”、而我们称为“天道”的东西。它使俄罗斯人忍受了痛苦和牺牲，终于又轻易地赶走了法国人，它使不可一世的拿破仑的

[1] 1813年1月库图佐夫率俄军越过边界进入西欧。俄军直至德累斯顿。4月28日库图佐夫在西里西亚的一个小城本茨劳病世。

[2]《战争与和平》，第4部15卷5章。

[3] 见《战争与和平》第3部10卷35章。

滚滚大军占领了莫斯科，却又仓皇逃遁。它藉人心之所归把库图佐夫这个臃肿倦怠的老人推上历史的舞台，又“在敌人已经消灭，俄国已经解放”，“库图佐夫演完了自己的角色”时，让他死去。因为“再没有什么可做的了。留给人民战争代表的只有一死。于是他死了”。[1]

为了能够感知到这天道的力量，库图佐夫被赋予了一种显然的东方智慧：“他知道有某种东西比他的意志更坚强有力，更有意义，这就是事件的必然进程，他善于看到这些事件，善于理解其意义，并且善于放弃自己个人的意志。”[2]因此，“忍耐和时间”成为他的座右铭（“没有比忍耐和时间这两种东西更有力的了，它们可以完成一切。”），他表面浑浑噩噩、昏昏沉沉，而实际上在凭着“老年人的智慧”静观默察，等待而无为：“他没有任何个人的东西，他什么也不去发明，什么也不做，但是他倾听着一切，牢记住一切，一切听任自然，不妨碍任何有益的东西，也不容许任何有害的东西。”

拿破仑“自信他的行为动机是造福于人民，自信他能支配千百万人的命运”，而实际上，“天意注定他充当一名屠杀人民的、可悲的、不由自主的刽子手”。[3]而库图佐夫之所以无敌而伟大，正是由于他“领悟了上帝的旨意，使个人的意志服从上帝的意志”，因为他“对最高法则的大彻大悟”。[4]

库图佐夫的战略不由得使人联想起老子和孙子的话：“用兵有言，不敢为主而为客，不敢进寸而退尺”；“道常无为而无不为，侯王若能守，万物将自化”；他因势利导，以屈求伸，后发制人；一旦得胜，“胜而不美”（《老子》31章），“现在我们甚至可以怜悯他们（法军）了。

[1] 见《战争与和平》第4部15卷11章。
[2] 见《战争与和平》第3部10卷16章。
[3] 见《战争与和平》第3部10卷38章。
[4] 见《战争与和平》第4部15卷5章。

他们也是人呐。”[1]于是行“围寇必阙”“归师勿遏”“穷寇勿迫”(《孙子·军争》)之道。甚至库图佐夫之死，也暗合着老子“功遂身退，天之道也”的思想。

而和库图佐夫比并的普拉东·卡拉塔耶夫也是这部史诗中可配天道的人。史诗突出表现的是他作为居于逆境的普通人的应有境界：随遇而安、泰然自得、无思无识、浑浑噩噩。托尔斯泰力图描写他具有一种圆融无碍的东方智慧：“整个身体给人一种柔软灵巧的、特别是坚实耐久的印象”，是“一切俄罗斯的、善良的、圆满的东西的化身。”对他的刻画，突出了一个弱，一个“圆”。尽管他的形象缺乏老子思想里那种柔弱无为中蕴涵的转为刚强和有为的态势，但是他毕竟是自传性主人公皮埃尔·别祖霍夫的精神导师，把他从东奔西突、求索不到人生意义的困境中拯救出来。当皮埃尔觉得“恢复对人生意义的信仰不是他的力量所能办到的了”的时候，这个俄国农民出身的士兵把他带进俄罗斯的道德浴室。东方的智慧使他精神复活了。[2]值得注意的是，皮埃尔的走向实际上正标志着托尔斯泰本人精神探索的一个阶段。而另一位与之相对照的探索主人公，年轻有为的英俊少年安德烈·包尔康斯基，托尔斯泰让他两次重伤，受到最残酷的精神和肉体的折磨，过早地殒命。这难道就是为了报复他建功立业的荣誉心和进取心吗？当时就有人不满托尔斯泰对安德烈过分的残酷。实际上，托尔斯泰曾让奥斯特里茨的“遥远的、崇高的永在的天空”向安德烈昭示过天道和人生真谛。[3]不过伤痛一好，他又固态重萌，追随斯别兰斯基走上全盘西化、社会改革、积极进取之路。这正是完成了东方转向的托尔斯泰已经否定抛弃的。所以过人的智

---

[1] 见库图佐夫在莫斯科州克拉斯诺耶战胜后的演讲。《战争与和平》第4部15卷6章。

[2] 正如纳塔莎对玛丽小姐说的：“他不知怎的，变得非常清新、光洁，好像刚刚从俄罗斯浴室里出来：你明白吗？从一间道德浴室里出来。”见《战争与和平》第4部15卷17章。

[3] 参见《战争与和平》第1部3卷16章。

慧只是使安德烈在战场和官场上狼狈奔突而找不到生命的意义，直到死前，托尔斯泰才让他嘶声喊出：

难道人生的真理启示给我，就是为了要我知道我错误地度过了一生吗？

人是不可以品尝智慧之树上的果子的！

这位试图用西方理性智慧追求人生意义的有为青年成为托尔斯泰演示命运规律的牺牲。

## 关于《安娜·卡列尼娜》

在《战争与和平》中，天道的大势粉碎了一切人为臆造的“进步”和“历史科学”，粉碎了一切西方理性和科学的高傲，标志着托尔斯泰东方型世界观的确立。但，如果“没有他（上帝）的意志，一根头发也不会从人的头上掉下来”，那么苦苦求索着人生意义的托尔斯泰怎样重建自己的人生观呢？

我似乎是在经历了漫长的生活道路之后，走到了深渊的边缘，并且清楚地看到，前面除了死亡以外，什么也没有。[1]

70年代，在托尔斯泰求索人生的精神危机和俄国现实的社会危机的交迫之中，反映在小说《安娜·卡列尼娜》中的天人之间的局面更加紧张了。不再有如皮埃尔靠信奉普拉东·卡拉塔耶夫的无为之道而取消问题的可能性。人生面临着选择：或是过“都市生活”、走入现代资产社会虚伪丑恶的生活迷津，违反天道而一步步陷入绝望的困境；或是回到东方“农村生活”，如托尔斯泰所说的，“过和平的、农耕的生活”，即“坚持遵循合理的生活道路，即‘道’（指中国的‘道’）的自由”，在这

[1]《托尔斯泰文集》15卷，人民文学出版社，第14—16页。

条道路上，终于把上帝引入自己的心灵——使人和天融一。而这正是《安娜·卡列尼娜》的主题。

所以从“东方-中国”文化的视角上，起码有3个问题会得到更鲜明的显示。

**1. 小说拱形结构的意义**

小说从一发表，就有人指摘小说两条情节线索缺乏联系，甚至在小说情节发展中，两位主要主人公安娜·卡列尼娜和列文之间也是迟迟才发生那么一次不一定非有不可的见面。托尔斯泰则对这一指摘全然否定。他说：

> 我恰恰为（小说的）建筑学而感到骄傲——拱门的连接可以说是天衣无缝。我致力以求的也正是这一点。建筑物的连接不是靠情节和人物之间的关系（交往），而是依靠一种内在的联系。

这里所谓的“内在的联系”，我以为就是指这部长篇小说的主旨——被西方现代化污染的都市文明中的死路和在宗法制农庄生活中新生的鲜明对照。实际上，整篇小说的结构是东西方两种文明境遇的对照。在这两组几乎表面无关的情节线索背后，非常明朗地显示着两种人生命运的对照。这种一一对照在结构上几乎排列得非常鲜明。[1]不同的境遇和道路把两位同样可爱的主人公（安娜和列文）引向不同的结局。

安娜的悲剧揭示的是上帝对和天道相悖离的都市文明的惩罚。而这种悲剧是受到西方文明感染的“都市文明”所不可避免的：在这里不可能有真纯的生活；不摆脱这种生活，一切努力都是违反天道的，因此也是徒然的。“奥布良斯基家一切都全混乱了。”小说开篇的话形象地指出西方文明的侵蚀污染正在加剧俄国贵族社会危机。在这覆巢之下，无人可以幸免。

---

[1] 只要把两条情节线索分别列表即可形成鲜明的对比。限于篇幅从略。

所以托尔斯泰并不想谴责什么人，而是在思索人与天的关系，思索人生的意义（人道）和宇宙的永恒法则（天道）的关系。托尔斯泰没有去“谴责”安娜，也没有想为安娜指引应该“怎么办”，因为她无论何去何从——无论是“坚守”自己的爱情追求，还是回到自己原来的丈夫家去，都是走投无路的悲剧。安娜是受到西方文明感染的都市文明毫无出路的表征。而描写安娜的美好个性，只是在更悲烈地表明这一悲剧。既然这种都市生活本身就违背了宇宙的永恒法则（天道），在这种都市生活中根本不可能追求到幸福的生活。

**2. 小说题词“申冤在我，我必报应”的解读**

《安娜·卡列尼娜》的这个题词由于对理解小说至关重要，成为许多评论者的话题。比如米·赫拉普钦科所代表的一种意见，或许是为了给安娜·卡列尼娜伸张正义，反对把题词和安娜的形象联系起来，他认为：

> 这个题词是在小说写作的初期阶段出现的。当故事围绕着三个人物的相互关系展开，而遭到毁灭的女主人公又是一切不幸的罪魁祸首时，这个题词无疑首先是针对她的。

而后来“小说的内容发生了根本改变”，“这个题词已不能‘安到’”安娜身上了。“一个简单的原因就是：对安娜的描写，整个来说，是与题词的谴责性思想完全抵触的。”而对于“这个题词在小说的最后完稿里保留下来，”他只轻描淡写地认为仅“需要把它看作是作家创作中的一个事实”。

实际上，这句题词恰恰不是“谴责性”的。这不仅是因为“不要论断（не судить 也有不要评判、指责、谴责的意思）人”，这一《圣经》中的教条是托尔斯泰一贯的思想。而且托尔斯泰曾经说过：“我不评判（谴责）人们。我要描写的只是肉体和良心之间的斗争。”其二，这句题词的出处“亲爱的兄弟，不要自己申冤，宁可让步，听凭主怒，因为经上记着：主说，申冤在我，我必报应”（罗马书12章19节），本身也正包含着“不要谴责”的含义。甚至从原稿的改写中，安娜变得更具有高贵美好的震撼力，更富有极丰富的内心世界的描写，可以看出作者不仅没有谴责安娜，而且对她满怀了怜惜之情。

看来，不是用米·赫拉普钦科所说的“谴责”，而只能用托尔斯泰在题词中使用的“报应”一词，才能圆满地解释题词和这部小说构思的关系；而这也就能自然地引入中国的“天”的观念，从而表明托尔斯泰的上帝向中国的“天”的演化。

应该指出，在托尔斯泰那里，上帝的报应、惩罚，不再是基督教义中的末日审判、秋后算账。对于圣经中的地狱、火坑，对于“讲到把人丢在地狱的火里作为对他们的惩罚”，托尔斯泰多次表示反感。那么这“报应”是指什么呢？实际上，托尔斯泰自有说明。引用《圣经》上“申冤在我，我必报应”的格言，恰恰不是赫拉普钦科所说的创作过程的一种不敢恭维的遗迹，而是作家自己颇为得意的点睛之笔。因为他正是把自己新的思想寓于其中。托尔斯泰之婿M. C. 苏霍金在致B. 魏列萨也夫的一封信（1907年5月23日）中转述托尔斯泰谈到这段题词时说的：

> 是啊，这很机智，很俏皮。不过我应该再说一下，我选用这个题词（指“申冤在我，我必报应”），用意很简单，我已经解释过，是为了表达这样一种思想：一个人做出了坏事，这个坏事总要有自己的后果的，这就是种种苦果。这苦果不是来自人们，而是来自上帝。而安娜·卡列尼娜就是尝到了这苦果。是的，我记得，我正是想表达这个意思。

人们常常从安娜不能容于原来的上流社会，而她又没有勇气真正摆脱这个上流社会，以及沃伦斯基不能理解安娜的爱情等等这些“来自人们”的“惩罚”，寻找安娜毁灭的原因，而托尔斯泰则不赞成。他引导人们看到，安娜的惩罚来自上帝。这上帝不是别的，就是托尔斯泰心目中一种类似天道的冥冥之中永存的法规。人们一旦背离，就会误入迷津，走投无路。这惩罚不是来自最后审判的地狱火坑，而是每一个违背这永恒法规的事情本身，就孕育成为苦难的地狱。安娜就是在这冥冥之中的天道运行中，一步步走向灭亡，卷入天道运行的轮下。我想，并无神秘观点的托尔斯泰两次利用在铁轨上干活的矮小农民的神秘形象，不是要增加安娜命运的神秘色彩，而是在暗示那种天道力量的真实不虚的存在。巴赫金两次指出这个上帝的特点是"天然"，"是活在人的身心之中的上帝"，实际上是对呈现于小说中的类似中国的天道运行的"上帝"的描摹。[1]

### 3. 从"天在外"到"天在内"的意义

在著名的阿尔扎马斯之夜的死的观照下，托尔斯泰的面前摆着两条路，或是像安娜·卡列尼娜那样，借着那支理性的烛光，"浏览过充满了苦难、虚伪、悲哀和罪恶的书籍，"看透并决心摆脱那个"全是虚伪，全是谎话，全是欺骗，全是罪恶"的"共同世界"，"摆脱所有的人和自己"[2]；或是像列文那样，抛弃这个"共同世界"公认的理性答案，而全身心地投入另一个"共同世界"，去向"挖出了铁、传授了伐木、驯养了牛马、传授了播种、传授了如何共同生活、安排好了我们的生活"[3]的人们的那个"共同世界"，寻求关于生命意义的信仰和知识。

在《安娜·卡列尼娜》里和在《忏悔录》里一样，托尔斯泰反复叙述了自己的精神求索过程。我们看到，就是在这世界观的转变之中，托尔斯泰也完成了和中国古典文化思想"接轨"的过程。

---

[1] 卷首题词所指的上帝，乃是天然的、犹太人的上帝，这是威严无比、严惩不贷、就活在人的身心之中的上帝。安娜梦境中的小老头儿，就是会复仇、会报应的天。见《巴赫金全集》第4卷，河北教育出版社，1998年，第442页。

[2]《安娜·卡列尼娜》，人民文学出版社，第7部第31章。

[3]《托尔斯泰文集》15卷，人民文学出版社，第37页。

托尔斯泰是这样讲述着自己和列文同样的心路历程：

> 我在人类知识之林中，在数学和试验科学的光照下，在思辨科学的昏暗中彷徨……出路是没有的，也不可能有。

托尔斯泰和当时的先觉者同样，感觉到对西方现代理性的绝望：

> 我似乎是在经历了漫长的生活道路之后，走到了深渊的边缘，并且清楚地看到，前面除了死亡以外，什么也没有。[1]

然而——

> 推究把他引入疑惑，但是当他不用思想，只就这么活着的时候，他就时时感觉到他的心灵中有一个毫无错失的审判官……
>
> 思想却不给予我的问题一个回答——这种知识我用什么方法也得不到，但是却赐给了我。

显然，这种先验的理性不属于西方，而属于东方：

> 他们对我说的是已经在我心灵中存在的东西……我什么也没有发现，我不过是发现了我所知道的东西。

的确，万物皆备于我，反身而诚。或者如托尔斯泰（1908年5月25日）说的："如果人知道在他的身上有着神性的根苗，他还需要什么样的支撑呢？"

如果说，在《战争与和平》中，恢宏的天道还是完全外在于人，只是偶或给无可作为的人们以一线宿命般的天启，那么在《安娜·卡列尼娜》中，已经开始了类似中国人的从"天在外"向"天在内"的转变。对于不是执迷于理性的人，比如列文，天的启示便显现在人的心中（直至后来托尔斯泰在《天国在你们心中》中明确指出，上帝在你的心中）。

看来，面对西方理性主义的危机，托尔斯泰回首瞩目东方，特别是

---

[1]《托尔斯泰文集》15卷，人民文学出版社，第14—16页。

向中国的古典文化思想投以挚诚的目光。可以说托尔斯泰从宗法贵族立场向宗法农民立场的转变是和他东方走向的精神探索基本同步完成的。

## 关于《复活》
——《复活》书名的辨析和超越的路径

任何论证都不及托尔斯泰在《复活》开篇的一段描写，更清晰、更雄辩地阐明天人关系的可怕的冲突、天道人道间荒谬的背离。他从俄国社会的现实中感到天人关系处于剧烈冲突而情势险恶的时代：

> 尽管好几十万人麇集在不大的一块地方，千方百计把他们聚居的那块土地毁坏得面目全非，尽管他们把石头砸进地里去，不让任何植物在地上长出来，尽管出土的小草一概清除干净，尽管煤炭和石油燃烧得烟雾弥漫，尽管树木伐光，鸟兽赶尽，可是甚至在这样的城市里，春天也仍然是春天。太阳照暖大地，青草在一切没有锄尽的地方死而复生，不但在林荫路的草地上，甚至在石板的夹缝里长出来，绿油油的。……植物也罢，鸟雀也罢，昆虫也罢，儿童也罢，一律兴高采烈。唯独人，成年的大人，却无休无止地欺骗自己，而且欺骗别人，折磨自己而且折磨别人。人们认为神圣而重要的不是这春天的早晨，也不是上帝为造福众生而赐下的这世界的美丽，那种使人趋于和平、协调、亲爱的美丽；人们认为神圣而重要的却是他们臆想出来借以统治别人的种种办法。

托尔斯泰从生态危机背后看到的是人性的危机。正是透过西方文明入侵对都市生态环境的蹂躏，托尔斯泰揭示了它对人类心性的扭曲，揭示了人类社会的危机，天人关系破裂的危机：人们所走的道路根本违背了天道，是一条死路。

那么，怎么复活呢？靠什么得救呢？上帝已经死了。卡秋莎早就不相信上帝了：

所有关于上帝和关于善的那些话，全是欺人之谈。

而聂赫留朵夫走遍这黑沉沉的俄罗斯大地，也没有找到那个能够拯救人类的上帝。但是，他却在自己的心里找到了他。

值得注意的是，在这以基督教的关键词“复活”命名的故事中，缺乏的恰恰是基督教文化的情节内涵：讲述的不是基督教式的通过罪与罚的炼狱、蒙受神恩救赎而复活，而是中国人非常能够理解的良心发现和弃恶从善。基督教的复活变成了中国人的“复性”，动物的人变回为精神的人的比喻，也就是孟子的所谓“求放心”的比喻。如果问聂赫留朵夫这漫长的奔波寻求的是什么呢？我们说，他寻求的不是外在的上帝、救世主。他寻求的是找回心中的上帝。或者说，他就是在“求放心”——在寻求每一个人天生固有，而他不幸放弃了丢失了的善良之心，而他也正找到了那颗失落的心。

通过这位自传性主人公的经历，托尔斯泰几乎是现身说法地为人类社会开出了救济之方。这不是一种靠神恩和救赎的复活之路，而是一条中国人所走的自力提升、“内在超越”的道路，达到天人合一式的“复活”，人道与天道恢复和谐关系的“复活”，人求回了放心的“复活”。中国对这部小说的译介最为积极，多次改编为电影、话剧。其中包笑天的剧本以《良心复活》为名、马君武的译本以《心狱》为名，都把注意力放在中国人注重的心上。可见国人对《复活》的理解。而关键在于，这种理解并非误读，而恰恰是托尔斯泰的本意。

与陀思妥耶夫斯基的作品相对照，这一非基督教文化情节框架的特征就格外明显。虽然也是在这黑沉沉的俄罗斯大地上，但是没有陀思妥耶夫斯基作品中的魔鬼的暗喻，当然也没有救世主的暗喻，没有深重的罪孽感和苦难意识，没有灵与肉的惊心动魄的搏斗，也用不着神恩和救赎；有的只是误入迷途而变坏了的人，迷失了本性而虚伪可恶的人，也有终于找回了良心、恢复了本性的人。这是一个人的世界，同时又是一个充满了神意的世界。只要人们愿意，他们就能在自己的心中找到“他

（指上帝）的国和他的义”（聂赫留朵夫最后所引的圣经语），就能在这个世界上得到天人合一的终极幸福。托尔斯泰在自己最后的著作《生之道》中说：

> 不要到神殿里去寻找上帝。他就生活在你的心中……只能在自己心中认识上帝。在你没有从自己心中找到他之前，你在哪儿也找不到他。

而对于执行着拯救人类功能的耶稣，托尔斯泰说：“把基督这个人理解为神，向他祈祷，我认为是极大的亵渎。”

宗教哲学家布尔加科夫清醒地论道：

> 托尔斯泰的高傲在于，为了执行神的意志，他不需要神恩的帮助。……其根源在于他不需要救赎，因为他不知道罪，没有看到在自然的途径中恶的不可战胜。他不需要救赎者和救世主，没有什么人像他这样，与救赎和拯救格格不入。[1]

人们批评《复活》以圣经说教结尾的无力，原因之一正是在于，这位上帝的谆谆告诫，没有而且也无法投入到整个复活过程的运作之中，所以显得那么游离而无力。因为在这一良心复活的过程中，运行的不是基督教上帝的“惩戒—救赎—复活”之道，而是人心天意相求相融的中国式的天道。

“只有在一个人本身上，在自己的灵魂里建立起天堂”，才能建立起“任何人的灵魂所期待的那个外部的天堂”。“只有通过个人在宗教道德上的完善，才能达到真正的社会改善。”所以聂赫留朵夫历览了黑暗俄国的种种丑恶，不是去改造这个社会，而是去反观自己、改造自己。就在这“求放心”的精神求索中，生命之流向着完善前行，这就是托尔斯泰理解的生命之道。托尔斯泰认定，“为了自我内在的完善，是不能够

[1] *О Религии Льва Толстого*, Москва 1912. 190. стр. 181.

祈祷的。因为我们已被赋予了我们完善自我所需的一切，为此，什么也不需要再添增，什么也不可能再添增。”他说，“我们所需的一切皆在我们手边”，“在我们的精神世界里，我们需要的一切都被给予了，我们需要的只是自己去做”。

这不正是孟子说的“万物皆备于我，反身而诚”吗！

> 千百万人为之受苦的巨大灾难还不在于人们过着不道德的生活，而在于人们不是根据信念，自己的信念，去生活。

在《复活》中，托尔斯泰借那个头发蓬松的流浪老人宣说着自己的真理：

> 信仰有许多种，灵魂（дух）却只有一个。你也有，我也有，他也有。那么各人只要相信各人的灵魂，大家就会联合起来了。人人保持住自己的原来的面目，大家就合成一个人了。

看来，这里追求的正是类似中国人的“人同此心、心同此理”的“大心”，这就是聂赫留朵夫“复活”求索的真正含义。

所以最后，聂赫留朵夫也和托尔斯泰的主人公们一样，不是追求非人间的上帝之城，而是走向类似中国人追求的现世幸福的人生之路。列文否弃了城市的罪恶生活，在农民的劳动生活中找到了人生的意义；谢尔盖神父抛弃了几十年的苦修，从普通人帕申卡身上体悟了真正的得救之路，他走向人群，在西伯利亚，给人家在菜园子里做工，兼教孩子们读书和照顾病人；最终，聂赫留朵夫从动物的人中苏醒，毅然走向新的人生，呼出：“我要生活，我要家庭和儿女，我要过人的生活！”[1]托尔斯泰打算写的“《复活》的续篇”正是——“聂赫留朵夫的农民生活。大自然深深地感动着我，草场，森林，庄稼，耕地”[2]……他正在一步步走

---

[1]《复活》第3卷，第25章。
[2]《托尔斯泰文集》第17卷，第245页。

向东方，走近中国古典文化思想！

1901年2月22日，俄罗斯神圣宗教会议发布了开除托尔斯泰教籍的文告：

> 他在因智力而自负的诱惑下，傲慢地反对上帝和他的基督……

而我们从中国文化思想的视角，却能心领神会地理解托尔斯泰经典的意义。

## 二、从托尔斯泰的“艺术情感说”，说到托尔斯泰对音乐的酷爱

尽管托尔斯泰的艺术成就举世公认，但是他对艺术的定义却屡遭国内外学者诟病——托尔斯泰把艺术定义为：

> 一个人有意识地利用某些外在符号，把自己体验过的感情传达给别人，而别人为这些感情所感染，也体验到这些感情。

苏俄一些学者对托尔斯泰给艺术的这一“情感说”定义不以为然。著名苏联文艺学家M.奥夫相尼科夫就指出：“托尔斯泰的定义也有明显的不足之处，在他的定义里，艺术被限制在了人们的感情领域。”不过奥夫相尼科夫又替托尔斯泰辩护说，“如果以为这位‘思想的艺术家’会把艺术的作用归结为仅仅传达感情，那就太天真了。”[1]

普列汉诺夫则直截了当地指出托尔斯泰对艺术的定义“不对”，说是艺术既表现人们的感情，也表现人们的思想，“是用生动的形象来表

[1] 奥夫相尼科夫：《俄罗斯美学思想史》，张凡琪译，人民大学出版社，1990，第432—433页。

现”思想。[1]

苏俄学者不满意托尔斯泰的艺术定义，大抵和那个时代急于要把宣传思想的任务加给艺术有关。不过70年苏联文学史证明，这一时代热望恰恰适得其反。文学史上留下的总是符合托尔斯泰艺术定义而没去紧跟思想步伐的作品。在托尔斯泰看来，把自己的思想穿上形象外衣的艺术已经很难看，还要艺术以文饰别人的思想为己任，恐怕就更让人（无论是作者还是读者）难堪了。比如当年苏联文坛上喧嚣一时的拉普干将，为了“消灭文学落后于五年计划第三年的差距”，频繁地下达思想指令：要“在文学中表现劳动英雄”，要“给所有无产阶级作家联合会的每一个无产阶级作家提出任务：立即着手艺术地表现五年计划的英雄，即获得列宁勋章和劳动红旗勋章的工厂及突击队员个人”；“这是必须完成的任务。两周后检查完成的进度”。他们气急败坏地指责作家们为什么“一言不发”“一声不吭”！结果，拉普园地还是落得个白茫茫、真干净。

看来他们不懂得，艺术的奥秘在于心灵。托尔斯泰指出，艺术的特点在于“抓住人的心”，深入到人最深层的情感领域。拉普命令艺术做宣传，勉为其难了。而同时，却错失了艺术最惊人的魔力。比如第二次世界大战时，西蒙诺夫给妻子的一首倾诉柔肠的诗《等着我吧》，曾激扬起多少前线战士誓死战胜的意志。

对托尔斯泰艺术情感说的那些非议，都没有顾及，在托尔斯泰那里，感情和思想究竟是什么样的关系，而把感情和思想二元对立地分离开来；更没有理会到，在托尔斯泰看来，思想和情感不仅是一体的，而且他把情感视为比思想更为根本、更为深刻的东西。思想只有转化为情感才能沟通人、联合人。而这里才正是发挥艺术独特功能的用武之地。

[1]《俄国作家批评家论托尔斯泰》，中国社会科学出版社，第248页。

实际上，如果从中国古典文化思想出发，我们就能更深地理解托尔斯泰艺术情感说的真义而不一味指责了。

## “应该首先推动他们的情感”

中国人自古认为，情感是人的心性、思想最本真、最真切的表现。喜怒哀乐，情也；而其未发之时，谓之中，也就是性。孔子说它是“天下之大本”。朱熹说它是“道之体也”，天下之理皆由此出。可见，情和性是表和里的关系。“性之与情，犹波之与水，静时是水，动时是波，静时是性，动时是情”。正由于中国人认识到情感在生命运动中强大的作用，因此把陶情和冶性、修身紧紧联系在一起的，通过陶冶情感，使之发而中节，从而循性达命，达到“致中和，天地位焉，万物育焉”。这正是中国人追求的与天地万物和谐一体的人生终极境界。因此，也就格外崇尚艺术陶情和冶性的功能。

托尔斯泰也正是认识到情感比思想更为根本，更为深刻，思想只有转化为情感才能沟通人、联合人，因而把自己的艺术追求和终极追求融为一体。

早在1867年6月28日给著名俄国诗人费特的一封信中，他就赞赏费特把智慧分为“心的智慧”和“脑的智慧”，而当然地站在“心的智慧”的立场上。[1]他说：

> 生活使我越来越明确地相信，脑的智慧的论据不能改变生活。只有在生活受到触动之时才能改变生活。情感、愿望、利益和对幸福的向往在唤起思想的活动。[2]

---

[1]《托尔斯泰文集》第16卷，人民文学出版社，第114页。

[2] Л. Н. Толстой *Полное собрание сочинений (в90 -тых томах)* М. 1958. Т. 51 С. 96。

对于心与脑、情和智、情感活动和理性思维，托尔斯泰在日记里作了分析。他把人的知识分为三种："我了解我自己，这是最高级的知识。或者更确切地说，是最深刻的知识。"托尔斯泰说，这第一种知识就是"我忧伤，疼痛，寂寞，高兴（即情感——引者），这是没有问题的"。而"下一种知识，是通过感觉（我听到，看到，摸到）所获得的知识。这是外表的知识。第三种知识更浅些，那便是通过理性获得的知识，即从自己的感觉推论出的知识或别人用语言传达的知识——论断、预言、结论、学问"。而托尔斯泰认为，"生命就在于将第二、第三种知识变成第一种知识，在于人自己感受一切。"[1]他对艺术的执着追求，正在于它直指人的"最深刻的知识。"

在谈到艺术的使命时，托尔斯泰说，"无法强迫脑去辨明心不想接受的东西"；"人向往的是他的心所希望的东西。只有在他的心希望得到真理的时候，他才去思索真理"。"情感、愿望，利益和对幸福的向往在唤起思想的活动。""的确，不可能向人们证明什么，就是说，不可能驳倒人们的谬见，因此，永远不要反驳、争论。""不能依靠议论使那些和我见解不同的人信服。应该首先推动他们的情感，……这不是议论办得到的，而是和感情有关的事。"托尔斯泰指出，"使人的心灵和另一个人的心灵融合在一起，这种感情就是艺术的本质"。所以"只有用艺术手段才能影响那些步入歧途的人"[2]。

注意，关于艺术对情感的关系，托尔斯泰是说"传达""推动"。感情的事情，只能够以心印心、感染、启发。是启人之情感、敲心之窗扉，使人自己发现自我之美源，自我之善根。情感，既不能给予，也不能创生，不是由"命令"（鼓励、教育、强迫）"外铄"而成的。托尔斯

[1]《托尔斯泰文集》第17卷，人民文学出版社，第269—270页。
[2]《托尔斯泰文集》第17卷，人民文学出版社，第157页。

泰反对试图安排别人的生活，更不能容忍安排别人的思想甚至感情。在托尔斯泰看来，你有谈你自己喜怒哀乐的权利，却没有教导人家应该怎么喜怒哀乐的权利。所以，托尔斯泰不同意墨子实用主义的“劝爱”说。墨子想以“投我以桃，报之以李”“以兼相爱交相利之法”，“兴天下之利，除去天下之害”。托尔斯泰不以为然：

> 爱是一种感情，它可以有，却不可能宣传。墨子想改造这种爱，向世人教习这种爱。而爱是不能加以外在地利用的，它只能用于内在的方式，就是说，认识了它的人，应该以爱为生。这才是唯一的使爱得到扩展的方法。

显而易见，托尔斯泰不是反对艺术的思想性，而恰恰是要求一种真挚的思想性，这种思想性应该是“听命于自己的心灵和宗教感情”，是真情的流露，而非做作、违心之谈。所以，托尔斯泰在对艺术优劣的价值评判中，断然地把情感的真挚性视为最重要的一条。[1]

实际上，一些艺术作品费尽气力要行宣传灌输之事，往往适得其反，就是因为这种意图是违反性情的，甚至是压制、扭曲性情的。因为人性固有的，是皆备于心的天道，是不必，也不能灌输的。这就是托尔斯泰醉心于艺术推动情感的作用的道理。

在《战争与和平》中，库图佐夫向战胜了的士兵们讲话的情节，就是理解托尔斯泰艺术情感说的例子。库图佐夫谈到俄国士兵们的艰苦、忍耐和胜利，也谈到法国入侵者，他骂“这些畜生”，而又谈到应该怜悯他们……

> 库图佐夫的话是部队不易了解的。大概谁也不能再复述一遍这位元帅开头扬扬得意，而最后变成老人平和之语的讲话的内容。但是，不仅那一番出自内心的真诚的话的含义士兵们是明白的，而且

---

[1] 参见《托尔斯泰文集》第14卷，人民文学出版社，第273页。

和对敌人的怜悯，对自己正义性的自觉结合在一起的辉煌的胜利的感情，也是明白的。因为正是这种感情也存在于每一个士兵心中，并以长久不息的欢快的呼声表现出来。

库图佐夫和士兵们在此时此地的关系，正表现出一种艺术家和感受者之间情感交流的关系，就是托尔斯泰在艺术中所寻求的那种感情的推动、沟通、启迪和共鸣。

托尔斯泰指出，“艺术作品里主要的是作者的心灵”。而在文艺沟通心灵的过程中，“感受者和艺术家那样融洽地结合在一起，以至感受者觉得那个艺术作品不是其他什么人创造的，而是他自己创造的，而且觉得这个作品所表达的一切正是他早已想表达的”。所以，“真正的艺术品在感受者的意识中消除他和艺术家之间的界限，也消除了他和所有领会同一艺术作品的人之间的界限”，“使个人和其他人融合在一起”。这就是为什么托尔斯泰希望用艺术取代暴力的统治。由此，我们也就可能理解托尔斯泰对音乐的迷醉了。

## “音乐是一种可怕的力量！”

“音乐是一种可怕的力量！”这不是托尔斯泰一时的唐突之语。他一定是感觉到了音乐勾魂摄魄的征服力，他曾一次次发出过惊讶、迷醉和不解的呼喊。甚至在小说《克莱采奏鸣曲》中，他让贝多芬激情的《克莱采奏鸣曲》伴随着凶杀的悲剧。托尔斯泰借主人公波兹内舍夫——那个陷入疯狂而杀妻者之口，苦苦地向世人、向自己逼问：“这支奏鸣曲太可怕了，总之，音乐是一种奇怪的东西。音乐是什么，音乐在起什么作用！？”主人公波兹内舍夫甚至气急败坏地嚷道，“在（古）中国，音乐是由国家管辖的，本来就应该这样嘛！”

托尔斯泰一生都醉心于音乐。听着音乐，他会动情地说，“活在世上真好。”他的大儿子利沃维奇是音乐家，特别注意到音乐对父亲的作用：“在音乐声中，他的脸上会现出特别的神态，脸色发白，目光凝视着远方，常常不能自已，眼里噙着泪水。”即使在托尔斯泰生命的最后一年，他听到留声机放起特罗扬诺夫斯基演奏的果拍克舞曲，还是不由得感叹道：“真想跳舞啊！”

人们不能理解，为什么他执意邀请自己的“工友和农友”来听他们陌生的音乐；为什么他要邀请音乐家戈登魏泽尔给精神病人们演奏钢琴，自己则一旁察言观色；为什么他不仅在不同人身上，而且在自己身上一次次探究着音乐的魔力。戈登魏泽尔大惑不解：托尔斯泰对形式美一贯冷漠，本应对这种以声音、节奏等形式表现出的音乐也兴味索然，可是音乐却偏偏是他最珍视、最动心的艺术。戈登魏泽尔说：“托尔斯泰和音乐的关系还是一个有待研究的复杂而困难的问题。”

在托尔斯泰和音乐之谜中，或许有着这位艺术家对艺术奥秘的苦苦求索？而在托尔斯泰的艺术情感说定义中，我们会得到一点谜底。

托尔斯泰把艺术定义为感情的传达和感染，而他察觉到，在艺术中，音乐恰恰是最适于传达感情的。因为这种表面上“形式性”的艺术，其特点是直指人的情感世界。托尔斯泰提出，音乐产生的不是思想，也不是形象，而是意象。他把音乐和梦境相比较，认为音乐和梦一样，不产生于外在的形象，也不在我们心中产生形象。在任何情况下，形象的出现都是附加的，不决定音乐本质的因素；同时，音乐也不产生于内在的心态，诸如爱、喜、悲、恐，但却能在我们心中引发这些心态。所以托尔斯泰定义说，“音乐是情感的记录”，“音乐乃是通过声音唤醒或转达某种既知的情感”。“乐者，心之动也。”（《乐记》）托尔斯泰珍视音乐，首先因为看到音乐能反映人心灵最深隐的情操。他曾说，“在音乐中，你总是可以感觉出那个本人：直率的莫扎特，天真的海顿，严酷的贝多芬——对我来说，海顿最珍贵的品格是他生命的朝气。”同时，“音乐是直接作用于情感的艺术”，“是最最感人肺腑的艺术”。[1]所以他在1876年12月致柴可夫斯基的信中，称音乐“是艺术世界中最高的艺术”。

作为一位语言艺术家，托尔斯泰对音乐和歌词关系的看法很值得玩味。他不止一次把音乐置于歌词之上。这也许是意在推崇情感的感染而防卫语言的暴力？他认为音乐对他的作用要比唱歌大。在1905年1月20日的日记中，托尔斯泰写道：

> 把音乐和歌词结合，是在弱化音乐，是一种向后的返回。是在用速记符号的字母记录音乐。……这两种艺术的结合从来不对我起作用，我总是只去听音乐而不去关心歌词。[2]

由此也就能理解，托尔斯泰为什么不喜欢瓦格纳“用音乐为诗服务”。因为他认为瓦格纳的歌剧是“使自己的音乐作品去适应诗作”，要“表达出诗作中一切细腻之处”，而“这便是一个偏执的要求，会毁掉一切创作的可能性”。因为音乐“较之其他艺术是最能左右人的情感的艺术”，而瓦格纳反要“用音乐去图解诗”，这当然“是不可能的”。因而托尔斯泰论断说：“瓦格纳新近的音乐中缺乏一切真诚艺术作品所具有的主要特征，即严整性和有机性。”他称瓦格纳的诗剧《尼伯龙根的指环》是一部“纯理性的作品”，而根据自己艺术情感说的定义，实际上就是否定了该剧，因为其中“一切都是模仿的”，尽管是“逼真的模仿”。而音乐应是心声的流露，托尔斯泰自然不能容忍模仿心灵之声。“唯乐不可以为伪”（《乐记》），不管此伪被伪得怎样逼真。

实际上，早在这篇艺术论发表（1898）前20年，托尔斯泰的小说《安娜·卡列尼娜》中的一位自传性主人公列文就经历过这种音乐的折

[1] Гусев Н. Гольденвейзер А. Л. *Толстой и музыка* М. Музгиз. 1953 С. 1.
[2] Гусев Н. Гольденвейзер А. Л. *Толстой и музыка* М. Музгиз. 1953 С. 13.

磨。在一个演奏幻想曲《荒野里的李尔王》的音乐会上，尽管这位土气的乡下人“打定主意要聚精会神、诚心诚意地倾听”，但在曲终“掌声雷动”时，他感到的却只是“莫名其妙”和“非常厌倦”。明白人指点他，该照着节目单上的文字说明去听：“没有这个你当然就听不懂了！”多么令人哭笑不得的常识！托尔斯泰真会揶揄人。

而与之相对照，早在小说《战争与和平》中，真正的音乐就曾轻而易举地打动过主人公安德烈，打动过他那颗过于理智而难见上帝的心——甚至挚友彼埃尔循循善诱的话语也没有使他摆脱悲观厌世。但是，夜窗中，纳塔莎朴素的歌声却在无意之中流入他的心田，“突然觉得泪水哽住了他”，“一种新鲜而欢喜的东西在他的心灵中骚动起来……既压迫他，又鼓舞他”。就在纳塔莎的歌声中，安德烈的心灵复活了。托尔斯泰迷醉于音乐的，或许正是这种通灵的力量——艺术所具有的终极实现的力量在音乐中最直接、有力地体现出来。

作为托尔斯泰的朋友，音乐家戈登魏泽尔坦率地说，尽管托尔斯泰对音乐有极高的感受力，但是在音乐方面，终其一生也只是初通门径，而且对音乐的趣味未必完全正确。托尔斯泰甚至几乎没有去过交响音乐会，对俄国最有名的歌剧、交响乐作品也知之甚少，在俄国音乐中他知道的多是抒情曲和钢琴短曲，特别是格林卡的抒情曲。而对柴可夫斯基和穆索尔斯基的抒情曲则不感兴趣。

值得指出的是，托尔斯泰最喜欢的是民间音乐。托尔斯泰曾生动地描写了村妇们在环舞高歌时所表达出的“那样一种明确的欢欣、爽朗和坚毅的情感”，认为这才是“真正的艺术”。他喜欢民间音乐、民歌、民间舞曲，喜欢听各种民间乐器的演奏，吉他、风琴，特别是三弦琴。民间音乐，无论是俄国的还是外国的他都喜欢，他喜欢节奏鲜明、旋律明朗欢快，或是热情振奋的乐曲；而色调感伤、哭哭啼啼的曲子他不动心。[1]

1907年12月，波兰音乐家朗多夫斯卡（1879—1959）曾在雅斯那亚·波里亚纳用古钢琴弹奏了法国古老民间歌舞和东方的歌曲。托尔斯泰意味深长地说：

> 这是真正的艺术，瓦格纳们和贝多芬们就是在这个基础上培养起来的，而他们又扭曲了它。真正的艺术，是劳动人民创造的，谁都能够听懂；波斯人能够理解俄国人，俄国人也能够理解波斯人。而统治阶级的谎言谁也听不懂，连他们自己也不明白。

看来，托尔斯泰与其说是在听音乐，不如说更是在思考艺术——在告别时，他对朗多夫斯卡说：

> 我感谢您，不仅因为您的音乐使我满足，而且还因为它证实了我对艺术的观点。[2]

托尔斯泰自然未必读过儒家的艺术论和诸如《乐论》《乐记》，但是他的一些议论，却不由使人想到中国古典艺术的审美思想。这就是对音乐的“中和”之美的要求：无过无不及，要“乐而不淫，哀而不伤”，“发乎情止乎礼”。这些要求，在对比托尔斯泰对贝多芬和肖邦的评说时，体现得格外明显。

托尔斯泰说，我凭自己的经验知道，大凡艺术，最难的是避免两个极端。一是粗俗，一是雕琢。比如莫扎特，我是喜欢的，他即使有时陷于粗俗，不过之后曲调又能回升到非凡的高度；而舒曼的缺点则在雕琢。这两个缺点中，雕琢更坏，因为它更难摆脱。肖邦的伟大即在其无论如何朴质，却从不陷入粗俗，同时，最复杂的作品也无雕琢。

如果说，托尔斯泰不喜欢舒曼乐曲中那种“浮华而不清晰”的东

---

[1] Гусев Н. Гольденвейзер А. *Л. Толстой и музыка* М. Музгиз. 1953. С. 32.
[2] Гусев Н. Гольденвейзер А. *Л. Толстой и музыка* М. Музгиз. 1953. С. 12.

西，觉得其中“有一种不正常的心理因素”，那么肖邦则使他感到“一种完美的艺术满足感——一种恰恰应该有的情感：没有多余的东西，也没有言而未尽的东西”，甚至认为“他的一切乐曲都好，没有一个音符可以去掉”[1]。

对肖邦，托尔斯泰最为赞赏，大抵正是由于这是一位“表现和谐的，充满柔情的天才”（李斯特语）。在肖邦那里，古典主义的崇高情趣融合浪漫主义的个人感情，达到一种托尔斯泰心目中的“中和之美”。或许是肖邦的虚弱体格使他的激情变得隐忍含蓄，使人“如站立在外表只给人以柔和与雅致感的纪念碑面前”。

托尔斯泰在赞美一个艺术家时，总爱以普希金为楷模。在音乐家中，唯肖邦荣膺了托尔斯泰的这一美誉。托尔斯泰说：“音乐中的肖邦，就是诗歌中的普希金。”那么，普希金在这里意味着什么呢？顾蕴璞先生在一篇论普希金诗的论文中，对其风格的概括十分精到，这就是：“平淡而浓郁，自然而精美，简洁而深邃。”而我以为，这正合于托尔斯泰在肖邦音乐中所欣赏的那种“中和之美”。

托尔斯泰对贝多芬表现出十分复杂矛盾的态度。有迷醉，也有抵触。戈登魏泽尔的解释是，托尔斯泰“总是本能地反抗公认的权威”。面对贝多芬音乐的魔力，“他不喜欢屈服”。而我则以为，贝多芬触犯的首先不是托尔斯泰个性的尊严，而是过于激扬的力量已经不合于托尔斯泰对音乐的“中和”之美的“要求”了。

就拿托尔斯泰引作自己那部著名小说题目的《克莱采奏鸣曲》，正是贝多芬经历了精神重创（耳聋发病）、几乎自杀的岁月而创作的。这里是追求生活的狂热欲望，是“要掐住命运脖子”的激情，是战胜命运的搏斗。这一乐曲可能深深打动了他，尤其是小说中几次提到的乐曲第一章的

[1] Гусев Н. Гольденвейзер А. *Л. Толстой и музыка* М. Музгиз. 1953. С. 30.

惊心动魄的急板。

女作家古列维奇就曾回忆道：

> 我看见他（托尔斯泰）在钢琴上弹奏《克莱采奏鸣曲》，他的脸紧凑在乐谱上，脸色严峻庄重而又神采奕奕。[1]

尽管这位维也纳古典乐派代表人物的激扬旋律使托尔斯泰激动迷醉，而一旦反思它对人内心的作用，他就会顿生疑虑。而贝多芬晚期作品，照托尔斯泰所说，更是给人引起一种“病态的兴奋心情”。

一次，音乐家谢·塔涅耶夫在托尔斯泰家演奏贝多芬时，曾提问什么是艺术。所以托尔斯泰当时谈及贝多芬时，便具有了思考一般艺术的意义。托尔斯泰回答说：

> 我至今仍认为，贝多芬带进音乐的，是非音乐所应有的紧张悲烈感。他靠自己的天才还能把握这一情感，而其后继者则将这一情感引向荒谬和丑陋。[2]

以致在另一场合，托尔斯泰甚至认为，音乐艺术之衰落始自贝多芬。对于贝多芬，这一大棍子恐怕有振聋发聩之功。

> 谈到艺术，托尔斯泰从来不说“享受”，而只称“满足”。他说：
>
> 享受这个词用在这里是不适当的。音乐能产生巨大的作用，但绝不是享受。
>
> 是什么呢？

中国古典文艺思想从情感发乎天性出发，注重文艺（特别是音乐）能陶冶性情、合和民声，从而又提出音乐经世致用的社会功能。所谓“乐以和其声”。甚至把音乐和政治联系在一起，所谓“治世之音安以乐，其政和。乱世之音怨以怒，其政乖。亡国之音哀以思，其民困。声

[1] Гусев Н. Гольденвейзер А. *Л. Толстой и музыка* М. Музгиз. 1953. С. 11.
[2] Гусев Н. Гольденвейзер А. *Л. Толстой и музыка* М. Музгиз. 1953. С. 11.

音之道，与政通矣”，所以孔子斥责“郑声淫”而“乱雅乐”，其言汹汹地要“放郑声”。

而托尔斯泰持无政府主义，自然不同意国家管辖音乐。但是他看重文艺，特别是音乐作用，也是由于它具有完善人的道德情感、从而能够沟通人、联合人。所以托尔斯泰强调的同样是“致乐以治心”，把音乐作为实现其终极追求的手段——联合人们的心灵、取代政治暴力而实现地上天国的手段。

托尔斯泰指出：

> 一切人的感情基础，即对自己在世界上的位置的认识都是相同的。

因此，托尔斯泰在音乐的个性中，寻求的是共同的心声。这里需要的不是个人的悲伤或狂喜，而是万众一心、百虑一致的“乐和同”。因此，托尔斯泰也势必要“斥郑声”，要斥一切不能为广大人民理解的畸变之声。他对音乐的审美标准自然也是要“致中和”，从而实现“天地位焉，万物育焉”——从人内在的和谐完善出发，达到整个外在世界的和谐完善，这就是他对音乐的要求。

在肖邦音乐中他或许找到了某种“中和之美”，而在贝多芬那里则感到一种“极端”和“异样”。就如儒家嗅到了“不良”音乐中的“怨以怒”或“哀以思”？不是正能量。虽未必真不想听，但是先要做出疾首蹙额之状，拉紧警惕之弦。托尔斯泰对贝多芬音乐或许有着一种自感罪恶的酷爱？托尔斯泰对音乐的那点儿矛盾的个性诉求或个人意见，本来是可以悉听尊便的。不过忽然想起来，《克莱采奏鸣曲》的主人公波兹内舍夫曾叫嚷，“在（古）中国，音乐是由国家管辖的，本来就应该这样嘛！”这应该不是托尔斯泰的意思吧！因为他是无政府主义者。可是一旦他把自己的“理性思考”不仅加到自己的感情之上，还要加到别人的感情之上，甚至学着孔子，提出自己的“放郑声”，会不会也陷入自己所反对的那种专横——对别人情感和思想的专横呢？他的声望已经足够这种专横的势能，并且他也曾自嘲患有一种“改造世界的狂症”——“认为用言辞去改变别人的生活是可能的！”不过也幸亏有这种自嘲和反省，使他的心灵又回到艺术家托尔斯泰。

既然承认人的情感发源人性本真，感自世道人心，那么就应该承认万千种情感存在的理由和必然。也正因为天地有万籁之声，才可能交响而成大美的乐曲。既有涟漪之水的潺潺叮咚，也有裂岸惊涛的咆哮雷鸣。各美其美，遂成大美。有什么理由，而且有什么可能，去加以贬斥放逐呢？托尔斯泰应该把他的艺术情感说坚持到底。

# 三、托尔斯泰进入20世纪中国所伴随的一场论争

值得深思的是，托尔斯泰首先不是作为一个文学家，而是作为一个思想家步入20世纪中国的。而且可以说，托尔斯泰进入20世纪的中国，实际上，伴随着一场和中国改良派、洋务派的思想论争。继而托尔斯泰思想在20世纪中国文化思想中潜移默化地起着不同寻常的作用，又恰恰肇端于步入20世纪中国之门时的这场思想论争。

托尔斯泰和20世纪中国的姻缘，一般是从他和两位中国改良派知识分子的通信讲起。这就是1905年托尔斯泰给张庆桐的复信和1906年给辜鸿铭的复信。当然，我们可以从这两封复信中看到“托尔斯泰对中国人民的热爱与尊敬”[1]，从而也有人指出托尔斯泰是辜鸿铭的“中国的知音”[2]，托尔斯泰给辜鸿铭的信是在“讨论抵御现代物质主义文明的破坏力量问题，公开支持他的文化保守事业”[3]。但是，一般来说，对于张庆

[1] 戈宝权《托尔斯泰和中国》一文，见《托尔斯泰研究论文集》，上海译文出版社，1983年，第10页。
[2] 李玉刚《狂士怪杰》，华夏出版社，1999年，第320页。
[3] 黄松涛等译《中国人的精神》译者前言，海南出版社，1996年，第2页。

桐和辜鸿铭给托尔斯泰的信函和赠书，以及托尔斯泰复信的背景，学界尚未予以足够的注重，因此，我们就不能充分估计托尔斯泰复信中更深一层的论争性的意义。这样，就势必妨害对托尔斯泰步入20世纪中国及其后的复杂影响进行深一层的研究。

而要深入讨论这一问题，我认为，首先还需要再向前回溯到1900年托尔斯泰所写的一篇一直未引起我们注意的文章：《告中国人民书》。当时托尔斯泰针对八国联军对中国的侵略罪行而愤然提笔，但历时数月、三易其稿而终未付梓，该篇现存《托尔斯泰全集》（纪念版）34卷“未发表、未加工和未完成的作品”栏中。

在1900年11月12日的一篇研读孔子的长篇日记里，托尔斯泰就曾提到“想写三篇文章”：“一是致中国人书；二是谈一切都是建立在屠杀之上的；三是讲，我们这些准基督教徒（quasi-христиан）没有任何宗教。”实际上，这正是《告中国人民书》的一些基本主题。

我们知道，1900年八国联军攻进北京，烧杀抢掠无恶不作的罪行，是当时托尔斯泰最关心的问题，每议时事必当提及。当时托尔斯泰正在研读孔子，同时又写下了严厉斥责八国联军屠戮中国人民的罪行的论文《不许杀人》（1900），以及论文《出路何在？》（1900）和《难道应该这样吗？》（1900）。

也可以看出，这一时期托尔斯泰对中国古典文化思想的研究的热情正是和对中国现实社会的关注紧密相关的。在他了解到八国联军对中国人民的罪行时，这位年逾七十高龄的老人的心里，油然生起要和自己多年所崇仰的东方文化故乡的中国人民剖心而谈的渴望。虽然他从来没有机会和中国人直接接触。1900年9月29日在给切尔特科夫的信中，他激动地说：

> 现在，我在读一则关于打着基督教的旗号惩治中国人的消息，非常非常想给中国人民写一封信……他们所见到的、正在折磨他们

的那些人，不是真正的欧洲人民……[1]

他愤怒地指责那些打着国际法的旗号屠戮中国人民的行径。在笔记中他写道：

在中国，他们简直就是一群掠夺者。他们镇压起义，就像一群掐住被击败的牺牲者的脖子的强盗。[2]

1900年10月30日，这篇酝酿良久的书信动笔了。托尔斯泰在日记里记道：

早上开始写《告中国人民书》，开头写得又少又不好。

然而，从1900年10月至次年2月，托尔斯泰三次改写致中国人民书，但却终究没有定稿。有人猜想认为，原因是托尔斯泰自度其向中国人民提出的抵御外辱的方法过于无力。[3]这显然是缺乏根据的。因为后来1906年在托尔斯泰致中国学者辜鸿铭的信中，他满怀信心地论证的依然是这一思想。当然，作为一个外因，或者是1902年2月发生的重大事件——东正教最高会议开除托尔斯泰教籍，把他的注意力引向了新的斗争。但是我想，这三易其稿而不发的深层原因，还在于托尔斯泰对中国问题的思考还在不断发展变化之中。我们可以从草稿的改写变化之沿革中，猜测托尔斯泰思路的发展和变化。

看来，托尔斯泰提起笔来，先是要以千百万民众代言人的名义，写一篇相当庄严的文章。所以文章一稿的标题叫《全世界兄弟友好联盟的参与者告中国人民书》。

一开始，托尔斯泰首先描述了他想象中的“永远静止不动的东方的”中国人的合理的生活是怎样被打破的：

你们本来过着和欧洲人毫不相干的自己的生活，不需要他们的

[1] Л. Н. Толстой *Полное собрание сочинений (в90-тых томах)* М. 1958. Т. 88 С. 205.
[2] Л. Н. Толстой *Полное собрание сочинений (в90-тых томах)* М. 1958. Т. 54 С. 247.
[3] 参见Шифман А.И. *Лев Толстой и восток* Москва Восточ.лит. 1960. С. 116.

任何东西，只求他们不要打扰你们。可是，他们在种种稀奇古怪的借口之下，鬼鬼祟祟地带着自己的货物、自己的宗教而来，只要一找到什么借口，就像一群野兽、一群强盗一样，向你们扑将过去，从你们那里掠走他们需要的东西。

而托尔斯泰正是要在这“永远静止不动的东方”，为危机中的现代社会寻找出路呢。所以托尔斯泰写《告中国人民书》的根本意旨是要捍卫中国人的固有的生活方式。但是在这一稿中，托尔斯泰表现出的还首先仅仅是“我们对（中国人）无辜的受难的全心的同情”，而指出“在你们面前恢复真理的这种必要性，就是我们向你们呼吁的主要目的”。这里的“我们”是指文章标题“全世界友好联盟的参与者告中国人民书”中的“全世界友好联盟的参与者”。文章到此中止。

在第二稿中，标题变成为《基督教徒们致中国人民书》。托尔斯泰首先是为基督教徒开脱。开篇首先讲的就是：

> 那些现在在你们那儿犯下滔天罪行的明火执仗的人们，他们自称是基督教徒。不要相信他们。他们不是基督教徒。这是一帮毫无廉耻、十恶不赦的匪徒……
>
> 他们没有任何权利自称基督教徒，他们和基督教没有任何共同之处。

而值得注意的是，在这两稿中，托尔斯泰都谈到，这些入侵者的“蛮横无耻的行径在你们的一些人中引起强烈的愤慨，表现为他们要用那些欧洲人对付你们的手段来对付欧洲人，从而在你们中间也开始了同样可怕的野兽暴行”。托尔斯泰之所以认为这非常可怕，是因为这种以牙还牙的暴力行为不仅完全违反他的不以暴力抗恶的主义，而且它将造成整个人类精神的堕落。这在托尔斯泰看来，比中国人的现实灾难更为可怕。

第三稿的标题失去了动作主体，变成《致中国人书》。在这最短的一稿中，托尔斯泰提出了“文明人”的概念，指出“文明应该意味着道德的教养，意味着接近世上永恒的德行：节制、谦逊、勤劳、善良”。

更值得注意的是，托尔斯泰把矛头正面地指向在那些无法无天的人之上的统治者——

> 他们的上司们、议员们、部长们、国王和皇帝们，他们坐在宫室之中，沉溺于荒淫腐化之中，而制造着那些在你们中发生的可怕的事情。

在最后的一稿中，标题变成《一个基督教徒致中国人民书》[1]。我们可以从这4份未完成稿的标题的不断更换猜到托尔斯泰的一些思想线索。以什么人的名义写这封信，可能使托尔斯泰颇费思考。这里不但有主体立场角度的变化，更有托尔斯泰主义的一个基本思想的表现：一个人没有权利，也没有必要和可能代表别人。既然上帝在每一个人的心中，那么“人只要相信自己的灵魂，大家就会联合起来了”[2]。所以，在第一、二稿中托尔斯泰总似欲言而难尽，唯有在第四稿中，以“一个基督教徒”的个人名义，他才自如地把自己的思想最充分地表露出来。

这一稿的改写，正是托尔斯泰和官方正教公开决裂之时——1901年2月22日，神圣宗教会议发布了开除托尔斯泰教籍的文告。既然基督教的欧洲已经背叛了基督教，他与其以已经鱼龙混杂的全体基督教徒的名义，不如就以自己一个真正基督教徒的名义说话。

在这一稿中，托尔斯泰认真地讲述了基督教的戒律：“要承认人人是兄弟，要对别人做你希望别人对你做的事情”，“要爱仇敌”。

而第四稿中最突出的特点，是把对中国人民精神上（而不是肉体上）正在和将要遭受的戕害突出了出来。文中重复出现了“腐蚀”这个词。而对于中国人以牙还牙的暴力反抗，托尔斯泰则认为正是这种腐蚀的结果，在前几稿述及中国人以牙还牙的地方，他又增加了一句：

> 他们——指欧洲侵略者——需要的正是这个。

[1] 草稿原文中标题китайскому народу христианина 我以为当理解为китайскому народу от христианина. 故译为《一个基督教徒致中国人民书》。

[2]《复活》，汝龙译，人民文学出版社，1979年，第576页。

文章最后两段，托尔斯泰进一步阐述了自己的根本思想：

你们面临的危险在于，你们一旦一方面，被那一伙强盗通过杀人来鼓吹和表现出的对暴力的崇尚所迷惑，一方面，被他们称为文化的那些淫技器物的华彩所迷惑，你们就会离开自己领袖们，离开伟大的孔子，是他教导着真正德行，及获得这种真正德行的内在努力之方。这样，你们就会在不知不觉中失去你们美好德行：爱劳动，爱和平，敬重尊严，而沦落到那种可怕的势力之下，那种势力会渗入人的灵魂的最隐秘的角落，现在的欧洲人就是在这种可怕的势力之下奄奄待毙。

最后，托尔斯泰提出他认为的“中国人最宝贵的东西”，这就是中国人的“自由”：

你们有着真正的自由，这就是一个人能够反省、思考、写作、读书、讲他所想讲的一切，能够不参加政府的事务，他们知道并信奉皇帝是天的儿子，他掌有权力是因为他聪慧仁善，他倘若不是这样，他的所有臣属都有责任撤换他。而欧洲人那里则不是这样的。

托尔斯泰在这一稿中，更加清晰地把两种文明的冲突——西方伪文明和东方固有文明的冲突突出到欧洲入侵者对中国的蛮横无耻的行径之前，他最痛心的是中国传统文明备遭蹂躏，他把对中国人民的同情和支持明朗化为对中国固有传统文明的捍卫。进而托尔斯泰以他想象中的中国人的自省、自修、自觉的“自由”，来引导出托尔斯泰主义的无政府主义——摆脱政府的自由。

然而托尔斯泰的这些崇尚赞美之语对于正在水深火热中的中国人来说，的确是过于迂远了。它可以作为对文明冲突的深邃思考，却未能成为现实的解救之方。但是无论如何，这封终未定稿的《致中国人民书》成为托尔斯泰渴望和中国人直接对话的史证。同时，它也成为参照理解托尔斯泰和两位中国知识分子论争的一个背景材料，实际上，我们将看到，托尔斯泰后来致两位中国知识分子的信中所表达的心思，在五年前已然酝酿在胸了。

托尔斯泰一心仰慕中国古典文化思想，把拯救世界的希望寄予中华民族传统文明之上，然而托尔斯泰和中国人直接对话的渴望是在1905年才第一次实现的。

1905年12月，托尔斯泰头一次收到一个中国人张庆桐的来信和随寄来的一本梁启超写的《李鸿章，或中国近40年政治史》的俄译本。张庆桐是1899年由北京同文馆派至彼得堡政法大学留学的。[1]据他后来在《俄游述感》一书中说，《李鸿章》这本书1901年出版后，“俄人多有思译之者，以其略古详今、不但中国数千年大势粗具其中，即五十年来东方近事亦搜罗殆尽”。正在彼得堡留学的张庆桐即和俄国的一个东方学家A. H.沃兹涅先斯基翻译出而“广布”各方，托尔斯泰作为俄国的“诗文巨子”，自当在受赠之列，所以书页上题有：

> 谨以最虔诚的敬意，致俄土之上的伟大作家。1905年12月1日，彼得堡。[2]

实际上，这本书远不如张庆桐的信使托尔斯泰感兴趣，因为正是这封信给了托尔斯泰和中国人直接对话的契机。

张庆桐的信的实质就是谈，中俄两国人民应该并可以在“进步”的道路上携手共进。在信中他首先谈道：

> 中日战争（指甲午战争）之结果深深触动了我，所以我致力于学习俄文。其激发我的因由是，世界上的主要民众属于俄国和中国，比于欧洲，俄国之进步较慢，而在中国，进步较俄国还慢，由

---

[1] 张庆桐（1872—？）上海人，后任我驻恰克图都护副使。

[2] 张庆桐后在《俄游述感》一书中将托尔斯泰给他的复信译为中文，连同原文照片一并刊出，并详细介绍托尔斯泰的生平、著述和思想，他说，“托氏手书余珍藏之，异日当置之国家博物馆中”。可见国人当时对托尔斯泰的景仰情况。

此可见，俄国生活的现象比于欧洲，更近于中国，而现在俄国所实现的国家体制的改革，会在更大程度上影响到中国，而非欧洲，所以这两个民族的友好应该比其他民族更牢固。

显然，张庆桐对于中俄两国关系思考的基础是以欧洲为尺度的“进步”，或者说，他认为，中俄两国都属“落后”，所以两国人民在“进步”的道路上因先后接踵而可以相互提携。张庆桐在其《俄游述感》一书中用中文重述[1]给托尔斯泰的信时，更加倾慕彼得大帝“强力变政，勃兴国事”，认为“天不欲兴中国则已，苟欲兴之，必有如彼得者以为主”的字句。而他自己“愤国势骤落，乃弃旧文求新学”，为详闻彼得遗事而“决意习俄文”。充分表现出维新派的立场。值得注意的是，张庆桐在信中还讲述了中国近年社会思想方面所发生的巨大变化，并言及民众对西方科学及各种知识日益神往而求索的精神倾向，而同时，对于亘古不变的儒学教条产生了怀疑心理。张庆桐送给托尔斯泰《李鸿章》一书，正是为的“展示”这种“中国人民的道德风貌”，并希望托尔斯泰“对该书稍加评论”。

我怀疑张庆桐是否了解托尔斯泰的主义。因为他的这些思想，显然是托尔斯泰断然不能接受的。所以，托尔斯泰在信中不仅说《李鸿章》一书自己“还未拜读”，而且旗帜鲜明地表示“从你的来信加以判断，我怕我不会同意它的倾向”。这是因为：

从您的来信看，您是赞同（我想在书里也一样）中国的国家和社会制度的改革的。

道不同不相为谋，本来，托尔斯泰可以对张庆桐的书和信置之不理，但是，看来，托尔斯泰不肯放弃这样一次和中国人直接对话的机会。正如他在信中说的：

---

[1] 由于有俄文原信参照，可知并非是“翻译”。

我从没有一次和一个中国人交往，……而这正是我一向非常向往的。

实质上，托尔斯泰给张庆桐的复信，可以视为托尔斯泰和中国改良派进行的一次思想交锋，托尔斯泰正是要通过这种对话中的交锋，来阐述自己积年而成的珍贵思想。

所以他旋即复信（1905年12月4日），而在复信中，托尔斯泰实际上仅仅认同了张庆桐的一个思想，这就是两国人民应该建立一种民间的而非政府间的友好联系。但是，这种联系的基础是什么？

值得注意的是，托尔斯泰只字不提张庆桐侃侃而谈的中俄在那条“进步”路上的缘分，而开篇即谈对孔子、孟子、老子乃至墨子的景仰。指出自己“对中国人民向来怀有深厚的敬意”恰恰出于中国人在这种传统文明熏陶下形成的“忍耐精神”：

因为从很久以前，我就相当好地（虽然大概还很不完整，这在一个欧洲人是很自然的）知道了中国的宗教学说和哲学；更不必说孔子、孟子、老子的学说及其对他们的注疏（对孟子所批驳的墨子学说，我更为叹服）。我一直怀有的对中国人民的深深敬意，由于日俄战争的种种事件而在极大的程度上加深了。

因为在日俄战争中，

中国人民的功勋在于指出了人民的高尚美德并不在于暴力和杀人，却在于……宁愿忍受加于他的一切暴力，而能坚持到底的忍耐的精神。[1]

在托尔斯泰看来，俄中人民的联系的基础，绝不在张庆桐所说的“进步”之途上，而在于他们传统的生活方式上，在于基于其上而形成的“俄中两大民族之间”“有一种内在的精神上的联系”上，在于他们

[1] 托尔斯泰的这封信见《托尔斯泰文集》第16卷，第324页。

应该寻求一种区别于欧洲进步的“新的生活方式”上。托尔斯泰看来，在欧洲进步的历史大势中，“我认为俄国，它的大多数的农业人口，是个例外。我期待从它那里出现新的生活方式，这同我也期待着中国的农业人口的大多数一样”。

张庆桐说，中俄两国人民应该携手共赴“进步”之途，而托尔斯泰说，俄中两国人民的确“必须携手并肩前进”，但不是共赴欧洲“进步”之途，而是捍卫东方农耕文明的传统。

针对中国改良派力图仿效西方、改革社会的走向，托尔斯泰语重心长地说，“愿上帝保佑中国不要走日本的道路”！并且论述了自己关于社会发展和社会改革的思想：

> 对于成长，发展、完善意义上的改革，是不能不表示同情的。但仿效式的改革，把那些在有识之士眼里已然在欧美完全站不住脚的形式输入中国那就会是一个致命的大错。改革应该是从一个民族自身的特质中自然而然生长出来，不同于其他民族的形式的崭新的东西。
>
> 中国人，也正像所有的人一样，应该发展自己的精神力量，而不是发展技术上的完善。精神的力量被歪曲了，技术上的完善只会起破坏作用。

在托尔斯泰逆天下大势，反科学、反进步、反现代化的“最深刻意义上的反动”（列宁语）之中，有着对于人类社会发展的内因和外因、精神和物质关系、对于社会人生意义的更深邃的思考。今天，在经过百年血与火的历程之后，我们或许能对之也有所体悟吧。然而，当年托尔斯泰的争论之声却未通于国人，托尔斯泰主义大抵首先是作为一种无政府主义思潮为中国革命家所接受的。这就是托尔斯泰在信的最后谈到的社会理想：

> 他们必须……制定出一些不受政府羁绊的社会生活的新形式，……就是除了至高无上的道德法则之外，人们无须依靠政府，也无须服从任何人而生活的自由。

时隔不久，1906年3月，托尔斯泰又收到俄国驻上海总领事Л. 博罗江斯基转来的中国学者辜鸿铭用英文写的《尊王篇》[1]和《当今皇帝们请深思！论俄日战争道义上的原因》两部书。

此时，托尔斯泰正忙于撰写《论俄国革命的意义》一文。在托尔斯泰的日记和书信中，我们没有找到他对这位中国学者的著作的看法。只是到了1906年8月1日，托尔斯泰才委托秘书B. A.列勃连向俄国驻中国上海总领事Л. 博罗江斯基和中国学者辜鸿铭致信感谢。B. A.列勃连在8月15日的信中也提到，托尔斯泰让他把所有托尔斯泰自己写的非合法的作品（英文）寄给俄国驻上海总领事，请他把这些书转给辜鸿铭。[2]

看来，这时托尔斯泰就在为给辜鸿铭回信做着认真的准备了。为此，他曾翻阅了《布罗克豪斯–埃弗隆百科词典》[3]，但是大失所望："条目糟透了，机械呆板的学究气，史料、朝代、地理写了不少，但是让人不得要领。"[4]根据托尔斯泰在辜鸿铭的两部书上的批注，也可知他非常认真地阅读过这两本书。

1906年9月13日，托尔斯泰动手给辜鸿铭写回信。1906年9月15日写第二稿，并在日记里记下了这件事："文章写完了，还是关于土地的，又开始写给中国人的信，也还是说这个。"第二稿完成于18日，而后回信又经过大量改动而定于第三稿，并发给当时正在伦敦的切尔特科夫，日期是10月3日。看来，托尔斯泰为写这封《给一个中国人的信》（即给辜鸿铭的信），几经思索、准备，工作前后历时近2个月。托尔斯泰的这封信是否真的转到过辜鸿铭手里，现已不得而知，辜鸿铭本人也不曾提及。有种种猜测，如辜鸿铭没有公开这封信是怕遭到迫害，或认为信

---

[1] 实际上英文书名是《总督衙门论文集》，《尊王篇》是中文书名。

[2] Л. Н. Толстой *Полное собрание сочинений (в90-тых томах)* М. 1958. Т. 89 С. 238.

[3] 由布罗克豪斯–埃弗隆出版公司出版的俄罗斯百科大全（彼得堡，1890—1907）。正文82卷，增补本4卷。

[4] Маковицкий Д. П. *Яснополянские записки* М. Загруга 1922. Запись от 13 сентября 1906г.

是托尔斯泰通过俄国驻上海总领事转交的，惯于对中国人无礼的沙俄外交官未必不会因信的内容有悖逆政府的言论而秘而不宣。[1]

但是有一点可以肯定，托尔斯泰的这封信绝不仅仅是写给辜鸿铭的。因为托尔斯泰立即请求切尔特科夫把信译成各种外文，并在欧洲报刊上发表。于是,《给一个中国人的信》11月首先在德文《新自由报》上，随后在法文《欧罗巴邮报》上发表，而又由法文回译为俄文刊在《新时代》报上，后又由媒介出版社出版了俄文原本，一时引起世界关注。英、法、德、美的报刊纷纷刊出褒贬不一的评论文章，自然毁者居多，而东方国家——日本、印度、土耳其、波斯和一些阿拉伯国家则为托尔斯泰替被侵凌的民族说话而生同情。在德国和英国还出现了以托尔斯泰的这封信为序言的辜鸿铭的《总督衙门论文集》；倒是中国境内毫无反响，只有中国的无政府主义先驱陈师培1907年译成汉语，以《致中国人》为题，发表在巴黎中文版的《天义报》（中国近代第一个无政府主义刊物）最后一册16—19期合刊上（1908年3月底）。可以断言，托尔斯泰是要借这封信论述和宣说自己的思想，也是在向“中国人民”隔空喊话。而只是到了辛亥革命前夜的1911年,《东方杂志》8卷1月号上才把这篇举世瞩目的文章的前半部分译出刊登。[2]

可以断言，托尔斯泰极为重视这封信，他是把这封信作为论述和宣说自己思想的武器。难怪托尔斯泰临终前还记起这封信，当有人称赞他的文学作品的永恒价值时，他清醒地摇头说：“我的这一切，皆属不足道也。余以为最有价值者，当为复中国人某一书也。”[3]

实际上，托尔斯泰的《给一个中国人的信》是继给张庆桐的信之后又一次和中国人的论争。

---

[1] 见Шифман А. И. *Лев Толстой и восток* Москва Восточ. лит. 1960. С. 139.
[2] 译文只到前5节第一段。而后1928年《东方杂志》又重新发表在25卷19号上。
[3]《狂士怪杰》，第322页。

如果说，张庆桐的信表现了激进的维新派的思想倾向的话，那么辜鸿铭赠给托尔斯泰的书则表现出他作为洋务派张之洞的幕僚所特有的尊王攘夷的思想。在辜鸿铭的书中，托尔斯泰自然可以看到诸多和自己一致的思想，如对中国传统文明的辩护，对效仿西方的反感，[1]对西方传教士作用的否定，[2]尤其是在《当今，皇帝们，请深思！论俄日战争道义上的原因》中，辜鸿铭大讲“当一个人，一个民族或多个民族的事务陷入困局时，……唯一正确的摆脱方法，就是去找到其道德本性的中心线索和平衡状态，去寻找他们的真实自我，去恢复他们的心境的平衡，保持其评判的不偏不倚”。进而他指出：

> 据我所知，除了托尔斯泰伯爵一人之外，还没有人公开提出过结束这场不幸的战争的唯一正确的方法。……他在圣诞献词中想到并倡导了一种真正的儒家办法，一种在前文中我们引述过的孔子的那段话中所教导的办法……要好好反省自己，或者，像孔子所说的，找回其真实自我——恢复其心理平衡、并保持其公正的判断力。

虽然辜鸿铭也指出：

> 但是我恐怕托尔斯泰伯爵并未很充分地认识到，在目前复杂的事务困局中，要俄国人做到这一点，该是多么困难！而对于日本人来说，要想做到这一点，就更是难上加难。[3]

甚至，辜鸿铭在《当今，皇帝们，请深思！论俄日战争道义上的原因》中，对俄国政府侵占东北，修筑铁路也表示了理解：

> 我将说明俄罗斯帝国政府在这一问题上所表现出的自制、诚实和正直。……

---

[1] 辜鸿铭谈及“改革党”时说，“用不着讨论这些观点拙劣和知识贫乏的年轻狂徒对‘进步和文明’的滑稽模仿”云云。

[2] 辜鸿铭论述了传教士立下的所谓“提高民德、开启民智、慈善工作”的目标没有完成，“传播福音的工作已然失败”。

[3] 引文见《辜鸿铭文集》，黄兴涛等译，海南出版社，1996年，第195页。

但是，在辜鸿铭的《尊王篇》和《当今，皇帝们，请深思！论俄日战争道义上的原因》中，表现得最充分的还是站在政府立场上的尊王攘夷的基本思想，和洋务派力图利用西方新的科学技术成果，效仿日本，在君主制下进行改革的思想。

《尊王篇》中，辜鸿铭对朝廷，对中国传统体制的忠诚溢于言表。开篇第一节的题目就是《我们愿为君王去死，皇太后啊！——关于中国人民对皇太后陛下及其权威真实感情的声明书》。在《尊王篇》中，辜鸿铭盛赞慈禧太后的“天生而老练的政治家的明晰而敏锐的洞察力”，和对“极端保守派和过激派的首领以迅速、严厉而果断的打击”。继而辜鸿铭又讲道：

> 在个人生活中，中国人热爱和崇敬其父母，……作为一个民族，中国人现在热爱和崇敬其国母皇太后陛下，以及按王朝命运为之系赖的皇太后的意志指定的后嗣和继承人皇帝陛下。该王朝的统治已经惠泽中国人民250多年了，中国人心中的这种感情有多深，义和团小伙子的狂热已经充分地证明了……[1]

这当然是指义和团一度和清王朝站在一起，扶清灭洋的“尊王攘夷”之举。这些当然是托尔斯泰万难同意的。

所以我认为，托尔斯泰写《给一个中国人的信》的根本目的，显然不是为了应和辜鸿铭，不是把辜鸿铭作为“中国的知音”，来和他“讨论抵御现代物质主义文明的破坏力量问题，公开支持他的文化保守事业”，而是针对辜鸿铭的书进行的一场论争。

托尔斯泰写《给一个中国人的信》正是要在批评辜鸿铭在书中表现出的站在政府立场上的尊王攘夷思想，批判包括洋务运动在内的改良道路的基础上，提出自己的社会人生理想。

[1] 以上引文见《辜鸿铭文集》，黄兴涛等译，海南出版社1996，第26、32页。

不过，和给张庆桐的复信一样，托尔斯泰还是先从自己对中国传统文明的倾慕说起：

> 中国人民的生活过去一直是我极感兴趣的。我也曾尽力去了解我所能了解的中国生活中的东西，尤其是中国的宗教智慧——孔子、孟子、老子的著作及其注疏。……

而接着，就引导出自己的不抵抗主义：

> 中国人民虽遭受到欧洲民族这样多不道德的、极端自私的、贪得无厌的暴行，而直到最近都是用宽宏和明智的平静、宁可忍耐也不用暴力斗争的精神来回答加之于他们头上的一切暴行。

但是，托尔斯泰马上指出："我指的是中国人民而不是中国政府。"因为中国政府所宣扬的是"义和团小伙子的狂热"，是暴力攘夷，是对政府的效忠感情。所以托尔斯泰指出：

> 我现在怀着恐惧和忧虑的心情听到并从您的书中看到中国表现出的战斗精神，用武力抗击欧洲民族所施加的暴行的愿望。

因为在托尔斯泰看来，"重要的是中国人民不要失去忍耐，不要改变对暴力的态度"，因为"不以恶报恶和不参与恶，不但是得救，而且也是战胜恶者的最为妥善的手段"。而"如果中国人民真是失去了忍耐，……那么这就可怕了"。到那时，"中国不再是真正的、切合实际的、人民的智慧的支柱，这智慧的内容是过和平的、农耕的生活"。

而这一生活的样板，正是托尔斯泰拳拳期望于中国人民的。可以说，他正是把对人类前途的无限希望寄托在中国人民的这种生活方式之上：

> 我认为，在我们的时代，在人类的生活中正发生着伟大的转变，在这个转变中，中国应该在领导东方民族中发挥伟大的作用。
>
> 我想，中国、波斯、土耳其、印度、俄国，可能的话还有日本（如果它还没有完全落入欧洲文明的腐化罗网之中）等东方民族的使命是给各民族指明那条通往自由的真正道路，如您在您的书中所写的，在汉语中用来说明它没有别的词，只有"道"，即道路，也

就是符合人类生活永恒基本规律的活动。

正是以捍卫中国传统的“和平的、农耕的生活”“‘道’的生活”的名义，托尔斯泰针对包括洋务派在内的改良路线指出：

> 这就是我从您的书和从别的消息中看到的。中国的轻率的人们，所谓的改良派认为，这一改变应该是去做西方各民族已经做了的事情，即用代议制政府去替代专制政府，去建立西方各民族的那种军队，那种工业。这一决定初看起来是最简单和自然的。而根据我知道的中国的一切，这决定不但是轻率的和非常愚蠢的，而且完全不符合聪明的中国人的本性。……（这是因为）摒弃了中国人民曾经赖以生活和正赖以生活的一切，摒弃自己的过去，摒弃明智的，爱好和平的，农耕的生活，摒弃“道”的生活——它不但对中国，而且对全人类都是真正的和唯一的道路。

辜鸿铭以“尊王”为主旨的书中突出表现出的尊王攘夷思想、对王权的尊崇，是和托尔斯泰主义否定政府的意义和权威，号召人民摆脱政府的控制的思想大相径庭的。所以，托尔斯泰在文中不仅对辜鸿铭赞扬沙皇政府在满洲的活动沉默不提，而且以大量篇幅论证“中国人民不能不感到必须改变自己和政权的关系”。

针对辜鸿铭的“尊王”，托尔斯泰提出的是“从专制政权下解放自己”。托尔斯泰指出，“电报和一切称之为文明的东西的出现使他们的政权变得过于沉重，因为民族有了这文明，就特别感觉到和认识到”专制政权越发不能容忍。托尔斯泰论说，由于现代化的技术手段的出现，也由于它的出现“使暴力政权从其本质上讲越来越腐朽，使被统治者受到的教育越来越多，越来越认清服从政权的危害”，所以从西方民族到东方民族都在“寻求……从专制政权下解放自己的手段”。

值得注意的是，五年前托尔斯泰在独白式的《告中国人民书》最后一稿的最后，曾经结论式地赞扬中国人民，“他们知道并信奉皇帝是天的儿子，他掌有权力是因为他聪慧仁善，他倘若不是这样，他的所有臣属都有责任撤换他。”以此来印证自己关于人民有权利摆脱政府的思想；而在这封《给一个中国人的信》中，托尔斯泰则对上述的提法进行了自我否定。他指出：

> 我知道，中国有一种学说认为，‘君王’，‘天子’，应该是大贤大德的人，他倘若不是这样，那么臣民们可以而且应该不再服从他。但是我认为，这种学说只是为政权辩护。……（因为）中国人民不会知道他们的皇帝是不是大贤大德的人，同样，信基督教的各国人民也不会知道，是不是上帝赋予了这位君主，而非那位同他们斗争的君主以权力。

在这里，托尔斯泰对内圣外王论、君权神授论都进行了批判，直截了当地提出，历史已经发展到“各民族无论如何都要改变自己和政权的关系”的时代。他几乎像一位革命家一样说，“俄罗斯作家赫尔岑说得多么正确啊，不可能有一个拥有电报和电动机的成吉思汗。”

他宣布：

> 我们俄国人不应该服从现在的政权。同时，我们也不应该去做我们的，还有你们的改良派、不聪明的人们所要做的事。不应该效仿西方，通过制定宪法，用另一种政体，无论是君主政体或共和国政体来替代这种政体。……我们必须而又可能做的只有一件事，并且是最简单的事：过和平的、农耕的生活，忍受可能施加于我们的暴力，不以武力对抗暴力，也不参与暴力。

托尔斯泰强调指出：“据我看来，你们中国人有更多的理由必须要做的也正是这件事。”他甚至确信：“如果中国政府不存在了，其他民族就没有任何理由以国际关系为借口去干自己的残暴行为。”

总之：“从人的权力下解放出来”而“服从上帝的权力”，这就是结论。

而托尔斯泰给中国人民指出的使命就是要以自己的行动给一切民族指出出路，这就是：

> 只要你们坚持遵循合理的生活道路，即“道”的自由，……

只要中国人继续过以前所过的和平的、勤劳的、农耕的生活，遵循自己的三大宗教教义。这三种宗教的教义是相符合的，就是要从一切的人的权力统治下解放出来（儒教）；做到己所不欲，勿施于人（道教）；实行自我牺牲，温顺，对一切的人和一切的生物都要慈爱（佛教）。这样，他们现在所遭受的一切灾难便会自行消亡，任何力量都不能战胜他们。（此中托尔斯泰对儒释道教义的理解有错误）

看来，托尔斯泰是在中国人历经数千年未有之大变局、自己都已经对自己的老祖宗失去信心的时候，要让中国人民不仅自己守死善道，而且还要强作全世界人的领路人，何其愚也！

在中华民族面临内患外辱，汲汲于社会政治改革之际，从托尔斯泰的不参与暴力、不参与政府、力求自我完善，过"'道'的自由"的生活的呼吁中，连改良派也不觉得能够取得什么实际上的思想资源，他们只能在托尔斯泰对中国传统文明的颂扬中寻找一点儿精神上认同的慰藉。倒是渐起的革命派从托尔斯泰主义中找到了否定现政权、反对满清政府的同志，找到了摆脱思想桎梏，追求自我反省、自我解放的思路。而从长远来看，不是托尔斯泰的无政府主义，而是托尔斯泰反对模仿，走自身发展道路的思路，在中国漫长的现代化之路上，应和着中国各派间古今、东西、内外之争，发生着潜移默化的作用，融入中国现代文化思想之中。

"改革应该是从一个民族自身的特质中自然而然生长出来，不同于其他民族的形式的崭新的东西。""中国人应该发展自己的精神力量。"托尔斯泰的这些话实际上成为20世纪中国人思考和争论的主题。

# 四、托尔斯泰在中国现代文化演进中的命运

在20世纪中国，托尔斯泰名声之高，影响之大，虽早成公论，但是很少有人进一步探讨，为什么这位反对现代化的伟人能够如此深入到奔赴现代化之途的20世纪中国，托尔斯泰究竟发生了怎样深刻的影响，何以会发生这种影响。弄清这一熟视无睹而又十分矛盾的问题，对于探讨托尔斯泰在中国现代文化演进中的作用，探讨民族间文化思想影响的规律，思考20世纪中国文化演进的规律，都是颇有意义的。

## 托尔斯泰初入20世纪中国的社会思想背景和托尔斯泰形象

托尔斯泰早被指为是“东方因素的最充分的表达者”[1]。自从他毅然背叛自己早期向西求索的意向，便从俄国传统思想出发，一步步走向东方，最终走近中国传统文化思想。一旦相遇儒道学说，马上一拍即合，

[1]《俄国作家批评家论托尔斯泰》，倪蕊琴编选，中国社会科学出版社，1982年。

结合他对正教神学的批判，发展出托尔斯泰主义的爱的宗教。其实质许多是和中国传统文化思想相合相通的。[1]这大概就是托尔斯泰思想易于融入中国的自身条件。

然而自鸦片战争以来，中华民族遭遇“数千年来未有之强敌”，痛历“四千年来未有之创局”。面临亡国灭种的屈辱恐慌，国人愈感自己的传统文化不足以保身，而终于喊出“打倒孔家店”——彻底否定传统文化的口号。这时代的潮流看来本应堵塞托尔斯泰进入中国的通道。托尔斯泰思想反对现代化，要回到农耕社会去，绝不应该受到正急匆匆赶赴现代化之路的20世纪中国人的青睐。然而事实是，托尔斯泰恰是最早进入20世纪中国的外国文豪之一，并得到了不同倾向的国人的普遍欢迎。保守派、革命派都努力从他那儿找到契合点。俄国文豪梅烈日科夫斯基当年就曾预言：“他（指托尔斯泰）不仅没有死，他不仅活着，他还就在我们眼前生长，而且还不知道他会长成什么样子！”[2]实际上，他和罗兰·巴尔特的“作者死了！”竟是同一个意思。托尔斯泰被自觉和不自觉地引申、误读、发展、取舍，以致发生着橘枳之变，从而对中国社会文化产生着复杂的作用。其影响时间之长，范围之广，程度之深，甚至是始料不及的。

一种思想在一个国度实现的程度决定于这一国家对之需要的程度。那么到底是什么原因使托尔斯泰得到中国人如此的接纳和礼遇呢？托尔斯泰进入20世纪中国的这种奇特性，应该成为我们民族文化反思的重要资源。

自鸦片战争以来，中国面对洋人的坚船利炮的入侵，先感到自己器物方面的不足而有洋务运动，甲午战败后又感到自己在制度方面的不足

---

[1] 可参见拙作《托尔斯泰和中国古典文化思想》，北京师范大学出版社，2000年。

[2] Булгаков В. Ф. *Л. Толстой и наша современность. О путях к истинному возрождению*. М., 1919. с. 3.

而有戊戌变法。戊戌变法失败，先进的中国人才渐悟没有思想文化上的反省觉悟，仍无可挽救国运的衰微。时至19世纪末、20世纪初，先进的中国人终于举起精神启蒙的大旗，“掊物质而张灵明，”以“唤起民众”。就在为启蒙而译介西籍的浪潮中，托尔斯泰走入了中国。

## 中国人接纳托尔斯泰时的最初思路

如果说，文学家托尔斯泰是作为思想家思考和接近中国的，那么，中国人也是首先把托尔斯泰作为宗教思想家和精神导师接纳到20世纪中国的。

据俄国著名旅行家K. 维亚泽姆斯基在其《马背上的环亚之旅》一文[1]的记载，在他1894年的亚洲旅行中，曾和一个中国人谈起文学而提到托尔斯泰：

> 他知道托尔斯泰，并说，他们很多人都特意为了阅读托尔斯泰的后期著作而学习俄文。原来，这位中国人甚至还知道轰动一时的《克莱采奏鸣曲》，……这位中国人告诉我，他的很多懂俄文的同胞都知道托尔斯泰伯爵的大部分作品。[2]

不过中国国内对托尔斯泰的介绍，最初见诸上海广学会1900年自英文译出的《俄国政俗通考》一书。在述及俄国文化时提到托尔斯泰。[3]1904年在日本由同文印刷社出版的单士厘的《癸卯旅行记》中，对托尔斯泰也有所评述，不过并不论其文学，而颇赞誉其社会义举，可见国人对托尔斯泰的最初印象。

而同年《福建日日新闻》刊载的署名闽中寒泉子的《托尔斯泰略传

---

[1] *русское обозрение*,1895, № 2, С. 727–728.
[2] 转引自 Шифман А. И. *Лев Толстой и восток,* Москва Восточ. лит, 1960. С. 152.
[3] 参见汪介之：《遥远的回响——俄罗斯作家与中国文化》，宁夏人民出版社，2002年，第115页。

及其思想》一文，六千余字，10月又由上海教会出版的《万国公报》转载，才可以算得上中国人系统介绍研究托尔斯泰的第一篇重要文章。该文第一句话就开宗明义，道出托尔斯泰来到中国的身份，也预示着他将在20世纪中国发生影响的领域：

> 今日之俄国有一大宗教革命家出矣。其人为谁，曰勒阿托尔斯泰也。

对于这一提法，作者解释道：

> 吾之所以推托尔斯泰为俄国宗教革命家者，约诸二语，曰托尔斯泰反动于俄国现在之境遇而起者也，曰托尔斯泰将欲以变更世界宗教之意义者也。

对托尔斯泰的生平，这篇略传的确传之极略，仅全文占四分之一，其余篇幅则细论其思想。而在生平之略论中，则对其文学事业一带而过，作品名称一字不提，而主要是详论托尔斯泰平民化的思想转变和因由。以佛陀不入涅槃而入地狱比托尔斯泰解救众生之心：

> 托尔斯泰即佛也，佛者大慈悲心是也。若以自己而已，则财产、名誉、文学绑绕托尔斯泰之一身，五欲之乐无所不备，又何苦为忧愁无聊之人乎？乃托尔斯泰之意以为，天下若我境遇，自俄国人民全体视之，仅居其最少数。而其最多数，则食而不饱者也，衣而不暖者也，居而不安者也。孜孜营营，惟日不足，犹且不能以脱于饥寒，而又为无慈悲、无正义、无公道之政之教之所凌虐矣。苟有人心者，可睨此多数同胞之沉沦地狱而不救，方且欢乐于其侧，歌舞于其侧，战胜于其侧，意气傲然，以为优等，人类者固如是耶？于是，托尔斯泰自贵族降而投农夫之群，以倡新宗教。破帽垢衣与田夫野老杂。或耕于野，或樵于山，以自食其力为无上之乐，而诚爱之福音迸乎其口，真理之光明照乎其心。……

这一段文字正是以中国人之心怀，中国人之目光，中国人之笔触洞察勾勒出这位走向东方的巨人的典型中国式的义举。中国贫寒的农夫百工对之自然会崇仰如神，素尚归隐山林、与民同乐的士人仕子也会啧啧叹道，虽不能至，心向往之。这恐怕就是托尔斯泰被中国的民族文化认同接纳的基础。

接着文章指出“托尔斯泰开新宗教而犹未焚其笔砚者，盖彼以笔砚为其新宗教之武器也”，“为载道济世之具”。文以载道，这正是国人对文学最正宗的看法，也是国人特别乐于接纳托尔斯泰这位文学家的缘故吧。

所以除对托尔斯泰生平简短论述外，全篇是对他思想的论证。首先文章以儒释道耶四教相比，得出托尔斯泰思想非释非耶，而类儒类道的结论，从而把托尔斯泰和中国土生土长的古典文化思想联系在一起。

而闽中寒泉子指出托尔斯泰这种思想之形成原因，是“在俄国人民之境遇，在俄国阶级之悬殊，在俄国政府之虐政，在俄国宗教之腐败，在俄国君相之夸大而好战”。

继而文章从溯源宗旨、行为宗旨、平和宗旨、平等宗旨、社会宗旨、精神宗旨六方面，叙其宗教思想的面貌。

可以看出，这位寒泉子对托尔斯泰思想的论述既基于中国古典文化思想的基本观念和范畴，又结合了当时的时代要求和对国内外大势的思考，从而最大限度地把托尔斯泰思想容纳到当时中国人可以接受的文化思想背景中来。

首先是所谓“溯源宗旨”，既合于国人宗经征圣的传统，也在探索托尔斯泰何以步入宗教的缘由。先述其原非欲研究宗教，因为看到科学不能拯救人类：“盖以为近世科学种种之发明，大助物质文明之进步，其勋烂焉不可掩也。而富者益富贫者益贫，强者益强，弱者益弱。且杀人之器，夺国之具精益求精，利益加利，与人类之幸福相去日远矣。是科学可以救世乎？”

又看到哲学也不能拯救人类：“人类罪恶莫大于伪善，伪善之本在夫不信神，不信人，不信真理，不信人道之人。而酿成此不信之风以磅礴充塞于19世纪之世界者谁乎？怀疑哲学是耳。是哲学可以救世乎？”“科学哲学既不足以救世，则唯有宗教而已。”这正是托尔斯泰走向宗教之路。

然而宗教也多有伪者，托尔斯泰终于找到“大圣基督之教”，并“一扫前此众家繁说，而独欲溯其源”，于是又溯源希腊文原本。真有些要“祖述尧舜”的味道。寒泉子两次反复强调“托尔斯泰则曰基督之意不可不如其文字解之”。

其二为“行为宗旨”。是以中国人所崇尚的实践理性来考核托尔斯泰的宗教实践，自然倍感真切。寒泉子指出“基督教之神学，此博学宏通之鸿儒所以研究义理”的大学问，“而托尔斯泰不与焉。托尔斯泰之目的在救火焚水溺之人类。是以其宗教独重实行，而实行之要在躬自践履，以为众伦之师表”。文章指出，“其实行之勇猛，感化之伟大，则今代宗教家孰出其右者？”于是把托尔斯泰比之以伊尹：“孟子曰，伊尹耕于有莘之野，而乐尧舜之道焉。非其义也，非其道也，禄之以天下，弗顾也，系马千驷，弗视也。今世之人非托尔斯泰其谁当此？”

其三为“平和宗旨”，是以“基督爱敌之教为人类万古不易之真理”来发挥我们化干戈为玉帛的思想：“托尔斯泰之平和宗旨在使万国弭兵，铸干戈为耒耜，销兵气为日月之光”，所以“托尔斯泰之平和宗旨即弭兵之宗旨也”。

在其四的“平等宗旨”一说中，文章并不完全站在托尔斯泰一边，而提出所谓“两面真理”的矛盾。一方面指出，力求自强，外敌众国，“以立于优胜劣败之天演界者，是诚今代世界大势之所趋向”；另一方面又指出“人类之资格渐归平等，贵不得凌贱，强不得侵弱，治者不得愚被治者，世界交通日愈亲密。……是亦今代世界大势之所趋向”。前者“俄皇用之”而后者“托尔斯泰用之”。寒泉子认为，“故两面之真理，而俄皇与托尔斯泰各得一面，合此二面，真理乃全矣”。

值得一提的是，这位闽中的寒泉子认识到托尔斯泰平等宗旨的高明：“此托尔斯泰所以在天下第一等之压制国而倡其无国宗旨也”，“其目的在进世界人类之幸福，不在计一国之富强，是以，其眼有世界无邦国，有人类无国民。有害于世界之邦国，则不认其存立之权理；有害于人类之国民，则不认其生存之权理，此其所以同于释迦同于基督，而不同于俄皇不同于彼得大帝也。”

作为一个备受列强侵凌之弱国之民，作为进步的中国人，能不景仰托尔斯泰的主义吗？同时，作者又真切认识到，“优胜劣败之天演界者，是诚今代世界大势之所趋向”这一残酷的现实。而要立于这残酷的“优胜劣败之天演界”，就应承认力求民族自强的民族主义的合理性。这正是当时国人所共识。

所以，既倾慕托尔斯泰“有世界无邦国”的主义而又不能不反其道而行之，效法俄皇彼得的民族自强论，这正是20世纪中国人接受托尔斯泰思想时的一种困境。

在“社会宗旨”中，文章先把基督教思想和中国儒道思想相融通来诠释托尔斯泰的“世界大同”的社会理想：

> 托尔斯泰以爱为其精神，以世界人类永久之平和为其目的，以救世为其天职，以平等为平和之殿堂，以财产共通为进于平和之阶梯，故其对于社会理想之淳古粗朴，岂唯与初期之基督教徒相似而已，抑亦夺许行之席而入庄周之室矣。

看来，作者又出于中国传统社会理想，而附会19世纪进步思想应以社会为本位，所以接下去指出，“虽然，托尔斯泰之思想亦有衣被19世纪之服装者，何也？彼之不以个人为本位而已，以社会为本位思想即是也。维以社会为本位，故有共同生活之说，故有财产共通之说，有世界大同之说。”这样，托尔斯泰的思想就完全合于国人的口味了。

最后在“精神宗旨”一节，寒泉子论述了物质文明和精神文明的关系，从而归结到托尔斯泰的精神宗旨的宗教思想。首先承认“19世纪者物质进步之世界也，富之世界也，商之世界也，……蒸汽之世界也，电力之世界也，械器之世界也，数理之世界也。其势力之雄伟，其进步之迅疾，……人类发现以来之所未有者也。”接着问道：“而精神之进步果与之并驱日进于高明乎？”于是指出“有物质之进步无精神之进步宁为不可也。”那么，“精神之进步者何乎？忠信也，仁爱也，正义也，纯洁也，刚毅也，和平也，温柔也，恭谨也，勤敏也”，寒泉子指出的显然是中国传统的道德标准。“人格之不高尚者，虽有物质之进步，将焉用之以进人类真实之幸福乎？”这也正是托尔斯泰和中国传统思想的共识。

闽中寒泉子作为备受侵凌的国人，深有体会地指出：“授野蛮凶恶之民以文明之兵器，彼之不以之破坏文明者几稀。于是反物质进步之文明而倡导精神宗旨之豪杰往往而出焉。”而托尔斯泰就是这种豪杰。这或者正是正走向西方的中国人却欢迎否定西方文明的托尔斯泰的缘由。所以文章以托尔斯泰宗教思想的“五戒”（勿怨恨、勿堕落、勿伪誓、勿敌意、勿分邦国以作争战）为全文煞尾就不仅仅是宗教性的煞尾，而有了更现实的意义了。

全文将中国传统思想和基督教思想相杂糅，将对中国传统思想的坚守和对现代时势的认识相混一，把托尔斯泰迎进了中国人的视野。

自闽中寒泉子的文章之后20余年间竟几乎没有如此详论托尔斯泰的文章出现，所以该文值得一谈。

又两年后，托尔斯泰的文学作品才显现于国人之前，不过首先还是以其宗教思想性为其译入的理由。1906年，上海《万国公报》和《中西教会报》刊登了德国传教士叶道胜和中国人麦梅生根据英国人尼·贝恩的英文本《托尔斯泰小说集》翻译出数篇小说。1906年8月6日，叶道胜写信告知托尔斯泰自己翻译其小说是由于“您的民间故事，我觉得，由于朴实自然，非常适于翻译成中文”。实际上，这里的“适于”恐怕首先不在语言方面，而在于其故事思想大抵十分接近于中国传统文化思想。而托尔斯泰马上回信表示支持。[1]

1907年，叶道胜翻译的《托尔斯泰宗教小说集》果然在日本横滨印刷，由香港礼贤会出版。这是译入中国的第一本托尔斯泰作品。它与其说是以文学经典的面目，不如说是以传播宗教思想为宗旨出现在中国的。全书共12篇，如《主奴雪霄逐财录》，（目次上名《主奴论》即《主与仆》）、《论人需几何土》《爱在上帝亦在》《人所凭生论》等，都如译者序言所说，“无非欲人改恶从善体上帝之心为心”，“有修心养性之理”。（这本《托尔斯泰宗教小说集》1925年又得以重版，意旨大抵也是在此。）然而这舶来的“修心养性之理”，一旦和中国传统的“修心养性之理”相遇，竟能撞击出怎样的火花呢！之后托尔斯泰的各种作品纷纷译入中国，受到从革命先觉者到保守派的普遍关注。

1908年8月28日，托尔斯泰80岁生日之际，很多中国传统文人聚会上海，决意致电托尔斯泰，（由辜鸿铭执笔成文）庆贺他80华诞。这一贺电，正表明在东方，也有对托尔斯泰欲建立全世界统一的宗教，以拯救人类的思想的应和。它简直可谓是托尔斯泰的“大同思想”的回声。[2]

贺电一方面谈及“盖自伪学乱真刍狗天下，致使天下之人汩没本真，无以率性而见道。”又“各国专以势利相倾竞争无已，匪独戕贼民生其竟也，必至互相残杀民无噍类”。于是一方面提出：“欲使天下反本归真复其原性，必先开民智以祛其旧染之痼习”，而把希望寄托在托尔斯泰身上：

> 维先生学有心得直溯真源，祛痼习而正人心，非所谓人能宏道非道宏人者与！……故欲救今日之乱，舍先生之学之道其谁与归？

---

[1] 参见Шифман Лев *Толстой и восток* Москва 1960 с. 142.
[2] 以下引自 Шифман *Лев Толстой и восток* Москва 1960 с. 148.

最值得注意的是，贺电指出：

今之所谓宗教如耶如儒如释如道，靡不有真理存乎其中。维是瑕瑜互见。……如能采其菁华去其芜杂，统一天下之宗教，然后会极归极天下一家，此真千载一时之会也！

这正道出托尔斯泰“一片丹忱维持世道人心，欲使天下同归于正道”的拳拳之心。反映了托尔斯泰主义在人们心中是“统一天下之宗教”的印象。

正是托尔斯泰的这种欲融全人类真知为一体的思想，使中国人在托尔斯泰思想中找到了和自己思想的共同性，托尔斯泰才可能在现代中国文化中产生了颇为可观的影响。

## 托尔斯泰自我完善（самосовершенствование）的信条走入20世纪中国

托尔斯泰主义或托尔斯泰思想最重要的两条，一是不以暴力抗恶，一是自我完善。不以暴力抗恶一条没有被国人接受，因为中国文化尽管从来讲求恕道，但那个时代已经狠狠教育了国人恕道之不可为。所以托尔斯泰的这一首要的和平主义思想竟被视而不见地淡出了。当然，在20世纪初中国逐渐兴起的否弃孔孟道德修养的文化氛围中，托尔斯泰自我完善思想也本当被否弃，但是却因暗合着两千年中国传统文化最根本的基因——修身成人思想，又恰恰适应于当时中国现代化之路的探索的需要，所以加以伪装，以一种舶来的新思想的面目，进入20世纪的中国。

一方面保守派“救今日之乱”“祛痼习而正人心”，为匡救世道人心而乞灵于托尔斯泰的自我完善之说；另一方面，革命先觉者则为启发国人精神觉醒反省，也纷纷吸纳托尔斯泰的内心觉悟和精神探索之说。

应该指出，托尔斯泰的“自我完善”的教义虽然违背基督教“救赎”的教条，却非常契合儒家的修身之道。他们都是把实现自我完成的根据置于人的内心，并把“修身”作为世间一切有为活动的根本。这本来就是千百年来中华民族文化的潜意识。即使是激进的革命者，对于社会改革、社会问题的解决，最终也要诉诸人的精神的完善，提出革命首先不是外在的革命，而是首先需要人自身的精神提升。鲁迅弃医从文，就是把促使国人的精神觉醒视为社会改革的第一要义。在个人修炼和社会改革关系的思路上，鲁迅依然是中国式的修齐治平：“必须先改造自己，再改造社会，改造世界。”[1]

因此，鲁迅提出社会的改造首先要诉诸人的“内曜”。在《文化偏至论》中鲁迅指出“19世纪文明一面之通弊”，即在“诸凡事物，无不物化，灵明日以亏蚀，旨趣流于平庸，人惟客观之物质世界是趋，而主观之内面精神，乃舍置不之一省。重其外，放其内，取其质，遗其神，芸芸众生，物欲来蔽，社会憔悴，进步以停，于是一切诈伪罪恶，篾弗乘之而萌，使性灵之光，愈益就于黯淡”。而在中国，则造成《破恶声论》开篇指出的“本根剥丧，神气旁皇，华国将自槁于子孙之攻伐”的危机。于是提出“首在立人，人立而后凡事举”，而如何“立人”？就要“发国人之内曜”，就要割除“重其外，放其内”的“通弊”而重“主观之内面精神”，启人之觉悟（《文化偏至论》）。

而李大钊则在其重要文章《民彝与政治》中提出“有我”之论，认为：“真能学孔孟者，真能遵孔孟之言者，但学其有我，遵其自重之精神，以行己立身、问学从政而已足。”所以他指出，“吾人宜悟儒家日新之旨，持佛门忏悔之功，遵耶教复活之义，以革我之面，洗我之心，而先再造其我，……俾再造之我适于再造中国之新体制，再造中国适于再造世界之新潮流”。

正和中国社会思想文化上呼唤个人心性之自觉相呼应，托尔斯泰的

[1]《鲁迅全集》第一卷，人民文学出版社，1981年，第360页。

自我道德完善之说便和中国传统观念相融而潜入20世纪中国现代化进程的文化理念。

因此李大钊在文章最后，以托尔斯泰的言论作结："托尔斯泰诠革命之义云：革命者，人类共同之思想感情遇真正觉醒之时机，而一念兴起欲去旧恶就新善之心觉变化，发现于外部之谓也。"[1]

## 托尔斯泰博爱主义、坚持个人和群体统一性的思想对20世纪中国的影响

值得注意的是，尽管追求个性解放、争取个性自由是20世纪进步中国的最先呼声。但是许多革命者却每每"忽略"托尔斯泰思想的反个性主义这一公认的特征，在论及个性和群体的关系时，偏偏愿意引证和赞许托尔斯泰。

在精神提升、自我完善的问题上托尔斯泰一直主张：

> 独自一个人或是一些人是无法达到洁净的。要洁净就得大家一起洁净。把自己隔离开来不染污泥，这是最严重的不净。[2]

托尔斯泰关于个和群的关系的这个基本思想，表现在他的一系列重要作品和论著中。托尔斯泰认为，人之出生是"从总的生命转向个体性的迷误"。而在生命的过程中，人不断地"涤除自己的个体性，渐渐地不再作为单一的人，而是和整体相融合"[3]。实际上，这正是托尔斯泰博爱主义的世界观基础。

鲁迅主张"尊个性而张精神"，发出"人的解放"的革命呼声。许多人在鲁迅身上看到尼采"超人"思想的影响，但是对托尔斯泰的影响

---

[1] 参见《民彝与政治》，转引自《北大传统和现代化》，中国人事出版社，1998年，第63页。
[2]《托尔斯泰文集》17卷，人民文学出版社，1987年，第144页。
[3] Л. Н. Толстой *Полное собрание сочинений (в90-тых томах)* М. 1958. Т.8 с. 126—128 .

则重视不够。实际上，当年刘半农赠鲁迅的那副联语“托尼学说，魏晋文章”，不仅朋友们称是，鲁迅自己也表同意。孙伏园先生谈及此事时也指出，“托尔斯泰的大爱主义”对鲁迅很有影响。应该指出的是，李大钊当时也既深受尼采个性自由思想的影响，而同时也十分崇尚托尔斯泰的博爱主义，这绝不是偶然的巧合。足见传统文化积淀左右着影响的接受。

从表层看，鲁迅对“个”，对“任个人而排众数”的追求的确表现出受到尼采思想的影响。我们会想到鲁迅笔下那一个个力求冲决“众数”所编织的千年积习罗网的“个”，“两眼在黑气中闪闪放光”的“个”，如深夜旷野中嗥叫的狼一样的“个”。但是，鲁迅的这些卓然独立的“个”，和尼采的超人不同，他对“众数”的态度是“哀其不幸、怒其不争”，而不是尼采的超人对“芸芸众生”的蔑视和敌对；鲁迅的“个”和“众数”的对峙，仅仅是一种先觉和后觉的矛盾。因为鲁迅为代表的先进的“个”的归宿，是“我以我血荐轩辕”，“排众数”是要“任个人”，而“任个人”是要他任起对“众数”的责任，目的在“群之大觉”，在“唤起民众”。所以鲁迅提出要“发国人之内曜，人各有己，不随风波，而中国亦以立”。鲁迅解释说，“盖惟声发自心，朕归于我，而人始自有己。人各有己，而群之大觉近矣”（《文化偏至论》）。可见，鲁迅不是把社会的前景瞩望于几个超人，而是寄希望于全民族民众个性的整体觉醒。这些个性追求自然不是一个个孤立敌对的内曜，而是体现于个心、而终能连成一气的天理。这就是所谓“群之大觉”，是“万众一心”。

这实际上恰恰正是托尔斯泰在《复活》中，借那个头发蓬乱的流浪老人所宣说的托尔斯泰主义个群关系：

> 信仰有许多种，灵魂却只有一个。你也有，我也有，他也有。那么各人只要相信各人的灵魂，大家就会联合起来了。人人保持住自己的原来的面目，大家就合成一个人了。

托尔斯泰在论著中也重复着那个头发蓬乱的流浪老人的话："如果我们遵循理性对我们所讲的，那么我们所有人就会联合起来。因为所有人的理性是一个。"而托尔斯泰指出的这个理性，正相通于中国文化传统指给我们每一个中国人的精神路数——尽心、知性而知天：只要我们各人自省其心，就能达到心中的共同的天理——鲁迅所谓的内曜亦在其中了。鲁迅未必玩味过这段情节。而托尔斯泰关于个性和群体关系的思想之所以和鲁迅的思想如此相近，其原因大抵即在他们对于中国文化思想的共识：人各有己，而群之大觉近矣。

20世纪中国的先觉者，即在决心扫荡过去的丸散膏丹、金人玉佛之时，也难以斩断文化思想之根。冥冥中它仍深刻影响着20世纪中国现代化的进程。

鲁迅不仅在把社会问题首先诉诸人的精神完善这一点上，而且在相信人的心灵终能沟通上、在个群关系的认识上，都和托尔斯泰有着类似的共识，这就是为什么鲁迅感慨着人和人的心灵是不相通的，而同时盛赞托尔斯泰"伟哉其自忏之书，心声之洋溢者也"。而其目的，正在为得一人之"白心"，"以起（众）人之内曜"。[1]之所以能起（众）人之内曜，源于人同此心而已。

我们看到，鲁迅的"个人"总是"孤独者"，总在上下求索的苦旅之中。他们要奔向何方？"寄意寒星荃不察，我以我血荐轩辕"。这些个人是要献身民族大众的，是要和大众融一的。在此之前，"个人"只能是一个未完成者，一个零余者——"故人云散尽，我亦等轻尘"。鲁迅自我的人生体味，透露出他的传统文化底蕴。

革命家李大钊更在《民彝与政治》一文中提出"民彝"[2]的思想。指

---

[1]《鲁迅全集》第八卷，人民文学出版社，1981年，第27页。

[2] 李大钊在该文中对民彝作了自己的解释：言天生众民，有形下之器，必有形上之道。道即理也，斯民之生，即本此理以为性，趋于至善而止焉。爰取斯义，锡名民彝，以颜本志。

出社会改革应该循导“民彝”这一合于中国民本思想的主张。因为“民彝”是秉之于天、发乎人性，而存于民众的日用人伦之间的天理。托尔斯泰的贵族主人公们在上下求索生路而不得的时候，都是反转其求索的路径，靠向“挖出了铁、传授了伐木、驯养了牛马、传授了播种、传授了如何共同生活、安排好了我们的生活”的人们寻求关于生命意义的知识而得救。[1]这些俄国匹夫匹妇心中的上帝或理性，就是俄国人那里的“民彝”。所以李大钊不由得赞扬托尔斯泰否定英雄之说中个群关系的思想：

> 托氏之说，谓英雄之势力，初无是物。历史上之事件固莫不因缘于势力，而势力云者，乃以代表众意之故而让诸其人之众意总积也。是故离于众庶则无英雄，离于众意总积则英雄无势力也。……托氏之论精辟绝伦，足为吾人众棒喝矣。

基于儒家文化思想基因，在“个”“群”关系上、在先觉后觉的思想上，在社会改革必始自个人心灵的觉悟而完成于“群之大觉”的“众意总积”的认识上，作为20世纪一代先觉者的思想代表，李大钊和鲁迅几乎别无二致，所以他们也都赞同托尔斯泰之精神。

陈独秀也把“内图个性之发展、外图贡献于群”指为青年进步之途，他说：“一方面是个性的解放，一方面是大同团结。这个解放的运动，同时伴随着一个大同团结的运动，似乎是相反，实是相成。”[2]

赘引先觉者这些意旨一致的话，是为证明，坚持个人和群体统一性的思想作为中国当时进步知识分子的共识，虽往往引证于舶来的托尔斯泰，而在深层上则基于民族传统文化思想。正是这一思想，伴随着知识分子从个性追求出发，进而将其与全民族的自由解放的追求视为一体。

---

[1]《列夫·托尔斯泰文集》第五卷，人民文学出版社，1987年，第37页。
[2] 见《新青年》第2卷第1期。

由于托尔斯泰的许多思想和中国文化思想在深层上的暗合，致使它能够进一步深刻地影响着20世纪中国文化的进程。

## “愿光奉其忏悔之心，以贡于同胞之前”
### ——托尔斯泰的忏悔和出走的思想对中国知识分子的影响

对托尔斯泰的广泛介绍中，托尔斯泰的忏悔思想是20世纪早期急欲摆脱传统、获得新生的中国知识分子特别着迷的思想。李大钊论及托尔斯泰的忏悔思想，盛赞其“忏悔之心”而激昂慷慨地说：“……愿光奉其忏悔之心，以贡于同胞之前，而求以心印心，同去旧恶，同就新善，庶不负革命健儿庄严神圣之血，洒于自由神前，为吾侪洗心自忏之用矣。”[1]

忏悔是基督教的一个重要思想：在上帝面前坦白自己有罪的思想言行而获得宽恕。和儒家的自省不同：忏悔罪恶而获得救赎是需要神恩的。因为人自性不足，无力自己拯救自己。而儒家自信“万物皆备于我”，所以通过内省，即能反身而诚，改恶迁善。

不过，托尔斯泰的忏悔却是对基督教（东正教）教义的一种叛逆。这首先是因为托尔斯泰认为，人的自我完善、超越，不需要神恩和救赎。俄国宗教哲学家别尔嘉耶夫论道：“托尔斯泰的高傲在于，为了执行神的意志，他不需要神恩的帮助。”“其根源在于他不需要救赎，因为他不知道罪，没有看到在自然的途径中恶的不可战胜。他不需要救赎者和救世主，没有什么人像他这样，与救赎和拯救格格不入。”[2]俄国大主教沙霍夫斯科依也一眼看出，托尔斯泰的小说“《谢尔盖神父》的故事的轻率”，“首先在于，其整个内在情节缺乏的恰恰应该是最主

---

[1] 见李大钊《民彝与政治》，转引自《北大传统和现代化》，中国人事出版社，1998年，第63页。
[2] Булгаков С. Н. *О Религии Льва Толстого*, Москва 1912. с. 190.

要的东西：基督。”他指出，甚至最后谢尔盖神父也是向一个普通的农妇悔过，“而在基督面前的忏悔则只字未提”。“复活是在没有基督的情况下发生的，整个生活也是在没有基督的情况下进行的”。[1]为什么会这样呢？

因为托尔斯泰认定：

> 没有比认为人不可能凭靠自己的力量实现自我完善的学说更不道德，更有害的了。[2]

> 为了自我内在的完善，是不能够祈祷的。因为我们已被赋予了我们完善自我所需的一切，为此，什么也不需要再添增，什么也不可能再添增。[3]

这简直就是托尔斯泰对孟子“万物皆备于我”的一个注解。而这种思想也是他被开除东正教教籍的重要原因。

不过，托尔斯泰的忏悔毕竟脱自东正教，同时又是一个正在背叛自己阶级的人的忏悔，所以比起儒家的自省，少的是自足感、多的是为自己阶级的负罪感和痛悔之心。

而时至20世纪初，“本根剥丧，神气旁皇”的中国知识分子既绝望于中国传统文化而决意叛离，又困惑于西方文化之可恃，自省之时，已经没有“万物皆备于我”的自信，而恰恰正需要一种痛苦而深刻的反省。所以托尔斯泰式的忏悔真是再合适没有了。许多先觉者都不约而同地十分珍惜托尔斯泰的忏悔和出走的思想，不仅每每谈及，而且更身体力行。鲁迅作为一代新知识分子的代表，不仅盛赞托尔斯泰《忏悔录》“伟哉其自忏之书”，而且更身体力行地“时时解剖自己”。郭沫若也说过类似的话，在致宗白华的一封信中，写道：

---

[1] Архиепископ иоанн *Революция Толстого,* Нью Иорк 1975. с. 89.
[2] Булгаков С. Н. *О Религии Льва Толстого,* Москва 1912. с. 188
[3] 同上。

> 我常恨我莫有奥古斯丁、卢骚、托尔斯泰的天才，我不能做出部赤裸裸的《忏悔录》来以宣告于世，我的过去若不全盘吐泻干净，我的将来终竟是被一团阴影裹着，莫有开展的希望，我的罪恶的负担若不早卸个干净，我可怜的灵魂终究困顿在旧海里，莫有超脱的一日。[1]

托尔斯泰就是从《忏悔录》中对个人的解剖，走到《复活》中对自己阶级的批判和出走的。他以忏悔贵族聂赫留朵夫的身份，代表曾作为其一员的整个贵族社会向卡秋莎、向俄国人民忏悔，从而皈依到宗法农民的精神世界。中国的知识分子的忏悔和托尔斯泰的忏悔有一个最大的共同点，这就是从自己的“小我”的忏悔出发，走向代表全民族（或全阶级）的“大我”的大忏悔，并且向民众的精神文化投诚。

一开始，作为启蒙者，他们是希望自己起到示范的作用，虽痛切地忏悔、反省、自我解剖，但是自信心、自尊心是其基础。他们要做革新世界的倡导者。始于“小我”的忏悔不是目的，他们希望的是以自我的反思和忏悔，启迪“全民族的大忏悔”。鲁迅当时赞扬托尔斯泰的心思，就是“吾愿先闻其白心”，继而自己也不恤“白心于人前”，终于“以起（众）人之内曜”，[2]或达到如巴金所希冀的“全民族的大忏悔”，或如李大钊说的，他要把托尔斯泰的忏悔之心贡为国人的楷模，“而求以心印心，同去旧恶，同就新善”。

20世纪初的中国知识分子，在反省四千年传统思想时，有意无意地担当起千年道统的责无旁贷的代表、中华民族文明的“大我”的角色，起而壮烈地解剖自己，这就是为什么《狂人日记》中的我，有勇气自谓是“有了四千年吃人履历的我”！敢于说出这样痛悔的语句：“我未必不

[1]《三叶集·致宗白华》，1920版，第44页。
[2]《鲁迅全集》第八卷，人民文学出版社，1981年，第27页。

在无意之中，不吃了我妹子的几片肉”！

托尔斯泰的忏悔思想对巴金的影响是深刻的。直至晚年，巴金仍常常谈起。他最重要的著作《家》公认受到《复活》中忏悔和赎罪思想的启发。其中觉慧在日记中的自述，大抵最能够袒露作者的心思：“饭后我回到房里把二哥新买的英文本的《复活》翻开读了几十页，我忽然害怕起来，我不能再读下去。我怕这本书将来会变成我的写照，虽然我和主人公赖克留道甫（聂赫留朵夫）的环境差得那样远。”实际上，巴金的一生都在行着托尔斯泰的忏悔之教，他的许多作品，如《作者自剖》《生之忏悔》都浸透了从“小我”到“大我”的痛苦的反省、忏悔。他甚至和托尔斯泰一样要肩负起整个旧阶级的罪责，他甚至提出“为上辈人赎罪”的思想。因为“我们的上辈犯了罪，我们自然也不能说没有责任，我们是靠剥削生活的。”[1]

中国一代进步知识分子既然自觉到自己的中国文化传承的身份，在对这种文化决心彻底批判和决裂之时，就自然会记起托尔斯泰的忏悔和出走，从传统文化所赋予的社会地位中出走，从出身的阶级出走，所以他们不能不经常地经历着一如托尔斯泰所经历的痛苦的心路历程——叛逆、出走、复活，这就是中国20世纪知识分子精神自述的第一主题。这就是为什么一部充满托尔斯泰式忏悔、出走的精神影响的《家》成为一代知识青年最钟情的案头书。

## 托尔斯泰“回归人民”的思想在中国的命运

一些论者把托尔斯泰主义和俄国民粹派运动联系在一起，认为“民

[1] 巴金：《1980年版〈巴金选集〉后记》，《巴金选集》第四卷，四川人民出版社，1982年，第501页。

粹派运动部分是由托尔斯泰，……鼓动起来的”[1]，而中国知识分子“回归人民”似乎是受民粹派运动的影响。实际上，民粹派“到民间去”的思想和托尔斯泰“回归人民”的思想绝不一样。前者是要知识分子走向民间，宣传自己的农民社会主义，是要“唤起民众”。它的影响在20世纪初期的确有之。随着革命发展，民粹派的思想逐渐淡出；而托尔斯泰“回归人民”的思想，是要使自己的思想合于农民的思想，是对自己阶级的叛离，是向农民阶级投诚。所以，起码在两点上，中国大部分知识分子是诉诸了托尔斯泰的思想，而非民粹派。一是他们是带着深深的罪愆感向人民投诚，而不是去向民众指手画脚的。其二，因此，中国知识分子和民众（主要是农民）的关系，就从一个启蒙者，很快变为一个“受教育者”。于是，许多中国知识分子就忘却了自觉地肩负起本当肩负的传承道统——扬弃传承中国传统文化、使之现代化的使命。而一旦忘却了这种担当，知识分子也就不再成为知识分子了。

中国知识分子既然提出决裂几千年民族文化传统，而舶来的西方现代自由主义、个人主义思想，在中国尚缺乏赖以生存的社会文化基础，没有民族文化土壤的滋养，难于落土生根。在现代化的艰难求索中，“本根剥丧，神气旁皇”的中国知识分子更易于吸纳同质的外来思想，托尔斯泰思想就是这样一种思想，同时又自觉不自觉地从传统文化最深厚的根基——农民那里，寻求新的精神家园。

毛泽东说：

> 知识分子在其未和群众的革命斗争打成一片，在其未下决心为群众利益服务并与群众相结合的时候，……他们的思想往往是空虚的，他们的行动往往是动摇的。……知识分子的这种缺点，只有在

[1] 何其芳：《我的散文》，见《大公报》1937年7月11日文艺栏。

长期的群众斗争中才能克服。[1]

于是，知识分子与工农结合的思潮就成为中国文化革命的一个组成部分。“回归人民”，这是一个脱胎换骨的痛苦的改造过程，与工农兵的思想情感打成一片的道路是艰苦的历程。完全需要托尔斯泰式的对自己过去的自我否定和忏悔。从自况为“忏悔的贵族”的瞿秋白开始，中国众多知识分子就像托尔斯泰的聂赫留朵夫一样，充满忏悔之心，不恤于精神的苦斗，走向民众，寻求精神的“复活”。区别在于聂赫留朵夫投向了宗法农民，而中国知识分子则在中国马克思主义者的引导下，走向向往革命的农工。

中国的知识分子的出走和回归之路，也和托尔斯泰走过的道路一样艰难：

“我是我自己的，他们谁也没有干涉我的权利！”出走的子君这样响亮地说。然而生活现实中第一个小小的打击便足以粉碎她“个性解放”的好梦。即使如萧涧秋这样向往着见义勇为的“英雄”，一遇风浪，有所沾湿，也便狼狈起来。事实证明，在黑沉沉的旧中国，那些从旧文化出走的单枪匹马的斗士毫无出路，只能成为缺乏自信的“零余者”。或彷徨苦闷，或颓唐堕落，如鲁迅笔下书生意气的吕纬甫，曾几何时就像蝇子一样，“飞了一个小圈，便又回来停在原地点”(《在酒楼上》)；或是如曾和旧势力抗争的孤独者魏连殳，重“躬行我向前所憎恶、所反对的一切”。

看来，“一个诚实的个人主义者除了自杀，便只有放弃他的孤独和冷漠，走向人民……”何其芳说。[2]

当时的许多文学作品反映了这一艰苦的过程。冯雪峰当年在《关

[1]《中国革命和中国共产党》，《毛泽东选集》第二卷，第636页。
[2] 何其芳：《我的散文》，见《大公报》1937年7月11日文艺版。

于新的小说的诞生》一文中，就指出丁玲从小说《莎菲女士的日记》到《水》勾勒出的一条“从离社会，向‘向社会’，从个人主义的虚无，向工农大众的革命的道路”。而丁玲在《关于立场问题之我见》中这样说道：

> 既然是一个投降者，从那一个阶级投到这一个阶级来，就必须信任、看重他们，而把自己的甲胄缴纳，即使有等身的著作，也要视为无物，要抹去这些自尊心、自傲心，要谦虚地学习他们的语言、生活习惯，学习他们的长处，不要要求别人看重你、了解你，在工作中建立新的信仰，取得新的尊重和友情。[1]

实际上，托尔斯泰当年也是完全否弃自己过去的地位，将“等身的著作”，“视为无物”，“谦虚地学习他们（宗法农民）的语言和生活习惯”，写给他们看的故事，编给他们看的语录体著作。一心的痛苦和斗争最后逼得这位年逾80的老人以离家出走而终。

周立波在《后悔与前瞻》中，也痛苦地反思自己“过去，为什么走了这条旧的错误的道路？”就是因为“还拖着小资产阶级的尾巴，不愿意割掉，还爱惜知识分子的心情，不愿意抛除”，“中了书本子的毒”，“不知不觉成了上层阶级的文学的俘虏”……[2]

因此，茅盾“为诗人们打气”说，诗人们要“把文艺各部门中一向是最贵族式的这一部门，首先换装而吵吵嚷嚷的挤进泥腿草鞋之中”。[3]于是，

> 我，从单个人
> 走向人群。
> 我于我何所有。（天兰《无题》）

[1]《谷雨》第五期，1942年9月15日。
[2]《解放日报》4月3日版。
[3] 茅盾：《为诗人们打气》，见1946年4月20日《中国诗坛》第3期。

老是把自己当作珍珠，

就时时有怕被埋没的痛苦。

把自己当作泥土吧，

让众人把你踩作一条大路。(鲁藜《泥土》)

这个投诚者彻底否定了过去的我、过去的阶级，自惭形秽而又兴奋激动地站在“人民”面前，使人想起《复活》中精神复活了的聂赫留朵夫面对劳苦大众的感觉：

是啊，这可是一个截然不同的世界，一个崭新的世界。

瞧，他们才是真正的上等人！[1] [虽然他们脚上有牛屎。(毛泽东)]

而托尔斯泰说：

我离开了我们这个圈子里的生活，……在我周围，那平常的劳动人民是俄罗斯人民，我接近他们，接近他们所赋予人生的意义。[2]

20世纪头几十年间，托尔斯泰的《复活》一再被译介改编，可谓家喻户晓、人人皆知，成为中国文化生活中极可深思的事件。因为《复活》的两位正面主人公正现身说法地启迪着中国现代化进程中两种重要的复活和两个重要的时代主人公应该怎么办：一个复活是需要忏悔和回归人民的知识分子，一个复活是应该奋起斗争的大众。

自1914年上海中华书局出版马君武译的《心狱》，1916年包天笑在《小说大观》上发表仿作、言情小说《补过》(译作和仿作的名称即说明小说在中国文化语境中的理解)，短短二三十年间，译本、改编层出不

[1] 托尔斯泰：《复活》，草婴译，上海译文出版社，1983年，472页。

[2] 值得提出的是，尽管托尔斯泰分明看到“在人民的宗教信仰中谬误是和真理混杂在一起的”，他还是接受了农民的宗教信仰，因为除此之外，“大概别无出路，只有死亡”。(托尔斯泰《忏悔录》)而鲁迅当年面对衰微的国势，曾经也提过“伪士当去，迷信可存，今日之急也”。宁可把希望寄予“厥心纯白”“气禀未失之农人”或“朴素之民”。(《破恶声论》)这其中也有着作为知识分子的相似的艰难选择。

穷。除去文学译本，被搬上银幕或舞台的还有两个电影剧本和三个话剧剧本，虽然都做了“革命性”的改编，但是托尔斯泰所倾心的忏悔、从自己阶级的出走和精神复活的主题都受到关注。再就是时代主人公的变迁——卡秋莎走到了前台。

据《中国电影发展史》一书记载，中国出品了两部由托翁《复活》改编而来的电影，一是1926年包天笑编剧、卜万苍导演的《良心复活》，又名《忏悔》。另一部是1941年魏如晦（即阿英）编剧、梅阡导演的《复活》。这个改编本已经把环境、人物完全中国化了。

话剧剧本方面，陈绵翻译的法国巴大叶改编的《复活》剧本，由中国第一个职业话剧团——中国旅行剧团1936年3月5日在天津新新电影院首演；因为是“比较无条件地介绍托尔斯泰的作品”，故“宗教色彩非常浓厚”。一个月后，4月18日田汉的六幕改编本在南京世界大剧院由中国舞台协会组织演出。剧本由上海杂志公司在1936年9月、12月印行了三版，书前附有吴作人设计的舞台面和上海公演时的剧照。因为田汉改编本意在鼓动抗战，卡秋莎作为从苦难中觉醒斗争的第一主人公，更被突现到聂赫留朵夫的前面：

> 别难过，踏着死者的道路走下去吧。
>
> 在整个受苦难的人们没有得到自由之前，我不想单独地自由，单独地过好日子……

夏衍的六幕改编本1943年4月在重庆由从事抗日宣传的中华剧艺社上演。剧本同年在重庆美学出版社出版，1946年又在上海印行了第三版。剧本也“把卡秋莎的性格加强了一点”（夏衍）。可见，在当时的知识分子心目中，投诚的知识分子在革命斗争中的地位自然当退居其次。但是，聂赫留朵夫的忏悔和精神觉醒，更重要的是希求心灵向人民皈依之情，依然被突出出来。

在《改编〈复活〉后记》中，夏衍更多地想到的是知识分子的自我反省和忏悔：

读托尔斯泰的作品常常使我痛苦……出身于一个贵族家庭我觉得在托翁也已经是一个绝大的精神上的负担，“学习使你们自己和人民血肉相关”，该更不是一蹴即达的事了。何况用托翁自己的话来说，“我还想来加上学习使你们自己成为人民所不可缺的部分。但，这种同情不该单用你们的头脑（用头脑同情是容易的），而应该用你们对人民的爱，用你们的心！”对多难的人民生活没有“长太息以掩涕”的真情，那恐怕连对于托翁那种用全生精力来搏斗的努力，我们也只能用“头脑”来“理解”，来“解释”，来掩卷三叹吧。[1]

这里，中国知识分子那颗决心追随托尔斯泰，“用全生精力来”融入民众的拳拳之心跃然纸上。

而《复活》中，由中国革命所创新了的两位正面主人公（觉醒的投入斗争的底层受压迫者和背叛旧阶级的知识分子忏悔者），实际上成为直至“文化大革命”几十年间中国文学的两个重要典型形象。而在中国现实的文化进程中，人们也在努力学着扮演这两位“当代英雄”。比如，一方面自有苦大仇深者担当革命者，一方面，就有不少深感旧思想罪孽的知识分子自觉地进入忏悔者的角色。十分有意思的是，甚至还有刚刚念上中学（是意味着走上知识分子之路？）的孩子，已经学着自己的角色，时时忏悔内心深处受到的“资产阶级影响”，在日记里、在政治学习中、在班会上，搜肠刮肚地“反省”，狠挖内心深处的龌龊，狠斗私字一闪念。摆在这位未来的知识分子面前的，是一辈子向工农兵学习，一辈子改造世界观的沉重的人生使命。

托尔斯泰当年提出这样一个问题：“谁向谁学习写作，是农民的孩子向我们学习，还是我们向农民的孩子学习。”[2]托尔斯泰的这一思想在

---

[1] 引自《新华日报》1943年4月28日夏衍《改编〈复活〉后记》。

[2] Л. Н. Толстой *Полное собрание сочинений (в90-тых томах)* М. 1958 Т. 8. с. 301.

中国得到了特别的重视。《解放日报》1941年12月30日曾刊登《托尔斯泰底艺术观》(雪尔特科夫著，曹葆华译)一文，显然是配合正在进行的延安整风运动的。其中引述托尔斯泰的话说：

> 我很怀疑我们的艺术是为着人民的，教诲他们不是我们所能做到的。他们必须创造他们自己的艺术。

1905年，人们求托尔斯泰写一个可在农村演出的剧本。当时有人问他，“他们真的欣赏你用民间传说的形式所写的故事吗？”托尔斯泰回答：

> 是的，这是我取自他们而又还给他们的东西。还有，我必须告诉你们，我自己是人民的一部分，要是有一个我不能容忍的东西，那就是知识分子自己想要教诲人民的这种愿望。

于是，中国的知识分子响应者也就彻底打消了这种愿望。

“知识青年到农村去，接受贫下中农的再教育”，则成为20世纪中国对托尔斯泰这一思想的又一历史性的回应。不过，托尔斯泰这一思想的基础是肯定宗法农民的生活方式。

时至1966年4月14日，郭沫若在全国人大常委会第三十次(扩大)会议上，讲出这样一段勾勒他自己和一些知识分子灵魂的话：

> 几十年来，一直拿着笔杆子在写东西，也翻译了一些东西，按字数来讲，恐怕有几百万字了。但是拿今天的标准来讲，我以前所写的东西，严格地说，应该全部把它烧掉，没有一点价值。

不过，俄国作家布尔加科夫让笔下的魔王说过一句大有深意的话：“稿子是烧不了的”。对于任何人，作者、读者、书报检查官，稿子都是烧不了的。对稿子只能做历史评说。

郭沫若的话虽有“文革”山雨欲来风满楼的背景，但是毕竟让人想起托尔斯泰当年断然否弃自己半生创作(他甚至将这些作品比为自己呕出的污物)，改而给农民编故事、写语录的壮举。其中依据的思想是有联系的。只是这种绝对性思考所构成的托尔斯泰的悲剧性举动，百年后竟演为一幕可惨可笑的闹剧。

的确，托尔斯泰的一些话我们常常感觉并不陌生。我们总能记起毛泽东对于知识分子、对于文学艺术为人民服务的许多表述，这些思想在我国20世纪文化进程中的意义是众所周知的。这就可以理解，托尔斯泰的思想为什么在我国20世纪文化进程中能够发生如此巨大的影响。因为它在中国20世纪社会文化进程中找到了强烈的迎合，找到了宜于融入的深刻的文化基础和切实的现实需求。这就是为什么从1938年至1945年延安和陕甘宁边区文学运动资料表明，即使在各方面条件十分艰苦、思想斗争十分残酷、外国文学介绍微乎其微的解放区，只有托尔斯泰是文学艺术宣传中出现最多的贵族作家。[1]甚至鲁艺的女学生还曾仿效安娜的服饰，当然是受到了批评。而这正符合了托尔斯泰的本意。在安娜的人生路径上，托尔斯泰是哀其不幸的。

不过，众所周知，托尔斯泰的忏悔和回归，使他精神个性追求更加执着自信、更加意识到自己的担当和责任。对自身价值，他从未动摇过。而在中国的一些响应者身上，他的忏悔和回归的影响不知为什么竟发生了橘枳之变，仿佛非要自轻自贱、把自己弄得灰头土脸，自认毫无价值，甚至不要人格自尊，忏悔和回归才算是到家。实际上，既然你回归到了“真正的上等人”的一边，你也就是上等人，你不是应该也就拥有了整个世界吗，你不是应该更意识到自己的责任和担当吗！“士不可以不弘毅，任重而道远！”怎么就“我于我何所有”了呢？

---

[1] 参见《解放日报》1942年1月20、21日及1942年2月19日信息。

# 五、托尔斯泰的反暴力和托尔斯泰的暴力

反对暴力是托尔斯泰一生探索的旨归。经历了血腥的20世纪，我们还是对之嗤之以鼻。而且有论证说，托尔斯泰晚年似乎要抛弃反暴力。证据是他说过“既然你们（指沙皇政府）使用那些不道德的手段来达到自己的目的，你们就没有任何理由指责革命家”（托尔斯泰文集15卷600页）。但是，这并不意味着托尔斯泰的上帝不指责（因为神说，申冤在我，我必报应）。不过本文倒是想“以子之矛陷子之盾”，谈谈这位反暴力者自己的暴力倾向。

## （一）

实际上，早有人把这位反暴力的圣者和陀思妥耶夫斯基笔下的大法官，那个烧死一批批异教徒的独裁者，联系在一起（〔美〕乔治·斯坦纳），指出托尔斯泰“骨子里固有贵族血统”，用“高高在上的目光施爱于人”，有“高人一等的特权和责任”，“从家长式统治中”看到“一种理想的关系模式”。不过这里似乎还没有露骨的暴力。倒是俄国人自己

的感知更引我们逼近托尔斯泰的暴力。比如许多俄国人都谈到对托尔斯泰的仰视，而这时就会感到一种压抑。

农民诗人叶赛宁和托尔斯泰虽未及谋面，但是娶了托尔斯泰的孙女索菲娅，一住进她那黑沉沉的，更像是个博物馆的房间，就感到桌上摆的、墙上挂的、抽屉里放的“一个个大胡子的相片”（指托尔斯泰）“让我喘不过气来”，“我讨厌这个，讨厌这一切！”

高尔基虽然动情地说，“只要这个人（托尔斯泰）活在世上，我在大地上就不会成为孤儿”，可是他又禁不住吐露出自己和托尔斯泰相处时难以忍受的压抑感：

> 时常和他会面真是磨炼人的事情。我个人觉得，同他住在一所房子里是不可能的事。更不用说同住在一间屋子里了。……他的周围像是变成了一个沙漠，那里的一切都被太阳烧焦，而太阳本身正在窒息发烟，威胁着一个黑暗永恒的夜。（《俄罗斯人剪影》227页）

他们感觉到的是什么？是一种精神上被压抑、被操控、被摆布的痛苦。高尔基说：

> 这种想法使我始终无法跟他接近，因为我不能不感觉到这里有一种对我**施加暴力的企图**，一种要**控制我的良心**、用正义的鲜血的光辉来迷惑它，要在我的脖子上套上教条的重负的愿望。（《同时代人回忆托尔斯泰》下722页）（着重号系引者加的）

可是，托尔斯泰一生，恰恰都在指责对别人的生活进行安排、操控的企图，认为这正是暴力的根源。比如托尔斯泰的第一篇小说，自传体的《一个地主的故事》就在自嘲“为了自己生活好”而去安排别人生活，是多么愚蠢和徒劳。在《战争与和平》中，拿破仑被托尔斯泰描写成一个妄想安排世界的小丑，在他兵临莫斯科而不料兵败垂成之前，还曾扬言“为了全人类的福利和繁荣”，“我一定要教给他们真正文明的意义”！可是小说中“有一个情况最为奇怪，这里的人们好像是受着某种咒语的控制，……那就是永远也达不到自己的任何一种设想、计划和希望。他们好像被一种不可捉摸的怀有敌意的力量驱赶着，从他们为自己设置的目标旁边疾驰而过，即使达到什么，也往往不是向往中的目标……”托尔斯泰是想描写，在宇宙无限的时空中，犹如沧海之一粟的人类不应有的狂妄。

托尔斯泰在给一位革命者的信中说，“世上无论何人都不负有这样的使命：即按照自己的意愿安排人类生活而报复那些他们认为表现不好的人。”他多次指责这种“安排的迷信”（суеверие устроительства）：“一些人自己一旦制定出自认是安排社会的理想方案，就认为有权并有能力按这个计划去安排别人的生活”。而“所有的战争，所有的死刑，所有的革命，所有非劳动者对劳动者的掠夺，所有社会的灾难都建筑在这一迷信之上”。

去世前一年，托尔斯泰甚至跃跃欲试地说：

> 要是用形象来明晰地显示出这一思想该多好。安排生活，不仅对于别人，而且即使是对于自己也是有害而徒劳的……这世间所有的恶几乎都源于此。

托尔斯泰警告这种“安排的迷信”必然要走向暴力。他认为法国革命宣布了很正确的原则，但是“一旦贯诸暴力，就成为谎言”。而且“一旦事情诉诸暴力，暴力就不可能停止”。他甚至走向极端，认定“胜利永远不会属于优秀者，而会落到更为自私、狡猾、无耻而残忍的人手里。而这些自私、无耻而残忍的人没有任何理由为了人们的利益而谢绝他们所攫取和正在享受的好处”（《致革命者》）。而托尔斯泰是否想到，曾几何时他自己竟也落入自己“安排”的彀中呢？

## （二）

托尔斯泰是作为“大社会主义家”引入中国的。托尔斯泰生前最后一篇文章是《谈社会主义》（1910年10月）。他不止一次强调自己熟知社会主义理论，在给朋友的信中说，“我认真读过马克思的《资本论》，”甚至跃跃欲试地扬言“愿意去通过这本书的考试”。的确，在他的亚斯纳亚·博利亚纳庄园图书室里有很多关于社会主义的书籍，都带着托尔斯泰在字里行间的批注。不过，他反复设想的社会主义，看来不是马克思设想的经济发展的产物，而靠的是某些圣贤的“管理”或“安排”。所以，托尔斯泰在“家长式的理想统治模式”中左思右想，还是绕不出他所憎恶的“安排”的魔咒：

> 在社会主义制度下掌管秩序的人是必需的。可到哪儿去找那些不滥用暴力手段去建成社会主义公正制度的人呢？……如果政府组织劳动，那是十分美好的，但是为此这个政府应该是无私的，圣洁的。他们，这些圣徒，在哪里呢？
>
> 假定说，你们达到了想要的：推翻了现在的政府，建立了新的。你们为什么会认为，那些组成新政府的人，那些掌握了所有工厂、土地的人，不会像现在这样，找出种种办法来攫取最大最好的一份，而留给那些温顺无知的芸芸众生的只是不能再少的一份呢？在那些一心只关注着个人福利的人那里，永远找得到成千上万的法子来扭曲人类的制度。

而为了维护这些既得利益，托尔斯泰看到，最终依靠的还是暴力。所以，

> 思考的还是这个问题，为什么人世间天国的实现既不能通过现今的政府的暴力，也不能通过社会主义政府的革命。（1889年9月7日笔记）

然而，托尔斯泰始终没有放弃过实现“人世间天国”的乌托邦之梦。也许，这就是托尔斯泰暴力的发端？！托尔斯泰认定，人世间的天国应该建立在那么一个“宗教真理”之上。这个真理不仅是放之四海而皆准的宇宙真理、永恒真理，而且是写在全人类心上的真理、是人类通识的天下通义，是“一清二楚”“确定无疑”的生命法则，是从古代

圣贤哲人柏拉图、孔子、基督、佛祖就一直告谕、一再彰明的，是“人类能够获得的唯一真理”。而在他确认，正是他占有了这一确定无疑的真理之时，狂热和执着让他走向何等的极端性，或者按他自己的表述：“我的最小的一个优点，就是逻辑性和彻底性。”却忘了古往今来多少暴力和战争都高擎着真理之幡。于是，对这终极真理的信守不再如他说的只是“自我的”道德完善，而是成为一种威慑性、压迫性的力量。

当他设想天国、实现天国、宣说天国之时，他违反的恰恰就是自己的谆谆告诫——因为这就是他对世界的一种安排、一种计划，而且是行动的计划（比如大批托尔斯泰信徒在实践的殖民新村的计划），而非他宣说的无为和寂静主义。

实际上，托尔斯泰自己也似乎察觉到这一点。在亚斯纳亚·博利亚纳庄园，他的正屋的平台上，有一座古老的大钟，托尔斯泰在此设了一个邮箱，家里人谁想到什么有意思的东西都可以写出来、放进去。星期天邮箱会被隆重地打开，来宣读这些匿名的作品。在这有点儿民主色彩的家庭游戏中，有一次托尔斯泰曾塞进邮箱里一个对自己的评语：

> 编号1（指他自己），多血质。患者为一种狂症所控制，此种症状德国心理学家称为改造世界的狂症。疯狂之点在于，患者认为用言辞去改变别人的生活是可能的。……谴责自己之外的一切人，爱发刺激性的长篇大论而毫不注意听众，经常从愤恨激动转为不自然的嘤嘤啼哭的多愁善感。（亚·列·托尔斯塔娅《父亲》（下），484—486页）

人贵有自知之明，在这看似玩笑式的自评中，托尔斯泰看出自己恰恰违背了自己告诫的“安排的迷信”：他要改造别人的生活、改变别人的思想，而且“谴责自己之外的一切人”，“毫不注意听众”的反应。然而，托尔斯泰像一切有此“安排迷信”的志士一样执着，并不想改变建立地上天国的信念，这就使他锲而不舍的努力像他自己预言的，成为一种独特的暴力。

首先，一旦他认定自己获得了这一终极性、唯一性的真理，这种

“终极性和唯一性”就使他要向所有其他的思想开战，如他承认的：要“谴责自己之外的一切人”，或者像伯林所说的，托尔斯泰不能不“致力消灭一切可能敌对与批评这个灵见（真理）的人”。因为其他的一切思想都应该是谬误，都没有存在的权利，都应该闭嘴和消失。

而同时，他就赋予自己一种义不容辞的使命，做精神导师。他说，“思想是一切言行的开端。思想是可以定向的”（1899年6月，托尔斯泰日记），他不仅仅要为自己定向，更重要的是要为芸芸众生定向，要为民立极，而且“毫不注意听众”的意见。在自认拥有确定无疑的真理之后，他就不能不谦逊地表现出思想的傲慢和专横。他致力发现和阐述永恒真理，他拥有高人一等的思想责任，高人一等的精神特权。他不能不以神的高度、以精神独裁者的方式去爱人类，去安排人的思想，安排人的生活。或如伯林指出，托尔斯泰“当其委弃他艺术上的人性慧见而取专制凌人的独断教条，其盲目无明，亦令人可厌”。

高尔基这样描绘自己的感受：

> 他那种顽固的、专制的、想把列夫·尼古拉耶维奇·托尔斯泰伯爵的一生变为“我的父——升了天的大贵族列夫圣者传”的企图一直使我反感。
>
> 他早就打算去“受苦”了。……他去受苦并不单纯是出于一种想要考验自己意志的强韧的正常愿望，而只是出于一种很明显的专制的企图，也就是想加重他的学说的分量，使他的说教成为不可抗拒的东西，用他的受苦使他的说教在人们眼里成为神圣不可侵犯的东西，强迫人们接受，您明白吧，是强迫人们接受！

高尔基叫道：

> 这简直是宗教裁判者式的行为。……我常常感到，在他的灵魂深处他是个根本不关心任何人的人，他比所有的人都高得多、有力得多，对他来说人们不过是些蚊蚋般的小虫子，他们的忙乱是可笑而又可怜的。他远远地离开一切人来到一个荒野上，……这位老巫

师……他对谁都是陌生的，他独自一人走遍思想上的荒漠去寻找包罗万象的真理……

高尔基简直有点过分地说，人们觉得他那“白胡子里藏着一副大家都感到陌生的不可捉摸的笑容”，使人“感到一股叫人受不了的冷冰冰的神气，把他们的鼻子都冻得发青”。

（三）

高尔基对托尔斯泰的描述让人不由得联想起陀思妥耶夫斯基笔下那个大法官。那个同样“遭人谴责，但是执着地爱着人类的老头”，那个同样“在荒漠中啃树根，发着狂劲，克制着自己肉体欲望，使自身成为自由和完美的人”（《卡拉马佐夫兄弟》上390页）的大法官。他“尽管一生爱着人类”，悟出的却是，“上帝的千百万造物始终不过是开玩笑似的创造出来的”“试验品”，或者说“他们只是可怜的孩子”，只配交出自由来换取面包。而对托尔斯泰来说，或者真像高尔基感到的，“人们不过是些蚊蚋般的小虫子，他们的忙乱是可笑而又可怜的”。和那位“为伟大的忧虑而操心的受苦者”大法官一样，托尔斯泰也在用自身的受苦、用他的禁欲主义、用他的“热爱人民”，最后，用他以出走和死结束的一生锻造成一种压迫人的潜能、一种权利和权力。托尔斯泰说过：

为了成为人们信服的人，应该从各个他山殉难地上说话，应该用痛苦、最好是用死来证实它。

他果然就是这样做了！

在对托尔斯泰的各种描述中，人们想象着仰望这位博爱的天国宣说者，不止一次地猜想，“他爱过人吗？”他爱的是人类，是复数的人，是整体的灵魂。因为托尔斯泰“把个性、个人意识看成是实现完美的生命，实行与神的结合的最大障碍”（别尔嘉耶夫），他仅把个人的自由视为一种道德责任，这就是“走出虚妄的个体意识而进入整体化精神世界”(《托尔斯泰全集》54，第190页)，托尔斯泰说，这“就是自由”。

在《复活》中，托尔斯泰借那个头发蓬松的流浪老人宣说着自己对自由和真理的理解：

信仰有许多种，灵魂却只有一个。你也有，我也有，他也有。那么各人只要相信各人的灵魂，大家就会联合起来了。人人保持住自己的原来的面目，大家就合成一个人了。

看来，这里追求的绝不是个性的心灵，而是类似中国人的“人同此心、心同此理”的“大心”(张载)。而在他宣说要“大家合成一个人”的同时，他对自己的名言却是决定“我要独自一个人生活，独自一个人死”。他自己认定是孤独的。这使人想起大法官悲壮地诉说自己精神的孤独和痛苦：“为了几十亿赤子”的幸福，他隐藏起秘密，“承担了分辨善恶的诅咒之苦”。

大法官的暴力首先不是烧死异端，而是用三大法宝(奇迹、秘密、权威)对心灵施暴，这是比对肉体的暴力更恐怖、更残酷的暴力，它剥夺去人的心灵的自由，闭锁人的思想，愚昧人的精神，使心灵变成荒漠，把人变为行尸走肉的偶人、变为永远长不大的“可怜的孩子”，变成“胆战心惊地紧偎在母鸡旁的小鸡”(按大法官的话)，让人们心甘情愿地交出自由来换回自己种出的面包——实现地上的天国。

值得注意的是，大法官要烧死的，正是托尔斯泰要从自己创新的基督教中剔除的——耶稣。因为耶稣给人的不是面包，而是神秘难解的自由，是超验的精神世界。托尔斯泰和大法官共同之点在于，不忍人们在耶稣赐予的神秘难解的自由中受磨难，他们把自由的荒原仅仅留给自己，而“把人们的理智从自由的荒野中引导出来”，提供给人们以简单而明了、绝对而单一的终极答案，取代人生繁杂多变的问难。面对复活的耶稣，大法官诘问“你为什么来打扰我们？”“我们拥护的是他(死去的耶稣)，而不是你。”在这里，大法官所要的也正是托尔斯泰所要的，这就是对真理的独揽，是接下来的精神独裁，是为万民立极而剥夺所有人的话语权。如大法官说的，“成为恺撒，唯一的王，到那时我们就会考虑全世界人类的幸福。”

而俄国当时传有“两个沙皇”之说，其中一个就住在亚斯纳亚·博利亚纳：他在考虑全世界人类的幸福，为此他准备下“唯一真理、共同真理”。

在冥冥中，托尔斯泰或许会为这种比照无比委屈、勃然大怒，但是如果他真的坚持自己“逻辑性的优点”，他就会承认，在强占了真理的地方，真理的唯一性就会自发地施暴：为了地上天国的信念，应该无所不用其极，应该不择手段。以人民幸福的名义就有施暴的权利。这是“心灵导师”的安排和计划中的应有之义。而那些灵魂被代管的人是能理解和拥戴这种权威和暴力的。

望着在高高的精神云天之上或荒原之上的托尔斯泰，高尔基不由地想到，“这个人倒像是上帝”。而这个上帝正是人们自己、正是那些在精神上络绎不绝地奔到亚斯纳亚·博利亚纳去朝圣、去寻求神谕的人们创造的。这些造神者、崇拜者也许最终真的会把托尔斯泰塑造成一个新的大法官！只要人们还像高尔基一样动情地说，“只要这个人（托尔斯泰）活在世上，我在大地上就不会成为孤儿”，他就摆脱不了托尔斯泰的精神暴力，尽管高尔基嘶叫着、不满于这种暴力。

作为理性的动物，人只要生活在地上一天，就总有安排的愿望和安排的必需。而把自己的自由的思想，把幸福的期望都交给圣贤代理和安排，就走不出托尔斯泰预言的暴力的结局。时代在前行，在一个个绝对真理被颠覆、一个个末日论的预言幻灭之后，人们终于走出中世纪的一元的、绝对的思维方式。他们决定向大法官、向托尔斯泰要回自己的自由，不再听任安排，而要自己思想。他们认识到，人类的存在就是在不断修正错误之中曲折前行。只有相对的真理，只有不断的改革和完善，只有无止境的进步。多元化的思维、多元声音汇成的复调和对话，或者才是摆脱高尔基那绝望的呼叫、摆脱托尔斯泰“唯一真理、共同真理”的“安排”之方。

# 六、教育家托尔斯泰和至圣先师孔子的邂逅

## 教育，这就是我的全部生活

文学家托尔斯泰的夺目光焰，遮盖了人们对教育家托尔斯泰的关注。实际上，对教育的探索在托尔斯泰一生中占据着极为重要的地位。青年托尔斯泰最初的一项重大社会实践，就是这位不满当时教育制度的大学生，辍学返乡，在自己的庄园亚斯那亚·博利亚纳办学，从事教学实践的探索（1849年）；而十年后，他否弃西方社会道路、转向东方的精神求索，第一步就是把对俄国道路的思考，落实到全身心投入教育的探索。1859年11月托尔斯泰正式创办亚斯那亚·博利亚纳小学。他在给姑母的信里说，教育，“这就是我的全部生活，这就是我的修道院和教堂。”他在另一封信中论述了“俄国人民最迫切的一项需要就是国民教育”。他试图以教育为杠杆推动社会的改良。他设想创立一个全国性的“国民教育协会”，甚至说，“无论（政府）批不批准，我哪怕独自一个人也要组织一个秘密的国民教育协会”；1860—1861年他第二次遍访西欧各国，特别注重对教育的考察；1862年他创办了《亚斯那亚·博利

亚纳》教育杂志，一共出了12期，他在上面发表了十来篇教育论文，批判当时学校刻板的、僵化的、强制性的教育思想，谴责其扭曲孩子的心灵、挫伤儿童天性，并提出“自由的”教育。

1862年在托尔斯泰离家期间，沙皇当局搜查了他的家和学校。这或者和他聘请被莫大开除的学生上课，而在国外和进步思想者赫尔岑交往密切有关。实际上，托尔斯泰自己也明白，他正在做一件和沙皇统治离心离德的事情。正是因为他的“自由的”教育思想，学校被迫关闭。19世纪70年代，在创作《安娜·卡列尼娜》的紧张工作中，他编写了自己“寄予很大希望”的《识字课本》，说，“这本书编出来，我死也瞑目了”。在接触东方文化（首先是中国文化）之后，或者是受到中国语录体著述的启发，托尔斯泰编写了一系列具有启蒙教育性质的语录体著作如《阅读园地》《天天读》《生之道》等。直至临终前，他关注和谈论的是学校，是他的语录体著述《生之道》。许多人惋惜他因为这“教育情结”浪费了文学创作的精力。屠格涅夫就对此惋惜地感叹，托尔斯泰“什么时候才能转过身子，用脚走路呢”。殊不知教育在托尔斯泰心目中有至上地位。

## 自我完善和为仁由己

因为托尔斯泰的思想探索，是要用爱的宗教取代国家的暴力，而把社会的完善直接寄予在人的自我完善上。所以他把造就完善的人，视为人类社会的至高事业。他对包括社会主义在内的一切社会变革的批判，其理由都是强调，没有人的完善，任何社会制度的改良都无济于事，而正是在这一点上，托尔斯泰和儒家对人的期待有了相似之点。因为“人治”是中国传统的治国思想。即使有“文武之政，布在方策”，也总是“其人存，则其政举，其人亡，则其政息”。所以就有了“为政在人，取人以身，修身以道，修道以仁”（《中庸·二十》）的说法，把造就完善的人视为至重。孔子办学的目标，就是《论语》提出的“成人”(《论语·宪问》)，就是造就大人、完人，完善的人。

那么，人有没有可能成为一个完善的人呢？在这一点上，托尔斯泰又和儒家的教育思想取得共识。自孔子高举了“仁”的大旗，孟子进一步把人性（仁）和天道相统一（尽心、知性即所以知天），从而大胆地提出“万物皆备于我，反身而诚”“人无有不善”就如“水无有不下”(《孟子·告子上》)这样宏大的思想。孟子的性善论为儒家的自我完善的教化思想奠立了根据。而托尔斯泰则把爱作为人性的核心和教育的起点：

> 我们有一个，并且只有一个毫无过失的指导者，这就是宇宙的精灵；它渗入所有我们每一个人的心中（《流森》)。

这个“宇宙的精灵”就是爱，而“爱就是上帝”。所以托尔斯泰深信卢梭说的“人生而完善”是“伟大的话语”。[1]他认为：

> 健康的孩子一出生，就完全满足于我们寓于自身之中的对真善美绝对和谐关系的要求……人一出生就是和谐和真善美的原型[2]，
>
> 童年乃是和谐的原型。[3]

这就是托尔斯泰提出“自由的教育”思想的基础。80年代他深受中国古典文化思想影响，和儒家性善论的教化思想取得了更多的共识：既然天生德于予，那么每一个自我就都有独立自主、自我完善的权利和能力，而不是任人雕琢摆布的材料。

## “自由的教育”

从19世纪60年代，托尔斯泰就在一系列重要的教育论述中，反复

[1]《托尔斯泰教育论集》，莫斯科：国家教育出版社，1953年，第335页。
[2]《托尔斯泰教育论集》，第36页。
[3]《托尔斯泰教育论集》，第335页。

批判当时的教育制度。他深恶痛绝地指出，德国教育的目标是要镇压孩子“野性的灵气”，而所依赖的是“纪律和暴力”。在《培养和教育》（1862年）一文中托尔斯泰奚落地说：

德国人说，人的灵魂应该被折服，就像身体应该用体操来折服一样。[1]

他指出：

这样的教育在随意地把人塑成一定的形态，……它造成了想象力、创造力、思维力这些高级能力的退化，使它们让位给没有想象，也没有思维地会念几个字的半野兽的能力。[2]

托尔斯泰认识到，这种把人造就成兽的教育，首先要摧折的是个体的独立人格，是人的成长的自由，是孩子天生的好奇心、求知欲和自我完善的本性。托尔斯泰指出，这种教育“把学生视为完全的服从者”，把人视为一种有待加工的原料。而为了按照某种需要把人打造成各种工具，它必须让人丧失自我，失落个性，没有思考能力、想象能力，创造能力，只有奴性和服从。托尔斯泰指出，当时的教育在“对智力造成巨大的荒芜和对学生精神气质造成破坏”。[3]

正是针对这种摧残人的教育，托尔斯泰提出“自由的教育”。他说自己办学校，“只是为了要救援在（现在的学校）那里就要淹死的许多普希金、奥斯特罗夫斯基、罗蒙诺索夫。而在每一个学校里，这些人都是成群而众多的”。所以在“自由教育”的思想中可以听到托尔斯泰“救救孩子”的呼声。

自由的教育不单指的是教育方法上的改良，而首先是要转变教育思想：还给受教育者自由成长的权利、承认他有作为一个有独立个性的人

[1]《托尔斯泰教育论集》，第239页。
[2] 莫德：《托尔斯泰传》，宋蜀碧等译，十月文艺出版社，1984年，第245—246页。
[3]《托尔斯泰文集》第16卷，第78页。

而活的自由。

托尔斯泰正是以向"旧的教育体系"全面开战的姿态，一方面在自己的学校里创新教育方法，一方面批判当时的一系列教育制度。他批判学校的奖惩制度：因为这会扭曲孩子的心灵——奖励会使孩子为虚荣而勉强去做违反天性的事，而"惩罚则只能使恶人变得更恶，绝没有使恶人变为善人的事"；他批判考试制度：因为在他的自由教育的观念中，考试是"大人没有任何权利地折磨小孩"；他反对在小学开设历史和地理，因为它们对孩子没有直接的意义，所以不引起兴趣，而不引起兴趣就没有学习的效果；他反对严格的课堂纪律。他还批判了中国的满清官吏用棍棒逼迫孩子背诵孔子格言的灌输式教育。[1]

托尔斯泰提出的口号是"自由的学校"，并且试图把自己创办的小学作为这一新型学校的试点。他这样畅想：

> 学校将可能不再是我们所理解的那种由黑板、凳子和教授、教师的讲台所构成的学校，它可能将是由木偶戏、剧院、图书馆、博物馆、凉亭构成的，而各学科的典籍和大纲，可能完全是另一种编撰法。[2]

在他逝世前一个月，1910年10月，他听了刚从中国回来而拜访他的麦沃尔教授的一席谈话而念念不忘。他啧啧称道他想象中的中国私塾：

> 这一切都自然而然。有那么个老头儿教书，而人们则把孩子送到他这儿来。[3]

托尔斯泰在他所想象的中国私塾教育中，追求的是什么呢？追求的正是他在自己的小学里探索的那种民间的、摆脱了官僚制度束缚及其自私目的的"自由教育"的思想。托尔斯泰指出：

---

[1]《托尔斯泰教育论集》，第65页。
[2]《托尔斯泰教育论集》，第269页。
[3] 希夫曼：《托尔斯泰和东方》，莫斯科出版社，1960年，第104页。

要让国民教育盛行起来，就必须把它交由社会经办。

因为政府与国民教育是利益相左的。

政府所需要的教育是要为沙皇专制制造奴隶和奴才，所以这种教育首先要扭曲、摧毁人性。而托尔斯泰向往的“自由的教育”则是为了“成人”、为了人性的自觉和成长，使人成为一个全面和谐发展的人，完善的人。正如在私学创始人孔子的“自由的教育”中，产生了独特的一家之言（儒学）和不拘一格的一代代弟子（儒家）一样，托尔斯泰的“私学”试验，也在探索一条“自由教育”的道路，希望“救援在那里就要淹死的许多普希金、奥斯特罗夫斯基、罗蒙诺索夫”，产生一批批农民的人才。

## “露天是多么自由啊！”

在关于亚斯那亚·博利亚纳小学的各种记述中[1]，我们看到，学生来这里不带书，不带本，“他们只带自己，只带自己那易于接受的天性”和“欢乐的自信”。“他们喜欢坐在什么地方就坐在什么地方”，甚至可以躺着；他们可以听，也可以不听，来去自由，没有任何责罚，甚至也没有考试；而老师则往往是从算术讲到了几何，从圣经故事讲到文法，课时可以是2节，也可以是4节，唯孩子的心趣是从。托尔斯泰的得意弟子费特卡曾回忆托尔斯泰和学生们课间游戏的情景：他们怎样在托尔斯泰的带领下，呼叫着冲下楼梯，托尔斯泰怎样让孩子们追他，往他身上扔雪球，最后他躺在雪地里，孩子们往他身上盖雪，并一个个压到他的身上……

[1] 以下情况参见《托尔斯泰教育论集》，及莫德：《托尔斯泰传》，宋蜀碧等译，十月文艺出版社，1984年，第254—277页。

当然，也有时，孩子们因为不愿意“下课”，很晚很晚了，托尔斯泰只能违背孩子们的心愿，勉强他们离开课堂，派马车把他们一个个送回家。家里，不安的家长正在抱怨。

一位在学校受过聘的教师莫洛佐夫回忆说，在那里，“孩子们无须请示什么人，自己想做什么就做什么。我不止一次听人说，列夫·尼古拉耶维奇的学校像一群茨冈人，像乡村集会”。

托尔斯泰自己编写科普读物，甚至晚年还在村学给孩子们讲解北极的故事，讲解留声机，讲解北极星，都具有这种性质。当这位年近8旬的老人讲到北极星的时候，他就披上大衣，在寒风瑟瑟的冬夜，带领孩子们去野外看星星。托尔斯泰从来不认为教育仅仅是课堂或学校里的事情，他认为教育应该“是一切使人得到发展，给予他更加广泛的世界观念和新的知识的所有影响的总和”。

托尔斯泰意味深长地说：

> 露天是多么自由啊！在露天里，学生和老师之间建立了更自由，更单纯，更信赖的新关系——这些关系，在我们看来，正是学校应该以全力达到的理想。

这些话使人不由得想起孔子和弟子们“游于舞雩之下”的境界。透过这种“露天之下”的“教育情结”，托尔斯泰和孔子师生所向往的不仅是一种美好的师生关系，也是一般人与人之间的自然而自由的关系，没有强制而和谐切磋的关系，这正是达到修身成人或自我完善的最好的教育环境。

不过托尔斯泰是否想到，教育问题不过是社会问题的反映，单靠教育的改造是实现不了他所希望的人的完善的。古今中外多少幻想建造一个封闭的教育环境来改造教育的尝试，都忘却了自己正身处社会大熔炉里。托尔斯泰的学校的露天，是桃花源里的“露天”，就像“游于舞雩之下”的回忆，不过是孔子师生们借想象往事而憧憬理想的社会人生而已。

实际上，和托尔斯泰希望教育摆脱官方控制的愿望相反，沙皇政府愈演愈厉地把教育紧紧抓在手里。比如1884年沙皇政府通过法案，取消了始于1863年的大学自主制，后来甚至规定绝大多数大学只有4种专业可选。而对越来越不受信任的教授们，政府用自己的管束之手时时提醒他们，“教学必须是爱国的，要为国家利益服务。”

## 不愤不启，不悱不发

托尔斯泰反复论证过关于“教育（образование）”和“培养（воспитание）”这两个概念。[1]60年代，他否弃所谓的“培养”而肯定“教育”，认为“培养是一个人为改造另一个人而强制性地、暴力地作用于另一个人”，而“教育是人们之间的一种自由的关系，其基础是一个拥有知识的人向另一个人传授他所拥有的知识的需要”。既然托尔斯泰给这两个词加入了这种内涵，所以他就断定，“培养是暴力的教育，而教育是自由的”。晚年，他又承认，自己过去对“培养”和“教育”的划分是“不自然的”，“培养和教育是不可分的”。[2]他又提出“暗示”在教育中的重要作用。他在给П. И. 比留科夫的信中谈到，“孩子总是处于”一种“医生所谓的催眠的初级阶段”的精神状态。因此“人的学习和培养永远都要经过两种暗示——有意识的和无意识的——来完成的。”

从托尔斯泰对培养、教育之间关系的探讨，到对“暗示”在教育中的作用的注重，我们可以看到，托尔斯泰的教育思想也在演化，从一任天性自然发展，反对任何强制，发展为同时注重外在引导作用，从信仰卢梭的“人生而完善”的返璞归真论，演化为和中国儒家教化思想取得

[1]《托尔斯泰教育论集》，第242页。
[2]《托尔斯泰教育论集》，第409页。

最大共识：这就是在相信人具有成为完善的人的基质的前提之下，注重对学生学习能动性的引导，提倡启发和诱导。作为一个科学主义的反对者，他引用“催眠”“暗示”“无意识”这些科学概念，所要强调的就是他主张的反对强制、顺其自然、因势利导的“自由主义”教育原则。

这和孔子的“不愤不启，不悱不发”(《论语·述而》)的原则一样，首先都是认定每一个人生下来都有要学习的天性，从而因天性之势而利导之，就是要使教育合于人的内在要求学习、发展、自我完善的本性、内在要求和发展节奏，来予以启发引导的教化思想。

孔子和托尔斯泰的启发引导的教化思想充分体现在他们的教育实践中。《论语》中就充分体现了孔子和学生之间以辩难答对形式启发引导的教育方式。一旦学生的提问表现出深入的思想，孔子马上称道“善哉问！”(樊迟问崇德、修慝、辨惑。《颜渊》)；他对子贡的赞许也在于能够向子贡“告诸往而知来者”(《学而》)；而当子夏听了孔子“绘事后素”的道理而联系到礼和仁的关系，提出“礼后乎？”时，孔子竟动容地说，“起予者商也！始可与言《诗》矣”(《八佾》)。一个老师对学生具有创造性的自觉和悟解的兴奋溢于言表；看来，孔子是反对学生对他亦步亦趋的，他力求启发和鼓励学生的创造性的、独立的思维，甚至提出“举一隅，不以三隅反，则不复矣”(《述而》)的严格要求。

关于自己的“启发式教学”，托尔斯泰也有大量记述：怎样让孩子练习写字、怎样教孩子写作等，他试图证明，孩子没有内在的需求和兴趣——“不愤”“不悱”的时候，是不能强加要求的，而要用种种方法引发孩子的内在积极性(比如请孩子们回去给家长读故事)，打开孩子心扉，一旦孩子体验到学习的有益和快乐，就会主动求知。《论语》的第一句话正道出人生快乐的第一境界：学而时习之，不亦说乎。托尔斯泰用一个个事例就要说明这个道理——学习是人本性中的大快事。在教师从旁指点、诱导下，孩子们学习的兴趣和能力会惊人地爆发出来，达到孔子要求的“举一隅而以三隅反”的境界。

托尔斯泰记述了他怎样和几个农民孩子“一起”写作的故事。他先让孩子们对他写的故事评头品足，然后启发孩子们自己想象、口述、编写……有时候他给出一个简单的情节，让孩子们根据各自的想象编写一个个的故事。托尔斯泰说，他偶然得知的一个最佳的指导方法，就是仅仅给孩子们出一个具有极大想象空间的题目，让孩子们去自由想象、自由思考。比如提供一个谚语，提出一个极其简单的故事梗概，如“有个农夫把一个乞丐带回家，然后，因为他做了好事，就开始数落那个乞丐……”或者，“建议他们用自传的形式写一个男孩的故事，男孩的父亲贫穷而又放荡，被送去当兵，回来时改邪归正，变成好人”。

他讲到，孩子们的创作能力和对艺术分寸感的把握是如此出乎他的意料，让他惊异，让他的精神感到强烈的震撼。有一次，

> 我们从晚上7点工作到11点。他们不感觉饥饿，也不感觉疲倦，甚至在我停笔的时候还生了气，自己接着干……因为我太兴奋了，才离开课堂。我的同事这样问我：“你怎么啦？为什么你脸色这么苍白？”……真的，我一生中，只有两三次经历了像那天晚上的那么强烈的感情……[1]

他亲身体验到自己启发式的“自由的教育”真正引发了学生自身巨大的独立创造性和学习积极性。

托尔斯泰和孔子教育的高妙之处，都不过是在于，他们把人自身内在固有的美好的东西引导出来，这就是自我完善的渴望。

## 托尔斯泰和孔子之间的“道器之争”

培养孩子们自我完善和自我体认（самопознание）的能力，造就具

[1] 转自莫德：《宋蜀碧等译托尔斯泰传》，第271页。

有道德学识和独立思想、和谐发展的人，这是孔子和托尔斯泰的教育思想中一个根本性的共识。不过，他们对于教育对象的期待又显然是不同的。

孔子虽然自认“少也贱，故多能鄙事”，但他并不认为这些“鄙事”是君子必须会做的（《论语·子罕》）。他要培养的是士，是治国安邦的人才，不是专门的匠人，更不是丧失了自我的工具。君子不器。他的教学是以“得道”为归指。当时人说孔子没有一技之长，故“博学而无所成名”，孔子应道：“吾何执？执御乎？执射乎？吾执御矣。”表露出对百工技艺的不屑。难怪时人批评他“四体不勤，五谷不分”。而和社会生产实践相脱离的“君子谋道不谋食”，也往往导致了“百无一用是书生”的结果。

不过，孔子不仅不耻言自己的无知，反而振振有词，讲出其中的道理。他说：“吾有知乎哉？无知也。有鄙夫问于我，空空如也。”他认为自己不是靠多学强记，而是靠“予一以贯之”——不为“闻见小知”所累，以一贯之道而“闻一以知十”。这里却也包含着治学的、更是人生得道的重要思想方法。

而托尔斯泰是不想培养治国安邦之才的。因为他想的不是治国，而是去国，不单是自己逃离国家，而且还要大家都摆脱国家，在无政府状态的桃花源中，人人自我完善，做“自己心灵的沙皇”，这就是托尔斯泰的大道。托尔斯泰的得道君子，心中自有上帝之道。而且，走向平民化的托尔斯泰，自己以缝制皮靴为荣（皮鞋现在还陈列在他的博物馆里），甚至说要创立一个“树皮靴大学”（农民穿树皮靴），所以绝不鄙薄百工技艺。可以说，托尔斯泰的君子——他的得道者，是应该多能鄙事的。他主张教育要和生活、实践紧紧地结合，甚至说：“一切教育都应该只是对这些从生活中产生的问题的回答。”[1]而这也不能不注定了他

[1] 莫德：《托尔斯泰传》，第248页。

的教育思想中狭隘的一面。他编写的《识字课本》的一个注解中写道：

> 请躲开那些关于科学的异乎寻常的结果的最为可爱的信息吧，什么地球有多重，太阳有多重；太阳是由什么物质组成的；树和人都是由细胞构成的，人们又想出什么样的不寻常的机器……

他认为老百姓所期望于科学的，应该是它能够解决“一般老百姓的福利所依赖的问题，他期望科学能够教他怎样去生活、怎样对待家庭、怎样对待亲友、怎样对待外国人、怎样和自己的情欲做斗争、应该信仰什么、不应该信仰什么……”，直到晚年他才对传授“科学”“学说”这些“最聪明的人想出来的东西”予以了较多的意义，指出“不传授知识，无法进行教育，各种知识都是有教育作用的”。但是，既然人生的头等大事是通过道德自我完善走向和上帝的融一，所以对科学这种只带来“外部条件”改善、只是在“体贴肉体”的“闻见小知”，托尔斯泰就不能不采取极为怀疑的保守态度。没有看到现代科学和知识的教育对于现代人类精神成长的作用有多么巨大。

如果说孔子的“有教无类”具有古代“民主性”的因素，而托尔斯泰则更表现出对处于当时社会最底层的农民及其子弟的关爱和对他们的天生才智的充分肯定，具有孔子所没有的现代民主性。但是没有现代科学思想的武装，怎么能把他们造就成现代社会中的完善之人呢？

# 托尔斯泰译述中国所用名词术语的汉俄对照表

道　разум；（истиный；прямой）путь；дао

德　добродетель

天　небо；бог

地　земля

天道　небесный разум；закон неба；правда

人道　закон человека

诚　сознательность；правда；искренно

仁　добродушие

义　справедливость

礼　приличие

知（智）разум；благоразумие；умный；знание

信　вера

心　сердце；чувство

性　природа

忠　верный

恕　шу

善　добро

君子　мудрец

小人　простой смертный человек

圣人　святой человек

慎独　внимателен к себе тогда；когда он один

格物　углубиться и проникнуть в причины поступок；изучение самого себя

致知　высшая степень знания；суждения о добром и злом доходят до совершенства

正心　сердце делается правдивым；сердце исправлено

诚意　желание делается чистым；сознательность мысли

修身　благоустройство в себе；исправлять и улуч-шать самого себя；самосовершенствование

齐家　благоустройство в семье；в семье учреждается порядок

治国　благоустройство во всем народе；народы хорошо управляются

平天下　весь мир будет жить в мире и согласии

赞天地　участвовать в мировой жизни；в жизни неба и земли

中和　в состоянии равновесия и согласия

中庸　учение середины；учение о середине

兼爱　всеобшая любовь

求放心　найти потерянное сердце

无为　полное смирение；недеяние；неделание

孔子　Конфуций

老子　Лао-тзе；цзы（有时译为Лаодзи）

孟子　Мен-цзы；Менций（有时译为Менгце）

墨子　Мо-ди（有时译为Ми-ти）

# 主要参考书目

## （а）


1. Алданов М. А. *Загадка Толстого* Берлин изд-во И.П. Ладыжникова 1923.

2. Архиепископ иоанн *Революция Толстого* Нью-Иорк 1975.

3. Бердников Г. *П. Л. Н. Толстой и современность* М. Наука1981.

4. Бирюков П. *Л. Н. Толстой биография* М. Посредник 1906.

5. Булгаков С. Н. *О Религии Льва Толстого* Париж УМСА-press 1978.

6. Бурсов Б. *Лев Толстой Идейные искания и творческий метод*（*1847-1862*）М. Гослитиздат.1960

7. Галаган Г. Я. *Л. Толстой художественно-этические искания* Лен. Наука 1981.

8. Гусев Н. Гольденвейзер А. *Л. Толстой и музыка* М. Музгиз. 1953.

9. Гусев Н. Н. *Л. Н. Толстой Материалы к биографии*

（а）*с 1828 по 1855* М. Акад. наук. СССР 1954；

（б）*с 1870 по 1881* М. Акад. наук. СССР 1963.

10. Зезина М. *История русской культуры* М. Высш.шк.1990.

11. Козлов Н. С. *Лев Толстой как мыслитель и гуманист* М. Унивирс. 1985.

12. Конрад Н. И. *Запад и восток* Москва Наука 1966.

13. Крупоткин П. А. *Этика* М. Политлит. 1991.

14. Купреянова Е. Н. *Эстетика Толстого* М. Наука 1966.

15. *Л.Толстой и русская литературно–общественная мысль* Лен. Наука 1979.

16. Ломунов К. Л. *Эстетика Л. Толстого* М. Наука1972.

17. Маковицкий Д. П. *Яснополянские записки* М. Загруга1922.

18. Мейлах Б. *Уход и смерть Лева Толстого* М. Гослитиздат. 1960.

19. Милюков И. *О черки по истории русской культуры* Париж. Современные записки 1931.

20. Милюков П. *Из истории русской интеллигенции* С-Петербург Знание 1903.

21. Машинский С. *В мире Толстого* М.Сов.писатель 1978.

22. Мотыева *Мировое значение Л. Толстого* М.сов.писатель

23. Наживин И. Ф. *Непалимая купина*. Тяньцзин 1936.

24. Опульская Л. Д. *Л. Н. Толстой Материалы к биографии с 1886по 1892 год* М. Наука1979.

25. *Педагогические сочинения Л.Толстого* М. учпедгиз. 1953.

26. Пушкарев С. *Россиия в19 веке* Нью-Иорк Изд. Имени Чѐхова 1956.

27. Ремизов В. Б. *Роман Л. Толстого воскресение* Воронеж Унивирс. 1988.

28. Розанов М. М. *Религия и культура* Париж Имка-пресс 1979.

29. Сливицкая О. В. *Война и мир Толстого* Лен. университет 1988.

30. Толстой Л. Н. *Мысли мудрых людей* М. 1990.

31. Толстой Л. Н. *Полное собрание сочинений*（*в 22-тых томах*）М. Сытин 1913.

32. Толстой Л. Н. *Полное собрание сочинений*（*в90-тых томах*）М. Гослитиздат. 1958.

33. Толстой Л. Н. *Путь жизни* М. Высш. шк. 1993.

34. Шифман А. И. *Лев Толстой и восток* Москва Восточ. лит. 1960.

35. Эйхенбаум Л. *Л. Толстой в70-тых годах* Лен. сов. писатель 1960.

## （b）

1. 尼·别尔嘉耶夫:《俄罗斯思想》，雷永生等译，北京：生活·读书·新知三联书店，1995年。

2. 瓦·布尔加科夫:《托尔斯泰的最后一年》，萨石等译，北京：新华出版社，1987年。

3. 查尔斯·L·坎默:《基督教伦理学》，王苏平等译，北京：中国社会科学出版社，1994年。

4. 蔡时济等译:《托尔斯泰夫人日记》，北京：中国社会科学出版社，1984年。

5. 陈燊编选:《欧美作家论托尔斯泰》，北京：中国社会科学出版社，1983年。

6. 戴启篁译:《列夫·托尔斯泰论创作》，桂林：漓江出版社，1982年。

7. 方东美:《新儒学论著辑要》，北京：中国广播电视出版社，1992年。

8. 冯连驸等译:《同时代人回忆托尔斯泰》，上海：上海译文出版社，1984年。

9. 高尔基:《俄国文学史》，缪灵珠译，上海：上海译文出版社，

1979年。

10. 赫拉普钦科·米:《艺术家托尔斯泰》,刘逢祺等译,上海:上海译文出版社,1987年。

11. 黄药眠、童庆炳主编:《中西比较诗学体系》,北京:人民文学出版社,1991年。

12. 季羡林等:《东方文化研究》,北京:北京大学出版社,1994年。

13. 姜法曾:《中国伦理学史略》,北京:中华书局出版社,1991年。

14. 焦国成:《中国伦理学通论》,太原:山西教育出版社,1997年。

15. 利奇温:《十八世纪中国与欧洲文化的接触》,朱杰勤译,北京:商务印书馆,1991年。

16.《梁漱溟文选》,北京:中国文联出版社,1997年。

17. 廖小平:《道德认识论引论》,长沙:湖南教育出版社,1996年。

18.《列夫·托尔斯泰文集》,北京:人民文学出版社,1987年。

19. 林郁编选:《托尔斯泰如是说》,北京:中国友谊出版公司,1993年。

20. 刘小枫主编:《道与言》,上海:上海三联书店,1992年。

21. 刘小枫编:《中国文化的特质》,北京:三联书店,1990年。

22. 刘宁主编:《托尔斯泰散文集》,北京:中国广播电视出版社,1997年。

23. 罗曼·罗兰:《托尔斯泰传》,傅雷译,北京:商务印书馆,1995年。

24. 罗素:《西方哲学史》,马元德译,北京:商务印书馆,1996年。

25. 洛姆诺夫:《托尔斯泰传》,李桅译,天津:天津人民出版社,1981年。

26. 洛姆诺夫:《托尔斯泰剧作研究》,徐宗义译,西宁:青海民族出版社,1983年。

27. 敏泽:《中国文学理论批评史》,长春:吉林教育出版社,1993年。

28. 莫德:《托尔斯泰传》,宋蜀碧等译,北京:北京十月文艺出版社,1984年。

29. 穆尔：《基督教简史》，郭舜平等译，北京：商务印书馆，1996年。

30. 倪蕊琴编选：《俄国作家批评家论列夫·托尔斯泰》，北京：中国社会科学出版社，1982年。

31. 倪蕊琴：《列夫·托尔斯泰比较研究》，上海：华东师范大学出版社，1988年。

32. 奥夫相尼科夫：《俄罗斯美学思想史》，张凡琪译，北京：人民大学出版社，1990年。

33. 日丹诺夫：《〈复活〉的创作过程》，雷承德译，呼和浩特：内蒙古人民出版社，1982年。

34. 任光宣：《俄国文学与宗教》，北京：世界图书出版公司，1995年。

35. 苏浩金娜－托尔斯泰娅：《列·托尔斯泰长女回忆录》，晨曦等译，北京：北京出版社，1985年。

36. 亚·列·托尔斯泰娅：《父亲》，秦得儒等译，上海：上海译文出版社，1985年。

37.《托尔斯泰研究论文集》，上海：上海译文出版社，1983年。

38. 列夫·托尔斯泰：《天国在你们心中》，上海：上海三联书店，1988年。

39. 谢·托尔斯泰：《往事随笔》，吴钧燮译，北京：人民文学出版社，1958年。

40. 上海文艺出版社编著：《传统与价值的反思》，上海：上海文艺出版社，1991年。

41. 列夫·舍斯托夫：《在约伯的天平上》，董友等译，北京：生活·读书·新知三联书店，1989年。

42. 王淼洋等编：《东西方哲学比较研究》，上海：上海教育出版社，1994年。

43. 韦海山：《西方伦理思想史》，沈阳：辽宁人民出版社，1984年。

44. 马克斯·韦伯：《新教伦理与资本主义精神》，于晓等译，北京：

生活·读书·新知三联书店，1987年。

45. 杨适:《中西人论的冲突》，北京：中国人民大学出版社，1990年。

46. 郁龙余编:《中西文化异同论》，北京：生活·读书·新知三联书店，1989年。

47. 余英时:《内在超越之路》，北京：广播电视出版社，1992年。

48. 谢龙编:《中西哲学与文化比较新论》，北京：人民出版社，1995年。

49. 谢和耐:《中国文化与基督教的冲击》，于硕等译，沈阳：辽宁人民出版社，1989年。

50. 谢尔盖延科:《托尔斯泰晚年生活纪实》，刘光淮，黄苏华译，重庆：重庆出版社，1987年。

51. 姚海:《俄罗斯文化之路》，杭州：浙江人民出版社，1992年。

52. 章其译:《托尔斯泰文学书简》，长沙：湖南人民出版社，1984年。

53. 赵光远主编:《民族与文化》，南宁：广西人民出版社，1991年。

54. 智量等:《俄国文学与中国》，上海：华东师范大学出版社，1991年。